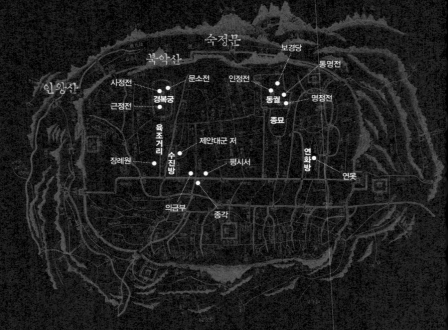

조선성시도

숙정문

보경당

북악산
통명전

인왕산
사정전   문소전   인정전
경복궁   동궐   명정전
근정전

육조거리   제안대군 저   종묘

장례원   수진방   평시서   연화방

의금부   종각   연못

*위 지도는 극의 흐름을 이해하기 위한 조선성시도입니다.

원혼을 부르는 책

환혼전

환혼전

원혼을 부르는 책

초판 1쇄 발행 2021년 11월 30일
초판 2쇄 발행 2021년 12월 30일

지은이 김영미
편　집 전예슬
발행인 권윤삼
발행처 도서출판 산수야

등록번호 제2002-000278호
주소 서울시 마포구 월드컵로165-4
전화 02-332-9655
팩스 02-335-0674

ISBN 978-89-8097-545-7 03810

값은 뒤표지에 있습니다. 잘못된 책은 바꿔드립니다.

www.sansuyabooks.com
sansuyabooks@gmail.com
도서출판 산수야는 독자 여러분의 의견에 항상 귀 기울입니다.

원혼을 부르는 책

환혼전

還魂傳

김영미 장편소설

산수야

차
례

還魂傳

비릿한 냄새가 진동을 한다.

내 몸에서 나는 냄새인가 하여 몇 번이고 코를 가져다 대보지만 양잿물에 삶아 티끌 하나 없이 하얗게 두드려 빤 무명 베옷에서 진내가 날 리 만무했다. 그렇다고 달거리를 하는 것도 아니니, 얄궂은 냄새에 머리가 지끈거릴 따름이다. 참다못해 시종 드는 생각시를 불러들여 사방의 창문을 모조리 열게 했다. 가슴이 조이듯 답답하다. 하나 창문을 열어도 냄새는 좀처럼 빠져나가지 않았다. 바람 한 점 흐르지 않는다. 어쩌면 이미 궁 안 구석구석 배어든 냄새일지도.

썩는 냄새가 진동을 한다. 이것은 명백한 죽음의 냄새다.

7월 염천에 저고리 사이로 진땀이 주르륵 흐른다. 고개를 들어 창밖으로 부연 밤안개가 침묵처럼 내려앉는 것을 지켜보았다. 공기가 무겁다. 보이지 않을 뿐, 어둠은 망자와 손을 잡고 살아 있는 모든 것들을 숨 막히게 내리누르고 있다. 궐은 가위에 눌린 듯 꼼짝 않는다. 간간이 불길한 수선거림만이 들려올 뿐.

　상이 붕어하셨다.
　어느 죽음인들 예고가 있겠는가마는 너무도 황망한 죽음
이었다. 상께선 나 죽은 후 사흘간 염을 하지 말라 이르셨지
만 더위에 썩어가는 시신을 두고 볼 수 없다 하여 겨우 하루
만에 소렴이 치러졌다. 혼전에 든 자들 사이에서 시신이 녹슨
쇠붙이마냥 푸르딩딩하더라는 뒷말이 언뜻 흘러나왔으나 소
문은 오래지 않아 사그라들었다. 대비전에서 암암리에 단속
을 한 탓이었다. 몇몇 입 가벼운 쥐들은 주둥이가 그을리었다.
궁궐은 금방 죽은 듯이 조용해졌다.
　산 자들은 침묵하고 죽은 자는 말을 잃었다. 그렇게 꽉 막
힌 수챗구멍처럼 말은 쌓이고 썩어갔다.
　악취가 난다.
　어둠 속을 응시하다가 또다시 코를 킁킁댔다. 그러다 어쩌
면 이 냄새가 코로 맡아진 것이 아닐지도 모른다는 생각을 했
다. 저녁 무렵 상궁이 은밀히 전하고 간 말이 떠올랐다.
　'또 나타났다 합니다.'
　벌써 나흘째, 도성 안에 괴물이 출몰하고 있었다.
　새벽녘 뿌연 안개와 함께 모습을 드러낸 그것은 말만 한
덩치에 사나운 개의 모습을 하고 있었다 했다.
　'놀란 백성들이 징을 치며 내쫓아보아도 여기저기서 봤다
는 이들이 자꾸 늘어나는지라.'

도성을 지키는 군졸들도 손을 놓고 있다 했다. 다들 겁에 질려 있었다. 상궁 또한 불안했던지 장지문 밖의 어둠을 연신 경계했다. 행여 누가 엿듣지나 않을지, 상궁은 한껏 목소리를 죽여 속삭였다.

"흡사 정해년의 '그것' 같지 않사옵니까?"

마주친 상궁의 눈엔 미처 갈무리하지 못한 공포가 어른거렸다. 그녀가 말하는 그것이 무엇을 말하는지 나 또한 알고 있었다. 잊었을 리가 없었다. 잊을 수 있을 리가 있나. 어떤 기억은 시간이 지날수록 더 또렷해지기도 하고 뒤늦게 의미를 깨닫게 되기도 하는 것을.

그것은 아직도 끝나지 않은 과거였다. 행여 누군가에게 들킬세라 성급히 덮어놓았을 뿐. 아물지 않은 상처는 고약한 악취를 풍기며 썩어 들어가고 있었다.

마치 그분의 육신처럼.

진저리 친 나는 생기를 잃고 앙상해진 손가락과 그 사이에 낀 세필을 바라보았다. 어느새 먹물이 바싹 말라 있다. 아직 한 글자도 쓰지 못한 흰 종이가 막막하다. 습관처럼 붓을 집어 들었지만 궐 안팎을 떠도는 괴이를 상세히 적어 올린다 한들 이젠 읽어줄 이가 없다. 그저 내 마음에 남은 빚일 뿐이다.

그분은 지금쯤 궐 안을 귀신처럼 떠돌고 있을까? 이젠 정말 혼백이 되었으니 그토록 염원하던 이들을 만났을지도 모를 일.

가슴에 식다 만 불 같은 연연한 통증이 인다. 붓을 놓고 명치께를 내리눌렀다. 반대편 손으로 기대듯 바닥을 짚었다가 이상한 기운에 보료 위를 더듬거렸다. 열기가 느껴진다. 이 계절에 어울리지 않는 구들의 열기가. 체온에 데워진 것인가 했지만 오래 앉아 있던 곳의 미적지근함과는 거리가 멀었다. 심부를 태우는 듯한 후끈한 느낌이다.

불 때는 복이가 다녀간 것인가. 하지만 사위가 조용했다. 그러고 보니 너무 적막하다. 급히 매듭지을 일이 있어 일부러 주위를 물리긴 했지만 이곳은 궁이다. 사적인 자유는 허용되지 않는 곳.

어디선가 묘한 시선이 느껴지는 것 같다. 숨을 죽이다가 쿨럭쿨럭 기침을 토해냈다. 저녁 내 괴롭히던 가슴의 통증이 냉수를 들이켜도 줄기는커녕 갈수록 심해지고 있었다. 한참 만에 겨우 기침을 멈추고 가빠진 숨을 헐떡이며 주위를 둘러보았다. 변변한 기물이랄 것도 없이 단출한 살림에 사방이 트인 방 안엔 숨어 지켜볼 곳도 없었다.

시선이 자연스레 열린 창문 너머로 향했다. 어둠에 잠긴 후원. 그곳에 누군가 웅크리고 있을지도 모른다는 생각이 퍼뜩 들었을 때. 애애앵. 신경질적인 소리가 귓가에 이명처럼 울렸다. 마치 발정 난 고양이 소리 같기도 하고 어찌 들으면 아기 울음소리 같기도 한 그것이…….

등허리에 와락 소름이 끼쳤다. 소리는 내가 앉은 구들 밑에서 들려오고 있었다. 정말 누군가 아궁이에 불을 지핀 거라면 구들 밑에서 이런 소리가 들릴 수가 없다. 그 전에 나는 누구에게도 불을 때라 명한 적이 없다.

　없었나? 머릿속이 멍해졌다. 순간 투둑 저고리 앞섶에 붉은 액체가 떨어져 스몄다. 코피였다. 번져가는 그 자국을 망연히 바라보다가 놓아뒀던 붓을 서둘러 잡쥐었다. 손이 가늘게 떨렸다. 땀에 붓이 자꾸만 미끄러졌다. 나는 내게 시간이 얼마 남지 않았음을 직감했다. 서둘러야 했다. 이 밤이 지나 첫닭이 울기 전에, 그리하여 귀신의 시간이 끝나기 전에 그분께 전할 마지막 이야기를 적어내려 가려면.

　이 모든 일들이 시작된 그날로 거슬러 올라가야 하리라.

〰️ 경성에 밤에 소동이 일어나다

경성(京城)에 밤에 소동이 있었다.

상께서 승하하시던 날에 경중(京中) 사람들이 스스로 경동(驚動)하여 뭇사람이 요사한 말을 퍼트리기를 '괴물이 밤에 다니는데 지나가는 곳에는 검은 기운이 캄캄하고 뭇수레가 가는 듯한 소리가 난다.' 하였다. 서로 전하여 미친 듯이 현혹되어 떼를 지어 모여서 함께 떠들고 궐하(闕下)로부터 네거리까지 징을 치며 쫓으니 소리는 성 안을 진동하고 인마가 놀라 피해 다니는데 순졸(巡卒)이 막을 수 없었다. 이와 같이 3, 4일을 계속된 후에 그쳤다.

　　　　　　　　　　　　　-1545년 인종1년 7월 2일 조선왕조실록 기사 중

그녀는 아까부터 돌로 쌓은 전각의 기단만 응시하고 있었다. 마침 눈높이가 맞아서이기도 하고, 기분이 가라앉아 주위를 둘러볼 여력이 없었다. 어차피 하늘을 향해 뻗은 매끈한 기와지붕과 화려한 단청 같은 것은 가장 낮은 바닥을 딛고 선 그녀에겐 닿지 않을 먼 얘기일 뿐. 계단 밑 켜켜이 쌓인 어둠이 눈길을 끌었다. 앞으로 그녀가 익숙해져야 할 풍경이었다.

마당에 모여 선 또래의 여자아이들이 웅성거렸다. 불안과 흥분이 뒤섞여 발갛게 달아오른 볼들. 간간이 작은 탄성과 함께 긴장감에 침 삼키는 소리가 들렸다. 그 와중에 홀로 무심한 그녀는 여러모로 눈길을 끌었다. 어딘가 이질적인 분위기 때문일까. 옆에 선 다른 여자아이가 아까부터 그녀를 홀끔홀끔 곁눈질하는 게 느껴졌지만.

휩쓸리고 싶지 않았다. 가만히 버티고 있으면 파도는 지나간다. 그녀가 불친절한 운명을 대해온 나름의 저항방식이었다. 어차피 그녀의 삶은 지금껏 그녀의 의지와 상관없이 흘러

가고 있었으니.

'내 오늘 우리 가문을 위해 중차대한 결정을 내렸다.'

달포 전 늦은 밤 귀가한 아비로부터 청천벽력 같은 얘기를
들었을 때도 그녀는 그저 담담했다.

'너를 궐에 궁녀로 들이기로 했다.'

그때 아비의 입에서 확 풍기던 싸구려 술 냄새. 어리석은
욕망에 불콰하게 달아올라 있던 얼굴만이 희미한 불쾌함으로
남아 있을 뿐.

그녀와 함께 아랫목을 지키고 앉아 있던 모친은 구겨진 빨
래처럼 그저 힘없이 지친 눈만 깜빡였다. 그것이 얼마나 불
편부당하고 얼토당토않은 욕심인지 항변하지도 않았다. 항
상 무기력한 모친은 처음부터 그녀를 지켜줄 방패막이 아니
었다. 양반집 아씨로 태어나 삼종지도를 삶의 근간처럼 떠받
들며 살아온 모친은 남편이 치기와 무능으로 집안의 기둥뿌
리를 하나씩 뽑아갈 때마다 그저 제 몸을 주춧돌 삼아 바닥에
납작 웅크릴 뿐이었다. 삶이라는 모진 바람이 그저 어서 지나
가길 바라는 사람처럼.

어미와 마찬가지로 그녀 또한 양반집 규수였다. 가난에 구
멍 난 담벼락처럼 허울밖에 남지 않은 양반일지언정 자청하
여 궁녀가 될 까닭은 없었다. 나라에서 법으로 금하는 일이기
도 했다. 물론 사문화된 법이나 다름없어 전조에 폐위된 임금
은 전국 각지의 처녀들을 뽑아 올리고 개중엔 양반집 규수도
있었다지만.

그래서 아비의 선언은 더욱 어리둥절한 일이었다. 낯부끄러운 짓이기도 했다. 그걸 아비도 모르지 않을 텐데 그는 망령에 사로잡힌 사람처럼 기이한 열기에 들떠 말했다.

'크게 벌려면 크게 걸어야 하는 법. 나라의 요직이 모조리 후궁들 치마폭 밑으로 기어들어가는 형국에 나라고 임금의 장인이 되지 말란 법이 있겠느냐?'

아비는 역설했다. 궁의 팔선녀(八仙女)를 염두에 두고 하는 말이었다. 실제로 반정 이후 임금의 후궁이 된 여덟 여인들은 누구보다 막강한 권세를 휘두르며 조정을 제 사람들로 채워가고 있었다. 미관말직조차 그네들의 입김이 닿지 않는 곳이 없다며 아비는 분개하고 또 부러워했다. 하지만 그것은 아비의 어리석은 착각이었다.

그들은 권력자의 딸이기에 후궁이 된 것이지, 후궁이 되어 권력을 손에 넣은 것이 아니었다. 애초에 공신들은 자신의 권력을 나눌 생각이 없었다. 포악한 말벌처럼 제 동류마저 잡아먹는 파렴치한 작자들이었다. 그것이 본래 권력의 속성이다. 그걸 모르고 헛된 용심을 부리는 아비는 진정 낙천적인 것인지 아니면 어리숙한 것인지.

아비는 그녀를 궐에 들여보내기 위해 그나마 남은 재산도 모두 털었다. 그들이 사는 와가를 저당 잡히고 일가친척집을 돌며 아쉬운 소리를 해 돈을 꿨다. 그렇게 긁어모은 돈이 결국 어떤 욕심 사나운 자의 아가리로 들어갔는지는 모를 일이었다. 사실 궁금하지도 않았다. 다만 한 가지 확신에 가까운

짐작은 부친이 결코 쓸 만한 권력의 끄트머리조차 잡지 못했
을 거라는 사실뿐이었다.

"네가 정가(鄭家)냐?"

그래서 나이 지긋한 상궁이 그녀의 앞에 걸음을 멈추고 물
었을 때 뜻밖이란 생각을 했다. 언제 나타났는지 한 무리의
궁인들이 자신을 비롯해 마당에 모인 계집아이들을 둘러싸고
있었다. 그중 그녀에게 말을 건 노(老)상궁은 이들의 우두머리
쯤 되는 듯 옷차림이나 풍기는 기세가 범상치 않았다. 꼿꼿한
자세와 찌를 듯한 눈빛이 특히 중압감을 느끼게 했다.

누름돌 같다.

상궁을 보고 든 감상이었다. 대꾸가 늦어지자 상궁은 구구
절절한 설명을 거르고 짠 알맹이만 남은 시선으로 그녀를 채
근했다.

"예. 정가 여리입니다."

대답은 의외로 순순했다. 아비의 허무맹랑한 바람에 휘둘
릴 생각은 없었으나 그렇다고 뻗댈 작정도 아니었다. 그녀는
현실을 판별할 만큼 제 주제를 알았다. 비록 아비의 기대와는
다를지언정 이 또한 나쁘지 않은 선택이라 여기고 있었다.

적어도 궁녀가 되어 정기적으로 삭료를 받게 되면 그걸로
가족들 입에 풀칠은 할 수 있을 테니. 어차피 사가엔 매파의
발길이 끊긴 지 오래였다. 혼수를 장만하기는커녕 하루하루
먹고 살기도 근근한 판국이라 혼사는 요원했다. 더구나 앓아
누운 동생을 생각하면……

한때는 집안의 기대를 한 몸에 받던 남동생이었다. 총명하고 성품도 유순해 누구에게나 사랑받던 그 아이는 여섯 살 무렵 불의의 사고를 당한 후 서리 맞은 꽃처럼 단숨에 시들어버렸다. 사지가 상한 것도 아니고 정신도 멀쩡하건만 좀처럼 자리에서 일어나질 못하고 쉽사리 경기를 일으켰다. 그나마 여리가 곁에 있으면 안정을 되찾는 듯하다가도 잠시만 눈을 떼면 까무러치기 일쑤라.

업보였다. 그 아이를 생각한다면 사가에 남는 편이 나았을지도 모르나 약값이라도 보태려면 누군가는 일을 해야만 했다. 그녀는 애써 자위했다. 하지만 그게 전부였을까. 마음이 죄책감과 홀가분함 사이 어딘가를 배회했다. 그러나 따지고 보면 이런 고민조차 사치였다. 언제 그녀가 제 뜻대로 인생을 결정해본 적이 있었다고.

여리. 이름처럼 그녀는 비좁은 길을 꾸역꾸역 고역스럽게 비집고 나와 첫 문을 여는 자에 지나지 않았다. 그 뒤로 따라올 부귀와 평안에 대한 염원은 늘 그렇듯 그녀의 몫이 아니었다. 그러니 그저 남의 일인 양 관조할 밖에.

그녀는 주인공이었던 적이 없었다. 평범한 외모에 크지도 작지도 않은 키. 여리지도 다부지지도 않은 몸매에 남들처럼 까만 눈동자와 까만 머리카락을 지녔다. 피부는 하얗지만 창백하다는 인상을 주었고, 입술 색마저 옅어 사내의 음심을 자극할 만한 구석이 없었다. 차라리 단정하고 엄숙해 보인다면 모를까. 나이에 비해 어딘가 침착하고 초연해 보이는 눈매만이 인상적이라면 인상적인 부분이었다.

"글을 안다고?"

상궁이 물었다.

"그저 읽고 쓰는 정도입니다."

여리가 건조하게 답했다. 글을 배우는 동생의 뒤편에서 눈동냥 귀동냥으로 익힌 게 다였다. 어려서는 동생보다 제가 낫다는 걸 증명하려는 오기로 밤을 새워 글을 외기도 했으나, 그래봤자 달라질 게 없다는 걸 깨달은 후로는 관두었다. 그저 쉽사리 잠이 오지 않는 밤 가끔씩 위안 삼아 오래된 서책들을 들춰보는 게 습관이 되었다.

상궁은 그 정도면 충분하다는 듯 고개를 끄덕였다. 그 뒤로는 별다른 질문이 이어지지 않았다. 그녀의 집안이라든가 아비와의 인맥이라든가. 어쩌면 그 정도가 딱 그녀에게 할당된 관심의 총량이었는지도 모르겠다. 부친이 애써 밀어 넣은 금전이라고 해봐야 객관적인 기준에선 초라하기 그지없는 수준이었을 테니. 서늘한 바람냄새만을 남기고 상궁은 미련 없이 등을 돌렸다. 그때 옆에 서 있던 덩치 작은 계집아이가 기다렸다는 듯 상궁의 앞을 재바르게 막아서며 인사했다.

"박 상궁 마마님 강녕하셨습니까? 지난번 단오절에 내수사에서 별좌 어르신과 함께 뵈었었는데 혹 소인을 기억하시는지요? 소인 강생이라 하옵니다."

아까부터 여리를 곁눈질하던 바로 그 아이였다. 상궁이 여리의 앞에 와 설 때부터 어딘지 모르게 안절부절 못한다 싶더라니 개인적인 인연이 있었던 모양이다. 딴에는 반가운 척을 하고 싶었던 듯한데 박 상궁이라 불린 여인의 얼굴엔 아무런 감흥이 없었다. 어쩌면 기억이 나지 않는 걸지도 모른다.

무표정한 박 상궁의 모습에 아이는 긴장한 입꼬리를 어색하게 끌어 올렸다. 박 상궁은 그저 물끄러미 그런 아이의 얼굴을 바라보았다. 기억을 되짚고 있는 것일까 생각하던 찰나, 한 걸음 뒤로 물러선 박 상궁이 까딱 어깨 뒤로 손짓했다. 그러자 뒤에 있던 방자가 지체 없이 성큼 걸어 나왔다. 그러더니 묻지도 어물쩍거리지도 않고 손을 들어 철썩, 강생이란 아이의 뺨을 인정사정없이 후려쳤다. 손을 쓰는 것이 어찌나 가차 없던지 뺨을 맞은 아이가 뒤로 밀려 바닥에 나뒹굴었다.

너무 당황해 비명조차 나오지 않았다. 여리는 멍하니 쓰러진 아이를 보다가 다시 천천히 시선을 옮겨 그 앞에 선 박 상궁을 바라보았다. 이 모든 상황이 거짓말 같고 비현실적이었다.

사실 여리는 사람이 저렇게 맞는 걸 처음 보았다. 누군들 쉽사리 폭력에 면역이 생길까마는. 강생이란 아이도 이런 상황은 전혀 예상하지 못했는지 몸만 바들바들 떨 뿐 일어설 생각조차 하지 못했다. 그런 아이를 마치 하찮은 벌레 보듯 일견한 박 상궁은 천천히 고개를 돌려 모여 선 이들을 눈으로 훑었다. 그때마다 공기에 살얼음이 끼는 듯했다.

"너희들이 궐 밖에서 누구였든, 무슨 일을 했든 이곳에선 궁녀일 뿐이다. 궁녀는 귀는 있되 입은 없으니, 너희들이 벽보다 낫다 생각지 마라. 바닥보다 위에 있다 여기지 마라. 너희들은 돌이고, 나무토막이고, 지푸라기다."

　말하는 박 상궁의 얼굴이 가면을 쓴 듯 무심해서 더 기가
질렸다. 여기저기서 힉, 비명 삼키는 소리가 들렸다. 그러나
더 소름 끼치는 것은 그들을 둥글게 에워싼 궁녀들의 무표정
이었다. 분명 뺨이 찢어질 듯한 마찰음을 들었을 텐데 누구
하나 놀라지 않았다. 심지어 어깨를 움찔거린 사람조차 없었
다. 마치 무덤가에 세워둔 동자석처럼 아무것도 들리지 않고
보이지 않는다는 듯, 그네들의 얼굴은 시체처럼 감정이 없었
다. 한기마저 느껴졌다.

　문득 궐문을 지나치며 봤던 높은 담장이 떠올랐다. 세속을
가르는 결계, 그 안에 그보다 더 숨 막히는 사람의 벽이 그들
을 둘러싸고 있었다. 멀리서 인정(人定)을 알리는 종소리가 울
렸다. 그에 맞춰 쿵, 환청처럼 궁궐의 사방 문이 닫히는 소리
가 들리는 듯했다. 그제야 실감이 났다. 그녀는 궐에 들어온
것이다.

　여리가 배속된 곳은 대비전이었다. 그중에서도 대비전 지
밀. 대비의 지근에서 일거수일투족을 주시하고 보필하는 자
리였다. 그만큼 아무나 들어올 수 없는 곳이기도 했다. 궐에서
궁녀의 지위란 곧 웃전과의 거리로 정해지는 법이라.

　지밀나인들은 궁녀들 사이에서도 가장 권력에 가까운 자
들이었다. 그만큼 자부심도 남달랐다. 그들은 대부분 대여섯
살에 처음 궐에 들어와 철저한 훈육을 거쳐 엄정히 선발되었

다. 세답방이나 소주방처럼 힘쓸 일이 많은 처소에선 종종 나이 찬 궁인을 들이는 경우도 있었으나.

"지밀에서 너 같은 경우는 흔치 않다."

색장상궁의 말에 여리는 묵묵히 고개를 조아렸다. 다른 상궁 나인들의 눈초리가 썩 곱지 않다는 것은 이미 여리도 느끼고 있었다. 왜 아니겠는가. 그들 입장에서 여리는 굴러온 돌이나 마찬가지일 텐데.

여리가 맡은 임무는 낮 시간, 대비가 오수를 청하는 동안 곁에 앉아 불경을 독송하는 일이었다. 젊어서부터 많은 환란을 겪은 대비는 부처께 귀의하는 마음이 컸다. 항시 불경을 가까이 하였는데 나이가 들수록 점점 눈이 침침해지니 불경을 읽기가 힘들었다. 그렇다고 유교를 숭상하는 조선에서 승려를 궐로 불러들여 법사를 열 수도 없는 노릇이었다. 대신할 사람을 찾던 와중 여리가 박 상궁의 눈에 띄었던 것이다.

박 상궁은 대비전의 제조상궁이었다. 대비가 입궁하며 사가에서 데려온 본방상궁이기도 했다. 그 때문인지 누구보다 대비의 신임을 한 몸에 받고 있었다. 공공연한 소문에 의하면 내명부의 숨은 실세라고도 했다.

내명부의 수장은 중전이지만 사실상 금상의 모후이자 궐의 가장 웃어른인 대비의 뜻을 거스를 수 있는 이는 없었다. 금상을 지금의 자리에 앉힌 것이 바로 대비였기 때문이다. 박 상궁은 그런 대비의 수족이었다. 그런 사람에게 어찌 선이 닿았는지, 아비의 뒷돈이 여리가 이곳에 자리 잡는 데 얼마만큼의 역할을 했는지는 알 수 없었다.

"상황이야 어찌 됐든 마침 일손이 부족하던 참이니. 대비마마께서 부르시면 언제든 독송을 할 수 있게 책을 준비해 두거라. 그 외의 시간엔 나를 도와 서찰을 정리하면 되느니."

여리는 자신의 책무에 제법 만족했다. 대비전에 소용될 책을 고르기 위해 시시때때로 궐내 서고에 드나들 수 있었기 때문이다. 적막한 궐 생활에 그 정도면 충분했다.

머리 긴 비구니.

여리는 동료 나인들이 자신을 두고 뒤에서 숙덕대는 말을 알고 있었다. 무시하고 있었지만 사람인지라 마음이 편치만은 않았다. 그렇다고 썩 사교적인 편도 아니어서 나서서 관계를 개선하고픈 의지도 달리 없었다. 여리는 그들의 불편함을 이해했다.

궁녀의 대부분은 노비 출신이다. 종종 중인이나 양민도 있었으나 여리와 함께 들어온 또래 아이들은 마침 모두 내수사 소속이었다. 한 방을 쓰게 된 강생이도 마찬가지였다.

첫날 혹독한 신고식을 치른 관계로 궐 밖에서의 신분이나 인연 따위는 일절 입에 올리지 않게 되었지만 말하지 않는다고 드러나지 않는 것은 아니었다. 그들은 자연스레 배어 나오는 말투, 몸가짐, 눈빛 같은 것에서 기민하게 그들 사이의 차이를 읽어냈다. 그것은 낯선 곳에서 살아남기 위한 본능 같은 것이었다. 상대가 나보다 강한지 아니면 약한지 가늠하는 것은 층층이 고하가 나뉜 궐 안에선 생존을 위한 필수 덕목이었다.

여리는 처소나인들 사이에서 겉돌았다. 그들은 여리를 어려워하면서도 동시에 그런 마음을 갖는 스스로를 못마땅해했다. 그 나이 또래 계집아이들이 으레 갖는 자존심이었다. 자연히 대화는 적었고 여리는 홀로 책을 읽거나 사색에 잠기는 시간이 많았다. 오늘도 대비전에 가기 전에 서고에 들러 읽을 만한 책을 찾기 위해 방을 나서는데 처소 마당에 동그랗게 모여 선 동기나인들이 보였다.

"간밤에 또 호랑이가 나타났다며?"

"아침에 순찰 돌던 금군들이 보았는데 경회루 앞마당에 어른 머리통만 한 호랑이 발자국이 찍혀 있었대."

"아휴, 난 그것도 모르고 간밤에 볼일 보러 후원까지 나갔다 왔지 뭐야."

"요강은 어쩌고?"

"아직 일 봐줄 방자를 못 구했어."

"아직도?"

"응. 세자빈궁에 갑자기 나인들이 늘어서 여력이 없다잖아. 그렇다고 연고 모를 자를 덥석 들일 수도 없고. 안 그래도 번 마치고 들어오면 피곤해서 꼼짝도 하기 싫은데."

나인은 한숨을 쉬었다. 웃전을 모시는 그들이지만 그들 또한 각자의 생활이 있다 보니 빨래며, 청소며 도움을 줄 사람이 필요했다. 하물며 궐 안에선 물 한 동이 길어오는 것도 예삿일이 아니었다. 일일이 품이 든다며 불편을 토로하는데, 한 아이가 갑자기 생각났다는 듯 말을 꺼냈다.

"아! 그 소식 들었어? 얼마 전에 사라졌다는 중궁전 무수
리 말이야."

"아, 그 예쁘장하게 생긴 애?"

내관과 눈이 맞아 도망을 갔네, 동료에게 빌린 돈을 갚지
못해 행적을 감췄네 한동안 말이 많았다. 무수리나 방자는 궁
녀들과 달리 사가에서 살며 상대적으로 궐 밖 출입이 자유로
운지라 일을 그만두는 것이 그리 대수로운 일도 아니었지만
그 무수리의 경우는 좀 특이했다.

분명 물을 길러 간다고 말해놓고는 깨진 물동이만 남긴 채
사라져버린 것이다. 그 오라비 되는 자가 며칠을 애타게 찾아
다녔으나 문지기도 그렇고, 그녀가 궐을 나가는 것을 봤다는
사람이 없었다. 갑자기 땅으로 꺼진 것도 아니고, 하늘로 솟은
것도 아닐 텐데. 담벼락 높은 궐 안에서 흔적도 없이 증발하
다니.

"호랑이한테 물려간 거래."

처음 말을 꺼낸 아이가 속삭였다.

"어디서 들었는데? 본 사람은 있고?"

그 뒤의 이야기는 워낙 소곤거려 알아들을 수가 없었다. 뭔
가 은밀한 사연이 있는 듯, 혹여 듣는 귀가 있는 것은 아닌지
주위를 살피던 시선 하나가 막 댓돌에서 몸을 일으키던 여리
와 딱 마주쳤다.

"어……, 정 나인."

눈이 마주친 것은 강생이였다. 동 트기 전 새벽녘에 졸린 눈을 비비며 억지로 일하러 나가더니 그새 돌아온 모양이었다. 강생이는 소주방 나인이었다. 손톱 밑에선 항상 온갖 양념 냄새가 나고, 일을 마치고 방에 들어올 때면 가끔 옷에 밴 기름냄새가 훅 풍기기도 했다. 지금도 그녀의 소맷자락엔 군데군데 점처럼 간장얼룩이 져 있었다.

그저 무심히 스쳐봤을 뿐인데 여리의 시선을 느꼈는지 강생이가 살짝 붉어진 얼굴로 치맛자락 안에 소매를 감췄다.

"지금 나가시오?"

물으면서 강생이는 여리의 차림새를 눈으로 훑었다. 종종 땋아 정수리에 올려붙인 새앙머리며, 옥색 저고리와 땅에 끌릴 만큼 긴 남빛치마, 그 위에 단정하게 겹쳐 입은 초록색 곁마기까지. 치맛말기를 왼편으로 감아쥐며 고개를 끄덕이는 여리를 강생이는 어쩐지 샐쭉하게 바라보았다. 그러고는 오른손으로 쥐고 있던 자신의 깡똥한 치맛자락을 슬그머니 놓더니 괜히 툭툭 치며 정리하는 척을 했다.

"좀 이르지 않소? 아직 조수라상 물리시기 전일 텐데."

"가는 길에 서고에 좀 들르려고."

강생이는 여리의 손에 들린 서책을 흘긋 보았다. 언문쯤이야 궁에 들어오기 전 진작에 떼었지만 그 위에 적힌 것은 한문이라 강생이로선 알아볼 수가 없었다.

"그런 걸 맨날 무슨 재미로 본담?"

강생이는 뾰로통한 얼굴로 괜히 시비를 걸었다. 그러다 갑자기 무슨 생각이 들었는지 살긋 얄궂게 웃고는 눈을 빛내며 물었다.

"서고라면 혹 문소전(文昭殿) 근처의 서고도 가보셨소? 듣자 하니 전조의 어느 왕비님께서 모아두신 불경이 잔뜩 쌓여 있다던데."

순간 그 눈빛에 미묘한 악의가 스쳐 지나갔으나 여리는 눈치채지 못했다. 또래 무리에 섞여본 경험이 적다 보니 그들 사이의 견제나 신경전 같은 일엔 백지다 싶을 만큼 무지했던 탓이었다.

문소전으로 가는 길엔 안개가 짙었다. 나무가 우거진 데다 근처에 연못이 있다 보니 새벽이면 물안개가 자주 끼는 까닭이었다. 높은 담장으로 가로막혀 정작 이곳에선 연못이 보이지도 않건만, 안개는 장애물 따윈 아랑곳없다는 듯 굼실굼실 담장을 기어 넘어오고 있었다. 마치 옛이야기 속 독두꺼비의 입김처럼⋯⋯.

생각하던 여리는 새벽의 혼몽한 기운을 쫓으려 손을 저어 눈앞의 안개를 흩었다. 그 앞엔 문소전이라 적힌 오래된 현판이 걸려 있었다. 본래는 태조비 신의왕후를 모시던 사당이었으나 지금은 선대왕의 신위와 초상화가 모셔져 있었다. 때마다 임금이 행차하여 제사를 지내지만 평소에는 오가는 사람이 드물었다. 엄숙한 곳이니만큼 외인의 출입을 금하는 까닭이었다.

그것이 아니더라도 선대왕의 진전(眞殿) 주변은 음기가 가득했다. 혼백이 잠들어 있는 집이었다. 궐의 북쪽 끝인 데다 뒤편으론 산과 이어진 후원이라서 종종 산짐승들이 드나든다는 소문이 돌기도 했다. 그러고 보니 중궁전 무수리가 사라진 곳도 이곳 근처라 했던 것 같은데……. 그제야 여리는 방동무의 질 낮은 장난질을 눈치챘다.

제가 벌써 그 정도로 미움을 샀는가? 이렇다 할 갈등도 없었는데. 아니, 그럴 만한 충분한 시간조차 없었다는 쪽이 맞을 것이다. 그런데 이리 낯설고 을씨년스러운 곳에 홀로 우두커니 서 있자니 허탈한 웃음이 새어 나왔다.

여리는 자신이 그다지 호감을 주는 인상이 아니라는 것은 알고 있었다. 집안 어른들은 그녀를 보면 어딘지 어둡다고, 아녀자라면 으레 지녀야 할 둥글고 안온한 품성이 보이지 않는다며 못마땅해하곤 했다. 하지만 사랑을 받는 것도 습관이었다. 늘상 온기에서 밀려나기만 했던 그녀는 사람에게 어찌 다가가야 할지 방법을 알지 못했다. 그렇다고 이제 와 무언가를 바꾸고픈 열의도 없었다.

한숨을 쉰 여리는 발걸음을 돌렸다. 원래 계획대로 대비전에 가기 전에 서고에 들르려면 서둘러야 했다. 사실 이곳은 혹시나 해서 와본 것이었다. 평소 서고에 출입할 일이 없는 강생이가 알려준 정보가 얼마나 정확할까 싶으면서도 그녀의 호의를 무시하기엔 마음에 걸렸던 것이다.

확인했으니 됐다. 헛걸음하기는 했지만 마음이 불편한 것보다는 몸이 귀찮은 편이 나았다. 게다가 여리는 그다지 겁이 없는 편이었다. 귀신이든 호랑이든 눈에 보이는 것들이 뭐가 두렵단 말인가. 정말 무서운 것은 정작 눈에 보이지 않는 법인데.

지독한 안개였다. 쥐면 뭉쳐질 것처럼 묵직한 안개를 손길로 흩어내며 여리는 왔던 길을 되돌아나갔다. 하지만 초행길이어서일까. 아니면 눈앞을 자꾸만 가리는 두터운 안개에 현혹된 것일지도 모른다. 분명 올 때도 보았던 길일 텐데 처음 보는 것처럼 낯설기만 했다. 잠시 현실감이 옅어졌다. 그때 멀지 않은 곳에서 불빛이 깜빡였다.

그 불빛은 마치 살아 있는 것 같았다. 깊은 산속에서 길을 잃은 나그네를 꾀는 도깨비불처럼. 음산한 곳에서 홀로 반짝이는 불빛에 여리가 홀린 것은 너무나 당연한 결과였다. 한치 앞도 분간하기 힘든 곳에서 비치는 단 하나의 불빛은 이리로 오라는 방향등이나 다름없었기 때문이다.

여리는 불빛을 따라 걸었다. 처음엔 어디 처마 밑에 걸린 초롱불 같은 것인가 했다. 하지만 가만히 보니 조금씩 움직이고 있었다. 똑바로 나아가던 여리도 그때마다 조금씩 방향을 틀었다. 한 스무 걸음쯤 걸었을까.

여리의 발이 우뚝 멈췄다. 알아챌 새도 없이 별안간 검은 벽이 눈앞에 불쑥 나타났던 것이다. 하마터면 그대로 부딪힐 뻔했다. 빨라진 심장박동을 느끼며 여리는 의아한 얼굴로 주변을 살폈다.

분명 방금 전까진 불빛이 있었는데, 금방 사라져버렸다. 마주한 짙은 회색빛 벽에선 싸늘한 냉기만이 흘러나왔다. 벽을 짚고 몸을 돌린 여리는 눈매를 좁히며 좀 더 안광을 돋워 주변을 살폈다. 그러자 두세 걸음 앞쯤에 틈새로 희미하게 빛이 새어 나오고 있는 게 보였다. 문이었다. 누군가 그 안으로 들어간 듯.

여리는 그쪽으로 걸음을 옮겼다. 허락 없이 아무 곳에나 출입해서는 안 된다는 걸 알고 있었지만 길을 잃어버린 여리로서는 마땅히 다른 선택지가 없었다. 게다가 문은 어서 들어오라는 듯이 빼꼼히 열려 있었다.

여리는 안을 들여다보았다. 순간 여리의 눈이 조금 커졌다. 틈새로 새어 나온 노란 불빛이 여리의 눈동자에 맺혀 일렁였다. 안은 서고였다. 서가마다 빽빽이 꽂힌 책들이 보였다. 어쩌면 강생이가 말한 곳이 여기일지도 모르겠다는 생각이 들었다.

"실례합니다."

더 망설일 것 없이 여리는 인기척을 내며 서고 안으로 발을 들였다. 당연히 누군가 있을 거라는 예상과 달리 안쪽에선 아무런 반응도 돌아오지 않았다. 잠시 자리를 비운 것일까. 문 앞 서탁에 촛대 하나만이 덩그러니 놓여 있었다. 갓조차 씌우지 않아 열린 문틈으로 바람이 새어 들어오자 불꽃이 가물가물 위태롭게 흔들렸다. 잠시 기다리면 사람이 오겠지. 여리는 얼른 한 발을 마저 안으로 들이고 문을 닫았다.

여리는 그사이 책들을 좀 둘러보고 있으려 했다. 얼핏 봐도 상당한 양의 장서였다. 대비의 앞에서 독송할 불경을 찾을 수 있을는지도 몰랐다. 대비는 흡사 향을 피우듯 불경 소리가 그저 주변에 감돌길 원했다. 딱히 의식을 하고 듣는 것 같지도 않았다. 오수 중에 머물게 하는 것만 봐도 알 수 있었다. 마치 방 한구석에 부적을 붙여두듯. 여리는 사람이라기보다 인간 부적에 가까웠다.

서탁에 놓인 촛불을 든 여리는 줄지어 선 서가를 따라 서고 안쪽으로 들어갔다. 생각보다 깊은지 안쪽엔 어둠이 짙었다. 좀 더 불을 밝히면 좋았겠지만 눈에 띄는 화구가 없었다. 오랫동안 불을 피운 적이 없는지 공기도 서늘하고 갇힌 곳 특유의 습하고 쿰쿰한 냄새가 풍겼다. 마치 낙엽 썩는 냄새 같았다. 환기를 전혀 하지 않는 모양이었다. 밖에서는 창문이 전혀 없다고 생각했는데 자세히 보니 닫힌 환기창이 드문드문 눈에 띄었다. 다만 오랫동안 쓰지 않은 것처럼 덧문을 덮어 잠가둔 상태였다. 그러고 보니 책꽂이에도 뽀얗게 먼지가 쌓여 있었다. 찾는 사람이 거의 없는 걸까.

그래도 문이 열려 있고 촛불을 놓아둔 걸 보면 아주 버려진 곳은 아닐 터였다. 여리는 내친김에 서고의 끝까지 가보았다. 죽 훑어보며 걷는 사이 꼼꼼히 책을 둘러볼 생각은 자연스레 흐려졌다. 아무래도 사람의 흔적이 없는 것이 마음에 걸렸다. 게다가 자세히 살피기에는 주변이 너무 어둑어둑했다. 촛대를 들고 있다지만 불빛이 미치는 곳은 기껏해야 한 보 반 남짓했다. 둥글게 퍼져나가던 빛은 중심에서 멀어질수록 점점 희미해지다 어느 순간 암흑 속으로 쑥 꺼져들었다.

막다른 곳에 다다른 여리는 몸을 돌렸다. 오래 헤맨 탓에 번을 교대하기까지 시간이 얼마 남지 않은 데다 사방이 너무 적요하니 자신이 이 은밀한 공간의 침입자가 된 듯하여 기분이 썩 좋지 않았다. 아무래도 밝은 날 다시 와야지 싶었다.

출구를 향해 걸음을 옮기는데 순간 반짝이는 무언가가 여리의 눈길을 잡아끌었다. 들어올 때는 등을 지고 있던 탓에 보이지 않았던 반대편 서가의 선반에 투명한 뭔가가 떨어져 있었다. 어둠에 가려져 있다가 여리가 든 촛불에 반사된 것이었다. 주변이 온통 먼지라 더 또렷이 대비가 됐다.

가까이에서 보니 얼핏 물 같기도 하고, 불빛을 받아 번들거리는 것이 기름 같기도 했다. 그게 무엇이든 종이가 잔뜩 쌓인 서고에는 적절치 않은 흔적이었다. 잘못하면 책을 상하게 할 수도 있기에 여리는 별 생각 없이 손을 뻗어 그것을 쓱 훔쳤다. 그런데 손가락에 닿는 감촉이 기묘했다. 물보단 농도가 짙고 기름과는 달리 끈적한 뭔가가 손끝에 달라붙더니 이내 서서히 말라붙어갔다.

촛농이었다. 그것도 누군가 방금 흘린. 아직 채 굳지도 않은 상태였다. 그 말은 방금 전까지 누군가 여기 서 있었다는 뜻이었다.

순간 의식하기도 전에 여리의 등줄기로 소름이 내달렸다. 마음 같아선 당장 뒤돌아 주위를 살피고 싶었지만, 여리는 뻣뻣하게 굳어가는 손끝을 꾹 누르며 참았다. 그리고 아무 일도 없었던 것처럼 태연히 눈이 닿는 곳에서 책 한 권을 꺼내 들었다. 마치 처음부터 찾던 책이 있었던 것마냥. 여리는 시선을 정면에 고정한 채로 들어왔던 길을 거슬러 천천히 출입구로 향했다.

어디선가 찌르는 듯한 시선이 느껴지는 것만 같았다. 어쩌면 그마저도 착각일지 모른다. 그러나 만약 누군가 이 안에, 저 어둠 속에 가만히 도사리고 있는 거라면. 여리는 본능적으로 깨달았다. 결코 눈을 마주쳐서는 안 된다는 걸. 알아서는 안 될 것을 아는 것만큼 위험한 것은 없다. 이대로 모른 척 빠져나가기만 한다면 괜찮지 않을까. 아니, 어쩌면 이미 늦었을지도 모른다.

자신의 손이 닿아 형편없이 뭉개져 있을 촛농자국이 여리의 머릿속에 그려졌다. 끈적거리는 것은 손가락인데 신발 밑창이 바닥에 들러붙은 것처럼 내딛는 걸음이 부자연스러웠다. 촛대를 쥔 손이 자꾸만 흔들렸다. 그때마다 바닥에 길게 늘어진 그림자가 출렁거렸다. 빛의 방향을 따라 몇 갈래씩 갈라진 짙고 옅은 그림자 중에 어느 것이 진짜 자신의 것인지 혼란스러웠다. 당장이라도 누군가 어둠 속에서 튀어나올 것만 같았다.

여리는 떨리는 촛대를 꾹 움켜쥐었다. 입구까지는 이제 채 다섯 걸음도 남지 않았다. 서탁 위에 촛대를 내려놓고, 여리는 처음 이곳에 들어왔을 때처럼 아무런 흔적도 남기지 않고 조용히 물러설 준비를 했다. 발걸음 소리마저 낮춰가며 산짐승을 피해 달아나는 사냥감처럼, 조심스레 문손잡이를 향해 손

31

을 뻗었다. 이제 이 문만 열고 나가면…….

당장이라도 등을 잡아챌 것만 같은 인력과 밖으로 뛰쳐나가고픈 장력이 팽팽하게 맞서 온몸이 긴장으로 당겨졌다. 완벽하게 평형을 이루었다 생각한 그 짧은 찰나, 힘의 균형은 엉뚱한 곳에서 무너졌다. 침착하게 손잡이를 잡아당기는 여리의 팔 힘을 넘어선 또 다른 어떤 힘이 문 반대편에서 훅 밀려든 것이다. 그 힘은 문을 활짝 열어젖히고, 그 앞에 있던 여리까지 밀어 쓰러트렸다.

문짝에 부딪힌 여리는 넘어지며 딱딱한 돌바닥에 머리를 찧었다. 순간 세상이 진탕하며 빙글 돌았다. 여리는 자신에게 무슨 일이 벌어진 것인지 전혀 가늠할 수 없었다. 파르르 떨리는 눈꺼풀을 힘겹게 치켜뜨자 활짝 열린 문 밖으로 뿌연 하늘이 보였다. 여전한 안개 때문인지 아니면 멍해지는 의식 탓인지 모르겠다. 그 순간 시야로 유달리 하얀 형체 하나가 불쑥 끼어들었다.

호랑이?

북슬북슬한 털가죽에 검은 줄무늬가 잔설 맞은 겨울 나뭇가지처럼 얽혀 있었다. 털빛이 흰 것을 보면 백호다. 정녕 궐담을 넘었다던 호랑이와 마주치기라도 한 것인가. 문득 호랑이에게 물려갔다던 무수리의 얘기가 떠올랐다.

뜬소문만은 아니었구나. 하면 나도 여기서 마지막인 겐가. 흐릿해지는 의식 사이에서 여리는 속으로 중얼거려보았다. 한동안 구설수에 오를지도 모르겠다는, 상황에 어울리지 않는 감상에 빠져 헛웃음이 났다. 여리는 호랑이의 눈이 있을 만한 곳을 올려다보았다. 죽기 직전, 자신의 목숨을 거둬가려는 존재를 똑똑히 확인하고 싶었다. 마지막 발악, 혹은 오기라고 할까. 그러나 마주한 것은······.

사람이었다. 사내라고 하기엔 섬세하고 소년이라고 하기엔 뼈대가 굵은 얼굴이 놀란 듯 여리를 내려다보고 있었다. 그 눈빛에 스치는 것이 경계인지 혹은 호기심인지. 오묘한 눈동자를 보며 여리는 초점이 사라져가는 것을 느꼈다. 이윽고 눈앞이 완전히 캄캄해졌고 여리는 정신을 잃었다.

밤에 호랑이가 한양의 근정전 뜰에 들어오다

밤에 호랑이가 한경 근정전 뜰에 들어왔다.

– 1405년 태종5년 7월 25일 조선왕조실록 기사 중

문소전에 불당을 걷어 없애기를 명하고, 그 불상과 잡물을 흥천사에 옮기게 하다

문소전(文昭殿)에 불당(佛堂)을 걷어 없애기를 명하고, 그 불상(佛像)과 잡물(雜物)을 흥천사(興天寺)에 옮기게 하였다.

– 1433년 세종15년 1월 30일 조선왕조실록 기사 중

호랑이가 경복궁 후원에 들어오다

호랑이가 경복궁(景福宮) 후원(後苑)으로 들어왔다.

– 1752년 영조28년 1월 2일 조선왕조실록 기사 중

2장

새벽부터 눈이 내렸다. 하얗게 얼어붙은 바깥세상과 달리 방 안은 초여름 오후처럼 땀이 슬쩍 배어날 정도로 훈기가 돌았다. 흰 창호지 사이로 걸러진 햇살이 느릿느릿 방구석 깊숙한 곳을 기고 있었다. 상석에 깔린 보료 위에는 대비가 삼 껍질처럼 샌 머리카락을 푼 채 오수에 빠져 있었고, 자장가처럼 낮은 목소리로 가만가만 이어지는 여리의 독송을 제외하면 햇살마저 잠이 든 듯 사위가 적막했다. 그림 속 한 장면처럼 모든 것이 멈춘 가운데, 달칵, 놋화로에 담긴 숯이 부서지며 사위는 소리에 여리는 독송을 멈추고 고개를 들었다. 아무도 듣는 이가 없었다. 책을 읽던 여리마저도 마음은 딴 곳에 가 있었다.

이레 전 안개 낀 날의 문소전.

여리는 그 앞을 지나던 내관에게 발견되어 처소로 돌아왔다. 정신을 차려보니 불을 피운 방 안이었다. 안절부절 못하는 강생이의 얼굴이 제일 먼저 눈에 띄었다.

'난 그저 장난이나 조금 치려던 것이었는데…….'

그녀가 대단한 악의를 가지고 저지른 일이 아니라는 것은 여리도 알고 있었다. 강생이는 실려온 여리를 보고 제가 더 놀라 펄쩍 뛰었다.

'거기 오래된 폐서고 근처에서 귀신을 봤다는 소문이 종종 있었다오. 그래도 난 그냥 뜬소문인 줄 알았지. 정말이오. 좀 으스스한 곳이라서 그냥 겁만 좀 주려던 것인데……. 근데 정말 뭘 보기는 한 거요?'

강생이는 변명하는 와중에도 질긴 호기심을 끊지 못했다.

아…… 호랑이가 아니라 귀신이었나. 여리는 그 와중에도 속으로 중얼거렸다. 호랑이에게 물려가길 바랐다는 쪽보다는 그나마 낫다고 위안이라도 삼아야 하는 걸까.

여리는 정신을 잃기 전 마지막으로 보았던 기묘한 존재를 떠올렸다. 하얀 얼굴에 온통 하얀색이던 남자. 머리를 다친 탓인지 모든 것이 금방이라도 안개 속으로 녹아들 듯 흐릿했지만 그 눈동자만큼은 또렷이 뇌리에 남았다. 자신을 바라보며 순간 커지던 눈매. 여러 가지 감정으로 차오르던 오묘한 눈빛.

기쁨? 당황? 혹은 반가움?

여리는 고개를 저었다. 반가움 같은 것일 리가 없지 않은가. 아무래도 기절하며 환시를 본 듯했다. 아직까지도 혹이 남았을 정도로 제법 큰 부상이었으니. 그래서 정신을 차린 직후 찾아온 감찰상궁에게도 별다른 해명은 하지 못했다.

대비전 나인이 어쩌다 그 외진 곳까지 갔느냐는 질문에는 아직 입궁한 지 얼마 되지 않아 길이 낯선 데다 안개가 심하게 끼어 길을 잃었노라 둘러댔다. 상궁의 뒤편에서 초조하게 손톱만 물어뜯고 있는 강생이가 꽤나 애절해 보이기도 했거니와 무엇을 어찌 설명해야 할지 자신도 도통 알 수 없었던 탓이었다.

호랑이 같기도, 혹은 사람 같기도 한 무엇과 마주친 것 같다고 털어놓을 수는 없는 노릇이었다. 그랬다간 정신 나간 소리라 치부될 게 뻔했다. 주위의 걱정과 비웃음을 사는 건 둘째 치고, 스스로도 도무지 납득할 수 없는 얘기였으니.

깨고 나서 들은 바로는 그 서고는 평소에 사용하는 이가 없어 잠가둔 곳이라 했다. 그날도 자물쇠로 잠겨 있었다는데 어찌 그 안에 들어갈 수가 있었겠는가. 더구나 여리가 발견된 곳은 폐서고 안이 아니라 닫힌 문소전 앞이었다. 그것은 그녀를 발견한 내관이 직접 전해준 얘기이니 틀릴 리가 없었다. 지금 여리가 들고 있는 이 책만 아니었어도.

능엄주.

귀신을 쫓아준다는 주문이 담긴 책이었다. 그날 여리가 서고에서 급하게 빼어든 책이었다.

이 책만 아니었다면 여리도 모든 것이 꿈이었다고 여겼을 것이다. 안개 속에서 발을 헛디뎌 머리를 다친 뒤로 나머지는 모두 환각이었다고 말이다. 하지만 그렇게 맘 편히 결론지을 수 없게 만드는 증거가 지금 이 손안에 있었다.

이것저것 캐묻던 감찰상궁이 마지막으로 이 책을 건넸을

땐 어찌나 당혹스럽던지. 환한 대낮에 악몽을 꾸는 듯 머릿속이 아득해졌었다. 여리가 쓰러져 있던 곳 주위에 떨어져 있었다는데, 분명 여리가 들고 있던 책과는 다른 것이었다. 실수로 뒤바뀐 것일까.

아연한 여리의 표정이 이상했던지 나가려던 감찰상궁이 재차 물었다.

'혹 그곳에서 뭔가 이상한 것을 목격한 것은 아니냐?'

여리는 고개를 저었다. 입이 떨어지질 않았다. 손끝에 끈적하게 달라붙던 촛농의 감촉이 다시금 생생히 되살아나는 것만 같았다.

쓰러져 있는 동안 대체 자신에게 무슨 일이 일어났던 것일까. 도무지 짐작조차 할 수 없었다. 그렇다면 섣불리 아는 척하지 않는 편이 낫겠다고 여리는 결론지었다. 그것은 위험에 대처하는 본능 같은 것이었다. 게다가 기절하기 직전 마주쳤던 그 눈빛을 떠올리면……. 저절로 입이 들러붙었다. 공포나 적개심과는 또 다른 감정이었다. 정확히 설명할 수는 없지만.

여리는 부적이라도 되는 것처럼 손안의 능엄주를 꾹 쥐었다. 그때 문 밖에서 부산한 인기척이 들려왔다. 사박사박 광을 낸 마룻바닥을 스치는 발소리가 가까워지더니 대령상궁이 조심스레 고했다.

"대비마마, 세자저하께옵서 문후 여쭈러 오셨사옵니다."

예상치 못한 방문에 방 안이 분주해졌다. 곁방에 있던 박상궁이 들어와 서둘러 잠에서 깬 대비를 부축해 일으키고, 따라 들어온 나인들이 풀어놓은 머리타래를 정리하고 옷매무새를 매만졌다.

"드시라 해라."

대비는 예고 없는 방문에도 귀찮은 기색 하나 없이 반갑게 세자를 맞아들였다. 대비가 누구보다 끔찍이 아끼는 혈육이었다. 어쩌면 친아들인 금상보다 더.

"감모 때문에 당분간은 거동이 힘들다 들었는데. 이젠 괜찮아진 겝니까?"

대비가 막 방 안으로 들어온 세자를 향해 반가이 손을 뻗었다. 병약한 세자는 자주 앓았다. 어려서는 궁 안에 있는 시간보다 피접 나가 있는 시간이 더 길었을 정도였다. 관례를 치른 후로는 세자궁에 쭉 머무르고 있었으나 올 겨울 들어 또다시 지병인 열병이 도져 두문불출한다는 소문이 있었다. 입궁한 지 얼마 안 된 여리로서는 세자를 이리 가까이에서 마주치는 것이 처음이었다.

여리는 펼쳐두었던 책들을 모아들고 조용히 자리에서 일어섰다. 대비가 꼈으니 여리의 임무는 일단락된 셈이었다. 조손간의 오붓한 대화를 방해하지 않기 위해 대부분의 궁인들이 침소 밖으로 물러났다. 여리 또한 뒷걸음질 쳐 자리를 빠져나오려는데 가지런히 모은 세자의 손에 들린 책에 시선이 꽂혔다. 아마도 대비에게 올리려고 가져온 듯, 책의 표지엔 묘법연화경이라 적혀 있었다. 어딘가 낯이 익었다. 목판본으로 제법 흔한 책이니 그럴 수도 있겠다 싶었지만 책 사이에 끼워져 아래로 늘어진 저 붉고 푸른 색실은…… 분명 여리의 손으로 직접 꼬아 만든 책갈피였다. 그날 폐서고에서 뒤바뀐……!

놀란 여리는 자신도 모르게 고개를 들어 세자를 보았다. 허락 없이 웃전의 얼굴을 보는 것은 경을 칠 일이었지만 따질 정신도 없었다. 머리를 드는 순간, 세자와 시선이 얽힌 것이다. 마치 이 순간만을 고대하고 있었다는 듯, 무감하던 세자의 눈동자 위로 사르르 묘한 반가움이 번졌다.

여리는 그 자리에 석상처럼 굳었다. 이 눈빛을 본 적이 있었다. 요 근래 하루에도 몇 번씩 그녀의 머릿속을 어지럽히던 그 눈빛을 어떻게 잊을 수가 있었겠는가.

저도 모르게 책을 쥐고 있던 손에 힘이 빠졌다. 순간 들고 있던 능엄주가 툭 바닥으로 굴러 떨어지며 낡은 책등이 터져 와스스 낱장으로 흩어졌다. 그중 한 장이 미끄러져 의미심장하게 웃고 있는 사내의 발끝에 가 닿아 멈췄다. 그러나 사내는 사라지지 않고 여전히 그 자리에 서 있었다. 분명 귀신을 쫓아준다는 능엄주건만. 여리의 눈꼬리가 파르르 떨렸다. 눈앞의 세자는 폐서고의 환영, 바로 그 사내였다.

'병풍 뒤에 들어가지 마라.'

늦은 밤. 차가운 방바닥에 꿇어앉은 여리는 어린 시절 외할머니께 들었던 경구를 떠올리며 떨리는 무릎을 짚었다.

'그곳은 망자들이 다니는 통로이니.'

동생과 숨바꼭질을 하다 몰래 병풍 뒤에 숨어들었을 때였다. 할머니는 어떻게 아셨는지 주름진 얼굴을 들이밀며 비밀스럽게 속삭였다. 그저 겁을 주려는 것인 줄 알았는데. 돌아가신 할머니의 목소리가 새삼 귓가에 왕왕 맴돌았다.

여리는 지금 동궁전의 일각, 병풍으로 입구가 가려진 비밀스런 어딘가로 끌려와 있었다.

'거 봐라. 여긴 귀신이 사는 곳이라 그랬잖니?'

할머니께서 쯧쯧 혀를 차는 소리가 들리는 듯도 했다. 그와 함께 마지막으로 뵈었던 할머니의 모습이 여리의 머릿속에 떠올랐다. 그때 할머니는 흰 삼베옷을 입고 차고 엄숙한 얼굴로 관 속에 누워 있었다. 자신이 말했던 대로 병풍 뒤에 숨어서. 그 뒤로는 장난으로라도 병풍 뒤에 들어간 적이 없었다. 그랬건만.

예감이 좋지 않았다. 여리는 오는 길에 보았던 동궁전의 분위기를 떠올렸다. 시간이 늦었다지만 동궁전을 지키는 익위사는 고사하고 으레 있을 법한 일꾼 한 명 보이지 않았다. 앞서서 길을 안내하던 내관 하나를 빼고…….

여리가 이곳에 불려온 것을 아무도 몰랐다. 기다렸다는 듯 강생이가 번을 서러 처소를 비운 사이에 맞춰 내관이 찾아온 터라, 설사 여리가 이곳에서 소리 소문 없이 사라진다고 해도 아무도 알지 못할 터였다.

팽팽한 긴장감이 일었다. 차라리 대놓고 호통이라도 치면 좋으련만, 상석에 앉은 세자는 아까부터 지그시 여리를 내려다보기만 할 뿐 아무런 말이 없었다. 여리 또한 입을 다물고 있으니. 흡사 누가 먼저 참지 못하고 입을 열지 인내심을 시험하는 것 같기도 했다. 고집스런 침묵이 이어지길 꽤 오래. 먼저 입을 연 쪽은 세자였다.

"부러 모른 척한 것이냐? 아니면 아둔한 것이냐?"

세자가 바닥에 놓인 책을 흘끗 눈짓하며 말했다. 책끈이 끊어진 능엄주였다. 흐트러진 것을 대충 모아놓기는 했으나 책귀가 맞지 않아 종이들이 들쑥날쑥했다. 여리는 입술이 마르는 것을 느꼈다.

역시나 실수가 아니었구나.

낮에 대비전에서 세자와 마주친 순간, 그의 손에 들린 자신의 책을 보고 어느 정도는 짐작하고 있었다. 책은 우연히 뒤바뀐 게 아니다. 세자의 눈빛이 그렇게 말하고 있었다.

하면 어째서 그런 것일까. 제게 무엇을 바라고?

여리는 여전히 침묵하며 버텼다. 상대의 의도를 알지 못한 채 섣불리 입을 놀리는 것만큼 어리석은 짓도 없다. 더구나 지금 여리가 할 수 있는 대답이라고는 어설픈 변명 정도가 다일 터였다. 그렇다고 궁금한 걸 모두 입 밖으로 꺼냈다가는…….

세자는 대답이 없는 여리를 보며 중얼거렸다.

"겁이 많은 겐가, 그 반대인 겐가?"

감히 웃전께서 하문하시는데 입을 꾹 다물고 있으니, 간이 배 밖으로 나왔느냐는 협박 같았다. 그러나 말과 달리 눈빛은 그리 험악하지 않았다. 그다지 서두르는 기색도 아니었다. 어차피 여리를 불러오기 전에 어느 정도 사전조사는 마쳤을 터. 여리에게 묻는 것은 사실확인에 지나지 않았다.

"감찰상궁에게는 아무것도 보지 못했다고 했다던데."

대체 어디까지 세자의 손이 뻗쳐 있는 걸까. 여리는 문득 방을 나서기 직전 보였던 감찰상궁의 의미심장한 표정을 떠올렸다. 그때는 상궁 역시 궐 안에 떠도는 소문을 의식해서 그런 것이라고 생각했는데.

일부러 자신에게 능엄주를 건네준 것이었다. 자신을 떠보려고. 네가 어디까지 침묵할 수 있는지 두고 보자 하는 심정으로.

"소인이 잘못한 것입니까?"

여리가 되레 반문했다. 따져 묻는 말투는 아니었다. 그저 자신이 실수를 했는지 묻고 있었다. 잘못된 점이 있다면 지금이라도 고쳐보겠다는 듯이, 세자의 물음에 공손하게 고개를 조아리면서도 정작 세자가 원하는 대답은 하나도 내놓지 않고 있었다. 세자의 질문 속엔 곳곳에 함정들이 도사리고 있었다. 그걸 간파한 여리가 쉽사리 넘어오지 않자, 세자는 알 만하다는 듯 피식 웃었다.

"입이 무거운 것은 좋지만 어쩐지 좀 고까운데."

둘 다 어리숙한 사람들은 아니니 서로를 떠보는 것은 이 정도면 충분했다. 신중한 것인지 아니면 고지식한 것인지는 모르겠으나 섣불리 입을 열 성격이 아니란 것도 확인했겠다, 세자는 단도직입적으로 물었다.

"네가 들어갔던 폐서고, 귀신이 나온단 소문이 도는 곳이다. 알고 있었느냐?"

"깨고 나서 들었습니다."

"허면 들어가기 전에는 몰랐단 말이로군."

"예."

"안은 제대로 둘러보았고?"

"서고 반대편까지 갔다 돌아왔지만 어두웠습니다."

잘 보지 못했다는 말이었다. 그래도 살펴볼 만큼은 보았다는 뜻이니.

"뭔가 목격한 것은 없었느냐?"

세자가 넌지시 물었다. 순순히 대답을 이어가던 여리는 순간 신중해졌다. 지금껏 이어져오던 문답들이 결국 이 질문을 위한 포석이었음을 느꼈기 때문이다. 혹 그 안에 비밀로 해야 할 뭔가가 있었던 것이라면.

여리는 다시금 손끝에 달라붙던 끈적한 촛농의 감촉을 떠올렸다. 누군가 그곳에 있었던 흔적이었다. 세자 쪽 사람인지 아니면 다른 누구인지는 알 수 없지만 모습을 감춘 누군가가.

무의식중에 미간을 찌푸렸던 모양이다.

"뭔가를 보긴 본 모양이군."

여리의 표정을 곡해한 세자가 불쑥 물었다.

"혹 네가 본 것이 귀신이냐?"

정치적 음모나 왕실의 비밀 같은 걸 생각하던 여리는 예상치 못한 세자의 질문에 다소 얼빠진 표정이 되었다. 황당했다.

귀신이라니. 진심인가.

"소인이 본 것은 그저 굳지 않은 촛농자국뿐이었사옵니다."

"'굳지 않았다'라. 그럼 조금 전까지 누군가 있었다는 뜻이 아니냐?"

"서탁 위에 촛대가 놓여 있었으니. 예, 아마 그럴 것이옵니다."

"그것은 상호(尙弧 내시부에 속한 정오품 벼슬)가 놓고 간 것이다."

여리를 여기까지 데려온 동궁전 내관을 가리키는 말이었다.

"자물쇠를 연 뒤 불을 켜고 나올 때까지 누구와도 마주친 적이 없다 했으니 네가 서고에 들어간 것은 그 뒤였을 것이다. 촛농을 발견한 것은 언제였지?"

"확실하진 않으나 입구에서 출발해 막다른 벽을 면해 돌아 나오다 보았으니 서고에 들어가서 대략 일각 정도……."

"허면 상호가 남긴 것은 아니다. 촛농이 굳는 데 걸리는 시간은 채 일각도 되지 않는다. 한두 방울은 찰나면 충분하지. 헌데 네가 만졌을 때 촛농은 아직 굳지 않았다 했다. 그렇다는 것은 네가 서고에 들어갔을 때부터 이미 그 안에 누군가 있었다는 뜻. 그럼에도 아무런 기척도 없었다는 것은……."

말을 멈춘 세자가 채근하듯 여리를 응시했다. 여리의 생각을 묻는 것일까. 진실을 캐듯 집요한 침묵에 여리는 결국 떠밀리듯 대답했다.

"저와 마주치지 않으려 몸을 감춘 게 아니겠습니까?"

"아니면 보이지 않은 것일 수도 있지."

말한 세자가 심상하게 덧붙였다.

"귀신 말이다."

여리는 다시금 아연해졌다. 정말 진심일까. 여리는 불경하게도 자신이 세자의 얼굴을 똑바로 바라보고 있다는 사실조차 자각하지 못하고 있었다.

그의 어깨엔 처음 본 그날처럼 백호 가죽이 둘려 있었다. 외진 곳이어서 그런지 확실히 이곳은 보통의 전각들과 달리 공기가 싸늘했다. 그러나 아까부터 온몸에 한기가 드는 까닭은 단지 그 이유 때문만은 아닐 터.

"소인은 아무도 보지 못했나이다."

여리는 '아무도'라는 말을 강조했다. 귀신이든 사람이든 보지 못했으니 보지 못한 것이다. 그것이 자신의 말에 대한 부정으로 들렸던지 세자가 샐쭉 한쪽 입술을 끌어올렸다.

"귀신을 믿지 않는 모양이지? 아니면 믿고 싶지 않은 쪽?"

겁을 먹은 것이냐고 도발하는 것 같았다.

"하오면 저하께서는 믿으십니까?"

여리가 자못 맹랑하게 되받아쳤다. 무슨 배짱에서 그랬는지 여리 자신도 알 수 없었다. 어쩌면 너무 어이가 없어서 현실감을 상실한 탓일지도 몰랐다. 어쨌든 성리학에서는 사문난적을 금했다. 그리고 그는 성리학을 근간으로 하는 조선의 왕세자였다.

세자는 아무렇지 않게 대구했다.

"제사를 올리는 것도 결국은 귀신을 섬기는 일이다."

논리에는 아무런 어긋남이 없었다. 경전과 예법을 논하는 일이라면 여리는 세자의 상대가 되지 못했다. 세자는 소문난 천재였다. 세 살에 천자문을 떼고 최근엔 대학을 읽고 있다며 대비가 자랑 삼아 말하는 걸 여러 차례 들었다. 그래서 세자에 관해 상상할 때면 막연히 병약하고 마른 학자의 모습을 떠올리곤 했는데.

낮에 대비전에서 마주쳤을 때만 해도 그다지 크다는 생각은 하지 못했다. 전체적으로 마른 데다 벙벙하니 덩치보다 큰 옷을 입고 있어 얼핏 섬세하다는 느낌이 들었던 것이다. 게다가 웃어른 앞이라 공손히 몸을 낮춘 탓인지 어깨도, 키도 왜소해 보였다. 햇빛을 많이 보지 못한 피부는 희고 창백했다. 그런데 지금은…….

자리에서 일어난 세자가 마치 짐승이 기지개를 켜듯 몸을 쭉 늘였다. 그러자 웅크리고 있던 몸이 온전히 드러났다. 키는 여리보다 머리 하나는 더 컸고 무엇보다 골격이……. 넓은 어깨와 굵직한 뼈대가 도드라졌다. 아직은 부드러운 소년의 태가 남아 있지만 무장이었던 선조의 피를 이어받아 강골이 될 기질이 여실해 보였다. 지금껏 섬세한 얼굴 뒤에 자신의 본모습을 감추고 있었던 듯.

여리를 향해 천천히 다가온 세자가 몸을 굽혀 여리와 시선을 맞췄다. 그러고는 제법 호전적인 어투로 물었다.

"내기할 테냐?"

귀신이 있는지 없는지. 뒷말은 정신이 없어 반쯤 흘려들었다. 아무래도 돌아가신 할머니의 말씀대로 이상한 곳에 발을 들여버린 모양이다.

　호랑이 굴에 들어가도 정신만 차리면 산다고 했건만.

　여리는 흔들리는 가마 안에서 애써 정신을 가다듬으려 노력했다. 한 식경 전쯤, 세자와 독대한 뒤 그의 명에 따라 갑작스레 가마 안으로 밀어 넣어져 어딘가로 이동 중이었다. 처소로 돌아가는 것이라면 굳이 가마에 태울 필요가 없었을 텐데. 불 하나 켜지지 않은 가마 안은 제 손가락조차 보이지 않을 정도로 깜깜했다. 어둠 속에선 불안이 커지기 마련이라.

　어디 은밀한 곳으로 끌고 가 쥐도 새도 모르게 처리하려는 것일지도 모른다. 그러나 그러기엔 너무 번거로운 처사였다. 여리가 그만큼의 가치가 있는 인물도 아니고. 여리는 냉정하게 자신이 처한 상황을 곱씹었다. 그러자 의미심장하던 세자의 말이 다시금 떠올랐다.

　'내기할 테냐?'

　떠보는 듯한 말투였다. 즉흥적인 듯 보였지만 창문이 막힌 가마라든가 망설임 없는 가마꾼들의 움직임 같은 것을 보면 처음부터 준비돼 있었던 것 같기도 했다.

　대체 무슨 꿍꿍이인 걸까. 여리는 어지러운 머릿속으로 생각했다. 궐 안을 떠도는 소문과 달리 막상 만나본 세자는 이상한 사람이었다. 행동 하나하나가 법도에 어긋남이 없고, 마치 삼강행실도에서 튀어나온 듯 반듯한 성품이라더니. 그사이 삼강행실도가 패관잡설로 변한 게 아니라면 여리가 만난 세자는 세상이 다 아는 그 세자가 아닌 것만은 분명했다. 대비가 직접 '세자'라 부르는 모습을 보지 않았더라면 엉뚱한 사람이 세자인 척하는 거라고 의심했을 것이다. 물론 순순히 가마에 올라타지도 않았을 것이고.

마주 쥔 손에 땀이 차올랐다. 대범한 척 했지만 떨리지 않았다면 거짓말이다. 보통 사람이라면 평생 마주칠 일도 없을 세자가 아닌가. 더구나 이 나라의 차기 지존이었다. 그가 마음만 먹는다면 여리 같은 일개 나인 따위야 흔적도 없이 치우는 것쯤은 일도 아닐 터였다.

세찬 강물에 휩쓸린 나뭇잎처럼 자신의 인생이 어디로 흘러가려는 건지 갈피를 잡을 수가 없었다. 흔들리는 가마 때문에 속도 울렁거리고. 갑작스레 닥친 혼란을 억지로 집어삼키고 있을 때쯤 목적지에 다다랐는지 돌연 가마가 멈춰 섰다. 곧이어 문이 들렸다. 어둠이 좀 가시기를 내심 바랐지만 바깥도 어둡긴 매한가지였다.

조심스레 내민 얼굴로 소름 돋도록 차가운 밤공기가 훅 끼쳤다. 잘그락, 가마 밖으로 내디딘 발밑에서 나는 모래소리. 그리고 가마꾼들이 내뱉는 습한 숨소리. 방금 도착한 그들이 만들어내는 소음을 제외하면 사방이 쥐 죽은 듯 고요하기만 했다. 여리는 고개를 들어 주위를 살폈다. 제일 먼저 눈에 들어온 것은 통화문(通化門)이라 적힌 현판이었다. 여리의 눈이 커졌다.

"여긴 동궐이 아닙니까?"

동궁전에서부터 앞장서 온 상호에게 어찌 된 영문인지 물었지만 그는 그저 무심하게 여리를 내려다볼 뿐이었다. 이곳은 경복궁과 함께 왕실의 또 다른 정궁인 창경궁이었다. 담 하나를 맞댄 창덕궁과 함께 경복궁의 동쪽에 있다고 하여 통칭 동궐로 불렸다. 지금은 임금을 비롯하여 왕실의 웃어른들이 모두 경복궁에 있어 이곳은 비어 있을 터인데. 생각하던 여리의 낯이 창백해졌다.

　"지금 궐 밖으로 나온 것입니까?"

　가마를 타고도 한참을 이동한다 싶기는 했다. 그래도 설마 궐 밖으로 나왔을 거라고는…….

　궁녀가 한밤중에 궐문을 나서는 것은 중죄였다. 들키면 궁녀의 자격이 박탈되는 것은 물론이요, 두 다리 성하게 내쫓기지도 못할 것이었다.

　진정 죽으려 함인가. 여리는 여전히 대답이 없는 상호를 망연히 응시했다. 이 위태로운 상황에 대한 답을 줄 자는 그뿐이었다. 그러나 그는 제가 모시는 상전만큼이나 불친절한 이였다. 대답 대신 그는 여리에게 나무로 깎은 둥근 패 하나를 불쑥 내밀었다.

　"받거라. 출입패다."

　비어 있는 궐이라고 해서 아무나 함부로 들어갈 수 있는 것은 아니었다. 수문장들이 남아 궐문을 지키고 있으니. 상호는 연달아 얼굴을 가릴 쓰개치마며 조족등, 부싯돌 같은 것들을 건넸다.

"안으로 들어가거든 통명전(通明殿)으로 가거라. 가서 불이 붙는 야명주를 확인하고 오라는 세자저하의 명이시다."

그는 자신이 전해야 할 말만 하고는 도로 입을 다물었다. 여리는 정신없는 와중에도 그가 한 말들을 기억하려고 애썼다. 통명전, 불이 붙는 야명주. 어차피 반항해봤자 도망칠 방법은 요원했다. 상대는 세자이고 자신은 힘없는 일개 궁녀에 불과하니. 재촉하는 상호의 압박에 궐문 쪽으로 떠밀려가다시피 하면서 여리는 어리석지만 질문할 수밖에 없었다.

"확인하고 나면, 돌아옵니까?"

시키는 일을 마치고 나면 무사히 제자리로 돌아갈 수는 있는 거냐고. 여리의 물음에 무표정하던 상호의 얼굴에 설핏 연민이 스쳤다. 그러나 아주 찰나였을 뿐.

"가마가 기다리고 있을 것이다."

용건을 마친 그는 냉정히 손가락을 들어 통화문을 가리켰다.

사전에 어떠한 약조가 오고 간 것인지는 모르겠으나 여리가 출입패를 보여주자 수문장은 별다른 제지 없이 문을 열어주었다. 마치 열린 적도 없다는 듯 곧 닫혀버렸지만.

홀로 궁 안에 남은 여리는 서둘러 조족등에 불을 붙였다. 구름이 짙어 달을 가린 탓인지 사방이 깜깜했다. 불을 켜니 발밑은 겨우 밝아졌지만 크게 위안이 되진 않았다.

이곳이 궐 안이라는 실감이 들지 않았다. 창경궁에 들어와 보는 게 처음이기도 하거니와 오가는 이들로 번잡한 경복궁과는 분위기가 달랐다. 말 그대로 빈집이었다. 그래도 궁이라고, 불 꺼진 창경궁은 웅장하고 아름다워 어딘지 더욱 비현실적이었다. 마치 허깨비 같았다. 어느 구전설화 속, 해 뜨면 사라질 여우굴처럼. 혹은 물에 비친 그림자 탑처럼 실체가 없는 신기루 같기도 했다. 인적이 사라진 너른 궐은 기묘한 상상을 불러일으키기에 딱 좋았다.

게다가 공기가 고래 배 속에 들어앉은 것처럼 습하고 축축했다. 발밑엔 젖은 낙엽들이 물 먹은 융단처럼 두껍게 깔려 있고 머리 위엔 앙상하게 뼈만 남은 나뭇가지들이 바람에 몸을 비비며 저들끼리 수런거렸다. 마치 이방인을 경계하는 듯, 환영받지 못하는 분위기였다. 궁에 들어온 후 줄곧 그렇기는 했다.

아니, 온 생을 통틀어 생각해봐도 자리를 잡지 못하고 계속 밀려나기만 하는 것 같았다. 그 와중에도 여리는 중심을 잃지 않으려 부단히 노력했지만, 살던 곳을 떠나 토대를 바꿔도 상황이 바뀌지 않는 것을 보면 결국 자신이 문제인 게 아닐까 하는 회의가 일었다.

어둠은 어둠을 부른다. 여리는 이곳에 오기 전 동궁전에서의 일들을 곱씹었다. 차라리 무릎 꿇고 울며 빌었어야 하는 게 아니었을까.

수풀 속에서 밤새 우는 소리가 들렸다. 이곳은 경복궁과 달리 전각과 전각 사이에 나무가 많고 관목숲이 우거져 있었다. 후원은 인위적인 손길을 최대한 덜어내어 안으로 깊이 들어

가다 보면 산자락과 이어진다고 들었다. 그래서일까. 궁이라 기보다는 돈 많은 부호의 별장처럼 시야가 가려진 곳이 많고 은밀한 느낌이 풍겼다. 누군가 숨어서 지켜본대도 알아채기 힘들 만큼.

그늘 밑에서 작은 짐승의 눈동자들이 깜빡였다. 눈이 마주 치면 점점 몸을 불리는 어둑시니처럼, 삽시간에 마음속 불안 이 덩치를 키웠다. 여리는 애써 눈을 돌리며 초조하게 주위를 살폈다. 과연 옳은 방향으로 가고 있는지도 확신할 수 없었다.

대체 어디서부터 잘못 발을 들인 걸까. 여리는 자신이 어 쩌다 이곳까지 오게 된 것인지 되짚어 보았다. 세자저하의 하 문에 제대로 대답하지 못했나. 혹여 자신도 모르는 새 불경한 태도를 보였던가. 그것도 아니면 그날, 그 자리에 있었던 것 자체가 문제였을까.

고개를 든 여리는 달조차 가린 답답한 하늘을 올려다보았 다. 지붕 위의 잡상들이 비웃듯 여리를 내려다보았다. 별이라 도 찾으면 방향이라도 가늠하련만.

여리는 도무지 자신이 무엇을 잘못했는지 알 수 없었다. 바 로 그것이 문제라고, 여리의 아비는 자주 화를 내곤 했다. 잘 못이라면 잘못인 줄 알 것이지, 계집이 고분고분한 맛도 없고, 번번이 시시비비를 따지려고 드는 것부터가 이미 글러먹은 것이라고.

그래서 치워버리고 싶었던 것일까. 눈에 거슬리는 것을 떨 어내려고 하는 것은 인간의 자연스런 반응이다. 옷에 벌레가 붙으면 털어버리고 싶은 것처럼. 여리도 이해했다. 자신 또한 그랬던 적이 있으니.

과거의 기억을 떠올린 여리는 걸음을 멈추고 입술을 감쳐 물었다. 꾹 감은 눈꺼풀이 여리게 떨렸다. 자책은 또 다른 자책을 끌어내고 그 끝은 결국 무력한 회한뿐임을 알기에 애써 떨쳐내려 여리는 고개를 털었다. 이미 익숙해 너덜거릴 정도의 감정이지만 지금은 때가 좋지 않다.

고개를 든 여리는 다시 앞으로 나아가기 위해 발을 내디 뎠다. 그 순간, 미끄러지며 중심을 잃고 넘어지고 말았다. 흙 길 한복판에 암초처럼 너럭바위가 숨어 있었던 것이다. 원래 부터 그 자리에 있었던 것인지 뽑지 않고 그 둘레를 돌아 담 장을 세워놓았다. 낮에 보면 꽤나 운치가 있을는지 모르겠으 나 밤눈 어두운 이에겐 함정에 지나지 않았다. 턱이 져서 발 이 걸리기 십상인 데다 겨울이라 살얼음까지 끼어 있었던 것 이다.

여리는 쓰라린 무릎을 움켜쥐었다. 넘어지며 손으로 바닥 을 짚은 탓에 손목 역시 시큰거렸다. 쥐고 있던 조족등은 저 만치 굴러가버린 후였다.

긴장해 몸을 웅크렸던 것도 잠시, 절로 한숨이 터져 나왔 다. 제 꼴이 화가 치솟을 만큼 한심스러웠다. 어차피 남은 생 에 대단한 기대도, 미련도 없지 않았던가. 오히려 너무도 지리 멸렬하여 앞으로도 이와 같은 시간을 기약 없이 견뎌야만 한 다는 사실이 끔찍할 지경이었다. 한데 무엇이 두려워서?

스스로에게 묻고 나니 허탈해졌다. 여리는 자리에서 일어나 굴러간 조족등을 주워들었다. 갓 한쪽이 찌그러지고 불도 꺼져버린 상태였다. 불을 켜야 하는데. 시익시익, 거친 겨울바람이 등을 떠밀듯 여리를 할퀴고 지나갔다. 땅에 굴러 얼룩진 치마가 바람에 펄럭였다. 여리는 망가진 조족등을 꽉 움켜쥐었다. 예상치 못한 오기가 치솟았다. 제 행색처럼 찌그러진 등에 다시 불을 붙인 여리는 두 다리에 꾹 힘을 주며 앞으로 나아갔다. 마침 저만치에 용머리가 없는 전각의 지붕이 보였다.

通明殿.

사방은 칠흑 같이 어두운데 금색의 글씨만이 부릅뜬 짐승의 눈처럼 번뜩였다. 현판을 올려다보고 선 여리는 흙 묻은 치마를 툭툭 털었다. 이곳이 창경궁의 시어소(時御所)임을 알고 있었다. 지금은 비록 비어 있지만 경복궁으로 따지자면 교태전 같은 곳이었다. 함부로 발을 들일 수 있는 곳은 아니었다. 옷매무새를 가다듬은 여리는 그제야 상호가 전한 말을 되새김질했다.

불이 붙는 야명주.

그때는 그저 눈앞에 벌어진 상황들을 소화하기 급급해 그 의미를 자세히 생각해보지 않았다. 그러나 지금 와 곱씹어보니 어딘가 앞뒤가 맞지 않는 말이었다.

야명주란 구슬이다. 밤이 되면 어두운 곳에서도 은은하게 빛을 뿜어내지만 진짜 불은 아니다. 화기(火氣)를 지니지 않았으니 가까이 가져다 댄다고 해서 불이 붙을 리 만무하다. 그

54

당연한 사실을 모르지는 않을 텐데. 그렇다는 것은 결국 보통의 야명주는 아니라는 뜻이었다.

여리는 동궁전을 나서기 전 마지막으로 보았던 세자의 모습을 떠올렸다. 내기를 하자고 했었다. 그때 그의 표정이 웃고 있었던가. 혹은 기대감에 가득 찬 표정이었나. 어쨌든 질 싸움은 하지 않는다는 듯 느긋한 얼굴을 하고 있었다.

따지고 보면 애초에 이는 내기라고 부를 수도 없는 것이었다. 내기란 본디 동등한 위치에 있는 사람들끼리 벌이는 여흥이다. 한쪽이 목숨을 걸어야만 성립된다면 도박과 다를 바 없었다. 그것도 승률이 낮은 질 나쁜 도박. 하지만 그다지 억울하지는 않았다. 그저 좀 지긋지긋할 뿐. 애초에 인생은 불공평한 것이 아니던가.

여리는 담담히 소매 안쪽에서 열쇠를 꺼내 들었다. 이곳으로 오기 전 여러 물건들과 함께 상호에게서 넘겨받은 것이었다. 통명전 안으로 들어가려면 필요할 거라고 했다.

아니나 다를까 덧문을 대어 출입을 막아놓은 한쪽에 자물쇠가 걸려 있었다. 가끔씩 내부를 청소하고 전각을 살피기 위한 목적인 듯 안으로 통하는 유일한 출입문이 보였다. 신발을 벗은 여리는 버선발로 옥계를 딛고 차가운 마루 위로 올라섰다.

조잘조잘, 앞마당에 고인 연못이 낯선 침입자를 경계하며 속삭였다. 당장이라도 누군가 튀어나와 목덜미를 움켜쥘 것 같았지만, 여리는 망설임 없이 자물쇠를 열었다. 마음까지 가라앉게 만드는 그 묵직한 쇳덩이를 바닥에 내려놓고 여리는 문을 열었다.

끼익, 녹슨 경첩이 뒤틀리는 소리를 냈다. 혹여 다른 인기척이 있을까 귀를 기울여 보았지만 안쪽은 텅 빈 어둠뿐이었다. 조족등을 앞세운 여리는 종아리 정도까지 닿는, 다소 높은 문턱을 넘어 성큼 안으로 발을 디뎠다. 나머지 한 발도 안으로 들이려던 찰나.

후웅, 닫힌 공간에서 난데없이 바람소리가 일더니, 공중에서 노란 불덩어리 한 쌍이 이쪽을 향해 쇄도해왔다. 여리는 본능적으로 양팔을 들어 얼굴을 가렸다. 그와 동시에 화르륵, 불길이 치솟았다.

가마는 나갈 때와 마찬가지로 은밀히 경복궁으로 돌아왔다. 아직은 해가 뜨지 않은 궐 안. 후원에 면한 동편 쪽문이 소리 없이 여닫히고, 가마를 내려놓은 가마꾼들은 새벽안개처럼 조용히 흩어졌다. 남은 것은 평소보다 더 창백한 얼굴을 한 상호와 쥐 죽은 듯 고요한 가마뿐.

어디선가 불에 탄 듯 매캐한 냄새가 풍겼다. 상호는 얼굴을 찌푸리며 가마의 문을 들어올렸다. 그러자 툭, 연기에 그을린 팔 한쪽이 튀어나왔다. 흡사 시체 같던 그 팔이 가마의 입구를 짚고 연이어 반대편 팔과 다리가 기다시피 가마 밖으로 나왔다. 이윽고 완전히 모습을 드러낸 사람은 여리였다. 소매와 앞섶이 온통 불에 그슬려 처참한 몰골인 데다 어쩐지 눈빛만은 형형하여 섬뜩한 느낌마저 풍기는데, 시간이 촉박하여 옷을 갈아입거나 매무새를 가다듬을 시간조차 허락되지 않았다. 쓰개치마를 대충 뒤집어쓴 여리는 상호의 뒤를 따라 성큼성큼 걸었다. 지난밤 궐을 나설 때와는 다르게 사뭇 오기에 찬 걸음걸이였다.

그사이 대체 무슨 일이 있었던 건지. 잠시 후, 다시 마주한 세자는 여리를 보자마자 혀를 찼다.

"누구와 몸싸움이라도 한 것이냐?"

머리카락은 드잡이를 당한 것처럼 헝클어져 있고 치마는 바닥에 뒹군 흔적으로 얼룩이 져 더러웠다. 게다가 불에 탄 상의는 옷고름마저 반쯤 떨어져 덜렁거리니.

"지옥에서 갓 빠져나온 듯한 모양새로구나."

탄식인지 비웃음인지 모를 세자의 말에도 여리는 동요하지 않았다. 통명전을 나와 이곳으로 오는 내내 가마 속에서 생각을 정리한 덕분이었다. 적어도 지난밤보다는 나았다. 봉변도 처음 당할 때나 놀라고 당황하는 것이지, 반복해서 겪다 보면 적응이 되는 법이다. 마음을 가라앉히고 나니 비로소 자신이 처한 상황이 보였다.

사실 여리는 남은 생에 큰 미련이 없었다. 어차피 무엇 하나 자신이 선택한 적 없는 삶이 아닌가. 그렇다고 해서 사는 내내 괴롭힘을 당하고 싶지도 않았다. 기왕이면 죽는 날까지 물처럼 조용하고 평온하게, 부친의 기대와는 여 보란 듯 무관하게 살고 싶었다. 그러자면…….

"그래, 통명전에서 무슨 일이 있었던 게냐?"

묻는 세자의 말에 여리는 고개를 들었다.

"그 전에 여쭙고 싶은 게 있습니다."

"무엇이냐?"

"저는 지금 저하와 내기 중인 것입니까?"

당돌한 질문에 세자의 얼굴에 흥미롭다는 기색이 스쳤다. 눈매를 좁힌 세자는 빙긋 웃으며 대꾸했다.

"아마도, 그래."

내기를 하겠느냐고, 먼저 말을 꺼낸 쪽은 세자였다. 속내야 어떻든지 한 번 뱉은 말을 번복하진 않았다. 왕세자의 말엔 그만한 무게가 있기 때문이었다. 그리고 그것이야말로 여리가 바라던 바였다.

"하면, 이기는 쪽엔 보상이 있습니까?"

여리는 도박판에 판돈을 밀어 넣기 직전의 도박꾼처럼, 제법 호기롭게 물었다. 처음 세자가 내기에 관해 말을 꺼냈을 때만 해도 눈앞에 닥친 일들로 정신이 없었지만, 통명전을 기어 나오며 생각했다. 어쩌면 이것이 기회일지도 모른다고.

세자는 지난밤과 사뭇 달라진 여리의 태도에 의아한 듯 고개를 갸웃했다. 그 모습이 자못 새침해 보였다.

"글쎄다. 생각해보진 않았다만 그도 나쁘진 않겠는걸."

다행히 제법 긍정적인 답변이 돌아왔다. 여리는 세자의 마음이 바뀔세라 얼른 덧붙였다.

"하오나 소인은 가난하여 저하께 내놓을 만한 물건이 없습니다. 하니, 각자 바라는 것을 들어주는 것이 어떠할는지요?"

"소원을 들어주자는 것이냐? 내가 무슨 소원을 말할 줄 알고?"

일개 나인 따위가 세자의 기준을 충족시킬 수나 있을까. 가소롭다는 표정이었다. 사실 절실한 것은 여리 쪽이었다.

"소인이 할 수 있는 일이라면 무엇이든 하겠습니다."

기실 소원이 아니더라도 세자가 명을 내리면 아랫사람인 여리는 그저 따를 수밖에 없었다. 죽으라 하면, 죽는 시늉만이 아니라 진짜로 죽어야 하는 처지인 것이다. 세자로서는 그다지 구미가 당기지 않는 제안일 수도 있었다.

흡사 능란한 장사꾼처럼 손익을 가늠하듯 눈을 가늘게 뜨는 세자를 보며 여리는 조마조마했다. 어쩌면 거부의 말이 튀어나올지도 모른다고 생각한 찰나 세자가 별안간 의뭉스럽게 웃었다.

"좋다. 네 제안을 받아들이지."

여리는 그제야 한시름 놓았다. 그러나 이어진 세자의 말에 다시금 가슴이 철렁 내려앉았다.

"대신 내가 이기면 넌 이곳에서 일하게 될 것이다."

세자가 손가락으로 밀실을 한 바퀴 빙 둘러 가리키며 말했다. 그 손짓이 몹시 불길했다.

"보다시피 할 일은 많은데 일손이 부족해서."

동궁전에 일손이 부족할 리 없었다. 그러나 그의 말처럼 이곳엔 그녀와 세자 그리고 상호뿐이었다. 그 외엔 드나드는 사람을 보지 못했다. 어쩐지 세자가 말하는 일이란 게 보통의 일은 아닐 거라는 예감이 들었다.

여리는 마른침을 삼켰다. 도무지 세자의 속내를 짐작할 수가 없었다. 불안감이 엄습했다. 여리는 아랫입술을 질끈 깨물었다. 어차피 모 아니면 도. 이미 도박판에 발을 들인 터였다. 게다가 여리도 호락호락 질 생각은 없었으니.

"그리 하겠습니다. 대신 만일 소인이 이긴다면……."

"그래. 무엇을 원하느냐?"

무심한 듯한 얼굴 뒤로 호기심이 스쳐 지나갔다. 대체 무슨 꿍꿍이기에 이리 서론을 길게 빼는지, 세자는 애초에 그것이 궁금해 적당히 장단을 맞춰주고 있는 중이었다. 하지만 작정한 듯 여리가 꺼낸 말은 꽤나 의외였다.

"선택할 수 있는 권한을 주십시오. 저하의 명이 무엇이든 그것을 따르지 않는 쪽을 선택할 수 있는 권한을 원하나이다."

"따르지 않는 쪽을 택할 권한이라?"

아주 따르지 않겠다는 말은 아니었다. 불복은 자칫 불충으로 다스려질 수도 있으니. 따를지 말지 본인이 선택하겠다는 뜻이었다. 얼핏 난해하고 까탈스러운 요구였으나 여리에게는 이런 조건을 내세운 나름의 이유가 있었다. 지난밤 내내 여리를 괴롭혔던 자괴감도 결국 스스로 선택하지 못한 삶에 대한 후회로부터 기인하지 않았던가.

자신의 인생임에도 오로지 타인의 결정에 의해 여기까지 흘러왔다. 변변한 반항 한 번 하지 못한 것은 능동적이지 못한 여리의 태도 탓일지도 모른다. 귀찮아서 자포자기한 면도 없지 않았다. 앞으로도 원하는 삶을 선택하며 살 수 있을 것 같지는 않았다. 그렇다면 적어도 원치 않는 일을 하지 않겠다, 선택할 자유라도 갖고 싶었다. 소극적인 동시에 적극적인 열망이었다.

세자는 여리의 눈빛에 어린 기이한 열기를 읽었다. 그러자 언젠가 응방(鷹坊 매의 사육과 사냥을 맡아보던 관아)에 갔다가 보았던 길이 덜 든 매가 떠올랐다. 발은 횃대에 묶여 있으면서도 눈동자만큼은 고집스레 파란 하늘을 갈망하고 있던. 보는 사람을 묘하게 부추기는 눈빛이었다. 그때처럼 무턱대고 새장의 걸쇠를 열어 몰래 풀어줄 수는 없었으나.

"원하는 대로."

관대한 세자의 대답에 여리는 어리둥절했다. 여리로서는 그것이 자신감의 표현인지, 아니면 단순한 변덕인지 알 수 없었으나, 어쨌든 서로 조건에 동의했으니 이제 각자의 패를 뒤집어볼 차례였다.

"저하께서 먼저 어디에 거실지 말씀해주시지요."

세자는 당연하다는 듯 대답했다.

"네가 귀신을 보았다는 쪽."

지금 여리의 행색을 보았다면 누구든 그렇게 말했을 터였다. 불에 탄 옷이라도 갈아입었다면 좋았으련만. 여리는 자신의 몰골을 확인하곤 쓴 입맛을 다셨다.

"그럼 소인은 귀신이 없다는 쪽에 걸겠습니다."

처음부터 각자의 입장은 정해져 있었다. 다만 왜 통명전으로 가야 했는지, 여리로선 그 이유를 몰랐을 뿐이었다. '불이 붙는 야명주' 같은 단서만으로는 세자가 여리를 그곳으로 보낸 의도를 짐작할 수 없었다. 하지만 잠긴 전각 문을 열고 안으로 들어가 기묘한 불덩이와 조우한 순간, 여리는 자연스레 깨달았다. 세자가 왜 자신을 이곳으로 보냈는지. '불이 붙는 야명주'가 무엇인지. 그리고 이것이 무엇을 위한 내기인지.

"하지만 그 전에 먼저 여쭐 것이 있습니다."

아직은 좀 더 확인해야 할 부분들이 있었다.

"통명전 역시 사연이 있는 곳입니까?"

정보의 불균형은 내기를 불공평하게 만든다. 여리는 궁에 들어온 지 얼마 되지 않은 견습나인이라 궐의 내밀한 사정까지는 알지 못하는 바. 시비를 가리자면 어느 정도의 정보는 필요했다. 혹시 폐서고의 경우처럼 떠도는 소문이 있을 수도 있으니.

"이전부터 도깨비불을 봤다는 자들이 있었다."

역시나 예상대로 범상치 않은 대답이 돌아왔다.

"본래는 선묘께서 모후이신 인수대비마마를 위해 지으신 전각이지. 헌데 언젠가부터 기이한 일들이 일어난다는 소문이 돌았다."

"기이한 일이라 하심은?"

"돌멩이가 날아오고, 의복에 불이 붙는가 하면 궁녀의 머리카락이 잘려나가는 일도 있었다지."

세자의 눈길이 불에 그슬린 여리의 옷자락에 은근히 가 닿았다.

"어딘가 낯익은 얘기이지 않으냐?"

여리는 손바닥으로 지그시 자신의 앞섶을 눌렀다.

"하여 도깨비의 짓이라는 것입니까?"

"그런 것 같다만."

세자가 다 이긴 내기처럼 자신만만하게 웃었다. 그러자 여리가 옆에 포개어둔 쓰개치마 안에서 뭔가를 꺼냈다. 앞으로 내밀자 세자가 그게 뭐냐는 듯 눈짓했다. 어른 주먹만 한 뭔가가 손수건에 싸여 있었다.

"노란 불덩어리가 떨어트리고 간 것입니다."

여리가 통명전 안으로 들어섰을 때, 바람소리와 함께 한 쌍의 노란 불빛이 여리를 향해 쇄도했다. 너무 놀란 나머지 손으로 얼굴을 가린 터라 확실히 보지는 못했지만 얼핏 피 냄새가 확 풍겼다. 그리고 이것이 여리의 머리 위로 떨어졌던 것이다. 돌멩이처럼 딱딱하지는 않았지만 제법 묵직했다.

세자는 상호를 시켜 그 물건을 가까이 가져오게 했다. 상호는 여리가 내민 것을 받아 든 뒤, 무릎걸음으로 세자의 앞까지 나아갔다. 그걸 본 세자가 고개를 끄덕였다. 펼쳐보라는 뜻이었다.

상호는 행여나 위험한 것이 들었을세라 손수건을 제 앞으로 바짝 당겨 묶인 귀퉁이를 풀어냈다. 그리고 안에 든 물건을 확인하자마자 여리를 험악하게 쏘아보았다. 그 모습이 흡사 절간 초입을 지키는 사천왕상 같았다. 그러나 여리는 상호의 시선을 태연하게 받아넘겼다.

상호는 못마땅한 듯 연신 미간을 꿈틀거렸다. 보다 못한 세자가 손짓을 하고서야 상호는 마지못해 들고 있던 손수건을 세자의 앞으로 내밀었다. 매끈하던 세자의 얼굴에도 순간 실금이 갔다.

"이것은…… 죽은 쥐가 아니냐?"

그것도 배가 터져 창자가 튀어나온 흉측한 몰골의 사체였다. 비위가 상하는지 세자는 손으로 코밑을 가렸다. 상호가 즉시 그 흉물스러운 것을 멀찍이 치우려 했으나, 세자가 손을 들어 말렸다. 그는 그것을 서안 한쪽에 올려놓게 했다.

"이것을 내게 가져온 이유가 무엇이냐?"

경우에 따라선 왕세자 모독죄로 치도곤을 당할 수도 있었다. 하지만 여리의 주장을 뒷받침하자면 어쩔 수 없었다.

"그것이 제가 본 불덩이가 도깨비가 아니라는 증거이기 때문입니다."

"도깨비가 아니라는 증거다? 이 죽은 쥐가?"

"예."

정체 모를 불덩이의 습격을 받은 직후에는 여리도 이 무슨 해괴한 일인가 놀라고 당황했다. 하지만 귀신보다는 자객의 습격일 가능성에 좀 더 무게를 두었다. 세자가 자신을 가만두지 않을지도 모른다는 불안감에 줄곧 휩싸여 있었던 탓이었다. 그래서 뭔가로 머리를 얻어맞는 순간, 이제 끝이구나 싶었다. 하지만 그뿐. 충격은 각오만큼 세지 않았고 뭔가 연달아 일어날 거라는 예상과 달리 더 이상의 위협도 이어지지 않았다. 무언가가 후다닥 열린 문 밖으로 튀어나가는 기척만이 등 뒤로 느껴졌을 뿐이었다.

여리는 허우적거리던 것을 멈추고 황급히 주변을 살폈다. 하지만 방금 전까지 눈앞에 생생했던 불덩이는 이미 사라진 뒤였다. 남은 것은 바닥에 떨어진 정체를 알 수 없는 시커먼 물체뿐. 여리는 허리를 숙여 어딘지 기분 나쁜 그것을 들여다 보았다. 좀 전에 여리의 머리에 맞고 떨어진 물체였다. 그것이 창자가 터져 죽은 쥐인 것을 확인한 순간 여리는 직감했다.

"밤 사냥을 나온 올빼미였습니다."

여리뿐 아니라 사람들을 놀라게 했던 한 쌍의 노란 불덩어 리는 어둠 속에서 빛을 내는 올빼미의 눈동자였던 것이다.

"빈 전각엔 쥐가 끓기 마련이고, 동궐은 특히 숲이 울창하 니 사냥 나왔던 올빼미가 인기척에 놀라 달아나다 떨어트린 것으로 사료됩니다. 그것을 보고 사람들이 놀라 도깨비라 소 문이 난 것이 아닐는지요?"

밤길에 으슥한 곳에서 별안간 날짐승을 마주치면 사람도 짐승도 서로 놀라게 마련이었다. 하지만 통명전의 기현상은 비단 그뿐만이 아니었다.

"허면 네 불 탄 옷자락은 어찌 된 것이냐?"

올빼미가 떨어트린 게 불덩이가 아니고서야.

"아……, 이것은……."

여리가 민망한 듯 반쯤 탄 옷고름을 만지작거렸다.

"당황하여 들고 있던 등을 놓치는 바람에……."

세자 앞에서는 용감한 척 담담한 얼굴을 하고 있었지만 사실 불덩어리가 날아왔을 때는 놀라고 겁을 먹어 정신이 없었다. 본능적으로 얼굴을 감싸며 손에 쥐고 있던 조족등을 놓쳤는데, 한 번 떨어트려 찌그러져 있던 터라 등갓에 불이 붙었다. 그때 늘어져 있던 여리의 옷고름에도 불씨가 옮겨 붙었던 것이다.

"허면 불을 끄느라 경황이 없었겠구나."

세자가 빈틈을 놓치지 않고 파고들었다.

"헌데 어찌 올빼미라 확신하느냐? 네 눈으로 똑똑히 보았느냐?"

그에 대해선 여리도 할 말이 없었다. 세자의 말마따나 불을 끄기 위해 허둥대느라 날아든 것의 정체를 가까이에서 확인할 기회를 놓쳤다. 뒤늦게 고개를 돌려 밖을 바라보았지만 여리에게는 올빼미같이 밤을 낮처럼 훤하게 볼 수 있는 눈 같은 것은 없었다.

"하지만 불덩이가 날아올 때 들린 날갯짓 소리나, 남기고 간 흔적을 보면……."

"의심할 만한 정황이긴 하나 장담할 수 있는 건 아니지."

여리의 말을 끊은 세자가 이어 반박했다.

"더구나 머리카락을 잘린 궁녀가 있다. 새의 발톱에 칼날이 달린 게 아닌 이상, 이 또한 올빼미의 짓이라 할 순 없을 터. 이는 어찌 설명할 것이냐?"

실은 세자에게서 통명전에 얽힌 기이한 사건들을 전해 들은 순간부터 여리의 머릿속엔 이미 한 가지 가설이 떠올라 있었다.

"저하께선 혹 민간에 떠도는 '도깨비장난'이라는 것을 들어본 적이 있으십니까?"

저자에서는 흔히 들을 수 있는 얘기들이었다. 밤사이 장난스런 도깨비가 어느 집 호박에 말뚝을 박아놓았다든지, 남의 집 장독에 똥물을 퍼부어 놓았다더라, 하는 소문은 사람들의 입에서 입으로 심심치 않게 퍼져나가곤 했다. 구중궁궐에서 자란 세자에겐 낯선 얘기일지 모르겠으나.

"사람의 상식으로는 납득하기 어려운 일들을 보통 도깨비장난이라고들 부르지요. 하오나 자세히 들여다보면 얼마든지 설명 가능한 일들입니다."

보통은 원한을 품은 이웃집 사람들의 행적을 조사하다 보면 진상이 드러나기 마련이었다. 처녀가 애를 뱄다는 소문도 마찬가지였다. 귀접(鬼接)을 운운하기에 앞서 동네의 엉덩이 가벼운 사내부터 단속하는 편이 애 아비를 찾는데 훨씬 도움이 될 터였다.

"한데도 사람들은 그것들을 모두 도깨비장난이라 치부해버리고는 합니다. 진실을 파헤치길 꺼리기 때문이지요."

때론 껄끄러운 진실보다 불가해한 거짓이 더 설득력을 얻곤 한다. 그것이 참이 아님을 알면서도 감춰둔 민낯이 만천하에 드러났을 때 겪게 될 곤란과 불편을 견딜 수가 없어 외면해버리는 것이다.

"결국 아닌 걸 알면서도 귀신의 탓을 하는 것입니다."

"귀신의 탓이라……."

반듯하던 세자의 미간이 찌푸려졌다.

"허면 궁인의 머리카락이 잘린 일도 원한을 지닌 사람의 짓일 거라는 말이냐?"

"궁 안엔 사연이 많고, 어디든 사람 사는 곳이라면 해묵은 은원은 존재하는 법이니까요."

누군가 궁녀의 머리카락을 잘라내고는 도깨비의 탓으로 돌렸다 한들 밝혀낼 방법은 없었다. 마침 통명전은 귀신이 나타나기로 악명이 자자한 곳이었고, 궐 안 여인들의 암투란 때로 한 맺힌 귀신보다도 음습하고 섬찟한 법이었으니.

여리의 말을 곱씹는 세자의 표정이 착잡해졌다. 그라고 궐의 명암을 모르진 않았다. 세속의 때가 묻지 않았다고 해도 세자의 지위란 마냥 순진할 수 없는 자리였다. 오히려 연꽃은 진흙탕 속에서 꽃을 피우는 법이니. 왕실의 존엄을 지탱해야 할 국본으로서 때로는 눈앞에 뻔히 보이는 진실도 웃으며 외면해야 할 때가 있었다.

"그래. 차라리 귀신의 탓으로 돌리는 게 나을지도 모르지."

세자는 납득한 듯하나 흥이 식어버린 얼굴로 말했다.

"네 말은 논리적으론 타당하나 법도를 위협한다. 하여 동의할 수 없구나."

내기의 승자로서 인정할 수 없다는 말이었다. 여리는 한숨을 삼켰다. 처음부터 쉽지 않을 것임은 짐작하고 있었다. 애초에 논리적인 다툼으로 시비를 가려낼 수 있는 문제는 아니었기 때문이다. 세자가 힘으로 압박하고 권위로써 우긴다면 승산이 없었다. 그래서 이어진 세자의 말은 여리에게는 꽤나 뜻밖이었다.

"허니 이번엔 비긴 것으로 할까?"

비긴 것으로 하자는 말보다 '이번엔'이라는 말이 더 의미심장하게 들렸다. '이번엔'이라니. 그러면 다음도 있다는 뜻인가. 고개를 든 여리는 궐의 법도도 잊은 채 세자와 정면으로 눈을 마주쳤다. 그의 본심을 알고 싶었다. 그러나 되레 혼란스러운 얼굴만 들켰다. 세자는 '어째서?'라고 묻는 듯한 여리의 표정을 보며 빙긋 미소 지었다.

"동의할 수는 없으나 마음에는 들거든."

뜻 모를 세자의 말에 어쩐지 가슴이 철렁 내려앉았다. 세자는 선심 쓰듯 굴고 있었지만, 여리는 왠지 함정에 걸려든 기분이었다. 발을 들이지 말았어야 할 곳에 발을 디뎌버린 듯한 예감.

어느새 기나긴 밤이 지나고 장지문 밖이 부옇게 밝아오고 있었다.

　　　　황효헌이 세자가 서연에서 질문하게 할 것을 건의하다

집의(執義) 황효헌(黃孝獻)이 아뢰기를,

"세자(世子)께서 나이 어리지만 학문을 거의 통했습니다. 다만 빈객(賓客)이나 요

속(僚屬)들이 예모(禮貌) 갖추기를 한결같이 상의 앞에서처럼 하므로, 세자께서 비록 의심나는 데가 있다 하더라도 하문(下問)하지 않으려 하십니다. 의혹스러운 데가 있으면 반드시 풀어버린 다음에야 환히 알게 되는 법이오니, 논란하게 하시기 바랍니다."

하니, 상이 이르기를,

"반드시 물을 줄 알게 된 다음에야 학문이 진보하게 되는 것인데, 나이가 어려 묻고 싶으면서도 하지 못하는가 싶으니, 마땅히 묻고 논란하여 의문을 풀게 하겠다."

하였다.

- 1525년 중종20년 4월 24일 조선왕조실록 기사 중

입을 벌리면 한숨처럼 흰 입김이 새 나오는 이른 새벽. 오경 삼점(대략 오전 4시 10분)을 알리는 징 소리에 맞춰 어김없이 별전의 문이 열렸다. 도착을 고하는 이도, 방문을 허하는 이도 없는 고요한 밀실 안. 걷힌 병풍 뒤로 여리는 사박사박 발소리를 죽이며 걸어 들어갔다.

세자는 김이 모락모락 피어오르는 찻잔을 쥐고 있었다. 아침 한기를 쫓으려는 듯, 그의 어깨에는 늘 그렇듯 백호가죽이 얹혀 있었다. 방 한쪽에선 상호가 숯이 가득 담긴 화로를 뒤적이고, 그 위에 놓인 놋쇠 주전자에서 뽀얀 수증기가 피어올랐다. 여리를 발견한 세자는 달칵, 들고 있던 찻잔을 서안 위에 내려놓았다.

"왔느냐?"

방 안엔 은은한 다향 사이로 묵직한 묵향이 감돌고 있었다. 세자가 서안 위에서 아직 먹물이 채 마르지 않은 종이를 집어 들자 어느 틈엔가 다가온 상호가 세자에게서 종이를 받아 들었다. 그리고 그것을 화롯가로 가져가 조심스레 말렸다. 다 마르고 나면 봉투에 담아 여리에게 건넬 것이었다. 대비에게 전하는 문안서한이었다.

"할마마마께 대신 인사 여쭙고, 내일은 직접 찾아뵙겠노라 아뢰어라."

여리는 고분고분 고개를 조아렸다. 그녀가 대비전의 봉서나인인 것은 맞지만, 세자의 안부를 전하는 것은 본래 그녀의 일이 아니었다. 편지 심부름이란 받는 쪽이 아니라 전하는 쪽에서 사람을 보내는 것이 보통이라, 본디 동궁전 내관을 시켜 전달하면 될 일이었다. 그럼에도 여리가 불평 한 마디 못하는 까닭은.

'내가 이기면 넌 이곳에서 일하게 될 것이다.'

내기가 아직 끝나지 않은 탓이었다. 여리와 세자는 적당한 간격을 유지한 채 서로를 경계하고 있었다. 아니, 경계는 여리 혼자 하고 있는 것인지도 모르겠다. 세자는 껄끄럽지도 않은지 시치미를 뚝 뗀 채 태연하게 여리를 대하고 있었으니. 무슨 조화인지는 몰라도 여리의 직속상관이나 다름없는 색장상궁도, 대비전 지밀인 박 상궁마저도 이 기묘하고 어색하기 짝이 없는 심부름을 묵인하고 있었다.

여리는 다시금 찻잔을 들어 차향을 음미하고 있는 세자를 흘깃 곁눈질했다. 상호가 서한을 정리하여 갈무리할 동안의 짧은 여유. 그것이 매일 그들에게 주어진 접선시간이었다. 그동안 세자는 의미 없이 안부를 묻거나 책을 읽고, 때로는 아무 말 없이 침묵하기도 했다. 오늘도 그런 시간이 이어지려나 했지만, 여리와 눈이 마주친 세자는 빙긋 웃었다. 그럴 때의 세자는 매우 위험하다. 여리는 긴장으로 등이 굳었다.

이번엔 또 무슨 꿍꿍이일까.

그동안 그들의 내기는 간헐적으로, 그러나 꾸준히 이어져 왔다. 보름쯤 전에는 소격서에 나타난다는 태자귀(太子鬼 어린 아이 귀신)를 확인하러 갔었고, 달포 전에는 신병(神病)에 걸렸 다는 내의녀의 뒤를 쫓기도 했다. 그때 고생한 것을 생각하 면……. 여리는 속으로 진저리를 쳤다.

밤마다 들린다던 아기 울음소리는 발정 난 암고양이가 내 는 것이었고, 신기를 보인다던 내의녀는 관원들의 술시중에 불려나가기 싫어 무병을 앓는 척한 것이었다. 물론 세자는 이 또한 인정하지 않았다.

결론을 내리려면 내의녀를 잡아들여 관청에서 정식으로 심 문을 해야 했는데 여리는 차마 내의녀가 고신 당하는 꼴을 볼 수가 없었다. 힘없는 아녀자가 제 몸 하나 지키자고 기껏 귀 신들린 흉내까지 내고 있는데, 진실을 가리자고 옥사를 겪게 하는 것은 너무 가혹한 처사였다.

그렇다고 날쌘 야생고양이를 잡기엔 여리의 손발은 그다 지 날렵하지 못했다. 이래봬도 본바탕은 양반 댁 규수였다. 여 리는 태어나 한 번도 숨차게 뛰어본 적이 없었다. 그러니 결 정적인 증거를 잡지 못하고 결국은 모든 것이 짐작일 수밖에. 여리로서는 들인 공에 비해 안타깝고 억울한 결과였다.

내기는 쉽게 결판을 내지 못하고 지지부진했다. 그러나 세자는 그것을 그리 신경 쓰는 기색이 아니었다. 본인은 아쉬울 게 없다는 뜻일까.

그는 오늘도 여지없이 여리에게 새로운 숙제를 안겨줄 모양이었다. 서안의 서랍에서 책 한 권을 꺼내든 세자가 새로운 장난감을 발견한 아이처럼 눈을 빛내며 말했다.

"의금부에 용의 비늘이 있다는구나."

그가 내민 것은 '속동문선'이었다. 무인년(1518년)에 금상의 명으로 편찬된 시문집이었다. 그 안엔 시와 서, 전(傳), 가요 등 당대의 문장가들이 쓴 다양한 글들이 수록되어 있었는데, 그 중 세자의 관심을 끈 것은 채수가 쓴 '유송도록(遊松都錄)'이었다. 옛 고려의 수도인 송도를 다녀와 적은 기행문이었다.

"거기 표시해둔 부분을 한번 읽어보거라."

세자가 가리킨 것은 송도의 절경 중 하나인 박연폭포를 묘사한 대목이었다.

박연은 천마 성거(聖居) 두 산 사이에 있는데, 두 산은 높다랗게 서로 대치하여 칼과 창을 꽂는 듯하여 바라보기에 그림과 같고, 산이 끊어져 형세가 막히자 급한 벽이 동떨어져 깎은 듯이 천 길이나 솟았다. 그 위에 석담(石潭)이 있어 물이 모여 못이 되었는데, 넓이는 수십 자나 되며 형상은 쇠꽹이[钁]와 같고, 물빛은 맑고 푸르러서 그 깊이는 측량할 수 없으나, 그 밑바닥이 보일 만한 한복판에 돌이 우뚝 솟아서 수십 사람이 앉을 수 있게 되었다.

못물이 넘어서 폭포가 되어 절벽에 떨어지는데, 완연히 은하수가 거꾸로 걸린 것 같으며, 구슬을 뿜고 눈을 날리어 바위 골짝을 들썩이니, 소리가 성난 우레와 같아서 해괴하기도 하고 놀랍기도 하여 이루 말할 수 없다.

기지(耆之)가 감탄하여 하는 말이, "조물주가 이 지경까지 이를 줄은 몰랐다. 만약 와보지 않았다면 참으로 항아리 속에 해계(醢鷄)를 면하지 못했을 것이다." 하였다.

비탈을 인연해서 구부러진 소나무가 거꾸로 드리워 있으므로 종자(從者)가 원숭이마냥 붙어서 내려다보는데 머리칼이 솟고 혼이 떨리어 가까이 하지 못하였다. 돌 위에는 구경을 온 사람들의 성명이 많이 기록되어 있다.

속담에 전하기를, "옛적에 박씨란 성을 가진 선비가 못 위에서 젓대를 불다가 용녀(龍女)에게 끌리어 못 속으로 들어가 돌아오지 아니하니, 그 아내가 부르짖으며 울다가 언덕에 떨어져 죽었다. 그 때문에 위는 박연이라 하고 아래는 고모담(姑母潭)이라 한다."고 한다.

고려 문종(文宗)이 일찍이 돌 위에 오르니 용이 그 돌을 흔들기로 이영간(李靈幹)이 축법(祝法)으로 용을 쳐서[鞭龍] 못 물이 다 붉어졌다.

"그때 떨어져 나온 용의 비늘이 의금부에 있다 한다."
그 말을 들은 여리는 책을 읽다 말고 고개를 들어 세자를 마주했다. 고개를 절레절레 젓고 싶은 심정이었으나 차마 실행에 옮기지는 못했다. 실상 조선의 유학자라는 양반들은 겉으론 이성적인 척, 고상한 척하면서도 뒤로는 기이한 이야기라면 사족을 못 쓰는 족속들이었다. 오죽하면 그런 것들을 자랑스레 엮어 문집까지 만들었을까.

그런 풍속을 아는지라 여리는 채수의 글에도, 세자의 말에도 그리 무게를 두지 않았다. 그저 심심파적 삼아 떠드는 가담항설일 뿐이라 여겼다. 하지만 이 경우엔 어쨌든 나라에서 공인한 문집인지라 대놓고 무시할 수는 없었다. 대신 여리는 다른 이유를 들어 불가함을 아뢰었다.

"하오나 의금부는 외인이 함부로 출입할 수 없는 곳이 아니옵니까? 더구나 소인은 지밀나인이니, 차라리 내관을 보내시지요."

여리는 흘긋 상호를 곁눈질했다. 의금부는 거친 관원들이 득실대는 곳이다. 여염집 아낙보다 심하게 내외를 따지는 지밀나인이 발 들일 만한 곳이 아니었다. 하지만 세자에게 그런 핑계 따위는 통하지 않았다.

"상호는 내 말이라면 태산이 바다라 한들 수긍할 위인이 아니더냐? 설혹 고양이의 발톱을 봤다 해도 내가 용의 발톱이라 하면 그러려니 할 텐데. 그래서야 진실을 가릴 수가 있겠느냐? 물론 내 눈으로 직접 확인하는 편이 가장 좋기는 하겠지만⋯⋯."

"저하!"

여태껏 입을 다물고 있던 상호가 별안간 급소라도 눌린 사람처럼 기겁하여 외쳤다.

"다시는 직접 나서지 않으시겠다고 약조하지 않으셨사옵니까?"

지난번 폐서고에서의 일 때문이었다. 그날, 폐서고에 나타난다는 귀신을 직접 보겠다 나선 세자를 말리지 못한 죄로 그 뒷수습을 하느라 한동안 온갖 고초를 겪었던 것이다. 그나마 궐 안에서 벌어진 일이었으니 망정이지, 정녕 아슬아슬했다. 그날의 일을 떠올리는 것만으로도 상호의 얼굴이 또다시 창백하게 질렸다. 행여 이 모든 일들이 웃전에 알려지기라도 하는 날엔…….

"서고 안에 선객(先客)이 있을 줄 누가 알았겠느냐?"

상호의 졸아붙은 심장 따위는 알 바 아니라는 듯 세자는 태연자약하게 차를 마셨다. 여리에게로 향하는 상호의 눈초리가 썩은 개암 열매를 씹은 듯 절로 떨떠름해졌다. 여리는 그가 자신을 탐탁지 않아하는 것도 십분 이해했다. 여리 스스로도 포한이 질 지경이었다. 불에 홀린 나방마냥 왜 하필 그날 거기 들어가서는…….

불을 놓은 사람이나, 불로 뛰어든 사람이나, 두 사람 모두 자의든 타의든, 지금도 결과적으로는 이래저래 세자의 기행에 장단을 맞춰주고 있는 중이었다. 그래도 세자가 직접 나서겠다 고집을 피우는 것보다는 나았으니.

"어쨌든 덕분에 좋은 걸 줍지 않았느냐?"

농 섞인 세자의 말에 여리의 표정이 썩어 들어갔다. 아쉬울 것이라고는 하나 없이 태어난 사람이 대체 무엇에 홀려 귀신 따위에 흥미를 갖는지 도통 이해할 수가 없었다.

여리의 표정을 오해한 세자는 싱긋 얄밉게 웃으며 덧붙였다.

"의금부에 들어가는 일은 너무 걱정하지 말거라. 이미 방책을 세워두었으니."

물론 여리에게는 조금도 위로가 되지 않는 말이었다.

그로부터 며칠 뒤, 대비가 오수에서 깨어 다소 한가해진 시간에, 여리는 세자로부터 부름을 받았다. 이른 새벽 문안서한을 받으러 갈 때를 제외하고는 일과시간에 따로 부른 적이 없는지라 여리는 의아함을 느꼈다. 더구나 여리를 데리러 온 것은 이전에는 본 적이 없던 어린 내관이었다. 항상 보던 상호가 아닌 데다 그가 안내하는 곳도 늘 가던 동궁전 방향이 아니어서 어쩐지 꺼림칙했다.

대비전에서 북쪽 길로 접어든 내관은 여리를 후원에 위치한 연못가로 이끌었다. 연못 한가운데에는 아담한 정자가 있었다. 그곳으로 가려면 뭍과 연결된 석교를 건너야 하는데 내관은 그 앞에서 걸음을 멈췄다. 그리고 공손히 팔을 뻗어 정자를 가리켰다. 여기서부터는 여리 혼자 가야 한다는 뜻인 듯했다.

동궁전 사람들은 하나같이 말수가 적다. 뭔가 설명이라도 해주면 좋으련만. 한숨을 쉰 여리는 내관이 가리킨 대로 정자를 향해 걸었다. 가까이 이르자 안쪽에서 두런두런 말소리가 들렸다. 그중 하나는 이미 귀에 익숙한 목소리였다. 돌계단 밑에 멈춰 선 여리는 흠흠 목을 가다듬었다. 그러자 곧 문이 열리며 안에서 낯익은 얼굴이 나타났다.

"왔느냐?"

물은 것은 세자였고, 문을 연 것은 상호였다. 그리고 세자의 맞은편에 앉은 사람은…….

날카로운 눈매가 짧게 여리의 전신을 훑고 지나갔다. 학을 수놓은 아청색 단령을 입은 걸로 보아서는 관원 같은데, 무슨 일로 여리를 부른 것일까.

의문은 곧 풀렸다.

"말한 대로 저 아일 의금부에 들여보내주면 되네."

지난번 언급했던 의금부 건 때문이었다. 거기 있다는 용의 비늘을 기어코 확인할 모양이었다. 세자와 대화 중인 관원은 그때 세자가 말한 방책인 듯싶었다. 상황을 깨달은 여리의 표정이 떨떠름해졌다. 그건 눈앞의 관원 역시 마찬가지였다.

"나인이 아닙니까?"

짧은 한 마디였지만 못 미더워하는 기색이 역력했다. 여리는 불편하기만 한 자리를 모면하고 싶었다. 그래서 사내가 '차라리 소신이 다녀오는 것이 어떻겠습니까?' 하고 운을 떼었을 때, 내심 쾌재를 불렀다.

하지만 세자는 조금의 망설임도 없이 고개를 저었다.

"아직 둘 사이에 결판 짓지 못한 사정이 있어서."

세자는 사내의 제안을 일언지하에 거절했다. 여리의 입술이 절로 앙 다물어졌다. 기어코 자신을 내기판으로 밀어 넣을 모양이었다. 애초에 여리 본인이 제안한 것이기는 했으나, 이 정도면 흥이 떨어질 만도 하건만. 집요하기가 이루 말할 수가 없었다. 여리는 기가 질렸다. 하지만 세자는 굳어진 여리의 표정을 달리 해석했는지 웃으며 덧붙였다.

"너무 그렇게 긴장할 필요 없다. 숙예(叔藝)는 승정원 주서(정칠품 관직. 승정원 기록 담당)였느니라. 의금부 관원들과도 막역하니 그리 걱정할 일은 벌어지지 않을 것이다. 그렇지 않은가, 숙예?"

동의를 구하는 태도가 꽤나 허물없어 보였다. 평소 새치름한 그의 성정을 감안하면 둘 사이의 유대가 가볍지 않은 듯했다.

숙예라 불린 사내는 고개를 조아리며 겸양했다.

"다 옛말이옵니다. 죄를 짓고 벼슬자리에서 쫓겨난 지 오래인데 소신 같은 허깨비에게 무슨 위세가 남아 있겠사옵니까?"

숙예 김광준. 그는 제안대군의 내자인 부부인 김씨의 친정 조카로 어려서부터 총명하여 일찍이 벼슬길에 오른 수재였다. 허나 기묘사화 때 조광조의 당여로 탄핵되어 현재는 위포지사(韋布之士)를 자처하고 있었다. 그나마 후사 없는 부부인이 친자식처럼 아끼는 조카이기에 큰 화를 면한 것이었다.

"그리 말하지 말게. 그대의 충심은 세상이 다 아는데, 머지 않아 전하의 부르심이 있지 않겠는가?"

세자의 위로에도 사내는 착잡한 듯 고개를 내저었다.

"소신은 지금이 편합니다. 부질없는 목숨을 연명하는 것만도 때로는 수치일진대, 무슨 낯으로 다시 벼슬길에 오르겠나이까?"

사내의 얼굴에 그늘이 드리웠다. 분위기가 삽시간에 가라앉았다. 말 못할 사연이 있는 듯했다. 여리는 두 사람의 눈치를 살폈다. 세자도 더는 말을 잇지 못했다. 그러자 머쓱해진 분위기를 환기할 겸, 사내가 화제를 바꿨다.

"그나저나 유송도록이라면 인천군(仁川君)의 글이 아닙니까?"

인천군 채수는 반정공신으로 한때 성균관 대사성을 지냈을 정도로 뛰어난 문필가였다.

"일찍이 졸하여 직접 본 적은 없으나 글솜씨가 빼어나 아직도 그의 문집을 찾는 이가 많다고 들었네."

"예. 너무 빼어나고 또한 거침이 없어 화를 부른 경우이지요."

평하는 광준의 표정이 어딘지 모르게 껄끄러웠다. 그럴 만도 했다. 말년에 인천군이 겪은 필화(筆禍)를 생각하면.

"그가 파직된 이유를 알고 계십니까?"

"그 분서된 책 말인가?"

세자가 태어나기도 전의 일이었지만 원체 세간을 떠들썩하게 했던 사건인지라 세자도 들어 알고 있었다.

"설공찬전이었던가……."

"예. 그 내용이 황탄(荒誕)한 데다 왕실을 조롱하였다 하여 한동안 조정이 시끄러웠었지요. 헌데 하필 지금 그 이름이 나온 것이 우연인지……."

무언가 끝맺지 못한 말이 있었다. 꺼림칙한 기색을 읽은 세자는 망설이는 광준을 재촉했다.

"할 말이 있으면 해보게. 여긴 숨어 듣는 귀도 없으니."

연못 중간의 고립된 장소였다. 정자 안의 사람이라곤 대화 중인 세자와 광준을 제외하면 상호와 여리뿐이었다. 상호는 세자의 수족이니 어디 가서 함부로 입을 열 자가 아니었고, 여리는……. 정자 한 구석에 정물처럼 조용히 시립한 여리를 흘끗 본 광준이 입을 열었다.

"근자에 들어 저자에 이상한 소문이 돌고 있습니다."

"이상한 소문이라니?"

"'환혼전(還魂傳)'이라고, 귀신이 쓴 책에 관한 소문입니다."

"귀신이 쓴 책?"

세자의 얼굴에 놀람과 동시에 호기심이 떠올랐다.

"예. 언제부터인지 이 책에 관한 소문이 사람들 사이에 퍼지기 시작했는데, 귀신이 쓴 저주받은 책이라 이 책을 끝까지 읽은 자는 죽는다고 하더군요. 허나 세간에 떠도는 것은 미완이라, 두려워하면서도 너도나도 구해 읽고 있다 합니다. 헌데 그 책의 내용이 신미년(1511년)에 분서된 인천군의 것과 꽤나 흡사한지라……."

"설공찬전?"

광준은 고개를 끄덕였다.

"항간엔 인천군이 귀신에 홀려 그 책을 쓴 것이 아닌가 하는 말이 돌고 있습니다."

그렇지 않고서야 반정공신이 무엇이 아쉬워 주상을 욕하는 책을 써서 파멸을 자초한단 말인가. 대외적으로는 소설의 내용이 정도에 어긋나고 혹세무민하여 불태워진 것으로 알려져 있지만 실상은 조금 달랐다. '역모를 저지른 자는 죽어서 반드시 지옥불에 떨어진다'는 한 구절이 지존의 심기를 거스른 것이었다. 금상은 반정으로 왕위에 오른 임금이었다.

"그대의 생각은 어떠한가?"

세자가 미심쩍다는 듯 물었다. 광준 역시 소문을 다 믿는 것은 아닌지 회의적인 답변이 돌아왔다.

"가담항설을 어찌 일일이 확인하겠습니까? 다만 내용이 유사한 것으로 미루어 둘 사이에 어떤 연관성이 있지 않을까 짐작할 뿐이옵니다. 어쩌면 사람들 말처럼 귀신은 아닐지라도 인천군이 혹 다른 것에서 영향을 받았을지도 모를 일이지요."

책이든 혹은 사람이든.

"마음을 끄는 이야기란 본래 감추고 담아두려 해도 저도 모르는 새 흘러나오는 법 아니겠습니까?"

광준이 돌아가고 난 뒤로도 세자는 한동안 생각에 잠겨 있었다.

"하필 이러한 때에 금서라……."

귀신과 연관된 일이라면 무조건 환영하고 볼 줄 알았던 세자는 의외로 심란해 보였다. 이러한 때라는 게 어떤 때인지 추측해보던 여리는 자신을 향해 손짓하는 세자를 발견하고는 뒤늦게 그 앞에 가서 섰다. 그러자 세자가 빈자리를 가리켰다. 조금 전까지 광준이 앉아 있던 자리였다. 여리가 앉자 기다렸다는 듯 상호가 다가와 탁자 위에 제법 큰 종이 두루마리를 펼쳤다. 의금부 내부를 그린 지도였다.

"밖으로 가지고 나갈 수는 없으니 이 자리에서 보고 외우거라."

세자가 말했다. 여리의 눈이 지도 위를 훑었다. 그중 한 곳에 빨간 점이 찍혀 있었다. 그곳이 여리가 잠입해야 할 건물인 모양이었다.

"이곳입니까?"

세자는 대답 대신 고개를 끄덕였다.

"나이 든 내관들에게서 얻어낸 정보다. 그들도 대략적인 위치만 알 뿐, 정확한 장소는 모른다고 했다."

그곳 지하 어딘가에 비밀공간이 있다는 것 같았다. 중요한 물건인 데 비해 외부에 알려진 정보는 많지 않았다. 비밀리에 보관되다보니 기억하는 이들도 드물었다.

"네가 그곳에 들어가 직접 찾아봐야 한다. 할 수 있겠느냐?"

여리는 섣불리 장담하지 않았다. 이전의 내기들과 달리 그녀가 감수해야 할 부분이 꽤나 컸다. 궁 밖으로 나가는 것도 마음에 걸리는데 하물며 살벌하기로 소문난 의금부였다. 아무리 도움을 받는다고는 해도 들키면 온전치 못할 터였다. 굳이 그런 위험까지 감수해야 하는지, 이 일이 그만큼의 가치가 있는지 의문이었다. 세자에게는 그저 유흥에 지나지 않을 텐데. 아무리 그녀가 웃전이 명하면 따라야 하는 궁녀라지만…….

"그 전에 여쭙고 싶은 게 있습니다."

머리로는 궁녀의 도리를 이해하면서도 아직은 양반 댁 아씨일 때의 태도가 남은 탓인지도 모르겠다.

"귀이(鬼異)의 존재를 밝히는 일이 저하께는 그만큼의 의미가 있는 일입니까?"

다분히 따지듯 묻고 말았다. 이 일이 밖으로 알려진다면 세자 역시 적지 않은 곤란을 겪게 될 터였다. 누가 뭐래도 그는 유교를 근간으로 하는 조선의 국본이었다. 정도만 걸어야 할 그가 삿된 취미에 빠져 있는 셈이었으니.

"행여 일이 잘못된다면 소인이 벌을 받는 것은 차라리 작은 일이요, 당장 저하에 대한 대간들의 상소가 줄을 이을 수도 있습니다. 한데도 그것을 꼭 확인해야 할 이유라도 있으신 것인지요?"

납득할 만한 이유가 있다면, 명분에 따라 목숨도 걸 수 있는 것이 사람이다. 하지만 여리는 처음부터 세자에게 어떤 명분을 기대하지 않았다. 그래봤자 나이 어린 왕족의 변덕일 테지. 부족함 없이 자란 왕자가 제 취미생활에 무엇을 쏟아붓건, 얼마만큼의 인력을 동원하건 그 불합리함을 누군들 신경이나 쓰겠는가. 주제넘은 여리의 질문에 무엄하다 불호령이나 떨어지지 않으면 다행일 터였다.

여리는 제 아비를 그리 신뢰하지 않았지만, 제 자신에 대한 아비의 평가만큼은 과히 틀리지 않았다고 생각했다. 고분고분하지 못하고 끝끝내 대서고 마는 이놈의 반골기질. 그런다고 제게 유리해질 것도 없고, 딱히 세상이 바뀌지도 않을 텐데. 괜한 말을 꺼냈다 후회하며 속으로 자신의 어리석음을 탓하고 있을 때였다.

"실은 예전에 본 적이 있다, 귀신을."

뜻밖의 말에 여리는 고개를 들어 세자를 마주보았다. 눈이 마주치자 당황한 여리는 얼른 다시 고개를 조아렸다. 세자는 그런 여리를 보며 빙긋 웃었다.

"일곱 살 무렵이던가, 제안대군의 집에서였다. 심병이 도져 피접을 나가 있었지."

"제안대군 저라면……."

익숙한 이름을 곱씹자 세자가 고개를 끄덕였다.

"맞다. 숙예도 그곳에서 처음 만났다. 힘든 시절 많은 의지가 돼주었지. 몸도 마음도 흐트러져 있던 때였으니까. 밤마다 원인을 알 수 없는 고열에 시달렸다. 숨을 쉬기도 힘들었지. 그렇게 사경을 헤매던 때에 그분이 나타났다. 내 할아버님."

"선묘를 뵈었단 말씀이십니까? 하오나 선묘께선 이미 오래전에 승하하신……."

"그러니 귀신을 보았단 게지. 아니면 열에 들뜬 어린아이의 눈에 비친 환시였거나."

꿈인지 생시인지 구분할 수 없었다. 아니, 꿈이었기를 바라는 것인지 아니면 생시였기를 바라는지, 제 마음을 확신할 수 없었다. 세자는 기억을 더듬듯 침잠한 눈을 하고 있었다. 그 표정이 아련한 듯도, 혹은 슬픈 듯도 하여 여리는 점점 더 오리무중에 빠져들었다. 다만 어렴풋이 짐작하기를…….

"할아버님이 뵙고 싶으신 것입니까?"

소년은 어쩌면 외로운 것일지도 몰랐다. 모두에게 섬김을 받는 귀한 몸이라지만 속내는 모르는 것이었다. 게다가 여리가 직접 겪은 궁은 생각보다 더 냉한 곳이었다. 더구나 아직은 덜 자란 소년이 아닌가. 겉모습에 현혹되어 여리도 종종 잊고 말지만 세자는 사가에 두고 온 그녀의 남동생과 비슷한 또래였다. 자신도 모르게 연민이 스미려던 찰나였다.

"선왕 전하께 확인받고 싶은 것이 있다. 내가 뵌 게 정말로 선왕 전하시라면……."

세자의 입에서 흘러나온 '선왕'이라는 호칭에선 의외로 혈육에 대한 애틋함 같은 것이 느껴지지 않았다. 오히려 깍듯한 거리감과 설명하기 힘든 껄끄러움 같은 것이 어렴풋이 감지됐다. 무엇 때문일까.

"무엇을 확인받으시려고……."

하지만 세자는 여리의 의문에 답해주지 않았다. 예의 그 속을 알 수 없는 미소를 지으며 종용할 뿐이었다.

"우리 내기는 아직 끝나지 않았다. 그러니 가서 답을 확인해 오거라."

세자는 어느새 평소의 모습으로 돌아와 있었다. 언제 무겁게 가라앉았었냐는 듯, 먼저 정자를 나서는 그의 걸음은 정제된 무희의 움직임처럼 사뿐하기까지 했다. 골격에 비해 마른 몸이 섬세했다. 그 모습에서 여리는 좀처럼 눈을 떼지 못했다.

지금껏 철없는 왕세자의 가벼운 유희인 줄로만 알았는데. 가려져 있던 타인의 비밀 한 자락을 슬쩍 엿본 기분이었다. 그것이 어쩐지 평소에 그녀가 안다고 여겼던 세자의 모습과 달라서 여리는 새삼 궁금해졌다.

그가 정말로 찾고자 하는 것은 무엇일까. 혹 이 내기에서 이긴다면, 언젠가 오늘 듣지 못한 질문에 대한 답을 들을 수 있을까. 멀어지는 세자의 뒷모습을 보며 여리는 막연히 생각했다.

다음날 오후, 궐을 나온 여리는 약속장소인 종각으로 향했다. 이곳에서 길 하나만 건너면 의금부였다. 약조한 시간보다 조금 일찍 도착한 여리는 피맛길 한쪽 그늘에 숨어 건너편의 동태를 살폈다. 운종가로 이어지는 길목이라 시전에서 흥정을 하는 사람들, 오가는 인파들로 거리는 북적였다. 그러나 정작 의금부는 한산해 보였다. 딱히 드나드는 사람도 없고, 대문 앞을 지키고 선 나졸들만 아니라면 은거한 선비의 사가라 해도 이상하지 않을 것 같았다. 한때는 조정 관원의 집이었던 탓일 것이다. 지금은 역모죄인과 강상죄인을 가두고 심문하는 관청이 되었지만.

영 꺼림칙했다. 잠입을 하자면 조용한 것보다는 번잡한 편이 나왔다. 여러 사람들 틈에 끼어 있는 편이 눈에 띌 염려가 적기 때문이다. 그런 면에서 여리가 들어가야 할 의금부는 겉으론 느슨해 보여도 사실 전혀 녹록하지가 않았다.

어떻게 하면 무사히 들어갈 수 있을까 고민하던 여리의 눈에 저만치서 흰 도포 차림에 흑립을 쓴 단출한 차림의 사내가 다가오는 것이 보였다. 얼굴을 보니 여리가 기다리던 광준이었다. 그런데 행색이 마치 상인 같았다. 이 거리에 자연스럽게 녹아들기 위해 나름의 변복을 한 듯했다. 여리도 궁인의 의복을 벗고 무명저고리에 쓰개치마를 뒤집어써 여염집 아낙 같은 모양새를 하고 있었다.

시선이 마주친 그들은 서로 눈짓만 주고받은 채 조용히 의금부로 향했다. 그마저도 약간의 거리를 둔 상태였다. 누가 보면 전혀 상관없는 사람들처럼 보일 정도였다. 사실 두 사람이 반갑게 인사를 나눌 만한 사이는 아니었다. 여리는 여전히 광준이 껄끄러웠으며, 광준은 아직도 이 일을 여리에게 맡기는 것에 회의적이었다.

내외하는 사이처럼 한발 앞서 외삼문을 통과한 광준은 정아(正衙)로 들어갔다. 헤매는 기색 없이 당당한 몸짓을 보니 세자의 말처럼 이곳 지리에 익숙한 듯했다. 그도 그럴 것이 승정원의 주서는 사초를 기록하는 일 외에도 형옥의 심리에 관여한다. 그러니 의금부 관원들과는 오가며 자연스레 안면을 익혔을 테고, 그중 개인적인 부탁을 들어줄 정도로 친밀한 이도 있을 터였다.

관청 안으로 들어간 광준은 무엇을 하는지 한동안 모습을 보이지 않았다. 한참 있다 다시 밖으로 나왔을 때는 어떤 사내와 함께였다. 붉은 철릭에 상모, 거기에 꿩 깃으로 장식한 전립을 쓴 걸로 봐선 금부도사인 듯했다. 그는 계단을 내려서자마자 전쟁터의 장수처럼 왕왕한 목소리로 호령했다.

"급히 전달할 것이 있으니 정문의 교대 인원을 제외하고 모두 대청으로 모여라!"

그러자 마당 곳곳에 흩어져 있던 나장들이 일사불란하게 도사 앞으로 모여들었다. 그사이 그들을 피해 돌아온 광준이 담장 그늘 밑에 서 있던 여리에게 뭔가를 쿡 찔러주었다.

"창고 열쇠다. 시간이 많지 않으니 서둘러라."

속삭인 그는 손으로 내정 쪽을 가리키고는 슬그머니 지나쳐갔다. 멀리서 보면 그저 잠시 스친 것처럼 보일 만한 움직임이었다.

여리는 그가 손짓한 대로 내삼문을 거쳐 의금부 후원으로 향했다. 웅성거리던 소리가 순식간에 멀어졌다. 보초를 서던 나졸들을 모두 불러들인 탓에 내정은 조용했다. 머릿속으로 전날 본 지도를 떠올리며 여리는 갈림길에서 왼편의 작은 문 안으로 들어섰다. 그러자 양쪽으로 허름한 옥사가 줄지어 이어졌다.

여리는 인상을 찌푸리며 쓰개치마를 쥔 손으로 코를 막았다. 어디선가 지린내가 풍겼다. 아마도 담장 한쪽에 쌓아둔 짚더미에서 나는 냄새인 듯했다. 그 옆에 시커먼 재가 묻은 화로며 부지깽이, 인두 같은 것이 아무렇게나 나뒹굴고 있었다. 우물도 없는 이곳에서 빨래를 하고 다림질을 했을 리 만무하니, 그 용도가 무엇인지 가히 짐작할 만했다.

미간을 찌푸린 여리는 걸음을 재촉했다. 무시하려고 해도 불쑥불쑥 떠오르는 온갖 불쾌하고 불편한 상상들이 머릿속을 어지럽혔다. 그러나 시간을 끌었다간 상상이 상상만으로 끝나지 않을 수도 있었다.

여리는 서둘러 건물의 모퉁이를 돌았다. 그러자 지도 속에서 보았던 연못이 나타났다. 그 연못 오른편에 홀로 동떨어져 있는 건물 하나. 붉은 점이 찍혀 있던 바로 그 창고였다.

문 앞으로 다가간 여리는 사방을 살폈다. 다행히 주위엔 아무도 없었다. 품속에서 광준이 주고 간 열쇠를 꺼낸 여리는 침착하게 잠긴 문을 열었다. 철컥, 손안으로 묵직한 자물쇠가 마치 그녀의 심장처럼 툭 떨어졌다. 그것을 한쪽에 조심스레 감춰두고 문을 열자 진득한 어둠이 검은 입을 벌렸다.

창고 안에는 그 흔한 창문 하나 없었다. 감출 것이 많은 듯, 입구에 걸린 제등마저도 불이 꺼져 캄캄했다. 초에 불을 붙인 여리는 서둘러 창고 안으로 들어가 문을 닫았다. 당장은 눈앞의 어둠보다 누군가의 눈에 띨까, 그것이 더 두려웠다.

어둠 속에서 불을 비추자 그제서야 안쪽의 구조가 대략이나마 눈에 들어왔다. 건물의 유일한 출입구를 시작으로 좁고 긴 통로가 이어져 있고, 통로를 따라서는 안쪽으로 통하는 문들이 연달아 늘어서 있었다. 문마다 눈높이에 작은 창이 나 있었는데 아마도 안쪽을 감시하는 용도인 듯했다.

여리는 가장 가까운 곳에 달린 창을 통해 안을 들여다보았다. 그러나 보이는 것이라곤 불길한 어둠뿐이었다. 얼핏 녹슨 쇠 냄새가 나는 듯도 했다. 혹시나 하는 마음에 문손잡이를 당겨보았으나 잠겨 있는지 꼼짝도 하지 않았다.

이곳 어딘가에 지하로 내려가는 통로가 있을 터였다. 여리는 닫힌 문을 일일이 확인하며 앞으로 나아갔다. 그렇게 통로의 맨 끝에 도달했을 때 밑으로 이어지는 계단이 보였다. 가로막는 문도 없었다. 하지만 여리는 쉽사리 걸음을 내딛지 못했다. 아래에서부터 서늘한 한기와 질척한 습기가 흘러나오고 있었다.

분명 이 아래에 의금부의 서류들이 보관되어 있다고 들었다. 근처에 있는 경력소(經歷所)와 당직청에서 작성한 서류들이 모두 이곳으로 모인다고 했다. 하지만 이곳은 서류고로 쓰기엔 적당치 않아 보였다. 지나치게 음습했다. 종이는 습기에 약하다. 건조하고 바람이 잘 통하는 곳에 서고를 만드는 것은 상식 중의 상식이었다.

제대로 찾아온 게 맞을까. 의심이 드니 지하로 내려가기가 더욱 꺼림칙했다. 그렇다고 확인을 하지 않을 수도 없는 노릇이었다. 여리는 들고 있던 제등으로 발밑을 비췄다. 그리고 불빛에 의지해 한 걸음, 한 걸음 조심스레 계단을 내려가기 시작했다. 갈수록 축축한 느낌이 더해졌다. 행여 미끄러질까 온몸에 잔뜩 힘이 들어갔다. 다행히 계단은 그리 길지 않왔다. 바닥에 도달한 여리는 등불을 들어 주변을 살폈다. 그러자…….

"아……!"

저도 모르게 감탄사가 흘러나왔다. 지하는 하나의 거대한 공간이었다. 칸칸이 갈린 위층과 달리 천장이 높고 뻥 뚫려 있어 동굴에 들어온 듯 목소리가 울렸다. 직사각형으로 반듯한 바닥에는 천장까지 닿는 책장이 사방 벽을 따라 연달아 늘어서 있었다. 그리고 칸마다 책들이 바늘쌈지 속의 바늘처럼 빼곡히 꽂혀 있어 장관을 연출했다. 밝은 빛 아래서 봤다면 꽤나 압도적인 광경이었을 터였다. 그러나 어둠 속에서는 가슴이 짓눌린 듯 답답하게만 느껴졌다. 꼭 덩치 큰 거인들에게 에워싸인 기분이었다. 어쨌든 제대로 찾아오기는 한 모양이었다.

여리는 가장 가까이에 서 있는 책장으로 다가가서 손에 잡히는 대로 책 한 권을 꺼내 들었다. 독특하게도 가죽으로 표지를 덧댄 책이었다. 등불에 의지해 몇 장을 넘겨보던 여리는 자신도 모르게 눈살을 찌푸렸다. 역모사건을 기록한 공초안이었다. 그 안엔 연루된 자들을 심문한 기록이 상세히 적혀 있었다.

입을 다문 죄인들을 어찌 다뤘는지, 형신에 쓰인 도구는 무엇인지, 뽑은 손톱, 발톱의 개수까지 단정한 글씨로 아주 소상히 적혀 있었다. 어쩌나 생생한지 당장이라도 귓가에 비명소리가 들려올 것만 같았다. 손에 닿은 가죽의 감촉이 괜히 섬뜩했다. 여리는 쥐고 있던 공초안을 원래 자리에 돌려놓고는 털어내듯 손을 치맛자락에 닦았다. 뒤로 몇 걸음 물러나자 불빛이 둥글게 퍼지며 천장까지 닿았다.

벽면을 가득 채운 기록들이 새삼스레 소름 끼쳤다. 하나하나가 모두 죽음의 기록이었다. 그리고 이곳은 그 기록들을 저장한 하나의 거대한 무덤이었다. 여기에 시체를 쌓아 올리듯 역모의 기억들을 한 권, 한 권 쌓아갔을 사람들을 생각하자 그 집착 어린 광기에 기가 질리는 기분이었다.

여리는 등줄기로 흐르는 한기를 느끼며 좀 더 안쪽으로 걸음을 옮겼다. 빨리 확인하고 이곳을 벗어나고 싶었다. 참으로 끈끈하고 기분 나쁜 곳이었다. 서가를 따라 지하 공간을 크게 한 바퀴 빙 돌던 여리는 어디선가 들려오는 물방울 소리에 걸음을 멈췄다.

퐁, 퐁. 딱딱한 바닥에 떨어지며 부딪혀 나는 둔탁한 소리가 아니라 연못이나 물웅덩이에 낙숫물이 더해질 때의 탄력 있는 소리였다. 소리는 일정한 간격을 두고 계속됐다. 하지만 지하 공간엔 물웅덩이는커녕 천장에 맺힌 물방울 하나 보이지 않았다. 이상한 일이었다.

여리는 혹시 자신이 놓친 부분이 있나 싶어 팔을 뻗어 등불을 멀리 비춰보았다. 하지만 온 길을 되짚어갈수록 물방울 소리는 점점 작아졌다. 아무래도 눈에 보이는 게 다가 아닌 모양이었다. 어두운 곳에 들어와 안력을 잔뜩 높이고 있던 여리는 눈을 감고 청력에 집중했다.

그러자 들어온 출입구에서 가장 먼 벽 쪽에서 유독 소리가 크게 들렸다. 걸음을 멈춘 여리는 눈을 뜨고 등불을 들어올렸다. 여전히 이어지는 물방울 소리에 귀를 기울이며 주변을 꼼꼼히 살피던 중, 허리 높이의 책장에 꽂힌 책들 사이에서 유난히 키가 작은 책 한 권이 여리의 눈에 띄었다. 그 뒤로 어둠이 가득했다. 그리고 퐁, 그사이로 보다 또렷한 소리가 들려왔다.

순간 여리의 눈이 이채로 빛났다. 등불을 바닥에 내려놓은 여리는 책장에 꽂혀 있던 책들을 잡히는 대로 한 움큼씩 집어냈다. 그리고 안쪽을 들여다보았다. 그러자 텅 빈 공간이 보였다. 마치 검은 우주처럼, 벽으로 막혀 있어야 할 곳이 뻥 뚫려 있었다. 물방울 소리는 한층 더 커졌다.

찾았다.

어둠을 응시하는 여리의 얼굴이 긴장과 흥분으로 달아올랐다. 여기까지 온 것은 결코 그녀의 의지가 아니었으나, 막상 눈앞에 그럴듯한 정황들이 펼쳐지자 여리는 자신도 모르게 비밀을 밝히는 일에 빠져들었다.

이 안에 정말 용의 비늘이 있는 걸까.

책을 모두 빼니, 책장 한 칸의 뒷면이 온전히 비어 있었다. 옆 칸의 책장이 나무판자로 막혀 있는 것과는 달랐다. 여리는 허리를 굽혀 빈 공간 안을 들여다보았다. 간간이 들리는 물방울 소리 말고는 아무런 인기척도 느껴지지 않았다.

등불을 든 여리는 팔을 앞으로 쭉 뻗어 반대편 공간을 비춰보았다. 그리고 결심한 듯, 치맛자락을 추슬러 잡곤 몸을 납

작하게 밀착하여 책장 반대편으로 기어 넘어갔다. 통과하는
데는 큰 무리가 없었으나 옷차림이 불편하여 다소 허우적거
렸다. 상체부터 바닥에 닿은 여리는 등불이 꺼지지 않도록 조
심하며 겨우겨우 몸을 일으켜 세웠다. 그러자 생각보다 넓은
공간이 눈앞에 펼쳐졌다.

궁녀들의 처소를 서너 개쯤 길게 이어둔 크기 정도 될까.
성인이 양팔을 뻗을 수 있을 정도의 너비에 길이는 지하 공간
의 벽 한 면을 모조리 할애한 듯했다. 책장을 벽에서 띄워 빈
공간을 만들어둔 것이다. 그 끝에 돌로 만든 수반(水盤) 하나가
놓여 있었다. 물 떨어지는 소리는 거기서 들려오고 있었다. 수
반이 놓인 자리에서 수직으로 올라간 천장에 동관이 박혀 있
고 그 끝에서 물방울이 떨어지고 있었다.

근처에 있는 연못의 영향일까. 여리는 고개를 갸웃했다. 돌
기둥 위에 넓적한 대접을 얹은 듯한 형태의 수반은 궐 후원에
서 종종 볼 수 있는 물건이었다. 그 안에 수중식물을 키우거
나 때때로 작은 물고기를 풀어 흥취를 돋우는 용도로 쓰인다.
하지만 이리 어두운 지하에 무슨 연유로.

낙숫물을 받으려는 용도로 놓은 것인지도 모른다. 생각하
던 여리는 이내 고개를 저었다. 그러려면 물동이나 함지박을
두는 편이 나을 터였다. 차는 물을 중간중간 비워줘야 하는
데 무거운 돌수반은 쉽게 옮길 수 있는 물건이 아니었다. 결
국 다른 용기에 퍼 옮겨야 하는데 그렇게 되면 일을 두 번 하
는 셈이라 번거로움도 배가 된다. 더구나 이곳은 의금부 안에

서도 출입이 까다로운 문서보관고였다. 저 작은 수반으로 가둘 수 있는 물의 양이 얼마나 된다고 수시로 들락거리는 수고로움을 자초하겠는가.

여리는 좀 더 가까이 다가가 수반을 살펴보았다. 주변을 빙 돌며 꼼꼼히 확인해봤지만 수반은 옮긴 흔적이 전혀 없었다. 심지어 주위로 물이 넘쳐흐른 자국조차 없었다. 여리가 이곳에 들어온 지 못해도 일각은 지났으니 그사이에도 물이 꽤 모였을 터인데, 물 높이는 크게 변하지 않는 것 같았다. 그 증거로 수반의 안쪽에 오래되어 까맣게 낀 물이끼가 수면 근처에서 더 내려가지 않고 둥글게 테를 이루고 있었다. 이 높이 이상으로는 물이 차지 않았다는 의미다.

혹 수반 내부에 물이 저절로 빠지도록 장치가 되어 있는 걸까. 기둥을 통해 바닥으로 연결되는 구멍이 있을지도 모른다. 여리는 수반의 테두리를 잡고 힘을 주어 밀어보았다. 하지만 수반은 바닥에 못 박힌 듯, 꼼짝도 하지 않았다. 흔들리는 기척조차 없었다. 움직이기를 포기한 여리는 혹시 다른 장치가 있을까 하여 수반 이곳저곳을 더듬어보았다. 그러자 손끝에서 오톨도톨한 굴곡이 느껴졌다. 이끼가 끼어 몰랐는데 수반의 접시 바깥과 기둥에 형태를 알 수 없는 복잡한 무늬가 양각되어 있었다.

여리는 품속에서 영견을 꺼내 물을 적셨다. 그리고 젖은 영견으로 이끼를 닦아내기 시작했다. 그러자 세월의 흐름만큼 두텁게 쌓여 있던 이끼가 서서히 닦여나가고. 잠시 후, 그 안에 감춰져 있던 형상이 모습을 드러냈다.

용이었다. 기둥을 휘감은 용은 살아 꿈틀대는 것처럼 비늘 한 장 한 장까지 섬세하게 조각되어 있었다. 그런데 특이하게도 머리가 바닥을 향하고 있었다. 마치 추락하는 것처럼 보였다.

순간 여리의 머릿속에 자연스레 '박연의 용'이 떠올랐다. 그 이야기 속의 용은 왕이 올라선 바위를 흔들다 도사의 법력에 맞아 피를 흘리며 가라앉았다. 마치 이 돌기둥에 조각된 용처럼.

여리는 살아 있는 용을 더듬듯 돌로 조각된 용의 비늘을 훑었다. 그러다 용의 턱 밑, 움푹 들어간 자리에 비늘 한 장만큼의 공간이 비어 있다는 사실을 발견했다. 마침 이야기 속 용도 비늘이 떨어져나갔다고 하지 않았던가. 이 또한 그저 우연일까.

여리는 바닥에 엎드리다시피 고개를 바짝 숙이고 촛불을 좀 더 가까이 대어 빈 부분을 살폈다. 그러자 그늘이 져 희미하던 부분이 좀 더 또렷하게 드러났다. 마치 그 부분만 다른 돌을 끼워놓은 듯 미세한 홈이 파여 있었다.

여리는 손가락으로 그 부분을 눌러보려 했다. 하지만 홈이 원체 작아 뭉툭한 손가락으론 어림도 없었다. 여리는 제 몸을 더듬었다. 적당한 도구가 없나 찾던 여리는 품 안에서 늘 휴대하고 다니는 필낭을 꺼냈다. 봉서나인이 된 후로 쭉 지니고 있던 것이었다. 거기서 가장 작은 세필붓을 꺼낸 여리는 손에 힘을 주어 붓대를 반으로 꺾었다. 그중 갈라진 날카로운 부분을 조심스레 구멍 안으로 밀어 넣었다.

그러자 달칵, 소리와 함께 기둥에서 분리된 무언가가 또르르 굴러 나왔다. 동그란 구슬이었다. 용이 물고 있던 여의주. 여리는 다시 한 번 온몸에 전율이 이는 것을 느끼며 떨어져 나온 여의주를 살폈다. 겉으로 드러난 부분은 이끼에 덮여 시커멓지만 안으로 물려 있던 부분은 본래의 색깔대로 뽀얬다. 여리는 혹 그 안에 무언가 들어 있지 않을까 해서 흔들어도 보고 두드려도 보았지만 그것은 그저 평범한 돌이었다.

그렇다면……. 여리는 고개를 숙여 여의주가 빠져나온 용의 입속을 살펴보았다. 그러자 그 안에 깊숙한 공간이 보였다. 뭔가를 숨겨두기에 충분해 보이는 공간이었다. 여리는 손가락을 넣어 안을 더듬었다. 마치 살아 있는 생물의 목구멍에 손을 집어넣는 것 같아 기분이 영 께름칙했지만 흥분이 두려움을 눌렀다. 각도가 잘 나오지 않아 아예 바닥에 납작 엎드리고 왼손과 오른손을 번갈아 쑤셔 넣길 몇 차례. 드디어 손가락 끝에 바스락거리는 뭔가가 걸렸다. 검지와 중지 끝에 힘을 바짝 주어 살살 잡아당기자 살짝 풀린 종이 모서리를 따라 유산지에 싸인 환 모양의 물건이 딸려 나왔다. 여의주보다는 조금 작은 크기였다.

여리는 막혔던 숨을 토해냈다. 정말 이것을 발견하게 될 줄은 몰랐다. 세자의 짓궂은 호기심에 반강제로 시작된 일이었는데, 막상 기대치 않은 결과물을 대하고 보니 얼떨떨했다.

이게 정말 용의 비늘일까. 여리는 눈으로 보지 않은 건 믿지 않는 사람이었다. 여전히 회의적인 생각이 지배적이었지만 혹시나 하는 기대감이 피어올랐다. 동시에 찜찜한 기분도 들었다. 퍽 유쾌하지 않은 사연이 깃든 물건이지 않은가. 생각 같아선 이대로 세자에게 들고 가 직접 확인하게 하고 싶었다. 그러나 의금부 서류고에서는 아무것도 들고 나오지 않는 것이 원칙이었다. 그것은 여기 들어오기 전부터 단단히 주의를 받았던 사항이었다. 더구나 이것을 가지고 나갔다가는 돌려놓는 것이 더 큰일이었다. 그사이 물건이 사라진 것을 누가 알아채기라도 하는 날엔…….

고개를 저은 여리는 크게 심호흡했다. 그리고 결심한 듯 둥근 환을 감싸고 있던 유산지를 벗기기 시작했다. 누군가가 남몰래 깊숙이 숨겨둔 비밀을 까발리는 일이었다. 긴장으로 자신도 모르게 손끝이 잘게 떨렸다. 안에 든 물건이 행여 손상될까, 부피가 줄어들수록 손길도 더욱 조심스러워졌다. 그러나 겉을 싼 포장이 겹겹이 이어지고, 이제는 너무 작아진 게 아닌가 싶은 생각이 들도록 내용물이 나타나지 않자 불쑥 의구심이 솟았다.

용의 비늘이 이렇게 작을 수도 있는 건가. 직접 본 적은 없지만 전설 속의 용은 하늘을 뒤덮을 만큼 거대한 영물이라 했다. 하면 비늘도 그에 걸맞게 커야 하는 것이 아닌가. 이래 가지고는…….

좋게 쳐줘도 물고기 비늘 정도밖에 되지 않을 정도로 크기가 줄어들었을 때였다. 마침내 종이가 모두 벗겨지고, 안에

든 내용물을 확인한 여리는 기이한 기분에 사로잡혔다. 파손을 막기 위해 둘러싼 솜 사이로 언뜻 보인 것은 흡사 나무껍질 같았던 것이다. 눈부신 광채도 없었고, 상서로운 기운을 풍기지도 않았다. 그저 죽은 나무토막처럼 딱딱하고 건조했다. 게다가 그 모양이 타원형으로 길쭉하고 주뼛한 것이 부채꼴인 뱀이나 물고기의 비늘과는 형태마저 달랐다. 마치 그 모양은…….

분명 낯설어야 할 물건에서 익숙함을 느낀 여리는 미심쩍은 기분에 눈가를 좁혔다. 어디선가 본 것 같은 기시감이 들었다. 그럴 리가 없는데. 조심스레 비늘을 만져본 여리는 손끝에 닿는 느낌에 표정이 굳어졌다.

아무래도 이것은…….

세자의 명을 수행하고 대궐로 돌아가는 길. 광준은 아까부터 말이 없는 여리를 의아하게 바라보고 있었다. 창고 안에서 뭔가 못 볼꼴이라도 본 것일까. 여리는 어쩐지 머릿속이 복잡한 듯, 생각에 잠겨 있었다. 괜찮은 것인가 말이라도 붙여보고 싶었지만, 두 사람은 여전히 남남처럼 서너 걸음 떨어져 걷고 있는 중이었다. 중간에 세자가 다리를 놓긴 했으나, 아무래도 얼굴 한 번 본 것이 다인 사이였다. 어색하지 않을 리 없었다. 더구나 광준의 입장에서는 여리가 썩 믿음이 가지도 않았고.

사실 그는 자신의 일만으로도 머리가 아팠다. 여리를 기다리는 동안 의금부에서 좋지 않은 소식을 전해 들은 탓이었다. 주로 기묘사화 때 귀양 간 동료들의 딱한 사정에 관한 얘기였다. 가장이 없으니 식솔들의 생계가 막막하다더라, 누구는 험지에서 병을 얻었다더라 하는 내용들이었다. 그에 비하면 자신은 이리 멀쩡히 지내고 있으니. 마음이 무겁게 가라앉는 만큼 신경은 예민하게 곤두섰다. 줄곧 침묵하던 광준은 궐 문 앞에 다다라서야 겨우 말문을 떼었다.

"오늘 일은 너무 개의치 말거라. 애초부터 겁 많은 여인이 어찌 해보기엔 의금부가 그리 녹록한 곳이 아니니."

당연히 여리가 아무것도 알아내지 못했으리라는 전제 하에 던지는 위로였다.

"세자저하께는 내 직접 전후 사정을……."

말을 채 끝맺기도 전이었다.

"입궐하실 참이십니까?"

돌아보니 어느새 초점이 또렷해진 여리가 자신을 올려다보고 있었다. 쓰개치마를 내린 여리는 궐문을 통과하기 위해 소매 안에서 통부를 꺼낸 참이었다. 방금 전까지 흐릿하던 표정은 온데간데없었다.

"아니다. 오늘은 차림이 이러해서."

광준은 얼떨떨하게 자신의 도포자락을 내보였다. 의기소침해 있는 줄 알았더니. 여리는 멀쩡해진 얼굴로 또박또박 대꾸했다.

"하오면 보고는 내일 아침 조강(朝講) 전에 소인이 세자저하께 직접 올리겠습니다. 지금은 급히 가볼 데가 있어, 하면 이만."

꾸벅 허리 숙여 인사한 여리는 머뭇대는 기색도 없이 쌩하고 궐문 안으로 사라져버렸다. 홀로 남겨진 광준만이 어쩐지 황당한 기분에 한동안 자리를 뜨지 못하고 서 있었다.

다음날 아침. 여리는 평소대로 문안서한을 받들기 위해 동궁전에 들었다. 먹 냄새가 은은하게 감도는 별전 안. 평소보다 일찍 서한 작성을 마친 세자는 상석에 앉아 눈을 빛내고 있었다.

"어제 올 줄 알았더니."

전날, 세자는 석강 후에 예의 그 어린 내관을 보내 여리를 불렀었다. 그러나 여리는 확인할 것이 있다며 내일 찾아뵙겠다는 말만 전해왔던 것이다. 무엄하게 여길 수도 있었지만 세자는 그다지 개의치 않는 표정이었다.

"그래, 찾던 것은 찾아냈고?"

부름을 받고도 단숨에 달려오지 않은 것은 이해해줄 수 있지만, 찾아야 할 것을 찾아내지 못했다면 그것이야 말로 실망이란 투였다. 반쯤 장난스러운 어조였건만 여리는 전혀 장단을 맞춰줄 생각이 없어 보였다. 평소에도 무덤덤한 편이기는 했지만 오늘따라 더 가라앉아 보였다.

"혹, 아무것도 찾지 못한 것이냐?"

그렇다고 해도 세자는 여리를 나무랄 생각은 없었다. 하지만 여리는 고개를 저었다.

"하명하신 대로 비늘은 찾았습니다. 아마도……."

어쩐지 미심쩍은 기색을 지우지 못한 채, 여리는 자신이 본 바를 고하기 시작했다. 책장 뒤에 숨겨진 공간이 있었던 것이 며, 그 안에 놓여 있던 수반 그리고 양각된 용의 조각으로 작 동되던 비밀장치까지.

"용이 물고 있던 여의주는 일종의 마개 같은 것이었습니 다. 그 마개가 빠지고 나자 안쪽에 비밀공간이 있었습니다. 그 안에서 말씀하신 '용의 비늘'을 찾았습니다."

"지금 용의 비늘이라고 했느냐?"

세자는 여리의 입에서 그 말이 나왔다는 사실이 믿기지 않 는다는 듯 재차 확인했다. 지금까지의 여리의 태도로 미루어 용의 존재를 절대 인정하지 않을 줄 알았건만.

"진정 전설이 사실이었던 모양이구나."

여리는 긍정도 부정도 하지 않는 묘한 태도를 견지했다. 대 신 동궁전에 들어올 때부터 들고 있던 책을 세자에게 내밀었다.

"이것이 무엇이냐?"

"고려사이옵니다."

어제 오후, 궐로 돌아오자마자 서고로 달려간 여리가 찾은 책이었다. 의금부 창고에서 발견한 용의 비늘을 본 순간 문득 든 기시감을 확인하기 위해서였다.

"여기 펼쳐진 곳을 읽어보시옵소서."

세자의 손짓에 곁에 시립해 있던 상호가 여리의 손에서 책 을 받아 세자에게 건넸다. 여리가 표시한 부분을 읽은 세자의 표정이 미묘해졌다. 그것은 고려 문종 26년, 교위 거신에 의해 계획된 역모사건에 대한 기사였다. 이것을 자신에게 보여준 이유가 무엇인지 잠시 생각하던 세자는 곧 그 연유를 깨닫고는 들고 있던 책을 서안 위에 내려놓았다.

"문종이라면 '박연의 용' 이야기에 나오는 바로 그 왕이구나."

"예."

여리는 고개를 끄덕였다. 따로 설명을 덧붙이지 않았지만 영민한 세자는 곧 여리의 의도를 알아챘다.

"그 이야기가 은유라고 보는 것이렷다?"

연못 속의 용이 바위 위에 선 군주를 흔들었다. 그러나 뒤집지 못하고 도리어 등을 얻어맞고 쫓겨났다. 예로부터 임금은 용에 비유되기도 했으니.

"왕좌를 뒤집기 위해 반정을 시도했으나 실패했다는 뜻이겠지. 허면 연못 속의 이무기는 누구인가?"

"문종의 동복아우인 왕기(王基)입니다."

문종의 치세는 고려사를 통틀어 흔치 않은 태평성대였다.

"문종의 재위기간 중 역사에 기록된 역모사건은 그 한 건뿐. 그마저도 반역이 밝혀졌을 때는 왕으로 추대됐던 왕기는 이미 죽은 후였습니다."

"허면 의금부에 있다는 용의 비늘은 어떻게 된 것이냐? 네 추측대로라면 애초에 용의 비늘 같은 것은 존재할 수 없는 것이 아니냐?"

헌데도 여리는 자신이 발견한 물건을 가리켜 '용의 비늘'이라 칭했다. 이 또한 또 다른 상징인가 생각하고 있을 때, 여리가 조심스레 입을 떼었다.

"그것이……, 손톱이 아닌가 사료되옵니다."

생각지도 못한 대답에 세자의 미간이 찌푸려졌다.

"손톱? 손톱이라니……."

의아한 것은 둘째 치고 꺼림칙했다. 어째서 그런 것이 용의 비늘이라는 이름으로 전해져 내려왔단 말인가. 연원을 짐작해보던 세자는 뭔가 짚이는 바가 있었는지 작은 탄식을 터트렸다.

"고신이로구나."

옥사에서 자백을 끌어내기 위해 고문을 가하는 경우는 흔했다. 더구나 역모사건이었다. 죄인의 입을 열기 위해서라면 손톱을 뽑아내는 것쯤은 일도 아니었을 터였다.

"헌데 그때 이미 왕기는 죽은 후라 하지 않았더냐?"

왕기가 죽은 지 몇 년이 지나서야 한 병사의 고변으로 드러난 역모사건이었다. 그런데 어찌 이미 죽은 자의 손톱을 뽑을 수가 있단 말인가. 시신이라도 파헤치지 않은 이상.

"부관참시라도 했단 말이냐?"

하지만 고려는 불교를 숭상하던 나라였다.

"왕기는 왕족이라 아마 죽은 후 시신을 다비(茶毘 화장)하였을 것입니다."

묘를 파헤쳐도 나올 것은 유골뿐. 손톱이 남아 있을 리 없었다.

"허면 죽기 전에 손톱을 뽑았다는 것인데, 그때는 아직 역모가 밝혀지기 전이 아닌가?"

그에 여리가 조심스레 추측한 바를 고했다.

"문종은 이미 알고 있었던 것이 아닐는지요."

왕기는 문종의 유일한 동복아우였다. 평양공이라는 봉호까지 직접 하사했을 정도로 두 사람의 우애는 한때 몹시 돈독했다. 한데 믿고 아끼던 동생이 남몰래 자신의 뒤에서 역모를 꾸미고 있었다는 사실을 알게 된 것이다.

"죄를 생각한다면 응당 죽음으로 다스렸어야 할 터. 하나 왕족도 사람이지 않사옵니까? 차마 죽일 수는 없었던 것이 아닐는지요."

얼음처럼 냉혹한 것이 권력의 속성이라지만 단숨에 혈육의 정을 끊어내기란 쉬운 일이 아니었을 것이다.

"전설에서도 꾸짖고 경계했다고만 적혀 있을 뿐, 용을 죽였다는 말은 없지 않습니까?"

더구나 아직 역모의 진상이 세상에 알려지기 전이라면.

"어차피 고신으로 몸이 망가진 상태에서 오래 버티긴 힘들었을 것입니다. 역모의 죄인이 된다면 그 시신조차 사방으로 흩어져 불가의 믿음대로라면 영영 성불하지 못하게 되는 것이니, 일단 사건을 덮어 왕기가 죽기를 기다렸다가 후에 남은 역모의 잔당들을 잡아들인 게 아닐는지요."

그렇지 않고서야 이미 흐지부지된 역모사건이 뒤늦게 수면 위로 떠오를 이유가 없었다. 물론 모든 것은 여리의 짐작에 지나지 않았다. 더구나 패망한 전 왕조에 얽힌 사연이라 말을 꺼내는 것만으로도 조심스러웠다. 여리는 당연히 세자

의 반박이 이어지리라 예상했다. 하지만 세자는 잠잠했다. 어
떤 생각에 사로잡힌 듯.

"용서……한 것일까?"

한참 만에 세자가 혼잣말처럼 중얼거렸다. 권력이 얼마
나 비정한 것인지는 굳이 설명할 필요도 없었다. 멀리 갈 것
도 없이 세자 자신의 혈통이 증명하고 있었으니. 형제는 물론
이고 부모자식 간에도 결코 양보할 수 없는 것이 권력이었다.
헌데 자신의 왕좌를 위협한 혈육을…….

"적어도 본보기로 남긴 것이 아니겠습니까?"

세자의 속내를 알길 없는 여리가 조심스레 부연했다.

"하필 의금부에 보관해둔 것을 보면."

비록 전조(前朝)의 물건이지만, 그 뜻을 아는 누군가가 그곳
에 둔 것이 분명했다. 의금부는 역모를 다루는 관청이니.

"확인이 필요하겠구나."

여리는 당연히 세자가 의금부에 보관된 용의 비늘이 여리
의 말처럼 사람의 손톱인지, 아니면 다른 무엇인지 확인하려
는 것이라 생각했다.

"의금부엔 오작인(仵作人 관아에 소속된 검시관)이 상주하고 있
을 테니 그를 시켜 감정하게 하시지요."

하지만 세자는 고개를 저었다. 어쩐지 그런 것은 별로 상관
없다는 투였다.

"오작인이 대답해줄 수 있는 것이라곤 부수적인 사실뿐.
진실을 알고자 한다면……."

그는 마치 답을 말해줄 사람을 알고 있는 것처럼 보였다.

"그러니 당분간 이 일은 보류다."

오늘도 내기의 승패는 판가름 나지 않았다. 하지만 거기에서 오는 아쉬움보다는 설명하기 힘든 찝찝함 때문에 별전을 물러나는 여리의 발걸음이 평소보다 무거웠다. 이곳을 드나든 이후로 처음 겪는 미묘한 감정이었다. 힘을 가진 이들은 쉬이 상상하듯 모든 일에 거칠 것이 없을 줄 알았는데, 권력의 이면을 살짝 엿본 기분이랄까.

뒷맛이 영 씁쓸했다. 어쩌면 평소와 달리 가라앉아 있던 세자의 분위기에 은연중 영향을 받은 것일지도 모른다.

문을 열고 나오던 여리는 광준과 마주치고는 움찔, 몸을 뒤로 물렀다. 문 앞에 사람이 서 있을 줄은 몰랐다. 한참 전부터 그곳에 있었던 듯, 그에게서 새벽의 한기가 풍겨왔다. 여리는 그저 고개를 까딱여 보이고는 그를 지나쳐 밖으로 나왔다. 아마도 어제 일의 결과가 궁금해 일찌감치 세자를 알현하러 왔을 터였다. 하지만 방 안으로 들어갈 것이라는 여리의 예상과 달리 그는 여리를 쫓아 전각 밖으로 나왔다.

"왕족도 사람이다? 그래서 왕기를 용서한 것이라고?"

갑작스레 날아온 질문에 여리는 걸음을 멈추고 뒤를 돌아보았다. 광준은 어쩐지 날이 서 있었다. 아무래도 그녀와 세자가 나눈 대화를 들은 모양이었다. 그중 무엇이 그의 심기를 거스른 것인지. 광준은 마치 따지러 온 사람 같았다.

"문종은 자존심 때문에 입을 닫은 것이다. 제가 애지중지

하던 동생에게 뒤통수를 맞았다는 사실이 알려지면 제 체면
만 깎일 테니 쉬쉬한 게지. 그러다 필요할 때 제가 가진 패를
쓴 것이다. 마음에 들지 않는 신하를 쳐내는데 역모만큼 좋은
핑곗거리는 없으니."

지긋지긋하다는 듯 광준은 염증을 냈다. 대체 누구에게 내
는 화인지 모르겠다. 여리는 한 마디 대꾸도 하지 않은 채 그
저 묵묵히 그의 빈정거림을 받아냈다. 당황스러웠던 것도 잠
시, 화를 내는 것 같은 말투와는 달리 그의 표정이 어쩐지 몹
시 괴로워 보였기 때문이다.

여리는 저와 비슷한 감정을 알고 있었다. 그래서 맞받아칠
마음이 들지 않았다. 그렇다고 까닭 없는 사과를 할 수도 없
는 노릇이니. 격앙된 분위기가 가라앉길 기다리던 여리는 더
머쓱해지기 전에 양손을 모으고 고개를 숙여 광준에게 인사
했다.

"어제는 시간을 끌어주셔서 감사했습니다. 덕분에 임무를
무사히 마무리 지을 수 있었습니다."

예상보다 시간을 지체하는 바람에 그가 밖에서 시선을 분
산시키느라 고생했다는 것을 알고 있었다. 무사히 의금부 밖
으로 나왔을 때 안도의 한숨과 함께 여리를 훑던 시선엔 미처
감추지 못한 걱정과 연민이 담겨 있었던 것이다. 그는 여리를
못 미더워하기는 했지만 그렇다고 나쁜 사람도 아니었다. 그
것은 지금도 마찬가지였다.

여리의 차분한 응대에 자신의 밑도 끝도 없는 행동을 깨달

은 광준은 당혹스러운 표정을 감추지 못했다. 어쩌자고 그녀를 잡고 넋두리를 쏟아부은 것인지. 마른세수하듯 얼굴을 쓸어내린 그가 뒤늦게 사과했다.

"미안하다. 너에게 따질 일이 아닌 것을."

돌아서려던 그는 갑자기 무슨 생각이 들었던지 멈춰 서서 물끄러미 여리를 보았다. 뭔가 망설이던 그는 품 안에서 작은 책자 한 권을 꺼냈다. 그리고 다짜고짜 그것을 여리에게 건넸다. 여리는 얼결에 그것을 받아 들었다.

"이게 무엇입니까?"

"환혼전이다."

근래 들어 저자를 떠들썩하게 만들고 있다던 바로 그 책이었다. 아마도 세자에게 전해주려던 모양인데.

"왜 이것을 제게 주십니까?"

그는 자신도 잘 모르겠다는 듯 쓴웃음을 머금었다.

"글쎄다. 보다시피 내가 요새 정상이 아닌지라. 지니고 있기엔 위태로울 듯하여."

영문 모를 소리였다. 다시 돌려주려 했지만 그는 그사이 돌아서서 별전 안으로 들어가 버렸다. 홀로 남은 여리는 제 손에 들린 책과 이미 닫혀버린 문만 번갈아 봤다. 다시 별전으로 돌아갈 수도 있었지만 이미 시간이 많이 지체된 터라, 궐 안을 돌아다니는 사람들이 점점 늘어나고 있었다. 게다가 어차피 한 번쯤은 읽어보려던 책이니. 보고 나중에 돌려주어도 늦지 않겠지, 쉽게 생각한 여리는 체념하고 돌아섰다. 깊이 고민하기에는 아침부터 유독 피곤한 날이었다.

박연(朴淵)의 용

개성 근처의 대흥동에 박연이라는 연못이 있었다. (중략)

고려조에 문종이 이곳에 노닐다가 연못에 솟아 있는 바위 위에 올라갔는데 갑자기 비바람이 몰아치며 바위가 진동을 하였다. 놀란 사람들이 겁에 질려 우왕좌왕 하고 있을 때, 이영간이란 신하가 앞으로 나섰다. 그는 늙은 살쾡이를 도와주고 얻은 비술서 덕분에 도술에 능하였는데 그 자리에서 용을 책망하는 글을 지어 연못에 던졌다. 그러자 연못이 잠잠해지며 잠시 후 용이 수면으로 잔등을 내밀었다. 지팡이로 그 잔등을 때렸더니 비늘이 떨어지고 피가 흘러 연못이 빨갛게 물들었다. 이때의 비늘을 의금부에서 보관하고 있다고 전해져 내려왔으나 경복궁이 불탔을 때 소실되었다고 한다.

– 중경지(中京誌)

4장

소문은 날개 달린 말과 같다. 하룻밤에도 천 리를 간다면, 책은 전염병과도 같았다. 사람과 사람 사이를 건너다니며 심지어 증식하기도 했다.

궐에 환혼전이 돌았다. 이미 저자에선 대유행 중인지라 언제 궐 담장을 넘어도 이상할 게 없었지만 통제가 심한 궁 안 분위기에도 불구하고 퍼지는 속도가 심상치 않았다. 긴긴 겨울 밤 궁인들의 무료함을 달래기에는 자극적인 이야기만큼 좋은 불쏘시개가 없는 탓이었다. 게다가 본래 금기란 말이 붙을수록 더욱 짜릿한 법이지 않던가.

궁인들은 누군가 은밀히 들여온 환혼전을 돌려 읽고 심지어 필사해 퍼트리기도 했다. 그럴수록 원본과는 멀어져 제멋대로 살이 붙고 나중엔 무엇이 진본인지조차 가려낼 수 없을 지경이었다.

"그 책의 뒤에 귀신의 이름이 적혀 있는데 그걸 본 사람은 귀신에게 잡혀간다며?"

"난 천구가 나타나 물어 죽인다고 들었는데?"

"천구가 귀신이고, 귀신이 천구니 그게 그거지. 그나저나 아직 뒷 권은 아무도 구하지 못한 거야?"

저자에 떠도는 환혼전은 미완성이었다. 귀신이 나타나 한 집안을 쑥대밭으로 만들고 그 집 아들의 목숨이 경각에 달려 꼴깍꼴깍 넘어가던 순간에서 얘기는 뚝 끊겨 있었다. 덕분에 사람들의 상상력은 더해졌고 소문은 점점 부풀어갔다.

"저 남산골의 선비 하나가 우연히 뒷부분을 구해 읽고 다음날 새벽에 시체로 발견됐다던데? 눈을 부릅뜨고 죽은 것이 꼭 뭔가에 크게 놀란 사람 같았대."

"북촌의 어떤 안방마님은 그 책을 읽고 정신이 나가서 백치가 됐다잖아. 근데 그 책을 구해다준 것이 글쎄 그 집 대감마님의 첩실이었다지 뭐야?"

확인할 길 없는 괴소문들만 들불처럼 번져갔다. 여리는 광준이 주고 간 책을 펼쳐보았다. 궁녀들 사이에 오가는 언문 환혼전과는 다르게 한문으로 쓰여 있다는 점만 다를 뿐 내용은 대동소이했다.

평안도 어느 마을에 문(文)씨 집안이 있었는데 집안에 흉조가 들었는지 큰집의 아들인 상(商)이 그만 어린 나이에 병으로 갑작스레 죽고 말았다. 그 후 몇 해가 흐르고 그의 죽음이 잊혀갈 즈음, 작은집의 아들인 적(赤)이 우물가에 나갔다가 돌연 방울소리를 듣는다. 이상한 것이 보인다며 허공을 향해 손짓하던 적은 정신을 잃고 쓰러지고 만다. 놀란 적의 가족들은 쓰러진 적을 방으로 옮기고 몇 날 며칠을 극진히 간호한다.

그러나 깨어난 적은 눈빛이 달라지고 목소리마저 변해 전혀 다른 사람 같았다. 물구나무를 선 채로 방 안을 돌아다니고, 평소 오른손잡이였던 사람이 왼손으로 밥을 먹는가 하면, 자신이 저승에서 왔다 말하는 것이었다. 그 증거로 가족들이 다른 사람들에게 말한 적 없는 비밀을 알아맞히는가 하면, 저승에서 겪은 일들을 술술 얘기하니, 가족들은 적이 귀신에 들렸다며 두려워하게 된다. 결국 보다 못한 적의 아비 신(辛)이 용하다는 무당을 불러들인다.

무당이 굿판을 벌이자 적은 괴로움에 몸부림치기 시작한다. 당장이라도 귀신이 떨어져나갈 듯 무당과 귀신의 힘겨루기가 이어지던 중, 무당이 마지막으로 온 힘을 끌어모아 주문을 외운다. 순간, 적의 몸에서 흰 연기가 빠져나와 하늘로 치솟는다. 모두들 귀신이 빠져나갔다 생각하며 안도하던 것도 잠시.

기묘한 방울소리와 함께 적의 몸 밖으로 빠져나온 연기가 하나로 뭉쳐들더니 커다란 날개를 펼친 천구(天狗)로 변해 무당을 물어 죽이고 만다. 모든 것이 허사가 되자 신이 한탄하며 소리치기를 '너는 대체 누구이기에 내 아들을 이리 괴롭히는가.' 묻자 입가가 피범벅이 된 채로 하늘을 향해 포효하던 천구는 자신을 내쫓으려 했던 적의 일가친척들을 둘러보며 인간의 목소리로 '내 이름을 아는 자, 반드시 죽을 것이다.'라고 저주를 퍼붓는다.

여기까지가 소설의 대략적인 내용이었다. 사람들은 귀신의 이름을 알고 싶어 하면서도 동시에 두려워했다. 뒷이야기를 궁금해하면서도 행여 소설 속 적의 가족들처럼 친구의 이름을 아는 순간 자신들에게도 횡액이 끼칠까 겁을 내는 것이었다. 그 모순된 감정이 사람들을 더욱 들끓게 했다.

책을 덮은 여리는 한숨을 내쉬었다. 원래대로라면 진작에 광준에게 돌려줬어야 했건만. 그날 동궁전 앞에서 헤어진 이후 광준은 그 길로 지방으로 외유를 떠났다고 했다. 세자궁을 찾은 것도 인사를 올리기 위함이었다고 하니.

'본래 즉흥적인 분이시다.'

책을 돌려주기 위해 안부를 묻는 척 동향을 확인하는 여리에게 상호는 특별한 일도 아니라는 듯 여상히 대꾸했다. 언제 돌아올지 모르니, 당장은 책을 돌려주는 일도 요원했다.

여리는 이 사실을 세자에게 알릴지 말지 한동안 고민했다. 본래 세자에게 전하려던 책인 것 같은데 자신이 계속 가지고 있어도 되는 걸까 싶었다. 왠지 거북했다. 하지만 세자는 이미 다른 경로를 통해 책을 구해 읽은 모양이었고, 주인이 자신에게 직접 맡기고 간 책을 함부로 내돌리는 것도 썩 내키지 않았다. 결국 보류해둔 채 시간은 흘렀다.

그사이 얼었던 땅이 풀리고 매섭던 공기에 훈풍이 감돌기 시작했다. 나뭇가지에 돋아난 싹이 기지개를 켜듯 하루하루 커져가는 게 보였다. 봄이 오고 있었다. 동궁전의 합방 날짜가 정해진 것도 그즈음이었다.

동궁전 부부는 이미 삼 년 전에 가례를 올렸으나 아직 합궁례를 치르지 않은 상태였다. 연치가 어리다는 이유도 있었지만 세간에 알려진 대로 두 사람 모두 몸이 약해 차일피일 미룬 까닭도 있었다.

"할미는 세자가 이리 강녕한 모습을 보니 얼마나 든든한지 모릅니다."

대비전을 찾은 세자에게 대비는 축언과 함께 덕담을 건넸다.

"이제야말로 진짜 어른이 되는 것이니 이 나라의 국본으로서, 한 여인의 지아비로서 부디 든든한 기둥이 되어주셔야 합니다."

세자는 그저 유순하게 웃어 보였다. 고개를 조아리는 모습이 마치 대갓집 규수처럼 다소곳해 보였다. 얼핏 유약한 기운마저 풍겼지만 저것이 내숭이라는 것을 여리는 알고 있었다.

적어도 겉으로 보이는 모습이 전부는 아니었다. 별전에 있을 때 그는 주로 자신만만했고, 때론 막무가내였다. 느른한 태도로 빈정거릴 때는 나이보다 훨씬 노숙해 보일 지경이었다. 체격도 결코 작지 않건만, 밖에선 저리 어깨를 움츠리고 수줍은 소년처럼 구니 속을 알 수 없었다. 의식적인 행동인지 아니면 무의식적으로 나오는 습관인지. 세자는 비밀이 많았다.

여리는 들고 온 다과상을 대비의 앞에 내려놓았다. 세자의 앞엔 다른 지밀나인이 다과상을 놓고 있었다. 공손하고 정제된 태도였지만 어딘지 모르게 평소보다 굼떴다. 여리는 이미

상을 놓고 한 걸음 뒤로 물러났건만, 맞은편 궁녀의 손은 아직 다과상에 머물러 있었다. 시간을 끄는 것이었다. 여리는 속으로 실소를 삼켰다. 얕은 의도가 뻔히 읽혔다. 세자라고 그것을 모를 리가 없을 텐데.

슬쩍 올린 세자의 눈길이 모른 척 상황을 관망하고 있던 여리와 마주쳤다. 평소 공적인 자리에서는 좀처럼 감정을 드러내지 않는 세자였지만 어쩐지 그 순간만큼은 민망해하고 있는 것처럼 느껴졌다. 그러나 그도 잠시, 그들은 눈이 마주친 적도 없었던 것처럼 각자의 상황에 집중했다. 여리는 뒤늦게 물러난 나인과 함께 방문을 나섰고, 세자는 대비와 담소를 나눴다. 두 웃전의 말소리가 멀어졌다. 여리는 태연하게 제자리로 돌아갔다.

둘 사이의 비밀스런 내기는 결코 별전 밖을 넘어서는 법이 없었다. 그것이 그들의 불문율이었다. 별전 밖에서 그들은 그저 세자와 대비전 나인일 뿐, 따로 말을 섞는 일도 없었다. 본래 웃전과 궁인의 관계란 그런 것이었다. 명이 내려오기 전에는 먼저 다가서지 않는다. 주어진 위치, 자신의 본분을 지키는 것이 궁녀의 소임이다. 더구나 자신의 소속이 아닌 다른 웃전에 대해서야 말할 것도 없었다. 온당한 이유 없이 함부로 기웃거렸다가는 자칫 의심받아 경을 칠 수도 있는 노릇이었다. 하지만 모든 궁녀가 제 분수에 만족하며 사는 것은 아니었다.

세자의 합궁 날짜가 정해진 이후, 동궁전 주위를 알짱대는 나인들이 유독 많아졌다. 봄기운에 궁녀들의 치맛자락이 가벼워진 탓도 있겠지만 세자께서 장성하시니 혹여 제게도 기회가 오지 않을까 하는 순진한 바람 내지 야심을 불태우는 부류가 늘어난 까닭이었다. 그즈음, 여리는 사가로부터 편지를 받았다. 얼마 전, 궁에서 받은 의전(衣纏 봄, 가을 궁인에게 내리는 옷감)을 사가에 보내면서 함께 부친 서신에 대한 답장이었다.

여리의 부친은 포목에 대한 고마움은 일언반구도 없이 승은을 입어 첩지를 받는 일이 어찌 되어가는지에 대해서만 채근했다. 궁에 들어간 지 벌써 한 계절이 지났건만 아무런 진척이 없는 것에 대해 답답해하는 것이었다. 그는 노력하지 않는 여리를 질책하고, 돈을 받고도 나 몰라라 하는 상궁을 욕했다. 그러다 서신의 말미에서는 임금이 안 되면 세자라도 노려보라고 부추겼다.

여리는 한숨을 삼켰다. 그녀는 한 번도 승은을 입어 팔자를 고쳐볼 생각 따윈 해본 적이 없었다. 아비의 고집에 못 이겨 궐로 들어오긴 했지만 그의 바람을 무시하는 것으로 나름의 복수 중이었다. 어차피 그는 권력의 끄트머리에도 미치지 못했고, 관복을 입어본 적도 없었으니 여리를 찾아와 따질 수도 없을 터였다. 면회를 와도 무시하면 그뿐. 만날 수 없으니 양껏 성을 낼 수도 없을 것이다. 기껏해야 이리 편지로 성화를 부리는 게 다일 뿐이건만.

왜 이리 가슴이 답답한 걸까. 여리는 낮에 대비전에서 보았던 세자의 얼굴을 떠올렸다. 짧은 찰나 그의 눈빛에 스쳐 지나가던 난감한 기색까지.

만일 여리가 동궁전을 오가는 봉서나인이 된 것을 알게 된다면 부친이 어떤 반응을 보일지 벌써부터 눈에 선했다. 그 결과가 뻔히 예상되어 신물이 올랐다. 짙은 혐오감이 치솟았다. 행여라도 이상한 오해를 받지 않도록 여리는 처신에 더 각별히 신경 썼다. 그럼에도 여리가 아침마다 문안서한을 받으러 동궁전을 드나드는 것을 아는 몇몇 궁인들은 공연히 부러움과 시기를 드러냈다.

"이럴 줄 알았으면 나도 글이나 좀 배워둘걸."

집에서 온 서신을 접어 다시 봉투에 집어넣고 서안 위를 정리하는데 강생이가 들으라는 듯 구시렁댔다. 그녀는 아까부터 면경을 붙들고 얼굴을 이리저리 비춰보는 중이었다. 입술이 발그스름한 것을 보니, 지난번에 몰래 들여왔다던 연지를 찍어 바른 모양이었다.

"그랬음 나도 웃전에 줄 좀 대어보는 건데. 배운 게 도둑질이라 맨 간장, 된장만 주물럭거리고 있으니."

강생이는 손끝을 코 밑에 대고는 킁킁댔다. 궁에서 겨울을 난 덕분인지 한결 뽀얘진 미간이 와락 구겨졌다. 그러나 그도 잠시, 행여 주름이 갈까 얼른 얼굴을 편 강생이는 또다시 거울을 들여다보며 한숨을 폭 내쉬었다.

"이만하면 봐줄 만한데. 나도 기회만 있으면……."

그 오만한 순진함에 여리는 설레설레 고개를 저었다. 제가 동궁전에서 무슨 일을 하고 있는지 알면 그리 부럽단 말은 못할 터였다.

세자의 합궁은 철부지 소녀들의 바람처럼 그리 달콤한 일만은 아니었다. 왕실의 결합은 남녀 간의 정 이전에 정치적 결합인지라 역학관계가 복잡했다. 겉으론 모두들 축하하는 듯 보여도 물밑에선 이해득실을 따져 이합집산을 거듭하고 있었다. 자칫 갈등의 불씨가 될 수도 있는 바.

대비를 비롯해 세자의 외가인 윤씨 집안은 세자와 세자빈의 합궁을 열렬히 반겼다. 장차 세자가 후사를 얻게 된다면 그의 보위 또한 더욱 견고해질 터. 반면 임금의 장자인 복성군과 그를 지지하는 세력들은 초조해하고 있었다. 지금도 서자란 신분적 한계 때문에 명분에서 밀리고 있는데, 그리 되면 세자 교체의 당위성은 갈수록 약해질 터였다. 한편, 이들과는 조금 다른 이유에서 중전의 입장도 날로 미묘해지고 있었다.

"그거 아오? 지난밤에도 전하께서 교태전에 들지 않으셨다 하오."

강생이는 중대한 정보라도 일러주는 양 입가에 손바닥까지 대고 속삭였다. 여리는 별로 관심이 없었지만 정작 말하는 강생이는 신나 죽겠다는 표정이었다.

"정무에 바빠 그러신다지만 이게 벌써 몇 번째인지."

어제는 관상감에서 올린 왕과 중전의 합궁일이었다. 후사를 생산하여 왕실을 번성케 하는 것은 왕과 왕비의 의무라, 법도에 예민하고 형식을 중시하는 임금은 지금껏 웬만해서는 정해진 규율을 벗어나는 법이 없었다. 한데 지난겨울 즈음부터 갖은 핑계로 중전과의 합방을 피하고 있었다.

"중전께서 연달아 공주마마만 생산하시니 가망이 없다 여기시는 것이 아니겠소? 자고로 밭이 윤택해야 좋은 결실을 맺는 법이라 했거늘."

강생이는 행여 누가 들으면 경을 칠 만한 소리를 천연덕스럽게 조잘거렸다. 머리로는 입 무거운 여리가 소문을 낼 리 없다고 생각하는 모양이었지만, 백일몽이라도 꾸는 사람처럼 멍하니 거울 속 제 얼굴을 들여다보는 눈빛은 이미 그런 것 따위는 아랑곳없다는 듯 허황된 꿈에 젖어 있었다. 여리는 대꾸할 필요성조차 느끼지 못했다.

임금은 중전이 연달아 딸만 낳아 그녀를 외면하는 것이 아니었다. 오히려 옥혜와 옥련, 두 공주를 연달아 출산한 것으로 중전의 생식력은 이미 입증된 셈이었다. 게다가 그녀는 아직 한창 나이인지라 언제 또 아이를 갖게 될지 몰랐다.

대비전 지밀인 여리는 대비가 중전의 회임을 은근히 경계한다는 사실을 눈치채고 있었다. 주상이 합궁일에 대전에서 취침했다는 말을 듣고 대비가 못마땅해하기는커녕 은근히 안도하는 것을 가까이에서 지켜봤던 것이다.

행여 중전이 왕자를 낳게 된다면……. 아무리 세자를 친자식처럼 아끼는 중전이라 할지라도 그것은 어디까지나 그녀의 태에서 나온 왕자가 없을 때의 얘기였다. 본래 피는 물보다 진하고 팔은 안으로 굽기 마련이니. 고래로 제가 낳은 자식을 두고 다른 이의 아들을 왕으로 올린 대비는 없었다.

한숨과 함께 고개를 저은 여리는 그만 생각을 멈추고 방한 켠에 개켜두었던 이불을 펼쳤다. 여리 같은 일개 나인이따져보아야 하등 쓸모없는 고민이었다. 잘 준비를 마친 여리는 여전히 거울에 빠져 있는 강생이를 내버려두고 자리에 누웠다.

내일은 세자의 탄일이라 따로 문안서한을 받으러 갈 필요가 없었다. 세자가 대비에게 직접 인사를 올리러 올 예정이었기 때문이다. 그러니 평소와는 달리 좀 더 긴장을 풀고 맘 편히 잠들어도 되건만. 머릿속이 복잡한 탓인지 어쩐지 쉽사리잠이 올 것 같지가 않았다. 게다가 강생이가 훤히 돋아놓은등불이 영 거슬렸다. 등을 돌린 여리는 억지로 눈을 감았다.어디선가 밤 부엉이 우는 소리가 스산하게 들려왔다.

서쪽 하늘로 달이 기울고 아직은 어스름이 채 걷히지 않은시각, 어디선가 혼곤함을 찢는 여인의 비명소리가 새벽의 고요를 깨트렸다. 그 소리에 앞장서 걷던 상궁의 걸음이 우뚝멈췄다. 줄줄이 열을 지어 따르던 궁녀들도 가던 길을 멈추고어리둥절하여 서로를 보았다.

그들이 선 곳은 동궁전에서 멀지 않은 후원이었다. 세자의탄일을 맞아 새로 지은 의복을 올리러 가던 중이었다. 세자빈이 특별히 베갯수를 부탁하여 급히 날짜를 맞추느라 지난밤에도 날을 꼬박 새우다시피 하여 안 그래도 신경이 곤두서 있건만. 침방상궁의 미간이 일그러졌다.

이 무슨 해괴한 소란이란 말인가. 새벽 댓바람부터 요사스럽게 여인의 비명소리라니. 하물며 이곳은 지엄한 궁궐 안이었다.

고개를 돌린 상궁이 옆에 있던 방자에게 눈짓했다. 그러자 눈치 빠른 방자가 휑하니 소리가 들린 쪽으로 달려갔다. 잠시 후, 돌아온 방자는 조금 전보다 더 서두르는 기색으로 허겁지겁 뛰어왔다. 그러더니 어딘지 난감한 표정으로 상궁의 귓가에 대고 속삭였다.

"아무래도 직접 가보셔야 할 것 같습니다, 마마님."

어쩐지 예감이 좋지 않았다. 상궁은 뒤따르던 나인들을 남겨두고 동궁전으로 가던 발길을 돌려 방자의 뒤를 쫓았다. 그녀의 안내대로 큰길에 면한 담을 돌아 후원 안으로 들어서자, 풀숲에 주저앉은 어린 나인 하나가 보였다. 분명 인기척을 들었을 텐데도 나인은 이쪽을 돌아볼 생각은커녕 추스르고 일어날 기미조차 없었다.

침방상궁은 눈살을 찌푸렸다. 나인의 행색이 영 단정치 못했던 것이다. 자다가 나왔는지 소의(素衣) 차림에, 뒤집힌 치맛자락 사이로 허연 종아리가 드러나 있었다. 정숙한 여인이라면 도무지 용납할 수 없는 작태였다. 창부가 아니고서야.

담장 너머 멀지 않은 동궁전 쪽을 흘긋 본 상궁은 혀를 찼다. 요새 되바라진 어린 것들이 웃전의 눈에 띄기 위해 온갖 요망한 짓거리들을 벌인다는 얘기는 종종 전해 들었다. 그래도 그렇지, 이렇게까지 기막힌 짓을 벌일 거라고는…….

"예가 어디라고! 당장 일어나지 못하겠느냐?"

가까이 다가간 상궁이 소리를 낮춰 윽박질렀다. 다행히 주위엔 아무도 없었다. 아직 본 사람은 없으니 엄히 꾸짖어 돌려보낸다면 웃전까지 가지 않고 그럭저럭 조용히 넘어갈 수 있을 것 같았다. 그러나 나인은 어찌 된 일인지 퍼렇게 질린 낯빛으로 벌벌 떨기만 했다. 뭔가 이상하다고 느낄 때였다.

"마마님."

곁에 있던 방자가 역시나 창백해진 얼굴로 어딘가를 가리켰다. 그러고 보니, 아까부터 나인이 홀린 듯 바라보고 있는 것도 그쪽이었다. 방자의 손짓을 따라 고개를 돌리자 상궁의 눈에 괴이한 것이 들어왔다. 마치 거둘 때를 놓친 과실처럼, 검고 축축한 덩어리가 당향목 가지에 매달려 있었다.

본래 열매가 맺히지 않는 나무이거늘. 눈매를 찌푸린 상궁은 천천히 나무 가까이 다가갔다. 덩어리의 정체를 또렷이 확인한 순간, 상궁은 저도 모르게 손으로 제 입가를 틀어막았다.

"읍!"

자욱한 탄내와 함께 비릿한 혈향이 진동을 했다. 나인처럼 비명을 지르진 않았지만 상궁의 눈동자가 거세게 요동쳤다. 나뭇가지에 매달린 것은 죽은 쥐였다. 그것도 꼬리가 잘리고 입과 코가 불로 지져진. 한쪽 눈알은 터져 녹아내렸고 털이 그슬린 채로 바람이 불 때마다 목 매달린 시체처럼 건들건들 흔들리고 있었다. 끔찍하고도 혐오스러운 광경이었다. 상궁은 치밀어 오르는 구역질을 삼키며 몸을 돌려 엎어져 있는 나인을 노려보았다.

"네 년 짓이냐?"

그러자 넋을 놓고 있던 나인이 퍼뜩 정신을 차리고는 거세게 고개를 휘저었다.

"아, 아니옵니다! 소인은 그저 소피를 보러 나왔던 것인데……."

간밤에 물을 너무 많이 마신 것이 화근이었다. 새벽녘, 요의를 느낀 나인은 요강에 소변을 보려 했지만 다른 아이들이 먼저 사용한 탓에 오줌이 요강 끝까지 찰랑이고 있었다. 그렇다고 측간까지 가기엔 거리가 멀었다. 귀찮아진 나인은 몰래 후원으로 나왔다. 그 시간엔 지나다니는 사람도 없는 데다 얼른 처리하면 괜찮을 것이라 생각한 것이다. 허나 먼저 다녀간 자가 있었다. 어제까지만 해도 없던 물건이 생겨난 것이다.

분명 사람의 짓이었다. 쥐를 처리한 방식도 그렇고, 무명실로 엮은 줄에 물푸레나무를 깎아 만든 패가 나란히 걸려 있었다. 누군가를 비방한 흔적이었다. 그리고 그 누군가라 함은…….

상궁은 다시 한 번 새벽 어스름에 검게 가라앉은 동궁전의 지붕을 바라보았다. 오늘은 세자의 탄일이다. 헌데 하필 이날 심상치 않은 일이 벌어졌다. 표정을 굳힌 상궁은 눈짓으로 방자를 시켜 후들거리고 있는 나인을 끌어가게 했다. 그리고 자신은 품에서 영견을 꺼내 나뭇가지에 매달린 쥐의 사체를 서둘러 수습했다. 상궁은 경험 많은 노련한 자였지만 그런 그녀조차도 손끝이 가늘게 떨렸다. 손수건 너머로 물컹하게 느껴지는 흉측한 느낌 때문만은 아니었다.

행여 누가 볼세라 쥐를 감싼 영건을 잘 갈무리한 상궁은 아무 일 없었다는 듯, 궁인들이 기다리는 곳으로 돌아가 그들을 먼저 동궁전으로 보냈다. 그리고 자신은 몸을 돌려 홀로 대비전으로 향했다. 중궁전 혹은 내수사로 갈 수도 있었지만 오랜 궁 생활로 얻은 직감이 그녀에게 대비전으로 가라고 말하고 있었다. 상궁은 걸음을 서둘렀다. 다급한 발걸음에 단정하던 치맛자락이 평정심을 잃고 펄럭였다.

소식을 들은 대비는 그야말로 분기탱천했다.

"어느 천박한 것들이 감히 우리 세자를!"

대비가 체면도 잊은 채 씩씩댔다. 알맞게 식어가던 찻잔이 바닥 위를 나뒹굴었다. 평소 무기력하던 노인이라고는 믿기지 않을 만큼 과격한 반응이었다. 그 낯선 모습에 여리는 적지 않게 놀랐다. 대비는 근본이 곱게 자란 양반댁 아씨였던 탓에 고아한 것을 즐기고 천박한 것을 혐오했다. 그것은 감정 표현에 있어서도 마찬가지였다.

하물며 대비는 상하고하, 반상의 격을 중시 여겨 본인의 처소 궁인들일지라도 살갑게 대하는 법이 없었다. 항상 일정한 거리를 두었으니, 철저한 교육을 받았다 해도 궁녀들 대부분이 내수사 노비 출신이었기 때문이다. 예외로 두는 것은 사가에서부터 함께 입궁한 박 상궁뿐이었다. 여리가 수월히 대비전 지밀로 들어올 수 있었던 데는 이런 까닭도 있었다. 그녀가 다른 궁녀들과 달리 태생이 양반이었기 때문이다. 한데 그런 대비가 궁인들이 보는 앞에서 저렇게까지 적나라하게 감정을 드러내다니…….

세자에 대한 대비의 애틋한 마음을 생각한다면 아주 이해 못할 일은 아니었다. 대비는 일찍이 생모를 잃은 세자를 측은하게 여겼다. 어려서부터 병치레가 잦았던 것도 그 때문이 아닌가 싶어 마음을 썼고, 정치적으로 든든한 뒷배가 되어줄 모후가 없는 것 또한 늘 안타깝게 여겼다. 같은 윤씨 집안의 사람을 계비(繼妃)로 들인 것도 그러한 까닭이었지만, 지금은 그마저도 탐탁지 않은 모양이었다. 대비는 결국 세자의 결핍을 채울 수 있는 건 오로지 자신뿐이라 여겼다.

그녀는 세자야말로 자신과 가장 많이 닮았다고 생각했다. 왕족답게 우아한 태도나 섬세한 외모, 예민한 기질 등. 때로는 아들인 주상보다 세자와의 사이에서 더 큰 동질감을 느끼고는 했다. 자신의 분신이나 마찬가지라 여길 정도였으니, 세자의 탄일에 벌어진 사특한 사건을 그냥 보아 넘길 리 없었다.

이는 누가 보아도 세자를 저주한 것이었다. 보란 듯이 동궁전 후원에 죽은 쥐를 걸어놓은 것이며, 물푸레나무로 만든 패를 사용한 것도 그런 의심을 뒷받침했다. 그것은 주술에 쓰이는 물건이었다. 게다가 쥐의 입과 꼬리를 불로 지져놓은 형상이 마치 돼지를 본뜬 것 같았다. 세자는 마침 을해년(乙亥年) 돼지띠였다.

"누군가 궐 안의 사정에 밝은 자다."

그렇지 않고서야 이리 대담한 짓을 벌일 수가 없었다. 인적이 드물다고는 하나 엄연히 궁금(宮禁)이었다. 게다가 외인의 출입을 금한 밤사이 일어난 일이었다. 내응(內應)이 없이는 불가능한 일이었다.

대비는 당장 감찰상궁을 불러 궐 안 모든 궁녀들의 방을 뒤지게 했다. 수색은 빠르고 은밀하게 진행되었다. 겉으론 늘상 있어왔던 단속처럼 보였으나 실상은 내명부의 수장인 중전조차 모르게 벌어진 일이었다.

각각의 전각은 전각을 다스리는 주인의 소관으로, 주인의 허락 없이 궁녀들을 조사하는 것은 사실 월권에 가까운 행위였다. 그러나 흉흉한 대비의 기세에 눌려 누구도 일언반구조차 하지 못했다. 대전을 제외한 후궁, 동궁전 그리고 중궁전의 시녀들에 이르기까지, 갑작스레 들이닥친 감찰상궁들에 의해 액정(掖庭)은 순식간에 쑥대밭이 됐다. 대비전 나인들의 처소도 예외는 아니었다.

여리는 방 수색이 시작됐다는 소식에 서둘러 자신의 처소로 향했다. 이게 갑자기 무슨 날벼락인지. 처소에 광준이 주고 간 환혼전이 있었다. 만약 그것을 들킨다면 빼앗겨 태워질지도 모른다. 상궁들에게 야단을 맞고 경고를 듣는 것이야 상관없었지만 남이 맡기고 간 책을 상하게 할 수는 없었다.

처소 마당에 도착해보니 이미 감찰상궁들이 한바탕 휩쓸고 갔는지 처소의 문이 활짝 열려 있었다. 여리는 아차 싶었다. 기물들이 마구잡이로 뒤집혀 있었다.

"아이고!"

탄식하는 소리에 정신을 차리고 방 안으로 들어가 보니 강생이가 뜯어진 이불깃을 쥐고 울상을 짓고 있었다.

"내 아까운 연지! 아끼느라 얼마 쓰지도 못한 것인데……."

아마도 이불 속에 몰래 감춰둔 연지를 빼앗긴 모양이었다. 여리는 동요를 감추며 방 한 귀퉁이에 쌓아둔 서책들을 빠르게 눈으로 훑었다. 혹시나 들킨 게 아닐까 염려했지만, 다행히 환혼전은 원래 있던 대로 책들 사이에 얌전히 끼어 있었다. 여리가 가지고 있는 책들이 대부분 대비전에 소요되는 것들임을 아는 상궁들이 소홀히 넘어간 듯했다. 게다가 광준이 주고 간 책은 한문으로 적힌 데다가 표지에 아무런 제목도 쓰여 있지 않은지라 운 좋게 눈에 띄지 않은 모양이었다.

여리는 속으로 남몰래 안도의 한숨을 삼켰다. 태연한 척 방 안을 정리하기 시작하자 상대적으로 멀쩡한 여리의 짐을 강생이가 아니꼬운 듯 흘겨봤다.

"쳇! 하여간 궐에 무슨 일만 벌어졌다 하면 꼭 힘없는 아랫것들부터 족치고 본다니까. 뒷배 없는 사람은 어디 서러워서 살겠나, 원."

늘 제 유리할 대로 생각하고 내뱉는 강생이였지만 오늘만큼은 그녀의 말이 크게 틀리지 않은 것 같았다. 사실 대비가 뒤지고 싶었던 것은 겨우 궁녀들의 처소가 아니었을 터였다. 실상은 그 주인들에 대한 경고에 가까웠으니…….

의혹은 아주 사소한 소문으로부터 비롯되었다.

"환혼전의 원본이 연경당(延慶堂 복성군의 생모 경빈 박씨의 당호)에 있다며?"

"들기론 저자에 환혼전을 퍼트린 것도 경빈자가라던데?"

"아니, 궐 안에 계신 후궁마마께서 뭐가 아쉬워서?"

궐에서 지내던 복성군이 사가로 나간 지 얼마 안 되어 벌어진 일이었다. 아들의 출합을 안타까워하고 내내 마음 쓰던 경빈이 평소 아들이 좋아하던 음식 몇 가지를 장만하여 명에서 들여온 귀한 종이와 함께 실어 보냈는데 중간에 그만 지게 끈이 끊겼다. 그 바람에 짐꾼이 메고 있던 나무함이 떨어지고 그 안에 들어 있던 종이가 바닥으로 굴러 나왔다. 다행히 음식을 담은 찬합은 상궁이 들고 있어 멀쩡했으나 명에서 들여온 귀한 종이가 흙 범벅이 되어버렸다.

짐꾼은 당장 사색이 되었다. 종이란 것은 원래 귀물이었다. 더구나 명에서 들여온 물건이라면 제 몸을 팔아도 그 값을 치르지 못할 터였다. 종이가 더 망가지기 전에 어떻게든 수습해보려고 허겁지겁 손을 뻗는데 어느 샌가 득달같이 달려든 상궁이 짐꾼을 밀쳐냈다. 그러더니 들고 있던 찬합도 내팽개치고 덥석 뭔가를 주워 감추었다. 종이 사이로 얼핏 보인 것은 한 권의 책이었다.

얼이 빠져 물러서 있던 짐꾼의 뺨을 상궁이 가차 없이 올려붙인 것은 그 다음 일이었다. 그제야 정신이 든 짐꾼은 황급히 고개를 조아렸다. 하지만 일은 이미 벌어진 후였다. 짐꾼은 결국 그날 일한 삯을 받지 못했다. 뿐만 아니라 간간이 궐에서 들어오던 일마저 모조리 끊겨버렸다. 어찌 보면 종이 값을 물어내라 하지 않은 것만으로도 천만다행이었다.

실의에 빠진 짐꾼은 그를 위로하는 동료들과 함께 그날 저녁 삼거리 주막에 들렀다. 낮에 있었던 일을 하소연하는데 하필 그곳에 궐의 보초를 서는 말단 나졸 하나가 있었다. 짐꾼의 사연을 귀동냥한 나졸은 번을 서다가 심심풀이로 그 얘기를 동료 나졸에게 전했고 소문은 삽시간에 궐 안 곳곳으로 퍼져나갔다.

"그것이 이상한 책이 아니면 왜 그렇게 화들짝 놀라 감췄겠어?"

"그러고 보니 환혼전 말이야. 귀신 들려 쓰러진 아들 이름이 적(赤)이었지?"

"전하의 적자(嫡子)라면 세자저하시잖아."

"그러면 설마, 얼마 전에 동궁전의 저주 사건도?"

소문은 일파만파 부풀었다. 본래 남의 얘기하기 좋아하는 이들은 객관적인 사건에 자신의 사견을 다는 데 주저함이 없었다. 경빈과 복성군은 본래도 세자와 껄끄러운 관계에 있는 이들이었으니 더했다.

소문은 결국 대비의 귀에까지 들어갔다.

"마마, 생각해보시옵소서. 이 궐 안에서 누가 감히 그런 간큰 수작을 벌일 수 있겠사옵니까? 연경당 그것이 전하의 총애를 믿고 방자하게 군 것이 어디 하루 이틀 일이옵니까? 제 입김이 닿은 조정 대신들에게 제 아들을 보위에 올릴 방도를 내놓으라며 닦달한다 하니, 버젓이 적자인 세자저하를 두고 이 무슨 참담한 짓거리란 말입니까?"

세자의 외숙모인 정경부인 이씨는 동이 트자마자 득달같이 대비전으로 달려와 자신이 전해 들은 소문을 쏟아놓으며 울분을 터트렸다. 본래도 경빈이 하는 짓이 못마땅했는데 감히 세자의 자리까지 넘보다니.

"경빈이 복성군의 출합을 앞두고 전하의 안전에서 눈물바람을 한 것은 알고 계십니까? 왕자군이 장성하였으면 사가에 나가 사는 것이 합당한 이치일진대 극구 그것을 거부한 저의가 무엇이겠사옵니까? 내명부의 후궁들 앞에서도 기강을 바로잡는답시고 중전마마의 명을 우습게 만들기 일쑤니, 아무리 제가 궁에 오래 있었다 한들 한낱 후궁이 조강지처 행세를 하려 드는 게 아닙니까?"

대비는 중전과 경빈 사이의 오랜 알력을 알고 있었다. 금상의 첫 아들을 낳은 데다 반정공신 세력을 뒷배로 두고 있는 경빈이, 정궁(正宮)이라고는 하나 입궐한 지 얼마 안 된 중전을 무시하고 자신이 주상의 본처라도 되는 양 행세하는 것을 알면서도 대비는 모른 척, 중전에게 좀처럼 힘을 실어주지 않았다.

갓 들어와 의욕이 넘치는 중전을 길들일 필요도 있었거니와 두 사람이 서로를 견제하는 편이 세자에게 보다 유리하다고 판단했기 때문이다. 경빈이 복성군을 앞세워 위세를 부릴

133

때마다 세가 없는 중전은 세자를 끼고 돌 수밖에 없을 테니. 결코 경빈을 어여삐 여겨서가 아니었다. 되레 안중에도 없었다면 모를까.

"한낱 후궁 따위가."

위세를 부려보았자 후궁은 첩실이었다. 변하기 쉬운 사내의 총애에 들러붙어 기생한다는 점에서 논다니들과 크게 다를 것도 없었다. 대비의 목소리에 혐오감이 그득했다. 마치 제집 창고에 번진 해충을 보는 듯했다. 더구나 하필 그 해충이 건드린 것이.

"환혼전이라는 책이 신미년에 분서된 소설을 본뜬 것이라고?"

흉흉한 대비의 기세에 눌린 정경부인이 움찔하여 대답했다.

"예, 그……, 그렇다고 들었사옵니다."

그녀도 하녀를 시켜 이미 그 책을 구해 읽은 참이었다. 허나 사실대로 고했다간 당장 불호령이 떨어질 태세라, 정경부인은 마치 남에게 들은 양 둘러댔다. 대비는 찻상을 주먹으로 쾅 내리쳤다. 그 서슬에 찻잔이 뒤집어지고 사방으로 물이 튀었다. 놀란 궁녀들이 허둥지둥 달려왔다. 그러나 차마 곁으로 다가서지 못하고 발만 동동거렸다.

"천박한 것이 감히! 주상을 욕보인 그 책으로 이젠 세자마저 건드리려 들어? 이 나라의 국본을! 이 나의 손주를!"

첩실의 자식은 아무리 발버둥 쳐봐야 반쪽짜리 서자일 뿐이었다. 왕의 장자? 여염으로 치자면 한낱 얼자에 지나지 않는 것을.

대비는 이를 갈았다. 천한 핏줄이 고귀한 왕실의 혈통을 더럽히는 꼴을 더는 지켜볼 수가 없었다. 자신이 어찌 지켜온 종묘사직인데. 부릅뜬 대비의 두 눈에서 기묘한 광기가 번뜩였다. 박 상궁에게 지필묵을 가져오라 시킨 대비는 곧 한 통의 서신을 적어 궐 밖으로 보냈다. 그것이 누구의 손에 전해졌는지는 알 수 없었으나 며칠 뒤, 대전에 모인 대신들의 입에서 세자 탄일에 벌어진 저주 사건을 규탄하는 발언이 터져나온 것은 결코 우연이 아니었다. 대놓고 연경당이나 복성군을 지목하는 자는 없었다. 당장은 파장이 크지 않은 듯 보였으나 기실 수면 아래에서는 격류가 넘실대고 있었다.

그날 밤, 평시서 샘에 환부를 찬 소녀의 시신이 떠올랐다.

⌁ 대신들이 면대를 청하여 세자의 침실에 쥐를 매달아 양법한 사람을 죄줄 것을 청하다

좌의정 이유청, 우의정 심정, 우찬성 이황, 좌참찬 안윤덕 등이 아뢰기를,
"근래 재변이 잇달아 나타나고 햇무리가 져 양이까지 생겼으니 이는 반드시 조치하게 된 까닭이 있는 것입니다. 하지만 어찌 재변을 구제할 방법이 없겠습니까? 면대하기를 청합니다."
하니, 상이 사정전으로 나아가 인견했다. (중략)
심정은 이르기를,
"재변이 근래 더욱 심하게 발생하고 있으니 하늘이 분명하게 경계하는 뜻을 알 수 있습니다. 삼가 듣건대 세자궁에 요괴로운 일이 있었다고 하는데, 생각

하기로는 근래의 재변이 이 때문에 발생한 것 같습니다. 위에서도 보통으로 여겨 조처해서는 안 됩니다. 또 성상께서는 고금의 사적을 두루 아시고 계시는 바 조종조의 일만 가지고 보더라도 동궁전에 모후가 없으면 으레 이런 괴변이 있었으니 이보다 더 경악스러운 일이 어디 있겠습니까? 이는 내간의 일이므로 밖에서 추문하자고 청할 수가 없습니다. 따라서 내간에서 자체로 추문하여 그 사람을 색출하여 통쾌하게 다스린다면 간모가 절로 위축되어 없어져 내외가 모두 편안할 것입니다."

하니, 상이 이르기를,

"동궁전의 일은 안에서도 아직 못 들었는데 외간에서 먼저 들은 것이 있는가? 그렇다면 그것이 무슨 일인가?"

하매, 심정이 아뢰기를,

"기미에 관한 일은 그것이 조금만 비쳐도 속히 명쾌하게 결단해서 외인으로 하여금 속 시원히 알게 해야 합니다. 일이 만약 긴급하게 된 경우에는 신 등도 아뢰기가 또한 어려울 것입니다. 그래서 미리 아뢰는 것입니다. 전일 세자의 생신일에 죽은 쥐를 가져다 사지를 찢어 불에다 지진 다음, 이를 세자의 침실 창문 밖에다 매달아 놨었다고 합니다. 그런데 이달 초하룻날 또 그랬다고 합니다. 이 말이 사실인지 아닌지는 모르겠습니다만 신하의 입장에서 듣기에 관계되는 바가 중대하기 때문에 아뢰는 것입니다. 신 등이 되풀이 생각해 봐도 궁금에 틀림없이 간사한 사람이 있어 이런 모의를 얽어내고 있는 것 같습니다. 비록 그가 누군지 분명히 모르지만 조금이라도 의심이 가는 사람이 있으면 숨기지 말고 통렬히 치죄해야 합니다."

하니, 상이 깜짝 놀라면서 이르기를,

"동궁전에 이런 요괴스런 일이 있었단 말인가? 즉시 추문해야겠다."

하매, 이유청이 아뢰기를,

"동궁전에는 시위하는 사람이 매우 많으니 반드시 보고 들은 사람이 있을 것입니다. 하문해 보시면 알 수 있을 것입니다."

하고, 심정은 아뢰기를,

"이 일은 세자의 복을 빌기 위한 것이 아니라, 틀림없이 동티내어 국본을 동요시키려는 것일 것입니다."

하니, 상이 이르기를,

"이 일이 외간에는 전파되었는데도 나는 전혀 모르고 있었다. 세자의 측근에게 물어보면 알 수 있겠다."

하였다. 빈청에 자전이 뜻을 내리기를,

"대신이 아뢴 일은 나도 일찍이 들었었다. 그래서 상께 아뢰어 추문하려 했었지만 증거가 없는 일로 궁내에서 큰 옥사의 단서를 일으킬 수는 없으므로 사실을 따지지 않았고 아뢰지도 않았다. 이 뜻을 알아주기 바란다."

하였고, 전교하기를,

"경 등이 아뢴 일로 세자궁 안에 있는 사람을 추문했더니 그의 공사가 이러했다. 이 일은 과연 요괴로운 술법이므로 의당 추문해야 한다. 그러나 일이 익명서의 경우와 같고 또 술법이 어떻게 하는 것인지도 모르니 어떻게 조처했으면 좋겠는가?"

하였다.

- 1527년 중종22년 3월 22일 조선왕조실록 기사 중

5장

소녀의 시신은 우물에 뜬 달처럼 희고 창백했다. 늘어진 옷
자락은 수초처럼 하늘거리고, 미처 감기지 않은 눈꺼풀 사이
로 젖은 눈동자가 멍하니 하늘을 응시했다. 되레 평화로워 보
이기까지 하는 적막 속에서 우물 밖 벗겨져 뒹구는 소녀의 화
사한 꽃신 한 짝만이 생과 사를 가른 흔적처럼 선연했다.

이른 새벽의 평시서(平市署 시전과 도량형, 물가 등에 관한 일을 관장
하는 관청) 샘. 물을 길러 온 아낙에게 발견된 시신의 허리춤에
는 환부(環符 둥근 모양의 궁궐 출입패)가 매여 있었다. 궐에 출입하
는 자라는 뜻이었다. 헌데 어쩌다 이런 곳까지 와서 때 이른
죽음을 맞은 것인지, 누군가 혀를 찼다.

아직 애젊은 처녀였다. 시신의 수습을 맡은 한성부 관원들
은 물에 젖어 묵직하게 늘어진 소녀의 허리춤에 줄을 묶었다.
몸피가 가냘파 한 줌이나 될까.

단숨에 딸려 올라올 것 같았지만 장정 서넛이 달라붙어 줄
을 당기는데도 쉽지 않았다. 오히려 발이 미끄러져 주르륵 우

138

물 속으로 끌려들어가는 형국이었다. 관원들은 찜찜함을 떨칠 수가 없었다. 자고로 귀신 중에서도 가장 독한 것이 수사귀(水死鬼 물에 빠져 죽은 귀신)라고 했다. 제가 죽은 줄도 모르고 산 사람 바짓가랑이까지 줄줄이 끌고 들어간다지 않던가. 게다가 시집도 못 가보고 죽은 처녀귀신이라니.

이대로라면 사람 여럿 잡겠다며 모여든 구경꾼들 사이에서 불안한 웅성거림이 퍼져나갔다.

죽은 소녀는 무수리 업종의 문안비자 천비였다. 궐 안팎을 오가며 서신을 전달하던 심부름꾼이었는데 전날 급한 볼일이 있다며 궐 밖으로 나간 뒤 시신으로 발견된 것이었다. 하필 시기가 몹시 공교로웠다.

그날 낮, 대전에서는 한창 세자궁의 저주사건이 공론화되고 있던 참이었다. 환부를 확인한 문지기의 말에 따르면 천비는 몹시 다급한 얼굴로 급히 심부름을 가는 길이라 했다고 한다.

"그 아이는 여럿이 삯을 내어 함께 부리는 일꾼이었는걸요. 형편이 어려워 돈이 되는 일이라면 가리지 않고 맡았습죠. 그래서 그날도 일찍 퇴궐했겠거니 하였을 뿐, 제가 시킨 일이 아닙니다."

천비의 주인이라 알려진 업종은 그날 그 아이가 왜 평시서에 갔는지 자신도 도통 모르겠다며 고개를 내저었다. 평소 천비를 부리던 다른 궁인들도 마찬가지였다. 참으로 이상한 일이었다. 심부름을 간 자는 있는데, 정작 심부름을 보냈다는 자는 찾을 수가 없으니.

"그날 궐문을 나서던 문안비자의 손에 작은 보퉁이가 들려 있었다더군. 크기로 치자면, 그래……, 딱 서책 한 권이 들었을 정도."

불쑥 던져진 세자의 말에 여리는 무심코 고개를 들어 세자를 보았다. 세자는 양손으로 대강 보퉁이의 크기를 가늠해 보이고 있었다.

그사이 좀 초췌해졌나. 전날 잠을 설친 듯 눈자위가 붉고 어쩐지 피곤해 보였다. 머리카락 한 올 빠져나온 곳 없이 단정한 매무새는 평소와 크게 다를 것이 없는데. 여리에게 하는 말이라고 생각하기에는 모호한 태도로 세자는 허공에 시선을 둔 채 미간을 찌푸리고 있었다.

"헌데 시신이 발견된 곳에는 없었단 말이지. 그새 심부름을 마친 걸까? 아니면……."

혼잣말이 이어졌다. 여리는 가만히 듣고 있었다. 아무래도 심사가 복잡할 터였다. 궁 안에서 세자 자신을 노린 저주 사건이 벌어졌다. 그 일로 조정에서 대신들이 편을 갈라 싸우고 있으니.

한동안 동궁전 문을 걸어 닫고 두문불출 했던 세자였다. 외부인과의 접촉도 일절 거부했다. 덕분에 여리도 며칠 만에 세자를 보는 것이었다. 혹여 소문처럼 정말 건강이 나빠진 것은 아닐지 조금 걱정했지만…… 그사이 세자는 다른 것을 조사하고 있었던 모양이었다.

"평시서 말이다. 형님의 사저와 걸어서 채 일각이 되지 않는 곳이다. 게다가 죽은 문안비자는 평소 그 집 하녀와 친해 자주 드나들었다더구나."

줄곧 허공을 응시하던 세자가 드디어 여리와 눈을 맞추며 말했다. 세자가 말한 형님이란 복성군을 일컫는 것이었다. 그제서야 세자가 꺼낸 말의 의도를 파악한 여리가 고개를 조아렸다.

"송구하오나 이는 소인이 감당할 만한 얘기가 아니옵니다."

지나치게 예민한 사안이었다. 안 그래도 저주 사건의 배후로 연경당과 복성군이 거론되고 있는 마당에. 세자는 한숨을 내쉬었다. 굳어진 표정을 갈무리하는데, 슬쩍 고개를 든 여리가 조심스레 물었다.

"혹 저하께서도 환혼전과 연경당에 관해 떠도는 소문을 들으신 것입니까?"

하여 그 사라진 물건이 경빈이 가지고 있다는 환혼전의 원본이 아닐까 의심하고 있는 것이라면……. 세자가 왜 하필 여리의 앞에서 이 얘기를 꺼냈는지 알 것도 같았다. 하지만 이는 지금까지의 내기와는 상황이 달랐다. 앞의 것들은 적어도 귀신의 짓이라 의심되는 사건이었고, 이것은 누가 봐도 사람이 꾸민 음모였으니. 그녀가 끼어들 여지가 없었다.

"문안비자의 일은 형조에서 조사하고 있다고 들었습니다. 시간이 흐르면 자연스레 진실이 밝혀지겠지요."

"정말 그리 생각하느냐?"

세자가 흐릿하게 조소했다.

"내가 방금 말한 정보는 모두 은밀히 사람을 부려 알아낸 것들이다. 형조에서도 똑같이 조사하여 알아갔지. 허나 전혀 공표되지 않았다. 이게 무엇을 뜻하는 것 같으냐?"

누군가 정보를 통제하고 있다는 의미였다. 그게 누굴까. 그 정도의 힘을 가진 사람이라면……. 아무래도 죽은 문안비자는 생각보다 더 위험한 일에 말려든 것 같았다. 그런 일에 선불리 접근했다간 누구라도 무사하기 힘들 터.

"감히 소인이 첨언할 수 없는 문제이옵니다."

여리는 부러 거리를 두었다. 다행히 세자도 무리한 명을 내릴 생각은 없어 보였다. 순순히 고개를 끄덕인 세자는 평소답지 않게 한참을 고심하는 얼굴이었다. 무언가 따로 할 말이 있는 듯했다. 그러나 상호가 대비전에 올릴 문안서한을 갈무리하여 여리에게 전할 때까지도 세자는 좀처럼 입을 열지 않았다. 그러다 여리가 동궁전을 나설 즈음에 임박해서야 말을 꺼냈다.

"근래 박 상궁의 궐 밖 출입이 잦다지?"

박 상궁은 대비전의 지밀상궁이었다. 웬만해서는 대비의 곁을 비우는 일이 드물었지만 최근에는 확실히 외출이 늘었다. 대비의 심부름 때문이라고는 하지만 궐 안팎의 소식을 전하는 것은 본래 색장상궁의 일이었다. 박 상궁이 직접 나선다 함은 그만큼 중요하고 은밀한 사안이라는 뜻이었다. 대비와 박 상궁 자신을 제외하고는 아무도 그녀가 어디서 무엇을 하는지, 심지어 대비전 사람들조차도 알지 못했다. 그러나 세자는 어디서 전해 들은 것인지 넌지시 여리를 떠보았다.

"대전에서 작서(灼鼠)사건이 처음 언급된 날에도 느지막이 외출을 했었다 하던데."

그날 박 상궁은 궐에 돌아오지 않았다. 궐 밖에서 하룻밤을 보내고 다음날 아침 일찍 돌아왔다. 워낙 흔치 않은 일이었기에 여리도 확실히 기억하고 있었다. 어디 먼 곳에 다녀오는 모양이라고만 생각했었는데.

돌이켜 생각하니 조금 이상하기는 했다. 돌아온 박 상궁이 대비전 안으로 들어간 직후, 방 안에서 큰 소리가 났었던 것이다. 물건을 집어던지며 화를 내는 것 같았는데 최근 들어 대비의 심기가 워낙 좋지 않아 다들 그러려니 했다. 동궁전의 후원에서 불에 지진 쥐가 발견된 일로 대비가 전과 달리 무척 예민해져 있는 데다 전날 대전에서의 논의가 예상과 달리 흐지부지 끝난 터라.

생각하던 여리의 눈가가 좁아졌다. 그러고 보니 대전에서 저주 사건이 논의된 날이라면, 문안비자가 죽은 날이 아니던가. 날짜를 헤아리던 여리는 그제야 세자가 무슨 의심을 하는지 어렴풋이 알아차렸다. 아니나 다를까 세자가 조심스레 운을 떼었다.

"혹 박 상궁이 궐 밖에서 낯선 물건을 들여오진 않았느냐?"

예를 들면 출처를 알 수 없는 서책 같은……. 세자는 부러 뒷말을 생략했다. 고요한 그러나 집요한 눈동자가 지그시 여리를 응시했다. 세자는 그녀가 대비전에서 맡은 임무를 알고 있었다. 여리는 누구보다 대비전의 서책에 쉽게 접근할 수 있는 위치에 있었다.

"딱히 이상한 것은……."

대답하던 여리의 눈동자가 주춤 흔들렸다. 문득 그날 아침의 일이 떠올랐던 것이다. 너무 사소한 일이라 잊고 있었는데, 박 상궁의 신발이 젖어 있었다. 옷은 외출에서 돌아와 갈아입었는지 평소와 다름없이 깨끗했으나 그녀가 지난 자리에 물에 젖은 발자국이 남아 있었다. 물웅덩이라도 밟은 것인가 생각했지만 전날에도, 그 전날에도 비는 오지 않았다.

하면 혹시……. 말도 안 되는 의심이 여리의 머릿속에 떠올랐다. 여리는 차분하고 입이 무거운 편이었지만 거짓말엔 서툴렀다. 아무런 대답도 하지 않았지만 이미 그것으로 답이 된 듯, 세자는 말을 맺지 못하는 여리를 향해 고개를 끄덕였다.

"네 입장은 이해한다. 너는 대비전 사람이니 함부로 입을 열 수 없겠지."

이미 결론을 내린 듯했다. 여리는 행여 오해가 생길까 급히 첨언했다.

"책을 본 것은 아니옵니다."

그저 박 상궁의 신발이 젖어 있었던 것뿐이다. 그걸로 증명할 수 있는 것은 아무것도 없었다. 여기서 말을 맺었다가는 괜한 의혹만 부풀릴 것 같아 여리는 차라리 자신이 본 것을 사실대로 고하기로 했다.

"박 상궁의 신발이 젖어 있기는 하였으나, 신발이야 사정에 따라 젖을 수도 있는 것이지요. 하니 괘념치 마십시오."

자신의 말실수로 괜한 오해가 생길까 염려스러웠다. 다행히 세자는 납득한 듯 고개를 끄덕였다. 하지만 여리로서는 어딘지 개운치 않은 느낌이었다. 역시나 잠시 뜸을 들였던 게 문제였을까.

세자는 생각보다 예민하고 섬세한 사람이었다. 태어날 때부터 높은 자리에 있었으니 타인의 감정에 무딜 법도 한데 분위기와 흐름을 기민하게 읽어냈다. 방금 같은 상황에서도 여리가 주춤거리는 것을 보고 그녀 안의 동요를 눈치챈 것처럼. 하지만 그는 작은 의심만으로 섣불리 움직일 사람도 아니었다.

세자의 자리란 무엇이든 할 수 있는 자리처럼 보이나 기실 무엇도 함부로 하기 힘든 자리였다. 그의 말 한 마디, 행동 하나가 가지는 무게 때문이었다. 자신에 관한 일로 궐 안팎이 시끄러움에도 불구하고 정작 본인은 침묵을 지키고 있는 것도 그 때문이었다. 하필 이 사건의 주요 인물들이 모두 그의 혈육인 탓도 있었다.

한쪽은 공격하고, 한쪽은 부인한다. 둘 중 어느 쪽의 말이 사실로 드러나든 그가 잃는 것은 결국 가족이었다.

무겁게 가라앉은 분위기를 느끼며 여리는 동궁전을 물러나왔다. 평소와 달리 어려운 숙제를 떠안은 것도 아니건만 대비전으로 돌아가는 발걸음이 영 찜찜했다.

대비전으로 돌아와서도 여리는 좀처럼 일에 집중하지 못했다. 세자와 나눈 대화가 줄곧 신경 쓰였다. 자신이 이렇게까지 주변 상황에 휘둘리는 사람인 줄은 몰랐는데, 정신을 차려 보면 어느새 저주사건에 관해 새롭게 들려오는 소문에 저도 모르게 귀를 기울이고 있었다.

"대전 난간 밑에서 또 불에 지진 쥐가 나왔다지?"

"이번엔 전하와 중전마마께서도 보셨다던데."

"대체 어떤 간 큰 자가 자꾸 이런 짓을 벌이는 걸까?"

궁인들은 불안해하며 일의 향방에 촉각을 곤두세웠다. 자칫하다간 궐에 피바람이 불 태세였다. 게다가 사건은 이미 조용히 무마될 수 있는 수준을 넘어섰다. 결국 대신들의 주청으로 그 일을 목격한 궁인들이 모조리 불려가 심문을 받기에 이른 것이다. 그러나 사건의 정황만 나열되었을 뿐, 누구도 먼저 손을 들어 상대를 지목하려 들지는 않았다. 대전이며 후궁전 심지어 중궁전까지, 그날 그 자리에 있었던 이들은 말 한 마디를 꺼낼 때도 서로의 주인에게 무엇이 득이 되고 실이 될지를 치열하게 따졌다. 마치 눈치싸움을 벌이고 있는 것 같았다.

한편 여리는 대비전 소속이라 모든 소요에서 한발 물러난 위치에 있었다. 대신 그녀는 박 상궁의 행보를 관찰하고 있었다. 그녀가 가는 곳마다 일을 핑계 삼아 뒤를 밟는가 하면, 그녀의 손에 들린 물건을 전에 없이 유심히 살폈다.

이 모든 것이 세자와 나눈 대화 때문이었다. 그러지 않으려고 해도 자꾸만 의식이 됐다. 그러다 보니 자연스레 알게 된 사실들도 있었다. 전에는 크게 신경 쓰지 않았던 웃전 사이의 알력 같은 것들이었다.

대비는 누가 뭐라 해도 명실상부 궐 안의 가장 큰 어른이었다. 임금을 비롯하여 중궁전과 후궁의 여인들까지 매일 문안을 올리는 것이 당연한 의례였으나 실질적으로는 시비(侍婢)를 보내 안부를 여쭙는 것으로 대신하기도 했다.

그중 가장 자주 얼굴을 비추는 사람은 단연 중전이었다. 그녀는 건강이 아주 나쁠 때를 제외하고는 아침마다 꼬박꼬박 대비전에 들러 문안인사를 올렸다. 복식과 태도에서도 흠 잡을 데가 없어 마치 내훈(內訓 부녀자의 규율과 법도를 적은 책)의 현신 같았다. 그뿐만이 아니었다. 중전은 내명부의 수장으로서 중요한 결정을 내려야 할 때면 반드시 대비를 찾아와 의논했다. 얼마 전 대전의 난간 밑에서 저주한 쥐를 발견했을 때도 마찬가지였다. 중전은 굳이 그것을 가져와 대비에게 고하고 어찌하면 좋을지 의견을 여쭈었다.

반면 경빈은 중전에 비해 품계가 낮음에도 중전만큼 자주 대비전에 모습을 보이지 않았다. 대비 역시도 경빈의 방문을 썩 반기는 편은 아니어서 다소 형식적인 인사만 오가는 편이었다. 최근에는 저주사건으로 서로가 얼굴을 맞대기 껄끄러운 상태라 더더욱 왕래가 뜸했는데, 며칠 전 연경당의 시녀가 명에서 들여온 귀한 비단이라며 선물을 들고 왔다. 줄곧 형조에서 논의되던 천비의 사건이 일부 대신들의 주청으로 의금부로 넘어가던 날이었다. 그때 대비는 와병을 핑계로 시녀를 두 시진 넘게 마당에 세워두었다가 선물조차 받지 않고 그대로 돌려보냈다. 최근 연경당에 대한 대비의 감정을 생각해 보면 그리 이상한 반응도 아니었다.

하지만 가장 이해가 안 되는 것은 전하의 행보였다. 전하는 백성들 사이에서 효성이 지극하기로 소문이 자자했다. 한데 여리가 입궁한 후 목격한 바로는 생각보다 대비전을 찾는 일이 드물었다. 정무가 바빠 그러려니 한다지만 그것만으로는 설명하기 힘든 분위기가 있었다. 두 사람은 서로에게 깍듯하지만 그리 다정하진 않았다. 분명 피를 나눈 친모자지간이건만.

애초에 대비가 힘쓰지 않았다면 금상은 환란의 와중에 보위에 오르지도 못했을 것이다. 한데도 함께 있으면 모자 사이에는 어딘지 모르게 냉기가 감돌았다. 어제 오후의 일만 봐도 그러했다.

주상이 오랜만에 대비를 뵈러 왔다. 문후를 올리기엔 다소 늦은 시간이었으나 차를 핑계 삼은 전하는 오수에 빠져 있던 대비를 끝끝내 일으켜 앉혔다. 대비도 아들의 체면이 있으니 기꺼이 맞아들이긴 했으나 어딘지 껄끄러운 표정이었다.

여리는 평소와 마찬가지로 다과상을 들고 들어갔다. 시종들을 모두 물리란 전하의 명으로 아주 잠깐 방 안에 머물렀을 뿐이지만, 어딘가 감정을 억누른 듯한 전하의 표정과 냉랭한 대비의 눈빛만큼은 그 와중에도 금세 눈치챌 수 있었다. 그만큼 두 사람은 서로에 대한 날 선 감정을 숨기지 않았다.

물러나오던 길에 여리는 대비의 앞에 놓인 공초안을 보았다. 의금부에서 작성한 것이었다. 방금 전까진 없던 물건이었으니 아마도 주상이 가져온 듯했다. 닫힌 문틈 새로 착 가라앉은 분위기가 전해졌다. 하루가 지난 오늘까지도 대비는 여전히 침묵하고 있었다.

그 안에서 대체 무슨 대화가 오갔던 걸까. 여리는 죽은 문안비자에 대한 조사가 외부의 압력을 받고 있다던 세자의 말을 떠올렸다. 대비가 손을 쓴 것일지도 모르지만 그렇다 해도 결국 모든 보고는 왕에게 올라간다. 임금의 묵인이 없이는 은폐가 불가능한 것이다. 그렇다면 전하는 왜 공초안을 가져온 걸까.

진실을 확인하기 위해서? 아니면 정치에서 흔히 쓰듯 회유나 협박을 위해?

여리는 공초안에 적혀 있을 내용들을 상상하며 머릿속으로 죽은 문안비자의 사건을 재구성해 보았다.

대전에서 동궁전의 저주사건이 논의되던 날, 천비는 누군가의 심부름으로 궐을 나섰다. 손에 보퉁이를 들고 있었던 것으로 미루어 전할 물건이 있었던 듯하다. 하지만 시체 주위엔 아무것도 없었다. 그렇다는 것은 물건이 이미 전달됐거나 혹은 그 전에 누군가에 의해 빼돌려졌다는 의미다. 만약 이미 전달된 후였다면 그녀는 입막음을 당한 것일 확률이 높다. 반면 빼앗긴 것이라면…….

여리의 머릿속에 몸싸움이 벌어진 광경이 그려졌다. 보퉁이를 빼앗으려는 자와 빼앗기지 않으려고 몸부림치는 자. 엎치락뒤치락하다가 순간 힘의 균형이 기울고 보퉁이를 놓친 문안비자가 첨벙, 중심을 잃고 물속으로 빠진다. 사방으로 튀는 물보라. 보퉁이를 빼앗은 자의 옷은 물론 신발까지 흠뻑 젖는다. 하지만 깜깜한 밤의 적막은 곧 모든 소란을 집어삼키고, 돌아선 자의 얼굴이 달빛 아래 드러난 순간.

자신도 모르게 박 상궁의 얼굴을 떠올린 여리는 화들짝 놀라 상념에서 깨어났다. 어제 전하가 들고 온 공초안 때문에 또다시 생각이 이상한 쪽으로 흐르고 말았다. 세자의 앞에선 별일 아닐 거라 말했지만 하필 문안비자가 죽은 날 박 상궁이 궐을 비웠던 것이 마음에 걸렸다. 거기다 전날 보았던 전하의 표정이나 최근 들려오는 소문들 때문에 아무래도 문안비자의 죽음이 대비전과 연관이 있을 것만 같은 불길한 예감이 들었다.

만일 정말 문안비자가 들고 나간 것이 환혼전이었다면……. 여리는 경빈이 느꼈을 초조함을 어렵지 않게 짐작할 수 있었다. 그녀는 저주사건의 배후로 의심받고 있었다. 더구나 대비에 의해 궁인들의 처소가 수색당하고 있는 상황이었으니, 언제 자신 또한 조사를 받게 될지 모르는 일이었다. 마음에 걸리는 물건을 급히 빼돌리고 싶어졌을 테고, 궁 밖 장소로 복성군의 사저를 떠올린 것은 어쩌면 자연스러운 사고의 흐름이었을 것이다. 그렇다면 문안비자의 행적이 이해가 갔다. 이미 의심을 사고 있는 마당에 얼굴이 알려진 연경당의 시녀를 내보낼 수는 없었을 테니. 결국 눈에 띄지 않을 심부름꾼이 필요했을 것이다. 그리고 그 아이는 다음날 시신으로 발견됐다.

　그렇다면 그 보퉁이는 지금 누구에게 있을까. 여리는 닫힌 대비의 침전을 바라보았다. 대비는 어제 주상이 다녀간 이후로 식사도 거르고 침전 안에서 두문불출하고 있었다. 박 상궁만이 간간이 드나들었다. 안에서 무엇을 하고 있는지 기척조차 없어 더 불안했다.

　행여 앓아눕기라도 한 걸까. 전날의 분위기를 떠올려보면 그럴 수도 있을 것 같았다. 겉으로는 잠잠해 보였지만 전하의 얼굴에 분을 억누르는 기색이 역력했다. 대비에게 무언가 따질 것이 있는 것 같았다. 그에 비해 대비의 표정은 시종 고집스러웠다. 두 사람이 크게 다투기라도 한 것일까. 그 때문에 시위 중인 거라면…….

　여리는 대비가 기본적으로 심약한 사람이라고 생각하고 있었다. 시름을 달래기 위해 불경을 가까이 두는 것도 그렇지만, 조용하다가도 자신의 권위에 도전하는 자에게 유독 날카롭게 반응하는 것이 되레 약점을 감추기 위해 안간힘을 쓰는 것처럼 느껴지기도 했다. 그런 사람이 자식으로부터 안 좋은 소리를 들었다면 심적으로 흔들리는 것도 당연지사.

　여리가 지금쯤 대비의 상태가 어떨지 우려하고 있을 때였다. 줄곧 닫혀 있던 침전의 문이 열리더니 그 안에서 양손으로 공손히 두루마리를 받쳐 든 박 상궁이 걸어 나왔다. 그 모습이 몹시 근엄하여 흡사 왕의 교지를 받든 도승지 같았다. 실제로 그녀의 손에 들려 있는 것은 대비의 언문교지였다. 하루를 꼬박 칩거하고 있기에 기가 꺾여버린 줄 알았더니. 마치 그 모든 것이 지금 이 순간을 위한 인내였다는 듯 돌연 움직이기 시작한 것이다.

대비전을 나선 박 상궁은 그 길로 편전으로 향했다. 많은 궁인과 별감들이 그 뒤를 따랐다.

조정에서는 벌써 며칠째 대신들이 저주사건의 진실을 밝히는 일로 논쟁을 벌이고 있었다. 한쪽에서는 이때다 싶어 상대방의 지난 행적들을 공격하고, 다른 한쪽에서는 무고와 모함이라며 소문을 떠드는 이들의 진의를 의심하며 날을 세웠다. 한 치의 양보도 없는 팽팽한 공방이 이어졌다.

"허면 대전 앞뜰에서 죽은 쥐를 발견했을 때, 경빈자가께서 거기 계셨던 것이 그저 우연이란 말이오?"

"하면요? 거기 중전마마께서도 계셨다지 않소?"

그 가운데에서 왕은 말이 없었다. 조용히 중심을 지키고 있는 듯 보였지만 그는 궁금(宮禁)의 일이 대신들의 입에 오르내리는 것만으로도 모욕감을 느끼고 있었다. 왕실의 내밀한 사정이었다. 헌데도 신하들은 거침없이 치부를 들쑤셔댔다. 임금에게 사사로운 영역 같은 건 없다며 흙발로 안방에 걸어 들어와 마구잡이로 이불을 들춰대는 꼴이었다. 당장 물러가라 소리 지르고 싶었지만⋯⋯.

폐주를 몰아내고 대신들에 의해 밀어 올려진 옥좌였다. 그 사실이 그에게는 가장 큰 한계이자 참을 수 없는 역린이었다.

왕은 그저 감정을 내리누르고 있을 뿐이었다. 그나마 그가 가진 인내도 점점 한계에 다다르고 있었다.

대비의 교지가 편전에 당도한 것은 그 와중이었다.

"전하, 대비마마께서 양법사건의 범인을 알리고자 하신다 하옵니다."

상선의 말에 편전 안에 모여 있던 대신들의 입이 일제히 다물렸다. 애써 평정을 유지하던 임금의 미간이 순간 꿈틀 요동쳤다. 당장에라도 상선이 가져온 두루마리를 집어 던지고 싶었지만, 왕은 도승지로 하여금 대비의 교지를 낭독하게 했다. 어쩔 도리가 없었다. 대비는 일부러 대신들이 모두 모인 자리를 노린 것이었다.

내 지금껏 의심스러운 정황을 알면서도 침묵하였던 것은 조정에서 조사하여 죄인을 가려낼 것으로 믿었기 때문이다. 허나 여러 날을 추국하였어도 진상을 가려내지 못하니 내 마음이 편치 못하여 말한다. 대전 난간 밑에서 쥐가 발견된 날, 경빈이 그곳에 홀로 오래 앉아 있었다. 그리고 그의 계집종 범덕이 두 차례나 난간 밑을 왕복하였다. 또한 근래 들어 혜순옹주(경빈의 딸)의 궁인들이 인형을 만들어 참수하는 흉내를 내면서 쥐를 지진 일을 발설하는 자는 이렇게 죽이겠다 협박하고 있다 한다.

대비의 손가락은 정확하게 경빈을 가리켰다. 연경당과 복

153

성군을 두둔하던 세력들은 당혹감에 말을 잃었다. 반대파들은 기다렸다는 듯 일제히 들고 일어났다.

"심지어 어린 옹주자가까지 이 일에 연루되었다니 이 무슨 끔찍하고 해괴한 짓이란 말입니까? 당장 관련자들을 잡아들여 추문하시고 경빈을 궐 밖으로 내치셔야 합니다."

"통촉하여 주시옵소서!"

엎드려 청하는 대신들의 얼굴에 지글지글 희열이 끓어 번졌다. 그 모습이 흡사 먹이를 물어뜯기 직전의 승냥이 떼들 같았다. 질식할 것 같은 광기의 와중에 임금은 치솟는 토악질을 억누르며 지그시 어금니를 깨물었다. 그는 그 누구에게도 책잡히지 않을 지혜롭고 영명한 군주여야만 했다. 제 이복형이 어찌 권좌에서 끌려 내려와 치욕 속에 죽어갔는지 똑똑히 기억하고 있었다. 그렇기에 그는 절대 약점 따위는 잡힐 수 없었다. 설사 그게 혈육의 일이라 할지라도.

"법도대로 하라."

씹어 뱉듯 명을 내린 임금은 옥좌에서 일어나 그대로 편전을 빠져나갔다.

그 즉시 추국청이 세워졌다. 경빈의 시녀들이 모조리 잡혀가고, 옹주의 시녀들도 줄줄이 끌려갔다. 한동안 잠잠하던 의금부 앞마당에 죄인들의 비명소리가 끓어올랐다. 궁녀들은 제 주인을 지키기 위해 이를 악물었지만 없던 죄도 토설하게 만든다는 금부 옥사였다. 오래지 않아 뼈가 뒤틀리는 소름 끼치는 소리가 담장을 넘고 살 태우는 누린내가 자욱하게 퍼져 나갔다.

궐에 남은 궁인들은 상궁들의 단속에 죽은 듯이 일상을 이어가면서도 언제 자신의 차례가 올지 몰라 두려움에 떨었다. 궁에서부터 육조거리 끝에 있는 의금부까지는 거리가 한참이나 먼데도 개중엔 어디선가 누린내가 난다며 구역질을 하는 나인들도 있었다.

모두가 심중의 광기에 물들어가고 있었다. 옥사를 주도하는 이들도, 살아남기 위해 발버둥 치는 이들도, 심지어 지켜보는 이들까지도.

세자가 대비전을 찾아온 것도 그즈음이었다. 해가 다 저물어갈 무렵, 평소와 달리 흐트러진 모습에 익선관조차 제대로 갖추지 않은 세자는 파리하게 창백해진 얼굴로 비틀비틀 대비의 침전 안으로 걸어 들어왔다. 그러고는 대비의 앞에 무릎을 꿇었다. 마치 죄인 같은 모양새였다.

아침 일찍 경빈이 궐에서 쫓겨 나갔다. 그리고 늦은 오후가 되자 경빈과 복성군을 사사해야 한다는 말들이 쏟아져 나오기 시작했다. 모든 것이 너무 빨랐다. 임금마저도 고개를 돌렸다. 대비는 배부른 사냥꾼처럼 느긋하게 보료에 기대앉아 쯧쯧 못마땅하게 혀를 찼다.

"이리 마음이 물러서야."

대비는 세자가 자신을 찾아온 이유를 알고 있었다. 이 일의 배후에 대비가 있다는 것을 세자가 알고 있는 것처럼.

"관용 따위 베풀 가치가 없는 자들입니다."

차갑게 말한 대비는 좌탁의 서랍 안에서 책 한 권을 꺼내 세자의 앞에 던졌다. 이 모든 사건의 발단이 된 바로 그 서책이었다. 대체 이 작은 종이뭉치 안에 무엇이 적혀 있기에. 세자는 슬픔과 번뇌에 잠긴 눈빛으로 무겁게 눈앞의 책을 응시했다. 꿇어앉은 자세로 꼼짝도 하지 않자 답답하다는 듯 대비가 한숨을 내쉬며 말했다.

"치부책입니다."

그것은 경빈이 금전을 써서 조정 대신들을 포섭하고 회유한 증거였다.

"박씨는 제 아들을 위해 감히 왕좌를 훔치려 들었습니다. 장차 세자의 것이 될 자리를 말입니다."

환혼전의 원본 같은 게 아니었다. 그보다 더 적나라한 욕망들이 바닥에 나뒹굴고 있었다. 세자는 그제야 손을 뻗어 책장을 넘겼다. 한 장, 한 장, 책장이 넘어갈 때마다 좌절과 탄식이 교차했다. 과연 이것이 귀신이 썼다는 책보다 덜 삿되다 할 수 있을까.

"간교한 계집입니다."

대비는 단호하게 내뱉었다.

"그 계집은 세자만 위태롭게 한 게 아니에요. 거기 적힌 이들은 주상의 신하들입니다. 헌데 조정 대신이란 자들이 한낱 계집의 치마폭에 휩싸여 놀아났으니. 이는 주상의 치세를 흐리고 사직을 뒤흔드는 짓입니다."

심지어 한둘이 아니었다. 이들을 모두 벌하려면 당장 조정이 마비될 지경이라.

"이리 확실한 증좌를 두고도 내 차마 진실을 밝히지 못한 이유를 세자도 짐작하겠지요?"

경빈의 치부책이 드러나는 순간, 왕실의 체면은 땅에 떨어져 저자의 진흙탕을 구르게 될 터였다. 게다가 조정을 몽땅 갈아엎을 수도 없는 노릇이니, 왕은 신하들의 죄를 알고도 다스릴 수 없다. 그 모든 치욕을 왕실이 고스란히 떠안아야만 하는 것이다.

"감당해야 할 혼란이 너무 큽니다. 그나마 그들 모자를 벌하는 선에서 끝내는 것을 감사히 여겨야지요. 나로서도 많이 참은 것입니다."

하지만 세자는 여전히 물러나지 않았다. 몸을 더욱 낮추고 머리를 조아릴 뿐. 비록 한 배에서 나진 않았지만 자신의 형이었다. 그리고 그 형을 죽이려는 사람은 다름 아닌 자신의 할머니였다.

왕좌가 대관절 무엇이기에. 모친은 입을 다물고 부친은 등을 돌렸다. 세자는 참담함에 숨이 막혔다. 그가 진 업보가 너무 무거워 고개를 들 수가 없었다.

세자는 도와달라, 혹은 구해달라, 하는 그 어떤 애걸도 하지 않았다. 그저 고집스레 입을 다물고 있을 뿐이었다. 그러는 동안 해가 완전히 저물고 밤이 깊어갔다. 그럼에도 세자는 그 자리에 못 박힌 사람처럼 여전히 머리를 수그리고 꿇어앉아 누구의 몫인지도 모를 죄를 대신 청했다.

세자와 대비는 그렇게 팽팽한 대치를 한참이나 더 이어갔다. 궁녀들이 들어와 대비전 구석마다 불을 밝혔다. 마침내 야삼경을 알리는 북소리가 멀리서 들려왔다. 대비는 더는 견디지 못하고 탄식했다.

"그리 마음 쓸 가치가 없는 자들이건만."

세자를 아끼는 대비였지만 그녀는 때때로 세자의 다정함이 염려스러웠다. 자고로 권력자란 제 수족도 끊어낼 수 있을 만큼 비정해질 줄도 알아야 했다. 대비는 못마땅한 한숨을 내쉬며 돌아앉았다. 하지만 끝내 세자를 외면하지 못했다.

"그들은 마땅히 세자에게 감사해야 할 것입니다."

결국 대비가 한발 물러섰다. 그제서야 자리에서 일어선 세자는 대비에게 큰절을 올렸다. 그리고 비틀거리는 걸음으로 대비의 앞에서 물러나왔다. 문 밖에 시립해 있던 여리는 대비전을 나서는 세자를 먼발치서 조용히 지켜보았다.

목화를 신으며 비틀거렸던 것도 잠시, 세자는 옆에서 지탱하는 상호의 손을 밀어내고서 홀로 걸었다. 그 모습이 쓸쓸하고 위태로웠다.

다음날, 경빈을 폐서인하고 복성군의 작호(爵號)를 삭탈한다는 전지가 내려왔다. 사약과 유배를 운운하며 매일같이 강경론을 쏟아내던 대신들은 약속이나 한 것처럼 입을 다물었다. 뒤에서 어떤 거래가 오갔는지는 모를 일이었다. 어쨌든 궐의 소란은 빠르게 정리되어 갔다. 연경당과 옹주 처소의 궁인들이 쓸려나간 자리에는 새로운 궁녀들이 채워졌고 표면적으로는 모두가 평화를 되찾아가는 듯 보였다.

그러는 동안 죽은 문안비자의 사건은 허무하게 마무리되었다. 쌀을 훔치다 주인에게 들켜 매를 맞은 것이 억울해 샘에 뛰어들어 자살을 했다고 결론 난 것이었다. 그 아이가 심부름 중이었다는 사실도, 그 아이가 옮기던 물건에 대한 진실도 아이의 육신과 함께 모두 묻혔다.

여리가 세자를 다시 만난 것은 그로부터 닷새가 흐른 뒤였다. 간만에 동궁전으로부터 부름을 받고 별전으로 드니, 세자가 닫힌 사잇문 앞에 서 있었다. 평소엔 건너편 밀실의 안쪽 끝에 앉아 있고는 했었다. 한데 어쩐 일인지 오늘은 그 문이 닫혀 있고 그 사이를 가르던 병풍도 반쯤 걷혀 있었다. 여리는 세자로부터 두세 걸음 떨어진 자리에 멈춰 선 채로 그가 돌아보기를 기다렸다. 왠지 기척을 내기가 미안하던 참이었다.

"내 아명(兒名)이 무엇인 줄 아느냐?"

상념에 빠져 있는 줄 알았던 세자가 불쑥 말문을 열었다. 여리는 고개를 들어 세자를 보았다. 그는 여전히 등을 돌린 채 여리를 보지 않고 있었다.

갑자기 왜 저런 질문을 하는 걸까. 평소와 다른 분위기였다. 그는 아까부터 한쪽 벽면을 물끄러미 응시하고 있었다. 거기에 뭐라도 있는 것인지. 여리는 세자를 쫓아 시선을 내렸다. 병풍이 걷힌 자리였다. 자세히 보니 흐릿한 먹물자국 같은 것이 눈에 띄었다. 오래되었는지 많이 지워지기는 했으나 글씨 같았다. 좀 더 자세히 들여다보기 위해 여리가 눈매를 좁히고 있을 때였다.

"억명(億命). 내 아명이다."

세자가 말했다.

"내 모후께서 돌아가시기 전 직접 쓰신 것이지."

그의 시선이 오래된 벽지 위를 더듬었다. 마치 손으로 매만지듯 애틋한 눈길에 여리의 눈이 조금 커졌다. 그러고 보니 반쯤 젖혀진 모란병풍이며, 방 안의 기물들이 사내가 사용하는 것이라 하기엔 여성스러웠다. 왜 지금껏 눈치채지 못했을까. 여기 있는 물건들은 모두 세자의 친모인 장경왕후가 출산 직전 쓰던 것들이었다. 세자는 이 방을 어머니의 임종 전 상태 그대로 쭉 보존해왔던 것이다.

"날 낳기 얼마 전, 어느 날 기이한 꿈을 꾸셨다는구나. 꿈속에서 신선을 만났는데 그 신선이 지어준 이름이라고 한다. 그걸 행여 잊어버릴까, 꿈에서 깨자마자 여기 이렇게 적어놓으셨다고……."

왕후는 자신의 마지막을 이미 예견했던 걸까. 세자를 낳고 눈을 감기 전, 남편인 금상의 손을 부여잡고 아이의 이름을 꼭 억명이라 지어달라고 애원했다고 한다.

"홀로 남겨질 자식만큼은 오래오래 건강하길 바라셨던 걸 테지. 부모의 마음이란 본디 그러한 것일 테니……."

세자의 눈빛이 침통하게 가라앉았다. 돌아가신 모후를 생각하는 것일까. 아니면 대전에 계실 그의 부친? 그 부친에게도 어머니가 있다. 쫓겨난 박씨도 누군가의 어머니였고…….
생각하던 여리는 이어진 세자의 말에 숙연함을 느꼈다.

"죽은 문안비자 아이. 이름이 천비라던. 그 아이에게도 어미가 있었을 텐데."

신분이 천하고 가난할지언정 그 어미 역시 아이를 낳고 아이의 무병장수를 빌었을 것이다. 헌데 이렇게 허망하게 스러져버렸으니.

"아무도 그 죽음을 알아주지 않는구나."

실은 여리마저 그 일을 한 귀퉁이로 미뤄두고 있었다. 시류가 그랬다. 제 앞가림만 하기에도 팍팍했다. 그 사실이 씁쓸하면서도 서글펐다. 하지만 세자는 가장 높은 자리에 앉아서도 하잘것없는 죽음을 곱씹고 있었다.

여리는 새삼 눈앞의 소년을 바라보았다. 뒷모습이 꼿꼿한 듯, 버거워 보였다. 그는 타인이 흘린 피에 결코 무감하지 못했다. 하물며 자신으로 인해 비롯된 참극이었다.

세자는 켜켜이 쌓여가는 죄책감에 눈을 내리감았다. 피에 젖은 땅이 질척하게 그의 발을 잡아당기는 것 같았다. 이 죄를 다 어이할꼬. 눈을 뜬 세자는 묵직한 걸음을 겨우 떼어내 몸을 돌렸다. 그리고 무겁게 입을 열었다.

"하여 네게 부탁할 것이 있느니라."

오늘 처음으로 세자와 여리의 눈이 마주쳤다. 세자는 어딘가 아릿하고도 미안함이 담긴 눈빛으로 여리를 보며 희미하게 미소 지었다.

"나 대신 그 아이의 무덤에 들러봐 주지 않겠느냐?"

어차피 거부할 수도 없었지만 여리는 괜스레 확인했다.

"명이십니까?"

평소와 달리 의기소침한 세자의 모습이 마음에 걸려 던져 본 말이었다. 한데 세자는 고개를 저었다.

"명이 아니라 부탁이다."

뜻밖에도 세자는 단호했다.

"앞으로 너에게 명을 내리는 일은 없을 것이다."

오히려 당황한 것은 여리 쪽이었다.

"그 말씀은……."

"나의 명이 무엇이든, 그것을 따르지 않는 쪽을 선택할 수 있는 권한을 원한다 하지 않았더냐?"

그것은 처음 여리가 세자와 내기를 걸며 내세운 조건이었다. 이기게 되면 얻기로 한 대가였는데…….

"네가 이겼다."

세자가 선언했다.

"하나 아직 내기는 끝나지 않았사온데……."

항상 내기에서 벗어나지 못해 안달이던 여리가 되레 반박하고 있으니 세자가 그럴 필요 없다는 듯 쓸쓸하게 웃었다.

"네가 말했었지. 알고도 덮은 것이 아니겠냐고. 왕족도 사람이라고."

"그게 무슨……."

162

눈가를 찌푸렸던 여리는 한발 늦게 세자의 말을 기억해냈다. 그것은 여리가 용의 비늘을 찾으러 의금부에 다녀와서 했던 말이었다. 왕기의 역모를 눈치챈 문종이 차마 동복형제를 죽이지 못하고 손톱을 뽑아 경계로 삼았던 까닭에 대해 나눴던 대화들이 머릿속에 되살아났다.

'용서……한 것일까?'

혼잣말처럼 읊조리던 세자의 목소리도.

용상이란 오직 하나이기에 그곳으로 가는 걸음걸음은 잔인하고도 냉혹한 것이었다. 혈육이라도 예외가 없음을 알기에 당시의 세자는 회의적이었다. 하지만 결국 결론을 내린 것이다.

그는 용서했다. 그 스스로가 여리의 추측을 증명한 셈이었다.

"그러니 네가 이겼다."

그의 심중에 어떤 치열한 고민이 오갔을지, 자세한 설명은 듣지 못했지만 지치고 메마른 세자의 얼굴을 보니 여리는 그가 하고자 하는 말을 어쩐지 이해할 수 있을 것 같았다. 그래서 더 캐묻는 대신.

"무덤에 들러보겠습니다."

그의 부탁을 기꺼이 수락하는 편을 택했다. 세자는 기껍게 고개를 끄덕였다. 그러나 돌아서는 그의 등이 유독 추워 보여서 눈앞에 있음에도 어쩐지 멀게만 느껴졌다. 홀로 외로움을 견디고 서 있는 것 같았다. 아무도 함부로 그 고독에 손을 뻗어 만질 수 없었다. 그렇게 닫힌 밀실의 문처럼 그의 유년도 막을 내리고 있었다.

🦢 궐내에서 내보낸 대행 왕비의 실록

홍치(弘治) 신해년 7월 경진(庚辰)에 사저(私邸)에서 났으며, 일찍 어머니를 여의고, 졸한 월산 대군(月山大君)의 아내인 외고(外姑)승평 부부인(昇平府夫人) 박씨(朴氏)의 집에서 자랐다. (중략)

신미년 5월 정묘일에 딸을 낳았는데, 나이 어리어 아직 비녀를 꽂지 못하였으며, 올해년 2월 계축일에 원자를 낳았는데 겨우 수일을 지나서 갑자기 중병에 걸렸다. 상이 크게 놀라시어 친히 문병하고 또 말하고 싶은 것을 물으니, 처음에 대답하기를 '은혜 입음이 지극히 크니 반드시 말씀드릴 것이 없습니다.' 하며, 다만 눈물을 흘릴 뿐이었다. 이튿날 새벽 병세가 매우 중해지자 일어나 앉아 손수 글을 써서 상께 아뢰기를 '어제 첩의 마음이 혼미하여 잊고 깨닫지 못하였는데 생각해보니 지난해 여름 꿈에 한 사람이 말하기를, 이 아이를 낳으면 이름을 억명(億命)이라 하라 하므로 써서 벽상에 붙였었습니다.' 하였다. 상이 상고하여 본즉 사실이었다. 이 얼마나 기이한 일인가? 상이 백방으로 약을 써서 구원하였지만 끝내 차도가 없이 이달 초2일에 경복궁 동궁전 별전(東宮別殿)에서 훙(薨)하니, 춘추가 25세였다.

- 1515년 중종10년 3월 7일 조선왕조실록 기사 중

🦢 형조 판서 한형윤 등이 샘에 빠져 죽은 천비의 처리를 여쭈다

형조 판서 한형윤, 참판 이사균, 참의 김영 등이 아뢰기를,
"지금 샘에 빠져 죽은 사람을 조사해보니, 바로 무수리 업종의 문안비자인 천비였습니다. 이 사간(事干)에 복성군의 비자와 나인도 참여되었습니다. 본조에서 추문하기가 매우 곤란하니 타사로 이관시켜 추문하게 하는 것이 어떻습니까?"

하니, 전교하기를,

"이 공사의 삼절린의 초사에 '쌀을 훔친 일 때문에 주인에게 매를 맞은 천비가 화가 나서 샘에 빠졌다.'고 하여 사상이 명백하다. 그리고 복성군의 비자는 형조가 잡아다가 추문하고 있지만 나인은 내관에게 공함(公緘)을 내어 묻도록 하라."

하였다.

- 1527년 중종22년 4월 4일 조선왕조실록 기사 중

6장

바람이 불 때마다 쏴아아, 매캐한 흙먼지가 일었다. 유월의 산등성이. 한여름의 녹음으로 푸르러야 할 숲은 가뭄으로 바짝 말라 짐승의 발톱에 할퀴어진 상처처럼 군데군데 메마른 붉은 빛을 드러내고 있었다. 그 가운데 떳장을 입히지 않은 흙무덤은 비석 하나 없이 초라하여 주위의 흙더미들과 잘 구분조차 되지 않았다. 생생한 빛깔을 뿜어내는 한 묶음의 생화만이 이곳이 누군가의 무덤임을 알려주고 있었다. 무덤 앞에 선 여리는 그 이질적인 빛깔을 물끄러미 내려다보았다. 누군가 한발 먼저 다녀간 모양이었다.

그 여리여리한 모습이 염천에 금방이라도 시들어버릴 듯하여 안타까웠다. 여리는 어깨에 메고 있던 죽통의 마개를 뽑아 꽃다발을 꽂았다. 날이 더워 오며 가며 마시려 떠왔던 물이었다. 자신은 이제 곧 내려갈 예정이니 홀로 오래 이곳에 남아 있을 이에게 양보하기로 했다.

세자의 부탁을 받아 죽은 문안비자의 무덤을 찾아온 길. 전해 듣기로는 달리 가족이 없다 했는데 그래도 기억해주는 사람이 있는 모양이었다. 다행이었다. 짧은 생이었을망정 그리 외롭지는 않았던 듯해서.

고개를 숙여 묵례한 여리는 발걸음을 돌려 산을 내려왔다. 굽은 언덕길을 내려오는 내내 더위가 끈질기게 따라붙었다. 금세 등이 땀으로 흠뻑 젖었다. 한발(旱魃 가뭄을 일으키는 여신)이 노하기라도 한 것인지 임금이 기우제를 지내고 종묘에 제사를 지내도 비 한 방울 떨어질 기미가 없었다. 어긋난 음양의 조화를 맞춘다며 숭례문을 닫고 북문인 숙정문을 열었다. 신하들은 자신들의 부덕을 고하며 받아들여질 리 없는 사직을 거듭 청했다. 그 일련의 행동들이 여리의 눈엔 그저 요란한 연극처럼 보였다.

물론 비가 내리지 않는 것은 심각한 일이었다. 한창 농사일로 바쁠 시기에 물이 없어 작물들은 말라비틀어져 가고, 백성들은 애타는 마음으로 먼지 날리는 하늘만 올려다보고 있으니 이러다가는 흉작으로 큰 기근이 올 수도 있었다. 그렇게 되면 제일 먼저 죽어나가는 것은 가난한 백성들일 터. 하지만 궁 안의 사정은 달랐다.

외출에서 돌아온 여리의 눈에 대비전 앞마당에 쌓인 상자와 보따리들이 보였다. 거의 작은 동산을 이루다시피 한 그것들은 탄일을 앞두고 대비에게 들어온 선물 꾸러미들이었다. 권력 앞에 아부하는 인간들이란 어찌나 간사한지. 왕가의 종친들은 말할 것도 없고 대신들과 외명부의 부인들까지 팔도에서 앞다투어 하례선물을 보내왔다. 누구보다 권력의 향방에 민감한 이들이었다. 덕분에 대비전 궁녀들은 선물을 분류하랴, 답신을 써 보내랴 눈코 뜰 새 없이 바빴다.

여리는 봉서나인인지라 평소보다 궐 밖 출입이 잦아졌다. 그 틈에 잠시 세자가 부탁한 일을 보고 온 여리는 아무 일도 없었던 척, 색장상궁에게 다녀온 일을 고했다. 시간이 좀 지체되기는 했지만 다행히 색장상궁도 정신이 없어 별다른 추궁은 하지 않았다. 겨우 한숨 돌리는데 후문 한 켠에서 다투는 소리가 들려왔다.

"이곳은 궁금(宮禁)입니다. 관복을 입지 않은 사내는 심부름꾼이라 할지라도 들어올 수 없습니다."

상궁이 한 사내와 실랑이를 벌이고 있었다. 그의 뒤에 지게를 진 평복 차림의 짐꾼이 서 있었는데 아마도 그 자를 들여보내는 일로 갈등이 생긴 모양이었다.

"제안대군 저의 구사(丘史 종친, 공신, 당상관 등에게 배당되는 공노비)일세. 이제껏 별다른 제지 없이 드나들었건만 갑자기 이렇게 **빡빡하게** 구는 까닭이 무엇인가?"

상궁의 말처럼 외인은 내정에 들일 수 없었다. 그것이 정해진 법도이기는 했으나 기실 그리 철두철미하게 지켜져온 관습도 아니었다. 다만 근래 들어 대비전 궁인들의 콧대가 지나치게 높아진 것 또한 사실이라.

"소인은 그저 법도대로 따를 뿐입니다."

상궁은 여전히 **뻣뻣하게** 굴었다.

"허면, 나보고 직접 저 짐을 지고 나르기라도 하란 말인가?"

미간을 굳히는 이는 다름 아닌 광준이었다. 여리를 의금부에 들여보내 주었던 세자의 측근. 외유를 떠났다고 들었는데 돌아온 것인가. 그러고 보니 부부인 김씨가 그의 숙모라 했었다. 아마 대신 심부름을 온 듯했다.

그가 주고 간 환혼전이 떠올랐다. 껄끄러운 책을 지니고 있는 것이 줄곧 마음에 걸렸던 차라 당장에라도 돌려주고 싶었지만 지금으로서는 아는 척을 하기가 망설여졌다. 지켜보는 눈이 많았다. 게다가 그녀가 막 뒷마당으로 내려섰을 때 대비의 침전에서 박 상궁이 걸어 나왔다.

"김 주서 아니십니까?"

그녀는 광준을 보고 먼저 아는 척을 했다. 아마도 침전 안에서부터 소란을 들은 듯, 온화한 미소를 띤 박 상궁은 대치하고 선 상궁과 광준의 사이로 자연스레 끼어들었다. 그러자 광준도 마지못해 인사했다.

"오랜만입니다, 박 상궁. 대비마마께 올릴 하례품을 가져왔는데……."

그는 여전히 떨떠름한 표정을 감추지 못했다.

"그새 대궐의 법도가 많이 바뀐 모양입니다."

뼈가 있는 비아냥이었다. 그도 연경당과 복성군의 사정은 알고 있었다. 소문에 민감한 자이니 내막을 모를 리 없었다. 박 상궁은 짐짓 태연하게 대꾸했다.

"이런 일은 아랫것들을 시키시지 않고. 어찌 수고스럽게 직접 오셨습니까?"

"고 내관도 나이가 든 탓인지 몸이 예전 같지 않아서 말입니다. 아! 궐을 떠났으니 이제 내관이라고 부르는 것도 궐의 지엄한 법도에 어긋나려나?"

자신을 가로막았던 상궁을 보며 하는 말이었다. 누가 봐도 감정이 실려 있었다. 뒤끝이 제법 길다. 박 상궁은 유하게 웃었다.

"평생 한 주인을 섬겨온 고 내관의 충심이야 궁인이라면 마땅히 본받을 만한 일인 것을요. 궐을 나갔다 하여 다르게 생각한 적은 없습니다."

고 내관은 제안대군의 수족이었다. 제안대군은 본래 예종 임금의 적자로 아비의 뒤를 이어 보위에 오를 원자로 태어났으나 병약한 예종 임금이 너무 일찍 승하하는 바람에 대군으로 강등되어 사가로 내쳐졌다.

당시 제안대군의 나이 겨우 네 살. 왕위는 사촌형인 자을산군에게로 넘어갔다. 그때 모후와도 떨어져 홀로 궐 밖에서 살게 된 제안대군을 따라 출궁한 사람이 바로 고 내관이었다. 본래대로라면 대군의 곁에서 상선의 지위에까지 오를 수 있었을 것이나 그는 제 주인의 곁에 머물기를 택했다. 결국 어린 주인의 보모 노릇부터 시작하여 후엔 대군 저의 청지기가 되어 평생을 보필했다.

"하지만 이제는 그 주인마저 세상을 떠나시고……."

제안대군이 죽은 지도 벌써 일 년하고도 반이 넘게 흘렀다. 이제는 더 이상 그를 내관이라 부르기도 애매했다.

"무슨 열의가 있어 그 늙은 노복이 제 몸을 돌보겠소이까?"

광준이 쓸쓸히 읊조렸다. 뒤에 선 구사가 더욱 바짝 고개를 조아렸다. 잠시 숙연한 분위기가 감돌았다.

"옛 물결은 새로운 물결에 밀려 자연히 흘러가는 것이지요."

담담히 대꾸한 박 상궁은 곁에 서 있던 상궁에게 눈짓했다. 아무리 왕실의 법도가 지엄하다 한들 제안대군 저만큼은 예외였다. 제안대군은 살아생전에도 항상 논외의 대상이었다. 선왕의 사촌. 한때는 조선에서 가장 존귀했던 원자 아기씨. 금상조차도 함부로 대하지 못했던 왕실의 가장 큰 어른이자, 동시에 가장 껄끄러운 존재가 바로 제안대군이었다. 궁을 제외하면 가장 넓고 호화로운 저택을 소유할 수 있었던 것도 그 까닭이었다. 위치 또한 궐과 담벼락 하나를 사이에 두고 있어, 왕실 사람들 역시 자주 제안대군의 집을 드나들었다. 피접 나온 왕족들이 가장 많이 머무는 곳 또한 제안대군 저였다.

박 상궁은 문을 지키고 섰던 상궁을 뒤로 물리고 자신이 손수 광준을 안내했다.

"이쪽으로 드시지요. 예까지 오셨는데 대비마마께 오셨다 여쭙겠습니다. 아, 그리고 짐은 저쪽에 두라 하시지요."

박 상궁의 손짓에 허리를 숙인 구사가 군말 없이 그녀가 가리킨 방향으로 향했다. 일꾼의 어깨가 땀으로 얼룩져 있었다. 웃전들의 실랑이에 무거운 짐을 들고 한참을 서 있던 탓인 듯했다.

"대비마마께 늘 올리던 약재들입니다. 이번엔 개성에서 들여온 홍삼과 마침 어렵게 구한 산삼이 있어 같이 챙겨 넣었으니, 행여 상하지 않게 잘 갈무리해달라 숙모님께서 당부하셨습니다."

"어찌 그리 귀한 것을……. 부부인께서 매번 이리 신경을 써주시니 감사할 따름입니다."

대화하는 광준과 박 상궁의 목소리가 점차 멀어져갔다. 여리는 사라진 그들 대신 마당에 남아 짐을 부리는 구사를 바라보았다. 귀한 약재가 들었다더니 짐을 다루는 손길이 확연히 조심스러웠다.

보통 왕실의 약재는 내의원을 통하게 되어 있었다. 밖에서 들여온 약재는 안전을 이유로 함부로 쓸 수 없게끔 지침이 내려져 있었으나, 피접 나온 왕족들을 보살피는 데 이골이 난 제안대군 저에서는 이렇게 종종 귀한 약재를 궁으로 보내고는 했다.

대비는 현재 궐 안에서 가장 연로한지라 몸을 보하는 데 특별히 신경을 쓰는 편이었다. 덕분에 탄일을 앞두고 몸에 좋다는 온갖 약재와 식재료들이 대비전으로 쏟아져 들어왔다. 하지만 정작 대비는 자신의 탄신연회를 거부했다. 가뭄이 심한 데다 근래 들어 궐 안에 재변이 잦아 풍악을 듣기가 미안하다는 이유에서였다. 그러자 그 말을 전해 들은 사람들이 이번에는 앞다투어 대비의 덕성을 칭송했다. 귀하신 분이 올곧고 검소한 데다 자애롭기까지 하시니, 내외명부의 모범이라며 추켜세우기 바빴다. 창고가 넘쳐 마당까지 쏟아져 나온 선

물들이 민망할 지경이었다.

어쨌든 주상도 그 뜻을 받아들여 연회는 취소되었다. 대신 사옹원에 일러 별미 몇 가지를 진상하는 것으로 갈음하기로 했다. 덕분에 탄일을 며칠 앞두고 대비전 궁녀들의 일은 크게 줄었다. 이미 대비에게 눈도장을 찍으려는 이들의 행렬은 일 단락되었고, 행사도 취소되어 당일에 그들이 할 일은 많지 않았기 때문이다. 인사를 드리러 오는 이들에게 차와 음식을 대접 해야 하겠지만 그것은 생과방과 사옹원에서 맡기로 했으니.

여리는 일찌감치 잠자리에 들 준비를 마쳤다. 간만에 여유 가 생겨 내일은 조금 늦게까지 잠을 잘 수 있을 것 같았다. 이 불을 들추고 누우려는데 옆에서 강생이가 투덜거리는 소리가 들렸다.

"이번엔 좀 더 가까이에서 전하를 뵐 수 있을 줄 알았더니."

연회가 열리면 일손이 부족해 수라간 나인들도 소속과 관 계없이 지원을 나가게 된다. 더구나 대비의 탄신연회라면 각 전의 주인들이 모두 모이는 자리이니만큼 당연히 주상도 참 석했을 터. 그 틈에 먼발치에서나마 전하를 볼 수 있을 거라 기대했던 모양이었다.

"연지도 새로 사고 기껏 새 옷도 장만해뒀건만."

강생이는 모든 준비가 허사가 되었다며 짜증을 냈다. 여리 는 그런 강생이를 보며 속으로 혀를 찼다. 후궁전 하나가 도 륙이 난 지 얼마나 되었다고. 한때나마 가장 총애 받던 후궁마저도 그리 가차 없이 내쳐졌건만, 그것을 보고도 임금의 총애가 얻고 싶은 것일까. 그 나약하고도 허망한 것이?

하지만 궁녀들은 불나방과 같았다. 그들이 바라볼 수 있는 태양은 오로지 하나뿐이라서 닿으면 타버릴 것을 알면서도 기어코 뛰어들고 마는 것이다. 나비가 될 수 없다는 것을 알면서도 눈을 멀게 하는 빛을 결코 포기하지 못했다. 낮에 뜬 태양을 품에 안을 수 없다면 기꺼이 밤의 하루살이라도 되려는 것이었다.

여리는 어느새 코를 골기 시작한 강생이를 보며 쓴웃음을 지었다. 그사이 잠이 든 모양이었다. 참으로 태평하기 이를 데 없는 인사였다. 반면 여리는 쉽사리 잠이 들지 못했다. 풀벌레 소리가 시끄러운 탓일까.

낮에 보고 온 문안비자의 무덤이 떠올랐다. 아무도 기억하지 못하는 죽음인 줄 알았는데. 여리는 유독 그 아이의 죽음이 마음에 밟혔다. 어쩌면 세자의 부탁 때문인지도 몰랐다. 그러고 보니 그날 이후로 세자를 보지 못했다.

세자는 최근 동궁전에 칩거 중이었다. 대비에게 늘 드리던 문안인사도 중지됐다. 건강 때문이라고 하지만 그 이유 때문만이 아님을 여리는 짐작하고 있었다. 그래도 탄일에는 대비전에 들 텐데. 천비의 무덤에 다녀온 일을 보고해야 하나 생각하고 있을 때였다.

"으흑……, 흑, 흡……."

어디선가 숨죽인 울음소리가 들려왔다. 옆방에 생각시가

새로 들어왔다더니 그 아이인 모양이었다. 아직 예닐곱 살밖에 안 된 아이가 갑자기 어렵고 낯선 곳에 떨어졌으니 밤이 두려울 만도 했다. 처량한 울음은 끊일 듯 끊이지 않고 얇은 장지문 틈새로 스며들었다. 밖에 두고 온 가족이라도 그리는 것일까.

궐에 피바람이 휩쓸고 지나간 후로 궁녀 조직에도 큰 변화가 있었다. 난 자리만큼 새로운 인원들이 충원되었고, 그 틈에 수완이 좋은 이들은 평소 원하던 곳으로 자리를 옮겼다. 모든 과정은 신속하고도 일사불란하여 마치 파도가 한번 밀고 나듯 순식간이었다.

흔적은 깨끗하게 지워졌다. 여기저기 모래사장에 패였던 자국들은 파도에 밀려온 또 다른 작은 모래 알갱이들로 흔적도 없이 메워졌다. 그들은 작은 모래알이었다. 있으나 없으나 티도 남지 않을. 마음이 무거운 앙금처럼 가라앉았다. 여리는 오지 않는 잠을 억지로 청하며 눈을 감았다.

그 시각 궐 한 켠에서는 금군들이 번을 교대하고 있었다. 낮 동안 나무 그늘 하나 없어 지글지글 끓던 궁 안이 밤이 되자 제법 선선해졌다. 연못가에서 불어오는 바람에는 야합수(夜合樹)의 향기가 스며 있어 나졸들의 긴장이 절로 느슨해졌다. 그들은 보초를 마치고 돌아가는 길에 시답잖은 농담을 주고받으며 저들끼리 낄낄댔다.

"여기 누각 말일세. 가끔씩 인왕산 호랑이가 내려와 순시를 돈다지?"

"그래서 밤이 되면 내관들도 이 근처엔 얼씬도 않는다질 않나? 내반원(內班院 궁내 내관들의 집무처)이 코앞인데도 말이야."

"거참 쓸데없는 걱정들은. 거시기도 없는 질긴 내시 고기를 누가 먹는다고?"

"아, 이 사람 뭘 모르는 소리. 옛말에 호랑이가 굶으면 환관도 먹는다고 하질 않던가?"

"자네가 주막집 월매도 마다하지 않는 것처럼?"

비아냥대는 소리에 놀림을 받은 나졸은 얼굴이 시뻘게지고 옆에 있던 다른 한 명은 배를 잡고 웃어댔다. 하지만 궐 한복판인지라 웃음소리는 크지 않았고 그마저도 곧 사그라들었다. 근무 중은 아니라고 하나 상관의 눈에 띄면 소란을 피운다고 한 소리 들을 터였다. 흠흠 헛기침을 한 나졸은 웃느라 숙였던 가슴을 펴며 호기를 부렸다.

"그깟 호랑이 나와보라지. 내 가죽을 벗겨다 깔개로 쓸 테니. 내 소싯적에 씨름판에서 모래바람 좀 날린 몸이라 이거야."

그러자 옆에 있던 나졸이 쯧쯧 혀를 찼다.

"저, 호랑이 아가리에 머리통 들이밀 인사 하고는. 지금 집채만 한 호랑이랑 몸싸움을 벌이겠단 소린가? 그랬다간 수염한 올 낚아채기도 전에 그놈 발길질에 자네 사지가 가리가리 찢어질 게야. 근접전에선 영 가망이 없다고. 사냥엔 역시 뭐니 뭐니 해도 활이지."

그러면서 등에 건 화살집을 툭툭 두드려 보였다. 그러나 사승이나 늑대 정도라면 모를까 호랑이를 잡기엔 화살은 너무 작고 가늘었다.

"고작 고거 서너 발 쏜다고 호랑이가 콧방귀나 뀌겠는가? 가죽이 두꺼워서 모기 몇 방 물린 줄 알 테지. 비호같은 호랑이를 잡는 데는 역시 이런 긴 창이 제격이란 말일세."

달밤의 한담은 어느새 누구의 무기가 제일인가 하는 논쟁으로 옮겨갔다. 말로는 당장이라도 호랑이를 잡으러 산을 탈 기세였으나 기실 허세에 지나지 않았다. 그렇게 경회루 앞길을 지나 관원들이 머무는 궐내각사로 접어드는 중이었다.

아릉아릉……. 어디선가 기묘한 소리가 들려왔다. 짐승의 울음소리 같기도 하고, 칼날이 부딪히는 소리 같기도 한 정체 모를 금속성은 끝으로 갈수록 여운이 길었다. 마치 망자를 인도하는 요령소리처럼. 꼬리를 길게 끄는 울림은 먼 듯 혹은 가깝게 들려왔다. 도무지 거리를 가늠할 수가 없었다.

소리의 진원지를 찾아 사방을 두리번거리던 금군들은 눈을 의심케 만드는 괴상한 광경에 모두 얼어붙었다. 커다란 덩치에 붉은 털을 가진 짐승이 건물 모퉁이를 돌아 그들을 향해 성큼성큼 다가오고 있었다. 덩치는 거의 말만큼 크고 털은 사방으로 뻗쳐 멀리서 보면 마치 타오르는 불꽃 같았다. 게다가 놈의 눈. 달빛 아래 마주친 놈의 두 눈은 핏빛으로 번들거렸다. 당장이라도 달려들어 목덜미를 물어뜯을 것만 같이 흉흉한데.

활을 든 나졸이 황급히 시위를 당기려 했다. 허나 손이 부들부들 떨려 화살조차 제대로 메기지 못했다. 힘이 장사라던 나졸은 온몸이 뻣뻣하게 굳어 꼼짝도 못하고, 긴 창을 든 자는 창을 지지대 삼아 그 자리에 비실비실 주저앉아 버렸다.

딱 이대로 죽는구나 싶었다. 바람결에 피비린내가 훅 풍겨 왔다. 겁에 질린 나졸들은 순간 저도 모르게 두 눈을 질끈 감아버렸다. 마치 가위에 눌린 듯 해일 같은 거대한 공포가 그들을 덮쳤다.

"천지신명님, 옥황상제님, 명부신장님……. 제발 살려만 줍쇼."

기껏 떨리는 목소리로 애원하는 게 다였다. 누군가의 바짓가랑이를 타고 노란 오줌줄기가 줄줄 흘러내렸다.

씩, 씩…….

멀지 않은 곳에서 놈의 거친 숨소리가 들려왔다. 그리고…… 점점 멀어져갔다.

눈을 떴을 때, 그들 앞에 남은 것은 공기 중을 떠도는 희미한 피 냄새와 아련하게 들리는 방울소리뿐이었다.

"방울소리……?"

그랬다. 그것은 분명 방울소리였다.

"호랑이였을까?"

누군가 물었다. 멍하니 괴수가 사라진 방향을 바라보던 금군들은 넋 나간 얼굴로 절레절레 고개를 저었다. 저런 것이 호랑이일 리가 없었다. 지금껏 사냥깨나 다녀봤지만 저렇게 생긴 짐승은 단 한 번도 본 적이 없었다.

"천구……."

그때 누군가 중얼거렸다. 그와 동시에 모두의 눈이 경악으로 물들었다. 여기 있는 자들 중 그 이야기를 모르는 자는 없을 터였다.

'내 이름을 아는 자, 죽을 것이다.'

궐에, 천구가 나타났다.

승정원이 소라 부는 갑사의 가위눌린 꿈을 아뢰다

정원이 아뢰었다.

"간밤에 소라 부는 갑사(甲士) 한 명이 꿈에 가위눌려 기절하자, 동료들이 놀라 일어나 구료하느라 떠들썩했습니다. 그래서 제군이 일시에 일어나서 보았는데 생기기는 삽살개 같고 크기는 망아지 같은 것이 취라치(吹螺赤) 방에서 나와 서명문(西明門)으로 향해 달아났습니다. 그리고 서소위부장(西所衛部長)의 첩보에도 '군사들이 또한 그것을 보았는데, 충찬위청(忠贊衛廳) 모퉁이에서 큰 소리를 내며 서소위를 향하여 달려왔으므로 모두들 놀라 고함을 질렀다. 취라치 방에는 비린내가 풍기고 있었다.' 했습니다. 이것은 바로 괴탄(怪誕)한 일이니 취신할 것이 못됩니다. 그러나 궁궐 안의 일이므로 감히 계달(啓達)합니다."

- 1527년 중종22년 6월 17일 조선왕조실록 기사 중

179

7장

이른 아침 궐의 분위기는 평소와 달리 뒤숭숭했다. 전각을 지키는 나졸들이 배는 늘어났고 내관과 상궁들은 종종걸음으로 바쁘게 오갔다. 평소 할 일 없이 느긋하던 갑사(甲士)들마저 무리를 지어 우르르 몰려다니는 것이 흡사 변란이라도 난 것 같았다.

여리는 얼떨떨한 얼굴로 나인들의 처소 앞을 지나가는 한 무리의 군졸들을 지켜보았다. 평소에는 이리 깊은 내정까진 들어오지 않는 이들인데 대체 무슨 일인가 의아해하고 있을 때였다. 아침 일찍 소주방에 갔던 강생이가 헐레벌떡 뛰어 들어오며 외쳤다.

"천구가! 천구가 나타났대!"

간밤에 괴물이 나타나 지금 궐 안이 발칵 뒤집혔다며 강생이는 입에 거품을 물다시피 했다.

"생긴 건 털이 덥수룩하고 개 같은 것이 덩치는 말만 해선, 어디서 사람이라도 잡아먹었는지 입가에 피를 뚝뚝 흘리며 돌아다녔대."

"호랑이를 잘못 본 건 아니고?"

가끔씩 인왕산 호랑이가 담장을 넘고는 했다. 하지만 강생이는 당치도 않다며 고개를 내저었다.

"아니야! 목격한 사람이 한둘이 아니라고. 게다가 그 뭐냐? 그……, 방울소리! 그래, 방울소리를 들었대."

괴물이 나타나기 전 하늘에서 기이한 방울소리가 울렸다며 강생이는 행여 누가 들을세라 목소리를 낮춰 속삭였다.

"그거, 그거잖아. 환혼전에 나오는, 천구가 나타나기 전에 들리는 소리."

지금은 대부분 불태워 없앴지만 한때 소설에 심취했던 궁녀들은 금세 그 말이 무슨 뜻인지 알아차렸다. 그들은 불안한 얼굴로 서로를 바라보았다.

"하지만 그건 연경당, 아니 박씨가 지어낸 얘기잖아. 이미 궐에서도 쫓겨났는데……."

세자를 모해하기 위해 지어낸 이야기라고 알려진 후로는 대부분 그 소설의 존재를 잊고 지냈다. 본래 소문이란 빠르게 번졌다 빠르게 식는 것이었다. 더구나 환혼전은 불온한 사건과 연루되었는지라 의식적으로 꺼려지는 경향도 있었다. 그런데 궐에 천구라니.

"하면 그게 모두 진짜였다는 말이야?"

모여든 궁녀들이 동요했다. 아직은 공포보단 불신이 컸다. 그 와중에 누군가 이상하다는 듯 중얼거렸다.·

"하지만 친구는 이름을 아는 자 앞에만 나타난다고 했잖아."

그리고 그 이름은 아직 실체가 드러나지 않은 나머지 절반의 책에 적혀 있다고 했다.

"그럼 궐 안에 누군가가 그 책을 갖고 있다는 말이야?"

다른 궁녀가 말을 받았다. 순간 궁녀들의 얼굴에 두려움이 스쳐 지나갔다. 등줄기를 타고 소름이 내달렸다. 대체 누가?

여리는 닫힌 대비전 문을 의심스럽게 바라보았다. 방 안엔 지금 세자가 들어 있었다. 간만의 방문이었다. 자신의 심란한 마음을 모두 추스른 것은 아니었으나 그보단 연로한 대비가 행여 간밤의 일로 놀라진 않았을지 세자로서는 심려하는 마음이 더 컸다. 괴수의 등장에 궐이 온통 소란스러우니, 효성 깊은 세자가 안부를 확인하러 온 것이었다.

하지만 대비는 아침 내 평온했다. 중궁전에서 온 상궁으로부터 자세한 소식을 전해 듣고도 별일 아니라는 듯 그저 덤덤하기만 했다. 작서사건 때 궁녀들의 처소를 온통 뒤집어놓았던 것을 생각하면 이리 순탄히 넘어갈 일이 아닌 듯한데.

되레 문안을 온 세자의 안색이 더 창백해 보일 지경이었다. 그는 걱정이 가득한 목소리로 거듭 살폈다.

"간밤에 큰 소동이 있었다던데 정말 괜찮으신 겁니까?"

묻는 목소리가 닫힌 방문 틈새로 흘러나왔다. 문 앞에 시립한 여리는 조용히 대비와 세자의 대화에 귀를 기울였다. 대비는 태연한 음성에 웃음기까지 더해진 목소리로 여상히 대꾸했다.

"암요, 아무렇지도 않고말고요, 원자."

홀홀 이어진 웃음소리에 곁에 있던 박 상궁이 나직이 아뢰었다.

"세자저하이십니다, 마마."

"그래, 세자."

대비는 자신이 무슨 실수를 했냐는 듯 태연히 정정했다. 세자도 아무렇지 않게 들어 넘겼다. 어려서는 자주 원자라 불렸었다. 대비는 옛 생각에라도 잠긴 것인지 마주앉은 세자를 좀 더 가까이 불러 그의 양손을 꼭 그러쥐었다.

"우리 세자, 언제 이리 번듯하게 장성하였는지. 우리 세자만 무탈하다면 나는 아무것도 바랄 것이 없답니다. 암요, 그렇고말고요."

손등을 두드리며 하는 말이 보통의 할머니가 그러하듯 자애롭기 그지없었다. 그런데도 이리 꺼림칙한 기분이 드는 까닭은 무엇인지. 대비의 태도는 지나치게 태연하다 못해 어딘가 작위적으로 느껴졌다. 그러나 본인이 극구 아무렇지 않다고 하니.

거듭 묻던 세자는 결국 말끔하지 못한 표정으로 물러났다. 대비전을 나서며 세자와 여리의 시선이 잠시 마주쳤다. 두 사람 모두 신중한 편이라 남들 앞에서 내색은 하지 않았지만 은연중에 탐색하는 시선이 오갔다. 여리도, 세자도 궁금한 점이 많았다. 묻고 싶은 것들이 있었지만 지금은 때가 적절치 않았다.

그날 밤. 여리는 침전의 번을 서게 되었다. 보름에 한 번 정도 순번에 따라 지밀나인들은 대비의 잠자리를 지킨다. 중앙의 침전을 둘러싼 곁방에서 혹시 모를 위험과 편의에 대비해 불침번을 서는 것이다. 오늘은 여리의 차례였다.

여리는 곁마기를 벗어두고 머리를 느슨하게 푼 뒤 중앙의 방석에 가 앉았다. 여름밤엔 얇은 홑겹 저고리마저도 거추장스러웠다. 옆방에서도 부스럭부스럭, 밤을 새울 준비를 하는 소리가 났다. 오늘 불침번을 서는 것은 여리를 포함해 총 다섯 명. 각각의 방엔 칸막이가 있어 서로를 볼 일은 없었다. 얇은 미닫이문 하나를 사이에 두고 있을 뿐이지만 함께 시간을 보내거나 대화를 하는 것은 엄히 금했다. 대비의 수면을 방해할 수 있기 때문이었다.

대비는 신경이 예민한 편이었다. 잠귀가 밝아 작은 소리에도 자주 뒤척였다. 그래서 번을 서는 궁인들은 소음이 새지 않도록 특별히 더 조심했다. 여리는 가만히 앉아서 조용히 낮의 일들을 복기했다.

대궐에 나타난 천구와 그에 관해 수군대던 나인들의 목소리 그리고 유독 태연하던 대비의 태도.

괴이한 사건에 궐은 하루 종일 어수선했다. 누구 하나 침착하지 못해 심지어 승정원의 승지조차 왕의 앞에서 귀신 얘기를 꺼냈다가 야단을 맞았다 들었다. 사람들이 모인 자리에선 온통 괴수에 대한 얘기뿐이었고, 겁을 먹은 일부 나인들은 눈물바람을 보이기도 했다. 요즘 같아서는 무서워서 도무지 궐에 있고 싶지 않다는 것이었다. 공교롭게도 왕가의 탄일마다 기묘한 일들이 연달아 터지고 있으니.

세자의 탄일에는 저주사건이 벌어지더니 대비의 탄일을 앞두고는 괴물이 나타난 것이다. 이번에도 큰 사달이 일어날 불길한 징조라며 궁인들은 몸을 사렸다. 하지만 정작 당사자인 대비는 잠잠하기만 했다.

정말 아무렇지도 않은 것일까. 아니면 애써 아무렇지 않은 척하는 것일까.

대비의 태도는 여리의 예상과 너무 달랐다. 환혼전을 퍼트린 것이 연경당이라고 믿고 있는 대비라면 화를 내거나 의심을 해야 마땅할 터인데. 여리도 천구가 나타났다는 말을 듣고 처음엔 폐서인된 경빈을 의심했다.

비록 궐에서 쫓겨났지만 오랜 세월 자신의 세력을 키워온 경빈이었다. 아직 밝혀지지 않은 그녀의 끄나풀들이 궁 안에 남아 있을지도 모를 일이었다. 혼란을 틈타 분란을 조장할 가능성도 충분했다. 그 방식이 하필 천구인 것은 의문이었지만. 그러나 너무 태연한 대비를 보니 여리의 생각이 이상한 방향으로 튀었다.

혹 대비는 천구가 나타날 것을 미리 알고 있었던 게 아닐까. 아니면 이 모든 일 역시 대비의 작품이거나.

여리는 기본적으로 귀신이니 기이니 하는 것 따위 믿지 않았다. 궁 안에 온전한 환혼전의 원본이 존재하는 것이 아니냐는 나인들의 의심에도 회의적이었다. 그보다는 의도를 가진 사람의 짓이라는 쪽에 좀 더 무게를 두고 있었다. 그리고 궐 안에서 그런 일을 서슴지 않고 벌일 수 있는 사람이라면…….

지난번 저주사건 때 보았던 대비의 행보가 떠올랐다. 그녀는 생각보다 음흉하고 치밀한 구석이 있었다. 하지만 대비가 왜.

그 부분에 이르자 생각은 다시 막혔다. 대비가 굳이 이런 일을 벌일 이유가 없었다.

이미 권력을 잃은 경빈의 세력을 이 기회에 완전히 뿌리 뽑기 위해? 여러모로 의심스럽긴 하지만 대비는 왕실의 위엄을 무엇보다 중시하는 사람이었다. 이런 식으로 스스로 분란을 일으킬 리 없었다. 여리가 진전 없는 생각만 반복하고 있을 때였다.

바스락, 하고 침전 안쪽에서 소리가 났다. 대비가 깼는가 싶었지만 안은 다시 조용해졌다. 아무래도 잠시 뒤척인 모양. 생각을 멈춘 여리는 그저 멍하니 닫힌 장지문을 응시했다. 얇은 문창살이 교차하며 만들어낸 문양은 섬세하고도 복잡하여 금세 눈이 어지러워졌다. 엉킨 실타래처럼 머릿속이 멍해지고 무료해졌다. 사방이 고요했다. 오늘따라 바람조차 불지 않고 풀벌레소리도 들리지 않았다.

여리의 눈이 자신도 모르게 가물가물 흐려졌다. 피곤이 몰려들었다. 하루 종일 너무 신경을 쓴 탓일까. 눈꺼풀이 무거웠다. 억지로 눈을 떠보려고 했지만 그럴수록 눈두덩이가 화끈거렸다. 여리는 차라리 잠시 눈을 감았다. 그러자 기다렸다는 듯 수마가 밀려들었다.

사그락사그락. 마치 작은 벌레가 의식을 갉아먹는 것 같았다. 여리는 꿈과 현실 사이를 오락가락했다. 그사이에도 사각거리는 소리는 형태를 바꿔가며 계속됐다. 때로는 어머니가 바느질감을 마르는 소리로, 때로는 겨울바람에 나뭇가지가 흔들리는 소리로. 온갖 형상들이 흩어졌다 뒤섞이고 다시 사라져갈 즈음.

자박자박 여러 개의 발자국 소리가 들려왔다. 불어나는 밀물처럼 점점 가까워지는 그 소리에 여리는 퍼뜩 정신을 차렸다. 깜빡 잠이 들었던 모양이었다. 창밖을 보니 어느새 부융하게 동이 터오고 있었다. 그사이 발자국 소리는 한층 더 또렷해졌다. 세수간 나인을 대동한 박 상궁이 당도한 것이다. 문밖에 멈춰 선 박 상궁은 침전 안을 향해 고했다.

"마마, 기침하셨는지요?"

허나 깊이 잠들었는지 대비는 한참이 지나도록 아무런 기척이 없었다. 몇 번 헛기침을 한 박 상궁은 다시 한 번 전보다 조금 더 큰 목소리로 아뢰었다.

"마마, 소셋물 대령했나이다."

그러나 안에서 전해져오는 것이라고는 새벽 한기처럼 싸한 침묵뿐이었다. 박 상궁의 얼굴에 의아함이 깃들었다. 평소 새벽잠이 많지 않은 대비였다. 더구나 잠귀가 밝은 편이라 못 들었을 리가 없었다.

좋지 않은 예감이 들었다. 대비는 나이도 많으니. 불길한 생각에 다다른 박 상궁은 더는 답을 기다리지 않고 드르륵,

닫힌 침전 문을 열었다.

"마마, 소인 들어가겠사옵니다."

성큼 방 안으로 걸음을 옮기던 박 상궁은 몇 걸음 가지 못하고 못 박힌 듯 그 자리에 멈춰 섰다. 눈앞에 기이한 광경이 펼쳐져 있었다.

대비는 이미 깨어 있었다. 침전의 중앙, 이부자리를 걷어낸 자리에 아무렇게나 주저앉은 대비는 뜯어진 베개를 손에 쥐고 있었다. 사람이 들어온 것도 모르고 하얗게 창자를 드러낸 베개 속만 멍하니 응시하고 있었다.

"마마, 이게 대체 무슨 일……."

말하던 박 상궁은 뒤이은 우당탕 소리에 입을 다물었다. 뒤따르던 세수간 나인이 기겁하여 들고 있던 세숫대야를 놓친 것이다.

"마, 마마!"

겁에 질린 나인은 황망함을 감추지 못하고 그 자리에 납작 엎드렸다. 동시에 닫혀 있던 곁방의 문들이 일시에 열렸다. 여리도 장지문을 열었다. 그리고 보았다. 대비는 마치 오래된 무덤 속 벽화처럼 뿌연 먼지를 뒤집어쓴 채 그림같이 앉아 있었다. 대체 언제부터 저러고 있었던 걸까.

대비의 얼굴과 머리카락 위에는 베개에서 비어져 나온 솜들이 하얗게 달라붙어 있었다. 게다가 눈은 핏발이 선 듯 붉게 충혈되어 있었다.

"마마."

심상치 않은 기운을 느낀 박 상궁이 조심스레 불렀다. 그제 야 고개를 든 대비는 박 상궁을 발견하곤 말갛게 웃었다.

"오! 박 상궁 왔느냐?"

마치 아무 일 없었다는 듯 평온한 표정은 방 안의 풍경과 대비되어 되레 섬뜩했다. 지켜보던 궁인들은 두려움에 몸을 떨었다. 그러나 박 상궁은 침착했다. 굳어 있던 것도 잠시, 제 주인을 따라 태연하게 웃어 보인 박 상궁은 대비의 곁으로 다 가가 앉았다.

"마마, 어찌하여 벌써 기침해 계셨나이까? 혹여 잠자리가 불편하셨사옵니까?"

그러자 대비가 마치 어린아이처럼 칭얼댔다.

"시끄러워 잠을 잘 수가 없었다."

"혹 누가 소란스럽게 하였나이까?"

박 상궁은 지난밤 번을 선 자들을 매섭게 노려보았다. 그중 하나였던 여리는 당혹감에 고개를 숙였다. 잠결에 바스락대 는 소리를 듣긴 했지만……. 곁눈질로 보니 여리와 함께 불침 번을 선 다른 나인들도 모두 영문을 모르겠다는 듯 억울한 표 정이었다. 침전 안엔 밤새 대비뿐이었다.

여리는 대비의 손에 들린 베개를 응시했다. 비단으로 속을 싸고 모시를 둘러 마무리한 베개는 건드릴 때마다 바스락대 는 소리를 냈다. 밤새 귓가를 간질이던 바로 그 소리였다. 여 리는 마른 침을 삼켰다. 어제부터 대비의 태도가 어딘가 묘하 게 어긋나 있다고 느끼긴 했었다. 하지만 그저 의뭉스런 탓이라고 여겼는데…….

"방울소리……."

대비가 꿈속을 헤매듯 몽롱한 얼굴로 중얼거렸다.

"밤새 딸랑……, 딸랑……, 방울소리 때문에 시끄러워서."

괴로운 듯 미간을 찌푸린 대비는 또다시 들고 있던 베개를 파헤치기 시작했다. 그 모습을 본 박 상궁의 눈가에 파르르 잔 경련이 일었다. 대비는 마치 죽은 짐승의 내장을 휘젓듯 베개 속을 쑤시고 있었다. 그때마다 울컥울컥 뜯겨 나온 솜이 마치 하얀 피처럼 대비의 머리며 야장의를 더럽혔다.

"분명 여기서 들린 것 같은데……."

대비는 집요하게 손을 놀렸다. 누구 하나 말릴 생각을 하지 못했다. 모두 넋이 나간 채였다. 그때 누군가 부지불식간에 중얼거렸다.

"천구……?"

나인은 제풀에 놀라 입을 틀어막았으나 의혹은 이미 모두의 머릿속에 각인된 후였다.

대비전에 함구령이 내려졌다. 간밤의 일이 절대 자전 밖을 넘어서지 못하게 하라는 명이 떨어진 것이다. 하지만 궐은 담벼락에도 귀가 달린 곳이었다. 하루에도 수백 명이 오가는 궁궐 안에서 사람들의 눈과 귀를 가리는 일이 그리 쉬울 리 없었다.

당장 아침 일찍 중전이 문안을 들었다. 겉으론 평소와 다를 바 없는 방문이었으나 대비께서 미령하시어 오늘은 문후를 생략하시려 한다는 전언에도 불구하고 중전은 그럴수록 더더욱 대비마마의 안위를 직접 확인해야겠다며 고집을 부렸다. 며느리의 지극한 정성을 들먹였지만 뭔가를 눈치챈 것 같았다. 박 상궁이 나와 거듭 만류하고서야 중전은 어쩔 수 없다는 듯 발길을 돌렸다. 그러면서도 끝까지 파헤칠 듯 대비의 침전을 돌아보는 눈빛이 오묘했다.

그로부터 며칠 후, 대전에서 궁을 옮기는 문제가 논의되었다.

"근래 들어 궐에 재변이 잇따르니 잠시 경복궁을 떠나 있으려 하오."

임금이 이피(移避) 의사를 밝히자 대신들은 너나 할 것 없이 반대하고 나섰다.

"귀신을 피해 법궁을 버리다니요? 세상이 비웃을 일이옵니다. 왕실의 위신을 생각하시옵소서, 전하."

그들은 부화뇌동할 것이 아니라 도리어 귀신이 나타났다 헛소문을 퍼트리고 다니는 자들을 잡아들여 일벌백계해야 한다며 목소리를 높였다. 왕은 누구보다 체면을 중시하는 인물이었다. 평소였다면 재고하는 시늉이라도 했을 테지만 돌아오는 반응은 싸늘하기만 했다.

"이 또한 자전의 뜻이오. 내 지금껏 그 뜻을 거슬러 본 적이 없건만, 뒤늦게 과인 보고 불효자가 되라는 말인가?"

옥좌에 앉아 대신들을 내려다보는 눈빛에 날이 섰다. 말 속에 뼈가 있었다. 왕은 불과 얼마 전 제 손으로 처와 자식을 버

191

렸다. 그리고 그리 해야 한다며 대비의 뜻을 따르라 종용했던 자들이 바로 조당 안에 모여 선 그들이었다.

"이제 와 안면을 바꾸려는 것은 아닐 테지?"

신랄한 임금의 비난에 신하들은 할 말을 잃었다. 그들의 임금은 순리에 역행하지는 않으나 자신이 당한 일을 쉽게 잊지도 않았다. 그들은 자신들이 임금의 역린을 건드렸음을 뒤늦게나마 깨닫고는 입을 다물었다.

결국 닷새 후에 왕실이 다 함께 동궐로 이사하기로 결정되었다. 수많은 인원이 한꺼번에 움직이기엔 시간이 꽤나 촉박했지만, 그럼에도 불구하고 궐 안 사람 중 누구 하나 불평하는 이가 없었다. 사실 가장 도망치고 싶은 건 그들이었다.

낮에 잠시 잠깐 머물다 떠나는 대신들과 달리 궁인들은 밤에도 대궐을 지켜야만 했다. 더구나 마음대로 담장을 뛰어넘을 수도 없으니 맹수와 함께 한 우리에 갇혀 있는 것이나 다름없었다. 누군들 초조하고 불안하지 않을까. 두려움에 잠도 제대로 이루지 못하는 밤들이 늘어갔다. 그러니 갑작스런 결정에 몸은 고달플지언정 이사가 반가울 수밖에.

혹자는 한 번의 소동으로 과민한 반응을 보인다 비웃기도 했다. 산과 맞닿아 있는지라 궐에는 종종 짐승들이 나타나곤 했다. 이번에도 길 잃은 산짐승이 내려온 것뿐이라고, 그걸 본 사람들이 놀라 헛소리를 지껄이고 말을 지어 부풀리는 것이라며 호들갑스런 이들을 조롱했다. 그러나 제법 이성적인 척하던 사람들도 곧 입을 다물 수밖에 없게 되었다. 이피를 하루 남겨놓고 또다시 괴수가 모습을 드러낸 것이다.

이번엔 장례원(掌隷院 노비문서의 관리와 소송을 맡아보던 관아)이었다. 늦은 밤 잠시 바람을 쐬러 나왔던 관원이 괴수를 목격하고 비명을 질렀다. 하지만 다른 이들이 쫓아왔을 때 괴물은 이미 사라져버린 뒤였다. 관원은 손가락으로 괴물이 사라진 방향을 가리켰다. 그 끝에 경복궁의 정문인 광화문이 있었다. 대비의 탄일 새벽의 일이었다.

이제 사태는 걷잡을 수 없게 되었다. 궐 안 사람들은 혼돈과 공포에 사로잡혀 한시라도 빨리 궐을 탈출하고자 했다. 소문은 저자의 가장 밑바닥까지 퍼져나가 왕실의 변고를 모르는 이가 없었다. 사람들은 왕실이 저주에 걸렸다며 숙덕댔다.

"피를 좀 봤어야지."

얼마 전 작서사건으로 죽어나간 이가 한둘이 아니었다. 그것이 아니더라도 지금의 왕좌는 수많은 이들의 피로 세워진 것이었다. 귀신이 붙는대도 이상할 것이 없었다. 더구나 한동안 도성을 떠들썩하게 만들었던 기이한 소설책과 관계된 것이라면……

"그 귀신 붙은 책 말일세. 소문엔 그게 궐에 있다던데."

"환혼전 말인가?"

"그래. 천구 귀신이 그러지 않았나? 제 이름을 아는 자는 모두 죽여버릴 거라고."

환혼전의 원본을 가진 자가 궐 안에 있으니 천구가 궐 안을 서성거리는 거라며 사람들은 이피로 번잡한 대궐 쪽을 흘끔거렸다.

여리도 짐을 싸느라 정신이 없었다. 당장 내일이 창덕궁으로 옮겨가는 날인데 대비전 일 때문에 정작 자신의 짐은 꾸리지도 못했다. 짬을 내어 처소로 돌아와 정리하는 와중에 누군가 여리의 방문을 두드렸다.

"항아님 계십니까?"

나가보니 발목까지 오는 깡똥한 치마를 입은 문안비자였다. 문안비자는 급히 달려왔는지 땀이 송골송골 맺힌 이마를 닦으며 말했다.

"면회소에 손님께서 찾아오셨습니다."

"나를?"

여리는 손가락으로 가슴께를 가리켰다. 혹 강생이와 헷갈린 게 아닌가 했지만 문안비자의 눈은 정확히 여리를 향하고 있었다.

"날 찾아올 이가 없을 텐데."

지금껏 동궁전을 제외하고는 여리를 만나러 온 사람이 없었다. 고개를 갸웃하자 문안비자가 대수롭지 않게 대꾸했다.

"사가에서 온 것이겠죠. 간밤의 일로 지금 대궐 안팎이 소란스럽지 않습니까?"

궐에서 일하는 가족이 걱정되어 달려온 사람들로 지금 면회소 안은 인산인해라 했다. 여리는 조금 놀랐다. 자신을 걱정해서 찾아온 가족이라니. 쓸쓸하게도 퍼뜩 떠오르는 사람이 없었다. 제게 채근할 만한 사람이라면 몰라도. 혹 부친이 방문한 것은 아닌가 하여 미간 사이의 골이 깊어졌다. 하나 이런 일이 처음인지라 내심 기대도 없진 않았다. 자연 면회소로 향하는 발걸음이 빨라졌다.

문을 열고 들어섰을 때, 문안비자의 말처럼 면회소 안은 장터 한복판처럼 소란스러웠다. 안부를 묻는 목소리에 앞으로의 일을 걱정하는 탄식까지 더해져 귀가 먹먹할 지경이었다. 그 혼란의 틈바구니 속에서 여리는 이리저리 고개를 돌렸다. 그러자 저 끝 구석진 자리에 익숙한 얼굴이 보였다. 오래되어 낡은 장옷을 한쪽 팔에 걸치고, 잔털 하나 없이 머리를 빗어 넘긴 강박적인 차림새의 여인은 여리의 모친인 안씨였다.

"어머니."

부르는 소리에 안씨는 고개를 들어 여리를 보았다. 어쩐 일인지 그 눈빛이 평소와 다르게 불안하게 요동쳤다. 여리는 가슴 한 켠이 울컥했다. 오랜만에 본 모친이 반가워서인지 아니면 자신을 향한 눈빛에서 얼핏 읽힌 염려 때문인지.

철이 든 이후로 여리는 모친으로부터 다정한 눈빛을 받아 본 기억이 없었다. 그녀의 눈길은 항상 아픈 동생을 향해 있었다. 가끔 눈이 마주치더라도 그녀의 눈동자에서 여리가 읽을 수 있는 것이라고는 짙은 피로감이나 체념 같은 것뿐. 그마저도 여리를 향한 것은 아니었다. 한데 지금 여리를 향한 모친의 눈빛은……

살짝 가슴이 물렁해지려던 찰나였다. 여리를 발견한 안씨는 불안한 듯 주위를 살피며 물었다.

"궐에 무슨 일이 났느냐? 여긴 왜 이리 소란스러운 것이냐? 평소에도 이리 번잡한 것이냐?"

본래 사람 많은 곳을 꺼리는 모친이었다. 잠시 멈칫했던 여리는 그만 맥이 탁 풀리는 것을 느꼈다. 놀랍게도 모친은 간밤에 궐에 벌어진 변고를 전혀 모르는 눈치였다. 저잣거리 꼬맹이들도 다 아는 얘기를 어찌 모를 수가 있는지. 그 말은 즉, 여리가 걱정되어 온 것이 아니라는 뜻이었다.

그러면 그렇지. 허무하면서도 한편으론 납득하고 있는 제 자신이 우스웠다. 여리는 속없이 울렁대던 마음을 가라앉히곤 애써 담담히 물었다.

"예까진 어인 일이십니까? 혹 아버지께서 보내셨습니까?"

가장 먼저 든 생각은 그것이었다. 부친은 평소에도 마음에 차지 않는 일이 있으면 모친을 닦달하여 귀찮은 일을 저 대신 처리하게 했다. 임금께 성은을 입는 일이 어찌 진척되고 있는지 궁금해하고 있을 테니, 그 때문에 찾아왔나 했지만 모친은 고개를 저었다.

"그게 아니라……."

안씨는 어딘가 초조해 보였다. 양손을 꼭 모아 쥐고 이리저리 비트는 모습이 뭔가 긴히 할 말이 있는 것 같기는 한데.

"혹 자(滋)에게 무슨 일이라도 생긴 겁니까?"

그제서야 여리는 동생의 안위를 떠올렸다. 궐에 들어오기 직전 보았던 동생의 안색은 색이 바랜 그림처럼 파리했다. 행여 그사이 그 아이의 신변에 무슨 변고라도 생긴 것은 아닌지. 더럭 일그러지는 여리의 미간을 본 안씨가 급히 양손을 내저었다.

"아니, 그런 건 아니다."

다행히 그럭저럭 지낸다는 안씨의 말에 여리는 가슴을 쓸어내렸다. 여리는 집을 떠나온 뒤 예전만큼은 아니지만 여전히 동생에게 부채감을 느끼고 있었다. 하여 동생을 위한 일이라면 웬만해선 마다치 않는 여리에게, 모친은 뜻밖의 말을 꺼냈다.

"다른 것이 아니라……, 전하께서 신고 버리시는 족건(足巾) 말이다. 그걸 궁인들에게 나눠주기도 한다던데, 혹 그걸 구할 방도가 없겠느냐?"

예상치 못한 얘기에 여리는 의아함을 감추지 못했다.

"그것을 구해서 어디에 쓰려고 그러십니까?"

"그게……, 누가 그러는데 그걸로 속옷을 지어 입으면 일신의 벼슬이 높아지고, 아픈 사람은 병이 낫는다고 해서. 우리 자도 그걸로 속옷을 지어 입히면 효험이 있지 않을까 하여……."

여리는 기가 막혀 헛웃음을 흘렸다.

"대체 누가 그런 말을 한단 말입니까?"

신다 버린 버선으로 속옷을 만들어 입는다니, 참으로 어처구니없는 미신이었다. 겨우 그런 걸로 병이 낫는다면 조선팔도에 고치지 못할 병자는 없을 것이다.

"차라리 약을 지어 먹이십시오. 제가 돈은 보내드리지 않습니까?"

말을 마치고 모친의 표정을 살핀 여리의 표정이 굳었다.

"혹 그것마저 아버지께서 손을 대신 겁니까?"

날 선 목소리에 안씨는 황급히 고개를 저었다.

"네가 보내준 돈은 요긴하게 쓰고 있다. 허나 그다지 효험이 없어서."

"그렇다고 미신 따윌 믿으십니까?"

어머니는 허황된 꿈에 젖어 사는 부친에 비하면 그래도 현실적인 사람이었다. 그러나 남동생과 관련된 일에서만큼은 번번이 냉정을 잃곤 했다. 애타는 모성이야 이해한다지만.

"내 오죽하면 이러겠니? 성 밖 당골네 말이 우리 자에겐 백약이 무효하다 하더라. 자에게 씐 귀신이 워낙 오래되고 음기가 강해 웬만한 부적으로는 쫓을 수도 없다 하니, 오직 양기가 강한 사람이 지니고 있던 물건을 가까이 두어야만 효험을 볼 거라고……."

"지금 부적이라고 하셨습니까?"

무당을 찾아갔다는 소리엔 그만 기가 질리고 말았다.

"하면 지금껏 제가 보낸 삭료를 모두 무당에게 갖다 바쳤단 말입니까?"

요긴하게 썼다는 말이 설마 이런 뜻인 줄은 몰랐다. 여리는 가까스로 쥐고 있던 이성이 툭 끊기는 것을 느꼈다. 그것이 어떤 돈인데…….

제 인생을 저당 잡히고 받은 돈이었다. 그럼에도 그리 억울하다고 생각하지 않았다. 자신이 번 돈으로 가족의 생활에 숨이 트이고 동생의 병 구환에 차도가 보인다면 그 또한 보람일 거라고 스스로를 다독여왔다. 한데 미신이며 부적이라니.

"보름 후면 제가 집을 떠나온 지도 일 년입니다. 아십니까?"

갑작스런 여리의 질문에 모친은 말을 잃었다. 그저 멀거니 보는 눈빛이 대체 왜 그녀가 이런 얘기를 꺼내는지 도통 모르겠다는 표정이었다. 순간 여리의 눈에 감출 길 없는 슬픔이 고였다. 그동안 스무 통이 넘게 서신을 보내고, 신부(信符 궁녀의 가족들이 궐에 드나들 수 있게 만든 출입증)를 보냈어도 아무런 답신이 없었다. 어찌 지내냐, 한 마디 묻기만 했어도…….

속이 인두로 문대어진 듯 후끈했다. 울컥한 감정이 치솟았으나 여리는 힘겹게 내리눌렀다. 이런 순간에도 여리는 속 시원히 화를 내지 못했다. 대신 사뭇 냉정하게 보일 정도로 싸늘하게 잘라 말했다.

"족건은 구해드릴 수 없습니다."

임금은 한 번 신은 버선을 다시 신지 않았다. 하여 그것을 모아두었다가 가까운 신하나 궁녀들에게 나눠준다는 얘기는 들어본 적이 있었다. 하지만 그것은 대전의 일이었고, 여리 같은 말단 궁녀에게까지 순번이 돌아올 리 없었다. 행여 순서가 온다 할지라도 이젠 싫었다.

"구할 수 있다 하더라도 그런 이유라면 드리지 않을 것입니다."

더 있다간 해묵은 원망까지 모조리 쏟아내게 될 것만 같았다. 말을 끝낸 여리는 벌떡 자리에서 일어섰다. 그대로 몸을 돌려 자리를 벗어나려는데 안씨가 다급히 여리를 붙잡았다.

"어찌 네가? 다른 사람은 몰라도 네가 그러면 안 되지! 자가……, 자가 어쩌다 그리 되었는데!"

모친의 외침에 여리의 발바닥이 덜컥 그 자리에 얼어붙었다. 오랜 죄책감이 날카로운 올무가 되어 여리의 발목을 낚아챘다. 허, 여리는 절망 섞인 헛숨을 내뱉었다. 순간 눈앞에 잊고 싶었던 기억들이 악몽처럼 스쳐지나갔다.

누이, 누이, 애타게 부르던 목소리와 온갖 죄악이 깃든 듯 시커멓게 아가리를 벌리고 있던 구덩이의 모습까지.

토악질이 밀려왔다. 가까스로 눌러 삼킨 여리는 질끈 눈을 감은 채로 그 자리에 버티어 섰다. 어지럼증이 인 듯 몸이 휘청이고 주변이 빙글빙글 휘돌았지만 용케 넘어지지 않았다. 입술을 꾹 사리문 여리는 겨우 씹어 뱉듯 중얼거렸다.

"그건 사고였습니다."

말하면서도 여리는 스스로에게 의문을 던졌다. 그게 정말 사고였을까.

어린 시절 여리의 동네 뒷산에는 오래된 우물이 하나 있었다. 누군가 쓰다 버린 우물에는 한낮에도 항상 어둠이 고여 있었다. 오가는 사람도 없고, 을씨년스러워 아이들은 모두 그 근처에 가길 꺼렸다. 사람을 홀리는 우물이라는 것이다. 어른들조차 그 우물엔 좀처럼 발길을 하지 않았다.

어느 날 여리는 그곳에 동생을 데리고 갔다. 그리고 백을 셀 때까지 우물가에 혼자 있으면 함께 놀아주겠노라 약속했다. 귀찮게 달라붙는 동생을 떼어내기 위해 낸 꼼수였다. 당연히 동생이 싫다 할 줄 알았다. 아니면 중간에라도 무서워 혼자 산을 내려오거나. 하여 여리는 백을 다 셀 만큼의 시간이 지나고도 동생에게 돌아가지 않았다. 친구들과 어울려 늦게까지 놀았다. 저녁 어스름이 돼서야 집으로 돌아와 보니 어른들이 사색이 되어 자를 찾고 있었다. 대체 애가 어디 간 것이냐며. 동생을 보지 못했느냐는 말에 여리는 벌벌 떨리는 손가락으로 뒷동산을 가리켰다.

자는 우물에 빠져 있었다. 그저 우물가에 앉아 숫자를 세던 아이가 어찌하여 그런 일을 당한 것인지 당최 알 수 없었다. 키가 작아 깨금발을 들어야만 겨우 턱이 닿는 우물에 어찌 떨어진 것인지 당사자조차 기억하지 못했다. 여리는 두려웠다. 동네아이들은 우물이 동생을 홀린 거라 말했지만…….

동생을 질투하지 않았다면 거짓일 터였다. 동생이 태어난 후로 가족들의 관심사는 오로지 동생뿐이었다. 여리는 자신의 이름도 싫었다. 고작 뒤에 올 남동생이 편하도록 길을 닦는 것이 그녀의 존재 이유라니. 하지만 남동생을 미워한 것은 아니었다. 다정한 그 아이는 싫어하기에는 지나치게 사랑스러웠다.

정말 미워하지 않았나. 그 아이가 사라져버리기를 바란 적이 정말 없었던가. 여리는 제 가슴 속의 까만 우물을 들여다보았다. 아가리를 벌린 그 구멍엔 숨죽인 악의가 넘실댔다. 그곳에 동생을 홀로 내버려두면 동생이 위험해질 수도 있다는 것을 알고 있었다. 그럼에도 발길을 돌렸다. 결국 동생은 그 악의에 집어삼켜졌다. 귀신은 바로 여리 자신이었던 것이다.

여리는 떨리는 손을 움켜쥐었다. 그리고 멈췄던 걸음을 옮겼다. 등 뒤에서 안씨가 당황하여 '애야.' 하고 부르는 소리가 들렸지만 여리는 돌아보지 않았다. 돌아보면 그 자리에 허물어져 내릴 것 같았다. 주저앉아 어린아이처럼 엉엉 울어버릴 것만 같았다. 그럴 자격도 없으면서. 여리는 스스로를 용납할 수가 없었다. 마른 우물처럼 퍼석한 여리의 가슴에 차오른 습기가 명치께에서 넘칠 듯 깔딱거렸다.

여리는 눈도 깜빡이지 못하고 앞만 보며 걸었다. 그런 여리의 시야에 낯설지 않은 얼굴 하나가 스쳤다. 지난번 광준과 함께 대비전에 탄신 하례선물을 들고 왔던 제안대군 저의 구사였다. 누군가를 기다리는지 그는 오도카니 앉아 열린 창문 밖을 보고 있었다. 제비 한 마리가 나뭇가지에 앉아 있었다.

광준과 함께 온 것일까. 잠시 생각이 스쳤지만 지금으로선 다른 생각을 할 여력이 없었다. 휘청이는 걸음으로 면회소 문을 열고 나오는데 누군가 여리의 손목을 덥석 움켜쥐었다. 멍하니 고개를 돌리니 다급한 얼굴의 강생이가 보였다.

"예서 뭘 하고 있는 게요? 지금 대비전이 발칵 뒤집혔는데."

"무슨 일……."

채 묻기도 전에 강생이는 다짜고짜 여리를 잡아끌었다.

"난리가 났소. 한시가 급하니 일단 갑시다."

재촉에 못 이겨 여리는 치맛자락을 움켜쥐고 정신없이 대비전으로 달려갔다. 평소 같으면 단정치 못하다 야단을 들을 일이었으나, 막상 대비전에 도착해보니, 몸가짐 따위를 지적할 상황이 아니었다.

마당 위에 깨진 집기들이 나뒹굴고 있었다. 게다가 지금도 소동은 계속되는 중인 듯 방 안에서 와장창, 무언가 부서지는 소리가 났다.

"으아악! 아아아악!"

막다른 구석에 내몰린 듯 다급하게 터져 나오는 비명소리의 출처는…….

"대비마마?"

놀란 여리가 탄식처럼 흘려낸 말에 강생이가 얼른 제 입술 위에 손가락을 가져다대 보였다.

"벌써 한 식경 째 저러고 계시오."

오후에 내의원에서 대비를 진찰하러 왔다. 이피를 앞두고 며칠째 건강이 안 좋다고 하니 왕실의 근심이 컸다. 그럼에도 대비는 극구 진찰을 마다하고 있었지만, 이번에는 대전의 명을 받고 온 이들인지라 차마 물리지 못한 게 결국 사달이 났다. 어의가 진맥을 하고 침을 놓는 사이 심신의 안정을 돕기 위해 들인 향로의 뚜껑을 내의녀가 그만 실수로 떨어트린 것이다.

쟁그랑, 챙강.

금속성의 날카로운 소리는 땅바닥에 부딪혀 꼬리를 길게 끌었다. 여운이 긴 그 소리는 흡사 요령소리와도 닮아 있었다. 순간 감겨 있던 대비의 눈이 번쩍 뜨였다. 사방을 둘러보니 그녀의 주변에는 평소와 달리 낯선 이들이 가득했다. 대비는 놀란 고양이처럼 눈을 홉떴다. 그리고 생명의 위협이라도 당한 사람처럼 자리에서 벌떡 일어나 주춤주춤 뒤로 물러났다. 바늘처럼 긴 장침을 쥐고 있던 의관이 당황하여 대비 쪽으로 손을 뻗었다.

"마마, 그리 움직이시면 아니 되십니다."

그녀의 얼굴엔 이미 여기저기 침이 꽂혀 있었다. 보기만 해도 아슬아슬 불안한데 대비는 자신을 향해 뻗쳐오는 의관의 손을 마구 쳐냈다.

"저리 가거라. 예가 어디라고. 감히 내가 누군 줄 알고!"

"마, 마마!"

방 안에 있던 자들은 어찌할 바를 몰랐다. 대비가 이상했다. 크게 뜬 눈이며 아랫것들을 대하는 태도가 어딘지 겁에 질린 사람 같았다.

"부, 불편하시면 소인들은 이만 물러났다 후에 다시 오겠사옵니다. 허나 그 전에 침은 제거를 해야……."

그나마 가장 경험이 많은 어의가 앞으로 나섰다. 나머지는 겁에 질려 슬금슬금 뒤로 물러서는데 챙강, 좀 전의 의녀가 침전 밖으로 나가기 위해 떨어졌던 향로 뚜껑을 집어 들었을 때였다.

"으아아악!"

대비가 난데없이 비명을 지르기 시작했다. 혼비백산한 의관과 의녀들이 침전 밖으로 쫓겨나다시피 도망쳐 나오고, 결국 지금의 상황에 이른 것이었다. 박 상궁이 뒤늦게 달려와 대비를 진정시켜보려 하고 있었지만.

"끄아악! 그것들이 왔다. 날, 날 기어코 죽이러 온 것이야."

침전에는 대비와 박 상궁뿐이건만 대비는 환시라도 보는 사람처럼 헛소리를 질러댔다. 궁녀들은 대비전 마당에 둥글게 모여 선 채 최악의 상황에 대비했다. 대비는 나이가 많다. 혹여 노망이라도 난 것이라면……. 표정이 암담해져 가던 찰나였다.

"방울소리! 박 상궁, 제발 저 방울소리 좀 멈춰다오!"

절규와 같은 애원이 대비의 입에서 터져 나왔다. 순간 대비전 궁인들의 표정이 굳어졌다. 그들은 싸늘하게 식은 얼굴로 내의원에서 온 의관과 의녀들을 흘깃거렸다. 그들은 대비전 궁녀들 사이에 섞여 있었다. 하지만 표정만은 극명하게 갈렸다. 의관과 의녀들은 경악한 얼굴로 대비의 침전 쪽을 바라보다가 더 놀란 얼굴로 대비전 궁녀들을 둘러보았다. 궁녀들은 당황하기는 했지만 그다지 놀란 모양새가 아니었다. 이미 알고 있던 일인 듯.

어의의 얼굴에 낭패한 기색이 어렸다. 서늘한 한기가 등줄기를 타고 올랐다. 누군가 급하게 출입문을 닫아걸었으나 소동을 듣고 몰려온 이들이 이미 담벼락에 붙어 귀를 돋우고 있었다. 이피를 하루 앞둔 날의 일이었다.

～ 간원이 궐내의 요괴한 일로 경동하는 일이 없도록 조처하기를 아뢰다

간원이 아뢰기를,

"궐내가 근일 요괴로운 일 때문에 모두 경동하고 있습니다. 신들이 자세히 들으니 충찬위에 있는 어떤 사람이 꿈에 가위눌린 데서 시작된 것인데, 이로 인하여 소요가 일었고 간밤에는 도성 안이 흉흉하였습니다. 오늘 듣건대 장례원(掌隸院) 앞에서 어떤 사람이 꿈에 가위눌렸는데 동료가 불러 깨울 적에 깨우는 소리를 들은 다른 사람들이 경동함에 따라 장안이 일시 소동했다 합니다. 그리하여 인심이 동요되어 불안에 떠는 상황이 이 지경에까지 이르렀으니, 신들은 장차 무슨 일이 있으려고 이러는 것인지 모르겠습니다. 그리고 이어는 자전의 뜻이니 중지할 수는 없습니다. 청컨대 오부(五部)에 효유하여 그것이 허사임을 알려 인심을 진정시키게 하소서. 이 뒤에도 감히 경동되어 함부로 떠드는 자가 있으면 그 죄를 통렬히 다스리는 것이 어떻겠습니까?"

하니, 전교하였다.

"효유하는 일은 아뢴대로 하라. 그리고 근일의 일은 혹 간사한 사람이 틈을 타서 도둑질하려는 것인가 여겨진다. 군령을 철저히 신칙하여 요괴로운 일을 보더라도 경동하거나 떠드는 일이 없도록 할 것으로 병조에 말하라."

– 1527년 중종22년 6월 25일 조선왕조실록 기사 중

다각다각 말발굽 소리가 둔탁하게 땅을 울렸다. 그사이로 비단치마 스적이는 소리가 섞여들고, 길가에 엎드린 백성들 사이에서 간간이 수군대는 소리가 들려왔다. 왕가의 행차라기엔 이상하리만치 기묘한 침묵에 휩싸인 행렬이 깊은 땅 밑을 흐르는 물처럼 고요히 지나쳤다. 웅장한 뿔나팔 소리도, 화려한 예장도 없이 누가 보면 흡사 몽진이라도 떠나는 것처럼 침울했다.

행여 불미스런 일이 생길까 행렬을 호위하는 군관들은 신경이 바짝 곤두서 있었다. 따르는 궁인들 또한 하나같이 긴장한 기색이 역력했다. 그 가운데 여리도 작은 봇짐을 든 채 대비의 행렬을 뒤따르고 있었다. 전날의 소동으로 혹시나 이피가 연기될까 우려했지만 다행히 예정대로 경복궁을 떠나는 길이었다.

대비의 가마는 가마꾼들의 움직임에 따라 파도를 타듯 위아래로 출렁였다. 겉으로 보기엔 별다른 기미가 없었다. 가마에 오르기 전 잠이 오는 약을 복용하게 한 덕분이었다. 이는 지밀나인 몇 명만이 알고 있는 사실이었다. 혹여 대비의 광증이 또다시 번질 것을 대비한 부득이한 조처였다. 여기저기 지켜보는 백성들의 눈이 있으니. 모든 것이 살얼음 위를 걷듯 조심스러웠다.

경복궁에서 창덕궁까지는 기껏해야 한 식경 거리였다. 허나 행렬에 선 이들에겐 이 길이 끝나지 않을 것처럼 멀게만 느껴졌다. 그래서 동궐에 도착하여 마침내 돈화문(敦化門 창덕궁의 정문)이 등 뒤로 쿵 소리를 내며 닫혔을 때, 궁인들은 남몰래 안도의 한숨을 내쉬었다. 드디어 경복궁을 벗어났다. 그들은 모두 도망자였다.

여리는 대비의 가마 옆에 선 박 상궁을 흘금 곁눈질했다. 그녀는 나이가 있는 탓에 짧은 이동이었음에도 다소 지쳐 보였다. 사실 그게 아니더라도 심적으로 기진할 만했다. 갑작스런 대비의 광증을 가장 가까이에서 감당한 탓이었다.

그녀의 이마에는 손가락 한 마디만큼 찢긴 흉터가 있었다. 전날의 소동 중에 대비가 던진 사발에 맞아 생긴 상처였다. 이마가 터져 피를 뚝뚝 흘리면서도 박 상궁은 침착하게 대비를 달랬다. 그 모습이 도리어 섬뜩해 보일 지경이었으나 한편으론 주인을 섬기는 그녀의 충심에 혀를 내두를 수밖에 없었다. 그녀는 대비에 관해서라면 그게 무엇이든 받아 안을 준비가 된 사람처럼 보였다. 오랜 세월을 곁에서 지켜온 탓일까. 때론 맹목적이라는 생각마저 들었다.

창덕궁으로 옮겨온 대비는 보경당(寶慶堂)에 자리를 잡았다. 자경전에 비하면 다소 규모가 작기는 하였으나 임금이 있는 선정전과 가까운 데다 뒤로는 장고(醬庫)를 품고 있어 흡사 곳간 열쇠를 틀어쥔 안주인의 거처 같은 모양새였다. 연산군 시절에는 폐주의 애첩이던 장녹수가 이곳에 머무르며 온갖 권세를 누렸다. 물론 지금의 주인에겐 그럴 만한 여력이 없어 보였다.

대비는 보경당에 들자마자 침전 안에 틀어박혔다. 원래도 활동적인 편은 아니었으나 필요에 따라 제 세력만큼은 알뜰히 챙기던 그녀는 문을 닫아건 채 그 누구와도 만나려들지 않았다. 심지어는 중전마저도 번번이 헛걸음하기 일쑤였다. 염천에 창문마저 꼭 닫아걸고 바람 한 점 드나들지 못하게 하니. 겁에 질린 사람 같았다.

보다 못한 중전이 해질 무렵 보경당을 찾아와 대비에게 애원했다.

"마마. 이리 방에만 계시다 옥체 상하실까 저어되옵니다. 마침 저녁 바람이 선선하니 소첩과 함께 산보라도 나가심이 어떠하신지요?"

어떻게든 대비를 침전 밖으로 끌어내려는 꼬드김이었다. 하지만 대비는 어찌 된 영문인지 흰눈을 뜨고 중전을 경계했다. 마치 시앗을 본 본처처럼 눈을 흘기며 연거푸 박 상궁만 찾았다. 당장 내보내라는 성화에 중전은 결국 어쩔 수 없이 물러날 수밖에 없었다.

"이럴 때 전하라도 곁에 계시면 위안이 되련만."

하루가 다르게 대비의 상태는 나빠지고 있었다. 그럴수록 대비를 둘러싼 소문 또한 무성해지고 있었다. 중심을 잡아줄 사람이 필요하건만, 정작 임금은 자리에 있지 않았다. 대신들에게는 자전을 위해 이피를 결정했다 선언해놓고 본인은 홀로 창경궁에 가 있는 것이었다. 그곳이 좀 더 시원하여 여름을 나기에 좋다는 핑계였다. 대체 무슨 생각이신 건지. 여리가 속으로 탄식하는 사이, 삐죽이 입술을 내민 강생이가 재차 조잘거렸다.

"전하께서도 눈치를 채신 게야. 천구가 대비마마께 원한을 품었다는 사실을 말이야. 그러니 저리 떨어져 계시려는 거지. 우리같이 힘없는 아랫것들이야 웃전 가는 대로 따라간다지만, 함께 휘말릴 필요가 있나? 행여 귀하신 옥체를 상하시면 어쩌시려고."

그녀는 발돋움을 한 채 담장 너머 멀찍이 보이는 창경궁 쪽을 하염없이 건너다보고 있었다. 얼토당토않은 말에 여리는 미간을 찌푸렸다.

"원한이라니? 그게 무슨 뜻인가? 천구가 대비마마께 원한을 품을 이유라도 있단 말인가?"

제가 모르는 사연이 있나 싶어 물어봤지만 강생이는 어깨를 으쓱였다.

"그야 나도 모르지."

무책임한 대답이 돌아왔다.

"천구가 대비마마를 쫓아다니니 그저 그런가보다 하는 게지."

이 또한 근거 없는 추측에 불과했다. 천구가 대비마마를 쫓아다닌다니. 천구가 궁궐 안팎에 모습을 드러냈다고는 하지만 대비전 근처엔 나타난 적이 없었다. 하필 대비의 탄일 즈음에 사달이 일어 말 만들기 좋아하는 자들이 연관 지어 떠드는 것뿐이었다. 이성은 그렇게 생각하지만…….

사실 꺼림칙하기는 여리도 마찬가지였다. 천구 그 자체보다는 그를 대하는 대비의 반응이 지나치게 격렬한 탓이었다. 궁에 괴수가 나타나고 겁을 먹기는 다들 매한가지였다. 하지만 대비처럼 유난스러운 경우는 없었다. 유독 심약하여 그런가 하고 넘기려 해도 작서사건 때 대비가 보여준 모습을 떠올려보면…….

"대비마마께서 좀 엄혹하셨어야 말이지. 듣자 하니 혜순옹주의 시녀들 말이오. 참수하는 시늉은커녕 인형놀이 한 번 해본 적이 없었다던데? 하긴 옹주자가의 연치가 열여섯이신데 인형놀이 할 나이는 한참 지났지, 암."

천구가 아니더라도 누군가에겐 원한을 샀을 만하다는 강생이의 말은 자칫 맥락 없어 보이면서도 결코 무시할 수 없는 진실을 담고 있었다. 무릇 광증이란 병자의 마음이 만들어내는 것이기 때문이다. 외부적인 자극이 광증을 촉발할 수는 있어도 마음에 없는 것이 밖으로 나오지는 않는 법이다. 그렇다면 대비는 천구와 관련해 뭔가 마음에 걸리는 바라도 있는 것일까.

세자의 호출을 받은 것은 다음날 이른 새벽이었다. 대비가 문후를 거부하니 안부를 묻는다는 핑계였다. 오랜만에 마주한 세자는 전보다 키가 한 뼘쯤은 더 자랐고 살이 빠진 것인지 턱선은 날카로워져 있었다. 마음고생이 심했던 것일까. 그러나 정작 여리를 본 세자는 그녀의 파리한 낯빛을 걱정했다.

"안색이 좋지 않구나. 어디 아픈 게냐?"

여리는 민망하여 얼굴을 쓸었다. 모친인 안씨가 다녀간 후로 줄곧 잠을 이루지 못하고 있었다. 썩은 영혼에서 진물이 흐르듯 눈을 감으면 제 안의 끈적한 어둠이 굼실대며 새어 나올 것만 같았던 것이다. 가끔은 벌떡 일어나 비명이라도 지르고 싶은 심정이었다. 하지만 여리는 이 모든 번민을 감추고 그저 고개를 가로저었다.

"급히 궐을 옮기느라 한동안 바빠서 그런가봅니다. 많은 일이 있지 않았사옵니까?"

"하긴. 누군들 그렇지 않을까?"

세자는 쓴 입맛을 다셨다. 더구나 대비전의 경우라면…….

"할마마마께선 좀 안정을 되찾으셨느냐?"

이미 궐에 소문이 파다하게 퍼져서 대비의 광증을 모르는 이가 없었다. 박 상궁이 함구령을 내렸지만 여리는 굳이 숨길 필요성을 느끼지 못했다.

"여전히 침전에서 나오지 않고 계십니다. 누가 들어오는 것을 극도로 꺼리시는지라."

박 상궁을 비롯한 극소수의 인원만이 대비의 수발을 들고 있었다. 여리도 열린 문틈으로 잠깐씩 본 게 다일 뿐, 대비를 마주한 지는 한참 됐다.

"뭇 사람들 말처럼 정말 귀것에라도 시달리시는 것인가?"

세자는 우려 섞인 얼굴로 탄식했다. 대비가 천구에게 저주 받았다는 얘기는 이제 소문을 넘어 공공연한 사실처럼 받아 들여지고 있었다. 게다가 대비가 통 모습을 드러내지 않으니 갈수록 사람들의 호기심만 부추겼다.

"이럴 때일수록 평소처럼 강건한 모습을 보여주셔야 할 텐데."

읊조리는 세자의 얼굴이 흐려졌다. 걱정 너머에 또 다른 감정이 엿보였다. 불안과 번민으로 흔들리는 눈동자. 그 속에는 깨진 유리 파편처럼 차마 밖으로 터지지 못하고 되레 안으로 파고드는 자기파괴적인 감정이 꿈틀거렸다. 여리는 그것이 무엇인지 알고 있었다. 여리에게도 너무나 익숙한 그것은 자책감이었다.

내가 그때 그러지 않았더라면, 만약 나 대신 다른 사람이 그때 그 자리에 있었더라면…… 그런 후회가 설탕에 꾄 개미처럼 끊임없이 달려들어 심장을 갉아먹는 것이다.

"내가 좀 더 국본의 자리를 굳건히 하였던들……."

대신들이 복성군과 그를 두고 저울질하는 일은 없었을 것이다. 궐에 분란이 일지도 않았을 테고, 대비가 자신의 손에 피를 묻힐 이유도 없었을 것이다. 세자는 스스로를 탓했다. 자신이 미욱해서, 주변 사람들에게 신뢰를 주지 못해서.

"모든 것이 나의 부족함으로 인해 비롯된 일."

그 말에 여리는 뺨이라도 얻어맞은 듯 불편함을 느꼈다. 지난 며칠간의 번뇌가 거울에 비친 것처럼 눈앞의 세자에게서 고스란히 엿보였다. 마치 제 마음 속을 들여다보는 것 같아서 여리는 세자를 대신해 경계했다.

"지난 후회가 마음을 갉아먹게 두다 보면 마음의 병을 얻게 됩니다. 그리 되면 언젠간 일을 돌이킬 이지(理智)마저 잃게 될지도 모릅니다."

그러니 어둠에 빠지지 않도록 조심해야 한다고. 어쩌면 스스로에게 하고 싶었던 말이었을지도 모른다. 여리는 자기 자신을 다잡았다. 그러자 복잡하게 얽혀 있던 머리도 조금은 맑아지는 것 같았다.

"대비마마께서도 결국 심병(心病)에 시달리고 계신 게 아니겠습니까?"

여리는 이피를 오기 전, 자경전에서 불침번을 서던 날 밤의 일을 세자에게 털어놓았다.

"분명 그날 침전엔 의심할 만한 정황이 없었습니다. 침입자도 없었고, 번을 선 이들 중 소인을 포함해 그 누구도 방울소리 같은 건 듣지 못했습니다. 한데도 오직 대비마마께서만 밤새 방울소리에 시달리셨다는 것입니다."

그게 과연 진짜 방울소리였을까.

"마침 그 전날 궐에 괴수가 모습을 보였지요. 그것은 실체가 있는 것이었습니다. 직접 본 자도 있고, 방울소리를 들었다는 자들도 있으니까요. 하지만 대비마마의 경우는 다릅니다."

실체가 없다. 정말 대비전에 천구가 나타난 것이라면 전날과 마찬가지로 대비전에 있던 모두가 방울소리를 듣고 천구를 목격했을 것이다. 그런데 오로지 대비의 귀에만 소리가 들렸다는 것은.

"환청이라고 보는 것이 타당하지 않을는지요?"

"갑자기 심병이 이셨다?"

세자의 미간에 깊은 주름이 졌다.

"네 말은 혹 할마마마께서 매병(呆病 치매)에 걸리셨다는 뜻이냐?"

나이가 많으니 그 또한 가능성이 없진 않았다. 하지만 조심스러운 얘기였다.

"명확한 것은 어의의 진맥을 받아봐야 알 수 있는 일이옵니다. 한데 한사코 진맥을 거부하시니…….."

"그것은 내가 따로 방법을 찾아보마."

말한 세자는 고개를 끄덕였다.

"생각해 보니 너의 말에도 일리가 있어. 하지만 여전히 이해가 가지 않는 부분이 있다."

세자는 손끝으로 턱을 쓸었다.

"어찌하여 하필 방울소리인 것일까?"

천구를 두려워하는 마음은 모두 같았다. 대전에서부터 말단 궁인에 이르기까지 이피를 서두른 것만 보아도 알 수 있었다. 하지만 대비는 천구의 등장을 알린다는 방울소리는 물론이고 그 비슷한 소리에도 진저리를 치니. 향로 사건 이후로 금속성이 날 만한 물건들은 대비전에서 싹 치워졌다. 심지어 수라상에 올라가는 유기그릇까지 모두 사기그릇으로 대체되었다.

"그리고 매병에 걸리면 식탐이 는다고 하던데."

대비는 오히려 식사를 거르고 있었다. 매 끼니 침전으로 들어갔던 음식상은 거의 손도 대지 않은 채 고스란히 물려 나오곤 했다.

"아무래도 의심스럽구나. 본디 매병이란 것이 그리 급작스럽게 발병하는 것이었더냐?"

천구가 나타나기 전만 해도 대비는 나이에 비해 정정한 편이었다. 종종 체증이 있고 무릎이 안 좋기야 했지만 정신은 맑아 웬만한 젊은 사람보다도 사리판단이 정확했다. 그랬던 대비가 별다른 전조증상도 없이 갑작스레 매병이라니.

"광증은 본래 심화(心火)에서 온다고 하였습니다. 대비마마의 마음속에 혹 무언가 걸리는 일이 있는 것은 아닐는지요?"

안 그래도 여리는 대비와 천구 사이에 어떤 연관성이 있는 것은 아닐지 의구심을 품고 있었다. 대비의 병증이 천구의 등장과 직접적인 관련은 없다고 해도 뭔가 거리끼는 점은 있을 수도 있으니.

"마음에 걸리는 일이라……."

읊조리던 세자는 조심스레 운을 떼었다.

"세인들의 말처럼 혹 할마마께 불길한 물건이 흘러든 것이라면……?"

"불길한 물건이라 하심은……?"

"환혼전 말이다."

작서사건이 터지고 경빈의 뒤를 캐던 와중에 환혼전의 존재를 안 대비는 크게 진노했었다. 궁인들을 시켜 발견되는 즉시 모조리 태우게 했다지만 과연 한 권도 남겨두지 않았을까.

"죄상을 파악하기 위해서라도 한 번은 읽어보셨을 것이다. 사람을 시켜 구해오게 했다면 아직 대비전에 남아 있을지도 모를 일."

출처를 알 수 없는 책에는 어떤 사연이 깃들어 있을지 장담할 수 없는 법이다. 더구나 누군가 작정하고 대비를 음해하려 했다면.

"귀신이 깃들었다는 책만큼 좋은 흉기가 또 어디 있겠느냐?"

칼이나 활처럼 눈에 띄지도 않고, 독처럼 흔적이 남는 것도 아니니. 그저 귀신에 홀려 미친 사람처럼 발광하다 기진하여 죽는다.

"후궁의 여인들이 사용하는 부적이나 사술과 그 근본은 크게 다르지 않을 터."

세자는 지그시 여리를 응시했다. 뭔가 할 말이 있는 듯, 망설이던 세자는 조심스레 말을 꺼냈다.

"그 때문에 실은 네게 부탁할 것이 있다."

내기를 끝낸 이후로 세자는 더 이상 여리에게 명을 내리지 않았다. 대신 부탁이란 말을 썼는데 여리는 어쩐지 그 편이 더 거부하기가 어려웠다. 원치 않는 명을 내릴 때는 강압적이게만 느껴지던 세자가 어느 순간부터 측은하게 여겨지기 시작한 것이다. 선 왕후가 남긴 친필 앞에서 쓸쓸히 서 있던 뒷모습을 보아버린 탓일까.

온갖 귀한 것들에 둘러싸여 있으면서도 그는 굶주려 보였다. 좀처럼 살이 붙지 않는 것은 그의 육신만은 아닌 듯했다. 자신을 몰아내려 했던 혈육에 대한 한 가닥 정마저 끝내 끊어내지 못하고 결국 미련하게 삼키는 것을 보면…….

"말씀하십시오."

자신이 할 수 있는 일이라면 되도록 들어주고 싶었다. 일종의 동질감 때문일지도 모른다. 여리는 세자의 번뇌와 죄책감이 남 일 같지 않았다. 상황을 돌려놓을 수만 있다면 무엇이라도 해보고 싶은 그 마음을 어찌 외면할 수 있을까. 더구나세자는 대비의 광증이 자신을 향한 저주사건에서 비롯되었다고 의심하고 있었다.

"할마마마의 주변에 삿된 물건이 없는지 확인해다오. 너는 봉서나인이니 접근이 좀 더 용이할 테지."

대비전에서 소용되는 책이라면 여리의 손이 닿지 않은 것이 없었다. 여리는 고개를 끄덕였다.

"살펴보겠습니다."

대답은 짧았지만 신뢰감이 들었다. 그제야 안도한 세자는 엷게 웃었다.

돌아오는 길, 여리의 발걸음이 무거웠다. 세자의 앞에선 별로 어렵지 않은 일인 척 했지만 기실 그리 간단한 문제는 아니었다. 여리가 접근할 수 있는 수준의 책이라면 이미 다 둘러보았던 것이다.

이피를 준비하면서 대비전의 책들을 한 차례 정리했었다. 자경전에 남겨둘 것과 동궐로 가져올 것을 가리고 개중 낡고 오래된 책은 처분하기도 했다. 창고 깊숙한 곳에 박힌 책까지 모조리 살펴봤던 것이다. 하지만 그중에 환혼전은 없었다. 그렇다면 의심 가는 곳은 한 군데뿐인데…….

대비의 침전 뒷방엔 화각장이 하나 있었다. 굵은 자물쇠가 걸린 그 장 안엔 대비가 아끼는 귀한 장신구나 토지문서, 중요한 서신 등이 보관되어 있었다. 때문에 아무나 접근할 수는 없었고, 오직 지밀상궁인 박 상궁만이 열쇠를 가지고 있었다. 화각장이 열리는 때도 몹시 한정적이라서 중요한 행사가 있어 대비가 성장(盛裝)을 할 때나 대비의 명으로 안에 있는 물건을 꺼낼 때를 제외하곤 항상 잠겨 있었다. 하지만 일 년에 딱 하루 예외인 날이 있었다.

장마가 지나고 처서 즈음이 되면 맑은 날을 택해 포쇄(曝曬 책, 곡식, 의복 등의 습기를 제거하기 위해 말리는 일)를 하는데 그때 화각장 안에 있는 물건들도 모두 꺼내어 바람을 쐬었다. 물론 박 상궁 혼자 들어가 방문을 걸어 잠그고 하는 일이라 그 또한 접근이 용이하지는 않았지만 그나마 유일한 기회였다. 마침 열흘 후가 처서였다. 여리는 포쇄날을 기다렸다. 그때라면 어떻게든 틈을 만들 수 있을 것 같았다.

드디어 포쇄 당일. 처서를 이틀 앞두고 바람은 선선하고 하늘은 맑았다. 대비전 궁녀들은 너나 할 것 없이 의복이며 서책 등을 보경당 뒤뜰로 가지고 나와 그늘에 말렸다. 여리도 그들을 도와 전각과 마당을 오갔다. 그러면서도 시선은 줄곧 침전 쪽을 향해 있었다. 저기 뒷방에 화각장이 있었다. 닫힌 방문 안쪽에서는 박 상궁이 홀로 문서와 서신들을 정리하고 있을 터였다.

바람이 통하도록 살짝 열린 창문 틈새로 언뜻언뜻 박 상궁의 초록빛 곁마기 자락이 보였다. 그녀는 아침 일찍 침전 뒷방에 들어가서 해가 중천에 떠오르도록 꼼짝 않고 있었다. 그녀가 자리를 비워야 기회가 생길 텐데 도통 움직일 생각을 하지 않으니. 오늘따라 대비도 잠잠했다. 세자에게 도움이라도 청해야 하나 고심하고 있을 때 뜻밖의 기회가 찾아왔다.

지금껏 창경궁에 머물고 있던 임금이 기별도 없이 돌연 창덕궁으로 돌아온 것이다. 비록 창경궁과 창덕궁은 담 하나를 사이에 두고 있어 통틀어 동궐이라 불리고 있지만 그래도 엄연히 별도의 정전을 갖춘 이궁이었다. 외따로이 떨어져 있던 임금이 돌아왔으니 중전은 물론이고 세자 역시 급히 마중을 나갔다. 원래대로라면 주상이 대비전에 들러 인사를 올려야 할 테지만.

대비는 일체의 방문을 거부하고 있는 실정이었다. 주상이 친히 걸음 하였다가 행여 문전박대라도 당한다면 보기에도 안 좋을뿐더러 두고두고 말이 나올 터였다. 박 상궁은 서둘러 대전으로 향했다. 먼저 공손히 인사하고 상황을 귀띔한다면 주상도 굳이 무리하려 들진 않을 테니, 전하의 발길이 이곳으로 향하기 전에 찾아가 선수를 치려는 것이었다.

덕분에 기회가 생겼다. 여리는 박 상궁이 자리를 비운 틈을 타 아직 정리를 마치지 못한 뒷방으로 숨어들었다. 그 와중에도 박 상궁은 뒷방의 문을 잠그고 갔다. 하지만 환기를 위해 열어둔 창문까지는 미처 단속하지 못했다. 여리는 망설임 없이 창문을 타넘었다. 다행히 모두들 정신이 대전으로 쏠려 있어 여리가 자리를 비운 것을 알지 못했다.

여리는 넘어 들어왔던 창문을 닫고 황급히 방 안을 뒤지기 시작했다. 화문석 위에 널린 문서와 서신들을 뒤집고 서책들을 넘겨보았다. 그리고 열린 화각장 안을 살펴보는데, 검게 옻칠한 나무함이 보였다.

크기는 대략 가로, 세로로 각각 두세 뼘 정도 될까. 의복함이라기엔 작았고, 보석함이라기엔 우중충했다. 빛을 모두 빨아들일 듯 새카만 나무함은 은은한 광택이 돌아 고급스럽긴 했지만 어딘지 음침했다. 흡사 위험한 것을 봉인하기에 적당한 느낌이었다. 마침 크기도 서책이 들어가기에 알맞은지라, 설마 하면서도 저도 모르게 마른침이 넘어갔다. 긴장한 여리는 조심스레 상자를 꺼냈다. 장 위에 올려두고 막 뚜껑을 열어보려던 찰나.

벌컥, 닫아두었던 창문이 열렸다. 그 사이로 모습을 드러낸 것은 대전에 간 줄 알았던 박 상궁이었다. 주상을 만나러 가던 길에 뒷방 창문을 열어둔 사실이 떠올라 급히 돌아온 것이었다. 곧바로 침전으로 향하던 박 상궁은 마당을 가로지르다 닫힌 창문을 보았다. 분명 자신이 보경당을 나오기 전까지만 해도 열려 있었는데. 박 상궁은 걸음을 돌려 창문가로 다가갔다. 그리고 침입자가 몸을 피할 새도 없이 벌컥 문을 열어젖힌 것이다.

여리는 그 자리에 얼어붙었다. 당황하니 어떤 반응도 보일 수가 없었다. 여리와 눈이 마주친 박 상궁은 싸늘한 시선을 내려 움츠러든 여리의 어깨를 지나 그녀의 손을 노려보았다. 그녀는 여전히 옻칠함의 뚜껑을 쥐고 있었다.

닫힌 침전 뒷방에 아무렇게나 열린 화각장과 그 앞에 서서 막 귀중품이 든 나무함을 열려는 궁녀의 모습이 과연 박 상궁의 눈에 어찌 비칠지는 굳이 설명하지 않아도 알 것 같았다. 지그시 입술을 깨문 여리는 질끈 눈을 감았다. 도둑으로 몰려도 할 말이 없었다. 눈앞이 캄캄해졌다.

여리는 정말로 눈앞이 캄캄했다. 박 상궁에게 발각된 후 손은 물론이고 눈까지 꽁꽁 묶여 어딘가로 끌려가는 중이었기 때문이다. 앞으로 자신은 어떻게 되는 것인지, 고신을 받게 된다면 뒷방에 숨어든 까닭을 무어라 설명해야 할지, 머릿속이 복잡했다. 진실을 말해야 할까. 아니면 차라리 좀도둑인 척 굴어야 하는 걸까.

진실을 밝히자니 세자를 끌어들이게 될 것 같고, 거짓자백을 하자니 앞으로 닥칠 일들이 암담했다. 어쩌면 앞으로 영영 빛을 보지 못하게 될지도 모를 일이었다. 하필 이 순간 모친의 얼굴이 떠올랐다. 여리는 얼마 전 마지막으로 보았던 어머니의 모습을 생각했다.

돌아서는 여리를 향해 뻗은 손이 동아줄을 놓친 사람처럼 애처롭고 처연했었는데. 모친에게 의지할 사람이 자신뿐이라는 걸 알고 있었다. 비록 여리에게 상처가 될 말을 내뱉었지만 그 말을 꺼낸 순간 모친 역시 상처받았다는 것을 안다. 내뻗은 손을 그리 모질게 쳐낼 필요까진 없었는데. 그게 마지막이었다고 생각하니 짙은 후회가 밀려들었다.

그저 자신에게 힘이 없어 구할 수 없노라고 말하면 됐을 것을. 하지 않는 것이 아니라 할 수 없다고 말하기가 싫었던 것인지도 모르겠다. 할 수 없노라고 말하면 이미 목 끝까지 그득하게 차오른 자책감을 감당할 수 없을 것 같았다. 자신이 그만큼 무기력하다는 걸 인정하기 싫었다. 참으로 비겁하기 그지없었다. 여리는 쓰디 쓴 자괴감을 삼켰다.

지금도 마찬가지였다. 몸의 고통도 두려웠지만 그 두려움을 이기지 못하고 또다시 비겁한 선택을 하게 될까 봐 초조했다. 속입술만 물어뜯고 있을 때 덜컥, 묵직한 나무문 열리는 소리가 났다. 여리는 어딘가 실내로 밀어 넣어졌다.

감옥인가. 아니면 창고?

궁녀가 죄를 지으면 내수사의 감옥에 갇혀 환관들에게 조사를 받게 된다. 그러나 그런 번거로운 절차를 꺼리는 경우에는 각 전각에서 은밀히 처리하기도 했다. 자신은 어느 쪽일지. 여리는 차게 식은 손을 꽉 쥐었다. 차라리 전자라면 나을 텐데, 후자는 영 좋지 못하다.

주변이 지나치게 조용해서 불길하다 느낄 즈음. 눈을 가리고 있던 수건이 풀렸다. 자리에 꿇어앉혀진 여리는 고개만 들어 앞을 바라보았다. 그러자 눈앞에 생각지도 못한 사람이 서 있었다.

"세자저하?"

냉랭한 표정을 한 세자는 뒷짐을 진 채 여리를 일별하고는 이내 뒤에 선 자를 향해 말했다.

"대체 무엇을 하자는 겐가, 박 상궁?"

그제서야 여리는 제 뒤에 박 상궁이 서 있다는 것을 알았다. 외딴 창고처럼 보이는 이곳에는 여리와 세자 그리고 박 상궁뿐이었다. 여리를 이곳까지 끌고 온 자는 이미 자리를 피한 듯했다.

여리는 고개를 숙였다. 차마 세자를 마주볼 면목이 없었다. 결국 자신 때문에 세자까지 끌려 들어온 꼴이었으니. 그나저나 박 상궁은 어찌 알았을까. 자신은 아직 이 일과 관련해 한마디도 입을 연 적이 없건만.

"오늘 이 아이가 대비마마의 화각장을 뒤졌습니다. 다행히 소인에게 발각되었지요."

박 상궁은 겉으로는 예의 바르게 대구하면서도 이미 모든 걸 알고 있는 것 같은 분위기였다. 유유히 세자의 앞으로 나아간 박 상궁은 바닥에 꿇어앉은 여리를 내려다보며 말했다.

"이 아이가 좀도둑일까요? 아니면 세작일까요?"

순간 세자의 미간이 꿈틀 요동쳤다.

세작이라니……. 여리는 머릿속이 하얘지는 기분이었다. 어떤 오해를 산 것인지는 몰라도 이러다가는 조손간의 관계가 돌이킬 수 없는 지경에 이르게 될지도 모를 일이었다. 더구나 대비는 원인을 알 수 없는 병증에 시달리고 있었다. 대비전의 지밀나인이 동궁전의 명을 받고 있다 알려지면 안 그래도 세가 약한 세자는 큰 타격을 입게 될 수밖에 없었다. 대비야말로 지금껏 세자를 떠받쳐온 가장 든든한 뒷배였으니.

"세작이라니요? 소인은 대비전 나인입니다. 그 누구의 사주도 받은 적이 없습니다."

여리는 다급히 고개를 조아렸다. 기실 거짓말도 아니었다. 세자는 자신에게 부탁을 했을 뿐, 어찌하라 명을 내린 적은 없었다. 누가 강제한 것도 아니었다. 자신이 자발적으로 나선 일이었다. 하지만 여리의 탄원에도 박 상궁은 별다른 감흥을 보이지 않았다.

"허면 손목을 잘라야겠군요. 스스로 좀도둑이라 자백을 하였으니."

말하는 박 상궁의 시선은 여전히 세자에게 머물러 있었다. 세자의 낯빛이 창백하게 질렸다. 박 상궁은 지금 모든 걸 알면서 세자를 떠보고 있는 것이었다. 세자는 으득 어금니를 갈았다.

"내게 바라는 것이 무엇인가?"

인정하는 것이나 진배없는 말이었다. 여리는 그러지 말라는 듯 고개를 내저었다. 그러나 세자가 이곳으로 달려온 이상 지금의 사태는 이미 예견된 것이나 마찬가지였다. 세자는 자신으로 인해 누군가의 인생이 파탄 나는 꼴을 더는 지켜보고 싶지 않았다. 괜찮다는 듯 여리와 잠시 눈을 맞춘 세자는 기왕 이리 된 것 더욱 거칠 것 없이 굴었다.

"할마마마의 광증이 환혼전 때문이라는 소문을 들었다. 하여 이 아이를 시켜 혹여 대비전 안에 삿된 물건이 들어온 것은 아닌지 확인해보라 한 것이다. 그 소문이 사실이라면 박 상궁 자네 또한 믿을 수 없음이니."

세자는 도리어 박 상궁을 의심했다.

"할마마마를 지근에서 보필하는 자네야말로 할마마마께 생긴 이변을 제일 먼저 감지했을 것이 아닌가? 대비전에 들어오는 식재료부터 약재, 옷감, 소용되는 물건 하나까지. 자네의 손을 거치지 않는 것이 없다 들었다. 헌데 원인조차 짐작하지 못한다고 하니, 내가 어찌 가만히 손을 놓고 있을까?"

하여 은밀히 사람을 부렸다는 뜻이었다. 박 상궁은 세자의 추궁에도 별다른 해명을 하지 않았다. 도무지 속을 알 수가 없었다. 두 사람은 서로를 응시한 채 잠시 대치했다. 그사이 여리는 상황을 파악하기 위해 열심히 머리를 굴렸다.

애초에 자신을 죽일 요량이었다면 박 상궁은 번거롭게 여리를 이곳까지 끌고 오지도 않았을 터였다. 아무리 박 상궁이 대비의 비호를 받고 있다고는 하나 상대는 이 나라의 차기

지존이었다. 설혹 여리를 세자의 끄나풀이라 의심했다손 쳐도 그와 대놓고 척을 질 것이 아닌 이상 차라리 조용히 처리하려 했을 것이다. 더구나 대비는 병증으로 앞날을 장담할 수 없는 상황이었다. 그럼에도 이리 과격한 방식을 택했다는 것은……

"소인을 믿지 못하시겠다면 이 아이를 세자저하께 내드리지요."

난데없는 박 상궁의 제안에 놀란 여리의 생각이 뚝 끊겼다. 당황한 것은 세자도 마찬가지인 듯.

"지금 그게 어떤 뜻으로 들릴지 알고 하는 소린가?"

세자의 뺨이 분노와는 다른 의미로 붉어졌다. 눈빛이 흔들렸지만 이내 평정을 되찾은 세자는 표정을 굳혔다. 다른 전각의 나인을, 그것도 동궁전에 보낸다 함은 오해를 살 여지가 충분했다. 세자의 양제(良娣 세자의 후궁)로 들이겠다는 의미로 해석될 수도 있기 때문이다. 더구나 세자와 세자빈의 합궁을 앞두고 정치적으로 민감한 시기였다.

"오해를 살 일은 만들지 않는 것이 좋겠지요."

박 상궁이 다 안다는 듯 대답했다.

"이 아이는 지금처럼 대비전에 두고 쓰십시오. 이 아이가 저하의 명을 받들어 마마의 병증을 조사할 수 있도록 소인이 돕겠습니다. 대신……."

고개를 든 박 상궁이 세자를 똑바로 응시했다.

"저 아이가 알아낸 것을 소인도 알 수 있게 해주십시오."

냉랭하던 그녀의 눈동자에 처음으로 어떤 감정이 맺혔다. 침착한 얼굴을 하고 있지만 그 너머에 초조하게 자글대는 것은 분명 염려였다. 제 주인이 이대로 영영 회복하지 못할지도 모른다는 걱정과 두려움.

상황을 모면하기 위해 박 상궁을 몰아붙이긴 했지만 세자도 대비에 대한 박 상궁의 충심만큼은 의심하지 않았다. 그녀는 필요하다면 제 목숨을 끊어서라도 대비의 명을 이으려 할 자였다. 하지만 그렇다고 마냥 신뢰할 수도 없었다. 진의를 파악하기 위해 침묵하는 사이, 여리는 자책에 빠져 있었다.

세자가 곤란해하고 있었다. 박 상궁의 제안대로라면 세자가 여리를 거두어야 한다는 말이 아닌가. 겉으로는 달라질 것이 없어 보여도 적어도 박 상궁은 여리를 세자의 사람이라 생각하게 될 테니.

부담스러운 것도 당연했다. 쉽게 결정을 내리지 못하고 머뭇대는 세자의 입장을 이해했다. 하지만 한편으론 비참했다. 일을 망친 스스로에게 화가 났고, 세자를 곤경에 빠트려 미안하고 송구스러운 한편, 누구에게랄 것도 없이 짜증이 났다. 이런 얼토당토않은 제안을 한 박 상궁에게 원망의 마음이 솟구칠 즈음, 세자가 고심 끝에 결국 박 상궁의 제안을 수락했다.

"좋다. 그리 하지."

여리를 무사히 제자리로 돌려놓자면 불가피한 선택이었다. 혹여 나중에 이 선택을 후회하게 될지라도 세자는 당장 눈앞에 무릎 꿇려진 여리를 모른 척 보아 넘길 수가 없었다. 여리의 묶인 양손이 줄에 쓸려 붉었다. 절로 눈살이 찌푸려졌지만 박 상궁의 시선을 의식한 세자는 고개를 들었다. 아직 그녀에게 확인해야 할 것이 남아 있었다.

"그 전에 하나 묻지. 환혼전의 원본, 대비전에 있는가?"

박 상궁은 대비를 위해서라면 무슨 짓이든 할 수 있는 자였다. 설혹 그것이 옳지 않은 일이라 할지라도. 추궁하는 눈빛에 긴장이 서렸다. 만약 그런 것이라면 이는 인력(人力)을 벗어난 문제였다. 진짜 귀신의 짓이란 뜻이니, 지금껏 귀이의 존재에 관심을 갖고 뒤쫓아 온 세자였지만 지금 이 순간만큼은 제발 아니라는 답이 돌아오길 빌었다.

사람의 마음이란 얼마나 간사한지. 남의 일일 때는 태연할 수 있었던 것이 막상 자신의 일이 되고 보니 더는 유희가 될 수 없었다. 이것이 정말 귀신의 짓이라면 그가 할 수 있는 일이 거의 없기 때문이다. 하지만 다행히도 박 상궁은 고개를 내저었다.

"맹세컨대 대비전엔 그런 물건이 없습니다. 들여온 적도 없고, 마마께서 보신 적은 더더욱 없사옵니다."

궁인들 사이에서 떠도는 책을 박 상궁이 대신 읽고 대비에게 전해주기는 했으나 그나마도 다른 책들을 분서할 때 함께 모아 태웠다고 했다.

"책이 문제였다면 대비마마가 아니라 소인에게 먼저 문제가 생겼을 것입니다."

그 말은 틀리지 않았다. 설혹 대비가 그 책을 봤다 하더라도 아무런 검증도 거치지 않은 책을 대비전에 들였을 리가 없었다. 박 상궁이 먼저 살펴보았을 터. 소문대로 환혼전의 원본이 대비전에 있다면 그녀만 멀쩡할 리는 없었다.

세자는 안도의 한숨을 삼켰다. 하지만 상황은 다시 원점이었다. 귀신에게 홀린 것이 아니라면 대비의 병증은 어디서 비롯된 것일까. 그리고 하필 그 시점에 궐에 천구가 나타난 것은 정말 우연일까.

"일단 할마마마부터 만나 뵈어야겠구나."

대비의 상태를 확인해야 했다. 천구나 환혼전에 대한 조사는 그 뒤에 해도 늦지 않다.

"우선 저 아이부터 풀어주고."

세자의 눈짓에 여리가 주춤주춤 자리에서 일어났다. 다가온 박 상궁이 묶인 줄을 풀었다. 한동안 피가 통하지 않았던 양팔이 저릿했다. 붉게 자국이 남은 손목을 주무르고 있는데 창고 밖에서 다급한 발소리가 들려왔다. 그러더니 누군가 망설이듯 조심스레 문을 두드렸다.

"무슨 일이냐?"

박 상궁이 나서서 대답했다. 세자는 홀로 은밀하게 온 터라 그들이 이곳에 있는 것을 아는 이는 박 상궁이 부리는 방자 하나뿐이었다. 그 방자가 문밖에서 애타는 목소리로 박 상궁을 찾았다.

"마마님. 큰일 났습니다. 지금 대비마마께서……."

변고를 직감한 박 상궁이 성큼성큼 걸어가 벌컥 닫힌 문을 열었다. 그러자 문밖에 선 방자가 창백한 얼굴로 고했다.

"비명을 지르시다 혼절하셨습니다."

"대체 무슨 일로?"

"소, 소인도 잘 모르겠습니다. 갑자기 침전 안에서 비명소리가 들리기에……."

방자가 쉽사리 말을 잇지 못하자 박 상궁이 버럭 역정을 냈다.

"똑바로 말하거라!"

그러자 겁에 질린 방자가 대비가 쓰러진 것이 마치 제 죄라도 되는 양 털썩 바닥에 양 무릎을 꿇으며 대답했다.

"누, 누가 대비마마를 죽이려 한다고……. 분명 침전 안엔 아무도 없었사온데 자꾸만 이상한 소리가 들린다 하시며……."

"이상한 소리라니? 무슨 소리 말이냐?"

"그것이……, 방울소리가……."

순간 광 안에 정적이 내려앉았다. 친구를 피해 궐을 옮긴지 겨우 보름만의 일이었다.

~~~ **창덕궁에 이어하다**

창덕궁에 이어(移御)하였다. 대비전, 중궁, 세자빈도 따라서 이어하였다.
세자가 창덕궁 동궁(東宮)으로 이어하였다.

– 1527년 중종22년 6월 26일 조선왕조실록 기사 중

9장

대비가 쓰러졌다는 소식에 세자는 물론이고 중전과 주상까지 보경당으로 달려왔다. 다행히 대비는 얼마 후 깨어났지만 여전히 극도의 불안감을 보였다. 생명의 위협을 느끼는 것인지 낯선 이들을 경계하고 심지어 혈육마저 꺼려했다. 최근들어 사이가 좋지 않은 주상은 그렇다 쳐도, 효성 지극한 중전은 물론 심지어 평소 살뜰히 아끼던 세자마저 불편해하며 곁을 주지 않으려 했다. 진맥을 마친 어의는 기가 허하고 마음이 불안정하여 그런 것이라며 매병은 아니라고 했다.

"매병에 걸리면 주위 사람을 알아보지 못하고, 좀 전에 있었던 일도 기억을 못하게 마련인데 마마께서는 무슨 일이 있었는지 똑똑히 기억하고 계시옵니다. 다만 환청과 환시를 겪으시는 것이……."

어의는 일단 기력을 보하는 약을 지어 올렸다. 그간 궁 안에 괴변이 잦았던 터라 심기가 상하신 것이 아니겠냐는 것이었다. 그렇다고 불경하게 귀신 때문이란 말을 할 수는 없는 노릇이었다. 어의도 겉으로 드러나는 증세를 보고 판단하는 것일 뿐, 기실 명확한 원인은 알지 못했다. 정확한 치료법을 알지 못하니 대비의 증세는 날로 심해져만 갔다.

혼절했다 깨어난 날 이후로 하루에도 몇 번씩 방울소리가 들린다며 고함을 지르고 누군가 자신을 죽이려 한다며 헛소리를 했다. 가끔은 창호문 밖에 이상한 그림자가 어른댄다며 마구잡이로 물건을 집어 던지기도 했다. 하지만 창문을 열어 보면 밖에는 아무것도 없었다. 대비전을 둘러싼 온갖 흉흉한 소문은 갈수록 무성해져만 갔다.

쥐가 창궐하기 시작한 것도 그 무렵이었다. 음식을 보관하는 퇴선간에나 한두 마리씩 보이던 쥐들이 마루 밑이며 계단 틈새는 물론이고 담벼락 사이사이, 지붕 밑, 서까래 위까지 눈에 띄는 곳이라면 어디든 모습을 드러내기 시작했다. 심지어 이제는 겁 없이 사람이 머무는 방까지 기웃대는 지경인지라. 나인들이 비명을 지르며 쫓아내도 그때뿐이었다. 돌아서면 어느새 다시 돌아와 새끼를 깠다.

"아무리 오랫동안 비워뒀던 전각이라지만 너무 심하지 않아? 다른 전각들은 이 정도는 아니라던데."

궁녀들은 진저리를 쳤다. 흡사 장마철에 곰팡이가 번지는 것처럼 소름 끼치는 번식력이었다. 궁여지책으로 쥐들이 싫어한다는 우방자(牛蒡子 우엉의 씨앗) 껍질을 뿌려두고 나무로 깎은 고양이 인형에 쥐똥을 섞은 물감을 칠해 쥐가 다니는 길목

233

마다 세워두기도 해봤지만 이렇다 할 효험은 보지 못했다.

결국 참다못한 아랫고상궁이 쥐가 드나들 만한 구멍이란 구멍은 모조리 메우게 했다. 명을 받은 복이나인은 개꼬리를 잘라 삶은 물에 진흙을 개어 만든 반죽을 여기저기 붙이고 다녔다.

"이게 정말 쥐를 막는 데 효험이 있단 말이지?"

"그러믄입쇼. 제가 약방에 가서 뒷돈까지 쥐어줘 가며 특별히 알아온 비방인걸요."

쥐는 물론이고 벌레까지 막아준다며 자신했다.

"그래. 그렇다면 빠짐없이 꼼꼼히 바르거라. 나는 들어가서 좀 쉬어야겠으니."

초가을의 햇살이 기승스러운 날이었다. 안 그래도 근래 대비의 일로 뒤숭숭하던 차에 더운 곳에 오래 서 있으니 현기증이 일었던지 상궁은 뒷마무리를 복이에게 맡기고 자리를 비웠다. 홀로 남은 복이는 콧노래를 흥얼거리며 질척한 반죽을 틈새 이곳저곳에 처덕처덕 바르고 다녔다.

아직은 날이 푹해 할 일이 많지 않았다. 찬바람이 불기 시작하면 숯을 나르고 불을 떼느라 눈코 뜰 새 없이 바빠지겠지만. 한동안 비어 있을 아궁이는 붉은 나무덮개로 덮여 있었다. 하지만 아귀가 딱 들어맞지 않아 쥐가 드나들기에 용이해 보였다. 쥐란 놈들은 어디든 머리 디밀 틈만 있으면 파고드는 족속들이니.

"어차피 한동안은 쓸 일이 없을 테니까."

중얼거린 복이는 진흙이 담긴 바가지를 들고 아궁이 가까이 다가갔다. 한 덩이를 크게 뭉쳐 막 틈을 막으려는데 어둠 속에서 뭔가가 반짝였다.

'누가 뭘 떨어트렸나?'

아니면 깨진 사기 조각 같은 것일지도 모른다. 복이는 별생각 없이 좀 더 가까이 다가가 안을 들여다보았다. 붉게 칠한 나무 덮개에 코끝이 닿을락 말락했다. 가늘게 좁힌 눈으로 어둠 속을 응시하는데.

"꺄아악!"

복이가 돌연 비명을 지르기 시작했다. 손에 들려 있던 바가지가 떨어져 박살나면서 붉은 진흙이 깨진 뇌수처럼 사방으로 튀어 오르고 놀란 궁인들이 황급히 뛰어왔다. 하지만 누구도 선뜻 나서지 못했다. 아궁이 앞에 주저앉은 채 조금이라도 그곳에서 멀어지기 위해 발버둥치는 복이의 눈이 못 박힌 듯 붉은 덮개 너머를 응시하고 있었다. 행여 눈을 돌렸다간 당장 뒷덜미를 채여 끌려들어갈 것처럼. 절박한 눈엔 실핏줄이 터졌다.

덩달아 겁을 집어먹은 궁녀들은 차마 가까이 갈 엄두조차 내지 못했다. 그사이 잠시 자리를 비웠던 아랫고상궁이 달려왔다. 방자들을 부른 아랫고상궁은 버둥거리는 복이를 끌어내게 했다.

복이는 넋이 나가 있었다. 방자들이 어깨를 흔들자 그제서야 비명을 멈춘 복이가 제 팔뚝을 잡은 방자의 손을 덥석 움켜줘더니 중얼거렸다.

"날 봤어. 귀신이……, 나랑 눈이 마주쳤어."

말하는 복이의 목소리에 와득 소름이 돋아났다. 어둠 속에 반짝이는 무언가가 있었다. 자세히 들여다보자 깜빡, 반짝이던 것이 사라졌다 다시 나타났다. 마치 눈을 감았다 뜬 것처럼. 이쪽을 빤히 응시하는 것은 번뜩이는 한 쌍의 눈동자였다.

복이는 귀신과 눈이 마주쳤다며 횡설수설했다. 방자를 움켜쥔 손아귀의 힘이 무시무시했다. 흡사 광증에 빠진 사람처럼. 무뚝뚝하던 방자의 얼굴이 점점 하얗게 질려갔다. 복이를 에워싼 이들의 얼굴도 굳어졌다. 공포가 전염병처럼 그들 사이를 휩쓸고 지나갔다. 어찌해야 할지 몰라 서로 눈치만 살피고 있는데, 아무런 대답이 없는 까닭이 자신을 믿지 못해서라 생각한 복이는 점점 더 목소리를 높였다.

"아궁이 안에 귀신이, 귀신이 있다고! 나랑 눈이 마주쳤다고!"

그나마 먼저 정신을 차린 아랫고상궁이 눈살을 찌푸렸다. 침전 안에 대비가 있었다. 상궁이 눈짓하자 방자들이 복이의 입을 틀어막았다. 그리고 그녀를 질질 끌다시피 하여 보경당 밖으로 끌어냈다.

뒤늦게 달려온 복이상궁이 차고 있던 열쇠로 아궁이 덮개를 열었다. 그러나 그 안엔 지릿한 냄새를 풍기며 썩어가는 쥐의 사체뿐, 귀신 같은 건 없었다. 결국 더위를 먹은 복이나인이 헛것을 본 것으로 상황은 급히 마무리되었다. 그러나 소문은 일파만파 퍼져나갔다. 끌려 나가던 복이나인의 얼굴이 더위 먹은 사람처럼은 보이지 않았던 것이다. 차라리 귀신에 들렸다면 모를까. 그날 이후로 궐 안에서는 그녀를 더는 볼 수 없게 되었다.

궁인들의 불안감은 날이 갈수록 커져갔다. 대비전에 귀신이 나타난다는 소문이 도니, 궁녀들은 낮에도 혼자 있기를 꺼렸다. 그럼에도 보경당 근처에서 이상한 형체를 보았다거나 기이한 소리를 들었다는 이들이 부쩍 늘었다. 누군가 방문을 두드리기에 문을 열었더니 아무도 없었다든지, 키득대며 웃는 소리가 들려 뒤를 돌아보니 나뭇가지 위에 쥐가 앉아 이쪽을 노려보고 있었다든지 하는 출처를 알 수 없는 괴담만이 떠돌았다.

엎친 데 덮친 격으로 장고에 보관된 수십 개의 장독에 일제히 벌레가 들끓기 시작했다. 창덕궁으로 이피해오며 보경당 뒤편으로 옮긴 장에 탈이 난 것이다.

"안주인에게 변고가 생기면 장맛부터 변한다더니."

궁녀들은 이 또한 불길한 징조라며 수군댔다.

"대체 궐이 어찌 되려고……."

"이러다 정말 큰일 치르는 거 아냐?"

수일 째 닫혀 있는 침전 문을 바라보며 궁인들은 불안감을 감추지 못했다. 이러다 대비에게 참담한 일이 생기는 것은 아닐지. 모시던 상전이 세상을 뜨면 몇몇은 다른 전각으로 차출되어 가기도 하지만 대부분은 출궁하게 된다. 갑자기 생계가 막막해지는 것이다. 그나마 사가에 의탁할 수 있는 자들은 운이 좋은 편이었다. 받아줄 가족이 없는 이들은 그들끼리 마을을 이루어 살았다. 상궁들처럼 오랫동안 궐에서 일하며 재산을 축적한 이들은 상관없겠지만 문제는 이제 막 나인이 된 자들이었다.

"내가 궐에 들어오려고 들인 뒷돈이 자그마치 얼만데. 주상전하께 눈도장 한 번 제대로 찍어보지도 못하고 이게 대체 무슨 꼴이람?"

강생이는 울상을 지었다. 내명부 안에서도 가장 큰 권력을 지닌 대비전 궁녀가 되기 위해 그녀는 물론이고 그녀의 가족들이 벌어온 돈까지 죄 끌어 모아 적지 않은 투자를 했던 것이다. 하지만 대비가 세상을 뜨면 그 모든 노력이 수포로 돌아갈 터.

권력이란 허무하고도 예민한 것이었다. 대비가 원인을 알 수 없는 병증으로 두문불출하게 되자 내명부 안의 힘의 추는 자연스레 중궁전으로 기울었다. 작은 결정 하나를 내릴 때에도 대비에게 일일이 의견을 구하던 중전이 이제는 거리낌 없이 모든 일을 독단적으로 처리하기 시작한 것이다.

"옳다구나 싶을 테지."

방자한 소리를 아무렇지도 않게 지껄이는 강생이를 보며 여리는 반쯤 포기한 표정을 지었다. 강생이는 중전과 관련된 일이라면 유독 날을 세웠다. 그래봤자 중전의 그림자조차 밟지 못할 주제에 누가 보면 시앗이라도 되는 양 굴었다. 중전의 행보에 사사건건 트집을 잡는 것이었다.

"이번에 새로 온 장고상궁도 중전마마가 보낸 사람이잖소. 이 참에 내명부를 틀어쥐시겠다 이거지. 요직도 모조리 중궁전 사람들로만 채우고."

장고를 제대로 단속하지 못한 죄로 기존의 장고상궁이 문책을 받고 자리에서 밀려났다. 대비가 중전이던 시절부터 장고를 관리해온 사람이었다. 그 자리에 중전이 임명한 새 장고상궁이 왔다. 본래는 문소전에서 뫼밥 짓던 이라는데 자세한 행적은 알 수 없었다.

사람이 조용한 데다 음침하여 통 곁을 주지 않았다. 게다가 왼쪽 뺨에 선명한 화상자국이 그녀의 인상을 더 살벌하게 만들었다. 사람들은 섣불리 그녀에게 다가가지 못했다. 도무지 속을 알 수 없는 사람이었다. 어쨌든 중전의 사람이 수시로 보경당 뒤뜰을 드나들게 된 것만으로도 대비전 상궁들의 심기는 편치 않았다.

그녀는 이른 새벽, 해가 뜨기도 전에 장고에 들었다. 장독 뚜껑을 열고 얹어놓은 깻잎 위로 밤새 기어 올라온 벌레들을 잡았다. 웃전을 위한 장은 경복궁에서 새로 가져왔지만 아까운 장들을 버릴 수 없다는 이유에서였다.

그녀는 젓가락도 없이 맨손으로 벌레를 잡았다. 쓱 문대어 죽이고는 그 손을 앞치마에 닦았다. 그러면 장을 먹고 자라 누렇고 벌건 벌레들이 진물이 되어 얼룩덜룩 앞치마를 물들였다. 나인들은 그런 장고상궁을 질색했다. 한 번씩 차출되어 장고상궁과 함께 벌레라도 잡는 날이면 나인들은 속이 메스꺼워 아침밥도 거르고 헛구역질만 해댔다.

"설마 저 장들 나중에 우리보고 먹으라는 건 아닐 테지?"

의견을 구하듯 여리를 돌아봤던 강생이는 미간을 찌푸렸다. 여리가 통 자신의 얘기를 듣고 있지 않다는 걸 눈치챈 것이다. 평소에도 맞장구를 쳐주는 편은 아니었지만. 강생이는 고개를 갸웃했다. 여리의 상태가 어딘지 이상했다. 조금 멍한 듯도 하고, 어쩐지 착 가라앉아 보였다.

"뭐 기분 나쁜 일이라도 있소?"

강생이는 배우지 못해 식견은 부족할지언정 눈치만큼은 작은 동물처럼 예민했다. 여리는 고개를 저었다.

"별일 아니네."

아무렇지 않은 척 했지만 사실 창고에 붙잡혀 갔다 돌아온 뒤로 생각이 많았다. 마음이 설명할 수 없이 복잡했다. 돌을 매단 것처럼 한없이 가라앉다가도 별안간 불쑥 짜증이 치밀었다. 제 스스로가 한없이 초라하다가도 까닭 없이 누군가를 원망하고 싶어졌다. 철없던 시절에도 이만큼 감정이 제멋대로 날뛰지는 않았건만. 위기감을 느낀 여리는 적어도 겉으로는 무심하게 행동했다. 그날 이후 처음 세자와 대면한 자리에서도 마찬가지였다.

"그사이 어려움은 없었느냐? 박 상궁이 별다른 눈치는 주지 않고?"

갑작스레 대비가 발작을 일으켜 쓰러지는 바람에 그날의

일은 명확한 결론을 내리지 못한 채 어영부영 지나갔다.

"아무런 내색도 보이지 않았습니다."

박 상궁은 약속대로 더 이상 여리를 위협하지 않았다. 세자의 부름을 받은 여리가 동궁전으로 가는 것을 묵인해주고, 심지어 다른 궁인들의 의심을 사지 않도록 적당한 핑곗거리까지 만들어주었다.

"내의원에서 대비마마께 올린 화제(和劑 약방문)입니다."

약재의 효과와 쓰임이야 의원이 가장 잘 알 테지만, 매번 그것을 살피는 것은 후손으로서 효심을 드러내는 또 다른 방식이었다. 하여 어의는 대비에게 약을 올리기 전에 먼저 임금의 승인을 받았다. 세자에게는 사후에 치료과정을 고해 올리고 있었는데, 그 일을 여리에게 맡긴 것이다. 세자는 고개를 끄덕였다. 박 상궁은 꽤나 치밀한 자였다. 한 입으로 두 말할 자도 아니었고.

"어찌 되었든 네게는 미안하게 되었구나. 나 때문에 그런 고초까지 겪게 하고."

세자의 시선이 은연중에 여리의 손목 근처를 맴돌았다. 지난번 붉게 긁혀 있던 것을 기억하는 탓이었다. 치료는 했는지 궁금했지만 그가 앉은 자리에서는 그녀의 까만 정수리밖에 보이지 않았다. 여리는 방에 들어온 이래로 줄곧 고개를 조아리고 있었다. 얼굴을 보여줄 생각이 통 없는 듯.

"소인의 탓이옵니다. 좀 더 신중했어야 했는데 일을 망쳐 송구하옵니다."

자책하는 여리의 말에서 이유를 알 수 없는 거리감이 느껴졌다. 전날의 어색한 상황 때문이리라 짐작은 갔다. 세자는 자연스레 화제를 돌렸다.

"할마마마께선 별다른 차도가 없으시냐? 혹 그사이 뭔가 의심스러운 일은 없었고?"

대비의 상태는 이미 내의원에서 매일같이 보고하고 있는지라 여리는 혼절한 복이나인의 일을 아뢰었다.

"죽은 쥐를 보고 착각한 것이 아닐까 싶지만 소문이 좋지 않사옵니다. 다들 동요하는 기색이라…….."

"죽은 쥐라…….."

세자의 미간이 좁아졌다. 또 쥐였다. 불과 몇 달 전 대궐을 피바람에 휩싸이게 했던 역모사건의 발단도 작은 쥐 한 마리에서 비롯되지 않았던가. 예감이 좋지 않았다.

"정녕 누군가 왕실을 저주라도 하는 것인가?"

머리가 지끈거리고 마음이 무거웠다. 작금의 왕실에 원한을 가질 만한 이들이 생각보다 많은 까닭이었다. 왜 아니겠는가. 군주란 피 웅덩이 한복판에서 피어나는 지독하리만치 잔인하고도 아름다운 꽃인 것을. 더구나 반정으로 차지한 권력이었다. 빼앗긴 쪽도, 빼앗은 쪽도 모두 성치 않았다. 많은 이들이 죽고 휩쓸려갔다. 헌데 그 와중에서도 대비는 끝까지 살아남았으니, 그 말은 생각보다 많은 피가 대비의 손에 묻었다는 뜻이기도 했다.

"마마께서는 여전히 방울소리를 듣고 계십니다."

하루에도 서너 번씩 대비는 방울소리가 들린다며 발작을
일으켰다. 그것도 꼭 혼자 있을 때만 그러니 귀신이 곡할 노
릇이었다. 달려가 보면 아무런 소리도 들리지 않았다. 누군가
못된 수작을 부리는 것이 아닐까 하여 드나드는 사람은 물론이
고 전각 안을 모조리 뒤졌지만 방울은커녕 쇠붙이 비슷한 것
도 나오지 않았다. 오로지 대비만이 방울소리를 듣고 있었다.

"환혼전에 적힌 대로라면 방울소리는 천구의 등장을 알리
는 소리가 아니옵니까? 마마의 증세가 시작된 것도 궐에 천구
가 나타난 이후부터였습니다. 하면 역시 환혼전이라는 출처
모를 괴서부터 조사해 보는 것이 옳지 않을는지요?"

세자 역시 동의의 뜻으로 고개를 끄덕였다.

"안 그래도 상호를 시켜 환혼전을 퍼트린 자들에 대해 알
아보고 있는 중이다."

"환혼전을 퍼트린 자들을요?"

"그래. 그걸 쓴 자가 누구인지, 무슨 의도로 쓴 것인지 그리
고 궐에 나타난 천구와는 어떤 관계인지. 그런 것들을 알아야
할마마께 생긴 변고의 원인도 알 수 있을 게 아니더냐?"

하지만 환혼전을 쓴 자에 대한 것은 전혀 알려진 바가 없
었다.

"당장은 그 자를 잡을 방도가 없으니 우선은 그걸 저자에
퍼트린 자들부터 찾으려는 것이다. 그들을 차분히 거슬러 올
라가다 보면 그 끝에 누가 있는지 알 수 있을 테니."

설명을 들은 여리가 납득한 듯 작게 고개를 끄덕였다.

"귀신이 쓴 책이라 할지라도 필사하여 돌린 것은 역시 사람의 짓일 테니까요."

그 말에 세자의 입가에 옅은 웃음이 걸렸다. 내내 벽을 세우는 것 같더니. 금세 자기 일인 양 집중하는 모습이 그녀다웠다. 무심한 척, 혹은 귀찮은 듯 거리를 두다가도 고개를 돌려보면 못이긴 척 따라붙는 호기심 어린 시선이 누군가를 자꾸 떠올리게 했다. 그것이 기껍다가도 못내 입맛을 아리게 만들었다. 쓴웃음을 삼킨 세자는 분위기를 환기할 겸 되레 짓궂게 말했다.

"신기하구나. 네 입에서 귀신이 쓴 책이란 말이 그리 쉽게 나오다니."

세상천지에 귀신을 믿지 않는 단 한 사람이 있다면 그건 바로 여리일 터였다. 머쓱해진 여리는 서둘러 말을 정정했다.

"정말 귀신이 쓴 책이란 뜻이 아니오라……."

하지만 이어진 세자의 말에 여리의 입이 도로 다물어졌다.

"그러고 보니 아직 대답을 듣지 못했구나."

퍼뜩 떠올랐다는 듯, 세자가 잊고 있던 질문을 던졌다.

"귀신을 믿지 않는 겐지, 아니면 믿고 싶지 않은 겐지."

폐서고에서의 일로 맨 처음 동궁전의 별전으로 끌려왔을 때, 세자가 여리에게 했던 질문이었다.

'귀신을 믿지 않는 모양이지? 아니면 믿고 싶지 않은 쪽?'

그 일을 계기로 세자와 여리의 내기가 시작됐었다. 그때 여리는 세자의 질문을 반문으로 되돌렸고 그에 대한 답은 어영

부영 넘어갔다.

"아직도 대답할 마음이 없느냐?"

여리는 입술만 떼었다 다물기를 반복했다. 평소 같았으면 침묵을 지키거나 적당히 둘러대었을 텐데. 어떤 충동이 여리를 흔들었다.

그동안 감정을 너무 내리누르기만 해온 탓일까. 어쩌면 자신을 응시하는 세자의 저 눈빛이 문제일지도 몰랐다. 자신을 알면 얼마나 안다고, 가까운 이를 대하듯 스스럼없는 저 친애의 눈빛……

정작 부담스러워 했으면서.

세자는 여리를 지나치게 신뢰하고 있었다. 그녀의 얘기라면 얼마든지 경청할 준비가 되어 있다는 듯. 그녀 자신조차도 스스로를 온전히 믿지 못하는데……

"소인의 사가 뒷동산에 버려진 우물이 하나 있었사옵니다."

머릿속을 정리하기도 전에 불쑥 말이 먼저 튀어나왔다. 지금껏 가족 말고는 아무에게도 한 적 없던 얘기였다. 아니, 가족들에게조차 온전히 고백하지 못한 얘기였다. 그것이 열린 입을 통해 술술 흘러나갔다. 자신이 동생을 우물가로 데려갔던 것과 방치하고 돌아선 일. 그리고 동생이 우물에 빠진 사고까지.

"우물 속에 떨어져 있는 동생을 보고 처음 든 생각은 '대체 누가 저랬을까?'였습니다. 그 우물은 몹시 높아서 어린아이가 도저히 홀로 올라설 수 없는 높이였으니까요. 누군가 그 아이를 우물 속에 집어 던진 거라고 생각했습니다."

하지만 깨어난 동생은 사고 직전의 기억을 모두 잃어버린 상태였고 아무도 정확한 내막을 알지 못했다.

"시간이 흐르자 어른들은 그 일을 그저 불행한 사고라 결론지었습니다. 어린아이에게 원한을 가진 이가 있을 리도 만무한 데다, 그곳은 지나다니는 사람도 거의 없는 곳인데 누가 아이를 우물에 던졌겠느냐는 것이었지요. 하지만 소인만큼은 끝까지 누군가 동생을 밀었을 거라고 주장했습니다. 동생은 평소 높은 데 기어오를 만큼 팔 힘도 없었던 데다 겁이 많은 아이라 위험한 행동은 절대 하지 않았으니까요."

어린 여리는 사람들에게 말하고 다녔다. 집안 어른들이 제 말을 믿어주지 않으니 밖에서라도 제 편을 만들어보려는 나름의 시도였다. 그녀는 그저 범인을 잡고 싶었다. 그러나 상황은 이상하게 흘러갔다. 여리의 얘기를 들은 동네사람들이 괴상한 소문을 퍼트리기 시작한 것이다. 동생은 귀신에 홀린 것이라고. 귀신에 홀려 제 발로 우물 속으로 뛰어든 것이라고. 그렇지 않고서야 그 어린 것이 무슨 힘이 있어 그 높은 곳에 올라갔겠느냐고.

여리는 태어나 처음으로 아버지에게 뺨을 맞았다. 네가 입을 잘못 놀린 탓에 단순히 사고로 끝날 수 있었던 일이 커져버렸다며, 이제 네 아우는 귀신들린 아이가 되어버렸으니 사람들이 모두 그 아이를 손가락질하며 꺼리게 될 거라고 힐난했다. 충격에 빠진 여리는 그날부터 사흘 밤낮을 내리 앓았다.

신열이 올라 온몸이 불덩어리 같았다.

"열에 들떠 헐떡이는 와중에 꿈을 꾸었습니다. 꿈속에서 소인은 그 버려진 우물가에 있었습니다. 정신은 분명 그곳에 있는데 몸이 붕 떠 마음대로 움직일 수가 없었습니다. 발 아래로 동생이 보였지만 그 아이는 저를 알아보지 못하는 것 같았습니다. 그 아이는 큰 목소리로 숫자를 세고 있었습니다. 백까지 세면 제가 놀아준다고 약속했었거든요. 결국 지키지 않았지만."

말하는 여리의 목소리가 꺼지기 직전의 촛불처럼 흔들리며 작아졌다. 세자는 당장이라도 스러져 사라질 듯한 여리에게서 시선을 떼지 못했다. 그때의 꿈을 떠올리고 있는 것일까, 줄곧 담담하던 그녀의 얼굴이 하얗게 질리며 굳어졌다.

"그때 대숲이 부스럭거리며 흔들렸습니다. 한낮에도 빛이 들지 않아 안쪽을 들여다보고 있노라면 묘하게 소름이 끼치는 곳이었습니다. 그 안에서 시커먼 형체가 흡사 그림자처럼 고개를 빼고 동생을 노려봤습니다. 하지만 등을 돌리고 선 동생은 알아채지 못했습니다. 그사이 대숲에서 완전히 빠져나온 그림자는 은밀하게 동생을 향해 다가갔습니다. 저는 소리를 질렀습니다. 동생에게 피하라고 알리고 싶었지만 동생은 듣지 못했습니다. 저는 필사적으로 동생을 향해 팔을 뻗었습니다. 하지만 무거운 짐을 끄는 노새처럼 몸이 앞으로 나가질 않았습니다. 조금씩, 조금씩 앞으로 전진했지만 굼벵이보다 느렸습니다. 애가 타고 답답했습니다. 동생을 붙잡고 싶었지만 그사이 저보다 먼저 동생의 등 뒤로 다가간 그림자가 동생을 우물 속으로 밀어버렸습니다. 저는 비명을 질렀습니다. 그러자 제 비명소리를 들은 것인지 그림자가 고개를 돌려 저를 보았습니다. 분명 아무도 제 목소리를 듣지 못하였는데, 그것은……, 웃는 얼굴로 저를 보았습니다. 한데 그 얼굴이…….”

여리는 목이 졸린 사람처럼 힘겹게 내뱉었다.

“제 얼굴이었습니다.”

제가 웃고 있었다. 동생을 우물 속에 던져 넣고 신이 나서 낄낄대며, 비명을 지르는 또 다른 그녀를 비웃고 있었다.

‘동생이 없어지길 바랐잖아. 확 죽어버렸으면 좋겠다고 생각한 거 아니었어?’

여리의 얼굴을 한 그림자는 그렇게 속삭이는 것 같았다. 순간 여리도 헷갈렸다. 제가 정말 친구들을 만나러 산을 내려갔었던가. 가다가 돌아와 동생을 밀어버린 게 아닌가.

“지금도 눈을 감으면 머릿속에 그 웃음소리가 들립니다.”

눈을 감았다 뜬 여리는 오늘 처음으로 세자와 눈을 맞췄다. 무표정한 얼굴 위로 슬픈 미소가 떠올랐다. 그녀는 울지도 고함을 지르지도 않았다. 그저 담담히 고백했다.

“제게 귀신을 믿지 않는 것이냐 물으셨지요? 아니면 믿고 싶지 않은 것이냐고…….”

여리는 고개를 저었다. 마치 그 질문은 틀렸다는 듯이.

“소인은 귀신을 믿습니다.”

말한 여리는 손을 들어 제 가슴을 짚었다.

248

"귀신은 여기에, 지금도 이 안에 있는 듯싶습니다."

지금도 호시탐탐 튀어나올 순간을 엿보고 있었다. 나약한 그녀를 깔깔 비웃으며.

여리는 다시 고개를 숙였다. 실망한 세자의 얼굴을 보고 싶지 않았다. 그는 누구보다 혈육을 아끼는 사람이었다. 자신을 저주하려 한 이복형제마저 용서했을 정도로. 그런 그의 눈에 과연 자신은 어찌 비칠까. 괴물처럼 보이진 않을까. 행여 그의 눈빛 속에서 짙은 혐오의 그림자를 발견하게 된다면……. 두려워진 여리는 제 발 저린 사람처럼 덧붙였다.

"애써 구해주신 자의 손이 이리 더러워 송구하옵니다."

차라리 박 상궁의 협박처럼 두 손목이 잘리는 편이 나았을지도 모른다. 제 안의 시커먼 어둠이 또 무슨 짓을 저지를지 모르니. 더구나 일 처리 하나 제대로 못해 피해만 끼칠 바에야.

"소인은 저하께서 곁에 두고 쓰실 만한 자가 아니옵니다. 소인은 저하께 도움이 되기는커녕 일을 망칠 것이옵니다."

스스로를 비하하는 여리의 목소리는 신랄하다 못해 모든 감정을 놓아버린 듯 무감했다. 세자는 그런 여리를 물끄러미 바라보았다. 조금은 놀란 듯, 한편으론 슬픈 듯도 했다. 하지만 이내 모든 감정을 갈무리한 세자는 나직이 물었다.

"아직도 동생이 미우냐? 지금도 동생을 죽이고 싶은가?"

여리는 아무런 대답도 하지 않았다. 대답을 하기엔 몹시 지쳐 보였다. 그런 여리에게 세자가 쓰게 말했다.

"막상 타인의 목숨을 손아귀에 쥐게 되면…… 겁이 난다."

249

흡사 고해와 같은 말이었다.

"사람들은 남의 목숨마저 좌지우지할 수 있는 권력을 동경하지만, 정작 남의 목숨이 내 손아귀에 쥐어지게 되면……."

그도 늘 두려움을 느꼈다. 이렇게까지 해야 하는가 싶었고, 제가 그럴 자격이 있는지 의문이 들었다. 제 손에 피를 묻히고 싶지 않았다. 겉으로는 성인군자인척 했지만 사실은 그저 비겁했을 뿐이었다.

"아무나 할 수 있는 일이 아니다."

그들은 흔하고 적당히 비겁한 그저 평범한 사람들일 뿐이었다. 그게 죄인 것일까. 도리어…….

"그러다 정말 아무렇지도 않게 되어버리면 비로소 괴물이 되는 것일 테지."

읊조리는 세자의 말에 태연함을 가장하던 여리의 얼굴에 균열이 갔다. 부끄러웠다. 그의 마음을 떠보려 했다는 것이. 이래도 자신을 곁에 둘 것인지, 확인이라도 받고 싶었던 것일까. 저열하고 유치했다.

그러나 동시에 안도했다. 내쳐지지 않았다는 사실에. 그녀를 바라보는 세자의 눈빛에서는 그 어떤 혐오의 감정도 찾아볼 수 없었다. 그저 부지불식간에 터져버린 여리의 상처 앞에 담담히 자신의 상처를 마주 열어 보였을 뿐.

여리는 자꾸 일그러지려는 얼굴을 감추려 바닥에 양손을 짚었다. 그리고 그 위에 이마를 얹어 엎드렸다. 그가 박 상궁으로부터 그녀의 두 손을 구한 순간 그녀의 목숨은 이미 세자의 손아귀 위에 놓인 것이나 마찬가지였다.

"소인이 무엇을 해야 합니까?"

구차한 다짐 대신 여리가 물었다. 세자는 그런 여리를 보며
아릿한 미소를 머금었다.

정광필·심정·이항·김극핍이 창덕궁 이어에 대해 아뢰다

좌의정 정광필(鄭光弼)·우의정 심정(沈貞)·좌찬성 이항(李沆)·우찬성 김극핍(金克愊)
이 아뢰기를,

"당초에는 창덕궁(昌德宮)으로 이어(移御)하겠다고 전교하였는데 지금 창경궁(昌慶
宮)에 계십니다. 만일 그대로 창경궁에 계신다면, 담장이 낮아서 이 궁궐(宮闕)만
못합니다. 그리고 시위하는 각사(各司)가 이 궁궐에 있을 수 없음은 물론이고,
승정원(承政院)의 경우에는 더더욱 멀리 있는 것이 불가합니다. 긴급히 출납(出納)
할 일이 있게 되면 늦어지는 일이 있을까 우려됩니다. 대저 임금이 계시는 곳
은 외간 신민(臣民)이 모두 분명히 알게 하는 것이 가합니다. 지금 창경궁에 계
시는 것은 당초 전교하신 내용과 다릅니다. 또 듣건대 성종(成宗)께서 정희 왕후
(貞熹王后)를 모시고 창경궁에 이어하였었는데 그때 대신들이 담장이 낮아서 이
어할 수 없다는 것으로 아뢴 이가 많았습니다. 그러자 정희 왕후께서 '문종(文
宗)·세조(世祖)·예종(睿宗)이 잇달아 승하하여 지극히 비창(悲愴)하므로 이어하려 한
다.' 하면서 지극한 심정을 전교하셨지만 당시에 부당하다고 하였습니다. 창덕
궁은 선왕이 계시던 곳이니 여기에 이우(移寓)하여 정사를 청리(聽理)하는 것이
마땅하겠습니다."

하니, 전교하였다.

"처음 창덕궁으로 이어하려 한 것은 무릇 경연(經筵)과 집무를 모두 여기에서 하
려고 그랬던 것이다. 여기에 와서 보건대 날씨는 바야흐로 더워가는데 창덕궁

은 지세가 비습(卑濕)하고 좁은데 반하여 창경궁은 좀 넓게 트였으므로 여기에서 더위를 피하고 있는 것이다. 두 대궐이 단지 문 하나를 사이에 두고 있어 거리가 멀지 않으니, 여기에 이어하여도 무방할 것 같다. 또 날씨가 한랭(寒冷)해지면 협착한 곳이 더욱 좋으니 집무(執務)는 창덕궁에서 하겠다."

- 1527년 중종 22년 7월 11일 조선왕조실록 기사 중

가만히만 있어도 절로 땀이 흐르는 날씨에 무명 쓰개치마를 머리부터 푹 눌러쓴 여리는 나루터에 서서 메마른 강줄기를 바라보고 있었다.

이래서야 배는 탈 수 있을는지.

한참을 기다려도 오지 않는 배를 기다리며 여리는 나직이 한숨을 내쉬었다. 시일 안에 돌아오려면 오늘 중으로 배를 타야 할 텐데.

갑작스레 함창으로 가는 길이었다. 일이 이리 된 것은, 그러니까 이틀 전, 약방문을 핑계로 동궁전에 들렀을 때였다.

세자는 여리를 보자마자 책 한 권을 내밀었다.

"이게 무엇인지요?"

세자는 대답 대신 펼쳐보라 눈짓했다. 직접 확인해보니 낯익은 내용들이 적혀 있었다.

"이것은 환혼전이 아닙니까?"

책에서 눈을 뗀 여리가 고개를 갸웃했다. 지난겨울, 궐내에서 흔히 보았던 책들과 크게 다르지 않았다. 갑작스레 이것을 보여주는 연유가 무엇인지 의아해 하는 찰나, 세자가 답했다.

"소문의 뿌리라고나 할까?"

이해할 수 없는 말을 던진 세자는 책의 출처에 대해 설명했다.

"책을 유통한 자들에 대해 알아본다고 하지 않았더냐? 조사 중에 수표교 일대에서 책 거간업을 크게 벌이고 있는 조생원이란 자로부터 흥미로운 정보를 들었다. 환혼전이 처음 흘러나온 곳이 광통교 기방이라더구나."

"기방이라 하셨습니까? 어찌 그런 곳에서?"

소문만 들었지 여리는 기방이 어떤 곳인지 잘 몰랐다. 그저 두루뭉술하게 술과 계집을 사고파는 곳이라고만 알고 있을 뿐. 하지만 기실 돈 많은 한량들에게 기방은 여흥을 사는 곳이었다. 그리고 시간을 때우는 데는 재미있는 얘기만 한 것이 없는지라.

"천수라는 만담꾼이 있다. 부자들의 연회가 있을 때면 불려가 재담을 늘어놓거나, 혹은 짐승 흉내를 내어 흥을 돋우는 자인데, 하루는 그 자가 아주 흥미로운 괴담을 가져왔다는구나. 사람들 앞에서 강독을 하였는데 그 이야기가 어찌나 오싹하고도 재미있었던지 하나둘 찾는 사람이 늘어 나중엔 필사하여 팔게 되었다는구나."

"하면 이것이……."

여리는 제 손에 들린 책을 새삼스레 다시 내려다보았다. 듣지 않아도 알 것 같았다. 천수라는 자가 팔았다는 그 책이 무엇인지.

"그 자가 환혼전을 집필한 것입니까?"

드디어 실마리가 잡히는가 싶었다. 그러나 세자는 고개를 저었다.

"아니. 그 자 또한 누군가에게 받았다는구나."

"그게 대체 누구입니까?"

"글쎄……."

말끝을 흐린 세자가 시립해 있던 상호에게 눈짓했다. 그러자 상호가 세자를 대신해 설명했다.

"연회자리에 불려가 한판 크게 놀고 귀가하는 길이었다고 한다. 기방 뒷문을 빠져나와 뒷골목을 지나는 중에 한 선비가 담장 그늘 밑에 서 있다가 재담 값이라며 주고 갔다는데, 주변이 어두웠던 데다 갓을 깊게 눌러써 얼굴은 확인하지 못하였다고 했다. 하지만 말투나 옷차림으로 보아 양반임이 분명하다고 했다."

"그것이 그때 그 선비가 주고 갔다는 책이고."

세자가 여리가 들고 있는 책을 가리키며 말했다. 생각보다 중요한 단서였음을 깨달은 여리는 다시 꼼꼼히 문제의 책을 살폈다. 하지만…….

"이 역시 뒷부분이 없지 않습니까? 게다가 언문으로 쓰여 있는데……. 혹 그 자가 원본을 빼돌린 것은 아닙니까?"

세자를 대신해 상호가 대답했다.

"그것은 아닐 것이다. 환혼전이 인기를 끌자 좀 더 돈을 벌어볼 욕심에 뒤늦게 책을 준 선비를 찾아보려 했지만 종적을 찾을 수 없었다는 것을 보면."

그날 연회에 참석한 이들 중 그런 선비는 없었다는 것이다.

"더구나 친구가 나타난 이후론 필사도 그만두었다 들었다. 내가 찾아갔을 때도 몇 달째 집에 처박혀 꼼짝도 않고 있는 중이었다."

천수는 행여 친구가 제 앞에 나타날까 두려워 폐인이 다 되어 있었다. 그는 이 책이 그렇게 위험한 책인 줄은 몰랐다며 벌벌 떨었다. 제게 책을 준 선비 또한 산 사람이 아닐지도 모른다며 겁을 잔뜩 집어먹은 모습이 거짓말을 하는 것 같지는 않더라는 것이다.

"부러 꼬리를 끊었군요. 하면 이제 그 선비는 어찌 찾습니까?"

처음부터 계획된 의도를 가지고 접근한 듯했다. 제 행적을 감추고 유령처럼 은밀히 움직인 걸 보면 분명 뭔가 음모가 있는 듯한데. 좀처럼 또렷해지지 않는 사건의 윤곽에 답답해하고 있을 때였다.

"헌데 좀 공교롭지 않으냐?"

세자가 지적했다.

"무엇이 말씀이시옵니까?"

"그 책을 주었다는 자 말이다. 양반이라고 했다. 십육 년 전에 설공찬전을 지은 이도 양반이었는데 말이지."

"혹 인천군을 의심하시는 것이옵니까?"

세자는 고개를 저었다.

"그런 건 아니다. 인천군은 이미 이 세상 사람이 아니니. 하지만 그 자손들이라면 뭔가를 알고 있을지도 모르지. 두 책에 공통점이 많지 않으냐? 더구나 인천군의 말로를 생각한다면……."

설공찬전을 지은 일로 채수는 말년에 온갖 치욕을 겪었다. 자신이 지은 책이 모조리 불태워진 데다 사헌부의 탄핵으로 교수형에 처해질 뻔했으니. 맺힌 바가 있을 것이었다. 그 후손들도 감정이 그리 좋진 않을 터.

"하면 그 후손들과도 만나보셨습니까?"

이번엔 처음부터 상호를 보며 물었다. 어차피 세자는 함부로 궐 밖을 나갈 수가 없는 입장이었다. 바깥심부름은 대부분 상호가 맡고 있으니. 하지만 상호는 대답 대신 나지막이 한숨을 내쉬었다. 이번엔 세자가 상호를 대신해 대답했다.

"한양에서 인천군의 후손들이 사는 함창까지는 사백육십 리 길이다. 걸어가면 왕복 보름이고, 쉬지 않고 말을 달려도 닷새는 걸릴 텐데."

세자는 흘끔 눈짓으로 상호를 가리켰다.

"저래 봬도 궁 안에선 꽤 유명인사란다. 내 수족인 걸 모르는 자가 없는데 오래 자리를 비울 수는 없지 않으냐?"

그랬다간 당장 의심스럽게 여기는 자들이 나올 터였다.

"그러니 대신 함창에 다녀올 사람이 필요한데……."

세자는 말을 하다 말고 물끄러미 여리를 쳐다보았다. 설마 자신을 염두에 두고 하는 말인가 싶어 당황한 여리는 퍼뜩 머릿속에 떠오른 이름을 댔다.

"김 주서에게 부탁해 보심이 어떠한지요?"

그러면 누구보다 이 일을 훌륭히 해낼 것이다. 환혼전의 존재에 대해 제일 먼저 알려준 것도 그였으니. 하지만 세자는 안타깝다는 듯 혀를 찼다.

"안 그래도 연통을 넣어보았는데 또다시 외유를 떠났다는구나. 벌써 보름 전이라 하니. 지금으로선 언제 돌아올지 알 수가 없다. 그렇다고 마냥 기다릴 수도 없는 노릇이고."

대비의 상태는 하루가 다르게 악화되고 있었다.

"하오나…… 소인은 궁녀이옵니다."

궁녀는 함부로 궐 밖 출입을 할 수가 없었다. 외출을 했다가도 해가 지기 전에는 돌아와야 하는데 하물며 함창이라니. 고개를 젓는 여리를 보며 세자는 빙긋 웃었다.

"걱정하지 말거라. 그 일이라면 박 상궁이 알아서 잘 처리해줄 테니."

이미 전폭적인 지원을 약속받은 상태였다. 그녀의 힘이라면 궁녀 하나쯤 며칠간 궁궐 밖으로 내보내는 건 일도 아닐 터.

"문제없을 것이다. 안전을 위해 내 특별히 호위도 붙여줄 것이니."

그래서 결국 이렇게 변복한 채로 나루터 앞에 서 있는 것이었다.

'믿는다.'

한마디에 여리는 저항할 의지를 잃어버렸다. 모든 준비는
여리가 정신을 차릴 새도 없이 후다닥 이루어졌다. 박 상궁
은 혼사를 앞둔 종친의 집에 일손이 부족하다는 핑계로 여리
를 궐 밖으로 빼돌렸다. 나와 보니 세자가 보낸 호위가 여리
를 기다리고 있었다. 세자익위사인 그는 여리를 함창까지 안
내할 예정이었다.

"아무래도 여기선 배를 타기가 힘들 것 같은데. 가뭄 때문
에 물이 줄어 이곳엔 배를 댈 수가 없다는구나. 아래쪽 나루
터까지 걸어가야 할 것 같은데 괜찮겠느냐?"

배편을 알아보러 갔던 익위사가 돌아와 말했다. 친밀함을
가장한 하대가 영 어색했지만 편의상 남매행세를 하기로 한
터라 어쩔 수가 없었다. 신분을 감추어야 하니 궁녀의 복색을
할 수도 없는 데다 긴 여행길에 미혼남녀가 함께 하는 것은
여러모로 시선을 끌 우려가 있었기 때문이다.

"예. 저는 괜찮으니 신경 쓰지 마시어요."

대꾸한 여리는 익위사 군관의 뒤를 따랐다. 시작부터 일정
이 삐거덕대는 것을 보니 아무래도 녹록지 않은 여행길이 될
듯했다.

함창에 도착한 여리가 가장 먼저 찾은 곳은 이안천변에 자
리 잡은 쾌재정(快哉亭)이었다. 벼슬에서 물러난 인천군이 고향

으로 돌아와 말년을 보낸 곳이었다. 그는 이곳에서 지인들과 교류하고 사색하며 글을 썼다.

여리는 염탐하듯 정자 주변을 둘러보았다. 사유지인지라 함부로 들어가 볼 수는 없었으나 대신 야트막한 언덕 아래로 마을의 경관이 한눈에 내려다보였다. 작은 실개천 너머 논밭은 여름엔 푸르르고 가을이 되면 황금빛으로 변해 파도처럼 출렁일 터. 정자에 앉아 바라보노라면 마음이 절로 평온해질 것 같은 풍경이었다. 허나 지금은 이곳도 가뭄으로 바싹 말라 쩍쩍 갈라진 흉터를 곳곳에 드러내고 있었다.

여리는 어두운 얼굴로 마을과 이어지는 샛길을 바라보았다. 그녀를 이곳까지 안내한 익위사 군관을 기다리는 중이었다. 그는 여행 내내 최대한 여리의 편의를 봐주기 위해 애썼다. 세자로부터 언질이 있었던 것인지 그녀가 요청하는 일이라면 그게 무엇이든 군말 없이 따랐다. 여인을 대동하고 먼 길을 가는 것이 보통 귀찮고 힘든 일이 아닐 텐데.

'차라리 동궁전 사람을 보내시지요.'

여리의 말에 세자는 고개를 저었다.

'동궁전에 소속된 이들은 대부분 내가 태어나면서부터 함께 해온 이들이다.'

그래서 믿을 수 있지만 달리 생각하면 그의 부모가 붙여준 사람들이라는 뜻이기도 했다. 대전과 중궁전의 영향력에서 결코 자유로울 수 없었으니.

'그들을 섣불리 움직였다가는 하루도 지나지 않아 웃전의

귀에 들어갈 것이다.'

쓸쓸한 표정을 한 세자가 현재 자신이 처한 상황을 담담히 설명했다. 그러다 무거워진 분위기를 의식했는지 불쑥 농담처럼 덧붙였다.

'게다가 귀신이라면 질색들을 해서.'

소소한 세자의 취미생활에도 진저리를 치는 이들이었다. 하물며 천구와 관련된 일인지라.

'시간이 별로 없다. 여유가 있었다면 다른 방법을 고려해봤을 것이나, 지금으로선 선택의 여지가 없으니. 네겐 미안하구나. 자꾸만 곤란한 일에 말려들게 해서.'

세자는 마음에 걸리는 모양이었지만 여리는 도리어 자신이 도울 수 있는 일이 있어 기뻤다. 누군가에게 필요한 사람이 된다는 것은 그만큼 가치가 있다는 의미이고, 한동안 포기하다시피 했지만 누군가에게 가치 있는 사람이 되는 것은 그녀가 오랫동안 바라 마지않던 일이기도 했다.

더구나 대비의 상태가 하루가 다르게 나빠지고 있었다. 노인의 기력이란 당장 내일도 기약할 수 없는 것이어서 이러다 갑자기 무슨 일이 생길지 장담할 수 없었다. 세자는 겉으로는 태연한 척 의연하게 행동하고 있었으나 그의 얼굴에는 감출 수 없는 초조함이 엿보였다.

부디 이곳까지 내려온 성과가 있어야 할 터인데.

회상에서 빠져나온 여리는 몸을 돌려 처마 밑 현판을 올려다보았다.

快哉亭.

힘 있는 필체는 단숨에 흘려 쓴 듯 유려하면서도 경쾌했다. 인천군의 성정을 대변하듯.

이곳에 오기 전 여리가 알아본 바에 의하면 그는 유학자였지만 고루한 사람은 아니었던 것 같았다. 오히려 호기심이 많고 흥이 넘쳐 때때로 흠이 되기도 했다. 오래 벼슬을 했지만 변방으로 자주 떠돌았고 한곳에 진득이 머무는 성품은 아니었던 듯했다. 덕분에 폐주가 일으킨 두 차례의 사화에서도 살아남을 수 있었지만 그사이 많은 동료를 잃었다. 결국 정치에 염증을 느낀 그는 반정 후 공신록에 이름을 올리고도 결국 낙향을 선택했다. 그때 그가 소일거리 삼아 집필한 책이 바로 설공찬전이었다.

혹시나 그 당시의 흔적이 남아 있지 않을까 하여 여리는 잠긴 정자 앞을 기웃거렸다. 그러나 꽤 오랫동안 사람이 드나들지 않았는지 문살 틈에 먼지가 뽀얗게 앉아 있었다. 녹슨 자물쇠를 훑어보던 여리는 인기척에 뒤를 돌아보았다.

마을에 내려갔던 익위사 군관이 돌아왔다. 그는 혹 주변에 누가 보고 있지는 않은지 경계하며 여리의 앞까지 다가와 그녀에게만 들리도록 속삭였다.

"근 한 달간은 식솔 중 누구도 집을 비운 적이 없었다 하오. 달포 전쯤 이웃마을에 일이 있어 가주(家主)가 잠시 자리를 비우긴 했으나 함창 밖을 벗어나지 않은 건 확실하고."

혹시 몰라 여리가 알아봐 달라 부탁한 일이었다. 도성에 천구가 나타난 시점을 전후하여 행적을 확인하게 했으나 딱히 의심할 만한 정황은 발견되지 않았다. 그렇다고 해서 모든 의혹을 거두기는 일렀다. 세자의 말처럼 설공찬전과 환혼전 사이에는 부정할 수 없는 유사성이 존재했으니.

"하면 채진사께서는 지금 댁에 계시겠군요."

여리의 질문에 익위사 군관이 고개를 끄덕였다.

"그러면 나머지는 직접 만나 뵙고 확인하도록 하지요."

앞장서는 군관을 따라 여리는 걸음을 옮겼다. 남매행세는 그만두었다. 이제는 정체를 밝히고 속히 세자의 명을 수행할 때였다.

인천군의 아들인 채윤권은 경계심이 많은 사내였다. 궁에서 나왔다는 소리에 여리를 사랑채로 들이긴 했으나 반기지 않는 기색이 역력했다. 도성에서부터 사백 리가 넘는 길을 걸어왔건만 차 한 잔을 내놓지 않았다. 의심 가득한 눈초리로 여리를 위 아래로 훑는 모양새가 흡사 겁 많은 쥐 같았다.

이해 못할 바는 아니었다. 부친이 일으킨 필화로 자칫 멸문지화를 당할 뻔한 경험이 있으니. 외지인은 일단 경계부터 하고 보는 듯했다.

"궁에서 예까진 무슨 일이신가?"

오가다 들를 만한 거리는 아닌지라, 뭔가 반갑지 않은 일이 벌어졌음을 직감한 눈치였다. 여리는 에둘러 말하는 대신 단도직입적으로 물었다.

"얼마 전 도성에서 환혼전이란 책이 크게 유행한 적이 있습니다. 혹 알고 계십니까?"

채진사는 시선을 비껴 앉아 수염을 가다듬으며 대답했다.

"얘기는 들었네만."

소문이 멀리까지도 왔다. 아니면 특별히 귀 기울일 만한 사정이라도 있었던 걸까. 여리는 채진사의 얼굴에 시선을 고정한 채 물었다.

"하면 그 책이 설공찬전과 흡사하다는 얘기도 들으셨습니까?"

두 책은 등장인물의 이름과 지명 정도만 차이가 날 뿐, 이야기의 얼개나 분위기가 한 부모 밑에서 태어난 형제만큼이나 닮아 있었다. 소문을 들었다면 그 역시 그 사실을 모르지 않을 터.

"인천군 대감께서 살아생전 이곳에서 그 책을 쓰셨다 들었습니다."

갑작스런 부친의 얘기에 채진사의 얼굴이 눈에 띄게 굳어졌다.

"이제 와 그 일을 묻는 저의가 무엇인가? 이미 십수 년도 지난 이야기를."

"지난 얘기가 아니니 드리는 말씀이 아니겠습니까?"

여리는 궐에 나타난 괴수 사건에 대해 설명했다.

"직접 본 사람들에 따르면 그것의 생김새나 당시의 상황이 환혼전에서 묘사한 천구와 몹시 흡사했다고 합니다. 하여 사람들은 왕실에 원한을 가진 누군가의 소행이 아닌가 의심하고 있지요. 한데 그 환혼전이 마침 분서된 설공찬전과 쌍둥이처럼 닮은지라……. 혹시 뭔가 짚이는 바가 없으십니까?"

여리는 부러 의혹을 제기하며 채진사를 자극했다. 그의 반응을 떠보기 위함이었다. 그러나 채진사는 두꺼운 눈썹만 꿈틀댈 뿐, 쉽사리 그녀의 도발에 넘어오지 않았다.

"나는 모르네."

딱 잘라 대답한 채진사는 아예 비스듬히 몸을 돌려버렸다.

"분서된 책이야 이미 널리 알려진 것이니, 누군가 비슷하게 흉내 내어 썼다 한들 내 알 바 아닐세. 이미 채씨 집안의 손을 떠난 지 오래인 책을 어찌하여 매번 이곳에 와서 묻는단 말인가?"

채진사는 책과 관련된 얘기는 물론이고 책의 이름을 언급하는 것조차 꺼리는 듯했다. 확실히 까다로운 상대였다. 원하는 정보를 얻기가 쉽지 않겠다고 판단한 여리는 방법을 바꿨다.

"이미 지난 일에 대해 책임을 묻자는 것이 아닙니다."

일단 어르는 듯한 모양새를 취한 여리는 구미가 당길 만한 이야기를 슬쩍 던져보았다.

"실은 설공찬전이 쓰인 배후에 인천군 대감 말고 다른 이가 있었다는 제보가 있어 그를 확인하러 온 것입니다."

흡사 범인은 따로 있다는 듯한 어감에 아니나 다를까 채진사도 이번엔 관심을 보였다. 흘끔 여리를 쳐다본 채진사는 눈이 마주치자 딴청을 피웠다. 여전히 벽창호 같은 얼굴이었으나 좀 전과 달리 수염을 쓰다듬는 손길이 조급했다. 심적으로 흔들리고 있다는 뜻이었다. 여리는 기회를 놓치지 않고 물었다.

"혹 인천군께서 설공찬전을 집필하실 무렵에 이 댁에 자주 드나든 이는 없었습니까?"

그러자 크흠, 헛기침을 한 채진사가 마뜩잖다는 듯, 그러나 의외로 선선히 답을 내놓았다.

"낙향하신 후에도 친우들과 교류는 이어가셨으니, 종종 지인들께서 찾아오시긴 했지."

"하면 그분들 중 대감께 기이한 얘기를 전하셨을 만한 분은……?"

채진사는 무언가 할 말이 있어 보였지만 선뜻 대답하지 못했다. 설혹 의심 가는 이가 있다 한들 부친의 친우들이었다. 함부로 이름을 발설할 수는 없었다. 행여 입을 잘못 놀렸다간 긁어 부스럼이 될 수도 있었다. 애써 덮어놓은 일을 괜히 들쑤시는 꼴이라. 낌새를 챈 여리가 에둘러 물었다.

"아니면 뭔가 참고한 얘기가 있다는 말씀은 못 들어보셨습니까?"

채진사는 불편한 듯 또다시 헛기침을 했다.

"나는 잘 모르네. 아버님께서는 낙향하신 후엔 주로 쾌재정에 계셨으니."

여리는 이곳에 오기 전 보았던 쾌재정을 떠올렸다. 제대로 관리되지 못한 모습이 오래 비워둔 듯했다. 만일 인천군의 사후 계속 방치되어온 것이라면……?

"혹 실례가 안 된다면 쾌재정 안을 살펴볼 수 있을는지요?"

설공찬전을 집필하던 때의 흔적이 남아 있을 수도 있었다. 단서가 될 만한 것을 찾을 수 있을지도 모른다. 하지만 채진사의 반응은 싸늘했다.

"이미 부친의 물건이라면 종이 한 장 남기지 않고 모조리 거둬가 놓고, 또 무슨 트집을 잡으려 이러는 것인가?"

당시의 일은 채진사에게 여전히 지울 수 없는 상흔으로 남아 있었다. 사헌부의 탄핵을 받은 직후, 도성에서 내려온 관원들에 의해 부친은 끌려가고 집 안은 온통 뒤집어져 난리가 났었다. 역심의 증거를 찾는다며 안채, 사랑채 할 것 없이 모조리 뒤진 관원들은 쾌재정까지 몰려가 그곳의 물건들을 남김 없이 압수해갔다. 지인들과 나눈 서신은 물론이고 책과 끄적여놓은 낙서까지. 한양으로 싣고 간 그들은 결국 삐뚤어진 사상을 바로잡는다는 명목으로 문제가 된 책과 함께 사적인 물건들을 몽땅 태워버렸다. 견디기 어려운 치욕이었다.

"내 부친께선 그 후로 붓을 꺾고 돌아가실 때까지 글자 한 자, 문장 한 줄 적지 않으셨네. 헌데 또 무얼 뒤질 것이 남았다고!"

버럭 성을 낸 채진사는 더는 아무 말도 하기 싫다는 듯 아예 몸을 돌려버렸다.

"도성에서 무슨 일이 벌어졌든 우리 가문과는 무관한 일이네. 그러니 당장 내 집에서 나가게!"

축객령이 떨어지자 여리는 속으로 탄식을 터트렸다. 이미 오래된 과거일지언정 채진사에겐 민감한 상처였을 텐데 그만 섣불리 건드려버린 꼴이었다. 공격받은 조가비처럼 채진사는 고집스레 입을 꾹 다물어버렸다. 예민하게 반응하는 그를 이해하지 못하는 것은 아니나 여리로서는 억지로라도 그의 입을 열어야 했다.

대비의 목숨이 경각에 달려 있었다. 그리고 여리는 더는 세자를 실망시키고 싶지 않았다. 무엇보다 여기까지 와서 빈손으로 돌아갈 수는 없는 일이었다. 여리는 결국 마지막까지 보류해두었던 패를 꺼내들었다.

"큰아드님께서 성균관에 계시지요?"

과거 사건의 영향인지 채씨 집안 사람들은 함창에 틀어박혀 향리 밖으로 나가기를 꺼렸다. 아마도 자중자애하려는 뜻일 터이나, 딱 한 명 예외가 있었다. 채진사의 큰아들인 무일이 성균관에서 수학 중이었던 것이다.

"그 애가 내 부친의 일과 무슨 상관이 있다고 갑자기 들먹이는 겐가?"

큰아들 이야기를 꺼내자 채진사는 당장 날카로운 반응을 보였다. 여리를 노려보는 시선이 험악했으나 불안하게 흔들리는 눈빛만큼은 숨길 수가 없었으니, 여리의 물음에 채진사의 낯빛이 굳어졌다.

"천구가 도성에 나타났던 날 밤, 귀댁의 자제는 어디 계셨습니까?"

도성을 떠나기 전, 상호로부터 채진사의 아들이 얼마 전부터 보이지 않는다는 소식을 전해 들었던 것이다.

"혹시 아드님께서 이곳에도 안 계신 것은 아니겠지요?"

여리의 추궁에 채진사의 얼굴이 터질 듯 붉어졌다가 다시 창백하게 가라앉았다.

채진사의 아들이자 인천군의 손자인 채무일. 그는 어려서 부터 근방에 소문이 자자한 수재였다. 조부의 재능을 물려받은 것인지 대여섯 살 무렵부터 시를 지어 조부와 문답하며 놀았을 정도였다고 하니. 그런 손자를 인천군이 끔찍이 아꼈음은 두말할 것도 없었다. 조손간의 정이 각별했을 터.

"내 아들은 그 책과는 아무런 상관이 없네."

채진사가 불쑥 외쳤다. 그걸 물은 것이 아니었을 텐데. 마음이 급한 듯했다. 여리는 쓴웃음을 머금었다.

"허면 대과를 준비하던 유생이 갑작스레 사라진 이유가 무엇일까요? 그것도 하필 도성이 천구로 시끄럽던 시기에."

무일은 충분히 환혼전을 써낼 만한 필력을 갖추고 있었다. 조부의 문재(文才)를 이어받았다지 않던가. 게다가 그럴 만한 동기도 있었다. 자신이 존경하고 사랑하던 할아버지가 겨우 책 한 권 때문에 온갖 수모를 겪는 것을 곁에서 오롯이 지켜 보았을 테니.

"복수하겠다 생각한 것은 아닌지요? 땅에 떨어진 조부의 명예를 누구보다 가슴 아파했을 것이 아닙니까?"

게다가 그는 정치적 이유로 인해 재능에 비해 늦게까지 빛을 보지 못하고 있었다. 고모부인 김안로와는 대놓고 반목하는 중이었다. 조부의 일에 더해 조정과 왕실에 깊은 혐오를 느낄 만도 했다. 하지만 채진사는 펄쩍 뛰었다.

"어림없는 소리!"

버럭 소리친 채진사는 자리에서 벌떡 일어섰다.

"내 아들은 제 처가 아이를 가졌다 하여 잠시 다니러 와 있는 것뿐, 도망을 친 것이 아니네!"

움켜쥔 주먹이 부르르 떨렸다. 여리가 궁에서 나온 사람만 아니라면 당장이라도 멱살을 잡아 끌어내고 싶은 모양이었다. 하지만 격렬한 분노 뒤에는 불안 또한 감춰져 있었다.

그 역시도 아들의 행적을 확신하지는 못하는 것일까. 여리는 채진사의 말을 곱씹었다. 도성을 떠난 이유가 아내의 임신 소식 때문이라……. 마땅히 기뻐할 만한 경사이기는 했지만 아직 아이가 태어난 것도 아닌데 그 정도 일로 과거 준비도 미룬 채 머나먼 한양에서 이곳 함창까지 달려왔다는 말인가.

선뜻 믿음은 가지 않았지만 여리는 납득한 척했다. 그렇지 않으면 채진사가 당장에라도 사람을 시켜 여리를 내쫓을 것처럼 보였기 때문이다. 그리 돼서는 곤란했다. 여기까지 온 목적을 이제 겨우 절반쯤 이뤘는데.

"하면 아드님께서 지금 이곳 본가에 계시다는 말씀이시군요?"

나머지 절반을 완성할 생각에 여리는 빙긋 미소 지었다. 그제서야 여리의 진짜 목적을 눈치챈 채진사는 침음을 흘렸다. 자신의 입으로 아들이 이곳에 있다고 말해버렸으니, 이제 와 시치미를 뗄 수도 없는 노릇이었다.

"제가 아드님을 좀 만나 뵐 수 있겠는지요?"

피해봤자 소용없는 일이었다. 감추려 할수록 의심만 더 깊어질 터. 아들의 결백을 증명하기 위해서라도 채진사는 여리의 청을 받아들일 수밖에 없었다.

잔뜩 경직된 자리가 될 거라는 예상과 달리 막상 마주한 무일은 유한 분위기를 풍겼다. 궁에서 왔다는 말에도 겁을 내거나 경계하기는커녕 호기심 어린 눈으로 여리를 관찰했다. 무뚝뚝한 채진사와는 영 딴판인 것이, 감정이 풍부해 뵈는 눈동자가 특히 인상적이었다.

"갑작스레 찾아와 송구합니다."

여리는 가벼운 인사로 말문을 열었다. 앞으로 하려는 질문들이 원체 민감한 사안들인지라 분위기를 살필 겸 꺼낸 말인데 도리어 무일이 단도직입적으로 굴었다.

"거추장스런 형식은 걸러내고 본론만 합시다. 대략적인 얘기는 내 문밖에서 다 들었으니."

무일은 채진사와 여리의 대화를 엿들었노라고 거리낌 없이 털어놓고 있었다. 사람이 거침없이 솔직한 것인지 아니면 단순히 안하무인인 것인지. 아리송했다. 이리 되었으니 여리도 굳이 점잔을 뺄 이유가 없었다.

"지난 유월 열이레 밤에 어디에 계셨습니까?"

"평소와 다름없이 석식 후에 방에서 책을 읽었소."

"한 번 생각해보는 기색도 없이 바로 대답을 하시는군요."

"내가 기억력이 좀 좋은 편이라서."

빙긋 웃은 무일은 손을 뻗어 다관의 차를 따르며 말했다.

"게다가 원체 기억에 남을 만한 날이지 않았소?"

기억에 남을 만한 날이라. 무일의 말을 곱씹는 여리에게 무일이 찻잔을 건넸다. 먹기 좋게 식은 차에서 고아한 향기가 피어올랐다.

"한번 마셔보시오. 열기를 내려줄 터이니. 체질이 냉한 사람들은 한여름에도 찬물보단 미지근한 차를 마시는 편이 좋다오. 찬 걸 가까이 하면 탈이 나기 십상이거든."

여리는 찻잔을 손에 쥔 채 사람 좋게 웃고 있는 무일을 마뜩잖게 쳐다보았다. 자신이 냉한 체질이라는 것은 또 어찌 알았을까. 허허실실로 웃는 얼굴에 숨어 속을 짐작하기 힘든 사람이었다. 도리어 그의 부친보다 다루기 까다로운 쪽일지도 모르겠다. 헛기침을 한 여리는 예의상 차를 한 모금 머금은 뒤 찻잔을 내려놓으며 질문을 이어갔다.

"밤새 방에 있었다는 사실을 증명해줄 사람이 있습니까?"

"내 동방생에게 물어보면 답해줄 게요. 원체 잠귀가 예민한 사람이니. 도기(到記 성균관 유생들이 식당에 들어간 횟수를 적던 부책)에도 원점(圓點 출결을 점검하기 위해 찍은 점)이 찍혀 있을 것이니 확인해보면 알 것이고."

"하면 본가에 내려온 것은 언제입니까?"

"보름쯤 되었소. 궐에 변고가 있고 나서 닷새쯤 뒤에 한양을 출발하였으니, 이달 여드레쯤이었던가?"

왕실이 동궐로 옮겨가기 전에 한양을 떠났다는 말이었다.

그렇다면 천구가 장례원 앞에 나타났을 땐 이미 도성에 없었다는 얘기가 된다.

여리는 무일의 덩치를 가늠해보았다. 남자치고 호리호리하니 왜소한 몸매였다. 들어올 때 보니 키도 그리 크지 않았고. 만담꾼이 보았다는 양반과는 여러모로 차이가 있었다. 그의 증언에 따르면 환혼전을 준 양반은 본인보다 훨씬 키가 컸다고 했다. 만담꾼의 키가 대략 오 척 반 정도인데 무일은 확실히 그보다 작았다. 하지만 조력자가 있을 수도 있는 일.

"얼마 전까지 도성에 계셨으니 환혼전에 관해선 들어본 적이 있으실 테지요?"

생각 같아서는 당신이 썼느냐고 묻고 싶었다. 그런 여리의 속내를 눈치챈 듯 무일이 아무렇지 않게 반문했다.

"내가 쓴 것이냐 묻고 싶은 게요?"

도리어 당황하여 입을 다무는 여리를 보고 무일이 씩 웃었다.

"밖에서 다 들었다니까."

그는 제 앞에 놓인 찻잔을 들어 홀짝 마시고는 대답했다.

"나는 아니오."

그러더니 혼잣말처럼 덧붙였다.

"나일 리가 없지."

"그게 무슨 뜻입니까?"

진의를 확인하려는 여리에게 무일은 너무나 당연하다는 듯이 대꾸했다.

"그야 설공찬전과 그 환혼전이란 책은 물과 불처럼 상극이니까."

"예?"

여리는 도무지 무일의 말을 이해할 수가 없었다. 상극이라
니. 누가 봐도 환혼전과 설공찬전은 한 뿌리에서 나온 소설이
었다.

"이야기 구조도 흡사하고 등장인물까지 유사한데 어찌 상
극이라는 것입니까?"

여리에게 무일의 말은 흡사 궤변처럼 들렸다. 그러나 그의
생각은 다른 모양이었다.

"혹 설공찬전을 읽어본 적이 있소?"

물음에 여리는 고개를 저었다.

"하긴 금서이니."

중얼거린 무일은 질문을 바꿨다.

"허면 환혼전은?"

이번엔 고개를 끄덕였다. 그러자 그럴 줄 알았다는 듯 무일
이 대꾸했다.

"나도 궁금해 읽어보았소. 주변에서 숙덕대는데 내용이 어
디서 많이 들어본 것 같더란 말이지. 처음엔 누가 할아버님을
흉내 내는가보다 했소. 원래 고전이란 모방하고 싶어지기 마
련이니."

무일은 간 크게도 조부의 소설을 고전이라 평했다. 그 거리
낌 없는 태도에 여리의 입이 절로 벌어졌다. 그러거나 말거나
무일은 아무렇지 않게 말을 이어갔다.

"헌데 읽다 보니 점점 불쾌해지더라, 이 말이지."

무일도 언뜻 보고는 두 소설이 닮았다고 생각했다. 그러나 깊숙이 파고들수록 두 책은 근본부터가 양 극단으로 갈렸다.

"결이 달라."

고개를 저은 무일은 비교하는 것 자체가 기분 나쁘다는 듯 말했다.

"그쪽은 읽어보지 못했다 하니 모르겠지만 설공찬전은 다 읽고 나면 교훈이 남거든. 정직하고 선하게 살아야겠다든지, 지금은 비록 힘들고 어려울지라도 성실히 살면 죽은 뒤에라도 그 보상을 받게 될 거라든지. 비록 귀신의 입을 빌리긴 했어도 나름 희망찬 내용이란 말이오. 당연하지. 할아버님께서 그 책을 쓰신 이유가 산 사람들을 위로하기 위해서였으니까."

살아남은 사람들을 다독이는 동시에 스스로를 추스르기 위해 쓴 글이었다. 그는 살면서 너무 많은 죽음을 목도했다. 낙향했을 무렵에는 심적으로 너무 지쳐 있었다. 의미 없이 스러져간 목숨들이 서글펐고 그래서 쓴 책이었다.

"단지 찔리는 게 많은 자들이 제풀에 호들갑을 떤 것일 뿐."

자칫 문제가 될 소지가 있는 발언이었다. 그러나 여리는 굳이 지적하지 않았다. 그녀는 유학자도 아니었고, 비록 궁녀이지만 임금에게 대단한 충심을 가진 것도 아니었다. 그보다 지금은 환혼전의 진실을 아는 것이 더 급했다.

"그래서 환혼전과 설공찬전이 다르다는 것입니까?"

무일은 이미 다 말하지 않았냐는 듯 반문했다.

"그쪽도 환혼전은 읽어봤다 하지 않았소?"

여리가 아무런 대답이 없자 그가 다시 물었다.

"다 읽고 나니 기분이 어땠소?"

여리는 이마를 찌푸렸다. 생각해 보니 기분이 썩 좋지는 않았던 것 같다. 무일은 이해한다는 듯 손을 내저었다.

"불안하고 찝찝하지. 뒷골이 서늘하고 어디선가 불쑥 어둠이 덮쳐와 내리누를 것 같은 느낌."

가위에 눌리는 것 같은 기분이라고 무일은 덧붙였다. 그 표현이 어쩐지 마음에 와 닿았다.

"당연하지. 그 글은 저주의 글이니까."

그제야 무일이 무슨 말을 하려는 것인지 알 것 같았다.

"할아버지께서 본인 글이 그리 음침한 목적으로 도용당한 걸 아신다면, 아마 지금이라도 당장 무덤을 박차고 나오려 하실 게요."

무일은 영 마음에 들지 않는다는 듯 쯧쯧 혀를 찼다. 그 순간 여리는 알 수 있었다. 무일은 결코 환혼전을 쓴 사람이 아니었다. 쓸 능력이 없어서가 아니라 조부의 뜻을 훼손하고 폄훼하는 것을 지극히 못마땅해하기 때문이었다. 그러기엔 그는 자신의 조부를 너무나 존경했다. 어쩐지 그의 말이 납득이 갔다. 한데 듣다 보니 어딘가 미묘하게 논점이 어긋나는 부분이 있었다.

"그리고 보니 아까부터 환혼전이 설공찬전을 모방한 것처럼 말씀하시는군요."

무일과 대화를 나누는 중간중간 무언가가 묘하게 거슬린다고 느끼고 있었는데 그의 마지막 말로 확실해졌다. 무일은 환혼전이 설공찬전을 흉내 낸 것이라고 여기고 있었다. 여리는 설공찬전이 환혼전의 영향을 받은 것이라 알고 있었는데. 하지만 무일은 당연한 걸 묻는다는 듯 대꾸했다.

"그야 시기적으로 누가 봐도 할아버님의 책이 먼저 아니오? 안 그래도 아까부터 묻고 싶었소. 그쪽은 대체 왜 할아버님께서 그 환혼전인가 하는 책에 영향을 받은 것이라 생각하는 게요? 얼핏 들으니 무슨 제보가 있었던 듯하던데. 혹 왕실에선 뭔가 알려지지 않은 정보라도 갖고 있는 겐가?"

고개를 갸웃한 무일이 중얼거렸다.

"일전에 찾아온 손님도 그 비슷한 소리를 하더니만."

순간 여리의 눈이 의아함으로 커졌다.

"손님이요?"

그러고 보니 뭔가 이상했다. 자신은 왜 환혼전이 당연히 설공찬전보다 먼저라고 생각했던 것일까. 한 번도 의구심을 품어본 적이 없었다. 그러한 믿음이 대체 어디서부터 비롯되었는지 되짚어보던 찰나 여리는 무일의 입에서 나온 낯익은 이름에 모든 생각을 멈추었다.

"전 승정원 주서였던 숙예 선생 말이오."

외유를 떠났다던 광준의 이름이 왜 여기서 나온단 말인가. 그 후로도 몇 마디가 더 오갔지만 여리는 전혀 집중하지 못했다. 이미 물어야 할 것들은 다 물은 터라 그리 중요한 얘기도 아니었다. 자리에서 일어난 여리는 혼란스런 마음에 변변한 작별인사조차 나누지 못하고 사랑채 밖으로 나왔다. 마당에 서 있던 익위사 군관이 여리를 발견하고 가까이 다가왔다. 여리는 다짜고짜 군관에게 물었다.

"환혼전과 설공찬전 중 무엇이 먼저입니까?"

갑작스런 물음에 당황한 군관은 볼을 붉적이면서도 우직하게 대답했다.

"그야 당연히 설공찬전 아닙니까? 이곳도 그래서 온 것이 아니었습니까?"

머리를 크게 한 대 얻어맞은 기분이었다. 그녀는 지금까지 엄청난 착각을 하고 있었던 것이다. 아니, 착각이 아니라 암시(暗示)였다. 세자와 자신에게 그러한 암시를 심어놓은 사람이 누구였는지 깨달은 여리는 걸음을 서둘렀다.

"어서 궁으로 돌아가야 합니다."

군관을 재촉하는 여리 입에서 탄식 같은 이름 하나가 흘러나왔다.

"숙예 김광준……."

그를 찾아야 했다.

〰️ 인천군 채수의 졸기

인천군(仁川君) 채수(蔡壽)가 졸(卒)하였다.

채수는 사람됨이 영리하며 글을 널리 보고 기억을 잘하여 젊어서부터 문예(文

藝)로 이름을 드러냈고, 성종조에서는 폐비의 과실을 극진히 간하여 간쟁(諫諍)하는 신하의 기풍이 있었다. 그러나 성품이 경박하고 조급하며 허망하여 하는 일이 거칠고 경솔하였으며, 늘 시주(詩酒)와 음률(音律)을 가지고 스스로 즐겼다. 일찍이 설공찬전을 지었는데, 떳떳하지 않은 말이 많기 때문에 사림(士林)이 부족하게 여겼다. 반정(反正) 뒤에는 직사(職事)를 맡지 않고, 늙었다 하여 고향에 물러가기를 청해서, 5년 동안 한가하게 휴양하다가 졸하였는데, 뒤에 양정(襄靖)이라는 시호를 내렸다.

– 1515년 중종10년 11월 8일 조선왕조실록 기사 중

11장

함창을 떠나기 전 여리는 군관에게 부탁하여 세자에게 파발을 띄웠다. 하여 여리가 도성에 도착했을 때쯤 세자는 이미 백방으로 사람을 풀어 광준의 행적을 수소문하고 있었다. 평소 그가 자주 다니던 곳은 물론이고, 멀리 지방의 친척집까지 사람을 보내 그가 다녀가지 않았는지 확인했지만 어디에서도 그의 흔적을 찾을 수가 없었다. 작정하고 숨은 것이 아닌 이상 이리 행방이 묘연할 수는 없었다.

불길한 예감을 떨쳐내기 위해 고개를 저은 세자는 막 입궐한 여리에게 재차 확인했다.

"김 주서가 인천군의 후손들을 찾아와서 설공찬전을 집필하던 시기의 일들을 묻고 갔다고?"

"예. 정확하게는 한양의 지인들과 주고받은 서신에 대해 얘기했다고 합니다. 그중 혹 '복정'이라는 자와 교류가 없었는지 물었다 합니다."

"복정······."

세자 또한 처음 들어보는 이름이었다. 본명일까. 아니면 별호(別號)?

"인천군의 서신들은 신미년에 책과 함께 모두 거두어 태워져 남은 것이 거의 없다고 합니다. 후손들도 복정이란 이름은 들어보지 못했다 하고……."

여리는 세자의 얼굴을 살폈다. 낯빛이 좋지 못했다. 그럴 만도 했다. 광준은 세자가 가장 믿고 아끼는 이 중 하나였으니.

"김 주서는 어째서 환혼전이 설공찬전보다 앞선다 말한 것일까요?"

세자 역시 그가 무엇을 알고 있는 것인지 궁금했다. 그러나 한편으로는 알고 싶지 않기도 했다. 어쩐지 진실을 알고 나면 다시는 돌이킬 수 없을 것 같은 예감이 들었다. 그래도…….

"일단은 먼저 찾아야겠지. 할마마마의 상태도 길게 장담할 수 없고."

궁에 도착하자마자 환복하기 위해 처소를 찾았다가 여리는 대비의 소식을 들었다. 대비는 그사이 피골이 상접해 이제는 거의 누워서 지내다시피 한다고 했다. 힘이 부쳐 고함을 치고 난동을 부리는 것도 예전만 못할 지경이었다. 시간이 별로 없었다.

여리는 속입술을 말아 물었다. 함창에서 돌아오는 내내 마음에 걸린 것이 있었다. 이것을 지금 세자에게 전해야 하나 말아야 하나 고민하던 여리는 결국 품에서 꺼낸 책을 세자의 앞으로 밀어놓았다.

"이게 무엇이냐?"

고개를 든 세자가 여리가 내민 책을 보며 물었다. 함창에서 가져온 것인가 했지만, 그것은 여리의 처소에서 가져온 물건이었다. 몇 달째 그녀가 몰래 보관하고 있던 환혼전이었다.

"김 주서가 주고 간 것입니다."

그때는 그저 모든 일이 우연이라고만 생각했다. 하필 그날 그가 그 책을 가지고 있었던 것도, 그것을 여리에게 준 것도 우연내지는 변덕 같은 것일 거라 여겼는데, 돌이켜보니 그때 그가 보인 행동이나 말들이 무척이나 의미심장했다.

"요새 본인이 정상이 아니라 했습니다. 무슨 일인지는 알수 없었으나 그날따라 꽤 감정적이었던 것도 같고……."

무뚝뚝하던 전날의 모습과는 사뭇 달랐다. 광준은 여리와 세자가 나눈 얘기를 밖에서 엿들은 듯했다. 그때 여리는 의금부에 보관 중인 용의 비늘에 관해 보고하고 나오던 참이었다. 그중 대체 어떤 부분이 그를 자극했던 건지.

"본인이 이 책을 지니고 있기에는 위태로울 것 같다고도 했습니다."

말한 여리는 조심스레 물었다.

"이것이 환혼전의 원본일까요?"

허나 이 책도 미완성이긴 마찬가지였다.

"한자로 적었구나."

만담꾼이 받은 건 언문본이었다.

"숙예의 필체가 아니다."

여리가 가져온 환혼전을 살펴본 세자가 말했다. 조금이나마 안도하던 것도 잠시, 세자의 표정이 도로 어두워졌다.

"그러고 보니 그의 언문 필체는 알지 못하는구나."

세자와 신하가 글을 주고받으며 언문을 쓸 일은 좀처럼 없었다. 당연한 일인데도 세자는 어쩐지 머리를 크게 한 대 얻어맞은 듯한 표정이었다. 여리는 걱정스레 세자를 보았다.

일이 대체 어찌 돌아가는 것인지…….

광준이 발견된 곳은 의외의 장소였다. 사람을 시켜 수소문할 때는 머리카락 한 올 찾을 수가 없더니 뜻밖에도 그는 성곽을 순찰하던 무비사에게 잡혀 인도되었다. 며칠 전부터 북악산 인근을 기웃대는 수상한 자가 있다는 제보에 순찰을 강화하였는데 잡고 보니 바로 광준이었던 것이다. 그는 숙정문 근처에 숨어 있었다고 했다.

대체 얼마나 오래 노숙을 한 것인지. 세자익위사에 의해 끌려온 광준의 몰골은 초췌하기 그지없었다. 몰래 동궁전으로 데리고 들어오느라 급하게 옷을 갈아입히긴 했으나 치수가 맞지 않아 관복은 헐렁했고, 제대로 씻지도 못한 것인지 소매 밖으로 나온 손은 굴이라도 판 듯 손톱 밑이 시커멨다.

세자는 그런 광준을 망연히 바라보았다. 수수할지언정 입성이며 태도가 늘 단정하던 이였는데. 잠도 제대로 자지 못한 것인지 푹 들어간 눈 밑이 퀭하고 동공은 두서없이 흔들렸다. 사람이 완전히 달라진 것 같았다. 아니면 자신이 그동안 그의 진면목을 모르고 있었거나. 세자는 침통하게 입을 열었다.

"이게 대체 무슨 꼴인가?"

광준은 차마 세자와 눈을 마주치지 못했다. 고개를 수그린 그는 세자의 시선을 피했다. 마치 중죄라도 지은 사람처럼. 세자는 지난 며칠간 광준의 행적을 뒤쫓으며 이 모든 것이 착오이기를 바랐다. 마음속에 의심이 차오를 때마다 애써 고개를 저었지만, 사실은 그저 외면하고 싶었던 것인지도 모른다.

광준은 그에게 신하 이상의 존재였다. 어쩌면 친우라 부를 수 있는 유일한 사람일지도 몰랐다. 그래서 믿고 싶었다. 허나 한 번 떠오른 의문은 쉽사리 가라앉지 않았고, 무시하려 하면 할수록 더 짙은 의혹을 남겼다. 그러다 결국 지금에 이른 것이다.

세자는 손에 든 책을 꾹 쥐었다. 광준이 여리에게 주고 갔다는 환혼전이었다. 세자는 이 모든 것이 그저 오해이길 바라며 간절히 기도하는 심정으로 물었다.

"자네 혹시 천수란 자를 아는가?"

차라리 모른다 대답하길 바랐다. 그러나 돌아온 대답은 허무하리만큼 명료했다.

"송구하옵니다."

"대체 왜……?"

세자의 얼굴이 일그러졌다. 그러나 그의 절망과는 별개로 광준은 그저 덤덤히 제 죄를 시인했다.

"소신 저하께 씻을 수 없는 죄를 지었나이다."

지나치리만치 순순한 고백이었다. 차라리 끝까지 발뺌을 할 것이지. 지금껏 아무런 내색도 하지 않았으면서. 그것이 되레 세자의 분노를 부추겼다.

"대체 어쩌자고 그런 짓을 하였는가? 조정과 왕실이 그리도 미웠는가? 그대가 스승처럼 따르던 정암을 사사한 것 때문에?"

세자는 지금도 똑똑히 기억하고 있었다. 광준이 처음 조광조를 만나고 왔던 날 얼마나 희망에 들떠 있었는지를. 정암은 모든 선비의 귀감이며 조선을 바른 나라로 이끌 진정한 유학자라며 눈을 빛냈었다.

"그대는 내게도 말했었지. 함께 하자고. 그대는 충신이 되고, 나는 성군이 되어 이 나라를 만대에 길이 남을 요순의 나라로 만들자고 말일세."

하지만 권력의 아귀다툼 속에서 이상은 나약했고 현실은 잔혹했다. 임금은 한때 자신이 사부로 여기던 정암을 버렸다.

"주초위왕(朱肖爲王). 그 네 글자 때문이었습니다."

줄곧 고개를 숙이고 있던 광준은 끓어넘치는 회한을 차마 삼키지 못하고 울분을 토해내듯 말했다.

"'조씨가 왕이 될 것이다.' 겨우 벌레 먹은 나뭇잎에 새겨진 그 글자 때문에 나라의 동량이 스러졌습니다. 그깟 간신배들이 꾸며낸 요설 따위에……."

말도 안 되는 눈속임이었다. 벌레 먹은 나뭇잎 하나로 역심을 운운하고 하늘의 뜻을 들먹인다는 것은. 더구나 조광조가 살아생전 불교와 미신을 타파하기 위해 무던히도 애썼던 것을 생각하면 그 일은 조광조에겐 지독한 모욕이자 조롱이나 마찬가지였을 테다. 허나 임금은 참언을 아뢴 자들의 손을 들어주었다.

"전하께서는 정암 선생을 그리 욕되게 보내셔서는 안 되었습니다. 차라리 논쟁으로 신념의 다름을 논박하고 정치적 노선을 다투어야 했습니다. 헌데 도참(圖讖)이라니요?"

임금도 그것이 계략임을 모르지 않았을 것이다. 마침 주어진 기회를 기꺼이 받아들인 것일 뿐. 몇 년 새 불어난 조광조의 당여는 임금에게도 부담이었다. 더구나 그가 내세우는 것은 유학의 정론이었으므로 타협점을 찾기도 힘들었다. 왕은 피로감을 느꼈고 결국 자신에게 보다 유리한 패를 선택한 것이었다. 세자도 그것을 알기에 괴로웠다. 고개를 든 세자의 눈이 어느새 붉어져 있었다.

"하여 비슷한 방법을 택한 것인가? 요설(妖說)을 지어 퍼트려 왕실을 능욕하려고?"

그렇다면 꽤나 성공적이었다. 백성들 앞에서 왕실이 귀신을 피해 도망치는 추태까지 고스란히 내보였으니.

"허나 그렇다 하더라도 괴물소동까지 벌여선 안 되는 것이었네. 궐에 몰래 침입한 데다 전하께서 계시는 궁금을 더럽혔으니, 이제 어쩔 셈인가? 나졸들이 당황하여 길을 텄기에 망정이지 잡혔다면 그 자리에서 목숨을 잃었을 것이네. 자네가 죽을 수도 있었다고!"

세자는 참담한 짓을 저지른 광준을 용서할 수가 없었다. 그의 죄는 죽음으로 다스려야 마땅했다. 그 일로 심약한 대비는 몸져누웠고 왕실의 체면은 땅에 떨어졌다. 헌데도 세자의 마음 한 켠에는 여전히 광준이 죽을까 염려하는 마음이 혼재했다. 거칠어진 숨을 가라앉히려 애쓰는데 고개를 든 광준이 심란한 얼굴로 말했다.

"환혼전을 저자에 퍼트린 것은 소신이 맞사옵니다. 하오나 천구는 제가 아닙니다."

이제 와 진실을 숨기려 거짓을 고하는 것이 아니었다. 그 역시 지금의 이 불가해한 상황을 온전히 이해할 수가 없었다. 어찌 설명해야 할지, 입술을 달싹이던 그가 순순히 시인했다.

"저하의 말씀처럼 왕실을 조롱하고픈 마음이 있었습니다. 예, 그것은 부정하지 않겠습니다. 복성군의 일을 저하께서도 보지 않으셨습니까? 한낱 미신과 주술 때문에 사람을 죽이고 버리는 왕실입니다. 하여 처음 그 책을 발견하였을 땐…… 한편으론 슬프고 한편으론 허망하여 웃음이 나왔습니다. 왕실의 반편이, 배알도 없는 떨거지라 손가락질 받던 제안대군의 심중에 그런 분노가 꿈틀대고 있었을 줄이야. 살기 위해 겉으로는 허허실실로 웃으며 뒤에서는 저주의 글을 써 내려간 그 마음이 흡사 제 마음을 들여다보는 것 같아서, 순간 눈앞에 아무것도 보이지 않았습니다. 세상 사람들이 모두 알게 하고 싶었습니다. 표리부동한 속내를 깨 보이고 싶었습니다."

광준은 말을 하면 할수록 점점 더 당시의 감정에 도취되어 가는 듯했다. 그래서 세자의 얼굴이 갈수록 창백하게 바래가는 것을 인지하지 못했다.

"지금 뭐라고 그랬나? 제안대군이라고? 이 책을, 환혼전을 쓴 사람이 제안대군이란 말인가?"

세자는 충격에 말을 잇지 못했다. 도무지 납득할 수가 없었다. 제안대군은 살아생전 언문도 겨우 익힌 지진아로 유명했다. 이는 하도 공공연한 사실이라 왕실은 물론이고 도성에 사는 이들이라면 저잣거리의 백성들까지도 다 꿰고 있는 사실이었다. 헌데 제안대군이 환혼전을 쓰다니.

"그대가 잘못 안 것이 아닌가? 착각을 한 것이겠지."

하지만 광준은 고개를 저었다.

"소신도 처음엔 믿지 못하였습니다. 하오나 고 내관을 통해 확인한 사실이옵니다. 이 책은 제안대군께서 쓰신 것이 맞습니다."

세자는 현기증에 머리를 짚었다. 순간 머릿속이 핑글 돌았다. 이제껏 자신이 안다고 여겼던 진실들이 모조리 무너지고 뒤죽박죽 뒤섞이는 기분이었다.

피접을 나갔던 날, 제안대군이 양팔을 벌린 채 벌쭉 웃으며 다가오던 모습이 떠올랐다. 어려서 몸이 약했던 세자는 자주 제안대군의 집에 신세를 졌다. 그때마다 대군은 그를 살갑게 맞아주고는 했다. 어수룩하지만 무해한 사람. 그게 세자가 아는 제안대군이었다. 헌데 그 모든 게 꾸며진 모습이었다니. 허면 그가 알던 제안대군은 대체 누구였단 말인가.

"제안대군의 서재에는 예종임금께서 남기신 천자문도 있

었습니다."

승하하기 전 아들을 위해 한 자, 한 자 직접 필사한 것으로, 제안대군은 밤마다 그것으로 남몰래 글자를 익혔다 했다. 쐐기를 박는 광준의 말에 세자는 참담함을 느꼈다. 그는 정말 아무것도 몰랐다. 제안대군이 원자로 태어났지만 왕이 되지 못한 건 그저 얄궂은 역사의 흐름이라고만 생각했다. 그것이 개인에게는 비극이 되고 나아가 한 사람의 인생을 송두리째 휘저어 결국 두 동강 내버렸을 거라고는 감히 짐작조차 하지 못했다.

대군은 언제나 왕실의 가장 가까운 지친이자, 동시에 잠재적 위협이었다. 선왕에게는 정치적으로 경계의 대상일 수밖에 없었으니. 그가 살아남기 위해 택할 수 있는 길은 세상이 보는 자신과 진짜 자신을 분리하는 방법뿐이었다. 바보 흉내를 내고, 철모르는 어린아이처럼 변덕스럽게 굴었다. 진짜 자신은 숨긴 채 죽는 그 순간까지 평생 껍데기를 흉내 내며 살아야 했던 것이다. 살아 있으나 귀신이나 다를 바 없는 삶.

천구는 대군의 또 다른 얼굴이었던 겐가…….

세자의 머릿속에서 복잡하게 얽혀 있던 실타래가 하나씩 풀려나갔다. 세자의 조부인 성종임금은 왕위에 오르지 못하고 젊은 날 승하한 의경세자의 둘째 아들이었다. 어린 원자는 아직 강보에 싸인 아기였으니 그렇다 쳐도, 큰아들인 월산대군을 제치고 굳이 작은아들이 왕위를 물려받는 것에 대해 당시에도 말들이 많았었다고 들었다.

"작은 집. 그리고 그 아들……."

환혼전에서 귀신의 저주를 받은 것은 결국 작은집의 아들 '적'이었다. 그리고 선왕에게는 후궁에게서 난 자식을 제외하면 두 명의 아들이 있었다. 금상과 폐주. 온갖 패악질로 악명 높은 폐주였지만 제안대군과는 꽤 돈독했다고 들었다. 그런 폐주의 애첩이자 요녀로 이름 높았던 장녹수가 한때 제안대군 저의 여종이었다는 사실이 단순한 우연이었을까. 예전엔 별스럽지 않게 넘겼던 사실들이 새삼 의미심장하게 다가왔다.

온갖 과거를 되짚어 가던 세자는 고개를 저었다. 생각지도 못한 진실에 놀라 잠시 갈피를 잃었으나 지금 당장은 이보다 더 시급한 문제가 눈앞에 닥쳐 있었다.

"천구 소동을 벌인 게 정녕 그대가 아니라면…… 그럼 대체 그건 누구란 말인가?"

세자는 지끈거리는 이마를 짚었다. 갑자기 너무 많은 사실들을 알게 되어 충격을 받은 탓인지 머리가 아팠다. 미간을 찌푸린 채 대답을 채근하는데, 광준의 얼굴이 몹시 창백했다. 도망 다니며 산중에서 고생을 한 탓인가. 손끝도 조금씩 떨리고 있었다. 그는 마른 입술을 혓바닥으로 축이며 답했다.

"말씀 드린 대로 환혼전을 퍼트린 건 소신의 짓입니다. 좀 더 널리 읽히도록 언문으로 역해하였고 그것을 만담꾼에게 주어 사람들의 반응을 살폈습니다. 허나 그뿐, 더 나아갈 생각은 없었습니다."

헌데 상황이 이상하게 흘러갔다. 복성군의 역모사건과 얽히더니 종국엔 궐에 천구가 나타난 것이다.

"어찌 된 영문인지 소신도 모르겠습니다. 그저 이야기책이었을 뿐인데……. 어쩌다 일이 이 지경에 이른 것인지……."

천구가 나타난 곳은 궁궐 한복판이었다. 수십의 금군이 지켜보는 가운데 돌연 나타났다가 홀연히 연기처럼 사라져버렸으니.

"어찌하여 소신의 앞엔 나타나지 않은 것일까요?"

광준은 이제 입술까지 떨기 시작했다. 그는 꼭 넋이 나간 사람 같아 보였다. 어딘가 이상했다. 그만 쉬게 해야 하는 게 아닌가 싶기도 했지만 그가 아니면 대답할 수 없는 문제들이 아직 많았다.

"환혼전의 나머지 부분은 어디 있나?"

그곳에 귀신의 이름이 있다고 했다. 책을 쓴 사람이 제안대군이라는 사실까지 알게 된 마당에 이제와 그 말을 믿는 것은 아니었지만 천구 소동을 일으킨 자를 찾아야 했다. 허나 광준은 똑바로 대답하지 못했다.

"없습니다……, 제게……, 제가……."

말을 더듬던 광준이 별안간 울컥 피를 토했다.

"쿨럭! 크흑……!"

가슴을 쥐며 쓰러지는 광준을 세자가 벌떡 일어나 붙잡았다.

"김 주서! 이게 어찌 된 일인가? 정신 좀 차려보게, 김 주서! 거기 밖에 누구 없느냐? 의원을 불러라. 어서!"

다급히 외치는 소리에 방 밖에 대기하고 있던 내관과 익위
사 군관들이 우르르 달려 들어왔다. 쓰러진 광준과 그를 부축
한 세자를 본 이들은 모두 당황하여 어찌할 바를 몰랐다. 그
짧은 사이에도 김 주서의 몸에서는 생기가 급속도로 빠져나
가고 있었다. 쿨럭, 힘겹게 숨을 몰아쉴 때마다 또다시 피가
튀었다. 세자의 눈동자가 거세게 요동쳤다. 세자는 힘없이 늘
어진 김 주서의 손을 잡고 자신의 가슴께로 끌어당기며 명령
했다.

"죽지 말라. 제발, 내 앞에서 죽지 말라!"

명도 애원도 아닌 외침이었다. 광준은 그런 세자를 힘겹게
응시했다. 그의 입가에 서글픈 미소가 떠올랐다. 한때는 그도
나라의 동량이 되고 싶었다. 눈앞의 소년이 자라 마침내 옥좌
에 앉게 되는 날, 그를 도와 선량한 나라를 만들고 싶었다. 그
순진한 바람이 어리석게도 여전히 가슴 한 켠에 남아, 용서받
지 못할 짓을 저지르고도 끝내 떠나지 못하고 그의 곁을 미련
처럼 맴돌았다.

제 입으로 먼저 환혼전 얘기를 꺼낸 것도 어쩌면 그 때문
이었는지도 모르겠다. 세자와 눈이 마주칠 때마다 매 순간 자
신의 죄를 고백하고 싶었다. 그가 알아주길 바랐다. 어쩌면 그
가 먼저 눈치채고 바로잡아주기를 바랐는지도 모른다. 기울
어진 세상처럼 체념과 자조로 점점 삐딱해져가던 자신을 저
올곧은 시선이 붙잡아주기를 바랐는지도.

맞잡은 세자의 손이 뜨거웠다. 열이 오를 정도로 펄펄 끓었

다. 아니, 끓는 것은 자신인가. 가슴속에 커다란 불기둥이 치솟는 것 같았다. 몸속을 도는 피 한 톨, 한 톨이 붉은 연기가 되어 증발하는 기분이었다. 광준은 정신이 혼미한 와중에도 억지로 세자와 눈을 맞췄다. 그리고 힘겹게 입술을 달싹였다.

"폐……서고, 문……소……전……."

겨우 내뱉은 광준은 그대로 정신을 잃었다.

'숙예!' 부르는 세자의 고함소리와 '의관은 아직 멀었느냐?' 다급하게 묻는 상호의 목소리가 뒤섞여 조용하던 동궁전은 삽시간에 아수라장으로 변했다.

여리가 도착했을 때 폐서고 안은 이미 난장판이 되어 있었다. 잠겨 있던 문은 활짝 열려 있고, 책들은 아무렇게나 바닥을 나뒹굴었다. 그 한가운데 세자가 우두커니 서 있었다. 그는 굳은 얼굴로 가까이 다가온 여리를 보며 중얼거렸다.

"한발 늦었다."

그들이 도착했을 땐 이미 이 지경이었다. 누군가 먼저 뒤지고 간 것이다.

"대체 어찌 알았을까?"

의관을 부르고 쓰러진 광준을 조처하느라 시간이 다소 지체되기는 했다지만 상황을 수습하자마자 달려온 길이었다. 아무에게도 발설하지 않았건만…….

"동궁전 내에 쥐가 있구나."

세자가 지그시 어금니를 물었다. 감시당하고 있다는 건 알고 있었다. 어차피 세자의 삶엔 비밀이랄 것이 없었다. 그의 일거수일투족은 늘 누군가에 의해 관찰되고 또 실시간으로 평가받았다. 그렇기에 어느 정도는 감수하고 있었지만.

"오늘 동궁전에 김 주서가 든 것을 아는 자는 그를 데려온 익위사와 내관 두셋뿐이었다."

여리조차도 여기 불려오기 전까지는 광준이 붙잡힌 사실을 전혀 모르고 있었다. 헌데 누가 알고 먼저 손을 쓴 것일까.

"김 주서가 피를 토하고 쓰러졌다 들었습니다. 혹 스스로 음독한 것은 아닙니까?"

벌을 받을 것이 두려워 자살을 기도한 것일 수도 있었다. 하지만 세자는 회의적이었다.

"아니다. 김 주서는 정신을 잃기 직전까지도 내게 뭔가를 말하려 했다."

자신의 죽음을 예상한 사람이 보일 만한 행동이 아니었다.

"이곳에 뭔가가 있다고 했건만……."

분명 '문소전 그리고 폐서고'라고 했다. 목숨이 경각에 달린 상황에서도 알리려고 애쓴 것을 보면 분명 중요한 단서일 텐데.

"혹 환혼전의 나머지 절반이 이곳에 있다는 말이었을까요?"

여리가 조심스레 물었다. 이곳으로 오는 도중에 상호로부터 대강의 상황을 전해 들은 참이었다. 세자가 환혼전의 행방에 관해 물었고 대답하던 광준이 별안간 피를 토했다고. 그러고 나서 이곳에 대해 언급한 것을 보면…….

"그랬을지도 모르지."

그러나 지금으로선 알 길이 없어져버렸다. 이미 아수라장이 된 서고 안엔 그들이 찾는 책은 없었다. 부러 함께 온 이들을 모두 물리고 직접 나서 샅샅이 뒤져보았지만 세자는 아무런 흔적도 발견할 수가 없었다. 그러기에는 현장이 너무 훼손되어버렸다.

"지금으로선 김 주서가 무사히 깨어나길 기대하는 수밖에."

다행히 광준은 가까스로 목숨을 건진 상태였다. 마침 가까이 있던 의관이 빠르게 조처한 덕에 고비는 겨우 넘겼다. 그러나 야산을 헤매고 다니며 체력이 고갈된 데다 피까지 토한터라 끝내 정신을 되찾지는 못했다.

"한동안 상태를 두고 봐야 한다고 하니."

세자의 입에서 억누른 한숨이 새어 나왔다. 그의 얼굴이 까칠했다. 짧은 순간 너무 많은 일들이 소나기처럼 그를 휩쓸고간 탓이었다. 여리는 그런 세자를 안쓰럽게 바라보았다.

"한데 김 주서는 어쩌다 북악산 기슭까지 간 것이라 합니까?"

도망을 가려 했다면 진즉 도성을 벗어날 수 있었을 터였다. 헌데도 궁에서 멀리 벗어나지 못하고 기웃거린 걸 보면. 세자도 정확한 까닭은 알지 못했다. 다만……

"천구를 신경 쓰는 것 같았다."

광준은 천구가 왜 자신의 앞에 나타나지 않는지 의아해했다. 세자는 그 말을 하며 어딘가 멍하니 넋이 빠져 있던 광준의 얼굴을 떠올렸다. 그래서 두렵다는 뜻이었을까. 아니면 의

295

아하다는 의미였을까. 무슨 연유로 그는 도성을 떠나지 못하고 길 잃은 들짐승처럼 산속을 헤매고 다녔던 것일까.

고개를 든 세자는 창밖으로 보이는 북악산을 바라보았다. 이곳에서 광준이 붙잡힌 숙정문까지는 그리 멀지 않은 거리였다. 아마도 그곳에선 이곳 경복궁이 한눈에 내려다보일 터.

"감시를 하고 있었던 것일까요?"

세자의 눈길을 쫓던 여리가 조심스레 추측했다. 어쩌면 또다시 천구가 나타날지도 모른다고 생각한 것일 수도 있었다.

"아니면 반대로 추적을 당하고 있었던 건지도 모르지."

그게 광준이 쫓던 존재건 아니면 광준을 쫓고 있던 존재건.

"생각보다 위험한 것을 상대하고 있는지도 모르겠구나."

세자는 먹구름에 가린 산등성이를 바라보며 빈주먹을 꽉 쥐었다. 누군가 그들을 감시하고 있었다. 그것이 그들이 쫓고 있는 천구인지 아니면 또 다른 존재인지는 모르나 경계가 삼엄한 궐 안에서조차 제 뜻대로 움직일 만큼 신출귀몰하다는 점만은 확실했다.

스산한 기운이 스쳤다. 어디선가 불어온 바람이 세자의 용포자락을 흔들었다. 그때마다 점점이 퍼진 붉은 얼룩이 요요한 꽃처럼 보는 이들의 시야를 어지럽혔다. 광준이 흘린 핏자국이었다. 급하게 달려오느라 미처 닦아내지 못한 그 흔적은 원래도 붉은 용포자락을 더욱 검붉게 물들이고 있었다.

별다른 소득 없이 창덕궁으로 돌아온 세자는 곧 익위사들을 불러들였다. 무비사에게 광준을 인계받아 동궁전까지 데려온 이들이었다. 궐에 들어와 세자의 앞으로 끌려오기까지, 그사이 광준에게 무슨 일이 있었던 것인지 알아야 했다. 그리 긴 시간도 아니었다. 더구나 익위사 군관들은 모두 철저히 훈련된 자들이었다. 그러나 틈은 예상 외로 쉽게 발견되었다.

"김 주서가 동궁전에 들기 전, 옷을 갈아입기 위해 잠시 군관 숙직소에 들렀사온데 목이 마르다 하기에 물을 가져다주었습니다."

"그대가 직접 가져다주었는가?"

"감시 중에 자리를 비울 수가 없어 지나가던 나인에게 부탁하였나이다."

"어느 전각의 나인이었는가?"

"그것이⋯⋯."

방금 전까지 막힘없이 술술 대답하던 익위사 군관의 얼굴이 굳어졌다. 본인이 실수했다는 것을 깨달은 탓이었다. 궁궐에 궁녀야 발에 채이는 돌멩이만큼이나 흔한 존재였으니 일일이 얼굴을 알지는 못했다. 더구나 그들은 고개를 돌리면 항상 그 자리에 있었다. 사람이라기보다는 벽이나 기둥처럼. 하여 굳이 소속을 확인할 필요성을 느끼지 못한 게 패착이었다. 게다가 설마 연약한 궁녀가 자객일 거라고 누가 상상이나 했겠는가. 덩치 큰 군관일수록 힘없는 상대에 대한 경계심은 흐려지게 마련이었다. 군관은 난감한 얼굴로 고하였다.

"그것이⋯⋯ 묻지 못하였습니다. 그릇을 돌려주러 나와보니 이미 사라졌던지라…….”

얼굴도 푹 숙이고 있어 정확히 기억나지 않는다고 했다.

“부러 숙직소 주변을 기웃거리고 있었던 게로군.”

알 만하다는 듯 세자가 중얼거렸다. 누구의 소행인지는 모르겠으나 기회를 엿보고 있었던 게 분명했다. 그러다 물을 가져다 달라 하니 그 안에 은밀히 독을 탄 것이다.

“비상이라 하였지?”

세자가 옆에 선 상호에게 물었다.

“예. 의관이 그리 짐작된다 하였나이다.”

상호의 대답에 세자의 얼굴이 싸늘하게 굳었다. 무색무취의 맹독이었다. 결코 궁 안에 있어선 안 될 물건이기도 했다. 그 정도로 위험한 물건이 하늘에서 뚝 떨어지지는 않았을 터.

“담이 큰 자로구나. 아니면 그쯤은 개의치 않을 정도이거나.”

아무나 벌일 수 있는 일이 아니었다. 궁 안에 비상을 반입하다 들키면 본인은 물론이고 연루된 자들 모두 목숨을 부지하기 어려웠다.

“대체 누가 무슨 의도로 이런 짓을 벌인 것일까요?”

듣고 있던 여리가 질린 얼굴로 물었다. 단순히 개인적인 원한일 리가 없었다. 그랬다면 광준이 궁 밖에 있을 때나 적어도 홀로 있을 때를 노려 손을 썼을 테니. 이렇게까지 위험을 감수했다는 것은…….

“역시나 입을 막으려 한 것일까요?”

광준을 죽여서라도 진실이 폭로되는 것을 막으려 했다는

뜻이었다. 대체 그가 무엇을 알고 있기에. 친구의 정체와 관련된 것일까. 아니면 환혼전의 행방? 그게 무엇이든 그 시작점만큼은 이제 세자도 알고 있었다.

"제안대군 저……."

가장 큰 비밀이 감춰진 곳이었다. 사람을 해쳐서라도 지키고 싶을 만큼 위태로운 비밀이 최초로 움튼 곳.

"일단은 그곳부터 확인해야겠구나. 지금까진 저들이 우리보다 한발 앞서 있는 듯하니."

세자는 서둘러 상호와 여리를 제안대군 저로 보냈다.

여리가 상호를 쫓아 저택 안으로 들어섰을 때, 마당에는 군데군데 지키고 선 자들이 보였다. 어딘가 낯익은 얼굴들은 동궁전의 익위사 군관들이었다. 낮에 쓰러진 광준을 싣고 온 이들이 남아서 경계를 서고 있는 것이었다. 왕족의 집이니만큼 이곳에도 지키는 하인들은 있었지만 무슨 일이 벌어질지 장담할 수 없으니.

궁 안에서도 독살을 꾀한 자들이었다. 광준의 목숨을 앗고자 한다면 사가의 담장쯤은 문제도 되지 않을 터. 어쩌면 반대로 담장 안을 감시해야 할지도 모를 일이었다. 제안대군 저역시 지금으로서는 용의선상에서 자유로울 수 없었다. 하여광준이 의식을 되찾을 때까지는 사가 안팎을 동궁전에서 감시하기로 했다.

광준은 중요한 증인이었다. 아직 그에게서 들을 얘기가 많았다. 거기에 개인적인 감정까지 더해져 세자는 광준을 차마 방치하지 못했다. 그는 따로 의관까지 붙여 광준을 간호하게 했다.

집 안에 탕약 달이는 냄새가 그득했다. 일꾼들은 초조하게 마당을 오가고, 사람들의 표정 역시 어두웠다. 그럴 수밖에 없었다. 얼마 전까지만 해도 멀쩡했던 이가 반 시체가 되어 궐에서 돌아왔으니.

광준은 부부인이 아끼는 친정조카였다. 이 집의 혈손은 아니었지만 가족 못지않게 자주 드나드는 편이었다. 세자가 쓰러진 광준을 그의 사가가 아닌 제안대군의 집으로 옮긴 것도 그 때문이었다. 위치상으로 궁에서 가깝기도 하거니와 이 모든 사건이 제안대군 저에서부터 비롯되었기 때문이다. 중요한 패일수록 한곳에 모아둘 필요가 있었다. 그 편이 지키기에도 수월할 터였다.

여리와 상호는 익위사 군관에게 가볍게 눈인사를 건네고 하인의 안내를 받아 사랑채로 향했다. 그곳엔 고 내관이 먼저 와 그들을 기다리고 있었다. 머리가 실처럼 하얗고 고목처럼 주름이 자글자글한 노인이었다. 사람이라기보다는 흡사 지박령 같았다. 일찍이 제안대군이 원자이던 시절부터 그의 곁을 지키다 이제는 주인마저 세상을 뜨고, 후손조차 없는 집안을 홀로 지키고 있는 유령 같은 노인이었다.

"오셨는가?"

그는 상호와 안면이 있는 듯 먼저 아는 척을 했다. 품계상으로는 상호가 위였지만 상호는 그를 함부로 대하지 못했다. 공손히 노인에게 인사한 상호는 자신이 온 까닭을 밝혔다.

"세자저하의 명을 받들어 왔습니다. 이미 아실 것이라 생각합니다만."

노인은 아무런 저항 없이 그저 순순히 고개를 끄덕였다. 지친 듯이, 혹은 자포자기한 듯이. 어쩌면 광준이 군관의 등에 실려 들어온 순간부터 어느 정도는 각오하고 있었는지도 몰랐다. 고 내관은 선선히 그들을 사랑채 안으로 안내했다.

방 안으로 들어서자마자 채색병풍과 매병(梅甁), 화려한 장식품들이 눈길을 사로잡았다. 보통의 사대부가(家) 사랑채와는 다르게 대놓고 재력을 과시하는 듯한 모양새가 돈 많은 상인의 집을 연상시켰다. 검소함을 미덕으로 삼는 선비가 본다면 천박하다 눈살을 찌푸렸겠지만 겉보기에만 그럴 뿐. 사실 그럴싸한 눈속임에 지나지 않았다.

자세히 보면 가구 위에 먼지 한 톨 떨어져 있지 않았다. 책상 위에는 문방사우가 가지런히 정돈되어 있고 중앙에는 겹겹이 하얀 종이가 반듯하게 잘려 묵직한 문진으로 눌려 있었다. 귀퉁이 하나 어긋난 것이 없었다. 당장이라도 주인의 손길이 닿길 기다리는 것처럼 강박적이었다. 이젠 붓을 들 사람도 없건만.

의미심장한 방문자들의 시선을 느꼈는지 고 내관이 쓰게 웃었다.

"습관이란 게 참으로 무섭지 뭔가? 아침마다 이곳을 정리하는 게 일과다 보니. 다른 곳은 몰라도 서재만큼은 아직 남에게 맡길 수가 없어서 말일세."

주인이 살아 있을 때와 마찬가지로 고 내관이 손수 관리하고 있었다. 오랜 주종관계에 피아를 구분하는 게 무의미해진지 오래였다. 고 내관은 행여 이번 일로 사달이 생긴다면 그마저 짊어질 각오가 되어 있었다. 이미 일의 당사자인 주인은 세상을 뜨고 없었지만. 사실 그의 책임도 없지 않았다. 주인이 떠난 방에서 미세한 변화를 가장 먼저 눈치챈 것이 바로 고 내관이었다.

"이곳의 물건이라면 눈을 감고도 뭐가 어디에 있는지 찾을 수 있을 정도건만."

환혼전이 사라졌다는 걸 안 순간 고 내관은 기어코 벌어질 일이 벌어졌다는 생각을 했다. 그래서 그 책에 손을 댄 것이 누구인지 짐작하면서도 회수할 엄두를 내지 못했다. 그는 이미 너무 늙어버렸다. 그리고 지쳐 있었다. 오랜 세월 쌓이고 굳어진 이 집 안의 분노를 다독이고 잠재우기에는 자포자기하는 심정이 컸다. 어쩌면 그 역시 은연중에 방조한 것일지도 모른다.

깊은 한숨을 내쉰 고 내관은 책상 서랍 안에서 투박한 질감의 오동나무 함을 꺼냈다. 이곳에 있는 그 어떤 물건보다도 흔하고 싸구려 같은 모양새였다. 하지만 반들반들 윤이 나는 것이 손길은 가장 자주 닿은 듯했다. 방금 들여놓은 것처럼 생활감이 없는 다른 물건들과는 달랐다.

고 내관은 습관처럼 소맷자락으로 먼지 한 톨 없는 함 위를 쓸었다. 그리고 조심스럽게 뚜껑을 열었다. 그러자 그 안에서 오래된 책 한 권이 나왔다.

천자문(千字文).

예종 임금이 갓 태어난 아들을 위해 손수 필사했다는 바로 그 책이었다.

"아직도 매일 밤 한 자, 한 자 글자를 써 내려가시던 선왕 전하의 모습이 눈에 선하다네. 그때 용안에 어리던 미소를 생각하면……."

낡은 책을 바라보는 고 내관의 눈동자에 애틋함이 서렸다. 그 책을 대군에게 전한 이가 바로 고 내관이었다. 깊은 밤 외로움과 두려움에 떠는 어린 왕자에게 의지할 대상이라고는 자식을 낳아본 적 없는 젊은 환관과 부친이 남긴 책 한 권이 전부였다.

우는 아이를 안아줄 수도, 달래줄 수도 없는 종이뭉치에 불과했지만 대군은 빳빳한 종이가 날근날근해질 때까지 천자문을 읽고 또 읽었다. 손 한 번 잡아보지 못하고 놓쳐버린 부정(父情)이 거기 있다는 듯, 매일 읽고 따라 쓰다보니 대군은 자연스레 글을 깨우쳤다. 그리고 어느새 필체마저 닮아버렸다.

"대군께선 그저 부친을 그리워하신 것뿐일세. 딱히 글을 익히려 하셨던 것도 아니야. 보고 또 보다보니 어느새 눈에 익어버린 것일 뿐."

책장을 넘겨 확인한 상호는 여리를 향해 넌지시 눈짓했다.

가까이 다가온 여리도 어깨 너머로 필체를 확인했다. 환혼전의 서체와 흡사했다. 보관하고 있는 동안 여러 번 봤던 터라 확실했다. 두 책은 한 사람이 썼다고 해도 믿을 만큼 닮아 있었다.

아버지와 아들이란 것인가. 어쩐지 입맛이 씁쓸해졌다. 제안대군을 두둔하고자 하는 마음이 든 것은 아니었지만 그의 고독과 분노를 이해할 수 있을 것 같았다. 여리는 상호와 고 내관이 단둘이 이야기를 나눌 수 있도록 자리를 비켰다. 두 사람은 친분이 있으니 그녀가 없는 편이 민감한 이야기를 나누기에 더 편할 듯했다.

먼저 사랑채에서 물러나온 여리는 분위기를 살필 겸 저택 안을 둘러보았다. 이곳 어딘가에 광준이 있다고 생각하니 그의 병세가 궁금하기도 했다. 중문으로 들어선 여리는 집 안쪽으로 걸음을 옮겼다. 평소 왕실 가족들이 피접을 오면 묵는 별채 쪽에 광준을 옮겨두었다던 하인의 말이 떠오른 것이다. 막 건물의 모퉁이를 돌아서는데 첨벙첨벙, 어디선가 물보라이는 소리가 들렸다. 고개를 돌리니 후원 한 켠에 연못이 보였다. 그 앞에 나이 지긋한 사내가 서 있었다. 대군 저의 구사였다.

여리는 걸음을 멈췄다. 사내는 연못의 물고기들에게 밥을 주고 있었다. 둥글게 뭉친 떡밥을 던질 때마다 팔뚝만한 잉어들이 고개를 내밀고 서로 먹겠다며 용트림을 쳤다. 꿈틀대는 몸싸움이 어찌나 그악스러운지 자칫 떡밥 대신 아직 어린 치

어들이 아귀 같은 입속으로 딸려 들어가는 것은 아닌지 걱정
이 될 지경이었다.

여리는 미간을 찌푸렸다. 그러고 보니 사내의 얼굴이 어쩐
지 낯익었던 것이다. 생각을 더듬던 여리는 그가 지난번 대비
의 탄일에 광준과 함께 하례품을 지고 왔던 자라는 사실을 깨
달았다. 그때는 허리를 옹송그리고 있어 미처 몰랐는데 똑바
로 선 그는 군데군데 흰머리가 보이긴 했지만 떡 벌어진 어깨
에 다부진 체격을 하고 있었다. 고요히 서 있는 모습이 깊은
생각에 잠긴 듯하여 어쩐지 방해를 해서는 안 될 것 같은 분
위기를 풍겼다.

그때도 이런 느낌이었던가. 같은 사람이 맞는지 재어보고
있는데 인기척을 느낀 사내가 먼저 이쪽을 돌아보았다. 엉겁
결에 고개를 까딱이자 사내도 여리의 인사를 맞받았다. 순간
사내의 눈에 의아함이 서렸다. 낯선 방문객을 경계하는 것이
었다. 더구나 이곳은 안채로 향하는 길목이었다. 여리는 한 발
앞으로 나서며 먼저 아는 척을 했다.

"혹, 지난번 김 주서 나리와 함께 궐에 들어왔던……?"

사내는 대답 대신 손에 남아 있던 떡밥을 모두 연못에 던
졌다. 탁탁 턴 손바닥을 바지춤에 닦더니 소매 안에서 종이다
발과 헝겊에 싼 목탄을 꺼냈다. 그리고 종이 위에 빠르게 뭔
가를 쓱쓱 써 내려갔다. 잠시 후 사내가 내민 종이 위엔 언문
몇 자가 적혀 있었다.

[누구신지요.]

여리가 어리둥절한 얼굴로 쳐다보자 사내가 익숙하다는
듯 손가락으로 제 목을 가리켰다. 그곳엔 아직 후덥지근한 초
가을 날씨임에도 불구하고 얇은 헝겊이 칭칭 감겨 있었다. 뭔
가를 가리려는 듯. 손짓해 보인 사내는 이번엔 제 입을 가리
키고 고개를 저어 보였다. 말을 못한다는 뜻인 것 같았다. 그
제서야 상황을 이해한 여리는 고개를 끄덕였다. 사내는 필담
을 나누려는 것이었다.

여리는 손을 뻗어 사내가 쥔 종이와 목탄을 가져오려 했다.
그러자 손을 뒤로 뺀 사내는 이번엔 제 귀를 가리켰다. 고개
를 끄덕이는 것이 들을 수는 있다는 말인 것 같았다. 아마도
사내가 말을 못하는 것은 후천적인 사고 때문인 듯했다.

목을 다친 것인가. 여리는 무명천이 감긴 사내의 목을 흘긋
보았다. 어쨌든 의사소통엔 무리가 없을 듯했다. 여리는 사내
에게 자신을 소개했다.

"궐에서 나온 대비전 나인 정가라 합니다. 지난번에 김 주서
나리와 함께 대비전에 온 것을 본 듯하여 말을 걸었습니다."

그러자 잠시 묘한 표정을 짓던 사내가 고개를 끄덕였다.

[예. 종종 심부름을 갑니다.]

사내의 필체는 빠르지만 반듯했다. 몹시 숙달된 듯했다. 고
개를 든 여리는 조심스레 물었다.

"나리께서는 어떠십니까? 좀 차도는 있으신지요?"

궁에 심부름을 다닐 정도면 꽤 신임을 받고 있는 자일 것
이다. 하니 오늘 김 주서에게 벌어진 일들을 대강은 알고 있

을 터. 사내는 안타까운 듯 고개를 저었다.

[독을 중화시켜준다는 탕약을 드시고는 계신데, 아직 정신을 차리지는 못하셨다고 들었습니다.]

역시나 그는 제법 소상히 답해주었다. 그녀가 궁녀라는 사실이 경계심을 느슨하게 만드는 데 한몫한 것 같았다.

[궐에서 나온 의원이 살피고 있으니 곧 차도가 있지 않겠습니까?]

그는 다분히 호의적인 미소를 띠었다. 궐에서 무슨 일이 있었는지까지는 알지 못하겠지만 어쨌든 지금 궐에서 나온 이들이 광준을 보살피고 있는 것만은 사실이었다. 그러니 우호적인 태도를 보이는 것도 당연했다.

여리는 다행이라고 생각했다. 적어도 아직 하인들 사이엔 환혼전의 저자가 제안대군이란 사실이 퍼지지 않은 모양이었다. 세자는 특별히 입단속을 시켰다. 행여나 이 일이 밖으로 새어나가는 날엔 어떤 환란이 닥칠지 알 수 없었다.

작서사건으로 궐에 피바람이 분 지 얼마 되지도 않았다. 한데 귀신소동의 배후에 왕실의 종친이 연루되어 있다는 사실이 알려지기라도 하는 날엔 진실이 무엇이든 간에 또다시 아비규환이 펼쳐질 공산이 컸다. 이번에는 폐서인 정도로 끝나지 않을지도 몰랐다. 왕실의 명예가 실추된 만큼 금상의 분노는 극에 달할 테니. 책을 퍼트린 광준은 분명 죽게 될 터였다. 그리고 부부인은…….

제안대군의 처이자 광준의 고모인 부부인 김씨는 노쇠한

데다 선천적으로 병약하여 잘 걷지 못했다. 정원에 심긴 화초처럼 연약한 그녀는 스스로를 방어하기는커녕 작은 충격에도 제풀에 스러질 것이 뻔했다.

세자는 비록 제안대군이 숨겨온 비밀에 큰 충격을 받았지만 당장 대군 저가 풍비박산 나기를 원치는 않았다. 아직 진실이 명명백백히 밝혀진 것도 아니었다. 게다가 세자는 죽은 대군과 부부인에게 모종의 부채감을 지니고 있었다. 어리고 병약한 그가 궐 밖을 떠돌 때 기꺼이 받아준 것이 바로 그들 부부였기 때문이다.

사안이 심각한 만큼 한시라도 빨리 부왕에게 알리는 것이 옳을 테지만 세자는 적어도 광준이 깨어날 때까지만이라도 기다리고 싶어 했다. 앞뒤 정황이 명백해지면 그때에 가서 고해도 늦지 않을 터. 당장은 시간을 벌 필요가 있었다.

세자의 의중을 짚어보던 여리는 눈앞의 사내를 응시했다. 수더분하게 웃고 있으니 무표정하던 조금 전과는 인상이 또 달라 보였다. 그때 안채 쪽에서 누군가 큰 소리로 사내를 불렀다.

"이보게 인모! 마님께서 찾으시네!"

사내의 이름이 인모인 모양이었다. 고개를 돌려 그쪽을 확인한 사내는 곤란한 표정으로 다시 여리를 바라보았다. 이만 가봐야 한다는 뜻인 듯했다. 여리는 고개를 끄덕였다. 더는 그를 붙들고 있을 까닭이 없었다. 걸음을 돌리려던 여리는 문득 떠오른 기억에 돌아서던 사내를 붙잡았다.

"저, 혹시……."

고개를 돌린 사내가 여리를 내려다보았다. 여리도 체구가 그리 작은 편은 아닌데 그와 눈을 맞추려면 한참 고개를 들어 올려야 했다. 여리는 자연스럽게 한 걸음 뒤로 물러서며 물었다.

"지난 유월 스물 닷새 날에 궐에 오지 않았습니까?"

갑작스런 질문에 사내는 기억을 더듬는 듯 눈매를 찌푸렸다. 그에 여리가 덧붙였다.

"그날은 대비마마의 탄일이었습니다."

그러자 사내가 아, 하는 표정을 지었다. 기억이 난 모양이었다.

[그것은 왜?]

"그날 면회소에서 뵌 듯하여 그렇습니다. 혹, 누굴 만나러 오셨던 겁니까?"

갑작스레 모친이 궁으로 찾아왔던 날, 여리는 면회소를 나오던 길에 사내를 보았다. 그때 그는 멀거니 창밖을 바라보고 있었다. 누군가 오기를 기다리는 사람처럼. 하지만 사내는 대답하기가 곤란한지 난감한 표정을 지었다. 여리는 대답을 채근하는 대신 슬쩍 그를 떠보았다.

"그날도 김 주서 나리와 함께 입궐했던 것입니까?"

망설이던 사내는 집요한 여리의 눈빛에 고개를 끄덕였다. 그리고는 재차 자신을 부르는 목소리에 꾸벅, 여리에게 고개를 숙여 보이고는 재빨리 그 자리를 떴다.

그것만으로도 충분했다. 지그시 입술을 깨문 여리는 별채 쪽으로 가려던 걸음을 돌려 다시 자신이 왔던 사랑채 쪽으로 향했다. 광준은 아직 깨어나지 못했다 하니, 가봤자 큰 소용은 없을 듯했다. 그보다는…….

대비가 내의녀의 실수로 크게 발작을 일으켰던 그날, 광준은 궐에 있었다. 관직에서 쫓겨난 자이니 공무를 보러 온 것도 아닐 텐데. 동궁전을 찾아온 것도 아니었다. 그렇다고 대비전에 모습을 드러낸 적도 없었다. 그렇다면 그는 무슨 이유로 입궐했던 걸까.

고요해진 연못 밑에서 잉어들이 헤엄쳤다. 그때마다 수면이 일렁이고 물그림자가 졌다. 겉보기엔 더없이 평온해 보였다. 하지만 그것들이 몸부림치며 달려들던 광경을 본 까닭일까. 알 수 없는 불안함에 연못가를 떠나는 여리의 발걸음이 빨라졌다.

◥ 제안대군 이현의 졸기

제안대군(齊安大君) 이현(李琄)이 졸(卒)하였다. 전교하기를,
"항렬 높은 종실이 죽어 내가 매우 애통스럽다."
하고, 특별한 부의를 내리고 널을 가려서 주도록 하였고 예조로 하여금 시급히 장사에 관한 일을 마련하도록 하였다. 또 현이 후손이 없으므로 이천정(伊川正) 이수례(李壽禮)로 상주를 삼도록 하였다.
사신은 논한다. 이현은 예종(睿宗)의 아들로 성격이 어리석어서 남녀 관계의 일

을 몰랐고, 날마다 풍류잡히며 음식 대접하는 것을 일과로 삼았다. 그러나 더러는 행사가 예에 맞는 것이 있으므로 사람들이 거짓 어리석은 체하는 것이라고 하였다.

- 1525년 중종20년 12월 14일 조선왕조실록 기사 중

12장

궁으로 돌아왔을 때 이미 해는 뉘엿뉘엿 지고 있었다. 석강을 마치고 돌아온 세자는 먼저 와 기다리고 있던 상호와 여리에게서 제안대군 저의 일을 보고 받았다.

"김 주서의 말대로 환혼전은 대군께서 쓰신 것이 맞는 듯합니다. 정 나인이 필체를 확인하였고, 고 내관으로부터 증언도 확보하였나이다. 허나 쓰인 지 이십여 년도 더 된 책이라, 고 내관도 천구의 일은 어찌 된 영문인지 잘 모르는 듯했습니다."

"이십여 년 전의 일이라……."

세자는 환혼전이 쓰인 시기를 간단히 역산해보았다. 이로써 환혼전이 설공찬전보다 앞선다는 광준의 주장은 확인되었다. 설공찬전이 세상에 알려진 것이 신미년의 일이니. 대략 16년 전이다. 그렇다면 그사이 제안대군과 인천군 사이에 어떤 교감이라도 있었던 것일까.

무일은 두 책이 전혀 다르다고 주장했지만 어떤 경로로든 서로 영향을 끼친 것만은 확실해 보였다. 하지만 두 당사자 모두 이미 고인이 된 터라.

"혹 제안대군이 복정일까요?"

여리가 조심스레 의문을 제기했다. 평생 자신의 본색을 감추고 살아온 사람이니, 어쩌면 남들에겐 알려지지 않은 필명 하나쯤은 가지고 있었을 수도 있다. 그렇다면 광준이 인천군의 후손들을 찾아가 복정에 대해 물은 것도 이해가 갔다. 하지만 지금으로서는 확인해줄 사람이 없으니.

"단정할 수는 없지."

미간을 찌푸린 세자가 생각에 잠긴 얼굴로 중얼거렸다.

"대체 그즈음에 무슨 일이 있었던 것인가?"

당시의 일을 좀 더 상세히 알아볼 필요가 있었다. 제안대군이 환혼전을 쓴 계기나 인천군과의 관계 같은 것들. 하다못해 이 책에 관해 누가 더 알고 있는지라도 확인해야 했다. 천구 소동을 벌인 자는 적어도 이 글에 얽힌 내막을 미리 알고 있었던 듯하니.

고개를 돌린 세자가 상호에게 물었다.

"김 주서는 어떠하냐? 차도가 좀 있느냐?"

그가 깨어나야 나머지 환혼전의 행방과 복정의 정체, 그리고 그가 북악산 주변을 서성인 까닭에 대해 알 수 있을 터였다. 하지만 상호는 난감한 듯 고개를 조아렸다.

"아직 깨어나지 못하였습니다. 의관이 애쓰고는 있으나 독으로 심부가 많이 상한 데다 피를 많이 쏟아 회복이 쉽지 않을 것이라고……."

세자는 한숨을 내쉬었다. 자신이 좀 더 자유롭게 운신할 수만 있었어도 일의 진도가 이리 더디진 않았을 것을. 그런 세자의 고심을 눈치챈 상호가 조심스레 아뢰었다.

"송구하오나 저하. 이제 그만 전하께 사실을 고하고 일을 순리대로 처분하심이 어떠하올는지요?"

그에 세자의 표정이 굳어졌다.

"순리대로라……."

이미 동궁전에서 오롯이 감당하기엔 일이 커져 있었다. 궐내에서 독살 시도가 있었으며, 광준을 살리기 위해 사사로이 의관을 동원했다. 게다가 익위사 일부를 대군 저로 분산한 상황이라 눈에 띄는 건 시간 문제였다. 하지만 여전히 세자는 망설일 수밖에 없었다. 상호의 말대로 부왕에게 알린다면 부왕이 어떤 반응을 보일지 예측할 수 없었기 때문이다.

아니, 실은 어느 정도 짐작이 갔다. 오히려 그래서 문제였다. 부왕은 소란을 병적으로 싫어했다. 그렇기에 최대한 문제를 조용히 처리하려 할 터. 가장 손쉬운 방법은 입을 막는 것이었다. 그중에서도 가장 확실한 방법은 죽음으로서 침묵하게 하는 것이니.

제안대군은 이미 이 세상 사람이 아니었다. 그러니 그 주변의 몇몇만 제거하면 의외로 간단히 해결될 일이었다. 아마도 광준이 첫 번째가 되겠지. 그 다음은 고 내관. 운이 좋다면 부부인은 목숨을 건지게 될까.

세자는 지그시 어금니를 물었다. 결과를 뻔히 알면서도 방

관할 수는 없었다. 그는 더 이상 피를 보고 싶지 않았다. 그렇다고 날로 허약해지는 대비를 두고 볼 수만도 없었다.

"일단은 함구한다."

결심한 세자는 상호에게 지시했다.

"조만간 문소전을 직접 다시 조사해 볼 것이니."

"하오나 저하……!"

상호가 무엇을 걱정하는지 알고 있었다. 창덕궁에서 문소전이 있는 경복궁까지는 천천히 걸어도 한 식경이면 당도할 정도로 가까운 거리이기는 하나 어쨌든 궐 밖으로 나가는 일인지라 시선을 끌 우려가 있었다. 오늘도 잠깐 자리를 비웠을 뿐인데 이곳저곳에서 동궁전의 심상치 않은 기류에 대해 말이 흘러나왔던 것이다. 하기야 환복도 하지 않은 채 익위사 군관들까지 대동하고 급히 움직였으니. 가마를 탔다지만 그들의 행렬만으로도 이목을 끌었을 터였다.

"이번에는 어떻게 둘러대고 넘겼다지만 다시 문소전에 가신다면 웃전에서도 눈치를 챌 것이옵니다."

상호의 만류에 세자도 생각이 복잡해졌다. 그때 여리가 조심스레 말을 꺼냈다.

"한데 폐서고 말이옵니다."

광준이 쓰러지기 전에 남겼다는 말은 '문소전'과 '폐서고'였다.

"정말 거기에 나머지 환혼전이 있다는 뜻이었을까요?"

여리는 쓰러지기 전 광준이 보인 행보와 오늘 낮에 대군 저

315

에서 만난 구사의 말을 곱씹고 있었다. 처음부터 어쩐지 개운치가 않았는데 생각할수록 아무래도 미심쩍은 구석이 있었다.

"그 폐서고, 이전부터 귀신이 출몰한단 소문이 있던 곳이지 않습니까?"

여리가 세자와 얽힌 것도 그 때문이었다.

"혹 환혼전이 아니라 천구의 행적을 알리려던 것이라면……."

여리의 말에 세자는 물론이고 상호까지 움찔 굳어졌다.

"그러고 보니 소인이 아직 소환(小宦 견습내관)이던 시절에 그 비슷한 소문을 들어본 기억이 있습니다. 어릴 적 일이라 잊고 있었사옵니다만……."

어찌 그것을 까맣게 잊고 있었는지 모르겠다며 상호가 마른침을 삼켰다.

"문소전에 기이한 짐승이 나타난 적이 있었습니다. 그때 사람들이 말하기를 그 짐승이 개와 닮았으나 개보다 훨씬 크고, 지독한 피 냄새를 풍겼다고 했습니다. 지금 생각해보니 그 모습이……."

"천구와 흡사하구나!"

기대치 못했던 단서였다. 허면 천구의 등장이 이번이 처음이 아닐 수도 있다는 얘긴데…….

"실은 대비마마의 탄일에 김 주서가 입궐했었다고 합니다. 그 전날 밤 장례원 앞에 천구가 나타났었지요. 만일 김 주서가 천구의 행적을 쫓아 궐 안까지 들어온 것이라면."

여리가 덧붙인 말에 세자의 머릿속이 빠르게 돌아갔다. 광준은 친구가 나타난 뒤로 혼란과 불안을 느끼고 있었다. 자신이 행한 일이 이런 후폭풍을 몰고 올 것이라곤 미처 예상치 못했기 때문이다. 친구가 환혼전과 관련이 있을 거라 생각한 광준은 쭉 진실을 쫓아왔다. 그러던 와중에 뭔가 중요한 단서를 잡은 것일지도…….

"숙정문에선 경복궁 후원이 내려다보이지. 평소 잠겨 있는 폐서고일지라도 그곳에서 보면 움직임을 감지할 수 있을 터."

이마를 짚은 세자가 탄식했다.

"감시를 하고 있었던 것일지도 모르겠구나."

이제야 광준이 왜 도성을 떠나지 못했는지 알 것 같았다.

"그곳 후원은 평소에도 오가는 사람이 드무니."

문소전은 선왕과 선왕비의 위패가 모셔져 있는 묘전(廟殿)이었다. 아침저녁으로 봉향을 하지만 외인이 함부로 드나들 수 있는 곳이 아니었다. 폐서고도 마찬가지였다. 문은 자물쇠로 단단히 잠겨 있었고 열쇠는 액정서에서 보관하고 있었다.

"김 주서가 궐 지리에 익숙하다지만 닫힌 폐서고 안까지 마음대로 드나들진 못했을 것이다. 그곳에 무언가를 숨기기엔 정황상 어려우니."

고개를 든 세자는 여리와 상호를 차례로 응시했다.

"과거 문소전에 나타났었다는 괴이한 짐승에 대해 알아봐야겠다."

만약 그 짐승이 그들이 짐작하는 대로 정말 친구가 맞는다면 그 사건으로부터 뭔가 단서를 찾을 수 있을지도 모른다.

"그러자면 당시의 일을 소상히 아는 자가 필요한데……."

그에 상호가 여리 쪽을 보며 말했다.

"박 상궁이라면 아마 기억하고 있을 것입니다."

궐의 터줏대감이나 다름없는 이였다. 대비의 수족으로 수십 년째 내명부의 사정을 속속들이 지켜봐 왔으니.

늦은 밤, 박 상궁의 처소를 찾은 여리는 그녀의 손짓에 자리에 앉으며 눈으로 그녀의 방 내부를 훑었다. 제조상궁의 처소라 하기엔 단출하다 못해 초라한 방이었다. 이렇다 할 장식도 없고, 가구는 주인을 닮아 모두 오래되어 낡은 것들뿐이었다. 그럼에도 먼지 한 톨 보이지 않고 모든 것이 흐트러짐 없이 질서정연했다. 방주인의 성품을 대변하듯.

그녀의 방에서는 나이 든 이들에게서 으레 맡아지는 노인 특유의 쿰쿰한 체취가 전혀 느껴지지 않았다. 오히려 화하면서도 머리를 맑게 하는 상쾌한 냄새가 나는 것이……. 여리는 방 한 켠에 걸린 말린 방하(薄荷 박하)잎을 보았다.

저것 때문인가. 평소에도 그녀에게서는 늘 싸한 냄새가 나곤 했다. 그것이 그녀와 잘 어울린다고 생각은 했지만 그래도 좀 특이한 취향이기는 했다. 보통 여인들이 지니는 향낭 안에는 말린꽃이나 향유, 그보다 귀한 것으로는 종이에 싼 사향 등이 들어 있게 마련이었다. 한데 방하라니. 사내를 유혹할 목적이 아닌 것만은 확실했다.

여리는 속으로 혀를 찼다. 박 상궁에게 사내라니. 가장 어울리지 않는 조합이었다. 그녀는 여인이라기보다 무성에 가까운 사람이었다. 대비를 보필하고 충성하는 것 외에는 삶의 목적을 찾아볼 수 없는 사람이랄까.

고개를 숙여 인사한 여리는 자신이 이곳에 온 목적을 상기하며 일단 오늘 낮에 있었던 일들을 간단히 보고했다. 박 상궁이 대비의 화각장을 뒤지다 발각된 여리의 신변을 세자에게 넘기면서 합의한 대로였다. 여리는 문제가 될 만한 민감한 사안은 슬쩍 제쳐두고 대략적인 상황만을 전달했다.

"환혼전을 쓴 이는 졸서하신 제안대군이셨습니다. 그것을 우연히 발견한 김 주서가 저자에 퍼트린 것이고요. 김 주서는 지금 대군 저에 구금되어 있습니다."

여리는 김 주서가 중독되었다는 얘기는 하지 않았다. 궁에서, 그것도 세자의 통제 아래 그런 일이 있었다는 말은 차마 전할 수 없었다.

"저하께서는 당분간 이 일을 비밀에 부쳤으면 하십니다. 설익은 정보가 외부에 알려졌다간 도리어 조사에 혼선이 올 위험이 있고, 범인이 더 깊이 숨어버릴 수도 있으니까요."

마음이 급한 만큼 반발할지도 모른다고 생각했던 박 상궁은 의외로 선선히 고개를 끄덕였다.

"제안대군 저란 말이지."

그저 티 나지 않게 어금니를 꽉 다물 뿐이었다. 제안대군이 세간에 알려진 것과는 전혀 다른 면모를 지니고 있었다는 사실에 그녀 역시 꽤나 충격을 받은 모양이었다.

"예. 하지만 천구의 일에 대해서는 그들도 잘 모른다 하였습니다. 그 부분은 좀 더 조사가 필요할 것 같습니다. 해서 여쭙는 것인데……."

여리는 생각에 잠긴 듯한 박 상궁을 바라보았다. 날이 갈수록 쇠약해져 가는 대비를 간병하느라 그녀 역시 눈에 띄게 수척해져 있었다. 몸에 좋다는 온갖 약재를 대령하고, 귀신을 쫓는 데 효험이 있다는 비방들을 모조리 동원하고 있었지만 별다른 차도를 보이지 않는 터라. 잔뜩 초조해하고 있을 거라는 예상과 다르게 그녀는 제법 침착해 보였다. 원체 감정을 잘 드러내지 않는 사람이니 겉보기에만 그런 것일지도 모르지만.

여리는 조심스럽게 말을 꺼냈다.

"꽤 오래 전에 문소전에서 괴이한 짐승이 나온 적이 있다고 들었습니다."

그에 박 상궁이 미간을 찌푸렸다.

"문소전에 짐승이라……."

기억을 더듬던 그녀는 생각난 듯 고개를 끄덕였다.

"그래. 그러고 보니 그런 일이 있었지."

그녀는 당시의 일을 제법 상세히 기억하고 있었다.

"그게 아마 늦봄의 일이었을 게다. 문소전을 지키던 궁녀가 뒷마당에서 웬 짐승을 보았다 들었다. 털이 길고 꼬리가 달린 것이 흡사 개처럼 보였는데 덩치가 몹시 커다랬다고 했어. 비명을 지르니 담장을 넘어 사라졌는데 군관들이 뒤쫓았지만 끝내 찾지 못하였지."

말하던 그녀의 표정이 점점 굳었다. 옛일을 떠올리다 보니 그녀 역시 묘한 기시감을 느낀 것이다.

"그 짐승이 근래 괴변을 일으킨 놈과 같은 놈이라 여기는 것이냐?"

"확언할 수는 없습니다. 하나 유사하지 않습니까?"

여리는 광준이 쓰러지기 전에 문소전을 지목하였다는 말도 하지 않았다. 그 대목을 얘기하자면 광준이 쓰러진 이유 또한 설명해야 했기 때문이다. 대신 여리는 세자가 몹시 관심을 두고 있다는 말로 분위기를 환기했다.

"어쩌면 이번 일과 관련이 있을지도 모른다고 생각하고 계십니다. 하여 그 일에 대해 좀 더 자세히 알기를 바라십니다."

그에 박 상궁이 대답했다.

"그 일이라면 조보(朝報 조정의 소식을 알리는 소식지)에도 기록이 남아 있을 것이다."

"관보(官報)에 말씀이십니까?"

조정에서 발행하는 신문에 실렸을 정도면 꽤나 큰 사건이었던 모양이다.

"하지만 보통 이런 황탄한 사건은 자체적으로 검열을 하지 않습니까? 더구나 전하께서 미리 보셨을 텐데."

금상은 궁 안의 일들이 궐 밖으로 알려지는 걸 극도로 꺼렸다. 하여 궁 안에 천구가 나타난 일도 소문은 파다하게 퍼졌지만 조보에 실리지는 않았다. 한데 어찌 그때의 일은…….

"전날 종묘 인근에 큰 불이 났기 때문이다."

박 상궁이 그 이유를 설명했다.

"민가에서 불이 번져 종묘의 소나무까지 옮겨 붙었지. 그리고 다음날 문소전에 그 짐승이 나타난 게다. 그때 불타 없어진 민가만 해도 예순 채가 넘고 죽은 사람도 있었다 들었다."

그 정도로 큰 사건이었으니 조보에 실린 것이다. 당시 기이한 짐승의 등장은 왕실 묘소에 일어난 괴변의 일환으로 여겨졌다.

"결국 종묘에 안신제(安神祭)까지 지냈을 정도니."

"혹, 그것이 정확히 언제의 일인지 기억하십니까?"

지난 조보를 찾자면 사건이 일어난 시기를 대략이라도 알아야 했다. 그에 박 상궁이 어렵지 않게 대답했다.

"신미년의 일이었다."

"신미년이라면……."

순간 여리의 표정이 묘해졌다.

"그래. 설공찬전이 분서된 그 해다."

여리가 무슨 생각을 하는지 안다는 듯 박 상궁이 대답했다. 그녀의 얼굴도 어느새 심각해져 있었다. 생각보다 많은 일이 복잡하게 얽혀 있었다.

"종묘에 화재가 난 것이 늦봄의 일이고, 대간이 인천군을 탄핵한 것이 그 해 늦은 가을의 일이었지."

꽃이 지고 그 자리에 열매가 맺히듯.

기묘한 기분이 들었다. 박 상궁의 처소를 나온 여리는 멈춰
서 생각에 잠겼다. 대체 신미년에 무슨 일이 있었기에. 그때
문소전에 나타났던 것이 정말 천구가 맞는다면 십수 년간 조
용했던 천구가 어째서 다시 모습을 드러낸 것일까.

다음날 일찍, 여리는 동궁전으로 건너가 간밤에 박 상궁에
게서 들은 얘기를 전했다.

"그 모든 게 신미년에 일어난 일이라…….."

세자 역시 그 점을 미심쩍게 여겼다. 어떤 필연성 같은 것
이 느껴졌다. 지금으로선 여러 사건들을 하나로 꿸 수 있는
실마리를 찾지 못했지만 분명 어떤 연결고리가 존재하는 듯
했다.

"인천군은 그 얘기를 전해 들은 것이라 증언했다. 설공찬
은 그의 먼 일가붙이라지."

여리가 함창에 다녀올 동안 도성에 남아 있던 세자가 공초
안을 뒤져 알아낸 사실이었다.

"친척에게 들은 얘기에 본인이 살을 붙인 것이라 했다."

인천군은 본래도 신기하고 기이한 얘기를 수집하고 기록
하기를 즐겼다. 이는 젊은 시절부터 이어져온 도락이었다. 심
지어 술에 취하면 그 자리에 있는 사람을 붙들고 귀신 얘기를
해달라 막무가내로 조를 정도였다 하니. 그는 용재총화를 쓴
성현과도 막역한 사이였다. 귀신 얘기가 태반인 책이었다. 역
시나 초록은 동색이랄까.

"헌데 김 주서가 인천군의 후손을 만나 '복정'이란 자에 대해 캐물었다고 했지."

혹 그런 이름을 가진 자와 연락을 주고받지는 않았는지 확인했다고 했다.

"대군께선 환혼전을 썼지만 감추셨다. 헌데 그게 어떤 식으로든 인천군에게 흘러들어간 거라면."

"생전에 교류가 있었던 걸까요?"

"안면이 없지는 않았을 게다. 허나 가깝게 지냈다는 말은 들어본 적이 없다. 대군께선 폐주와 왕래가 잦았는데, 인천군은 어찌 되었든 반정공신이 아니냐? 또한 둘 사이에 교류가 있었다면 숙예가 알았을 것이다. 헌데 함창까지 가서 확인을 했다는 걸 보면……."

광준 또한 확신하지 못했다는 뜻이었다. 그래도 이름까지 언급한 것으로 보아 무언가 짐작 가는 바가 있었다는 것인데.

"그 부분은 좀 더 단서를 찾아봐야겠지. 그래도 설공찬전은 일단 실재하는 이야기라고 하니."

고개를 돌린 세자가 상호를 불렀다.

"순창에 사람을 좀 보내야겠다. 그쪽에 설씨 집안이 아직 살고 있는지 확인하고 인천군이 들었다는 얘기의 전말을 좀 더 상세히 알아보게 하라."

그 말에 상호가 고개를 숙였다.

"예. 당장 시행하겠습니다."

다행히 이번엔 여리가 직접 나서지 않아도 되었다. 간다 해도 현재로선 시간이 꽤 흘러 당사자들을 만날 수 있다는 보장도 없었다. 게다가 이미 널리 알려진 얘기였다. 근방에 가서 물어보기만 해도 웬만한 정보는 얻을 수 있을 터였다. 대신 여리는 종묘 인근의 화재사건을 좀 더 파헤쳐보기로 했다.

"많은 민가가 불타고 죽은 사람도 있다고 들었습니다. 큰 화재였으니 분명 아직 기억하는 사람이 있을 것입니다."

어쩌면 당시 사건의 목격자를 찾을 수 있을지도 몰랐다. 세자는 고개를 끄덕였다.

"곧 추석이다. 아바마마께 영경전(永慶殿)의 방문을 허해달라 청해볼 생각이다."

영경전은 세자의 모후이신 장경왕후의 혼전(魂殿, 왕이나 왕비의 신위를 모시는 전각)이었다. 경복궁에 있으며 문소전과도 멀지 않았다.

"결국 직접 가보시려는 것입니까?"

"내 눈으로 직접 확인해야겠다."

세자가 말했다.

"그 전에 조보부터 찾아봐야겠지만."

자리에서 일어난 세자는 상호를 데리고 조보청으로 향했다.

그날 오후, 여리는 박 상궁에게 허가를 얻어 연화방(蓮花坊)으로 갔다. 조보를 확인한 결과 종묘 화재 때 집을 잃은 자들 중 상당수가 이곳 연화방으로 이주해왔다는 정보를 얻었던 것이다. 원래 그들이 살던 곳은 종묘 담장과 가까워 화재 이

후 철거되었다. 대신 관으로부터 빈 토지를 할당받아 새로 집을 짓고 모여살고 있었다.

여리는 그중 가장 나이가 많다는 노파의 집을 찾았다. 오래된 일인 만큼 당시의 일을 기억할 만한 증언자가 필요했다.

"계십니까?"

안쪽을 향해 부르자,

"뉘시오?"

경첩이 빠져 기울어진 방문을 열고 중년의 사내가 고개를 내밀었다. 한창 일할 시간인데 사내는 술에 취했는지 얼굴이 불콰했다. 열린 방문 틈새로 시금털털한 싸구려 탁주 냄새가 확 풍겼다.

"궐에서 나왔소. 이 댁 어르신을 좀 뵈었으면 하오만."

불퉁하던 사내는 궐에서 나왔다는 말에 의아한 표정을 지었다. 느슨하게 풀려 있던 입매가 긴장으로 굳어지는 것이 보였다.

"궐에서 우리 어머니는 왜?"

사내는 노파의 아들인 모양이었다.

"신미년에 있었던 화재사건에 대해 알아보고 있소."

그 말에 사내의 얼굴이 와락 구겨졌다.

"다 죽어가는 사람 길바닥에 팽개쳐 놓고 갈 땐 언제고."

구시렁대는 사내의 말투에선 선명한 적의가 느껴졌다. 분명 나라에서 당시 화재를 당한 이재민들을 구재하였다고 들었는데. 사내는 불만이 가득해 보였다. 비좁고 부실한 가옥이나, 보기만 해도 옹색한 살림살이가 한눈에 보기에도 퍽 형편이 어려워 보였다. 하나 백성들의 삶이란 대저 그러했다. 부지런히 몸을 놀리면 그래도 형편이 좀 나아질 터인데.

대낮부터 술에 취한 사내는 여리를 보며 빈정댔다.

"무슨 얘기를 캐내려고 왔는지는 모르겠소만, 어디 할 수 있음 한번 해보시든가."

그러곤 쥐고 있던 방문을 확 밀어젖혔다. 순간 드러난 광경에 여리는 저도 모르게 눈살을 찌푸렸다. 좁은 방 안에 노파가 누워 있었다. 아직 날이 더움에도 이불을 목 밑까지 끌어덮은 노파의 얼굴은 화상으로 잔뜩 얽어 있었다. 이불 밖으로 드러난 손과 팔목엔 무명천이 둘둘 감겨 있고, 그나마도 누렇게 진물이 배어 고약한 냄새를 풍겼다. 마치 산송장처럼 노파는 썩어 들어가고 있었다. 그리고 파수꾼처럼 여전히 방문 앞을 지키고 앉은 사내는 한쪽 다리가 없었다.

"어쩌다……."

"말이 좋아 이주지, 생매장이나 다름없었소. 지붕조차 없는 곳에 던져놓고 갔으니, 염천에 화상 입은 자리가 안 썩고 배겨?"

"그래도 나라에서 집 지을 목재와 기와를……."

"그건 뭐 공짜인 줄 아쇼? 빚으로 달아놓는다는데 환곡은 추수라도 하면 갚을 길이라도 있지. 몸이 이 모양인데 무슨 수로 그 비싼 목재와 기와 값을 갚는단 말이오?"

사내의 집은 얼개만 겨우 갖추고 있었다. 지붕은 짚단을 얹었고, 뼈대만 겨우 세운 벽에 흙을 발라 마무리했다. 그나마도 좋은 목재를 쓰지 못해 얇고 휘어진 나무기둥은 힘 좋은 일꾼이 몇 번 어깨로 밀면 쓰러질 듯 기우뚱 기울어져 있었다. 방문이 삐걱대는 것도 그 때문인 듯했다.

"그나마 맘 좋은 사람들이 도와주었기에 망정이지. 그렇지 않았음 이 움막 같은 집이나마 짓지도 못했을 게요. 진즉 길바닥에서 죽었겠지."

실제로 그들은 한 달 가까이 거적때기를 덮고 노천에서 버텼다. 그러다 이재민들을 가엾게 여긴 몇몇 사람들이 팔을 걷어붙이고 나서서 이만큼이라도 살게 된 것이었다.

그사이 관에선 그들을 모른 척 방치했다. 여리는 참담한 속사정에 쓴 입맛을 다셨다. 말문이 막혔으나 그렇다고 여기 온 목적을 잊을 수는 없었다. 여리는 조심스레 입을 떼었다.

"맨 처음 불이 난 집과 이웃이었다고 들었소."

말하면서 여리는 품속에서 엽전 꾸러미를 꺼내어 앞에 놓았다. 처음부터 맨입으로 입이 열릴 거라고는 생각하지 않았다. 엽전을 본 사내는 입맛을 다셨다. 뻣뻣한 태도는 여전했지만 각을 세웠던 눈빛이 슬그머니 누그러졌다. 방바닥엔 빈 술병이 쓰러져 나뒹굴고 있었다.

"술이라도 목구멍으로 넘기지 않으면 맨 정신엔 통증이 너무 심해서."

변명을 주워섬긴 사내는 엽전을 챙겨 넣으며 말했다.

"뒷집이었소. 허리춤밖에 안 오는 싸리울 하나를 사이에 두고 붙어 있었으니 이웃이라기보단 한 집이나 마찬가지였지."

그 동네는 다 그랬다. 가난한 이들이 등과 어깨를 맞대고 다닥다닥 붙어 살았다. 처음부터 마을로 조성된 곳이 아니라 중심가에서 밀려난 사람들이 하나둘 모여들다보니 자연스럽게 그러한 형태가 되었다.

"그래도 내가 살던 집은 꽤나 위치가 좋은 편이었소. 종묘의 높은 담장이 북풍을 막아주어 겨울에도 제법 따뜻했거든. 헌데 그날은 하필 남서풍이 불어……."

뒷집에서 시작된 불이 바람을 타고 그의 집으로 옮겨 붙었다. 대피를 해야 했지만, 평소에 바람막이가 되어주던 고마운 담벼락이 불이 나자 퇴로를 가로막는 장애물이 되었다. 사람들은 불길과 담벼락 사이에 갇혀 오도 가도 할 수 없었다. 그 사이 종묘 담장을 따라 지어진 집들을 차례로 살라먹은 불길이 종국엔 종묘 안 소나무 숲까지 번진 것이다.

"어떻게든 잡아보려고 안간힘을 썼소. 헌데 불길이 너무 거세서. 뒷집에 불이 난 걸 알았을 땐 이미 화마가 지붕까지 덮친 뒤였소. 도무지 가까이 갈 수 있는 상태가 아니었지. 창수 그 사람을 깨우려고 소리를 질렀지만. 아! 창수는 뒷집 살던 사람이오. 나와 동년배인 데다 비슷한 또래의 딸이 있어서 자주 왕래했었소."

창수란 자는 이미 변을 당했는지 집 밖으로 빠져나오지 못했다고 했다. 모두가 잠든 늦은 밤 창졸간에 벌어진 일이라 피해가 컸다. 끝까지 불을 끄려던 사내는 뒤늦게 가족들과 함께 대피하다가 무너진 지붕에 깔려 한쪽 다리를 잃고 말았다. 노모는 그런 아들을 구하려다 온몸에 화상을 입게 된 것이었다.

"지옥 같은 밤이었소. 내 평생에 다시는 겪고 싶지 않을."

사내는 괴로운지 습관처럼 술병을 들었다가 빈 병인 것을 깨닫고는 다시 내려놓았다.

"그 창수란 자의 식솔들 중에는, 살아남은 자가 없습니까?"

사내는 고개를 저었다.

"한 사람도 집 밖으로 나오지 못했소. 참으로 얄궂은 일이지. 하필 멸화군(滅火軍)의 집에서 불이 나다니."

사내는 쯧쯧 혀를 찼다. 여리의 눈이 커졌다.

"창수란 이가 멸화군이었습니까?"

그것은 조보에도 없던 정보였다.

"그랬소. 그날도 초저녁부터 순찰을 나갔었는데 돌아오자마자 피곤해 깊이 잠들었던 모양이오."

사내와 대화를 마치고 나오는 길, 여리는 생각에 잠겨 있었다. 아무리 피곤했다고는 하나 집에 불이 난 것도 모르고 잠을 자다니. 종소리가 무척이나 시끄러웠을 텐데.

도성에 불이 나면 이를 알리기 위해 종루에서 종을 치게 되어 있다. 불이 꺼질 때까지 쉬지 않고 울리기 때문에 아무리 깊이 잠들었다가도 깰 수밖에 없었다.

여리도 그 종소리를 몇 번인가 들어본 적이 있었다. 진저리가 나게 시끄럽기도 하거니와 그 불안한 웅성거림은 겪어보지 않고는 알 수가 없었다. 아무리 먼 곳의 일일지라도 도무지 잠을 이룰 수가 없어 결국 밤을 꼬박 새우게 되는 것이다.

한데 집주인이, 그것도 멸화군이었던 자가 집에 불이 난 것도 모르고 잠을 잤다? 참으로 얄궂은 운명이었다. 좁은 마당을 가로질러 싸리문 밖으로 향하며 여리는 절레절레 고개를 저었다. 그러다 부엌문 뒤에서 빼꼼히 얼굴을 내민 여자와 눈이 마주쳤다. 여리와 비슷한 또래이거나 그보다 조금 더 먹었을까. 여자는 고개를 반만 내민 채 여리를 향해 이리 오라 손짓했다.

가까이 다가가자 여자가 속삭였다.

"아기가 울지 않았소."

"그게 무슨 말입니까?"

여자는 어딘지 모르게 행동이 기묘했다. 사람을 불러놓고도 얼굴을 반만 내놓은 채 문 뒤에 숨어 있는 것도 그렇고. 그녀는 방 안의 사내를 의식한 듯 연신 닫힌 문 쪽을 흘끔거렸다. 그러더니 한껏 낮춘 목소리로 다시금 중얼거렸다.

"창수 아재네 집에 갓 태어난 아기가 있었다고. 잠귀가 밝아 밤마다 울었는데 그날은 울지 않았단 말이오."

"그게 정말입니까?"

막 여리가 목소리를 높이려는 찰나였다. 여자가 다급히 손을 뻗더니 여리의 입을 막았다.

"쉿!"

가까이서 여자를 마주한 여리는 흠칫 놀랐다. 여자의 반쪽 얼굴이 화상으로 흉하게 일그러져 있었던 것이다. 여자는 손

을 거두고 다시 부엌문 뒤로 얼굴을 감췄다. 그리고 여리에게
만 들릴 만한 목소리로 속삭였다.

"나는 알아. 그건 실수로 난 불이 아니었어."

좀 더 자세한 얘기를 듣기 위해 여자를 뒤쫓아 부엌 안으
로 들어갔지만, 그녀는 이미 뒷문으로 도망치듯 빠져나간 후
였다. 여자가 사라진 자리에 문짝 대신 걸어놓은 거적덮개만
이 바람에 흔들거렸다.

여리는 귀신에 홀린 기분이었다. 저 여자는 누구인가. 혹
이 집 딸인가. 죽은 멸화군의 딸과 자주 어울려 놀았다던? 그
렇다면 그 집 사정을 잘 아는 것도 이해가 됐다. 하지만 의미
심장한 말만 흘려놓고 저리 도망을 가버리니. 어쩐지 제정신
이 아닌 것 같았다. 화재로 얼굴뿐만 아니라 머리까지 다친
것일지 모른다. 하지만 만약 그녀의 말이 사실이라면……

궐로 돌아온 여리는 대비전으로 향하는 내내 생각에 잠겨
있었다. 만약 신미년의 화재가 실화가 아니라 방화라면. 누군
가 멸화군의 가족들을 몰살하고 범죄를 은폐하기 위해 불을
지른 것일지도 모른다. 그리고 다음날 문소전에 괴이한 짐승
이 나타난 것을 보면……. 이 또한 친구의 짓일까.

자연스레 의심이 그쪽으로 흘렀다. 하지만 지금으로선 당
시 문소전에 나타난 짐승이 친구가 맞는지도 확실치가 않았
다. 하물며 실화가 아니라 방화인지는 더더욱. 세자에게 고해
죽은 멸화군에 대해 좀 더 조사해봐야 할 듯했다. 서둘러 걸

음을 옮기는데, 링링링…….

어디선가 들려온 기묘한 소리에 걸음이 멎었다. 고개를 든 여리는 주위를 둘러보았다. 들릴 리 없는 소리가 들려온 까닭이었다.

"방울소리."

그것은 분명 방울소리였다. 순간 등줄기를 타고 오싹 소름이 끼쳤다. 천구에 대해 골몰하다보니 헛소리를 들은 것인가. 하지만 잠시 사라졌던 소리는 다시 링링링, 하고 울려왔다. 등 뒤의 풀숲이었다.

여리는 바싹 얼어붙은 채로 고개를 돌렸다. 어찌나 긴장했는지 목 관절에서 삐걱대는 소리가 들리는 것 같았다. 당장이라도 등 뒤에서 뭔가가 확 덮쳐올 것만 같은 두려움에 심장이 터질 듯 쿵쾅대는데.

"에옹."

키 작은 관목 아래 작은 새끼 고양이 한 마리가 가지런히 앞발을 모으고 앉아 있었다. 사람의 손을 탄 듯, 여리를 보고도 도망조차 가지 않는 고양이의 목에 방울이 달려 있었다. 붉은 실로 매듭까지 지어 묶어놓은 걸 보면 분명 누군가 키우고 있는 고양이였다. 순간 긴장이 풀린 여리는 그 자리에 주저앉을 뻔했다. 하지만 다음 순간 불쑥 화가 치밀어 올랐다. 대체 누가 이런 질 나쁜 장난을 쳤단 말인가.

대비가 발작을 일으킨 후로 궐 안에선 방울은 물론이고, 그 비슷한 소리를 내는 물건까지 모조리 패용이 금지되었다. 한

데 고양이 목에 방울이라니. 어떤 간 큰 자의 짓인지 궁금해
하고 있을 때였다. 전각과 전각 틈새의 좁은 사잇길에서 다급
한 목소리가 들려왔다.

"나비야! 나비야!"

부르는 목소리는 한참 앳되었다. 이윽고 모습을 드러낸 것
은 작은 생각시였다. 얼마 전 여리의 옆방에 새로 들어온 그
아이였다. 처음 며칠간은 밤만 되면 훌쩍거리며 울더니 요즘
에는 조용해졌기에 좀 적응이 되었나보다 했더니만.

여리와 눈이 마주치자 아이는 움찔 놀랐다. 흡사 도둑질을
하다 들킨 사람처럼 눈치를 보더니 돌아서 왔던 길로 달아나
버렸다. 붙잡을 새도 없었다. 겁먹은 아이는 여리가 부르기도
전에 골목 밖으로 내빼버렸다. 고개를 돌리니 어느새 고양이
도 사라졌다.

여리는 저도 모르게 한숨을 쏟아냈다. 힘없는 것들끼리 정
이라도 든 것인지.

사가에선 종종 쥐잡이 용으로 고양이를 키웠다. 궁녀들 중
에도 들고양이에게 밥을 나누어주는 이들이 있었지만 왕족을
제외하고는 원칙적으로 궁에서 애완동물을 키우는 것은 금지
였다. 웃전에게 해가 될 수도 있는 데다 귀한 궁의 물품에 손
상을 입힐 수도 있기 때문이었다. 한데 목줄까지 채우다니.

가끔 어울려 노는 것까지는 눈감아줄 수 있었다. 외로운 궁
인 생활에 그 정도 정을 줄 대상조차 없으면 너무 가여우니.
더구나 아직 어리지 않은가. 하지만 방울은 안 될 말이었다.

여리는 처소로 돌아가자마자 따끔하게 혼을 내야겠다고 생각했다. 그 편이 아이에게도 이로울 터였다. 하지만 운이 나쁘게도 그럴 기회는 오지 않았다.

해가 저물 무렵, 침전으로 들어갔던 석수라가 손도 대지 않은 채 고스란히 물려 나왔다. 오늘도 대비는 물과 미음만 조금 넘겼을 뿐, 누워 꼼짝도 하지 않았다. 무덤 속에서 썩어가기를 기다리는 송장처럼. 상궁들의 시름은 갈수록 깊어졌다.

반면 퇴선간의 나인들은 갈수록 살이 올랐다. 제철을 맞은 송어 떼처럼 반짝거리는 얼굴로 모여든 나인들은 기름진 밥상에 눈을 빛냈다. 한창 배고플 나이. 대비가 음식에 손을 대지 않으니 남은 밥을 나눠먹는 궁인들만 매일 호강이었다. 삼삼오오 모여 앉은 궁녀들은 제 몫의 밥과 반찬을 챙기느라 여념이 없었다. 무거운 분위기를 의식하여 오고 가는 대화는 없었으나 한입 가득 밥을 퍼 넣는 손길이 분주했다. 그렇게 침묵 속에 식사를 이어가던 중이었다.

"저기, 저게 뭐야?"

창가 맞은편에 앉은 나인 하나가 눈매를 좁히며 물었다. 그러자 반대편에 있던 궁녀가 고개를 돌렸다.

"뭐가?"

궁녀가 가리킨 곳은 뒤뜰 담장 밑이었다. 그림자 아래 몸을 웅크린 무언가가 이쪽을 노려보고 있었다. 처음엔 쥐인가 하여 지긋지긋해했지만.

"고양이 아냐?"

나인의 말에 밥을 먹던 궁녀들이 일제히 창밖을 바라보았다. 나인의 말처럼 그곳에는 작은 새끼 고양이 한 마리가 앉아 있었다. 자세를 잔뜩 낮춘 채 쉭쉭 경계하는 소리를 내는데, 목에 걸린 동그란 것이 기우는 저녁 햇살에 반사되어 눈을 어지럽혔다. 궁녀들은 눈살을 찌푸렸다.

"저게 뭐야?"

"방울 아냐?"

누군가 중얼거린 순간이었다. 하악, 털을 곤두세운 고양이가 별안간 기단석 밑 좁은 틈새로 몸을 날렸다. 어찌 말려볼 새도 없었다. 왜옹! 날카로운 울음소리와 함께 마루 밑으로 들어간 고양이가 날뛰기 시작했다. 동시에 링링링링, 시끄러운 방울소리가 울려 퍼졌다. 섬뜩한 기운이 대비전을 휩쓸고, 순간 닫힌 침전 안쪽에서 자지러질 듯한 비명소리가 터져 나왔다.

"꺄아악!"

죽은 듯 누워 있던 대비였다. 얼마 남지 않은 생명을 쥐어짜내듯 절박한 절규가 울렸다. 얼어붙어 있던 궁녀들은 그제서야 밥숟가락을 내동댕이치고 허겁지겁 뛰쳐나갔다. 일부는 대비가 있는 침전으로 향하고, 일부는 마당으로 달려갔다. 고양이가 사라진 대청마루 밑을 살펴보았으나 도저히 어찌해 볼 수 있는 상황이 아니었다. 틈은 너무 좁았고 억지로 손을 쑤셔 넣어보아도 어둠 속의 고양이는 잡히기는커녕 어디 있

는지 분간조차 되지 않았다. 링링링링 하는 방울소리만이 무
당의 푸닥거리처럼 진저리나게 이어질 뿐이었다. 그사이에도
대비의 비명은 계속됐다.

"꺄악! 누가 저 방울소리 좀 멈춰다오! 제발!"

숨넘어갈 듯한 고함에 벌컥, 굳게 닫혀 있던 침전 문이 열
렸다. 그 안에서 나온 박 상궁이 핏발이 곤두선 형형한 눈으
로 뒷마당에 모여선 궁녀들을 노려보았다. 한쪽에선 황급히
긴 나무장대를 끌고 오고, 다른 한쪽에선 바닥에 납작 엎드려
기단석 틈새로 손을 휘젓고 있었다. 허나 마음만 급할 뿐, 가
망 없는 헛손질이었다. 그 꼴을 한심하게 내려다보던 박 상궁
이 차갑게 일갈했다.

"아궁이에 불을 지펴라."

"하오나 안에 새끼 고양이가 있사온데……."

말하던 궁녀는 무시무시한 박 상궁의 눈빛에 그만 입을 다
물었다.

"예, 예. 알겠습니다."

대답한 복이상궁은 주머니에서 아궁이 열쇠를 꺼냈다. 덮
개를 연 그녀는 나인들을 시켜 땔감을 있는 대로 가져오게 했
다. 평소에는 연기와 그을음이 생길까 숯을 쓰지만 지금은 용
도가 달랐기에 마른 장작은 물론이고 생 나뭇가지까지 있는
대로 아궁이에 밀어 넣었다. 그 위에 기름까지 두르고서 불을
댕기자 화르륵 거센 불길과 함께 검은 연기가 피어올랐다.

일렬로 선 복이나인들이 힘차게 부채질을 시작했다. 그러

자 연기가 구들 안쪽 깊숙한 곳까지 파고들었다. 그럴수록 방울소리도 점점 더 그악스러워졌다. 고양이가 몸부림을 치고 있었다. 들어갔던 구멍으로 다시 빠져나오면 좋으련만. 연기 속에서 방향을 잃은 모양이었다. 이리저리 튀는 방울소리가 흡사 접신이라도 한 것처럼 점점 더 절정을 향해 치달았다. 그러다 어느 순간 조금씩 힘을 잃더니 이내 줄 끊어진 꼭두각시처럼 뚝 그쳤다.

대비전에 침묵이 내려앉았다. 타닥타닥 불길에 나뭇가지 튀는 소리만 요란했다. 마당 한 켠에 굳어 서 있던 여리는 그제야 차갑게 식은 이마를 쓸어내렸다. 창백해진 손이 가볍게 떨렸다. 모든 것이 순식간이었다. 굴뚝 새로 뿜어져 나오는 검은 연기가 먹잇감을 삼키고 쩝쩝대는 아귀의 혓바닥 같았다. 어쩐지 그 속에 누린내가 섞인 듯하여 억지로 토기를 누르고 있는데.

타박타박 가벼운 발걸음 소리가 들렸다. 고개를 돌린 여리는 이쪽으로 다가오고 있는 생각시를 발견했다. 넋이 나간 아이는 당장이라도 비명을 지를 것 같은 표정이었다. 여리는 두 번 생각할 겨를도 없이 아이에게 달려들었다. 작은 입을 틀어막은 여리는 누가 볼세라 아이를 이끌고 대비전 마당을 벗어났다. 당장은 이 아이를 멀리 떼어놓아야 한다는 생각뿐이었다.

한참을 정신없이 걷던 여리는 손등이 축축해지는 느낌에 걸음을 멈췄다. 고개를 내려보니 아이가 울고 있었다. 아이도 모두 보아버린 것이다. 입을 막고 있던 손을 뗀 여리는 못마땅한 마음에 혀를 찼다.

"어쩌자고 그랬느냐? 정 가엾으면 밥이나 챙겨줄 것이지."

인연 따위 함부로 맺는 것이 아니었다. 더구나 그녀들은 궁녀였다. 누구를 책임질 수 있는 입장이 아니었다. 여리는 입맛이 썼다. 타박을 하려던 것은 아니었다. 그저 안타까웠다. 당장은 아이를 데리고 나왔지만 곧 고양이의 주인이 밝혀질 터였다. 궁이란 그리 호락호락한 곳이 아니었다. 아이와 고양이의 관계를 아는 것이 여리만은 아닐 터. 아이는 흑흑 흐느껴 울었다.

"자꾸 도망을 가서. 군졸들한테 잡히면 죽거나 쫓겨날 텐데."

쉽게 찾으려고 방울을 달았다는 말에 여리는 탄식을 터트렸다. 이 조그마한 아이가 무얼 알았겠는가. 그저 사가에서 하던 버릇대로 하였을 뿐. 예쁜 짐승에게 예쁜 표식을 달아주고 싶었을 것이다. 그래도 요즘 같은 때에 방울을 구하기가 쉽지는 않았을 것인데.

"목줄은 네가 만든 게냐?"

어린아이의 손재주 치고는 제법 야무져 보였다. 혹시나 하여 물었더니 역시나 아이는 고개를 저었다.

"그럼 다른 사람이 만들어 준 것이냐?"

여리의 질문에 아이는 묵묵부답으로 일관했다. 자신이 저지른 일이 얼마나 엄청난 것이었는지 자각은 있는 모양이었다. 매듭을 만들어준 사람을 보호하려고 하는 것을 보면. 하지만 이미 벌어진 일이었다.

"그냥 넘어갈 수 있다면 가장 좋겠지만 아마 그러기는 쉽지 않을 게다. 그렇다면 그쪽에도 미리 알려두는 편이 대처를 하기에 좋지 않겠느냐?"

아이는 고심하는 것 같았다. 어리지만 상황판단을 못할 정도로 어리석진 않은 듯했다. 여리의 말이 옳다고 여겨졌는지 아이는 결국 고개를 끄덕였다.

"하면 말해보거라. 그 방울, 누구에게 받은 것이냐?"

그러자 손가락을 꼬물럭거리던 아이가 대답 대신 손을 쭉 뻗었다. 아이가 가리킨 곳엔 경사를 따라 첩첩이 늘어선 장독들이 보였다. 그리고 그 한쪽 끝엔…… 대비전 뒷마당을 내려다보고 있는 장고상궁이 있었다. 그녀는 핏빛 저녁노을 아래 멀거니 서서 굴뚝 새로 솟아오르는 검은 연기를 바라보고 있었다.

순간 여리의 얼굴이 굳어졌다. 그러고 보니 장고상궁이 문소전에 오래 있었다고 하지 않았던가. 그녀의 뺨에 일그러진 화상 흉터를 떠올린 여리는 설명하기 힘든 예감에 사로잡혔다. 가늘게 몸이 떨렸다. 무겁게 가라앉은 검은 연기를 흩트리며 스산한 저녁 바람이 불어오고 있었다.

기이한 짐승이 나오다

밤에 개 같은 짐승이 문소전 뒤에서 나와 앞 묘전(廟殿)으로 향하는 것을, 전복(殿僕)이 괴이하게 여겨 쫓으니 서쪽 담을 넘어 달아났다. 명하여 몰아서 찾게 하였으나 얻지 못하였다.

사신은 논한다. 침전은 들짐승이 들어갈 곳이 아니고, 전날 밤에 묘원(廟園) 소나무가 불타고 이날 밤 짐승의 괴변이 있었으니, 며칠 동안 재변이 자주 보임은 반드시 원인이 있을 것이다.

– 1511년 중종6년 5월 9일 조선왕조실록 기사 중

13장

해가 진 보경당. 어둠이 내려앉은 그곳에는 밤의 적막이 무
겁게 드리웠다. 낮의 소동은 없었던 일인 것마냥, 타닥타닥 타
오르는 불꽃은 평온함마저 느끼게 했다. 허나 이 모든 것은 가
장된 평화였다. 무슨 일이 있어도 없다. 그것이 궐의 법도였다.

여리는 아궁이 앞에 앉아 불을 쑤석이고 있는 박 상궁을
응시했다. 그녀가 아까부터 불쏘시개 대신 던져 넣고 있는 것
은 값을 따지기 어려운 귀한 약재들이었다. 모두 제안대군 저
에서 보내온 것들이었다. 쌉쓰름한 약초 냄새가 진동을 했다.
아궁이를 지키는 복이나인들은 물론이고 평소 곁에 두던 방
자들까지 모조리 내보내고 박 상궁은 여리와 독대 중이었다.

"생각시에게 방울을 건넨 것이 장고상궁이라고."

"예."

생각시를 처소에 데려다주고 돌아온 길이었다. 잠시 동궁
전에 들를까 망설였지만 생각을 바꿨다. 이 일은 동궁전에서
어찌할 수 없는 일이었다. 장고상궁의 뒤엔 중궁전이 있다. 섣

342

불리 그녀를 추궁했다간 그 사실이 중전의 귀에 들어갈 터였다. 그리 되면 세자가 친구의 뒤를 쫓고 있다는 사실도 들킬 공산이 컸다. 아직은 중전의 저의를 가늠할 수가 없으니.

"혹 장고상궁이 어떤 사람인지 알고 계십니까?"

박 상궁이라면 알고 있을지도 모른다고 생각했다. 그러나 박 상궁은 고개를 저었다.

"문소전에 오래 있었다는 것 외엔 나도 잘 모른다."

흔치 않은 일이었다. 장고상궁의 나이를 생각하면 입궐한 지 꽤나 오래되었을 텐데 전혀 과거가 알려져 있지 않은 사람이라니. 어디 외딴 곳에 갇혀 있다 나온 것이 아니고서야 어디든 행적은 남아 있을 터였다.

"문소전에서 어찌 지냈는지 한번 알아봐야겠구나."

박 상궁이 무심하게 흘려 말했다. 그러나 그녀의 신경이 잔뜩 곤두서 있다는 것을 알 수 있었다. 대비가 또다시 발작을 일으켰다. 심지어 이번엔 귀신의 장난도 아니었다. 사람이 의도를 가지고 벌인 짓.

마음 같아선 당장 장고상궁을 잡아다 치도곤을 치고 싶을 것이었다. 그러나 그녀는 중전의 사람이었다. 박 상궁조차도 함부로 다룰 수 없었다. 대비가 쓰러진 지금 내명부의 권력은 차근차근 중궁전으로 이양되고 있었다. 게다가 대비를 해하려 했다는 확실한 증거도 없었다. 장고상궁은 생각시에게 방울을 건네준 것뿐, 그걸 고양이 목에 걸어준 것은 대비전 생각시였다. 고양이를 억지로 아궁이에 밀어 넣은 것도 아니었다. 네 발 달린 짐승이 어디로 튈지는 아무도 예측할 수 없으니 시치미를 뗀다면 방법이 없었다.

"고양이를 길들인 생각시는 어찌 되는 것인지요?"

결국 모든 화가 그 작은 아이에게로 쏠릴까 염려스러워진 여리가 조심스레 물었다. 괜한 오지랖인 것은 알지만 모른 척할 수가 없었다.

"궐 밖으로 내보내야겠지."

다행히 장을 맞거나 고신을 당하지는 않을 모양이었다. 출궁 당하는 것도 그다지 좋은 결말이라 할 수는 없을 테지만 차라리 그 아이에겐 그 편이 낫지 않을까. 적어도 가족들과 다시 만나게 될 테니. 밤마다 들리던 울음소리도 이제 끝이었다. 여리는 안도인지, 씁쓸함인지 모를 감정을 느끼며 고개를 끄덕였다. 양손을 모아 쥔 여리는 복잡한 심사는 잠시 미뤄두고 본래 하려 했던 말을 꺼냈다.

"문소전에 나타났던 짐승 말입니다. 장고상궁이 그곳에 오래 있었다면 혹 뭔가를 알고 있지 않을까요. 짐승을 직접 보았다든지."

하필 생각시에게 방울을 준 것도 의미심장했다. 장고상궁은 대비를 곤경에 빠트리려던 걸까. 아니면 뭔가를 알리려고 한 것일까.

"그 역시 내 한번 알아보마."

불빛에 비친 박 상궁의 얼굴이 차가웠다. 아궁이의 불길이 활활 타오르고 있음에도 온기 하나 느낄 수 없는 얼굴에선 그 어떤 감정도 찾아볼 수가 없었다. 덕분에 무슨 생각을 하고 있는지 도무지 짐작할 수가 없었다.

다음날 아침. 동궁전을 찾은 여리는 전날의 일들을 보고했다.

"멸화군 서창수라."

세자는 상호에게 고갯짓했다. 좀 더 자세히 알아보라는 뜻이었다. 고개를 숙인 상호는 명을 전달하려는 것인지 밖으로 나갔다가 잠시 후 다시 방으로 돌아왔다.

"저하께서 영경전에 제사 지내는 것에 대해 편전에서 논의가 있었사온데, 방금 전하께서 태묘(太廟 종묘)에 아헌관으로 먼저 제사 지낸 후 영경전에 가도 좋다 허락이 떨어졌다 하옵니다."

세자가 문소전에 갈 수 있게 되었다는 뜻이었다.

"잘 됐구나. 마침 종묘의 화재 사건도 좀 더 알아볼 참이었는데."

중추절이 가까워져 오고 있었다. 가뭄이 심했던 데다 궐에 변고가 잦아 분위기가 예년 같지는 않았지만 왕실도 민가와 마찬가지로 명절준비로 바빠졌다. 의복을 새로 짓고 음식을 장만했다. 각지의 능참봉들로부터 왕실의 묘소를 정돈했다는 보고도 속속 올라왔다. 애오개 인근의 작은 봉분 하나가 들짐승에 의해 파헤쳐졌다는 소식이 있었으나 다행히 널이 멀쩡하여 곧 수습되었다. 간만에 궁 안이 활기를 띠었다. 그러나 대비전만큼은 여전히 무덤 속인 듯 고요했다.

막 동궁전에서 돌아온 여리는 박 상궁의 부름을 받고 침전 뒷방으로 향했다. 그곳은 지난번 여리가 대비의 화각장을 뒤지다가 발각된 곳이었다. 대비전의 온갖 귀물과 중요한 문서들이 보관되어 있는 장소였다.

방 안으로 들어서자 먼저 와 있던 박 상궁이 화각장을 열었다. 그녀는 그 안에서 비단 보자기에 싸인 검은 옻칠함을 꺼냈다. 왠지 눈에 익은 그것은 지난번 여리가 열어보려다 실패한 바로 그 물건이었다. 환혼전의 원본이 감춰져 있지 않을까 의심했지만 지금 생각해보니 당치 않은 의심이었다. 등잔 밑이 어둡다고, 환혼전의 원본은 여리 자신이 가지고 있었던 것이다. 물론 그 뒷부분의 행방은 아직 묘연했지만.

검은 옻칠함에 시선을 고정하고 있던 여리는 의아한 표정을 지었다. 뜻밖에도 박 상궁이 그것을 제안대군 저에 가져다주라고 한 것이다.

"중추절 선물이다. 이것을 부부인께 전해드리고 오너라."

간밤에 제안대군 저에서 들여온 약재를 모조리 아궁이에 던져 넣던 모습이 머릿속에 생생하게 남아 있었다. 한데 갑자기 하례품이라니. 말은 하지 않았지만 박 상궁이 제안대군 저를 의심하고 있다는 것은 분위기만 봐도 알 수 있었다. 더구나 환혼전의 일로 감정이 좋지 않을 텐데.

갑자기 안에 든 물건이 몹시 궁금해졌다. 그러나 박 상궁은 태연히 명할 뿐이었다.

"가서 직접 부부인께 전하고 오너라. 아무리 형편이 전과

같지 않다 한들 제안대군 저를 잊을 순 없지. 그동안 빚진 것
들을 생각하더라도."

그녀의 말이 몹시 의미심장했다. 여리는 더는 묻지 못하고
박 상궁이 건네준 함을 챙겨 순순히 대비전을 나섰다. 하지만
대군 저로 향하는 발걸음은 별 수 없이 꺼림칙했다.

익위사 군관들이 지키고 있는 가운데 대군 저에는 여전히
뒤숭숭한 기류가 흘렀다. 병자가 있다는 걸 알려주듯 공기 중
엔 희미한 약 냄새가 떠돌고, 하인들은 기가 죽어 오가는 사
람들의 눈치를 살폈다. 본래 집안에 우환이 생기면 하인들의
발소리부터 달라지는 법이었다.

여리는 하녀의 안내를 받아 안채로 향했다. 대비전의 심부
름을 왔다는 말에 그나마 조금 경계를 푼 듯했지만 여리와 여
리가 든 나무함을 흘끔대는 눈빛엔 긴장감이 역력했다. 주인
에게 뭔가 심상치 않은 일이 벌어지고 있음을 어렴풋하게나
마 느끼고 있는 것 같았다. 그러나 막상 도착한 안채는 생각
보다 평화로워 보였다.

부부인 김씨는 천성이 유한 사람이었다. 몸이 불편하여 그
런 것인지는 모르겠지만 목소리도 기어들어갈 듯 작고 행동
거지는 하인들보다도 더 조심스러웠다. 나이가 벌써 환갑에
가깝다 알고 있건만, 여리가 마주한 부부인은 대갓집 안주인
이라기보다는 별당 아씨 같은 인상을 풍겼다. 수줍고 유순했
다. 하기야 그러니 제안대군 같은 사람 곁에서 수십 년을 묵

347

묵히 버틸 수 있었던 것이겠지만.

제안대군은 비밀도 많거니와 알려진 바에 따르면 감정의 기복도 몹시 심한 편이었던 것 같다. 열두 살에 김씨와 혼인하여 이 년여를 살다가 다리병신인 부인과는 더는 한시도 같이 있고 싶지 않다고 강짜를 부리는 바람에 결국 이혼에 이르게 되었다고 들었다. 곧 박중선의 딸과 재혼했으나 일 년도 지나지 않아 헤어진 전부인의 집을 남몰래 드나드니. 재혼한 박씨와의 결혼생활도 다시금 파탄에 이르고, 결국 김씨와 재결합했던 것이다. 참으로 변덕스럽기 그지없는 결혼사였다. 지금에 와서는 그 또한 연막이 아니었을까 싶지만.

어쨌든 부부인 김씨는 여리 앞에서도 낯을 가렸다. 궁녀이고 나이도 한참 어린데 부부인은 굳이 침모를 사이에 두고 여리와 마주앉았다.

"마님께서, 더운데 예까지 오느라 수고했다 하시오."

"궐에서 가까워 금방이었사옵니다. 박 상궁 마마님께서 안부 여쭌다 하셨습니다."

여리가 말하면 부부인이 침모를 통해 대답하는 식이었다. 덕분에 여리는 부부인의 목소리조차 제대로 들을 수 없었다. 중앙엔 발을 쳐서 얼굴도 윤곽만 희미하게 비쳤다. 내외도 이런 내외가 없었다. 그러나 한편으로는 이해가 갔다. 선천적으로 장애를 가지고 있다고 들었다. 한쪽 다리가 짧아 몸이 비틀려 있다던가. 흉한 모습을 남에게 보여주고 싶지 않은 마음이야 나이의 많고 적음과는 무관할 터.

여리는 가져온 상자를 내밀었다.

"대비마마께서 내리신 중추절 하례품이옵니다."

박 상궁이 준 것이지만 대비전에서 내린 물건이니 대비가 주는 것이나 마찬가지였다.

"별 볼일 없는 사람을 늘 이렇듯 신경 써주시니 감사하다고 하시오."

침모는 부부인을 대신해 선물을 받아갔다. 발 너머로 건너가더니 부부인의 앞에 여리가 가져온 상자를 내려놓았다. 비단 보자기를 풀자 그 안에서 예의 그 검은 옻칠함이 모습을 드러냈다. 부부인은 손수 상자의 뚜껑을 열었다. 윗사람이 보내준 선물이니 직접 확인하고 그에 대한 감사를 표하는 것이 예의일 터였다. 으레 침모를 통한 인사가 돌아오겠거니 기다리고 있는데.

콰당.

대답 대신 요란한 소리가 울렸다. 상자 뚜껑을 놓친 부부인이 가슴을 움켜쥐더니 돌연 뒤로 넘어간 것이다. 발 너머로도 부들부들 떨리는 몸이 보였다. 발작이었다.

"마님!"

침모가 새된 비명을 질렀다. 얼른 부부인을 부축했으나 활처럼 꺾인 몸은 중심을 잡지 못하고 경련을 일으켰다. 그 결에 상이 뒤집어지고 그 위에 있던 대비의 선물마저 상자째 내동댕이쳐졌다.

여리는 발 너머로 굴러온 옻칠함을 보았다. 그 안엔 금방

베어낸 듯 탐스러운 여인의 머리카락이 뱀처럼 똬리를 틀고 있었다. 귀한 가체(加髢)였다. 그것이 순간 흉물스럽게 느껴진 것은 급박하게 돌아가는 상황 때문이었을까.

여리는 미간을 찌푸렸다. 부부인은 숨을 제대로 쉬지 못하고 있었다. 자리에서 벌떡 일어난 여리는 늘어진 발을 걷고 건너편으로 넘어갔다. 예의가 아니었지만 지금은 허락을 구할 새가 없었다.

여리는 일단 부부인의 옷고름을 풀고 가슴을 동여맨 치마의 매듭을 느슨히 했다. 그리고 부부인의 손발이 닿을 만한 곳에 있는 물건들을 모조리 옆으로 치웠다. 몸부림을 치다가 부딪히면 자칫 큰 상처를 입을 수도 있었다. 동생도 가끔씩 발작을 일으키곤 했기에 이런 상황엔 익숙했다.

그 틈에 윗목으로 달려간 침모는 반닫이 안에서 길쭉한 막대기를 꺼내왔다. 납작한 나무에 부드럽게 무두질한 가죽이 여러 겹 덧대어져 있었다. 재갈이었다. 행여 발작하는 동안 혀를 깨물까 침모는 조심스레 그것을 부부인의 입안으로 밀어넣었다.

"컥, 컥!"

괴로운지 부부인의 몸이 움찔움찔 요동쳤다. 그때마다 침모는 침착한 목소리로 부부인을 달랬다.

"마님, 숨을 깊게 들이쉬셔야 합니다. 천천히 심호흡을 하시옵소서."

이런 일을 한두 번 겪은 게 아닌 듯했다. 다행히 시간이 흐르자 부부인의 발작은 조금씩 잦아들었다. 오그라들었던 팔다리가 풀리고 후우우, 하고 막혔던 숨통이 트이자 여리도 그제야 한숨을 내쉬었다.

"별안간 이게 무슨 일인지."

땀을 닦은 침모는 여리의 눈치를 살폈다.

"한동안 발작은 뜸하셨는데……. 근자 들어 마음 졸일 일이 많아 그러신 듯하오. 아실는지 모르겠지만 부부인께서 아끼시는 조카가 얼마 전 큰 병을 얻어 쓰러진지라."

병이라……. 여리는 대답 대신 고개를 끄덕였다. 집안사람들은 아직 사정을 다는 모르는 모양이었다. 세자의 함구령이 내려진 데다 광준은 익위사가 지키는 별채에 격리되어 의관의 보살핌을 받고 있으니.

과연 부부인은 진실을 어디까지 알고 있을까. 대군의 진면목을 그녀는 알고 있었을까.

온몸을 쥐고 비틀던 발작의 여진이 물러가자 부부인은 기진하였는지 그 자리에 맥없이 늘어졌다. 그제야 여인의 모습이 온전히 눈에 들어왔다. 보료 위에 누운 노부인은 똑바로 몸을 펴고도 위 아래로 자리가 한참 남을 만큼 키가 작고 몸피도 왜소했다. 몹시 고통스러웠던지 눈가에 맺혀 있던 눈물이 뒤늦게 또르르 굴러 떨어지는 것을 보니 절로 측은한 마음이 들 지경이었다.

여리는 침모와 함께 방을 나왔다. 쓰러진 사람과 더 이상의 면대는 불가능했다. 부부인이 쉴 수 있도록 자리를 피하자 뒤따라 나온 침모가 미안한 표정을 지었다.

"참으로 송구하오. 뜻하지 않은 일이 생겨 차 한 잔도 제대로 대접하지 못하고."

본의 아니게 안채의 속사정을 들켜 면구스러워 하면서도 침모는 고마움을 감추지 못했다.

"보통은 이런 일을 겪으면 놀라고 당황하기 마련인데. 덕분에 큰 도움을 받았소."

"별 말씀을요."

여리는 고개를 숙였다. 침모는 여리의 침착한 대응이 몹시 인상적이었던 모양이었다. 그녀는 거듭 감사 인사를 했다. 그러나 그럴수록 여리의 마음은 어쩐지 착잡해졌다. 부부인의 갑작스러운 발작이 왠지 자신의 방문 때문인 것만 같은 기분이 들었기 때문이다.

궐로 돌아온 여리는 심부름의 결과를 보고하기 위해 박 상궁을 찾았다. 아직 해도 지기 전인데 본인의 처소에 있다기에 가보니 먼저 온 손님이 있었다. 볼일을 마치고 막 그녀의 방에서 나오는 이는 내수사 별좌였다. 여리는 고개를 숙이고 그가 지나갈 수 있도록 비켜섰다.

"크흠."

헛기침을 한 별좌는 흘끔 여리의 눈치를 보고는 서둘러 자리를 떴다. 뭔가 들키면 안 될 은밀한 얘기라도 오간 것처럼 어딘지 부자연스러운 뒷모습을 지켜보던 여리는 그가 전각들 사이로 사라지고 나서야 방 안을 향해 인기척을 냈다.

"마마님, 소인 다녀왔습니다."

그러자 문이 열리고 안에서 박 상궁이 나왔다.

"물건은 잘 전해드렸느냐?"

여리는 고개를 조아렸다.

"예. 하온데 약간의 불미스런 일이 있었습니다."

부부인이 발작을 일으켰다는 소식을 전해 듣고도 박 상궁은 크게 놀라지 않았다. 적어도 우려를 표할 줄 알았으나 박 상궁은 별다른 동요를 보이지 않았다. 본래도 감정 표현이 큰 사람은 아니었지만 지나치게 태연했다. 마치 이런 일이 벌어질 줄 예상이라도 했다는 듯이. 박 상궁은 도리어 냉연한 얼굴로 중얼거렸다.

"그래, 발작을 일으켰단 말이지?"

그런 박 상궁을 보니 막연하기만 했던 찜찜함이 여리의 마음속에서 다시금 고개를 들었다.

"혹 대비마마의 병증에 부부인이 관련되어 있다 의심하시는 것입니까?"

전날 박 상궁은 제안대군 저에서 보낸 약재를 모조리 불태웠다. 그때의 싸늘했던 분위기를 떠올린 여리는 조심스레 운을 떼었다.

"설마 약재에……?"

그러자 박 상궁이 어림도 없다는 듯 코웃음을 쳤다.

"마마께 올리는 탕약은 내가 모두 직접 기미하고 있느니라."

이상이 있었다면 애초에 박 상궁이 모를 리 없었다. 하지만 약재 중에는 오랜 시간 축적되어야만 그 성질을 드러내는 종류도 있었다. 기미를 보는 정도로는 알 수 없을지도 몰랐다. 하지만 박 상궁은 단호하게 고개를 저었다.

"약의 문제가 아니다."

"하지만 제안대군 저에서 들어온 약재들을 모조리 태우지 않으셨습니까?"

"그것은 궐의 법도대로 처분한 것뿐이다. 궁 안에선 내의원을 통하지 않은 약재는 사용하지 않는 것이 원칙이니."

다분히 원론적인 대답이었다. 문제는 제안대군 저에 한해서는 지금껏 그러한 원칙이 지켜진 적이 없었다는 것이었다. 한데 이제 와서?

속내를 짐작할 수 없는 박 상궁의 태도에 의구심이 일었다. 차라리 제안대군 저를 의심한다고 말했다면 쉽게 납득했을 것이다. 충분히 그럴 만한 상황이었고, 무던한 세자마저도 제안대군의 두 얼굴에는 꽤나 충격을 받았으니.

뭔가를 숨기고 있다는 느낌이 들었다. 하지만 순순히 대답해줄 리 없었다. 공조를 맺고 있다지만 적당히 거리를 두고 있는 것은 피차 마찬가지였다. 일단 그 문제는 덮어두고, 여리는 장고상궁에 대해 물었다.

"노 상궁의 과거에 대해서는 새로운 사실이 있는지요?"

여리는 내심 기대했다. 방금 내수사 별좌가 나가는 것을 봤기 때문이다. 내수사는 왕실의 재산은 물론이거니와 노비와 궁녀를 관리한다. 궁적을 보관하고 있을 테니 장고상궁이 언제 입궁을 하였고 어떤 경로를 거쳐 지금의 자리에 이르게 되었는지 알 수 있을 터였다. 허나 박 상궁은 별좌가 다녀간 사실조차 없었던 일인 것처럼 시치미를 뗐다.

"아직 알아보는 중이다."

시일이 좀 걸릴 거라는 말에 여리는 또다시 미묘한 기분에 사로잡혔다.

"대체 무얼 놓치고 있는 것일까."

천구에 대해 파고들면 들수록 여기저기 생각지도 못했던 사건들이 산발적으로 튀어나오고 있었다. 헌데 정작 그것들을 잇는 줄기가 잡히질 않았다. 세자는 생각에 잠긴 얼굴로 중얼거렸다.

늦은 밤, 순창에 보냈던 심부름꾼이 돌아왔다는 소식에 동궁전을 찾은 여리 역시 심란한 표정이기는 마찬가지였다. 상호로부터 전해 들은 얘기가 꽤나 충격적이었던 탓이다.

"숙부가 조카를 살해하다니……."

귀신얘기인 줄 알았던 것이 실은 살인사건이었다. 죽은 공찬은 독살을 당한 것이었고, 그 범인은 다름 아닌 작은 아버지인 설충수였다.

"허면 공침이 귀신에게 씌었다는 것은……?"

"애초에 귀신 같은 건 없었다네. 아비의 비밀을 알게 된 공침이 충격으로 정신이 좀 이상해졌다고는 하는데."

상호의 설명에 세자가 부연했다.

"반미치광이가 된 게지. 아비의 죄를 차마 발고할 수도 없고, 그렇다고 모른 척하자니 양심의 가책을 감당할 수가 없어서."

공침은 죽은 사촌형에 대한 죄책감으로 마음의 병이 들어 버린 것이었다.

"더구나 공찬을 죽인 까닭이 저를 큰집의 양자로 만들기 위해서였다고 하니."

이 모든 사달이 결국 재산 때문이었다. 외동아들인 공찬이 죽으면 큰집의 재산이 모두 제 아들의 것이 될 거라 여긴 어리석은 부정(父情)에서 비롯된 사건이었던 것이다. 하지만 그 때문에 정작 아들은 폐인이 되고 말았으니.

"식음을 전폐하고 누워 있다가도 까닭 없이 화를 내고 그러다 별안간 광소를 터트리질 않나. 사정 모르는 사람들이 보기엔 귀신 들린 것처럼 보였을 테지."

상호는 측은하다는 듯 고개를 설레설레 내저었다. 그에 세자도 가볍게 한숨을 내쉬었다.

"어찌 제정신이겠는가?"

중얼거린 세자가 혼잣말처럼 읊조렸다.

"저 때문에 부친이 사람을 죽였다는데."

세자에게는 남 일 같지 않은 얘기였다. 순간 분위기가 무겁게 가라앉았다. 설씨 집안의 끔찍한 가족사가 하필 세자의 상황과 크게 다르지 않았기 때문이다.

여리는 부러 분위기를 전환하기 위해 물었다.

"하면 인천군은 어째서 있지도 않은 공찬의 귀신을 만들어 낸 것이랍니까? 설씨 집안의 이야기 어디에도 귀신 같은 건 없지 않습니까? 혹 순창에 다녀온 사람에게서 복정이란 이름에 대한 언급은 없었는지요?"

혹 인천군에게 이야기를 전한 사람 중에 복정이란 자가 있을지도 모를 일이었다.

"설씨 집안과 연관된 자는 아닐까요."

허나 상호는 고개를 저었다.

"안 그래도 확인해보라 하였는데 순창엔 그런 자가 없었다고 하네. 설씨 집안에서도 그런 이름을 아는 사람은 없었고."

모두가 쉬쉬하는 일인지라 진상을 파악하기가 쉽지 않았다며 상호는 혀를 내둘렀다.

"국법대로라면 조카를 죽인 충수를 벌하는 것이 맞겠지. 허나 가문의 명예가 달린 문제인지라 집안에선 적당히 덮고 무마하기로 했던 모양일세. 대가 끊길까 저어한 부분도 있는 것 같고."

어차피 죽은 사람은 다시 살아 돌아올 수 없다. 남은 것이라도 지키는 게 현명한 처사일지는 모르겠으나, 냉정한 그들의 판단이 유독 잔인하게 느껴지는 것도 사실이었다. 죽은 사람에게도, 살아남은 이들에게도 침묵은 상처가 아닌가.

"상처는 방치하면 썩기 마련이다."

세자가 말했다.

"무당을 불러 굿을 벌이는 것도 결국 살아 있는 자들을 위한 만족. 소설도 마찬가지일 테지."

소설은 쉽사리 세상에 내놓을 수 없는 진실을 비틀어 폭로한다. 그럼으로써 곪아가는 상처에 칼을 들이미는 것이다.

"설씨 가문으로서야 제 가문의 치부가 만천하에 드러나게 됐으니 청천벽력이나 다름없었겠지. 하지만 적어도 억울하게 아들을 잃은 공찬의 부모에겐 마음의 위안이 되지 않았겠는가?"

아들의 영혼만큼은 어딘가에 여전히 존재하고 있을 거라고. 비록 이승에선 억울한 죽음을 당했지만 저승에선 모든 일이 순리대로 풀려 죄를 지은 사람은 반드시 벌을 받고, 복을 쌓은 사람은 언젠가 덕을 입게 될 거라고. 순진한 바람일지 몰라도 그리 믿고 싶었을 것이다. 그렇지 않으면 숨 쉬는 것조차 버거웠을 테니.

"본래 현실에서 소망을 이룰 가능성이 요원할수록 사람은 내세를 꿈꾸기 마련이다."

세자가 말했다. 그 말에 여리의 머릿속에 문득 무일의 얘기가 떠올랐다. 조부의 글은 사람들을 위로하기 위한 것이라던. 그 말대로라면 정녕 설공찬전은 환혼전과는 무관한 것일까. 하지만 그렇다기에는 미심쩍은 정황들이 자꾸만 마음에 걸렸다. 세자의 말처럼 자신들이 대체 무엇을 놓친 것인지 알 수가 없었다.

"박 상궁도 뭔가 딴생각을 품고 있는 것 같습니다."

그러나 세자는 익히 예상했던 바였다는 듯 태연히 대꾸했다.

"어차피 처음부터 온전히 신뢰할 만한 관계는 아니었다."

그들은 서로의 입장이 달랐다. 대비를 걱정하는 마음이야 같겠지만 박 상궁은 대비를 위해서라면 진실 따위는 얼마든지 은폐할 수 있는 사람이었다.

"지금으로선 광준이 하루 빨리 깨어나길 바라는 수밖에."

언제까지 다른 이들의 눈을 피해 쉬쉬할 수는 없었다. 세자궁의 인력을 나누어 운용하는 데도 한계가 있었고 무엇보다 대비의 상태가 심상치 않았다.

"일단은 복정이란 자에 대해 좀 더 수소문해보아야겠다. 우리 쪽에서도 노 상궁에게 접근할 방법을 찾아보고."

박 상궁이 약속과 다르게 움직인다면 이쪽에서도 다른 수를 찾을 수밖에 없었다.

그리고 그 기회는 생각보다 빠르게 찾아왔다.

다음날 새벽, 종소리에 일어난 여리는 보경당 후원으로 나갔다. 장고상궁을 도와 벌레 잡는 일에 자원한 것이다. 아직은 이른 시간이었다. 차출되어 온 궁녀들은 잠이 덜 깬 듯 피곤한 얼굴이었다. 여리의 눈에도 핏발이 서 있었다. 간밤에 잠을 한숨도 이루지 못한 탓이었다.

홀쩍임이 사라지면 깊이 잠들 수 있을 줄 알았는데. 도리어 정신이 말짱해졌다. 여리의 손등을 타고 흐르던 아이의 눈물이 자꾸만 생각나 밤새 젖은 이부자리에 누운 것처럼 마음이 불편했던 것이다. 하지만 정작 일을 꾸민 사람은 아무렇지도 않은 듯했다.

장고상궁은 평소와 마찬가지로 태연하게 벌레를 잡고 있었다. 집어 올린 벌레를 으깨 터트리는 손길에서는 조금의 연민이나 자비도 느껴지지 않았다. 그 작은 것도 살아보겠다고 저리 꿈틀대는데. 관성적이기까지 한 움직임에는 일말의 망설임조차 엿보이지 않았다. 마치 감정이 거세된 사람처럼.

그 모습을 살피던 여리는 어쩐지 울컥해서 불쑥 내뱉고 말았다.

"대비전 생각시가 어제 낮에 출궁 당했습니다. 아십니까?"

마침 작업이 일단락되고 궁녀들이 하나둘 처소로 돌아가고 있는 중이었다. 끝까지 남아 있던 여리는 장고상궁을 붙잡고 물었다. 당연히 일말의 책임감은 느끼고 있을 거라 생각했으나 장고상궁은 태연하기만 했다.

"그래서?"

대수롭지 않게 내뱉은 그녀는 고개를 돌려 늘어선 장독들을 바라보았다. 하나하나 훑는 눈길이 차라리 사람을 볼 때보다 자애로웠다. 여리는 기가 막혔다.

"마마님께서 주신 방울 때문이지 않습니까?"

여리가 따질 만한 계제는 아니었다. 자신이 돌보던 생각시도 아니었고, 더구나 여리는 장고상궁보다 품계도 한참 아래였다. 위계질서가 뚜렷한 궐 안에서 아랫사람이 윗사람의 잘못을 지적하는 것은 분수에 어긋나는 일이었다. 장고상궁은 코웃음을 쳤다.

"그 아이에게 필요해 보이기에 준 것뿐이다."

당장 불호령을 치지 않은 것만으로도 많이 참아준 것이었다. 장고상궁이 중궁전의 사람인 것처럼 여리 역시 대비전 나인이기 때문이었다. 불필요한 마찰은 서로 간에 피하는 것이 좋았다. 여리는 자신이 평소답지 않게 격앙되어 있음을 느낄 수 있었다. 잠을 설친 탓일까. 감정을 추스른 여리는 따지는 것처럼 들리지 않기를 바라며 최대한 차분하게 물었다.

"생각시에게 왜 방울 달린 목걸이를 주셨습니까? 대비전에서는 금지된 물품인데, 혹 모르셨습니까?"

그럴 수도 있다고 생각했다. 그녀가 거의 매일 대비전 후원을 드나드는 것은 사실이나 대비전과는 큰 연고가 없었다. 더구나 원체 폐쇄적인 성격이 아닌가. 그녀와 말을 길게 섞어보았다는 사람을 본 적이 없었다. 그러니 듣지 못했을 수도 있다. 하지만 장고상궁의 반응은 전혀 예상 밖이었다.

"소심해서는……."

중얼거린 장고상궁은 비웃듯 한쪽 입꼬리를 끌어올렸다.

"진짜 귀신이 나온 것도 아니고 겨우 방울소리에 왜 그리 유난이란 말인가?"

정확히 누구를 겨냥하여 하는 소리인지 모를 말이었다. 놋대야 소리에도 발작을 일으키는 대비를 두고 하는 말인지, 아니면 그런 대비를 에워싸고 전전긍긍하는 궁녀들을 두고 하는 말인지. 전자라면 꽤나 무도한 발언이었다. 굳어 서 있는 여리를 보며 장고상궁은 태연자약하게 지적했다.

"국법에서 금한 것도 아닐진대 귀에 거슬린다고 온 궁 안에 있는 짤랑대는 것을 다 치울 수는 없는 일 아니냐? 이러다 군사들의 병장기마저 시끄럽다고 모조리 내다버리라 하겠구나."

틀린 말은 아니었다. 대비전의 특수한 사정을 다른 전각의 사람들에게까지 강요할 순 없는 노릇이었다. 다만 비아냥대는 그녀의 태도가 의아할 뿐이었다. 흡사 대비에게 개인적인 원한이라도 있는 것 같지 않은가.

그녀는 대비와 얼핏 비슷한 연배였다. 어쩌면 젊은 시절 인연이 있었을지도 모른다. 박 상궁이 장고상궁을 꺼리는 것도 그렇고, 그녀의 과거를 밝히는 데 유독 유보적인 태도를 보이는 것도 지금 와 생각해보니 의심스러웠다.

이미 알던 사이인가. 대비와의 관계를 묻고 싶었지만 쉽게 대답해줄 리 없었다. 대신 여리는 작정했던 대로 본인이 원하는 방향으로 화제를 몰고 갔다.

"마마님께서야 문소전에 오래 계셨으니 웬만한 일에는 의연하실 테지요. 하지만 저 같은 평범한 사람은 겁을 먹는 게 당연하지 않겠습니까? 궐에 괴물이 나타났다는데……."

일부러 괴물이란 말을 강조한 여리는 조심스레 본론을 꺼냈다.

"그러고 보니 예전에 문소전에도 기이한 짐승이 나타난 적이 있었다지요?"

여리는 장고상궁의 표정을 살폈다. 혹시라도 단서를 얻을 수 있을까 했으나 장고상궁은 그저 픽 웃었다.

"괴물이라……."

읊조린 장고상궁은 단호하게 잘라 말했다.

"짐승 같은 건 본 적 없다."

"하지만 조보에도 실렸다고……."

반박하려는 여리의 말을 장고상궁이 무작스레 끊었다.

"선왕 전하의 위패가 모셔진 사당이다. 감히 삿된 짐승 따위가 숨어들 수 있을 거라고 생각하는 게냐? 전하의 혼백이 지키고 계신데?"

여리는 말문이 막혔다. 장고상궁은 흡사 신성모독이라도 당한 듯 정색했다. 돌아선 그녀는 더 이상의 여지를 주지 않고 장고 반대편으로 가버렸다. 더는 아무 말도 섞고 싶지 않다는 듯.

그녀는 금세 평소의 무심한 얼굴로 돌아와 장독들을 닦고 또 닦았다. 감정이라곤 한 톨도 남아 있지 않은 얼굴 위에 붉은 화상자국만이 선명했다. 그 조용한 모습이 어딘지 모르게 광적으로 느껴져 여리는 한동안 자리를 뜰 수 없었다.

"짐승을 본 적이 없다니. 그건 좀 이상하구나."

장고에서 돌아온 여리로부터 보고를 들은 세자가 미간을 찌푸렸다.

"당시엔 꽤나 떠들썩한 사건이었을 텐데. 직접 보지는 못했다 하더라도 문소전에서 일했다면 적어도 얘기는 들어봤을 것이 아닌가? 헌데 그렇게까지 부정을 하다니."

"되레 의심스럽습니다."

여리가 말했다.

"생각시에게 방울을 준 것도 그렇고, 대비마마에 대해 말하는 것도 어딘지 악의적인 느낌이 드는 것이, 혹 개인적인 원한이 있는 것일까요? 아니면 중궁전의 지시가……."

말하던 여리는 급하게 입을 다물었다. 궁녀들 사이에선 공공연히 떠드는 말일지라도 세자에겐 어머니였다. 비록 친어머니는 아니었지만.

"나도 궁인들이 하는 얘긴 들었다. 허나 어마마마께선 당신이 해야 할 일을 하고 계신 것뿐이야."

세자는 소문을 일축했다. 여리를 나무라진 않았지만 여리는 고개를 조아렸다.

"소인이 실언하였나이다."

생각시의 일로 지나치게 감정적이 된 듯했다. 여리는 잠시 마음을 추슬렀다. 그러고는 줄곧 마음에 걸렸던 얘길 꺼냈다.

"한데 노 상궁의 말을 듣다 보니 이상한 점이 있었습니다."

"무엇이 말이냐?"

"방울소리 말이옵니다. 설공찬전에는 없는 내용이 아닙니까?"

오직 환혼전에만 방울소리가 언급된다. 천구가 나타나기 전 등장을 알리는 일종의 예고음 같은 것이었다.

"헌데 대비마마께선 유독 방울소리에 민감하시니."

귀신을 직접 목격한 것도 아니었다. 더구나 대비는 과거 설공찬전을 직접 본 적도 있었다. 당시엔 아무렇지도 않았는데.

그때와 지금이 다른 것은 무엇일까.

"방울소리라……."

세자가 읊조리고 있을 때였다.

"저하!"

급하게 들어온 상호가 여리를 보고 눈인사했다. 세자의 앞으로 간 그는 들고 있던 책자를 세자의 앞에 놓으며 말했다.

"멸화군의 명부를 찾았나이다."

그것은 십육 년 전, 서창수가 멸화군에서 복무했었다는 기록이 담긴 책자였다.

"내자와 여덟 살 난 딸이 있었고, 당시 태어난 지 갓 백일이 지난 사내아이가 있었다고 합니다."

"여자의 말이 사실이었군요."

여리가 낮게 탄성을 터트렸다. 실은 반신반의했었다. 여자의 행색도 그렇거니와 말이나 행동이 어딘지 모르게 제정신이 아닌 것처럼 보였던 것이다. 한데 정말 아기가 있었다니.

"하면 실화(失火)가 아닐 수도 있는 것 아닙니까?"

"화재를 조사한 자들은 뭐라고 하더냐?"

세자의 물음에 상호가 의미심장한 표정을 지었다.

"실은 탐문 중에 당시 서창수의 동료들로부터 이상한 얘기를 들었사옵니다."

"이상한 얘기라니?"

"서창수가 귀신에 홀렸다는 소문이 돌았었다고 합니다."

"귀신?"

놀란 세자와 여리의 눈이 마주쳤다. 공교롭게도 또 귀신이라니. 상호는 생전 서창수와 막역한 사이였다는 동료의 말을 전했다.

"사고가 나기 하루 이틀 전쯤인가, 비가 부슬부슬 오는 날이었다고 합니다. 순찰을 마치고 귀가하던 서창수가 집 근처 골목에서 수상한 인영을 목격했다고 합니다. 머리부터 발끝까지 시커먼 옷을 입은 자였는데 덩치가 크고 몹시 날랬다고 합니다. 야객(夜客)인가 하여 뒤를 쫓았지만 종묘 담벼락에 이르러 그만 감쪽같이 사라졌다는 것입니다. 그곳은 막다른 골목이라 도망칠 곳도 없었는데 말입지요. 이상하게 여긴 서창수가 다음날 동료들에게 그 이야기를 했지만 동료들은 믿지 않았다고 합니다. 그가 피곤하여 헛것을 본 것이라 웃어 넘겼답니다."

당시 서창수는 갓 태어난 아기 때문에 밤잠을 설치고 있었다. 게다가 종묘에 도둑이 들었다는 얘기도 없었다.

"무엇보다 종종 비슷한 일들이 있었다고 합니다. 그들이 하는 일이란 게 원체 밤늦게 돌아다니는 일인 데다 종묘 인근엔 이전부터 귀신을 봤다는 목격담들이 적지 않았던 터라……."

상호는 말을 하다 말고 세자의 눈치를 살폈다.

"괜찮다. 편하게 말하거라."

세자의 허락이 있고서야 상호는 난감한 듯 조심스레 운을 뗐다.

"망극하오나, 왕실의 혼령들이 나타난다는 소문이 있었다고 합니다."

그 말에 세자가 미간을 찌푸렸다.

"왕실의 혼령이라."

위패를 모신 사당 근처이니 그런 소문이 떠돈다 하여 크게 이상할 것은 없었다. 다만 문제는 그 일이 있고 나서 얼마 지나지 않아 사람이 죽었다는 사실이었다.

"동료들은 서창수가 귀신에 홀렸다고 믿는 눈치였습니다. 그렇지 않고서야 그 잠귀 밝던 사람이 불이 난지도 모르고 내처 잤을 리가 없다고요."

술을 마신 것도 아니었다고 했다. 출산하느라 몸이 축난 아내에게 먹인다며 한사코 붙잡는 동료들을 뿌리치고 국밥까지 사가지고 돌아갔다는 것이다. 헌데 몇 시진도 채 지나지 않아 집에 불이 난 것이었다.

"누군가 일부러 불을 낸 것일까요?"

여리는 서창수가 보았다는 그 검은 인영이 마음에 걸렸다.

"혹시 서창수가 뭔가 보지 말아야 할 것을 목격한 것이라면……."

그렇다 해도 그게 문소전에 나타난 짐승과 무슨 관계인지는 알 수 없었다.

"결국 직접 확인해보는 수밖에 없겠구나."

의심스런 정황은 많았으나 살아 있는 사람이 없었다. 증언해줄 이가 없으니.

"나는 내일 종묘에 제향하고 문소전으로 갈 것이다. 너도 출궁한다 하였지?"

"예. 왕실 종친들에게 보낼 하례품을 전하러 잠시 다녀올 예정입니다."

그 길에 다시 연화방에 들러볼 생각이었다.

"그때 그 여인을 찾아 화재가 난 날 밤의 일을 좀 더 소상히 알아보려 합니다."

세자는 고개를 끄덕였다.

"그래. 허면 다녀와서 보자꾸나. 몸조심하고."

평소와 별 다를 것 없는 인사였다. 여리는 고개를 조아렸다. 하지만 이것이 그대로 작별인사가 될 줄 그때는 알지 못했다.

🔖 제안대군 이현이 첫 부인 김씨와 다시 결합하기를 희망한다고 아뢰다

제안대군(齊安大君) 이현(李琄)이 언문(諺文) 사간을 올렸는데, 승정원(承政院)에서 번역하여 아뢰었다. 그 대략에 이르기를,

"신은 이미 김씨(金氏)와 다시 결합하였는데, 지금 듣건대 신을 위하여 여자를 채택하신다고 하니, 실망함을 이기지 못하겠습니다. 신이 본래 다시 장가들 마음이 없었고, 사족(士族)의 딸을 지금 또 내쳐 버리면 나라에 폐단이 있을 뿐만 아니라, 상감과 양전(兩殿)께 불효가 대단합니다. 만일 성상의 은혜를 입지 못하게 되면 일생 동안 홀아비로 사는 것이 신의 소망입니다."

하였다. 전교하기를,

"경이 지난 날 김씨를 소박하였을 때 남이 상처(喪妻)하였다는 것을 들으면 말하기를, '김씨는 언제나 죽을 것인가?' 하고, 국가에 순릉(順陵)의 상(喪)이 있음

을 듣고서는 말하기를, '나도 어떻게 하면 이렇게 될 수 있을까?' 하여, 김씨를 미워하기를 이와 같이 하다가 마침 김씨가 병이 들자 그 때에 의논하여 삼전(三殿)께 아뢰어서 이이(離異)시켰다. 그 후 박씨(朴氏)에게 장가들었는데, 또 박대하니, 이것으로 인하여 노비(奴婢)가 박씨를 모해하여 못하는 짓이 없었다. 일이 발각되어 추국하자 죄가 응당 죽게 되었으나, 위에 대비(大妃)가 계시고 또 경으로 인하여 극형에 처치하지 않고 다만 외방에 귀양보냈었다. 그런데 지금 경이 다시 김씨(金氏)와 결합하고자 하니, 나는 알지 못하겠다. 만일 그러한 생각으로 다시 장가들려고 하지 않는다면, 전일에 김씨와 이혼할 때의 정희왕후와 양전께서 일찍이 이미 의논하여 정하시었고 또 내가 이미 결단한 일인데, 지금 만일 다시 결합하게 한다면 국가에서 쓴 법을 후세에 어떻다 하겠는가? 이것은 나를 허물 있는 곳으로 인도하는 것이다. 경의 나이 지금 26세이므로 마땅히 아내를 두고 자식을 두어 봉사(奉祀)하기를 도모해야 할 것인데, 억지로 홀로 살겠다고 하니, 이것은 무슨 뜻인가? 경이 전일에 여러 번 대비께 불효하였고 지금 또 장가들지 않아서 후사가 없다면 그 불효는 더욱 심한 것이다."

하였는데, 이현이 다시 아뢰기를,

"신은 참으로 다른 마음은 없고 만일 성상의 은혜를 입지 못하면 평생토록 홀로 살 것입니다."

하니, 전교하기를,

"알았다."

하였다. 조금 뒤에 승정원(承政院)에 전교하기를,

"제안(齊安)의 말을 승정원에서도 들었는가?"

하니, 승지 등이 모두 아뢰기를,

"제안이 이미 김씨를 내친 뒤에 다시 사통(私通)하였으니, 국가에서 어찌 또다시 결합하게 하겠습니까?"

하였다.

- 1485년 성종16년 5월 29일 조선왕조실록 기사 중

14장

늦은 밤, 평소라면 깊은 잠에 빠져들었을 궁 안이 어수선했
다. 곳곳에 세워둔 등불이 밤을 낮처럼 밝히고, 만월에 가까운
달이 중천에 떠올랐다. 삼경 삼점. 곧 종묘의 제향이 시작될
시각이었다.

세자와 그의 수행원들은 해가 지기 전에 일찌감치 궐문을
나섰다. 처소로 돌아온 여리는 다른 궁인들과 함께 차출되어
하례품 정리를 도왔다. 내일 아침 일찍 왕실종친과 대신들의
집으로 보내질 선물은 중궁전에서 특별히 준비한 것이었다.
작년까지만 해도 대비전에서 주도했던 일이었지만 바람의 방
향이 바뀌듯 상황도 바뀌었다.

달라진 분위기는 일을 돕는 궁녀들 사이에서도 극명하게
드러났다. 중궁전 궁녀들이 지시하고 나머지 전각의 궁인들
은 묵묵히 따랐다. 몇몇 대비전 궁인들은 고까워하는 기색을
감추지 못했지만.

여리는 저녁나절 잠시 다녀간 중전의 모습을 떠올렸다. 이

미 여러 번 본 얼굴이었지만 대비전에 문안 차 들렀을 때와는 몸가짐부터가 사뭇 달랐다. 조심스럽던 모습은 오간 데 없이 중전은 도도한 표정으로 궁인들 사이를 지나다녔다. 마치 태어나 한 번도 고개를 숙여본 적 없는 사람처럼. 금박을 넣은 붉은 스란치마가 그린 듯 잘 어울렸다. 자리가 사람을 만든다 하였던가.

세자는 중전이 할 일을 하는 것뿐이라고 말했다. 하지만 여리는 여전히 의구심을 버리지 못하고 있었다. 중전의 진의를 파악할 수가 없는 까닭이었다. 문소전에 있던 노 상궁을 장고 상궁으로 보낸 것도 그렇고.

일은 새벽까지 이어졌다. 거의 잠을 자지 못한 여리는 처소에 들러 급하게 옷만 갈아입고 궐문을 나섰다. 손에는 묵직한 하례품이 들려 있었다. 원래대로라면 굳이 심부름을 나갈 필요까지는 없었지만 박 상궁에게 특별히 부탁한 참이었다. 하례품을 전하는 것은 핑계일 뿐이고 종묘 화재 사건에 대해 좀 더 알아보고 싶었던 것이다.

여리는 심부름을 마치자마자 연화방으로 향했다. 가기 전에 잠시 시전에 들러 떡과 약식을 조금 샀다. 중추절인데 빈손으로 가기가 민망했기 때문이다. 그곳의 형편을 뻔히 아는데. 당장의 끼니를 걱정해야 하는 사람들이었다. 세시(歲時)라고 하나 명절 분위기가 느껴질 것 같진 않았다.

하나 막상 도착해보니 이재민들이 모여 사는 골목이 왁자지껄했다. 넓은 공터에 걸린 솥단지 안에서는 멀겋지만 제법 기름기가 뜬 고깃국물이 바글바글 끓고 있었고, 담벼락에 붙어 선 아이들의 손엔 끈적한 엿가락이 하나씩 쥐어져 있었다. 어른 아이 할 것 없이 모두가 신이 난 표정이었다. 마을에 잔치라도 열린 것일까.

개중엔 술에 취한 이들도 보였다. 여리는 간만에 흥이 오른 사람들 사이를 헤치며 지난번 방문했던 집을 찾아갔다. 좁은 골목길을 거슬러 오르는데 뜻밖의 얼굴이 보였다. 여리가 막 들어선 골목의 반대편 끝에 낯익은 사내가 서 있었다. 인파에 묻혀 그냥 지나칠 수도 있었으나 큰 키에 굵직한 체구가 유독 눈에 띄었다. 여리는 그를 단번에 알아보았다.

제안대군 저의 구사였다. 이름이 인모라 했던가. 한데 저 사람이 여긴 왜…….

좁은 한양 땅 안이니 오가며 마주치지 못할 이유는 없었다. 하지만 장소가 장소이니만큼 의아했다. 부유한 대군 댁 구사가 가난한 이주민 마을엔 무슨 일이란 말인가. 그것도 중추절에.

여리는 소리쳐 그를 부르려 했다. 반갑기도 했거니와 그가 이곳에 있는 연유를 묻고 싶었다. 그러나 인파에 떠밀려 쉽지 않았다. 인모의 걸음도 너무 빨랐다. 흡사 축지법이라도 쓰는 사람처럼. 게다가 주위가 너무 소란스러웠다. 몇 걸음을 뒤쫓던 차에, 여리는 누군가에게 붙들렸다.

"어? 항아님 아니시오?"

덥석 팔을 붙잡은 사내는 지난번 방문했던 집의 주인이었다. 한쪽 다리가 없는. 그는 집 앞 평상에 나와 앉아 있다가 여리를 발견한 모양이었다. 그때 받은 엽전이 꽤나 쏠쏠했던지 사내는 여리를 보고 반가운 척을 했다.

"왜, 또 뭐 더 알아볼 게 있어 왔소? 궁금한 게 있으면 뭐든지 물어보시구려. 내 얼마든지 성심껏 대답해 줄 테니."

사내는 여리가 들고 있는 보따리에 시선을 주고는 입맛을 다셨다. 여리는 끈적한 사내의 손을 밀어냈다. 인모가 간 방향으로 고개를 돌렸으나 그는 이미 사라진 후였다. 여리는 미간을 찌푸리며 중얼거렸다.

"그새 어디로 간 거지?"

그에 사내도 고개를 쭉 빼고 물었다.

"누구 말이오?"

"방금 이 앞을 지나간 사람 말이오. 키가 크고 나이는 지긋한데 수염이 없는……."

"아! 어르신 말이오?"

"어르신?"

여리는 의아하여 사내를 보았다. 아무래도 자신이 찾는 사람과 다른 사람 얘기를 하는 것 같았다. 그러나 사내는 그것이 대답을 채근하는 눈짓이라 생각했는지 씩 웃으며 설명했다.

"우리는 그냥 그렇게 부른다오. 여기 사람들 어려울 때마다 이것저것 돌봐주고 도와주니, 우리한텐 나라님보다 더 높으신 어르신이지. 왜 지난번에 말했잖소. 거적때기 덮고 길바닥에서 죽어갈 때 사람들 모아서 집을 지어준 분이 있었다고. 그게 그 분이오. 오늘도 중추절이라고 쌀이며 양식거릴 가지고 오시지 않았겠소?"

아주 고마운 분이라며 사내는 어르신이란 자의 덕성을 칭송했다.

"대체 누가 우리 같은 거렁뱅이들을 거들떠보기나 하겠소? 그래봤자 콩고물은 고사하고 피죽 한 그릇 떨어질 구석도 없는 형편들인데. 어르신 아니었음 이 동네 사람들 벌써 여럿 죽어나갔을 것이오."

아무래도 뭔가 착오가 있는 듯싶었다. 여리가 생각하는 남자와 사내가 말하는 어르신 사이의 괴리가 지나치게 컸다. 여리는 확인 차 거듭 말했다.

"말을 못하는 사람이오. 남이 하는 말은 잘 알아듣지만. 필담을 위해서 항상 종이를 가지고 다니는데……."

"어르신이 말을 못하셨던가?"

사내는 고개를 갸웃거렸다.

"그러고 보니 별로 말씀이 없으신 것 같기는 했는데."

사내는 영 도움이 되질 않았다. 은인이라면서 어떻게 상대에 대해 이렇게까지 모를 수가 있는지.

"이름이 인모요. 수진방에 살고."

답답한 마음에 여리가 덧붙였다. 그러자 사내가 고개를 설레설레 내저었다.

"아닌데? 어르신 존함은 그런 이름이 아니었는데?"

그럼 그렇지. 역시나 다른 사람이었다. 아무리 부유한 대군 저라지만 노비에 불과한 구사가 무슨 돈이 있어 가난한 사

374

람들을 구제하고 다니겠는가. 그사이에도 사내는 어르신이란 자의 이름을 기억해내기 위해 머리를 쥐어짜내고 있었다.

"함자가 중……, 장……, 거, 분명 같이 온 사내가 부르는 걸 얼핏 들었는데."

여리는 됐다며 사내를 만류했다. 어차피 그것 때문에 찾아온 게 아니었다.

"오늘은 이 집 처자를 만나고 싶어 온 것이오. 지난번 못다 나눈 애기가 있는데."

여자는 방 안에 있었다. 밖은 잔치로 시끌시끌한데 안은 무덤처럼 적막했다. 간간이 사람들의 웃음소리가 뭉개져 들려오긴 했지만 텅 빈 여자의 눈동자는 남의 일인 듯 관심이 없었다.

여리는 조심스럽게 들고 온 보자기를 여자의 앞에 내려놓았다. 음식이 든 꾸러미였다. 달큼한 냄새를 맡았는지 여자의 코끝이 실룩였다. 무심하던 얼굴에 호기심이 일고, 시선이 냄새의 출처를 쫓다가 그 끝에 앉은 여리를 흘끔 쳐다보았다.

"날 기억하시오?"

여자는 고개를 끄덕였다. 하지만 관심은 온통 먹을 것에 가 있는 것 같았다. 여자는 보따리를 보며 입맛을 다셨다. 마을 사람들이 공터며 골목으로 몰려나오는 바람에 밖에 나가지도 못하고 온종일 골방에만 갇혀 있던 참인 듯했다. 배가 고플 만도 했다.

여리가 보따리의 매듭을 풀자 여자는 얼른 떡 하나를 집어 입안에 욱여넣었다. 그러곤 누가 뺏어갈까 반대편 손으로 급히 유과를 집어 들었다.

"다 그쪽 것이니 천천히 드시오."

여리는 음식을 보따리째로 여자의 앞에 밀어놓아 주었다. 그제야 여자의 초점이 여리에게 와 맺혔다. 호기심과 경계가 가득한 눈빛이었다. 여자는 흡사 작은 짐승 같았다. 분명 여리보다는 나이가 많은 듯한데 어딘가에서 성장이 멈춘 듯 아이 같은 표정을 하고 있었다.

집 안에 들어오기 전, 여자의 부친에게 들은 바에 의하면 사고 후에 연기를 많이 마신 탓인지 지능이 떨어졌다고 했다. 기본적인 의사소통은 가능하지만 사람 구실은 영 못한다고. 멀쩡한 말보다 헛소리를 더 많이 한다고도 했다. 하지만 그녀는 분명 기억하고 있었다. 화재가 일어난 날 밤의 일을. 어쩌면 그녀의 기억은 그날의 시간에 영원히 멈춰버린 것일지도 몰랐다.

"지난번에 내게 그랬었죠? 그날 일어난 불은 실수가 아니었다고."

여리는 겁먹은 여자의 눈을 지그시 들여다보며 물었다. 그러자 여자의 눈동자가 바람을 불어넣은 화톳불처럼 크게 일렁거렸다. 그때의 기억이 되살아나는 듯, 여자는 고개를 끄덕였다.

"응. 비단옷을 입은 사람이 들어갔어."

"어디로 말입니까? 서창수의 집으로요?"

여리는 뜻밖의 이야기에 긴장했다. 여자는 멍한 눈으로 허공을 응시하며 말했다.

"아기가 막 울었는데 갑자기 뚝 그쳤어. 그리고 불이……."

여자는 들고 있던 유과를 툭 떨어트렸다. 이미 그녀의 정신은 이곳에 머무르고 있지 않았다.

"불이야!"

소리친 여자가 별안간 양손으로 머리를 감싸 쥐더니 부들부들 떨기 시작했다.

"아무도 나오지 않았어. 뜨거울 텐데. 무지 뜨거웠는데 아저씨도, 아줌마도, 영이도 나오지 않았어. 난 무서워서……. 영이 보고 빨리 나오라고 하고 싶었는데 머리가 아프고 목소리도 나오지 않아서……. 그래서……. 그런데 누가 영이네 집으로 들어가려고 그랬어. 불이 붙은 집으로 들어가려고 그러는데 비단옷을 입은 남자가 붙잡았어. '복정아!' 하고."

순간 여리의 눈이 커졌다.

"지금 뭐라고 했습니까? 복정……이라고 했습니까?"

더듬더듬 물었을 때였다.

"복정! 그래 복정이야!"

등 뒤에서 사내의 목소리가 들려왔다. 고개를 돌리자 지팡이를 짚은 외발 사내가 절룩거리며 마당을 가로질러오는 것이 보였다. 그는 이제야 생각났다는 듯 손바닥으로 제 머리를 툭 치며 말했다.

"아까 말한 어르신의 존함 말이오. 복정이라고 했소. 복도 많고 정도 많아 복정인가 했었는데, 들으니 딱 알겠구려."

그러면서 딸아이를 보고 묻는 것이었다.

"헌데 네가 어르신 함자를 어찌 아느냐?"

순간 머릿속이 아득해지는 기분이었다. 화재의 밤, 현장에 있었다는 사내. 그리고 이재민들을 도와 마을을 복구했다는 어르신. 그 두 사람은 같은 사람이었다. 대군 댁 구사가 이런 곳에 와 있을 리 없다고 생각했건만, 그것도 잘못 본 것이 아니었다.

여리의 머릿속에 몇 달 전 나누었던 무일과의 대화가 떠올랐다.

'설공찬전을 집필하시던 시기의 일을 확인하고 갔소. 혹 복정이란 자와 주고받은 편지가 없는지 묻던데.'

환혼전은 제안대군의 글이었다. 설공찬전으로 인한 필화는 신미년 가을에 일어났고 그 사이에 연결고리처럼 존재하는 복정이란 자의 정체는…….

"인모."

중얼거린 여리는 자리에서 벌떡 일어났다. 지체할 시간이 없었다. 여리는 여전히 넋이 나가 있는 여자와 어리둥절해하는 외발 사내를 남겨둔 채 서둘러 허름한 집을 빠져나왔다.

같은 시각 세자는 문소전에 도착해 있었다.

축시에 시작된 제례는 한 시진 가까이 진행되었고, 새벽녘 물러난 세자는 망예(望瘞 구덩이를 파고 제사에 쓴 폐백과 축문 등을 파묻는 절차)까지 지켜본 연후 종묘를 떠났다. 경복궁으로 온 세자는 잠시 쉬었다가 영경전에 제를 올렸다. 그의 친모인 장경왕후의 혼전이었다. 자신을 낳고 산후병으로 세상을 뜬.

향을 올려 혼백을 부르며 세자는 얼굴도 보지 못한 모친을 그리워했다. 초상화라도 남아 있으면 좋으련만. 임금의 어진은 때마다 화공을 시켜 그리게 하지만 왕후의 초상은 따로 남기지 않았다. 화원이 모두 사내이니 그런 까닭도 있겠지만.

내명부의 여인은 궐에 드는 순간 세속과의 연이 끊긴다. 얼굴도 이름도 잊힌 채 누군가의 아내이자 어머니로서만 역사에 남는 것이다. 그마저도 운이 좋은 몇몇의 경우일 뿐.

아쉬운 마음에 모친의 위패만 눈으로 쓸던 세자는 제사를 마치고 자연스레 문소전으로 걸음을 옮겼다. 그곳에는 선대 임금의 초상화들이 모셔져 있었다. 그중 조부인 성종임금의 초상 앞에 세자의 걸음이 멈췄다. 낯익은 얼굴.

세자는 저 얼굴을 본 적이 있었다. 일곱 살 무렵, 폐병이 도져 제안대군의 집에 피접을 나가 있을 때였다. 끓어오르는 열로 잠 못 이루던 새벽, 세자는 답답한 기분에 잠에서 깼다. 심한 기침 때문에 숨 쉬기가 버거웠던 것은 하루 이틀 일이 아니었지만 그런 느낌과는 차원이 달랐다. 누군가 자신의 목을 조르고 있었던 것이다.

선왕이었다. 언젠가 아바마마를 따라 갔던 문소전에서 보았던 초상화 속 모습 그대로 선왕이 차가운 얼굴로 제 목을 죄고 있었다. 순간 꿈인 줄만 알았다. 당연한 일이었다. 선왕은 자신이 태어나기 한참 전에 승하하였으니. 하지만 목이 조이는 통증은 엄연한 현실이었다.

세자는 고통스러웠다. 한편으로는 의아했다. 선왕은 어찌하여 나를 죽이려 하는가. 나의 무엇이 잘못되었기에. 저리 슬픈 눈으로 나를 내려다보는가. 혼란스러웠다. 숨이 모자라 점점 머릿속이 하얗게 번져가던 순간, 딸랑, 장지문 밖에서 맑은 종소리가 울렸다. 부부인이 적적한 세자를 위해 창문가에 매달아 놓은 풍경이 바람에 흔들리는 소리였다. 소리가 울릴 때마다 병마는 물론이고 모든 삿된 것들을 쫓아줄 거라며 다정하게 웃어주었었는데.

눈을 떠보니 선왕은 사라지고 없었다. 풍경소리만이 서글프게 맴돌 뿐.

그때부터였다. 세자는 늘 자신의 자리를 의심했다. 과연 자신이 옳은 위치에 있는지, 자신이 세자의 위(位)에 걸맞은 사람인지. 때로는 남의 옷을 입고 있는 것처럼 버겁기도 했다. 자신의 정당성을 끊임없이 의심했다. 그는 태어나면서부터 이미 어미의 목숨을 끊어놓은 패륜아가 아니던가. 그리고 이복형제의 숨통을 밟은 것으로도 모자라 이제는 조모의 목숨마저 위태롭게 만들고 있었다. 그가 선 자리가 온통 피투성이였다.

선왕의 초상을 바라보는 얼굴이 자신도 모르게 가라앉아 있었던 모양이었다.

"저하, 피곤하시면 잠시 쉬시지요."

옆에 있던 상호가 걱정스레 아뢰었다. 지난밤부터 잠 한숨 이루지 못하고 강행군을 이어가고 있었다. 하지만 아직 여기까지 온 목적을 이루지 못했다. 세자는 괜찮다며 고개를 저었다.

"허면 식사라도 하시지요. 잠시 계시면 낮것을 올리라 하겠습니다."

상호가 권했다. 세자는 새벽 나절에 음복을 한 것을 빼면 하루 종일 아무것도 입에 대지 않았다.

"일도 중하지만 이러다 쓰러지십니다."

상호는 늘 걱정이 많았다. 아직도 그의 눈엔 세자가 병약한 어린아이처럼 보이는 것인지, 알에서 갓 깨어난 아기새를 돌보는 어미새처럼 졸졸 따라다니며 잔소리를 했다. 세자는 피식 웃었다. 요즘 세자가 벌인 일 때문에 그가 얼마나 노심초사하는지 알고 있었다. 그러니 이 정도 청은 못 들어줄 것도 없었다. 아직 한낮이라 일을 도모할 시간도 충분했다.

세자는 못이기는 척 상호의 안내를 따라 몸을 돌렸다. 막 전각을 빠져나오려는데, 나이 든 녹사(錄事 하급 실무 담당자)가 보였다. 계단 밑에 고개를 조아리고 선 자의 얼굴이 낯익었다.

"자네 아직 여기 있었군."

그는 세자가 어린아이였을 때에도 이곳에 있었다. 피접을 마치고 궁으로 돌아온 후, 세자는 시간이 날 때마다 자주 이곳에 들렀었다. 혹시 자신이 잘못 본 것은 아닐까 하여, 선왕의 어진을 확인하려 몰래 숨어들었던 것이 습관이 되어 언젠가부터 머리가 복잡하거나 뭔가 중요한 결정을 내려야 할 때가 되면 자연스레 발걸음이 이곳으로 향하곤 했다. 텅 빈 진전 안에 서서 선왕의 초상화를 물끄러미 응시하다 뒤돌아 나올 때면 언제부터 있었는지 나이 든 녹사가 묵묵히 진전 앞을 지키고 있었던 것이다.

그는 오래된 고목나무 같았다. 딱히 존재감이 크지는 않지만 늘 그 자리를 지키고 있었다. 어쩌면 세자가 생각하는 것보다 훨씬 더 오래 그 자리에 있었는지도 모르겠다. 아주 어릴 적 부왕을 따라 처음 문소전에 왔던 날에도 그가 있었던 것 같으니. 문득 거기에 생각이 미친 세자는 나이든 녹사에게 권했다.

"오랜만에 만나 반가운데 차나 한 잔 하지."

얼굴은 수도 없이 봤지만 말을 건 적은 처음이었다. 세자는 그에게 묻고 싶은 것이 있었다.

문소전 근처의 별각에 급하게 낮것상이 마련됐다. 평소 같으면 상궁과 내관들이 세자의 옆에서 시중을 들었을 테지만 작은 방 안에 마주 앉은 사람은 세자와 녹사뿐이었다.

"들게."

세자는 녹사의 앞에 따로 마련된 찻상을 가리키며 말했다.

"내 오래 전부터 자네와 한 번쯤 대화를 나눠보고 싶었어."

조심스레 찻잔에 입술을 대는 녹사를 향해 세자가 물었다.

"문소전에서 일한 지는 얼마나 되었는가?"

"올해로 스무 해가 되었사옵니다."

세자는 놀라 눈썹을 치켜올렸다.

"꽤나 오래 되었군. 한 곳에서 오래 버티기가 쉽지 않았을 터인데, 어찌 다른 곳으로 옮겨가지 않고."

녹사는 씁쓸하게 웃었다.

"소신의 재주가 고만하여 달리 적합한 일을 찾지 못하였나이다. 그저 천직이라 여길 뿐이옵니다."

겸양의 말을 하였지만 세자도 대강의 사정은 짐작하고 있었다. 이곳 문소전은 잊힌 자들의 무덤이었다. 판사나 부사, 판관 같이 직책 높은 이들은 겸직으로 잠시 이름만 올렸다 떠나가지만 실질적으로 일을 도맡은 이들의 상황은 달랐다. 애초에 제 위치에서 밀려난 자들이 최종적으로 흘러드는 곳이었다. 그들에게는 미래가 없었고, 밖에서는 그들의 존재를 금세 잊어버렸다.

노 상궁도 그런 자들 중 하나였을 터.

"이곳에서 오래 일했으면 노 상궁에 대해서도 알겠군."

세자가 자연스레 말을 꺼냈다.

"지금은 장고상궁으로 있는데."

그에 녹사가 고개를 끄덕였다.

"예. 그리 되었다 들었사옵니다. 참으로 잘된 일입지요."

"허면 자네에게도 아직 기회가 있는 것 아닌가?"

세자가 부러 떠보듯 물었다. 그러자 가당치 않다는 듯 녹사가 손을 내저었다.

"노 상궁은 본래가 지밀 사람이었으니 응당 있어야 할 자리로 돌아간 것입지요. 그에 비하면 소신은 이곳이 본래의 제자리이옵니다."

그의 말에 순간 세자의 미간이 좁아졌다.

"본래의 자리라니? 노 상궁이 지밀상궁이었단 말인가?"

표정이 눈에 띄게 굳어졌던 모양이다. 녹사가 당황한 얼굴로 고개를 조아리며 답했다.

"예, 그리 들었사옵니다. 예전에 중궁전 지밀나인이었다고……."

녹사가 문소전으로 발령을 받아 왔을 때 노 상궁은 이미 문소전에 있었다고 했다. 하도 오래 전 일이라 자세한 내막까진 모르지만 그녀가 한때 중궁전 나인이었던 사실만은 분명하다고.

"그게 어느 왕후 때의 일인가?"

세자가 물었다. 수십 년간 중궁전의 주인은 여러 번 바뀌었다. 노 상궁의 나이를 가늠해도 범위가 너무 넓은지라.

"소신도 그것까진 잘 모르겠사옵니다."

녹사가 곤란한 듯 대답했다.

"허면 십육 년 전, 이곳 문소전에 괴이한 짐승이 나타났던 것은 기억하는가?"

녹사는 어리둥절한 표정을 지었다. 왜 갑자기 그런 것을 묻는 것인지 모르겠다는 얼굴이었다.

"괴이한 짐승이라 하심은……?"

"신미년 봄에 종묘의 소나무 숲이 불탄 다음날 나타난 덩치 큰 개 말이다."

그제서야 녹사는 아! 하고 탄성을 내뱉었다.

"예. 기억하고 있사옵니다."

당시 진전을 지키던 이들이 모조리 불려 나와 주변을 샅샅이 수색했었다.

"그때 그곳에 있었느냐? 그 짐승을 직접 보았느냔 말이다."

갑작스레 추궁하는 듯한 말투에 긴장한 녹사가 잔뜩 주눅 든 목소리로 대답했다.

"소신은 그저 먼발치에서 담장을 넘어가는 모습만 얼핏 보았을 뿐이옵니다."

보기는 보았다는 말이었다.

"허면 방울소리는? 방울소리를 들었느냐?"

세자는 그때의 그 짐승이 현재 대비를 괴롭히는 친구와 동일한 존재인지 확인하고 싶었다. 그러나 녹사는 영문을 모르겠다는 듯 눈만 끔뻑일 따름이었다.

"방울소리라니, 무슨 말씀이시온지…….."

아무런 소리도 듣지 못했다며 녹사는 고개를 저었다.

"하물며 짐승 우는 소리조차 없어 뒤를 쫓는 데 애를 먹었사옵니다."

짐승이라면 무릇 발자국이나 냄새라도 남기기 마련인데 아무런 흔적도 찾을 수가 없었다는 것이다. 때문에 진짜 짐승이 아닐지도 모른다는 뒷말이 돌았다고.

녹사를 돌려보내고 별각을 나온 세자는 안 그래도 혼란스럽던 머릿속이 더 복잡해지는 기분이었다. 문소전에 나타난 짐승이 환혼전에서 말한 천구인 줄 알았는데 방울소리가 들리지 않았다니. 허면 단순한 우연인가. 게다가 장고상궁이 중궁전 지밀이었다는 사실까지 더해져 폐서고로 향하는 발걸음이 어지러웠다. 이리 되면 폐서고를 조사하는 일이 무슨 의미가 있을는지.

그래도 여기까지 왔으니 일단 확인해봐야 했다. 폐서고를 둘러싼 소문도 소문이거니와 광준이 쓰러지기 직전 남겼던 말의 의미를 아직 알아내지 못했기 때문이다. 서둘러 걸음을 옮길 때였다. 폐서고로 향하는 세자의 앞을 누군가 불쑥 막아섰다.

그 시각 여리는 헐떡이며 빠른 걸음으로 운종가를 걷고 있었다. 제안대군 저로 향하는 길. 이재민들의 마을이 있는 연화방에서 제안대군의 저택이 있는 수진방까지는 한 식경이 넘는 거리였다. 종묘를 지나고 청계천을 거슬러 저 멀리 경복궁이 보이는 위치까지 다다르자 제례를 위해 어제 저녁 궁을 나선 세자가 떠올랐다. 그는 지금쯤 문소전에 있을 터.

복정의 정체를 그에게 먼저 알리는 게 좋지 않을까 하는 생각이 잠시 들었다. 하지만 여리는 이내 고개를 저었다. 그녀에게는 경복궁에 들어갈 수 있는 출입패가 없었다. 게다가 세자 또한 수행인들의 눈을 피해 은밀하게 움직이고 있을 터였다.

차라리 제안대군의 집으로 가는 편이 나았다. 거기엔 익위사 군관들이 있으니, 여차 하면 세자에게 연통을 넣을 방법이 있을 것이다. 그사이 그들에게 부탁해 인모를 붙잡아둔다면…….

여리는 제안대군 저에서 보았던 중년의 구사를 떠올렸다. 그는 비록 집안의 일꾼이었지만 태도가 비굴하거나 구차해 보이지는 않았다. 곧은 자세와 차분한 눈매 그리고 묵직한 걸음걸이가 차라리 가난한 집안의 선비 같다는 인상마저 풍겼다.

뭔가 범상치 않다고는 생각했었는데. 그가 광준이 말하던 복정이었을 줄이야. 그렇다는 것은 그의 또 다른 정체가 철저히 비밀에 부쳐져 있다는 뜻이기도 했다. 적어도 제안대군 저의 일꾼들은 그를 인모라고 부르고 있었으니.

그는 대체 누구일까. 대군 저의 구사인 인모? 이재민들을 돕고 있다는 어르신? 제안대군과 인천군 사이의 연결고리인 복정? 진짜 정체가 무엇이기에 이리 다양한 이름을 가지고 있단 말인가. 그리고 그는 무엇 때문에 정체를 숨긴 채 제안대군 저에 숨어 있는 것일까.

어쩐지 그의 존재가 지금껏 자신이 쫓아온 수수께끼의 비밀을 풀 열쇠일 것만 같아서 여리의 마음이 조급해졌다. 여리는 잔뜩 상기된 얼굴로 닫힌 제안대군 저의 문을 열고 안으로 들어섰다. 마침 제일 먼저 눈에 띈 것은 안면이 익은 익위사 군관이었다. 그는 지난번 여리와 함께 함창에 다녀왔던 사람이었다. 인사를 나눌 여유도 없이 한달음에 달려간 여리는 그를 붙들고 물었다.

"인모라는 이름의 구사, 그 사람 지금 어디 있습니까?"

뜬금없는 채근에 당황할 법도 하건만 여리의 표정이 퍽 다급해 보였던지 군관은 별다른 내색 없이 대꾸했다.

"그리 물어도 인모가 누구인지……?"

군관이 집안 일꾼의 이름을 일일이 기억할 리 없었다. 여리는 서둘러 그의 인상착의와 특징을 설명했다. 그제서야 아, 하고 감탄사를 터트린 군관이 말했다.

"고 내관의 양자 말이오?"

"그가 고 내관의 양자였습니까?"

이번엔 여리 쪽에서 놀랐다. 보통 일꾼이 아닌 줄은 알았지만 그가 고 내관의 아들이었다니. 그때 사랑채 안쪽에서 허리가 굽은 고 내관이 흰 무명걸레를 들고 나오는 것이 보였다. 눈이 마주치자 도인처럼 하얗게 센 그의 눈썹이 꿈틀 움직였다. 무언가 다급한 기류를 읽은 듯했다.

여리는 정신을 다잡고 군관에게 말했다.

"그를 당장 잡아야 합니다. 그가, 세자저하가 찾는 자입니다."

자세한 속사정까지는 설명할 겨를이 없었다. 일단은 그가 몸을 감추기 전에 붙잡는 것이 급선무였다. 군관은 여리의 말뜻을 알아들었는지 급히 동료를 불러 안채로 들어갔다. 함께 원행을 다녀오며 오랜 시간 곁에서 지켜본 결과 그녀가 웬만한 일엔 호들갑을 떨지 않는다는 것을 아는 까닭이었다.

익위사 군관들은 곧 대군 저 곳곳을 수색했다. 일꾼들이 지내는 행랑은 물론이고 사랑채와 별채, 안채까지 샅샅이 뒤졌지만 남자의 행방은 찾을 수가 없었다.

"인모 그 사람은 아침나절에 집을 나가 아직 돌아오지 않았는걸입쇼."

함께 일하는 일꾼으로부터 그가 집에 없다는 사실만 확인했을 뿐이었다.

"마을을 떠나는 것을 보았는데……."

대군 저로 돌아왔을 줄 알았건만 아직 돌아오지 않은 모양이었다. 그때 뒤쫓았어야 했다. 하지만 후회해봤자 이미 늦은 일이었다. 눈치를 채고 숨어버리기 전에 지금이라도 행적을 뒤쫓는 수밖에.

"혹 그 자가 이곳으로 돌아올 수도 있으니 군관 나리들께선 계속 여기 계시는 편이 좋을 것 같습니다. 궁에 계신 저하께 연통을 넣어 상황을 알리고 추가로 사람을 모으는 것이……."

앞으로의 대책을 논의하고 있을 때였다. 쿵쿵쿵, 누군가 거세게 대문을 두드렸다. 여리와 익위사의 시선이 동시에 그쪽으로 향했다. 그러자 다시 쿵쿵쿵. 문을 두드리는 소리에 마당한 켠에 서 있던 일꾼이 눈치를 보았다. 그러다 종종 달려가 대문을 연 순간, 한 무리의 군사들이 우르르 마당 안으로 밀고 들어왔다.

여리와 익위사 군관들을 포함해 대군 저 안의 사람들을 에워싼 군사들은 위협하듯 일제히 사람들을 향해 창끝을 겨누었다. 영문을 알 수 없는 긴장감이 고조되었다. 그때 그들 사이로 육척장신의 사내가 성큼 걸어 들어왔다. 붉은 철릭에 검은 답호, 부리부리한 눈매의 사내는 내금위장이었다. 전하의 수족인 내금위장이 어찌 이곳에…….

여리가 상황을 미처 파악할 새도 없이 내금위장이 우렁우렁한 목소리로 명령했다.

"모두 추포하라!"

대군 저의 하인들은 물론이고 익위사 군관과 함께 있던 여리까지 모조리 포승줄에 묶였다. 어딘지도 모를 곳으로 끌려가면서, 여리는 고개를 돌려 경복궁 쪽을 바라보았다. 저하께 이 사실을 알려야 하는데…….

당장 자신이 어찌 될 것인가 하는 걱정은 미처 떠올릴 겨를도 없었다. 이제 겨우 단서를 잡았건만, 코앞에 실마리를 두고도 발이 묶여버린 상황에 그저 속이 바짝바짝 타들어갈 뿐이었다.

～ 세자가 태묘에 홀로 친제하는 일에 대해 사서 임양이 아뢰다

사서(司書) 임양이 세자의 뜻으로 아뢰기를,

"금년 추석에는 영경전에 제사 드리고 싶습니다. 그래서 사부께 의논한 바 '친제(親祭)하려는 뜻은 지성에서 나온 것이니 참으로 아름다운 일이다. 그러나 대의(大義)에 입각하여 헤아려 보건대 세자가 제사를 주관함에 있어 아헌관(亞獻官)

390

이 되는 것은 예문(禮文)에 지정된 일이다. 이로써 본다면 금년 봄 묘현(廟見)할 때에 먼저 종묘에 배알하고 다음 영경전에 배알한 것은 종묘를 중하게 여겼기 때문이었다. 지금도 먼저 종묘에 제사 드리고 후에 영경전에 제사 드리는 것이 마땅할 것 같다.' 하므로 이 뜻을 감히 아룁니다."

하니 전교하기를,

"세자가 오래도록 영경전에 친제하지 못한 것을 미안히 여겨 사부에게 의논하였더니 사부가 태묘(太廟)를 중히 여겨 먼저 제사드릴 것으로 말하였다. 이 뜻을 예조에 물어보라."

하고, 이어 전교하였다.

- 1527년 중종22년 8월 5일 조선왕조실록 기사 중

15장

똑……똑……. 어디선가 물방울 떨어지는 소리가 들렸다. 너무 고요해 지푸라기 부스럭거리는 소리 하나에도 신경이 곤두섰다. 차라리 다른 이들과 함께 갇혔다면 덜 초조했을까. 지금 여리가 있는 곳은 내수사 감옥이었다. 다른 이들은 중간에 갈라져 의금부로 들어가는 것을 보았으니, 이곳으로 끌려온 것은 여리 하나뿐인 듯했다. 그녀가 궁녀란 것을 알고 있었다는 뜻인데.

어찌 알았을까. 여리는 색을 들인 무명 치마저고리 차림이었다. 겉으로 봐서는 궁녀라는 티가 전혀 나지 않았다. 그렇다고 그들이 여리의 신분을 물은 것도 아니었다. 그저 당연하다는 듯 이곳으로 끌고 와 가두었다.

처음부터 미행당하고 있었던 것일까.

계획대로라면 여리는 본래 그곳에 있어선 안 되었다. 심부름을 마치고 얼른 환궁했어야 했다. 궁녀가 사사로이 궁 밖을 돌아다닌 것은 죄가 된다. 더구나 대군의 집에 있다 잡혔으니.

뭐라고 변명을 해야 한단 말인가. 과연 변명이 통하기는 할까. 자신의 외출을 허락해준 박 상궁마저 곤란해지는 것은 아닐지.

무엇보다 그들은 이미 뭔가를 알고 있는 눈치였다. 그렇지 않고서야 내금위장이 직접 나섰을 리가 없었다. 더구나 함께 붙잡힌 이들이 갇힌 곳은 다름 아닌 의금부. 역모를 다루는 관청이었다. 아무래도 예감이 좋지 않았다. 여리는 초조하게 손끝을 쥐었다 폈다. 세자가 어찌 되었을지 걱정스러웠다. 주상이 눈치를 챘다면 세자 또한 무탈하기는 힘들 터.

그 시각 세자는 궐 밖 사저에 있었다. 원래의 계획대로라면 상호와 함께 폐서고를 조사하고 있었을 테지만, 지금 그의 곁엔 상호가 없었다. 앞서 길을 안내하는 이는 체구가 작은 중년의 사내였다. 말이 없고 서늘한 인상을 풍기는 그는 내관들의 우두머리인 상선영감이었다. 문소전 앞에서 세자를 기다리고 있던 것도 바로 그였다.

'자네가 어찌 이곳에……?'

평소 임금의 곁에서 한시도 떨어지지 않는 수족 같은 이였다. 그런 그가 예고도 없이 세자의 앞에 나타났다는 건 좋지 않은 조짐이었다.

'전하께서 찾으십니다.'

말을 전한 상선은 더 이상의 설명 없이 앞장서 걸었다. 세자의 곁에 있던 상호는 상선이 데려온 다른 내관들에 의해 앞이 가로막혔다. 의도가 분명했다. 세자는 별다른 저항 없이 상선의 뒤를 따랐다. 그렇게 도착한 곳이 바로 이곳이었다.

세자는 주위를 둘러보았다. 잘 가꿔진 정원에는 형형색색의 꽃들이 만개해 있고, 흑색 기와를 얹은 지붕은 먹으로 그린 듯 처마가 유려했다. 마치 고요한 선경처럼 어디선가 새 지저귀는 소리만이 간간이 들려왔다. 세자는 이곳이 어디인지 알고 있었다.

아바마마의 사저.

임금이 진성대군이던 시절 출합하여 반정 전까지 지내던 곳이었다. 사람을 시켜 꾸준히 관리하고 있었지만 과거의 기억 때문인지 웬만해선 발길을 하지 않는 곳인데, 굳이 그런 곳으로 남몰래 자신을 불러들인 까닭이 무엇일까.

혹, 들킨 것인가. 세자는 최대한 평정을 유지하려 애썼다. 가능하다면 시치미를 뗄 작정이었다.

부왕은 너른 누각 위에 서 있었다. 마당이 한눈에 내려다보여 저택의 수려한 경관을 감상하기에 더없이 좋은 위치였다. 사방이 탁 트여 있지만 지켜보는 눈은 없었다. 누각 위엔 임금과 세자뿐. 주위를 물렀는지 주변엔 아무도 없었다. 상선 역시 세자를 누각 앞까지 안내하고는 조용히 사라졌다. 세자는 마른 침을 삼키며 누각 위로 올라섰다.

"아바마마, 소자 부르심을 받고 왔사옵니다."

고개를 숙이자 임금이 앞을 보고 선 채로 손만 까딱여 세자를 불렀다. 가까이 오라는 듯. 세자가 부왕의 곁으로 다가서자 발밑을 굽어보던 임금이 입을 열었다.

"아름답지 않느냐?"

그가 바라보는 곳엔 붉은 단풍나무 아래 노란 가을국화가 소담하게 피어 있었다. 그 옆엔 작은 연못이 있고 인공으로 깎아 만든 암벽 사이에서는 작은 폭포수가 졸졸 흘러내렸다. 수려하다 못해 자못 사치스런 풍경이었다. 평소 세자가 알던 부친의 취향과는 다소 거리가 있었다. 임금은 검박함이 몸에 밴 사람이었다. 때로는 그것이 지나쳐 강박적일 만큼 금욕적이기도 했다.

그런 그도 젊은 시절엔 화려하고 아름다운 것들에 이끌렸을까. 쉽사리 상상이 가지 않았다. 세자는 대답 대신 부왕의 눈치를 살폈다. 부왕의 저의를 파악할 수가 없었다. 풍광이나 보자고 그를 부른 것일 리는 없을 터. 딱히 대답을 기대한 건 아니었는지 임금이 지나가는 말처럼 덧붙였다.

"돌아가신 형님께서 내게 내려주신 저택이다."

몹시 심상한 어조였으나 정작 세자의 귀에는 의미심장하게 들렸다. 부왕에게 형님이라면……, 귀양지에서 죽은 폐주 연산을 이르는 것이었다. 세자의 눈에 이채가 떠올랐다. 임금은 지금껏 한 번도 세자의 앞에서 사적으로 폐주에 관한 얘기를 꺼낸 적이 없었다. 하물며 이리 친근하게 형님이라고 부르는 것도 처음 들었다.

그들은 사가의 형제들과 달랐다. 목숨을 건 권력쟁투 끝에 생사가 갈린 후로는 그저 승자와 패자로 나뉘었을 뿐. 애달파 할 까닭도 없었다. 폐주가 죽지 않았다면 아마도 지금쯤 무덤

속에 누운 것은 금상이었을 테니. 헌데…… 저택 곳곳을 훑는 부친의 시선 끝이 어딘지 모르게 쓸쓸했다. 마치 자조하듯.

"궐을 나갈 아우를 위해 몇 년에 걸쳐 정성껏 지어주신 집이지. 훗날 이리 텅 비어버릴 줄도 모르고."

한숨을 쉬는 부왕의 모습을 세자는 새삼스레 보았다. 자신의 아버지이지만 세자는 부친의 속내를 좀처럼 짐작하지 못했다. 세자는 부왕이 어려웠다. 신하들은 그를 더 없이 올곧은 성군이라 칭송했지만, 정작 세자의 눈에 비친 부왕은 마치 감정이 거세된 사람 같았다.

세자는 단 한 번도 부왕이 소리를 지르고 눈물을 흘리는 모습을 본 적이 없었다. 목젖이 보이도록 크게 웃는 모습도, 으르렁대며 분노하는 모습도 보지 못했다. 인간의 오욕칠정을 모조리 차가운 빙벽 속에 갈무리해놓은 사람처럼 부왕은 항상 가지런히 앉아 자신이 해야 할 일들을 무섭도록 성실히 해치웠다. 그것은 정적을 제거할 때나 혈육을 잘라낼 때도 마찬가지였다. 하지만 지금에서야 문득 의문이 들었다. 그게 과연 진짜 부왕의 모습이었을까.

생각하는 찰나, 임금이 여상히 물었다.

"제안대군의 집에 익위사들을 두었다고?"

세자는 허를 찔린 사람처럼 움찔 몸을 굳혔다. 부왕이 제안대군 저의 일을 알고 있었다.

"의관들을 보내고 사람을 시켜 확인하고 있다지?"

대체 어디까지 알고 있는 걸까. 광준이 저자에 환혼전을 퍼트린 것? 아니면 혹 환혼전의 저자가 제안대군이란 사실까지 알아낸 것인가.

전자라면 광준은 깨자마자 의금부로 끌려갈 것이다. 후자라면…… 광준은 물론이고 부부인과 그 집안의 식솔들까지 모두 극형을 면치 못하게 될지도 모른다. 세자는 덜컥 겁이 났다. 무슨 말이든, 하다못해 변명을 해서라도 상황을 수습해 보려는데.

"잘 하였다."

부왕의 입에서 뜻밖의 칭찬이 흘러나왔다.

"예?"

세자는 당황하여 바보처럼 되묻고 말았다. 그러자 부왕이 고개를 돌려 세자와 눈을 맞추었다.

"안 그래도 나 역시 삿된 술수로 궐을 어지럽힌 역도들을 뒤쫓던 중이었다. 헌데 그런 대역무도한 자가 다른 곳도 아닌 왕실 지친의 집에 숨어 있었다니."

세자는 부왕이 지금 무슨 말을 하는 것인지 도무지 이해할 수가 없었다. 그사이에도 부왕의 탄식은 계속되었다.

"심약한 부부인께서 얼마나 놀라셨겠느냐? 네가 미리 눈치를 채고 손을 썼기에 망정이지 아니었다면 더 큰 참사가 벌어졌을지도 모를 일."

세자를 치하하면서도 부왕의 눈은 전혀 웃고 있지 않았다. 세자는 등줄기에 소름이 돋는 것을 느꼈다.

"역도라니…… 무슨 말씀이시옵니까?"

설마 광준을 지칭하는 것인가. 그렇게 살리려 애를 썼건만, 결국……. 세자는 끝까지 부인하려 했다. 그러나 이어진 부왕의 말에 그만 아연해지고 말았다.

"고 내관 말이다."

"예?"

고 내관이라니. 전혀 생각지도 못했던 이름에 세자의 눈썹이 가파르게 치솟았다.

"그는 평생 대군의 곁에서 대군을 보필해온 충성스런 자가 아니옵니까?"

부왕의 의도를 이해할 수가 없었다. 아니, 어쩌면 자신이 모르는 다른 내막이 있는 것일지도 모른다. 태연한 부왕의 태도에 도리어 제가 뭔가를 잘못 알고 있었던 것은 아닌가 하는 의문이 들 무렵.

"그러니 말이다. 때때로 어긋난 충심은 사람의 눈을 흐리고, 맹목적인 믿음은 심약한 이들을 잘못된 길로 이끄는 법이니."

세자는 부왕의 눈을 보고서야 알았다. 그는 지금 사건을 은폐하려 하고 있었다. 차가운 시선이 세자에게도 그것을 종용하고 있었다.

"하오나……."

환혼전을 저자에 퍼트린 것은 광준이었다. 그 말이 목구멍에 걸려 차마 입 밖으로 나오지 않았다. 그 전에 환혼전을 쓴 사람이 제안대군이라는 사실을 어찌 공공연히 내뱉을 수 있단 말인가.

세자는 바싹 마른 입술을 열없이 여닫았다. 그러기를 수차례.

"그 자는 제 몸 하나 건사하기도 힘든 노인이옵니다. 헌데 어찌 궁궐 담장을 넘고 군사들을 따돌릴 수가 있단 말입니까?"

세자의 입에서 신음이나 다름없는 말이 겨우 흘러나왔다.

"그 자에게 양자가 있지 않더냐? 이름이 인모라던가?"

더없이 적당한 희생양이었다. 힘도 없고 근본도 없으니 그깟 목숨 죽어 사라진다 해도 티끌 하나 남지 않을 것이다. 게다가 늙은 노인은 변변한 고신도 받기 전에 제풀에 죽어 쓰러질 테니. 여러모로 수고를 덜 수 있는 방법이었다.

그 냉정한 계산속에 소름이 돋았다. 그리 되면 광준과 부부인은 책임에서 한발 빗겨나 무사할 수 있을 터. 어쩌면 그것이 가장 현실적인 대안일지도 모른다는 생각을 하고 있는 제자신이 제일 소름 끼쳤다. 세자는 아랫입술을 질끈 감쳐물었다. 이는 옳지 않다. 무릎을 꿇은 세자는 부친의 앞에 엎드려 간곡히 간하였다.

"전하! 이는 진실을 잠시 가리는 것뿐이옵니다. 할마마마께서는 여전히 환청을 듣고 계시옵니다. 분명 원인이 있을진대, 만약 그들을 잡아들이고도 병증이 가라앉지 않는다면 어찌하려 그러시옵니까?"

또다시 궐에 천구가 출몰한다면 사람들은 사건의 진위에 의혹을 품을 것이고, 왕실의 위엄은 또다시 땅에 떨어질 것이다. 하지만 임금은 개의치 않았다.

"그땐 귀신의 짓이라 하면 된다. 그로도 여의치 않다면 안타깝지만 몇몇쯤 더 희생된다 해도 어쩔 수 없지. 왕실을 굳건히 하는 데 도움이 된다면 종친을 경계하는 일쯤이야. 불이 번지는 것보다야 미리 가지를 쳐내는 편이 낫지 않겠느냐?"

고 내관 부자로 안 된다면 광준과 부부인마저 제거할 수 있다는 뜻이었다. 세자의 눈이 커졌다. 부왕을 바라보는 눈동자가 풍랑이 인 듯 요동쳤다.

"하오나……!"

진실은? 죄 없이 죽어갈 사람들은?

임금은 손을 들어 세자의 말을 막았다. 마주 본 부왕의 눈동자 속에 검고 진득한 감정의 오니들이 늪처럼 고여 있었다. 모든 빛을 빨아들일 듯, 지그시 세자를 응시한 임금이 입을 떼었다.

"진실을 밝히면 평온해질 줄 아느냐? 아니. 온갖 미천한 자들이 임금을, 왕실을 우습게 여길 것이다. 입으로는 공맹의 도리를 들먹이며 독사 같은 이빨로 물어뜯으려 들겠지. 감히 하늘이 내린 임금을, 왕실의 위엄을 짓밟으려 들 게다. 내 형님에게 그러했듯이."

마지막 말은 씹어 삼킬 듯 뭉그러져 거의 알아들을 수 없었다. 그러나 세자는 알 수 있었다. 오늘따라 낯설게 느껴지던 부왕의 모습과 그 뒤에 감춰진 불편한 심기의 정체를. 예민하고 결벽스러운 그것은 임금의 역린이었다.

"나는 저들에게 털끝만 한 명분도 내어주지 않을 것이다. 차라리 내 손으로 잘라버리는 한이 있더라도."

그것이 그가 살아남기 위해 택해온 방식이었다.

"고 내관은 제안대군이 보위를 잇지 못한 일로 평생 마음에 원한을 품고 있었다. 자신이 모셔야 할 주인임에도 어린 대군의 곁에서 보호자 행세를 자처하며 대군을 자신의 뜻대로 조종하고자 하였으니. 그 자는 대군의 심중에 왕실을 원망하는 마음을 심고, 대군을 부추겨 모반을 꾀하고자 획책하였다. 허나 타고난 성품이 순진한 대군은 그 뜻을 따르지 아니하였고, 마침내 대군이 후사 없이 세상을 뜨자 역도를 통제할 이도 사라졌다. 결국 기고만장해진 역도는 환혼전을 지어 퍼트려 왕실을 능욕하기에 이른 것이다."

역모의 줄거리가 끼워 맞춘 듯 임금의 입에서 술술 흘러나왔다. 진실이 무엇이든 지금 이 순간부터 임금의 말이 곧 진실이 될 터였다.

몸을 돌린 임금은 꿇어앉은 세자에게 다가와 팔을 잡아 일으켰다. 그리고 허리를 굽혀 손수 세자의 무릎에 묻은 흙먼지를 털어주었다.

"너는 아무것도 모른 것이다. 너에겐 그 어떤 흠결도 있어선 아니 될 것이니."

임금은 세자의 양 어깨를 그러쥐었다. 그의 목소리가 흡사 최면을 거는 듯했다. 세자는 어느새 무저갱처럼 깊게 가라앉은 부왕의 눈을 바라보았다. 그 눈동자와 마주하자니 오한이

들었다. 서서히 감정이 탈색되어갔다. 어쩌면……, 귀신은 아주 오래 전부터 이미 궁궐 깊숙한 곳에 자리 잡고 있었는지도 모르겠다는 생각이 들었다.

어둠 속에서는 시간의 흐름을 가늠할 수가 없다. 더구나 적막 속에 홀로 방치되어 있다보면 생각은 많아지고 시간은 축을 잃고 늘어진다. 여리는 초조하게 감옥 안을 서성댔다. 지금쯤 밖의 상황은 어찌 돌아가고 있을지.

인모는 잡혔을까. 광준은 함께 체포되었나. 아직 깨어나지도 못했을 텐데. 세자는 어찌 되었을까. 온갖 상념들로 머릿속이 복잡했다. 정작 제 앞날조차 장담할 수 없는 처지에. 답답한 마음에 벌써 몇 번째일지도 모를 한숨을 푹 내쉴 때였다.

저벅저벅, 복도 끝에서부터 발자국 소리가 들려왔다. 드디어 심문이 시작되는 것인가 하는 생각에 절로 몸이 굳어졌다. 아직 무엇을 뱉고 무엇을 삼켜야 하는지도 채 판단을 내리지 못했건만. 마른 침을 삼키는데 덜컹, 잠겨 있던 문이 열렸다.

"나오너라."

문을 잡고 선 이는 나이 든 내관이었다. 그는 여리를 보더니 밖을 향해 눈짓했다.

"너를 데리러 사람이 와 있다."

"심문을 받으러 가는 것입니까?"

물었으나 내관은 아무런 대답도 하지 않았다. 그는 등불을 든 채 묵묵히 앞장서 나아갔다. 들어왔던 곳과는 반대방향이었다. 정신이 없는 와중에도 여리는 자신이 어디에 있는지, 어디로 끌려가는지 파악하기 위해 애썼다. 잡혀올 때 통과했던 문이 정문이라면 지금 가고 있는 곳은 후문쯤 될 것 같았다.

작은 쪽문 앞에 선 내관은 문을 열고 한 걸음 뒤로 물러섰다. 턱짓을 하기에 여리 먼저 문 밖으로 나갔다. 당연히 뒤따라 나올 줄 알았지만 쿵, 등 뒤에서 문이 닫혔다. 어리둥절해진 여리는 고개를 돌려 뒤를 바라봤다. 하지만 문은 이미 닫힌 뒤였다.

여리가 서 있는 곳은 건물과 건물 사이의 샛길이었다. 일꾼 한 명이 겨우 지나다닐 만큼 좁은 통로. 어둠이 깔린 길목 끝에서 사그락사그락, 옷자락 스치는 소리가 들려왔다. 누군가 다가오고 있었다. 여리는 눈매를 좁혔다. 깜깜해서 상대가 잘 보이지 않았다. 경계하며 한 발 물러서려는데, 두세 걸음 떨어진 자리에 멈춘 상대가 쓰개치마를 벗었다.

"마마님……."

눈앞에 선 이는 박 상궁이었다.

"여길 어떻게……."

안 그래도 자신 때문에 그녀까지 곤란해지지는 않았을까 걱정하던 참이었다. 한데 이리 찾아 왔다는 것은……. 혹, 입단속을 하려는 것일까. 그런 것이라면 염려하지 말라고 말하려던 참이었다.

"대비마마를 저주한 범인이 잡혔다."

박 상궁이 뜻밖의 말을 꺼냈다. 그녀가 감옥에 갇혀 있던 사이 무슨 일이 벌어진 것인지.

"범인이 누구입니까?"

여리가 다급히 물었다. 그러자 박 상궁이 어둠 속에서 눈을 빛냈다.

"고 내관과 그의 아들 인모다."

놀라운 한편, 혼란스러웠다. 인모가 복정이란 것은 알았지만 그가 대비를 저주한 장본인이라고? 더구나 고 내관이?

"대체 무슨 연유로……. 어떻게 말입니까?"

"자세한 건 의금부에서 밝혀낼 테지. 주상전하의 어지가 계셨다."

여리는 뭔가 이상함을 느꼈다. 아직 명확한 정황이 밝혀진 것도 아닌데 범인을 확신하는 박 상궁의 어투는 지나치리만치 단호했다. 마치 사실이 아니더라도 그렇게 만들고야 말겠다는 듯이. 박 상궁은 여리를 지나쳐 앞서 걸었다. 여리는 그 뒤를 따르며 물었다.

"하면 소인은 이제 어찌 되는 것입니까?"

다시 내수사 감옥에 갇힐 거라 생각했다. 아직 사건은 조사 중이고, 자신이 왜 제안대군 저에 있었는지도 해명해야 했다. 하지만 박 상궁은 그저 여리를 향해 빙긋 웃어 보일 뿐이었다.

"공을 세웠으니 상을 받게 되겠지."

박 상궁의 입술이 양 옆으로 길게 당겨져 올라갔다. 그러나 눈은 전혀 웃고 있지 않았다.

"그게 무슨 말씀이십니까?"

놀란 여리가 우뚝 멈춰 섰다. 박 상궁은 아예 몸을 돌려 그런 여리를 물끄러미 바라보았다.

"죄인이 잡히지 않았느냐? 네 임무를 완수했으니 더는 동궁전에 드나들 필요가 없다는 말이다. 이제부터 너는 나를 도와 대비마마의 지근에서 일하게 될 것이니."

따라오라며 박 상궁이 다시 앞장서 걸었다.

"하오나 아직 심문도 받지 않았사온데……. 내금위에서 소인이 대군 저에 있는 걸 보았습니다."

정말 이렇게 마무리 지어도 되는 것인가. 여리는 아직 아무런 마음의 준비가 되어 있지 않았다. 심지어 세자에게 제대로 된 보고조차 하지 못했는데.

"내금위에는 내가 그간의 정황을 따로 설명해두었다. 너는 그저 내가 시킨 일들을 처리한 것일 뿐."

박 상궁은 걸음을 멈추지 않았다. 여리는 허둥지둥 그 뒤를 따르며 연거푸 동궁전 쪽을 바라보았다. 보름이건만 짙게 드리운 구름이 달을 가려 아무것도 보이지 않았다. 자신이 어디로 가고 있는지 발밑조차 가늠하기 어려운 밤이었다.

해가 뜨자 모든 것이 뒤바뀌어 있었다. 귀신소동의 주모자가 밝혀졌다는 소식에 그동안 움츠러들었던 궁은 기지개를 켜듯 활기를 되찾았다. 그리고 그 활력의 대부분은 죄인을 비난하고 뒷말을 주워 나르는 데 쓰였다.

"노인네가 고신을 당하면서도 여전히 입을 꾹 다물고 있다지?"

"사지가 다 너덜너덜해졌다던데. 독하지, 독해."

"하긴 그러니까 내관 주제에 감히 역모를 꾀할 생각을 한 것 아니겠어?"

아직 공식적인 발표가 나기도 전이건만 사람들은 이미 결론이 난 듯 숙덕거렸다. 하지만 조금만 생각해보아도 이상한 점이 한두 가지가 아니었다. 이미 대군의 후사가 끊겼거늘 고 내관이 무슨 연유로 모반을 획책한단 말인가.

제안대군에겐 자식이 없었다. 봉사손을 두어 제사를 챙기게 했지만 방계일 뿐이다. 애초에 왕권과는 거리가 멀었다. 한데 죽음을 목전에 둔 늙은 내관이 무슨 욕심이 있어 역모를 꾸민단 말인가. 더구나 장애를 가진 양아들까지 끌어들여서.

여리는 생각에 잠겼다. 아무래도 석연치가 않았다. 인모란 인물이 여러모로 의심스러운 것은 사실이었으나 그들에겐 이렇다 할 동기가 없었다. 직접 확인해 보고 싶었지만…….

여리는 박 상궁의 말대로 대비를 지근에서 모시게 되었다. 원래도 지밀나인으로 대비의 가까이에 머물긴 했으나, 이제 더는 색장상궁의 명을 받지 않아도 되었다. 박 상궁의 직속으로 대비의 수발을 들게 된 것이다.

궁녀로서는 파격적인 승진이었다. 더구나 여리가 궁에 들어온 지 얼마 되지 않았다는 사실을 감안하면 유례가 없는 일이었다. 다른 궁녀들은 그런 여리를 부러워하면서도 한편으론 질시했다.

그러나 여리는 이 상황이 전혀 달갑지 않았다. 도리어 답답하기만 할 뿐이었다. 봉서나인일 때는 서신을 핑계로 종종 궐 밖으로 나갈 수도 있었는데, 이젠 궐 밖은커녕 대비전 담장 밖을 나서는 것도 눈치를 봐야 했다. 자연 동궁전 출입도 어려워졌다.

박 상궁은 더 이상 세자의 일을 도우러 가지 않아도 된다고 했다. 동궁전의 문안서한도 이제는 본래대로 동궁전 내관이 들고 왔다. 그래도 세자가 한 번쯤 자신을 부를 만도 하건만, 이상하게도 아무런 소식이 없었다. 두 사람을 잇던 모든 관계가 단번에 뚝 끊겼다. 마치 칼로 잘라낸 것처럼. 무심을 가장한 평화가 깃들었다.

다행히 고 내관이 잡혀 들어간 뒤로 대비의 상태는 점점 호전되었다. 범인이 잡혔다는 안도감 때문일까. 대비는 이제 더 이상 방울소리를 듣지 않았고 낮에는 잠깐씩 사람들을 만나기도 했다. 다만 인모의 행방을 찾는 문제만이 꺼지지 않은 불씨처럼 여전히 불안하게 남아 있었다.

"고 내관의 양자란 자는 아직도 잡히지 않았다지요? 참으로 신출귀몰한 자가 아닙니까? 도성의 군사들이 사방을 샅샅이 뒤지고 있다는데."

"그러니 감히 궐 담을 넘을 생각을 했겠지요. 모두를 감쪽같이 속이고 귀신행세를 한 걸 보세요."

대비의 병문안을 온 종친부의 부인들이 떠들어댔다. 그들은 누구보다 이번 일에 비상한 관심을 보였다. 왕실로부터 특별대우를 받아온 제안대군 저가 얽힌 사건이어서일까. 이상한 소문이 돌기 시작한 것도 그즈음이었다.

"고 내관의 양자 말이야. 부부인이 낳은 자식이라며?"

"뭐? 하지만 대군은…… 불능이었잖아?"

몹시 중대한 비밀이나 되는 것처럼 주변을 살피며 목소리를 낮췄지만 이미 세상이 다 아는 이야기였다. 제안대군은 살아생전 남녀 관계를 불결하게 여겨 색사를 가까이 하지 않았다. 오죽했으면 보다 못한 선왕이 대군의 침실에 여인을 들여보냈을 정도였다. 허나 대군은 아리따운 여인을 품기는커녕 한밤중에 고함을 지르며 일어나 여인이 만진 아랫도리를 닦으며 더럽다 울었다고 한다. 그때의 일은 세인들 사이에서 아직까지도 웃음거리로 회자되고 있었다. 그러니 대군에게 자식이 있을 리 만무했다. 한데 부부인의 아들이라니.

"하면 그게 누구의 씨란 말이야?"

나인들끼리 속닥이는 소리에 여리는 무심한 척 조용히 귀를 기울였다.

"왜, 부부인께서 소박을 맞고 친정으로 돌아가 계셨던 적이 있었잖아?"

그 또한 널리 알려진 사실이었다. 제안대군이 병신 아내와 살기 싫다며 억지를 써서 이혼했던 때의 일을 말하는 것이었다.

"그때 외간 사내와 정을 통하여 아이를 가졌다던데?"

"하지만 이혼을 했어도 대군 댁 마님인데 어찌 외간 사내를 만나? 더구나 몸도 성치 않은 양반이. 부축해주는 사람이 없으면 혼자서는 문지방도 못 넘는다며?"

"그러니 귀신이 곡할 노릇이지. 부군은 세상이 다 아는 고자……인 데다가 당사자는 집 밖으론 운신도 못하는 앉은뱅이이니."

입을 가볍게 놀리던 나인이 듣는 이가 없는지 또다시 주위를 살폈다. 하지만 어디까지나 행세일 뿐임은 누가 보아도 알 수 있었다. 이미 역모에 얽힌 집안이라 조심스러워 할 필요성을 느끼지 못하는 걸까. 다른 나인 하나가 곰곰이 생각하는 척을 하다가 갑자기 헉, 하고 헛숨을 들이켰다.

"허면, 설마……."

"설마, 뭐?"

이목을 끌려 부러 과장된 행동을 하는 것이 다분히 연극적이었다. 허나 호기심을 느낀 나인들은 너나 할 것 없이 귀를 쫑긋 세우며 다가들었다.

"그 자가 고 내관의 양아들이라면서."

"그래서?"

"아무 연고도 없이 아이를 양자로 들였겠느냐고? 그 왜, 간혹 내관들 중에 돌아오는 자들이 있다잖아. 더구나 고 내관은 일찍 궐을 나가 그 뒤론 확인해본 사람도 없을 테니."

궁녀의 말처럼 내관 중에는 가끔 생식능력이 회복되는 경우가 있었다. 하지만 극히 드문 일이었다. 더구나 아무런 증거도 없었다. 그러나 본래 소문이란 음험하고 불온할수록 사람들의 구미를 당기는 법이었다. 마른 가지에 불이 붙듯 소문은 빠르게 퍼져나갔다.

궐 밖에 다녀온 색장상궁이 도리어 외부에서 그 소식을 전해 듣고는 헐레벌떡 박 상궁을 찾아왔다.

"종친부는 물론이고 저자에까지 소문이 퍼져 보는 사람들마다 진위를 물으니, 낯부끄러워 고개를 들 수가 없었습니다."

색장상궁은 당혹감을 감추지 못했다. 그러나 박 상궁은 의외로 침착한 얼굴이었다. 이미 알고 있었던 사람처럼.

"종친부에서 두고 보지만은 않겠구나."

싸늘하게 대꾸할 뿐이었다. 부부인에게 감정이 좋지 않은 것일까. 여리는 박 상궁의 태도 변화를 전부터 어렴풋이 짐작하고 있었다. 오래 교류하고 지냈음에도 박 상궁은 부부인의 처지를 동정하거나 안타까워하지 않았다. 하기야 박 상궁은 제 주인을 위태롭게 한 것이 고 내관과 그 아들이라고 생각하고 있을 테니. 그녀의 적의는 이해가 갔다. 하지만 이상한 것은 너무 맹목적이라는 점이었다.

박 상궁은 본래 의심이 많은 자였다. 한데 출처도 명확하지 않은 소문을 너무 쉽게 믿어버리는 것이 이상했다. 평소라면 말을 입 밖에 내기 전에 좀 더 신중하게 진위를 확인하려 들었을 텐데.

이상하기로는 부부인의 태도 또한 마찬가지였다. 사대부가의 여인, 더구나 왕실종친의 부인에게 정절은 목숨과도 같은 것이었다. 한데 자신을 둘러싼 추잡한 소문이 퍼져나가는 것을 뻔히 알면서도 부부인은 그저 침묵으로 일관했다. 안채에 틀어박혀서는 그 어떤 해명도, 변명도 하지 않았다. 내금위 병사들에게 둘러싸인 대군 저는 마치 무덤처럼 적막하기만 했다.

그쯤 되니 소문은 더욱 부풀어만 갔다. 변명이 없다는 것은 곧 해명할 의사가 없다는 뜻으로 간주되어 무언의 긍정으로 받아들여진 것이다. 아직까지는 조정에서 공론화되지 않았지만 이대로 간다면 부부인마저 추국청으로 끌려나오게 될지도 모를 일이었다. 종친부에서는 구질구질한 소문이 더 돌기 전에 부부인에게 광목천을 내려야 하는 게 아니냐는 말도 조금씩 흘러나왔다. 자칫 잘못하다가는 대군 저가 풍비박산이 날 지경이라.

세자 또한 근심이 클 터였다. 여리는 걱정스레 동궁전 쪽을 바라보았다. 세자가 광준과 대군 저를 지키기 위해 얼마나 고군분투했는지 아는 까닭이었다. 그래도 제안대군이 환혼전을 썼다는 사실까지는 알려지지 않았으니 그나마 다행이라 여겨야 하는 것일까.

여리는 여전히 궁금한 것이 많았다. 사건의 진상이 무엇인지, 심문 결과는 어떻게 되어가는지, 묻고 싶은 게 많았지만 박 상궁은 여리에게 아무것도 알려주지 않았다. 그녀는 대비가 기운을 차린 것만으로 원하던 목적을 달성한 듯 그 밖의 일에 관해서는 일언반구도 하지 않았다. 오로지 대비를 먹이고 입히는 데만 온 정성을 기울였다.

중전이 방문할 때면 특히 그 정도가 더했다. 박 상궁은 대비의 머리를 곱게 빗어 올리고 병자의 초라한 안색이 드러나지 않도록 볼과 입술에 연지를 발랐다. 옷은 일부러 빳빳한 옷감을 골라 마른 태가 드러나지 않게 신경 썼다. 그럼에도 살이 내린 것을 모두 감출 수는 없었으나 대비는 아직 거동이 불편함에도 불구하고 중전이 문안을 들 때면 유독 더 꼿꼿하게 등을 세우고 앉아 중전을 맞이했다.

"어서 오세요, 중전."

"밤새 평안하셨는지요?"

"중전께서 매일같이 이 늙은이를 이리 신경 써주는데 나쁠 게 무에 있겠습니까?"

으레 다정한 인사가 오고 갔으나 그 속내까지 평화로운 것은 아니었다. 대비가 몸져누워 있는 동안 중전이 야금야금 내명부의 실권을 장악한 일로 보이지 않는 알력이 생긴 것이다.

본래 중궁전에서 해야 할 일이기는 했다. 그러나 그 전까지 내명부의 실세는 대비였다. 중전도 고분고분 대비의 뜻에 따르는 듯했으나, 이제는 많은 것이 바뀌어 있었다. 이 자리에 있는 사람 중 그 사실을 모르는 자는 아무도 없었다. 그럼에도 중전은 눈치채지 못한 척 무해하게 웃었다.

"어마마마께서 기력을 되찾으시어 얼마나 다행인지 모르겠습니다."

겉보기엔 더없이 다정한 고부지간 같았다. 딱히 문제 될 것도 없었다. 나이가 들면 일선에서 물러나고 그 뒤를 젊은 사람이 이어받는 것은 자연스런 흐름이었으니. 다만 대비가 아직 물러날 생각이 없다는 것이 문제였다.

중전은 아직 젊었다. 슬하에 두 명의 공주가 있었고, 마음만 먹는다면 대군을 생산할 수도 있었다. 말로는 세자를 친자식처럼 아낀다지만 사람 마음은 어찌 바뀔지 알 수 없었다. 그런 까닭에 대비는 중전에게 힘이 실리는 것을 경계했다. 적어도 세자가 무사히 보위에 오를 때까지는 권력을 손에서 놓을 수 없었으니.

"내 몸이 좋지 않아 잠시 바깥출입을 삼간 사이 중전께서 내외명부를 아우르느라 몹시 고생이 많았다 들었소. 몸에 익지 않은 일이라 쉽지 않았을 텐데. 참으로 수고가 많았소."

대비는 중전의 노고를 치하했다. 겉으로는 중전을 치켜세우는 듯했지만 사실 그 안엔 이만 다시 물러나기를 종용하는 뜻이 담겨 있었다. 중전은 활짝 웃었다.

"소첩, 당연히 해야 할 일을 했을 뿐인 것을요. 오히려 부덕한 소첩이 그동안 너무 마마께 의지를 하여 그로 인해 마마의 건강을 해친 것은 아닌지 심히 자책하였나이다. 이제부터라도 소첩이 부족하나마 최선을 다할 것이니 부디 심려 놓으시고 보중하시옵소서."

중전도 호락호락하지 않았다. 그녀는 효심 가득한 말로 자연스레 대비의 의중을 빗겨갔다. 잠시 얼어붙을 듯 차가운 기류가 흘렀으나 두 사람은 곧 아무 일 없었다는 듯이 태연히 웃으며 차를 마셨다. 궁은 그런 곳이었다. 겉으로 드러난 사실만으로는 결코 진실에 가까워질 수 없는.

여리는 여전히 세자의 연락을 기다렸다. 비록 공식적으로 천구사건은 일단락되었지만, 그게 세자와 만나지 못할 이유는 아니었다. 여리는 적어도 그렇게 생각했다. 그녀가 세자의 안위를 걱정하는 만큼, 세자 또한 그녀의 상황을 궁금해하고 있을 거라고.

'다녀와서 보자꾸나. 몸조심하고.'

동궁전에서 마지막으로 보았던 날, 세자가 남긴 당부를 여리는 아직 잊지 않고 있었다. 그간의 사정을 돌아보면 조마조마했던 순간도 있었지만 다행히 여리는 무사했다. 세자 역시 평소와 다름없이 일정을 소화하고 있는 것을 보면 큰 문제는 없는 것 같았다. 한데도 자꾸만 불안한 기분이 드는 까닭은 무엇인지.

초조했다. 단절의 시간이 길어지면 길어질수록 무언가 어긋나고 있다는 생각이 들었다. 여리는 아직 세자에게 보고해야 할 것들이 있었다. 인모가 복정이었단 사실도 그렇고, 무엇보다 그가 종묘 인근의 화재 현장에 있었다는 게 마음에 걸렸다.

그때 그를 잡아 세웠다는 이는 누구였을까. 인모 말고도 비단옷을 입은 사내가 있었다고 했다. 불이 나기 전 집 안으로 들어갔던 사람. 정황상 인모는 그보다 늦게 도착한 듯했다. 불이 난 집 안으로 들어가려고 했으나 비단옷을 입은 사내가 잡았다는 걸 보면……. 그가 불을 낸 범인일까.

그가 들어가고 나서 불길이 치솟았다는 걸로 보아 그럴 가능성이 농후했다. 아기의 울음소리가 뚝 그쳤다고 하지 않았던가. 직전까지 사람이 깨어 있었다는 뜻이었다. 한데 그 자를 제외하고는 아무도 불길 속에서 나오지 못했다. 그렇다는 것은…….

여리의 짐작이 맞다면 이는 살인이었다. 동궁전에서 상호로부터 들었던 말이 떠올랐다. 죽은 서창수의 동료들이 증언한 바에 따르면 서창수는 사고를 당하기 얼마 전, 집 인근에서 검은 옷을 입은 괴한을 목격했다고 했다. 종묘 근처까지 쫓았지만 결국 놓쳤다고. 그때 만약 뭔가 보지 말았어야 할 것을 본 거라면.

입막음을 위해 살인멸구를……? 대체 무슨 비밀이기에. 인모와 비단옷을 입은 사내는 어떤 관계일까. 이름을 부를 정도면 꽤나 막역하다는 뜻일 텐데. 하지만 그 뒤의 행적을 보면……. 인모는 화재로 집을 잃은 이재민들을 보살폈다. 한쪽은 불을 내고, 한쪽은 수습한 셈이었다. 둘을 한 패로 엮는 것이 옳을지 의문이었다. 하지만 인모는 범인을 알면서도 끝내 고변하지 않았다.

문득 설씨 집안의 참변이 생각났다. 가족 중에 살인자가 있음을 알면서도 그들 역시 차마 관에 알리지 못했었다. 자연스레 고 내관을 떠올리고 있을 때였다.

"정 나인 계십니까?"

누군가 방문 밖에서 여리를 불렀다. 문을 열고 나가자 앳된 얼굴의 나인 하나가 초조한 기색으로 여리를 기다리고 있었다. 처음 보는 얼굴이었다.

"무슨 일이십니까?"

묻자 나인이 재차 확인했다.

"동궁전의 문안서한을 전달하던, 정 나인이 맞으십니까?"

"저하께서 보내셨습니까?"

마침 세자의 부름을 고대하고 있던 여리는 평소와 달리 성급하게 묻고 말았다. 그러자 잠시 멈칫한 나인이 한 박자 느리게 고개를 끄덕였다. 어딘지 모르게 부자연스러운 태도였으나 여리는 반가운 마음에 이를 미처 눈치채지 못했다.

여리는 앞장 선 나인을 따라나섰다. 하지만 가면 갈수록 어딘가 이상했다. 나인은 액정을 벗어나 외전으로 향하고 있었다. 동궁전과는 정반대 방향이었다. 심지어 이 길로 가면 금호문이 나온다. 면회소 근처까지 간 여리는 결국 걸음을 멈췄다. 그러자 덩달아 걸음을 멈춘 나인이 뒤를 돌아봤다.

"지금 어디로 가는 것입니까?"

여리가 지그시 노려보자 나인은 어쩔 줄 몰라 했다. 아무래도 세자가 보낸 심부름꾼이 아닌 것 같았다. 그가 이렇게 이목이 쏠릴 만한 곳으로 여리를 불러낼 리가 없었다. 대신들은 물론이고 궁 안에 출입하는 온갖 잡인들이 금호문으로 드나들었다. 그들은 길 한가운데 멈춰 서서 대치 중인 두 여인을 이상하게 쳐다보았다. 그러자 나인이 전전긍긍하며 여리를 길 가장자리로 이끌었다.

"사람들이 봅니다. 일단 이쪽으로……."

나인은 잔뜩 주눅이 들어 있었다. 끊임없이 주위를 경계하는 게 겁을 먹은 것 같기도 했다. 버티려던 여리의 몸에서 힘이 빠져나갔다. 무엇을 하려는 것인지 저의가 궁금해졌다. 오가는 사람이 많으니 허튼 짓은 못할 테고, 저런 배포로 큰일을 저지를 수 있을 것 같지도 않았다. 무엇보다 나인은 거의 울 것 같은 얼굴로 애원하다시피 여리를 붙들고 있었다.

"실은 정 나인을 만나고 싶다는 분이 계셔서 무례인 줄 알면서도 이리 모셔왔습니다."

"하면 동궁전에서 왔다는 말은?"

"사실대로 말하면 따라와 주실 것 같지가 않아서."

거짓말을 했다는 뜻이었다. 여리는 기가 막혀 헛웃음을 삼켰다. 애초에 자신이 너무 안일했다.

"대체 누구입니까? 저를 만나고자 한다는 분이."

나인의 안내를 받아 간 곳엔 긴 장옷으로 얼굴을 가린 여인이 그들을 기다리고 있었다. 면회소에서 멀지 않은 곳의 외딴 담벼락 밑. 사람이 잘 오가지 않는 구석에 몸을 숨기고 있던 여인은 여리를 보자마자 대뜸 다가왔다. 그러더니 다짜고짜 양손을 뻗어 여리의 손목을 덥석 거머쥐었다.

"제발 좀 도와주시오."

그 바람에 흘러내린 장옷 밖으로 성성한 백발이 드러났다. 얼굴에 주름이 자글자글한 노파는 분명 처음 보는 사람이었다. 한데 무작정 애원을 하니 여리는 어리둥절해졌다.

"대체 누구십니까?"

노파는 고 내관의 아내였다. 남편이 잡혀가 돌아오질 않자 애가 타서 직접 궐로 찾아온 것이었다.

"역모 죄인이라니, 우리 나으리는 그럴 분이 아니시오. 평생을 대군 마마를 위해 충성을 다해왔건만……."

막상 그가 감옥에 갇히자 아무도 그의 편에 서주지 않았다. 평소 가깝게 지내던 대신들에게 도움을 요청해보았지만 행여 불똥이 튈까 문전박대를 당했다. 이대로라면 남편이 죽을 것은 불을 보듯 뻔한 일이었다.

"억울하오! 우리 나으리께선 단 한 번도 역심 같은 걸 품으신 적이 없소. 웃전의 명 없이는 걸음 하나 내딛는 것도 조심스러워하는 분이신데, 대군 마마를 현혹하려 했다니. 하물며 부부인 마님과……."

읍소하던 노파는 차마 말을 잇지 못했다. 여리도 고 내관에게 씌워진 혐의를 모두 믿지는 않았다. 아무리 한 길 사람 속은 모르는 거라지만 직접 만나본 고 내관은 지나칠 정도로 꼿꼿한 사람이었다. 그런 자가 특별한 동기도 없이 그런 위험한 일을 벌였을 것 같지 않았다.

"하오나 저는 일개 나인일 뿐입니다. 제가 무엇을 할 수 있겠습니까?"

왜 자신을 붙잡고 통사정을 하는지 모를 일이었다. 그러나 그 의문은 곧 풀렸다.

"부부인 마님을 모시는 침모와 집안 일꾼들에게 들었소.

익위사 군관들은 물론이고 동궁전 상호조차도 항아님 말이라면 귀를 기울인다고. 그리고 항아님이 세자저하의 명으로 우리 나으리를 만나러 왔던 것도 알고 있소. 그러니 제발 우리 나으리의 억울한 사정을 세자저하께 좀 전해주시오!"

세자는 그나마 그들에게 우호적인 사람이었다. 추포 직전까지 대군 저를 살펴주기도 했고. 그들에겐 마지막 남은 동아줄이나 마찬가지였다. 하나 직접 닿을 방법이 없으니 여리를 찾아온 것이었다. 하지만 여리도 지금으로선 세자를 만날 길이 요원하기만 했다. 더구나…….

"정작 당사자께선 입을 다물고 계시지 않습니까?"

이미 죽기를 각오한 사람처럼 모진 고문에도 고 내관은 요지부동이었다. 당사자의 입장이 그러할진대 누군들 도움이 될 수 있을까.

"그건 아마도 그 책 때문일 것이오."

고 내관의 내자가 말했다. 그녀도 환혼전의 존재를 알고 있는 듯했다. 다급한 와중에도 주변을 살핀 그녀가 여리의 귀에만 들리도록 속삭였다.

"항아님도 신미년의 일을 알지 않소? 그 책이 대군 저에서 나온 걸 알면 전하께서 진노하실 것은 불을 보듯 뻔한 일. 차라리 모든 죄를 당신이 다 뒤집어쓰시려는 게요."

진실이 알려지면 대군 저가 멸문지화를 당하게 될지도 모른다. 어차피 노쇠한 몸, 그가 죽어 이 일이 묻힌다면 그로서는 마땅한 선택일 터. 그러나 현재는 부부인과의 부정까지 의심받고 있는 상황이었다.

"우리 나으리는 평생을 내관으로 살아오신 분이오. 주인께 누가 되느니 차라리 자결을 택하실 게요. 하지만 지금은 옥에 갇혀 일이 어찌 돌아가는지도 모르고 계시니, 이러다간 부부인 마님마저 화를 당하실지도 모르오."

입을 다물고 있는 것만이 능사는 아니었다. 여리는 부부인에게 광목천을 내려야 한다던 종친부 부인들의 말을 떠올렸다. 왕실을 욕되게 했으니 자진하게 해야 한다는 것이었다. 아무리 그래도 겨우 소문 정도로 왕실 종친을 쉽사리 죽음으로 몰아갈 수야 있겠는가마는, 이대로 가다가는 부부인이 어떤 수모를 겪게 될지 장담할 수 없었다.

"차라리 부부인께서 직접 해명하시는 편이 낫지 않겠습니까?"

여리가 조심스레 말을 꺼냈다. 그러자 고 내관의 내자가 답답하다는 듯 고개를 저었다.

"부부인은 심약하신 분이라오. 그리할 수 있었다면 진작에 나서셨을 테지. 아마 뭇사람들의 시선을 견디지 못하실 것이오."

침통한 기운이 감돌았다. 그들의 처지가 딱한 것은 사실이었다. 하나 쉽사리 동조할 수도 없었다. 그녀가 들은 소문 중 어디까지가 진실이고 어디부터가 거짓인지 판별하기란 쉽지 않았다. 저들은 억울하다 말하고 있지만 그것은 어디까지나 궁지에 몰린 이들의 변명이었다. 더구나 여리는 인모의 정체에 대해 깊은 의문을 품고 있었다.

아무래도 우호적이지 못한 기운을 읽었는지, 그때까지 뒤편에 서서 일이 돌아가는 상황을 지켜보고 있던 나인이 나서며 거들었다.

"부부인 마님은 소문처럼 절대 그러실 분이 아니십니다."

확신에 찬 어투였다. 그녀는 한때 자신도 대군 저의 노비였다며 부부인의 결백을 주장했다.

"천애고아였던 절 거두어주시고 보살펴주신 게 바로 부부인 마님이셨습니다. 마님이 아니셨다면 저는 지금껏 사람 구실조차 제대로 하지 못하고 길바닥을 떠돌다 죽었을 것입니다."

그녀를 침방나인으로 천거해준 것도 부부인이었다. 그 은혜를 갚을 수만 있다면 그녀는 어떤 위험도 감수할 준비가 되어 있었다. 고 내관의 아내로부터 연통을 받고 선뜻 여리를 불러내는 일에 동참한 것도 그 때문이었다.

"정 나인을 속인 것에 대한 벌을 받으라면 얼마든지 받겠습니다. 그 일로 절 믿지 못하신대도 어쩔 수 없음을 압니다. 하지만 부부인 마님만큼은 정말이지 무고하십니다. 마님께서는 그저 의지가없는 아이들을 가엾게 여겨 보살펴주시고 기대어 살 자리를 마련해주신 것뿐입니다. 인모 아재도 마찬가지입니다. 부정이라뇨?"

그러자 옆에 있던 고 내관의 부인이 말을 보탰다.

"이 아이의 말이 옳소. 인모는 마님께서 친정에서 돌아오실 적에 함께 데려온 아이였소. 우리 부부도 그때 그 아일 처음 보았는걸. 더구나 인모를 양자로 들이라 하신 것은 돌아가신 대군 마마셨소. 우리 부부의 아이로 입적하기는 했으나 대군 저에서 크다시피 한 아이란 말이오."

어린 인모에게 옷을 지어 입히고, 친자식처럼 보살핀 것도 부부인이라 했다.

"심지어 인모에게 글을 가르치라 명한 것도 대군 마마셨소."

"글을요? 대군께서 말입니까?"

집에서 부리는 일꾼에게 글을 가르치는 것은 흔치 않은 일이었다. 그에 나인이 설명을 보탰다.

"말을 못하지 않습니까? 아무래도 의사소통이 어렵다 보니."

부부인은 그런 인모를 더욱 애틋하게 여겼다고 한다. 그것을 안 대군이 글을 배우게 한 것이었다. 정작 본인은 남들에게 들킬까 몰래 숨어 글을 익혔으면서. 그렇게나 경계심이 많은 사람……

문득 여리의 머릿속에 이상한 예감이 스쳤다. 화재 현장에 있었다던 비단옷을 입은 사내. 그게 정말 고 내관이었을까. 인모라는 이름이 있으니, 복정은 자(字)나 호(號)일 확률이 높았다. 인모는 양반이 아니니 스스로 호를 지어 불렀을 것 같지는 않고, 그렇다면 자일 텐데.

인모에게 자를 내려주고 스스럼없이 부를 수 있을 정도의 위치에 있는 사람. 인천군과의 사이에서 인모를 심부름꾼으로 부릴 만한 신분의 사내라면……

갑작스런 깨달음에 여리의 눈이 번쩍 뜨였다. 하지만 이것이 사실이라면 너무나 엄청난 일이었다. 여리는 자신도 모르게 떨리는 손으로 제 입을 막았다. 아무래도 이는 세자에게 꼭 알려야만 할 것 같았다. 지금까진 그저 부름이 있기를 기다리며 망설이고 있었지만. 더는 주저하고 있을 새가 없었다. 만약 그녀의 추측이 옳다면 사건은 이대로 끝나지 않을지도 몰랐다.

제안대군 이현

제안대군(齊安大君) 이현(李琄)은 예종(睿宗) 대왕의 아들로 성품이 어리석었다. 일찍이 문턱에 걸터앉아 있다가 거지를 보고 그 종에게 말하기를, "쌀이 없으면 꿀떡의 찌꺼기를 먹으면 될 것이다." 하였는데, 이것은 "어째서 고기죽을 먹지 않느냐."한 말과 같다.

또 여자의 음문(陰門)은 더럽다 하여 죽을 때까지 남녀 관계를 몰랐다. 성종은 예종이 후사가 없음을 가슴 아프게 여겨 일찍이 "제안에게 남녀 관계를 알 수 있게 하는 자에게는 상을 주겠다." 하였더니, 한 궁녀가 자청하여 시험해 보기로 하고, 드디어 그 집에 가서 밤중에 그가 깊이 잠든 틈을 타서 그의 음경을 더듬어 보았더니 바로 일어서고 빳빳하였다. 곧 몸을 굴려 서로 맞추었더니, 제안이 깜짝 놀라 큰 소리로 물을 가져오라 하여 자꾸 그것을 씻으면서 잇달아 "더럽다."고 부르짖었다. (중략)

혹자는,

"제안이 실은 어리석은 것이 아니라, 만약 종실의 맏아들로 어질고 덕이 있다는 소문이 나면 몸을 보전하지 못할까 두려워서 늘 스스로 감춘 것이다."

하기도 하는데, 남녀 사이의 욕망은 천성으로 타고난 것이어서 인정으로 막을

수 없는 것인데, 평생토록 여자를 더럽다 하여 가까이하지 않은 것은 실지로
어리석은 것이 아니고 무엇이냐.

- 패관잡기, 어숙권

등잔의 불꽃이 일렁일 때마다 어두운 동굴 벽에서 검은 사람의 그림자가 커졌다 작아지기를 반복했다. 허리를 반쯤 숙이고 팔꿈치로 허벅지를 짚은 채 석상처럼 굳어진 사내의 얼굴에도 그때마다 짙은 어둠이 고였다. 몹시 피로한 듯 눈을 감고 있는 사내의 눈 밑이 창백했다.

"이대로 계실 겁니까? 이럴 바엔 차라리 파옥(破獄)이라도 하는 편이……."

조심스레 말을 꺼냈던 남자가 말을 끝맺지 못하고 입을 다물었다. 눈을 뜬 사내가 물끄러미 자신을 응시한 탓이었다. 사내는 아무런 말도 하지 않았지만 핏발이 선 눈은 불이 붙은 듯 새빨갛게 타오르고 있었다. 하기야 여기서 그보다 더 초조한 사람이 어디 있을까. 쫓기고 있는 것은 그인데.

말이 없는 사내는 인모였다. 내금위장이 들이닥치기 직전 아슬아슬하게 몸을 피한 그는 지금 동굴 속에 숨어 있었다. 양부를 빼돌릴 틈이 있었다면 좋았을 테지만. 설마 왕실에서

저 대신 양부를 희생양으로 삼을 줄은 몰랐다. 그들이 얼마나 비열하고 교활한지 알면서도 방심한 것이다. 괴로워하는 인모를 보고 옆에 있던 남자가 위로했다.

"그래도 아재라도 몸을 빼내 얼마나 다행입니까? 후일을 도모해야지요."

말한 남자는 의금부의 나졸이었다. 인모에게 추포 소식을 알린 장본인이기도 했다. 그가 귀띔해주지 않았더라면 지금쯤 인모도 감옥 안에 갇힌 신세였을 터. 고마운 이였다. 그러나 인모는 남자를 향해 손을 내저었다. 그만 가라는 뜻이었다. 여기 있으면 그도 언제 위험해질지 모른다. 하지만 남자는 고집스럽게 인모의 곁을 지켰다.

"왜 자꾸 가라 하십니까? 아재 아니었음 우리 금영인……."

말하다 말고 남자는 입술을 꾹 깨물었다. 붉어진 눈가에 설핏 눈물이 비쳤다. 슬픔을 참듯 고개를 흔든 남자는 인모를 보며 말했다.

"어쨌든 나는 아재랑 끝까지 할 거요. 다른 형님들도 마찬가지고."

말하는 목소리가 다부졌다. 인모는 한숨을 내쉬었다. 차가운 동굴 벽에 등을 기대는데 남자가 인모의 눈치를 살피며 물었다.

"일은 계획대로 계속 가는 겁니까?"

인모는 대답 대신 눈을 꾹 감았다. 그의 결심은 굳었다.

"하지만 그리 되면 고 내관 어르신이 위험해지실 텐데요.

부부인 마님께서도 곤란한 상황이시라 하고."

그 말에 인모의 표정이 흐려졌다. 고 내관은 비록 피 한 방울 섞이지 않은 남남이었지만 그의 양부였다. 그는 끝까지 의리를 지킬 것이다. 하지만 부부인은······.

대군이 승하한 후 날로 여위어가던 얼굴이 떠올랐다. 원래도 병약한 사람이었다. 평생을 남의 눈치 속에 살아온 사람이었으니. 그녀의 인생 자체가 늘 위태위태했다.

입술을 질끈 깨문 인모는 탁자 위에 놓인 종이에 뭐라고 휘갈겨 썼다. 그리고 그것을 남자에게 건넸다.

[일은 예정대로 진행한다. 그 편이 부부인 마님께도 나을 것이다.]

그녀에게 쏠린 시선을 분산시킬 필요가 있었다. 그리고······ 평생을 괴롭혀온 그들의 죄악, 그 원흉을 뿌리 뽑을 것이다. 그 편이 차라리 서로를 위해 낫지 않을까. 인모는 덤덤히 생각했다. 설혹 실패하고 죽는다 해도 이제는 그만 이 지긋지긋한 악연의 고리를 끊어내고 싶었다. 그리 되면 부부인의 잠자리도 조금은 편안해질 테니.

그녀가 자다 말고 자주 놀라 깨는 것을 알고 있었다. 몸이 허해 그런 것이라며 그녀는 별일 아닌 척 넘기려 했으나 마음을 누르고 있는 무거운 짐 때문이라는 것을 그는 진작부터 눈치채고 있었다. 그리고 그 짐이 자신이란 사실도.

이제는 그만 그녀를 편하게 해주고 싶었다. 설혹 그것이 파멸에 이르는 길이라 할지라도.

회한에 잠긴 그를 대신해 남자가 물었다.

"허면 실행날짜는 언제입니까?"

인모가 다시 종이에 뭐라고 적었다. 그것을 받아본 남자가 고개를 끄덕였다.

"다른 형님들께도 그리 전하겠습니다."

말한 남자는 몸을 돌렸다. 동굴 밖으로 통하는 좁은 입구를 지나다가 남자가 실수로 바닥에 놓인 상자를 툭 건드렸다. 그러자 와그르르 소리와 함께 찍찌직찍, 작은 짐승이 요란하게 울어댔다. 나무 상자 안에서 들리는 소리였다. 그런 상자가 벽을 따라 십수 개가 놓여 있었다.

인기척에 발동이 걸린 듯 짐승들의 움직임이 좀처럼 멈추지 않자 인모가 쿵, 발을 굴렀다. 그러자 일시에 울음소리가 잦아들었다. 대신에 링링링링, 어디선가 방울소리가 들렸다. 어딘지 모르게 처연하고 구슬픈 그 소리는 좁은 동굴 벽을 타고 한참을 흐느끼듯 길게 울렸다.

"이보시게!"

부르는 소리에 아까부터 인정전(仁政殿) 안뜰을 주시하고 있던 여리가 화들짝 놀라 고개를 돌렸다. 평소와 달리 인파로 북적이는 대전 앞. 이곳에서 오늘 성균관 유생들을 위한 정시(庭試)가 열릴 예정이었다. 전하의 명으로 세자가 시험을 참관하러 온다기에 부랴부랴 달려온 참이었다. 혹 세자를 만날 수 있을까 기회를 엿보고 있었건만.

"채생원이 아니십니까? 여긴 어인 일로……."

말하던 여리는 제 어리석음에 혀를 깨물었다. 그는 성균관 유생이었다. 이곳에 있는 게 당연했다. 오히려 궁녀인 그녀가 시험장 근처를 어슬렁대며 배회하는 것이 더 수상해 보였다. 오가는 사람들이 던지는 의아한 시선에 여리는 얼른 담장 너머로 몸을 숨겼다. 그러자 무일 역시 여리를 따라 몸을 감추었다. 그런다고 불쑥 솟아오른 갓머리가 가려질 것 같진 않았지만. 그는 여리를 보며 싱긋 웃었다.

"궁인 복장은 처음이로군. 혹, 나를 만나러 온 게요?"

그렇지 않고서야 굳이 시험장 앞을 기웃거릴 이유를 알지 못하겠다는 얼굴이었다. 하기야 그는 궐 안의 상황을 모르니.

"언제 올라오셨습니까?"

여리가 대답 대신 말을 돌렸다. 그나마도 예의상 물은 것이었다. 신경은 여전히 온통 인정전 앞뜰에 쏠려 있었다. 생각 같아서는 그다지 아는 척하고 싶지 않았으나, 지금으로선 쉽사리 세자를 만날 수 있을 것 같지가 않았다. 여차하면 무일을 이용해서 세자와 다리를 놓아볼까 싶기도 했다.

항상 세자가 먼저 여리를 찾았지, 여리가 세자를 만나려 한 적은 없었다. 덕분에 막상 일이 생기니 세자와 접촉할 방도를 찾을 수가 없었다. 더군다나 세자는 항상 공무로 바빠 혼자 있는 경우가 드물었다. 다가가려고 해도 누군가의 눈에 띌 우려가 높았다. 지금까진 박 상궁이 적당히 연막을 쳐주었지만 이젠 그마저도 불가능한 터라.

"돌아온 지는 이제 한 달포쯤 되었소. 안 그래도 그쪽한테 할 말이 있었는데."

그제서야 여리가 고개를 돌렸다.

"제게 하실 말씀이란 게 무엇입니까?"

"이제야 날 보는군."

씩 미소 지은 무일은 수염이 난 턱을 가볍게 쓸었다.

"그쪽이 가고 난 뒤에 떠오른 게 있어서 말이오. 그때 할아버님의 책이 환혼전의 영향을 받은 게 아니냐고 묻지 않았소?"

무일은 함창에서 돌아오고 나서도 꽤 오랫동안 그들이 나눴던 대화를 복기했다.

"여전히 환혼전과는 별개라고 생각하지만 영향을 받았단 말을 들으니 문득 떠오른 일화가 있어서 말이오."

그건 그가 아주 어렸을 때의 일이라고 했다.

"할아버님이 한양에서 귀신을 본 얘기를 하신 적이 있소."

"귀신을요?"

"그렇소. 할아버님께선 그런 얘기를 듣는 걸 좋아하셨거든. 하지만 직접 보신 건 그때뿐이었던 것 같아."

먼 친척인 설씨 집안의 부고를 듣고 얼마 지나지 않았을 때였다고 한다. 공찬의 모친이 자살을 기도했다가 겨우 살아났다는 소식을 접하고 통탄한 마음에 술을 마신 인천군은 늦은 밤 길을 잃고 한양의 뒷골목을 헤맸다고 한다. 그러다 지쳐서 연못가에 털썩 주저앉았는데 마침 연못에 연꽃이 만개

하였더라는 것이다.

여름 밤 어디선가 개구리는 울고 바람결에 연꽃향기는 은은한데 그걸 보는 인천군의 마음은 오히려 울컥하였다고 한다. 연꽃은 본래 부처의 꽃. 더러운 진흙 속에서 피어나지만 꽃은 고아하고 그 향기는 청량했다. 속세의 어지러움 속에서 피어나는 깨달음의 꽃이니, 이는 윤회와 환생을 떠올리게 했다. 그것을 보자 갑자기 서글퍼졌던 것이다.

'부귀와 공명이 대관절 무엇이관데 혈육이 혈육을 해하고 혈육이 또 그것을 덮는단 말이냐?'

아마 오랜 세월 너무 많은 부조리를 보고도 참아온 탓이었으리라. 권력 앞에서 혈육도 동지도 없이 서로를 찌르고 베어내는 비정함이 싫어 조정을 떠나왔더니, 하물며 작은 가문 안에서조차 보잘것없는 이권을 두고 혈육을 상잔하는 현실에 오심이 일었다. 하여 참지 못한 말이 저도 모르게 그만 욕지기처럼 튀어나와 버린 것이었다.

당연히 혼자일 거라 생각했다. 사위는 고요했고 벌레 우는 소리만 들려왔으니까. 그런데 나무 그림자 밑에서 흐득흐득 흐느끼는 듯한 웃음소리가 나는 게 아닌가. 안 그래도 달빛조차 없는 그믐밤이었다.

흠칫 놀란 인천군은 소리가 나는 쪽을 바라보았다. 허나 시커먼 그림자에 싸인 인영은 어슴푸레한 형체만 겨우 구분될 뿐, 사람인지 짐승인지조차 가늠할 수 없었다. 무엇보다 얼핏 들려온 웃음소리가 사람의 목소리라 하기엔 어딘지 기괴했다. 마치 쇠를 긁는 듯, 웃는 건지 우는 건지도 도통 구별할 수가 없었다.

보통 사람 같았으면 기겁을 하여 비명을 지르며 도망갔을 텐데. 술에 흠씬 취하기도 했거니와 인천군도 보통은 넘었다. 귀신 얘기를 재미 삼아 모으고 다니는 사람이었으니.

'그쪽도 길을 잃었소?'

한껏 웅크린 그림자가 맥없이 주저앉아 있는 모습이 어쩐지 자신과 닮아 보여 말을 걸었다. 나무 밑에서 들려온 웃음소리가 왠지 모르게 지친 듯 느껴졌던 것이다. 분명 웃고 있는데도 서글프게 들렸다. 일종의 동질감이었을까.

인천군의 질문에 웃음소리가 뚝 끊겼다. 그러곤 한참이나 조용했다. 아무래도 대꾸를 하지 않을 모양이었다. 인천군은 대답 듣기를 포기하고 혼잣말처럼 중얼거렸다. 어차피 상대도 자신이 누군지 모를 테니 넋두리 좀 늘어놓는다고 해서 흠될 것도 없지 않은가. 아니, 어쩌면 사람이 아닐지도 모를 일.

'세상은 참 불공평한 것 같소. 죄를 지은 사람은 여전히 살아 한 세상을 누리고, 죄 없는 사람은 죽어서 더는 아무것도 할 수가 없으니. 저승에 가면 이 억울함이 사라질까? 죄를 지은 사람은 무간지옥에서 벌을 받고 선한 일을 한 사람은 구원을 얻어 천세 만세 복락을 누릴까?'

제발 그랬으면 좋겠다고 생각하고 있을 때였다. 그래야 이 답답한 마음이 그나마 위로가 될 것 같았다. 그때 나무 밑에서 픽, 바람 빠지는 소리가 들려왔다.

'지금 날 비웃은 게요?'

묻자 목소리가 대답했다.

'저승에 가서 하소연한들 무슨 소용이란 말인가? 상대는 여전히 이승에서 호의호식하고 있는 것을.'

'사람이 신선이 아니고서야 그래도 언젠간 저승에서 만날 게 아니오?'

'만나면 또 무슨 소용인가? 삼도천을 건널 때 이미 이승의 기억은 모두 사라졌을 텐데.'

'허면 억울함을 풀려면 어찌해야 한단 말이오?'

어느새 인천군은 정체 모를 상대와 문답을 이어가고 있었다. 인천군은 대화에 푹 빠져들었다. 그러자 그림자가 잠시간 침묵하다 답했다.

'귀(鬼)가 되어서라도 죄를 저지른 자를 징치해야겠지.'

'그게 가능하오? 귀란 무릇 기의 균형이 온전치 못한 존재라 쉽게 흩어지며, 사람이 정신을 바르게 하면 감히 침범치 못한다 하던데.'

'허나 원념이 깊으면 떠나고 싶어도 떠나지 못하지.'

말한 그림자가 부스스 자리에서 일어났다. 그러자 그림자가 단숨에 쑥 길어졌다. 목을 젖혀야 겨우 그 끝이 보일 지경이었다. 인천군은 꿀꺽 침을 삼키며 물었다.

'그런 걸 어찌 그리 잘 아시오?'

그러자 그림자가 대답했다.

'그야…… 내가 바로 귀신이니까.'

"그 말과 동시에 휙 사라져버렸다고 하오. 나중에 날이 밝은 후 다시 가보니 그날 만났던 귀신의 흔적은 찾을 수가 없고, 대신 저만치 종묘의 담벼락이 보이더라는 게지. 그때에서야 몇 달 전 종묘에 불이 나고 문소전에 괴이한 짐승이 나타났다던 말이 떠오르셨다더군."

그때의 경험이 설공찬전에 투영된 것 같다는 얘기였다.

"얼굴은 보았답니까?"

여리가 물었다. 무일은 고개를 저었다.

"글쎄……. 그에 대해선 말씀을 해주시질 않아서."

안 그래도 호기심에 물어봤었다고 한다. 하지만 조부는 그저 곤란한 표정만 지을 뿐, 아무 대답이 없었다는 것이다.

"너무 어두워서 아무것도 못 보셨는지도 모르지. 아니면 말 못할 다른 이유가 있었거나."

여리의 미간이 좁아졌다. 하필 인천군이 정체불명의 존재를 만났다는 곳이 종묘 인근이란 사실이 마음에 걸렸다. 그중에서도 연꽃이 만발한 곳이라면…….

"혹 귀신을 만났다는 장소가 연화방입니까?"

물으면서도 설마 했다. 하지만 돌아온 대답은 의심의 여지가 없었다.

"역시 눈치챘군. 하기는 연화방의 연꽃이 유명하긴 하지."

무일의 말대로 연화방은 도성 안에서도 여름에 연꽃이 많이 피기로 손꼽히는 장소였다. 그리고 종묘 화재로 집을 잃은 이들이 새롭게 터를 잡은 곳이기도 했다. 이게 우연일까.

모든 단서들이 마치 한 방향을 가리키는 듯해 여리의 심장이 또다시 불안하게 두근거렸다.

쏴아아. 나뭇잎 부딪히는 소리에 여리는 장지문을 열었다. 행여 비가 올까 걱정스런 마음에 창문을 여닫기를 벌써 수차례. 늦가을 태풍이 오려는지 바람이 심상치 않았다.

이틀 전엔 우뢰로 인해 망원정으로 가려던 임금의 행차가 취소되기도 했다. 내일은 황두평에 몸소 군대를 시찰하러 행차할 예정이라 들었는데. 날씨가 어찌 될지 모를 일이었다. 예정대로 임금의 행렬이 궐 밖으로 나간다면 여리는 그 틈을 타 세자를 만나러 갈 계획이었다. 임금이 궁을 비우면 많은 수행원들이 뒤를 따르게 되니 그만큼 궐의 경계가 소홀해질 터.

지난번 정시 때 여리는 결국 세자를 만나지 못했다. 먼발치에서 동궁전의 행렬이 지나는 것은 보았으나 시험관들과 함께였다. 지켜보는 눈이 많아 차마 가까이 갈 엄두조차 내지 못했다.

며칠간 고심하던 여리는 결국 그가 혼자 있을 만한 시간을 노리기로 했다. 일 년 가까이 동궁전을 드나들다보니 여유가 있을 때 세자가 주로 어디서 시간을 보내는지 정도는 자연스레 파악하고 있었다. 세자는 조강을 마치고 나면 연못 근처의 정자에 들러 독서를 하곤 했다. 내일 그곳으로 찾아가볼 작정이었다. 과연 세자가 여리를 반겨줄지는 알 수 없었지만.

날씨 탓일까. 여리의 마음속에 먹구름이 드리웠다. 사실 세자를 찾아간다 해도 그가 여리를 만나줄지는 미지수였다. 처음엔 그저 상황이 안 좋아 때를 보는 것이려니 했지만 시간이 지날수록 세자가 자신을 찾지 않는 것이 그의 의지일지도 모르겠다는 생각이 들었다.

여리는 자의적인 판단으로 멋대로 움직이다 내금위 병사들에게 추포된 것이었다. 그녀가 있어선 안 될 곳이었는데. 어쩌면 자신의 부탁 때문에 익위사 군관들까지 곤란해졌을지도 모른다. 그런 생각을 하면 마음이 답답해졌다.

'여인이면 여인답게 나서지 말라 하지 않았더냐? 계집이 어찌 조신하지 못하고!'

자신을 타박하던 아비의 목소리가 환청처럼 들리는 것만 같았다. 그럴 때면 스스로가 참으로 쓸모없고 무능한 사람처럼 여겨져 견디기 힘들었다. 하지만 그렇다고 마냥 피할 수는 없었다. 대면하지 않으면 문제는 해결되지 않는다. 괴롭더라도 직접 확인하는 편이 나았다.

다음날 아침 다행히 비는 오지 않았다. 임금은 예정대로 신하들을 이끌고 성문을 나섰고, 여리는 대비의 아침 수발을 마친 후 몰래 처소를 빠져나왔다. 부러 인적이 드문 샛길을 골라 후원으로 간 여리는 세자가 있으리라 예상한 연못가 정자로 향했다.

근처에 도착하자 다행히 정자 밖에 줄을 지어 대기하고 있는 동궁전 시종들이 보였다. 그리고 제일 앞에서 그들을 통솔

하고 있는 상호의 얼굴도 보였다. 사실 그리 친한 사이도 아니었건만 오랜만에 보니 반가운 마음이 들었다. 그는 정자 밑 계단참에 서서 언제든 세자가 부르면 즉각 답할 준비를 하고 있었다. 여리는 수풀을 헤치고 조용히 연못가로 내려갔다.

"나으리."

가까워진 여리가 인기척을 내자 고개를 돌린 상호가 그녀의 얼굴을 확인하곤 일순 움찔하는 것이 느껴졌다. 순간 그의 얼굴에 스쳐 지나간 것은 당혹감이었을까. 혹은 난처함이었을까. 여리는 씁쓸한 마음을 들키지 않기 위해 티 나지 않게 속입술을 깨물었다.

어느 정도 각오는 했지만 아무래도 자신이 마냥 반가운 존재는 아닌 모양이었다. 불쑥 돌아가고 싶은 마음이 들었다. 세자와 마주치기 전에 이 자리를 피하고 싶다는 충동이 일었지만, 그녀에게는 반드시 전해야만 할 중요한 용건이 있었다. 여리는 모아 쥔 손에 꾹 힘을 주었다.

"저하께 고해주시겠습니까? 꼭 아뢰어야 할 말이 있습니다."

상호는 잠시 망설였다. 그러나 심각한 여리의 안색을 확인하곤 작게 한숨을 내쉬었다. 그가 정자 안으로 들어가고 잠시 후.

"들어가 보게."

밖으로 나온 상호가 안쪽을 가리켰다. 여리는 계단 아래 신발을 벗어놓고 정자 안으로 들어갔다. 그러자 상호가 얼른 그녀의 신발을 들어 감췄다. 행여 누가 보았을까, 상호는 주변을 경계했다.

창문까지 모두 닫아걸어 바람 한 점 샐 곳 없는 정자 안. 상석에 앉아 있던 세자는 문 열리는 소리에 고개를 들었다. 눈이 마주쳤으나 그들은 한동안 말이 없었다. 그리 오래간만도 아니건만 막상 얼굴을 대하니 무슨 말을 먼저 꺼내야 할지 막막했다. 일단 고개를 조아린 여리가 막 인사를 올리려는데 세자가 먼저 말문을 열었다.

"할 말이 있다고?"

잘 있었느냐, 어찌 지냈느냐, 하는 그 흔한 인사말조차 없었다. 그동안의 사정을 모두 생략하고 본론으로 들어가는 세자에게서는 전과 다른 거리감이 느껴졌다. 그것이 가슴 한 켠을 싸하게 만들었지만 지금은 그것을 따질 만한 상황이 아니었다. 세자를 만나기까지 너무 많은 시간을 허비했다. 여리 역시 불필요한 말머리들을 떼어내고 단도직입적으로 아뢰었다.

"복정을 찾았습니다."

"……누구이더냐?"

세자가 물었다. 애써 거리를 유지하려는 태도였으나 그럼에도 결국 세자는 궁금증을 참지 못했다.

"인모입니다."

"인모?"

되물은 세자의 얼굴이 이어지는 여리의 설명에 점차 흐려졌다.

"고 내관의 양자 말입니다. 그 자가 복정이었습니다. 그리고 종묘에 화재가 있었던 날, 불이 난 현장에 그가 있었다는

438

증언이 나왔습니다."

여리는 당시 서창수의 뒷집에 살던 여자아이가 낯선 사내들을 목격한 것과 화재 이후 인모가 이재민들을 도와 마을을 재건한 일, 그리고 고 내관의 내자로부터 들은 제안대군 부부와 인모의 인연 등에 대해서도 모두 고했다.

"고 내관의 내자는 실제로 인모를 키운 것이 제안대군과 부부인이었다고 했습니다. 고 내관에게 인모를 양자로 들이라 한 것도, 그 자에게 글을 가르치라 한 것도 모두 제안대군이셨다고 말입니다."

그것이 사실이라면 인모가 고 내관과 부부인 사이에서 태어난 자식이란 추문은 그저 허황된 뜬소문에 지나지 않는 셈이었다. 오히려…….

"한때 대군 마마의 청으로 대군께서 지금의 부부인과 이혼을 하셨었다고 들었습니다."

갑작스런 화제 전환에 세자는 미간을 찌푸렸다. 여리가 무슨 의도로 한참이나 지난 옛일을 다시 들추는 것인지 맥락을 따라잡기가 힘들었다.

"다시 재혼을 하셨지만 화평하지 못했고, 전부인의 친정을 몰래 드나드셨다고……."

"그게 지금 이 일과 무슨 상관이란 말이냐?"

결국 듣다 못한 세자가 의문을 표했다. 그러자 대답 대신 여리가 조심스레 되물었다.

"만일 제안대군께 후사가 있다면……?"

의미심장한 시선이 오갔다.

"어찌 생각하십니까?"

그제서야 여리의 말뜻을 알아챈 세자가 당혹스런 표정을 지었다.

"허면 네 말은……."

세자는 한동안 말을 잇지 못했다. 둘 다 차마 입 밖으로 내진 못했지만 서로가 하려는 말은 이미 충분히 이해한 뒤였다.

세자는 이마를 짚었다. 인모가 제안대군과 부부인의 친아들일 수도 있다. 그 가정만으로도 세자는 현기증을 느꼈다.

세자는 뒤늦게나마 인모의 얼굴을 떠올려보려 애썼다. 하지만 그의 얼굴은 안개에 가린 듯 전혀 떠오르질 않았다. 고 내관의 양자인 데다 대군 부부의 곁에 그리 오래 있었다면 분명 오며가며 마주쳤을 법도 한데. 그의 얼굴만 기억 속에서 도려낸 듯 깨끗했다. 누군가 일부러 의도한 것이 아니고서야…….

기가 막혔다. 머릿속이 뒤엉켜서 생각을 정리하는 데만도 꽤 많은 시간이 필요했다. 겨우 정신을 가다듬은 세자는 애써 혼란을 삼키며 물었다.

"이를 너 말고 또 누가 아느냐?"

"소인도 모르겠습니다. 아직은 추측일 뿐이고 저하께 처음 말씀 올리는 것이라서……."

만일 이것이 사실이라면 추문에도 불구하고 부부인이 침묵하는 이유가 설명이 됐다. 인모의 출신성분을 사람들 앞에 당당히 밝힐 수가 없으니 어떻게 해서든 인모를 빼돌려야만 했을 것이다.

세자는 감히 짐작도 할 수가 없었다. 귀한 왕실의 후손으로 태어나서 내관의 양자로 키워진 것도 모자라 천한 일꾼 행세를 하며 살아왔을 남자의 인생을. 그는 자신의 삶을 통째로 빼앗긴 것이나 다름없었다. 왕실을 원망하고 증오할 수밖에 없었을 터. 더구나 이제는 도망자 신세였다. 잡히면 끔찍한 고문을 받다가 결국 역모 죄인이 되어 죽어갈 것이니.

제대로 된 심문이나 받을 수 있을까. 문득 섬뜩한 의문이 들었다. 과연 부왕은 어디까지 알고 있는 것일까. 인모가 정말 제안대군의 친자라 한들 과연 그가 살아남을 수나 있을까.

제안대군은 애초에 그의 존재를 숨겼다. 이혼이라는 극단적인 방법까지 써가며 부부인을 친정으로 빼돌리고 아이의 신분마저 포기한 까닭이 무엇이겠는가. 오로지 살아남기 위해서였을 것이다. 대군이 평생 반푼이 흉내를 낸 것처럼 노비라는 신분 또한 또 하나의 가면이었던 것이다. 헌데 만일 이 가면이 벗겨진다면.

왕실은 과연 진실을 감당할 수 있을까. 차라리 덮어버리려 하진 않을까.

'몇몇쯤 더 희생된다 해도 어쩔 수 없지. 왕실을 굳건히 하는 데 도움이 된다면…….'

세자는 부왕의 말을 떠올렸다. 그때 부왕의 눈빛은 진심이었다. 세자가 심란한 얼굴로 중얼거렸다.

"김 주서가 깨어났다."

그에 여리가 반가운 기색으로 세자를 보았다. 그동안 세자가 얼마나 노심초사하였는지 아는 까닭이었다. 게다가 광준으로부터 확인할 것도 있었다. 하지만 마주친 세자의 눈빛은 무슨 이유에서인지 무겁게 가라앉아 있었다. 여리는 의아한 표정을 지었다. 하지만 세자는 아무런 설명도 해줄 수가 없었다.

여리는 세자가 부왕과 나눈 대화를 절대 알아서는 안 되다. 부왕은 경고를 한 것이었다. 이미 여리의 존재도 알고 있을 터. 또다시 이 일에 끼어든다면 그때에는 경고로 끝나지 않을 것이었다. 그것을 알기에 그간 일부러 여리와 거리를 두었다. 더는 자신의 일에 휘말리게 하고 싶지 않았다. 기왕이면 영영 얽히지 않는 편이 여리에게도 이로울 것이니.

"너는 대비마마를 모시는 데 최선을 다 하거라. 제안대군 저의 일은 이제 의금부에서 알아서 할 일. 김 주서도 정신을 차렸으니 곧 결론이 날 테지. 더는 네가 나설 일이 아니다."

냉정한 말에 여리는 흠칫 몸을 굳혔다. 결국 이렇게 되는구나 싶었다. 마지막까지 혹시나 하는 기대를 가졌지만, 여리는 이제 더는 세자에게 필요치 않은 사람이 된 것이다.

그녀는 세자에게 도움이 되지 못했다. 그의 명을 제대로 완수하지도 못했고, 오히려 계획에서 어긋나 폐를 끼쳤다. 머리로는 납득하면서도 가슴 한 켠이 시큰했다. 그에게 필요한 사람이 되고 싶었다. 그가 자신을 필요로 해주는 것이 기뻤다.

하지만 이젠…….

"예. 명심하겠나이다."

겨우 대답한 여리는 고개를 숙인 채 뒷걸음질로 정자를 물러나왔다. 어쩌면 마지막이 될지도 모를 인사였다. 하지만 끝내 자신을 다시 부르는 소리는 없었다.

정자 밖으로 나오자 상호가 들고 있던 신발을 바닥에 놔주었다. 감춘다고 감췄는데 표정이 엉망이었던지 안쓰럽게 바라보는 상호의 시선이 느껴졌다. 꾸벅 인사한 여리는 서둘러 연못가를 떠났다. 그 뒷모습을 지켜보던 상호는 여리가 시야에서 완전히 사라지고 나서야 닫힌 정자 문을 열고 안으로 들어섰다.

"차라리 사실대로 말해주지 그러셨습니까?"

상호가 식은 찻잔을 정리하는 척하며 넌지시 운을 뗐다. 그녀의 안위를 걱정해 내린 결정이라고, 어쩔 수 없었노라 설명했다면 여리도 충분히 이해했을 것이다. 본래 어리석은 아이는 아니니. 하지만 세자는 단호했다.

"보내기로 결정했으면 어설프게 마음 주지 말아야지."

세자가 저리 할 수밖에 없는 까닭을 아는 터라 상호는 그이상 말을 보태지 않았다. 그러나 축객령을 내려놓고 정작 자신이 쫓겨난 것 같은 얼굴을 하고 있으니. 상호는 못 본 척 고개를 돌렸다. 그리고 남몰래 한숨을 삼켰다. 환기를 핑계로 창문을 열자 하늘마저 심란한 얼굴을 하고 있었다.

유생들에게 정시를 보게 하다

유생들에게 정시(庭試)를 보였다.

- 1527년 중종22년 9월 3일 조선왕조실록 기사 중

8월의 우레로 망원정의 거둥과 문신의 정시를 정지하라는 전교

전교하였다.

8월이면 우레가 소리를 거두는 것인데 이제 우레가 진동하니 이것은 실로 재변이다. 상하가 마땅히 두려워하여 반성해야 할 때다. 망원정(望遠亭)의 거둥과 문신의 정시(庭試)도 모두 정지하라.

- 1527년 중종22년 9월 9일 조선왕조실록 기사 중

17장

하늘에 구멍이 뚫린 듯 비가 억수같이 쏟아졌다. 아침만 해
도 날이 제법 화창했는데 멀쩡하던 하늘이 얼굴을 바꾸는 것
은 순식간이었다. 용이 노하기라도 한 듯 갑작스레 먹구름이
몰려들더니 화살 같은 빗줄기가 내리꽂히기 시작한 것이다.
금세 물웅덩이가 패고, 튀어 오른 물방울로 뿌연 물안개가 자
욱해졌다.

여리는 수건으로 젖은 치맛자락을 닦아냈다. 조금 전까지
대비와 담소를 나누던 외명부 부인들을 금호문 근처까지 지
산을 씌워 배웅하느라 정작 자신은 홀딱 젖어버렸다. 처소로
돌아가 옷을 갈아입고 올까 생각해봤지만 어차피 다녀오는
사이에 또다시 젖어버릴 것이다. 여리는 포기하고 젖은 머리
채를 털었다.

마음이 비 맞은 댓잎처럼 소란스러웠다. 이틀 후가 세자와
세자빈의 합궁일이었다. 세자는 곧 세자빈의 사가로 출궁할
터. 더는 나서지 말라던 세자의 목소리가 떠올랐다. 거리를 두

는 기색이 역력하던 싸늘한 태도까지도.

당시엔 그저 마음이 시큰하여 더는 견디지 못하고 물러서기 급급했는데, 곱씹을수록 생각이 많아졌다. 그게 정말 그의 본심이었을까. 여리가 세자에게 모든 걸 다 털어놓지 않았듯이 세자에게도 역시 미처 말하지 못한 사정이 있는 것일지도 모른다.

적어도 여리가 아는 세자는 그리 매정하게 단번에 등을 돌릴 사람이 아니었다. 복성군과 광준의 일만 봐도 알 수 있었다. 상대에게 실망했다는 이유로, 혹은 쓸모가 다했다는 이유로 사람을 쉽사리 버릴 수 있는 사람이었다면, 애초에 고뇌하는 일도 없었을 터.

생각하다가 여리는 고소를 머금었다. 결국 이 또한 구차한 합리화에 지나지 않았다. 말 그대로 더는 상관하지 말라는 뜻일지도 모르는데 구태여 진의를 포장하고 있는 스스로가 한심스러웠다. 나지막이 한숨을 내쉬는데 강생이가 고개를 갸웃대며 문간방 안으로 들어왔다.

"대비마마 말이오. 요새 또 건강이 안 좋아지신 게요?"

강생이는 막 대비의 침전에 들러 찻상을 내오는 길이었다. 그렇게 지밀나인이 되고 싶어 안달하더니. 무슨 수를 썼는지 강생이는 얼마 전 기어코 지밀나인이 되었다. 생각시 건으로 결원이 난 자리를 꿰찬 것이다. 심부름이나 하는 말단 직위에 불과했지만 강생이의 자랑은 대단했다. 새앙머리를 땋아 올리고 유독 긴 치맛자락을 펄럭이며 강생이는 여기저기 안 끼는 곳이 없이 돌아다녔다.

금방도 마찬가지였다. 대비의 눈에 띄려고 굳이 안 해도 될 일을 자처하며 침소 안에서 끝까지 미적거리다 나오던 참이었다.

"왜, 무슨 일이 있었기에……?"

묻던 여리는 가까이 다가온 강생이에게서 낯익은 냄새를 맡고는 살풋 미간을 찌푸렸다.

"박 상궁 마마님의 처소에 다녀왔는가?"

강생이에게서 풍기는 냄새는 분명 방하향기였다. 여리가 박 상궁의 처소에서 맡아보았던. 허나 강생이는 유독 펄쩍 뛰며 부인했다.

"박 상궁 마마님 처소엘 내가 왜……."

평소엔 친분을 과시하지 못해 안달이더니. 흘끔 여리의 눈치를 살핀 강생이는 괜히 말을 돌렸다.

"아니, 마마께서 눈이 침침하신 듯하여 그러오. 날이 어두워서 그런가?"

상을 치우는 자신을 보고 '박 상궁?' 하고 부르더라는 것이다.

"아님 노안이신가?"

사실 대비는 시력이 안 좋은 편이기는 했다. 여리가 처음 대비전으로 오게 된 이유도 대비를 대신해 불경을 읽을 사람이 필요해서였으니.

"그럼 곤란한데……."

강생이가 애꿎은 손톱을 질겅질겅 씹으며 중얼거렸다. 어떻게든 대비의 마음에 들어서 전하의 눈에 띄는 것이 일생일대의 목표인 강생이였다. 한데 대비가 얼굴조차 알아보지 못한다면 말짱 도루묵 아닌가.

"설마 또 정신이 오락가락하신 건 아니시겠지?"

방정스레 내뱉은 말에 여리가 정색했다.

"말을 조심하시게."

강생이는 잠시 찔끔하는 눈치였지만 이내 입을 삐죽댔다.

"그쪽이 내 웃전도 아니면서 지금 나보다 좀 잘나간다고 유세 떠는 게요?"

당연히 경계해야 할 일을 지적했음에도 불구하고 그녀는 종종 여리에게 자격지심을 드러내곤 했다. 다른 사람의 말에는 간도 쓸개도 내어줄 듯 곰살맞게 굴다가도 여리의 말에는 불쑥 가시 돋친 반응을 하는 것이었다. 어이가 없었지만 진작에 포기한 여리는 대거리하기도 귀찮다는 듯 한숨을 내쉬었다. 다시 젖은 옷을 말리고 있자니 강생이가 들으란 듯 종알거렸다.

"귀하게 태어났다고 평생 높고, 천하게 태어났다고 끝까지 바닥일 줄 아나? 계집 인생은 뒤웅박 팔자라, 바뀌는 건 순식간인걸."

강생이는 아직도 승은을 입겠다는 야무진 포부를 버리지 못한 듯했다. 하지만 하늘을 봐야 별을 따지. 근자 들어 주상은 바쁘다는 핑계로 좀처럼 대비전에 문안인사를 들지 않고 있었다.

"그나저나 전하께선 이 장대비에 무슨 사냥이시람?"

투덜대는 소리에 여리는 고개를 들어 창밖을 보았다. 비는 좀 전보다 더 거세게 쏟아붓고 있었다.

눈앞이 흐려지도록 내리치는 비를 뚫고 여러 필의 준마가 달려왔다. 힘차게 발을 구를 때마다 진흙이 사방으로 튀고, 말발굽 소리와 빗줄기 소리가 뒤섞여 소란스러웠다. 갑작스런 비에 말도 사람도 지친 듯, 몸체에서 뿌연 김이 솟아올랐다. 성문 앞에 서 있던 수문장은 앞장 선 기수의 깃발을 확인하고는 지체 없이 문을 열었다.

말들이 차례차례 성문 안으로 들어오고, 그중 유독 몸집이 큰 갈색 군마가 멈춰 서자 어디선가 어린 내관 하나가 쪼르르 달려와 말등자 앞에 납죽 몸을 엎드렸다. 바닥이 온통 시뻘건 진흙탕이라 순식간에 옷이 엉망으로 젖어들었지만 개의치 않았다. 무감하기는 말에서 내리는 사람도 마찬가지였다. 어린 내관의 등을 지르밟은 임금은 쥐고 있던 말고삐를 뒤따라 온 시위에게 넘겼다.

"무사히 환궁하셨나이까 전하?"

상선이 다가와 우산을 받쳤다. 하지만 이미 흠뻑 젖은 후였다. 종종걸음을 치며 다가오는 대전 내관들 사이에서 다소곳이 선 세자가 보였다. 임금은 걸음을 멈추고 한쪽 눈썹을 들어올렸다. 제 어미를 닮아 섬세한 이목구비가 차분했다. 조금 야윈 듯도 한데.

"아직 소대(召對) 시간이 아니더냐?"

묻는 말에 세자가 공손히 고개를 조아렸다.

"아바마마께서 환궁하신다기에 마중 나왔사옵니다."

신하들과 더불어 사냥을 나갔다가 예상치 못한 비를 만나 계획보다 일찍 돌아오는 길이었다.

"뭐 하러. 이리 비가 오는데."

임금은 세자의 용포자락에 튄 흙탕물을 발견하고 이마를 찌푸렸다. 세자는 개의치 않고 비 내리는 앞뜰로 내려와 부왕의 곁에 시립했다.

"날이 많이 춥사옵니다. 행여 감모 드실까 저어되오니 일단 환복부터 하시지요. 소자가 시중을 들겠사옵니다."

가까이 다가서자 부왕에게서 피 냄새가 훅 끼쳤다. 비에 씻겨 희석되긴 했으나 비릿한 그것은 분명한 살육의 냄새였다. 붉은 융복이 비에 젖어 검붉게 번들거렸다. 세자는 역한 기운을 삼키며 조용히 부왕의 뒤를 따랐다. 부왕도 더는 말리지 않았다. 효는 유교의 근본이요, 궐에서는 부자간의 다정함도 정치의 일환임을 아는 까닭이었다.

대조전에 당도한 임금은 옷을 벗고 욕조에 몸을 담갔다. 밖에서는 여전히 빗소리가 사납게 들려오고, 뜨거운 물에서는 뿌연 김이 솟아올랐다. 나이 지긋한 봉보부인이 안에서 임금의 목욕시중을 드는 사이 세자는 휘장 너머에 서서 깨끗한 의복을 받쳐 든 채 기다렸다.

"모레가 출합이지?"

욕조에 몸을 기댄 임금이 물었다. 비를 맞아 차갑게 식은 몸이 데워지자 저절로 목소리가 느른해졌다.

"예, 아바마마."

합궁을 치르고 나면 비로소 세자와 세자빈은 온전한 부부가 되는 것이었다. 세자 역시 진짜 어른이 되는 것이니.

"너도 이제 곧 아비가 될 터."

세상 모든 부모가 그러하듯 임금의 어투에서도 희미한 기대감이 묻어났다. 하지만 임금의 당부는 보통의 아비가 아들에게 하듯 그리 감상적인 내용은 아니었다.

"첫 아들은 반드시 세자빈의 몸에서 보아야 할 것이다."

임금은 항상 명분과 당위성을 중시했다.

"그래야 네 자리가 더욱 공고해지고 장차의 분란을 막을 수 있을 것이니."

다분히 경험자로서의 조언이었다. 주상 역시 후궁인 경빈에게서 장자를 얻어 온갖 잡음 끝에 결국 제 손으로 자식과 그 어미를 쳐내지 않았던가. 더구나 그리 말하는 금상 역시 장자는 아니었다. 그 또한 이복형을 밀어내고 이 자리에 오른 것이었다.

옅어졌던 피 냄새가 다시 진해지는 느낌이었다. 세자는 쓸쓸함을 감추며 부왕에게 물었다.

"헌데 장차 분란이 될 것임을 알면서도 마음이 뜻을 반하면 어찌합니까?"

얼핏 듣기론 남녀 간의 정리를 묻는 듯했다. 허나 정작 그를 번민케 하는 것은 다른 문제였다. 인모의 정체. 그는 존재 자체로 왕실의 분란거리였다. 그런 그의 정체를 만약 부왕이 알게 된다면…….

분란거리 따위 애초에 만들지 말라고 못 박을 것이라 세자는 예상했다. 그러나 돌아온 부왕의 대답은 뜻밖이었다.

"힘을 가져야겠지. 힘이 없는 마음만큼 염치없는 것은 없으니."

말한 임금은 지친 듯 젖은 손으로 얼굴을 쓸어내렸다. 이제는 아득히 오래 전 기억이었으나 그에게도 분명 마음이 들끓던 순수한 시절이 있었다. 허나 마음만으론 아무것도 지킬 수가 없다는 게 문제였다.

그에겐 대군시절 백년가약을 맺은 아내가 있었다. 하지만 그녀는 폐주의 왕비인 폐비 신씨의 조카였고, 반정세력은 그런 그녀를 중전으로 받들 수 없다 거부했다. 결국 지아비인 자신의 뜻과는 무관하게 신씨는 신하들에 의해 반강제로 폐출되었다. 조선에서 가장 존엄하다는 임금의 자리에 올랐음에도 불구하고 제 안사람 하나 지켜내지 못한 것이다. 그녀가 내쫓기는 걸 보면서도 임금은 아무것도 할 수 없었다. 힘없는 군주란 그리도 비참한 것이었다.

"그러니 허점을 보여선 안 된다. 설혹 네가 가장 믿는 사람이라고 할지라도."

휘장 너머로 외로운 사내의 그림자가 어른거렸다. 세자는 부왕이 아들인 자신조차도 감시하고 있음을 알고 있었다. 그에 대한 원망은 들지 않았다. 그저 서글플 뿐이었다.

목욕을 마친 부왕이 옷을 입는 것을 돕고 옷자락까지 정돈한 뒤, 부왕이 잠시 휴식을 취하기 위해 침전으로 드는 것을 확인한 세자는 그제야 자리를 떴다. 대전을 돌아 나오는데 복도에 서 있던 중전과 마주쳤다. 언제부터 거기 서 있었던 것일까.

"어마마마."

고개 숙여 인사하는 세자를 중전은 물끄러미 바라보았다. 그 시선에 온기가 없다고 느끼기 시작한 것이 언제부터였던지.

분명 한때는 그들도 다정한 모자지간이었다. 지금도 세자는 중전 이외의 어머니의 얼굴은 알지 못했다. 하지만 세자가 나이를 먹을수록, 그의 이목구비가 부왕을 닮아갈수록 세자를 보는 중전의 눈빛은 점차 싸늘하게 식어갔다. 한때는 사랑받는 아들이 되기 위해 노력해보기도 했지만. 애정을 갈구할 나이는 이미 지났다. 그들 사이에서는 정보다 정치적 계산이 우선이 되었다.

고개를 든 세자가 담담히 모후를 응시했다. 그러자 무표정하던 중전이 돌연 빙긋 입꼬리를 올리며 웃었다.

"세자도 이제 어른이 되었군요."

곧 출합을 앞둔 아들에게 건넬 만한 평범한 덕담이었다. 헌데 말 속에 뼈가 있는 것 같은 까닭은 무엇일까. 마치 모든 걸 알고 있다는 듯, 도도하게 미소 지은 중전은 세자를 스쳐 부왕이 있는 침전 안으로 사라졌다. 여전히 젊고 아름다운 어머니였다.

몸을 돌린 세자는 멈췄던 걸음을 옮겨 대전 밖으로 나왔다. 여전히 밖에는 비가 쏟아지고 있었다. 우산을 들고 기다리던 상호가 얼른 다가와 신기 편하도록 세자의 신발을 잡았다. 바닥에 부딪힌 물방울이 수그린 상호의 몸으로 튀어 금세 옷자락까지 젖어 들었다.

"되었다."

만류한 세자는 잠시 마루 위에 서서 처마 밖 하늘을 올려다보았다. 무거운 먹구름이 바람에 떠밀려 힘겹게 어디론가 흘러가고 있었다. 그 구름처럼 세자의 마음도 갈피를 잡지 못하고 무겁게 표류했다.

다행히 출합 당일은 날이 개었다. 드디어 세자와 세자빈이 온전한 부부가 되는 날. 하늘마저 축복하는 모양이라며 궁녀들은 호들갑을 떨었다. 궐 안이 가벼운 흥분으로 들떠 있었다. 간만의 경사이기도 하거니와 합궁례가 끝나고 나면 세자의 후궁인 양제를 들이는 일도 본격화될 터인지라, 나인들의 엉덩이가 가벼워졌다.

대비전의 분위기도 크게 다르지 않았다. 세자가 출궁 전 대비에게 인사를 올리러 온다는 소식에 궁녀들의 움직임이 부산스러워졌다. 개중에서도 어린 나인들은 머리를 다시 빗는다, 분을 새로 바른다, 하며 요란을 떨었다.

여리는 그 모든 소란으로부터 한 발짝 떨어져 있었다. 공교롭게도 세자가 보경당에 당도할 즈음에 박 상궁으로부터 심부름거리를 받은 것이다. 처소에 가서 깜빡 잊은 물건을 가져오라는 별 것 아닌 지시였다. 그리 급할 것도 없는 일인 것 같았다.

어쨌든 그녀가 심부름을 마치고 대비전으로 돌아올 때쯤이면 이미 세자는 인사를 마치고 떠난 후일 터였다. 일부러 피하려 한 것은 아니었으나 차라리 잘 된 일일지도 모른다는 생각이 들었다. 아무런 내색 없이 세자를 대하기가 껄끄러웠다. 혹시라도 얼굴이 마주친다면 어떤 표정을 지어야 할지 난감했다. 하지만 그보다 더 막막한 건…… 타인을 보듯 자신을 대할 세자의 시선이었다. 그것은 조금 힘겨울 듯했다. 씁쓸한 얼굴을 한 채로 심부름을 마치고 대비전으로 돌아가는데.

"정 나인."

부르는 소리에 여리의 걸음이 멈췄다. 고개를 돌리니 뜻밖에도 그곳엔 상호가 서 있었다. 이미 떠났을 줄 알았는데. 놀란 것도 잠시, 여리는 자신도 모르게 상호의 주변을 훑었다. 혹시나 하는 기대가 있었던 모양이다. 하지만 상호는 혼자였다.

"저하께선 먼저 돈화문 쪽으로 가셨네. 나만 잠깐 빠져나온 걸세."

여리의 시선을 눈치챈 상호가 선수를 쳤다. 민망해진 여리는 말을 돌렸다.

"한데 저하의 곁에 계셔야 할 분이 여긴 어쩐 일이십니까?"

보아하니 자신을 만나러 온 것 같았다. 이곳은 대비전 궁녀들의 처소와 이어진 뒷길이었다. 동궁전 내관이 홀로 서성거릴 만한 장소는 아니었다. 뭔가 용건이 있는 듯한데 상호는 좀처럼 입을 열지 않았다. 망설이는 기색이 역력했다. 평소의 그답지 않았다.

상호는 본래 맺고 끊는 것이 분명한 사람이었다. 과묵한 대신에 태도가 단정하고 행동에 절도가 있어 주춤대는 것을 본적이 없었다. 한데 그러고 있으니 무슨 큰일이라도 생긴 걸까 슬슬 걱정되려던 찰나였다. 결심한 듯 표정을 갈무리한 상호가 돌연 말을 꺼냈다.

"김 주서를 만나러 가실 것이네. 오늘 밤."

"예?"

반문하던 여리의 눈이 커졌다. 상호가 경어를 써가며 행적을 알릴 만한 인물이라면, 세자뿐이었다. 하지만 오늘 밤은 세자와 세자빈의 합궁일이었다. 한데 김주서를 만나러 간다 하심은…….

"제안대군 저에 가신단 말씀이십니까?"

재차 확인하는 말에 상호는 대답 대신 고개를 끄덕였다.

"아직 포기하지 않으셨군요."

여리는 탄식했다. 그에 대해 상호는 아무런 부연설명도 해주지 않았다. 하지만 여리는 그의 표정만으로도 오늘밤 세자가 무엇을 하려 하는지 충분히 짐작할 수 있었다. 혼자서 천구의 뒤를 쫓으려는 것이다. 자신에겐 의금부에서 할 일이라고 일축했으면서. 더구나 대군 저엔 칩거 중인 부부인도 있었다. 그들을 만난다면 뭔가 단서를 찾아낼 수도 있을 터.

"저하께서 보내신 것입니까?"

세자가 상호를 보내 자신에게 언질을 주는 것이라고 생각했다. 하지만 뜻밖에도 상호는 고개를 저었다.

"저하께선 내가 자네를 만나러 온 걸 모르시네."

"하면 왜⋯⋯?"

상호는 일을 처리함에 있어 결코 독단적으로 행동할 만한 사람이 아니었다. 세자의 뜻이라면 그게 무엇이든 군말 없이 순응했다. 절대로 세자의 명을 어길 사람이 아닌데.

"글쎄⋯⋯."

사실 상호도 자신이 왜 이러고 있는지 명확히 설명하기는 어려웠다. 다만⋯⋯.

"오래 전에 동궁전 뒷마당에 종종 놀러오던 보라매가 한 마리 있었다네. 자네가 그 녀석과 닮아서라고 해두지."

뜬금없는 상호의 대답에 여리는 한층 더 어리둥절해졌다.

동그래진 두 눈을 보니 정말 닮은 것도 같고. 상호는 씁쓸한 기억을 되짚었다. 그게 벌써 오 년 전인가.

세자가 지금보다 어린 소년이었을 때의 일이었다. 그 매는 세자가 응방에 구경을 갔다가 새장 문을 닫는 걸 깜빡하는 바람에 놓쳐버린 녀석이었다. 말로는 실수였다고 하지만 상호는 세자가 녀석을 몰래 풀어줬다는 것을 알고 있었다. 함께 잡혀온 다른 녀석들과 달리 사람의 손길을 거부한 채 먹이도 받아먹지 않고 오로지 새장 밖 창공만 응시하는 녀석에게 세자의 안쓰러운 눈길이 몇 번이나 닿는 걸 목격했던 것이다. 하여 새장의 걸쇠를 부러 풀어놓는 세자의 모습을 보고도 못 본 척한 것이었는데.

응사(鷹師 사냥에 쓰는 매를 맡아 기르고 부리는 사람)의 눈을 피해 도 망갔던 녀석이 며칠 뒤 엉뚱하게도 동궁전 마당에 나타났다. 후원의 푸른 소나무 가지 위에 앉은 녀석은 머루 같이 까만 눈을 빛내며 오가는 이들을 내려다보았다. 혹시 사람에게 해 를 끼칠까 싶어 휘이, 내쫓아보기도 했지만 그때뿐.

매는 세자가 글을 읽는 방 창문 밖에 앉아 머리를 까딱이 며 안을 들여다보곤 했다. 세자도 그게 싫지 않았는지 하루 종일 창문을 열어두게 했다. 하지만 딱 거기까지였다. 매는 그 이상 다가오지 않았다. 여전히 사람을 경계하고 곁을 주지 않 았다. 세자가 궁인들 몰래 고기반찬을 남겨두었다가 뒤뜰에 놔두는 것 같았지만 매는 거들떠보지도 않았다. 그래놓고는 세자가 산책을 가면 먼발치에서 거리를 두고 따라오는 것이 었다.

나뭇가지에서 다른 나뭇가지로 푸드덕 날개소리가 이어졌 다. 그러면 세자는 모른 척 뒷짐을 지고 빙그레 웃었다. 행여 뒤돌아보면 도망갈세라 가끔씩 흘끔흘끔 곁눈질로 쳐다보는 것이 다였다. 그렇게 동궁전 마당을 공유한 세자와 매의 기묘 한 동거가 이어지길 몇 달.

어느 날, 후원 나무 위에서 푸드덕푸드덕, 다급한 날갯짓 소리가 들렸다. 이상해서 가보니 매가 나뭇가지에 발이 걸려 날아가지 못하고 있었다. 발목에 묶인 가죽줄 때문이었다. 응방에서 새를 몰래 풀어줄 때, 매를 길들이기 위해 매어놓은 건늠줄은 풀어주었지만 발목에 묶인 가죽줄만큼은 녀석이 너무 예민해서 차마 손을 대지 못했던 것이다. 도망가는 데 큰 지장은 없을 듯하여 그대로 두었는데, 그게 문제가 된 것이었다. 가죽줄이 뾰족한 가지 틈에 걸려 있었다. 사람들이 다가오는 것을 보고도 날개만 퍼덕거릴 뿐, 도망가지도 못하고 큰 눈만 끔뻑거리니.

세자는 사다리를 가져오게 했다. 그리고 손수 나무 위로 올라가 녀석을 붙잡았다. 할퀴거나 저항하면 어쩌나 걱정했는데, 도와주려는 걸 안 것인지, 아니면 몸부림치느라 기력을 너무 소진한 탓인지, 새치름하게 항상 거리를 두던 녀석은 의외로 순순히 세자의 손길을 받아들였다.

'차라리 이대로 잡아서 길들이시는 게 어떠십니까?'

어차피 동궁전을 맴도는 녀석이었다. 상호가 넌지시 권해보았지만 세자는 고개를 저었다.

'송백이는 답답한 걸 싫어한다. 제 먹을 것은 제가 사냥할 줄 아는 듯하니, 자유롭게 날아다니게 두렴.'

소나무 위에 앉은 흰 새라 하여 송백이란 이름까지 지어주었으면서. 상호는 세자의 생각을 좀체 이해할 수 없었다. 하지만 세자는 발목에 묶인 줄만 끊어내고 송백이를 도로 풀어주었다. 이제 새를 구속하는 것은 아무것도 없었다. 사람의 손길이 닿았던 흔적마저 깨끗하게 제거되었다. 걸리적대던 것이 사라진 덕분인지 송백이의 움직임도 한층 활기차진 것 같았다. 세자는 기껍게 웃었다. 그 모든 게 송백이를 위한 일이라 생각했다. 그러나 그게 오만이었을까.

어느 날, 세자가 자리를 비운 틈에 복성군이 동궁전을 찾아왔다. 세자궁에 매가 산다는 소문을 듣고 호기심이 동한 것이었다. 처음엔 복성군도 그저 신기한 마음에 구경만 하려 하였다. 그런데 보면 볼수록 욕심이 났다. 매가 어찌나 똘똘한지 다른 이는 거들떠보지도 않고 오로지 세자의 뒤만 졸졸 쫓아다닌다는 내관의 설명을 들으니 마음속에 불쑥 용심이 일었던 것이다.

'제까짓 놈이 똑똑해봤자지. 어차피 짐승이 아니냐? 먹이로 꾀면 어찌 안 넘어오겠는가?'

복성군은 내관을 시켜 날고기를 가져오게 했다. 피가 뚝뚝 흐르는 싱싱한 소의 생간이었다. 짐승이라면 그냥 지나치기 힘들 정도로 구미가 당길 만한 미끼였다. 하지만 매는 거들떠보지도 않았다. 되레 보란 듯이 발을 탕탕 구르고 등을 돌려 버리니, 복성군은 부아가 치밀었다.

'이젠 하다하다 저깟 날짐승조차 날 무시한단 말이냐?'

복성군은 세자가 태어난 이래로 늘 뒷전이었다. 궁인들은 물론이고 부왕조차도 세자만 싸고돌았다. 세자가 태어나기 전에는 그 모든 관심과 애정이 오롯이 자신의 것이었는데.

당시엔 복성군도 어렸다. 사람들의 외면에 쉬이 상처받은 어린아이는 자신의 화를 애꿎은 새에게 풀었다. 돌멩이를 던진 것이다. 하지만 높은 가지에 앉은 새를 맞히는 건 생각처럼 쉬운 일이 아니었다. 더욱 뿔이 난 복성군은 보이는 대로 돌을 주워 마구 던졌다. 그중 하나가 새의 꽁지깃을 맞혔다.

화가 난 송백이 삐익, 경고음을 냈다. 곁에서 지켜보던 내관들이 복성군을 말렸다. 그러나 복성군은 돌팔매질을 멈추지 않았다. 딴에는 덜 자란 새끼 매가 저보다 약할 것이라 방심했던 모양이었다. 그러나 송백은 길들지 않은 야생매였다. 날개를 펼친 송백은 단숨에 지상으로 쐐액 쇄도해왔다. 그리고 날카로운 발톱으로 돌을 쥔 복성군의 손등을 할퀴었다.

놀란 복성군은 비명을 질렀다. 그러곤 당황해 뒷걸음질을 치다가 그대로 철퍼덕 바닥에 주저앉아 버렸다. 흡사 매가 사람을 공격하는 듯한 형국이었다. 그러나 송백은 커다란 날개를 퍼덕거리며 위협하기만 할 뿐, 그 이상 복성군을 공격하지는 않았다. 하지만 이미 할퀴어진 손등에선 피가 흘러내리고 있었다. 겁을 집어먹은 복성군은 울음을 터트렸다. 매가 당장이라도 제 눈을 쪼아버릴 것만 같았다.

후원이 야단법석이었다. 뒤늦게 소식을 들은 세자가 헐레벌떡 동궁전으로 달려왔지만, 송백을 말리기도 전에 쐐액, 날카로운 소리가 허공을 갈랐다. 뒤이어 퍽, 둔탁한 소리가 세자의 심장을 덜컹 멎게 했다.

어디선가 날아온 화살이 송백의 몸통을 꿰뚫은 것이다. 송백은 땅바닥으로 곤두박질쳤다. 세자는 그대로 넋이 나갔다.

'송백아……'

중얼거리자 활을 멘 시위가 서둘러 다가와 고개를 조아렸다.

'송구합니다. 주인이 없는 매인 줄 알고.'

그 자는 부왕의 곁에서 부왕을 호위하는 군관이었다. 마침 임금의 행렬이 근처를 지나다가 왕자가 매에게 공격당하는 것을 보고 화살을 날린 것이었다.

'몸에 아무런 표식이 없기에…….'

주인이 있는 매라면 응당 주인의 이름을 적은 시치미나 방울 같은 것이 달려 있기 마련이었다. 하지만 송백이에겐 아무것도 없었다.

'세자, 너의 매냐?'

부왕이 물었지만 세자는 쉽게 대답할 수가 없었다. 자신의 전각에 살며, 자신의 뒤를 따르던 녀석이었지만 세자는 송백을 제 것이라 생각해본 적이 없었다. 송백은 그저 송백일 뿐, 하늘에 사는 녀석에게 굳이 소속을 주어 땅에 묶어놓고 싶지 않았다. 자유를 제한하는 일이라고 여겼다. 그래서 아무런 증표도 걸어주지 않았건만.

'네 것이면 남들이 건드리지 못하도록 진즉에 네 것이란 표식을 해두었어야지.'

부왕의 지적이 아프게 가슴에 와 박혔다. 제 것이라 주장하지 않으면 뺏겨도 할 말이 없다. 그게 부왕이 하고자 한 말이었다. 그러나…….

죽은 송백의 앞에서 한참을 운 세자는 그날 저녁, 송백의 사체를 수습하여 나무함에 담아 궁궐 후원과 이어진 뒷산자락 깊숙한 곳에 묻었다. 죽어서라도 제가 본래 살던 산으로 돌아가길 바라는 마음이었다.

'처음부터 사람이 사는 곳 가까이 오지 못하게 했어야 했다. 그랬다면 이런 일도 없었을 텐데.'

세자는 도리어 송백에게 곁을 준 것을 후회했다. 애초에 자유롭길 바라 풀어주었으면 애매하게 여지 따위 남기지 말았어야 했다. 이름도 짓지 말고, 미련 없이 훨훨 날아갈 수 있도록 멀리 보냈어야 했는데. 헌데 욕심을 냈다.

'나 때문에 죽었다.'

자책한 세자는 그 후로 더는 짐승을 가까이 하지 않았다. 심지어 사람과의 관계에 있어서도 늘 적당한 거리를 유지했다. 마음에 든다 하여 가까이 두었다가는 행여 망가지기라도 할까 두려워했다. 아끼는 것일수록 먼발치에서 그저 지켜보기만 했다.

상호는 그런 세자가 안쓰러웠다. 고독을 자처하는 것만 같아 안타깝기도 했다. 세자는 태생적으로 외로운 사람이었다. 완벽을 강요하는 부친과 정적(政敵)이나 다름없는 모친. 그리고 애정을 빌미로 차곡차곡 죄책감을 쌓아올리는 조모까지. 편히 마음 기댈 곳이 없었다. 자신이라도 의지가 되고 싶었지만, 수하로서 마음을 다해도 늘 한계가 있었다. 그러던 중에 여리가 나타난 것이다.

세자는 오랫동안 감춰뒀던 속내를 여리의 앞에서만큼은 쉬이 드러냈다. 자각하고 있는지는 모르겠으나 여리에게는 자주 경계가 흐려지는 것 같았다. 모후가 남긴 흔적을 보여준 것도 그렇고, 돌아가신 선묘의 혼령과 마주친 이야기를 꺼냈을 땐 상호도 깜짝 놀랐다.

그것은 세자가 절대 함구해온 이야기였기 때문이다. 돌아가신 선왕이 손자의 목을 조르다니, 섬뜩한 것은 둘째 치고 알려진다면 큰 파장을 몰고 올 수도 있는 이야기였다. 하여 부왕은 물론이고 광준에게조차 말하지 않은 사실이었다. 상호도 세자가 잠꼬대하는 걸 듣지 못했다면 아마 평생 몰랐을 것이다. 헌데 그런 얘기를 먼저 털어놓은 것이다.

여리를 대하는 세자의 태도는 지금껏 상호가 알던 모습과는 달랐다. 그래서 은근히 기대했었다. 헌데 그러한 기대가 무색하게 세자는 또다시 거리를 벌리려 하고 있었다.

물론 세자의 뜻을 모르는 바는 아니었다.

"저하께선 자네가 다치지 않기를 바라시네."

임금의 견책을 받은 일로 세자는 전보다 위축되어 있었다. 하지만 상호는 자신의 상전이 외롭지 않기를 바랐다.

"그러니 부디 몸조심하게. 저하께서 속상해하실 일 없도록. 지켜보는 눈들이 많으니 섣불리 움직이지 말고."

한 사람쯤은 마음을 터놓을 만한 상대가 있어야 할 것이 아닌가. 오랫동안 주인의 곁에서 주인을 섬겨온 자로서 상호가 할 수 있는 일이라곤 고작 이 정도가 전부였다. 할 말을 마친 상호는 그 즉시 서둘러 세자가 기다리고 있을 곳으로 돌아갔다.

홀로 남겨진 여리는 얼떨떨한 기분으로 좀 전까지 상호가 서 있던 자리를 보았다. 대체 이게 무슨 영문인지……. 졸지에 매를 닮은 사람이 되었다. 상호가 무슨 의도로 그런 말을 한 것인지는 여전히 잘 모르겠으나, 그래도 한 가지만은 짐작할 수 있었다.

세자가 자신을 걱정하고 있다는 것. 자신을 밀어낸 이유가 여리의 걱정처럼 실망이나 질책의 의미는 아닌 것 같았다. 그 것만으로도 명치를 무겁게 짓누르던 돌덩이 하나가 치워진 기분이었다. 동시에 막혔던 가슴이 저릿해졌다. 하면 세자는 모든 일을 홀로 살피고 감당하려 한다는 뜻인데.

가을이 깊어 바닥에 쌓인 낙엽이 멍든 것처럼 온통 붉고 노랬다. 마지막으로 보았을 때 유독 까칠하게 메말라 있던 세자의 얼굴을 떠올리자 가슴속이 버석대는 것 같았다. 바람이 일어 분분히 휘날리는 단풍잎 사이에서 여리는 멀리 세자가 있을 돈화문 쪽을 바라보며 생각했다.

'부디 무사히 돌아오시길.'

그녀가 지금 할 수 있는 일이라곤 그저 마음속으로 비는 것뿐이었다.

세자빈의 친정은 동궁전 부부를 지키는 인원들로 그 어느 때보다 경계가 삼엄했다. 담장마다 경비병들이 일정한 간격으로 보초를 서고, 혹 의심스런 자들이 기웃거리지는 않는지 시간마다 순찰을 돌았다. 밖에서 안으로 들어오는 것도 어렵겠지만 안에서 밖으로 빠져나가기도 녹록지 않을 듯했다.

아직은 해가 저물기 전, 세자는 후원에 서서 세자빈의 사가를 둘러싼 담장을 응시했다. 그중 한쪽이 유난히 낮았다. 옆집 별당과 이웃하는 담이었다. 그곳을 넘으면 한성부윤의 집이 나오고 그 이웃에 이조정랑의 집이 있다. 거기서 다시 담 몇 개를 넘으면…….

제안대군의 집이 멀지 않았다. 이 근방은 궐 근처에 거주하는 대신들의 집이 서로서로 담벼락을 마주하고 있어 마음만 먹는다면 순라꾼들이 순찰을 도는 대로변을 거치지 않고도 목적지에 도달할 수 있었다. 심지어 대문을 거쳐 빙 돌아가는 것보다 더 빨랐다. 이 모든 게 어린 시절 집안사람들의 눈을 피해 광준과 함께 밤마실을 다니며 체득한 정보였다. 그걸 이런 식으로 써먹게 될 줄은 몰랐지만.

그사이 크고 작은 건물들이 새로 지어지고, 일부는 사라지기도 했지만 큰 구조는 변하지 않았다. 세자는 머릿속으로 지도를 그렸다. 그리고 적합한 동선을 짜고 있는데.

"저하."

부르는 소리가 들렸다. 고개를 돌려보니 어느새 다가왔는지 세자빈이 몇 걸음 떨어진 자리에서 방긋 웃고 있었다. 가체 없이 가볍게 쪽진 머리에 치렁거리는 대슘치마 대신 연한 색의 치마저고리를 단출하게 갖춰 입은 세자빈은 궁에서와는 달리 편안한 차림새였다. 오랜만에 집에 돌아온 덕분일까. 늘 경직되어 있던 어깨도 한결 부드러워 보였다. 줄줄이 뒤를 따르는 궁인들도 없었다.

가까이 다가온 세자빈은 조금 전까지 세자가 물끄러미 응시하고 있던 담벼락을 흘끗 곁눈질하더니 작게 속삭였다.

"그쪽 담장이 맞사옵니다."

비밀스럽게 눈을 깜빡이는 세자빈을 보며 세자는 적지 않게 당황했다. 마치 자신이 무슨 꿍꿍이인지 다 안다는 듯한 표정이 아닌가. 세자는 괜스레 몸을 돌리며 시치미를 떼려고 했지만 세자빈은 재차 확인시켜주었다.

"제안대군 저를 찾으시려는 것이라면 그쪽이 맞사옵니다. 아까부터 그쪽만 쳐다보시기에……."

"아……."

세자빈의 지적에 애써 태연한 척하던 세자의 얼굴에 난감함이 스쳤다. 세자빈이 이리 눈치가 빠른 사람이었던가. 변명을 하려던 세자는 이어지는 세자빈의 말에 입을 다물었다.

"실은 소첩, 저하를 이곳에서 처음 뵈었습니다."

뜻밖의 고백이었다. 세자는 세자빈이 말한 일을 떠올려보려 노력했지만 미안하게도 기억이 나지 않았다. 세자가 어색한 표정을 짓자 세자빈은 그럴 줄 알았다는 듯, 하지만 상관없다는 표정으로 말을 이었다.

"워낙 찰나의 사건이었으니까요."

그러니까 지금으로부터 대략 육 년 전의 일이었다. 당시 세자빈은 보통의 사대부 집안의 규수들이 그러하듯이 규방교육을 받고 있었다. 솜씨 좋은 침모로부터 한창 수놓는 것을 배

우고 있었는데 그것이 영 적성에 맞지 않았다. 타고나기를 손
재주가 별로인 데다 어린 시절 그녀는 규방에 앉아 책 읽고, 그
림을 그리는 것보단 밖으로 노니는 걸 좋아해서 답답한 일이라
면 질색을 했다. 헌데 하루 종일 쪼그리고 앉아 손가락보다 짧
은 바늘을 쥐고 머리카락보다 가는 실을 꿰고 있어야 하니.

실은 뒤엉키기 일쑤고 좀이 쑤셔 미칠 지경이었다. 견디다
못해 어머니에게 하소연해봤지만 바느질은 아녀자의 기본소
양이요, 인내는 덕목이라는 말만 돌아올 뿐이었다.

'그래서야 사대문 안에 널 며느리로 들이겠다는 집이 있겠
느냐?'

괜한 꾸지람만 듣고 억울해진 그녀는 심술이 돋았다. 자신
은 아직 시집 갈 생각 따윈 없는데. 고작 이런 바느질 가지고
소박을 놓을 사내라면 이쪽에서 거절이었다. 그녀는 아직 궁
금한 게 너무 많았다. 세상은 넓고 신기한 것은 천지인데 작
은 별당 안에 갇혀 사는 것도 부족해 손바닥만 한 수틀에만
매달려 하루를 보내라니.

부아가 치민 그녀는 그날 밤 모두가 잠든 시각 조용히 후
원으로 나왔다. 손에는 하루 종일 씨름하던 바늘쌈지가 들려
있었다.

"바늘쌈지를 연못에 던져버리려 했습니다. 어머니께 대들
수는 없으니 애꿎은 바늘쌈지에 화풀이를 하려 한 것이지요."

세자빈이 싱긋 장난스레 웃으며 말했다. 나름의 소심한 반
항이었던 셈이다. 헌데 그렇게 나간 후원의 연못가에서 담장

을 넘던 밤손님과 딱 마주치고 말았으니.

화드득 옷자락 펄럭이는 소리에, 있는 힘껏 손에 쥔 바늘쌈지를 던지려던 소녀는 그 모습 그대로 굳어져버렸다. 연못 너머, 그녀의 시야 끝 어둠 속에 웬 낯선 소년이 웅크리고 있었다. 막 건너편 담장을 넘어온 듯, 한쪽 무릎을 굽힌 자세로 바닥을 짚고 있던 소년은 인기척을 느꼈는지 고개를 들어 이쪽을 보았다. 마침 보름달이 구름 사이에서 빠져나와 소년의 얼굴을 비췄다. 순간 두 사람의 눈이 마주쳤다.

소녀는 비명을 지를 뻔했다. 자려고 누웠다 몰래 빠져나온 터라 하필 잠옷 차림이었다. 머릿속이 하얘졌다. 막 고함을 치려는데 그녀를 발견한 소년이 눈을 동그랗게 떴다. 그 눈이 연못에 비친 하늘처럼 맑고 반들반들했다. 소년은 재빨리 검지를 제 입술에 가져다대더니 고개를 저었다.

'쉿!'

그 한 마디에 어쩐 일인지 소녀의 입이 딱 다물어졌다. 인세의 존재 같지가 않았다. 보름달이 비치는 연못가의 풍경하며, 남의 집 담장을 넘고도 지나치게 태연한 태도하며. 너무 놀란 나머지 얼을 빼고 있는 사이 담장 너머에서 또 한 사람이 넘어 들어왔다. 이번엔 좀 더 나이가 많은 젊은 사내였다. 그들은 석상처럼 굳어진 소녀를 그 자리에 남겨두고 곧 후원을 가로질러 반대편 담 너머로 사라졌다.

"그것이 꿈인지 생시인지……."

그녀는 두근대는 가슴을 부여잡고 방으로 돌아왔다. 담장 너머로 사라지기 직전, 잠시 마주쳤던 소년의 눈빛이 생각났다. 그는 마치 한 마리의 새 같았다. 펄럭이던 옥색 도포자락이 환영처럼 눈앞에서 사라지지 않았다. 정신을 차려보니, 버리려던 바늘쌈지는 고스란히 손아귀에 남은 채였다.

"문득문득 그 소년이 궁금하였습니다. 수를 놓다가도, 연못을 산책하다가도. 어쩌면 사람이 아닐지도 모른다 생각하였답니다. 그렇지 않고서야 어찌 저리 훨훨 자유로울 수가 있을까? 헌데 운명이 어찌 이리 얄궂을까요?"

초례청에서 그 소년을 다시 마주하게 된 것이다. 조금은 엄숙하고 점잖은 모습으로, 어딘가 고요해진 눈빛을 한 소년을.

"아마도 저하의 배필이 되려고 그날 바늘쌈지를 버리지 못한 모양입니다."

세자빈은 음전하고 손재주가 좋기로 궐 안에서도 칭송이 자자했다. 그중에서도 유독 수를 잘 놓았다. 헌데 그런 그녀에게 그처럼 깜찍한 과거가 있었을 줄이야. 세자는 새삼스런 눈으로 세자빈을 보았다. 그의 앞에 선 사람은 이제 누가 보아도 현숙한 여인의 모습을 하고 있었다.

세자의 시선이 꽤 오래 자신에게 머무르자 세자빈은 민망한 나머지 조금 웃고는 품 안에서 고이 접은 손수건을 꺼내 내밀었다.

"그날 후원에서 마주친 소년을 생각하며 만든 것입니다."

손수건엔 한쪽 날개를 접은 매와 앵초꽃 한 송이가 수놓아져 있었다. 지금처럼 유려한 솜씨는 아니었지만 삐뚤빼뚤한 바느질 선이 제법 귀여웠다. 세자빈은 부끄러운 듯 얼굴을 붉히며 말했다.

"아마도 부러웠던가봅니다."

어린 시절 별당 안에만 갇혀 바늘과 씨름하던 소녀가 바람처럼 다녀간 어느 소년을 동경하였노라고.

"하지만 다시 뵌 저하께선 늘 제 앞에서 바르고 근엄하기만 하시니."

같은 사람이 맞는지 가끔은 헷갈린다며 세자빈이 조심스레 물었다.

"혹 소첩이 불편하십니까?"

형식상으로는 부부이나 떨어져 지낸 시간이 더 길었다. 대답을 기다리며 마음 졸이는 세자빈을 보며 세자는 고개를 저었다.

"아니오. 모두 내가 부족한 탓이니."

태어난 순간부터 아무도 그가 가진 지위를 의심하지 않았으나 정작 세자는 늘 자신의 자리가 위태롭게만 느껴졌다. 과연 자신이 옳은 위치에 있는 것인지, 그릇된 방향으로 가고 있는 것은 아닌지. 뿌리를 내리지 못하니 번뇌가 일 때마다 중심을 잡지 못하고 흔들렸다. 그때마다 제 곁에 있는 사람들도 함께 불안을 느꼈을 터였다. 더구나 세자빈은 자신의 아내였다. 궁 안에서 그녀가 의지할 사람이라곤 지아비인 자신밖에 없으니.

"미안하오."

의지가 되어주지 못하여. 흐려지는 세자의 낯빛을 확인한 세자빈이 크게 고개를 저었다.

"그런 말씀 마시옵소서."

그런 뜻으로 꺼낸 얘기가 아니었다며 세자빈은 시무룩한 표정을 지었다.

"소첩은 새처럼 자유로운 저하가 좋았습니다. 저는 비록 여인으로 태어나 담장 밖 세상은 알지 못하지만, 높은 담장을 거침없이 뛰어넘는 저하를 보는 것만으로도 속이 울렁거리고 숨이 트였는걸요. 헌데 소첩 때문에 그런 무거운 낯빛을 하시면……."

세자빈의 표정이 덩달아 무거워졌다.

"김 주서의 일로 많이 걱정하고 계신 걸 알고 있습니다."

그날 밤, 세자와 함께 담을 타넘었던 젊은 사내가 광준이었다는 사실을 세자빈도 후일 알게 되었다. 그토록 각별한 사이였건만 전하의 명으로 안부조차 확인하지 못하고 있으니.

"다녀오시지요."

세자빈이 말했다.

"소첩과의 날들은 앞으로도 소털처럼 많사오니."

싱긋 웃는 얼굴이 그 옛날 소녀처럼 싱그러웠다. 무슨 일인가 벌어지고 있다는 건 짐작하고 있는 듯하지만 그녀는 자세한 내막까지는 알지 못하고 있었다. 그 천진한 얼굴을 보며 세자는 가슴 한구석이 묵직해지는 것을 느꼈다.

그날 밤, 신방에 불이 꺼지고 하루 종일 집안을 들썩이게 했던 흥분과 소란이 가라앉자 으슥한 후원 담장 밑에 수상한 그림자가 나타났다. 사람들이 모두 잠들기를 기다렸다가 은밀히 모습을 드러낸 것은 변복을 한 세자였다. 신방에 있어야 할 주인공이 첫날밤에 신부를 홀로 두고 몰래 빠져나온 걸 들키면 여러모로 시끄러워질 터. 세자는 최대한 신중하게 움직였다. 그 뒤를 상호가 바짝 따라붙었다. 그 역시 검은 옷에 활동이 편하도록 끈으로 소매를 질끈 동여맨 차림새였다. 두 사람은 낮에 봐두었던 경로를 따라 담장을 넘었다. 그리고 어둠 속으로 조용히 스며들었다.

그들은 순찰 도는 병사들을 피해 좁은 골목길을 돌고 남의 집 뒷마당을 가로질렀다. 몇 번 병사들과 마주칠 뻔했지만 세자는 그때마다 어디에 숨어야 할지 알고 있었다. 게다가 이 주변의 집들은 모두 조정 대신들의 저택이라 병사들은 감히 저택 안까지 감시할 생각은 하지 못했다. 더구나 밤이 깊어 집주인들도 모두 잠들어 있었다. 밤손님보다 빠르고 은밀하게 움직이는 두 사람을 발견할 자는 없었다. 행여 이상한 소리를 듣는다 해도 들고양이 지나가는 소리쯤으로 여길 터.

오래지 않아 그들은 목적지 주변에 다다랐다. 눈앞의 담장 하나만 넘으면 제안대군의 집이었다. 그사이에 좁은 틈새가 있기는 했지만 이웃과 처마가 맞닿을 정도로 협소한 공간이었다. 사람이 지날 수 있는 통로는 아니었다. 고개를 든 상호는 목을 쭉 빼고 담장 밖을 살폈다. 다행히 예상대로 지키는 이는 없었다.

이상 없다는 신호에 깍지 낀 상호의 손을 딛고 세자가 먼저 담을 뛰어넘었다. 뒤이어 상호도 담벼락 틈새를 밟고 몸을 날렸다.

탁, 둔탁한 소리가 울렸다. 행여 누군가 눈치챌까 두 사람은 잠시 긴장했지만 다행히 별채 주변은 텅 비어 있었다. 안주인만 남은 집에 낯선 사내들을 들일 수는 없어 나졸들은 대문 밖만 지킬 뿐, 저택 안을 헤집고 다니지는 않았다. 게다가 고 내관을 비롯하여 대부분의 남자 하인들이 싹 다 잡혀간 터라. 집 안이 쥐 죽은 듯 고요했다. 마치 사람이 살지 않는 것처럼…….

한때 화려했던 대군 저의 모습을 떠올린 세자는 쓰라린 눈으로 어둠 속을 응시했다. 밤을 대낮처럼 밝히던 청사초롱들은 모두 자취를 감추고, 대신 가물가물한 불빛 하나만이 장지문 밖으로 희미하게 새어 나오고 있었다. 광준이 머물고 있는 방이었다.

몸을 일으킨 세자는 성큼성큼 불빛을 향해 걸어갔다. 불이 켜져 있다는 건 아직 방 주인이 잠들지 않았다는 뜻. 세자의 발걸음이 갈수록 빠르고 거칠어졌다. 정돈되지 않은 걸음걸이에 바닥에 깔린 모래에서 자그락자그락 낯선 마찰음이 났다.

차갑게 굳은 세자의 표정을 확인한 상호는 마른침을 삼켰다. 당장이라도 사달을 낼 듯 험악한 기세였다. 이대로 두어도 괜찮은 건지, 만류해야 하지 않을까 갈등하고 있던 때였다.

"이 밤중에 누구냐?"

기척을 들었는지 먼저 방문이 열리며 안쪽에서 누군가 고개를 내밀었다. 광준이었다.

"저하……."

세자를 발견한 그는 피골이 상접한 얼굴로 흡사 헛것이라도 본 사람마냥 한동안 아무런 움직임이 없었다. 그러다 이내 정신을 차리고는 자리에서 벌떡 일어났다. 그 작은 움직임에도 중심을 잡지 못하고 휘청이는 꼴을 본 세자는 그 자리에 우뚝 멈춰 섰다. 방금 전까지만 하더라도 당장 뛰어 들어가 멱살이라도 휘어잡을 기세더니. 뒤따르던 상호는 어찌할 바를 모르고 두 사람 사이에서 눈치를 보았다.

섬돌 아래 선 세자는 빈주먹만 꽉 움켜쥐었다. 감정을 추스르려는 듯 잠시 가슴을 들썩이던 세자는 이내 입을 한 일자로 꾹 다물었다. 그리고 성큼 방 안으로 들어갔다. 광준은 두 손을 모으고 공손히 방문 뒤로 물러섰다.

"내가 왜 왔는지는 짐작하고 있을 터."

세자는 광준과 눈도 마주치려 들지 않았다. 돌아선 세자의 등 뒤로 광준이 무릎을 꿇었다.

"소신의 죄를 어찌 다 말로 할 수 있겠나이까?"

"그대의 변명을 듣고자 온 게 아니다."

세자는 차갑게 일축했다.

"진실을 확인하고자 함이니."

세자는 광준이 쓰러지는 바람에 못다 한 이야기를 추궁하기 시작했다.

"환혼전의 나머지 부분은 어디 있는가?"

궐을 다 뒤졌음에도 여태껏 찾지 못한 책이었다. 광준이 행방을 알 것이라 기대했으나 광준은 송구한 듯 고개를 조아렸다.

"그 책은 처음부터 미완성이었나이다."

여리에게 넘긴 것이 책의 전부라고 했다.

"허면 그날 폐서고를 언급한 까닭은 무엇인가? 내가 여전히 알지 못하고 있는 게 대체 무어란 말이다."

억누르려 했으나 미처 갈무리하지 못한 분노와 실망이 튀어나왔다. 광준은 묵묵히 세자의 분노를 감내했다. 이미 각오하고 있던 일이었다. 광준은 눈을 질끈 감으며 대답했다.

"비밀 통로이옵니다."

그 말에 이제껏 등을 지고 있던 세자가 몸을 돌려 광준을 똑바로 마주보았다.

"비밀 통로?"

전혀 예상치 못했던 답변에 세자의 얼굴에 불신의 빛이 어렸다.

"거짓말. 분명 그 안엔 아무것도 없었다."

주로 서책을 중심으로 뒤지긴 했지만 그래도 제법 꼼꼼히 살폈다. 비밀통로가 있을 만한 공간은 절대 없었다. 중추절에 다시 한 번 찾아갔을 때 나머지 부분들을 둘러보지 못한 것이 마음에 걸리긴 했으나.

"폐서고 바깥쪽도 살펴보셨는지요?"

이어진 광준의 질문에 세자는 아무런 대답도 하지 못했다. 내부를 둘러보느라 건물 밖을 살펴볼 생각은 미처 하지 못했던 것이다. 더구나 이미 누군가에 의해 서고 안이 어지럽혀진 상태였다. 한발 늦었다는 초조함에 사라진 물건이 무엇이었을지 생각하는 데만 급급하여 정작 건물 그 자체에는 그다지 관심을 기울이지 못했다. 헌데 그곳에 비밀통로가 있었다니.

쉽사리 믿지 못하는 세자에게 광준이 보여줄 것이 있다며 자리에서 일어났다. 문갑 앞으로 간 그는 그 안에서 책 한 권을 꺼내왔다.

"이게 무엇이냐?"

묻자 세자의 앞에 다시 무릎을 꿇은 광준이 대답했다.

"예종 임금께서 남기신 천자문이옵니다."

죽기 전 아들인 제안대군을 위해 직접 필사했다는 바로 그 책이었다. 상호와 여리가 대군의 서재에서 확인했던.

"언젠가 저하께서 찾아오실 듯하여 소신이 깨자마자 챙겨 두었습니다."

세자가 눈짓으로 확인하자 상호가 고개를 끄덕였다. 광준은 들고 있던 천자문을 펼쳤다. 그러더니 맨 뒷장을 갈라 보여주었다. 겉보기에는 평범한 표지였지만 실은 기름을 먹인 얇은 종이 두 겹을 겹쳐 만든 특수한 표지였다. 그 사이에 복잡한 그림이 그려져 있었다. 세자는 다시 한 번 상호와 눈빛을 교환했다. 그러나 이번엔 그도 처음 본다는 얼굴이었다.

"소인이 확인했을 때에는 발견하지 못했던 그림입니다."

책 안에 감춰둔 면이 있었다. 그 위에 그려진 것은 얼핏 보니 지도 같았다. 헌데 거기 표시된 장소들이 어쩐지 눈에 익었다.

"이건…… 경복궁이 아닌가?"

분명 법궁인 경복궁의 지도였다. 헌데 그 안에 이상한 표식들이 있었다. 그 표식은 폐서고와 문소전을 지나 북악산까지 이어져 있었다.

"위급한 상황을 대비하여 만든 탈출로라고 들었습니다. 처음 도성에 궁을 지을 때부터 존재했던 것으로 오로지 왕으로부터 그 후계자에게만 전해졌다고 합니다."

당연히 자신의 아들이 왕위를 물려받을 거라 생각했던 예종은 만일의 경우를 대비해 책 표지 안에 비밀지도를 남겨놓았다. 그는 평소 자주 병을 앓아 스스로의 건강을 확신하지 못했다. 하여 방비해둔 것이었다. 하지만 죽음은 예상보다 더 급작스럽게 찾아왔으니. 원자가 천자문을 익힐 나이가 되기도 전에 예종이 승하하고 만 것이다. 게다가 정치적 이유로 옥좌의 주인까지 바뀐 터라.

"하여 아바마마와 나는 알지 못했던 것이로구나."

순리에 따른 왕위계승이 아니었다. 더구나 부왕은 반정으로 왕위에 오른지라. 설혹 선묘가 비밀통로의 존재를 알았다 할지라도 역시 중간에서 끊겼을 가능성이 높았다. 그런 것을 제안대군이 발견한 것이다.

"하여, 몰래 궁 안을 드나들었나?"

세자가 차갑게 물었다.

"소신은 그저 지도를 보았을 뿐이옵니다. 지도에도 정확한 설명은 없어, 그 주변을 돌아다니며 출입구를 찾고 있었나이다."

광준이 대비의 탄일에 궁을 다녀간 것도, 추포 직전 숙정문 인근을 배회한 것도 그 때문이었다.

"허면 복정은?"

갑작스런 세자의 물음에 광준의 눈이 크게 뜨였다.

"저하께서 그 이름을 어찌……?"

그에 세자가 싸늘하게 조소했다.

"왜, 아직도 내게 더 속일 것이 남았는가?"

"아니옵니다. 그렇지 않사옵니다."

광준은 황급히 고개를 조아렸다.

"다만 소신도 아직 그 자의 정체를 정확히 알지 못해 말씀드리지 못한 것뿐……."

변명이 길어지자 세자가 광준의 말허리를 잘랐다.

"복정이 고 내관의 양자인 인모라는 사실을 정말 몰랐단 말인가?"

광준은 입을 벌린 채로 쉽사리 말을 잇지 못했다. 큰 충격을 받은 듯.

"……정녕 그 자가 복정이란 말입니까?"

되레 세자에게 묻는 모습이 거짓말을 하는 것 같지는 않았다. 세자는 미간을 찌푸렸다.

"허면 자네는 복정이 누군지도 모르면서 찾고 있었단 말인가? 그 이름은 대체 어찌 알고?"

분명 인천군의 식솔들을 찾아가 복정이란 자에 대해 묻고 갔다고 했다. 얼굴은 몰랐더라도 무언가를 알고 있었다는 뜻이었다. 광준은 혼란스러운 듯 연신 두 눈을 깜빡였다. 그러다 세자가 들고 있는 천자문을 손으로 가리켰다.

"그 안에 서신이 한 통 있사옵니다."

궐에 친구가 나타난 후, 광준은 줄곧 그 뒤를 쫓아왔다. 행여 단서를 찾을 수 있지 않을까 하여 대군의 서재를 뒤지다가 천자문에 그려진 비밀지도를 발견했고, 그 안쪽에서 서신 한 통을 함께 찾아냈다.

"대군께서 복정이란 자에게 남긴 편지였습니다."

세자는 책을 펼쳐 광준이 말한 서신을 찾아냈다. 읽어보니 서신이라기보다는 짧은 전언에 가까웠다.

복정 보아라. 이 책은 이제 너의 것이다. 이것을 어찌 쓸지, 그 또한 너의 선택이다.

"비밀지도를 넘길 정도면 매우 가까운 사이일 거라고 생각했습니다. 환혼전의 괴물을 이용해 소동을 일으킨 것도 그렇고……. 인천군이라면 혹 그 자에 대해 알고 있지 않을까 싶어 함창에 갔던 것입니다. 헌데 설마 집안에서 부리는 일꾼일 거라고는……."

일개 일꾼이 아니었다. 어쩌면 인모 그는……. 세자의 생각

이 사라진 인모의 정체로 뻗어나가려던 찰나, 덜컹. 문 밖 대
청마루에서 인기척이 들렸다. 순간 방 안에 있던 사내들의 시
선이 일제히 닫힌 방문으로 향했다.

혹 누군가 세자가 여기 온 것을 눈치챈 것일까. 광준은 무
릎을 꿇은 채 굳어졌고, 세자는 그를 지나쳐 방문 앞으로 다
가갔다. 그때 상호가 나서서 세자의 앞을 가로막았다. 그는 고
개를 저었다. 만약 들킨 것이라면 적어도 세자만큼은 이 자리
를 벗어나게 해야 했다. 상호는 세자를 등 뒤로 감춘 뒤 직접
문고리를 잡았다. 여차하면 몸을 날려서라도 감시망을 뚫고
세자를 도주시킬 작정이었다.

조심스럽게 문을 여는데……. 대청마루 위로 펄럭이는 흰
옷자락이 보였다. 상대를 확인한 상호의 눈이 순간 커졌다.

"부부인 마님!"

왜소한 체구의 노부인이 차가운 마룻바닥 위에 넋을 놓은
채 주저앉아 있었다. 제안대군의 처이자 이 집의 안주인, 부부
인 김씨였다.

꼭 **세자가 출합하였다**

세자가 출합(出閤)하였다.

— 1527년 중종22년 10월 11일 조선왕조실록 기사 중

18장

늦은 밤. 동궁전 옥계 아래 내관 하나가 서 있었다. 굽은 허리에 드문드문 흰머리가 난 사내는 누가 봐도 평범한 인상이었다. 하지만 땅에서 솟은 듯, 그의 주변엔 희한하게도 발자국이 하나도 남아 있질 않았다. 흡사 유령처럼. 심지어 사내는 움직일 때조차 아무런 소리도 내지 않았다. 조용히 계단을 오른 사내는 태연하게 동궁전 안으로 사라졌다.

마침 주인이 없는 빈 전각은 지키는 자도 거의 없었다. 대부분 세자 내외와 함께 사가로 나간 터라 드문드문 순찰을 도는 군관뿐이었다. 그들조차도 사내의 존재를 인식하지 못했다. 그만큼 그는 자연스럽게 주변에 녹아들었다. 마치 존재하지만 아무도 의식하지 않는 그림자처럼.

동궁전 안으로 들어간 사내는 한동안 보이지 않았다. 어디로 사라진 것인지 흔적조차 찾을 수가 없다가 바람이 부는 순간 사내는 세자의 서재 뒤켠에서 다시 모습을 드러냈다.

그의 손에는 낡은 책 한 권이 들려 있었다. 표지에 제목조차 없는 반쪽짜리 책. 그것을 품속 깊이 갈무리한 사내는 후원의 그림자 속으로 녹아들었다. 그리고 나타났을 때와 마찬가지로 땅으로 꺼진 듯 순식간에 사라졌다. 신출귀몰한 움직임이었다. 누군가 보았다면 헛것을 본 것이 아닐까 의심할 정도로.

그 시각, 여리는 처소 앞을 서성이고 있었다. 세자가 지금쯤 제안대군의 집을 찾아갔을 거란 생각에 좀처럼 잠을 이룰수가 없었다. 행여 들키지는 않았을지. 발각이라도 된다면 아무리 세자라도 곤란을 겪게 될 터였다. 제안대군 저는 지금 전하의 명으로 외인의 출입이 금지된 상태였다. 더군다나 오늘은 동궁 부부의 첫날밤.

심란한 마음에 여리는 마른 이마를 쓸었다. 고개를 들어 배가 부르기 시작한 달을 쳐다보는데 이상한 기척이 느껴졌다. 멀지 않은 곳에서 불빛이 깜빡깜빡, 흡사 조난 신호라도 보내듯 나타났다 사라지기를 반복하고 있었다.

누가 불을 붙이려고 부싯깃이라도 치는 것일까. 생각했지만 궐 안에선 함부로 불을 만드는 것도 금기였다. 행여 불이 날 수도 있는지라, 불은 반드시 정해진 시간에 정해진 방식으로만 켜고 관리했다. 불을 옮기는 것도 마찬가지였다. 한데 대체 누가.

여리는 의아한 마음에 불빛이 보이는 곳으로 향했다. 마침 그쪽은 박 상궁의 처소가 있는 방향이었다. 어둠 속에서 오로지 불빛이 이끄는 대로만 걷고 있는데 갑자기 불빛이 사라졌다. 그러더니 건물 뒤편의 그림자 속에서 누군가 불쑥 튀어나왔다.

"마, 마마님?"

갑자기 나타난 사람은 장고상궁이었다. 괴한이라도 맞닥트린 줄 알았던 여리는 놀란 가슴을 쓸어내렸다. 하지만 이내 이상하다는 생각이 들었다. 장고상궁의 처소는 이쪽이 아니지 않은가. 그녀는 중궁전 소속이니만큼 대비전 궁녀들과는 다른 처소를 사용했다. 한데 그녀가 이 야심한 시각에 대비전 근처는 왜 어슬렁거리고 있단 말인가. 더구나 그녀는 뭔가를 숨긴 듯 양손을 등 뒤로 감추고 있었다.

여리는 미심쩍은 얼굴로 장고상궁을 훑어보았다.

"노 상궁 마마님께서 여긴 어인 일이십니까?"

박 상궁의 처소 근처니, 박 상궁을 만나고 가는 길일지도 몰랐다. 하지만 평소 그녀의 행적을 생각해볼 때 쉽게 의심을 거둘 수가 없었다. 여리는 그녀가 뒤에 감춘 게 무엇인지 확인해봐야 할 필요성을 느꼈다. 걸음을 옮겨 슬쩍 마주 선 위치를 바꾸려는데 낌새를 챈 것인지 장고상궁이 여리의 관심을 돌리려는 듯 불쑥 이상한 말을 꺼냈다.

"대비가 왜 방울소리를 두려워하는지 아느냐?"

그녀가 감춘 물건에만 온통 신경을 집중하고 있던 여리는 장고상궁의 말에 움직임을 멈추었다. 그녀가 던진 말이 여리의 호기심을 제대로 자극했던 것이다. 단번에 신경이 장고상궁의 말로 쏠렸다. 대비가 방울소리를 두려워하는 까닭이라니.

"그 이유가 대체 무엇입니까?"

행여 딴소리를 할까 여리가 서둘러 캐물었다. 그러자 장고
상궁이 한쪽 입꼬리를 당기며 씩 웃었다.

"제 자리를 빼앗길까봐 그러지. 행여 본래 그 자리의 주인
이 돌아올까 봐서."

"자리라니 어떤 자리를……."

"왕후의 자리 말이다."

여리 쪽으로 몸을 기울인 장고상궁이 속삭였다. 순간 여리
의 미간에 불쾌감이 스쳤다. 여리의 귓가에 닿는 노 상궁의
입김이 악의를 품은 듯 습하고 진득했다.

왕후의 자리라니. 그것은 본래부터 대비의 자리였다. 한
데 그것을 마치 그녀가 다른 누구에게서 뺏기라도 한 것처
럼……. 생각하던 여리는 설마 하며 물었다.

"폐주의 생모인 폐비 윤씨를 말씀하시는 겁니까?"

대비가 왕후가 되기 전에 대비와 같은 윤씨 성을 가진 또
다른 왕후가 있었다. 그녀는 금상의 이복형인 폐주 연산의 친
모이자 성종임금의 계비였다. 성종임금의 첫 아내였던 공혜
왕후 한씨가 후사를 남기지 못하고 죽자, 당시 임신 중이던
후궁 윤씨가 중전의 자리에 올랐던 것이다.

그녀는 본디 궁녀 출신이었다. 오로지 임금의 총애로 내명
부 으뜸의 자리에까지 올랐던 터라 그녀를 고깝게 보는 시선
들이 적지 않았다. 게다가 그녀의 성품 또한 보통의 양반 댁

규수들과는 다르게 거칠고 질박한 구석이 있었던지라.

"폐비는 어딘가 색다른 면이 있었어. 답답하고 고루한 궁 안의 여인들과는 결이 달랐거든. 생기랄까? 아마 그게 전하의 마음을 흔들었을 게야. 폐비가 들판에 핀 들꽃처럼 거칠 것 없이 웃는 얼굴을 보노라면 가끔은 나도 넋을 잃고 쳐다보곤 했으니까."

장고상궁은 옛 기억 속을 헤매듯 아련한 얼굴을 했다. 그러나 그도 잠시, 흉터로 일그러진 그녀의 얼굴이 싸늘하게 굳어졌다.

"하지만 그게 문제였어. 폐비는 종종 남들은 이해 못 할 행동을 아무렇지 않게 하곤 했거든. 방울도 그중 하나였지."

폐비는 본인이 낳은 아들의 발목에 방울을 달았다.

"원자가 걷기 시작하니 잠시만 한눈을 팔아도 금방 어딘가로 사라져버리기 일쑤였거든. 아이가 어디 있든지 언제라도 확인할 수 있게 하려는 거였지."

당시 폐비의 시어머니였던 인수대비는 당연히 질색을 했다.

"대비께선 짐승에게나 다는 방울을 원자에게 달았다며 당장 떼어내라 하셨지만 폐비는 듣지 않았어. 도리어 보란 듯이 '우리 방울동자, 방울동자'하며 원자를 불렀지."

"방울동자……."

여리는 장고상궁의 말을 곱씹었다. 그러자 장고상궁이 그런 여리를 향해 또다시 씰룩, 한쪽 입꼬리를 들어 올려 보였다. 딴에는 웃으려 한 것 같았지만 여리의 눈에는 화상으로 일그러진 얼굴에 마치 경련이 이는 듯 보였다.

"내 말이 무슨 뜻인지 알겠니?"

폐주의 어린 시절 애칭이 방울동자였다는 말이었다. 그가 걸을 때마다 온 궁 안에 링링링링, 방울소리가 울리고 그것을 폐비 윤씨는 흐뭇하게 지켜보았다.

그때 지금의 대비는……. 그녀는 윤씨 성을 가진 또 다른 후궁이었다. 사대부가의 여식이었으며, 정상적인 간택절차를 통해 입궁한 정식 후궁이었다. 본래의 신분으로 따지자면 자신보다 천한 여인을 웃전으로 떠받들어야 하는 처지이기도 했다. 당연히 감정이 좋지 않았을 터.

폐주의 생모 윤씨가 폐위되어 그 자리를 차지하게 된 것도 얄궂다 할 만한 운명일진대, 나중엔 그 아들마저 제 손으로 왕좌에서 끌어내리고 그 자리에 제 친아들을 앉혔으니.

"대비께서 죄책감을 갖고 계시다는 말씀이십니까?"

여리가 물었다. 그러자 딱하다는 듯 장고상궁이 고개를 내저었다.

"그냥 겁을 먹은 게지."

죄책감은 무슨. 중얼거린 장고상궁은 불경하게도 피식, 비웃음을 흘렸다.

"겨우 그 정도 배포로."

비아냥대는 소리가 들렸지만 여리에게는 더 이상 그런 걸 신경 쓸 여유가 없었다. 장고상궁의 뒤로 보이는 박 상궁의 처소 문틈으로 연기가 새어 나오는 것이 보였던 것이다.

"불, 불이……!"

소리친 여리는 가로막는 장고상궁을 밀치고 박 상궁의 처소로 뛰어갔다. 신발도 벗지 못하고 그대로 마루 위로 뛰어올라 방문을 열어젖혔다. 그러자 훅, 막혀 있던 연기가 밖으로 한꺼번에 쏟아져 나왔다. 여리는 쿨럭쿨럭 기침을 해댔다. 눈이 따갑고 목이 막혔다. 뒤로 주춤 물러섰던 여리는 흐릿한 연기 속에서 방 한가운데 쓰러져 있는 박 상궁을 발견했다.

"마마님!"

주위를 두리번거렸지만 주변엔 딱히 그녀를 도와줄 사람이 없었다. 박 상궁의 처소는 대비전 궁인들의 숙소 중에서도 가장 외진 곳에 자리 잡고 있었기 때문이다. 어찌할 바를 모르던 여리의 눈에 마침 마루 한 켠에 놓인 물주전자가 들어왔다. 그 안에 손수건을 넣어 적신 여리는 나머지 물을 머리 위로 쏟아부었다. 손수건으로 입을 가린 여리는 그대로 방 안으로 뛰어들었다. 다행히 아직은 연기만 자욱할 뿐, 불길이 크게 치솟지는 않고 있었다. 아마도 불씨가 남은 화로 안에 뭔가가 떨어지며 타오른 듯했다.

여리는 눈매를 좁혔다. 눈이 매워서이기도 했지만 놋화로 안에 든 물건이 어딘가 낯익었기 때문이다.

검은 옻칠 상자였다. 언젠가 박 상궁이 여리를 통해 부부인에게 선물했던. 반쯤 열린 상자 틈으로 검고 길쭉한 머리타래가 삐죽 튀어나와 있었다.

저것이 왜 여기에 있는 것일까. 여리는 이상한 기분에 휩싸였다. 하지만 의아해하고 있을 틈이 없었다. 쓰러진 박 상궁의 입에서 옅은 신음성이 흘러나왔다. 여리는 곧바로 박 상궁에게 달려갔다. 엎어진 그녀를 돌려 눕히는데 박 상궁의 목뒤가 축축했다. 손을 떼보니 붉은 피가 흥건히 묻어 나왔다. 어찌 된 일이냐고 물을 여유도 없었다. 연기는 계속해서 밀려들고 숨을 쉬기가 버거웠다. 이대로라면 여리마저 정신을 잃을 판이었다.

여리는 일단 박 상궁의 겨드랑이에 두 팔을 끼우고 그녀를 방 밖으로 끌어냈다. 아무리 늙은 여인이라지만 축 늘어진 사람의 몸은 무시 못 할 정도로 무거웠다. 여리는 안간힘을 썼다. 그렇게 끙끙대며 겨우 문간 밖으로 몸을 끌어냈을 때, 소매가 당겨지는 느낌이 들었다. 고개를 숙이자 박 상궁이 여리의 팔목을 붙잡고 있었다.

"정신이 드십니까?"

여리가 박 상궁을 마루에 눕히며 물었다. 치맛자락을 뜯어 피가 흐르는 박 상궁의 뒤통수를 눌러 지혈하려는데 박 상궁이 힘없이 그것을 막았다. 그러고는 입을 벙긋댔다. 뭔가 할 말이 있는 듯.

여리는 고개를 숙여 박 상궁의 입가에 귀를 가져다댔다. 그러자 박 상궁이 들릴 듯 말 듯 바람 빠지는 것 같은 목소리로 중얼거렸다.

"대비마마……."

"대비마마는 처소에 계십니다. 지키는 이들이 많으니 괜찮을 겁니다. 그보단 마마님의 상태가……."

다시 지혈을 하려는데 박 상궁이 여리의 앞섶을 턱 움켜잡
았다. 분명 큰 부상을 입은 사람임에도 손아귀 힘이 무시무시
했다. 마지막 안간힘을 다하듯, 눈을 크게 뜬 박 상궁이 뭍에
끌려나온 물고기처럼 입술을 뻐끔댔다.

"천, 천구가……, 대비전에……, 대비마마는, 대비마마께
선……."

점점 사그라드는 목소리를 쫓아 박 상궁의 입 앞까지 바싹
귀를 들이대고 있던 여리의 눈이 커졌다.

"대체 그게 무슨……."

하지만 고개를 다시 들었을 때 박 상궁은 이미 숨을 거둔
후였다. 크게 부릅뜬 눈을 감지도 못한 채였다. 여리는 멍하니
죽은 박 상궁의 얼굴을 내려다보았다. 너무 갑작스런 사태에
얼이 나갔다. 눈조차 깜빡이지 못하고 있는데, 딱, 따각, 딱, 어
디선가 이상한 소리가 들렸다. 고개를 돌려보니 사라진 줄 알
았던 장고상궁이 부싯깃을 들고 불을 붙이고 있었다. 그 앞에
는 어디서 찾아왔는지 기름등잔이 서너 개나 늘어져 있었다.

"불을 밝혀야 해. 전하께서 보실 수 있도록 환하게."

그녀는 뭔가에 홀린 것 같았다. 정신이 온전치 못한 사람처
럼 시신을 앞에 두고도 전혀 놀라는 기색이 없었다. 겁도 나
지 않는지 혼자만의 세계에 빠져서는 중얼거렸다. 그 모습을
본 여리가 자리에서 벌떡 일어났다.

"지금 뭐 하시는 겁니까?"

장고상궁에게 다가간 여리는 연신 부싯깃을 쳐대는 장고
상궁의 손목을 붙들었다.

"피하셔야 합니다. 안 보이십니까? 살인입니다. 사람들에
게 알려야……!"

말리는 여리를 장고상궁은 있는 힘껏 뿌리쳤다.

"놔! 내가 또 당할 줄 알아? 전하께서 날 보시면, 내가 여기
있는 것만 아시면 네년들을 가만두지 않을 것이야. 전하께서
날 구해주실 거라고!"

소리치곤 장고상궁은 다시 미친 듯이 불을 붙이기 시작했
다. 위험했다. 더구나 시간도 없는데. 여리는 그제서야 박 상
궁이 숨을 거두기 직전에 했던 말을 다시금 상기했다. 대비전
쪽을 한번 바라본 여리는 팔을 휘둘러 단숨에 등잔들을 모두
쓸어버렸다. 이렇게 하면 불을 붙일 수 없을 터. 기름이 쏟아
지고 등잔이 흙바닥 위로 굴러 떨어졌다.

"곧 사람들을 보내겠습니다."

몸을 돌린 여리는 대비전을 향해 뛰었다. 장고상궁이 신경
쓰였지만 더는 지체할 시간이 없었다. 등 뒤에서 찢어질 듯한
비명소리가 울렸다. 그러나 여리는 무시했다. 장고상궁이 울
부짖었다.

"안 돼, 안 돼! 어두우면 전하께서 날 못 알아보신단 말이
야!"

그녀의 눈동자에 점점 멀어지는 여리의 뒷모습이 맺혔다.
그 등에 누군가의 뒷모습이 겹쳐졌다.

'전하, 전하……!'

크게 부릅뜬 눈과 우악스런 손으로 틀어막힌 입. 그리고 끝 끝내 터져 나오지 못하고 입 안에서 맴돌기만 하던 절규.

'소녀 여기 있사옵니다!'

그녀는 중궁전의 지밀나인이었다. 나인 노연금. 궁녀였던 폐비 윤씨와 한 방을 썼던 그녀는 한때 친구였던 윤씨가 후 궁이 되고, 왕자를 낳아 중전의 자리에까지 올랐을 때 마치 자신의 일인 양 함께 기뻐하고 또 자랑스러워했었다. 그러 나…….

모든 것은 얄궂은 춘정 때문이었다. 양 전 사이의 사소한 다툼들이 늘어가던 어느 날, 주상의 눈에 띈 연금은 하룻밤 승은을 입게 되었다. 진달래가 흐드러지게 피던 봄밤의 일이 었다.

술과 분위기에 취한 임금은 연금의 복숭앗빛 볼을 쓰다듬 으며 어여쁘다 속삭였고 아직 여린 버드나무 가지처럼 연연 하였던 연금은 새순에 물이 오르듯 단숨에 온 마음을 빼앗기 고 말았다. 꿈 같은 밤이었다. 허나 그 소식은 곧 중전의 귀에 들어가고 말았다. 중전은 당장 연금을 잡아들였다.

'제발 내쫓지만 말아주십시오. 소인은 그저 전하께 순종하 였을 뿐이옵니다. 부디 전하를 사모하는 소인의 마음만은 헤 아려주시옵소서. 다른 이는 몰라도 마마께옵선 소인의 마음 을 아시지 않사옵니까?'

어리석은 마음이었고, 잔인한 진심이었다. 중전은 옥계 아

래 엎드린 연금을 노려보았다. 다정이 병인 임금이었다. 예쁘
고 고운 것을 보면 마음이 기우는 것이 사람의 본성이라지만
임금은 도통 그 마음을 담아둘 줄을 몰랐다. 쉽게 비우고 또
쉽게 채우길 반복하니. 한때는 중전도 그 마음에 담뿍 담겼던
적이 있는지라 더 황망하고 비참했다. 더구나 마당에 엎드린
것은 한때 친우라 믿었던 자였다.

'내 너만은 믿었건만.'

믿음이 배신당했다. 세상이 온통 그녀를 비웃는 것만 같았
다. 모두가 우러르는 자리에 있었지만 그녀는 매일매일 발밑
이 깎여나가는 것 같았다. 출신이 한미한 탓에 시어머니인 대
비는 사사건건 못 배운 티가 난다며 그녀를 못마땅해했고, 아
랫사람들조차 뒤에서 그녀를 손가락질하며 업신여겼다.

기대고 바란 건 오직 하나, 지아비의 사랑이었건만. 그 맹
목적인 사랑이 독이 되었다. 어느 순간부터 두 사람의 사이는
틀어져갔다. 예전엔 어여쁘다 하던 것들이 이제 와서는 거슬
린다고 하니, 그녀는 궁지에 몰린 사람처럼 때때로 과한 수를
두었다. 그것이 문제였을까. 이젠 제 수족까지 건드려 이리 자
신에게 참기 힘든 치욕을 주니.

하롱하롱 눈물 젖은 연금의 순진한 눈동자가 중전의 속을
후벼 팠다. 연금은 주상의 잔인함을 몰랐다. 염증이 치밀어 오
른 중전은 모든 분노마저 휘발되어버린 것처럼 싸늘하게 내
뱉었다.

'좋다. 그게 네 소원이라면 지금껏 애쓴 공을 보아 궐에 남

도록 해주마.'

뭣 모르는 연금은 감사하다며 연거푸 고개를 조아렸다. 허나 이어진 중전의 말에 차갑게 얼어붙었다.

'헌데 네 얼굴이 변하고도 전하께서 여전히 널 어여삐 여겨주실까? 아니……, 널 기억이나 하실까?'

연금은 절레절레 고개를 저었다. 위협 앞에 본능만 남은 작은 짐승처럼 중전이 하려는 일을 눈치챈 것이다. 비명을 지르려 했지만 다가온 궁녀들에게 팔다리가 붙잡혔다. 바닥에 짓눌린 연금은 제발 살려달라며 버둥댔다. 그때였다.

'주상전하 납시오.'

임금의 방문을 알리는 내관의 목소리가 구원의 신호탄처럼 울렸다. 연금은 안도와 기쁨의 탄성을 터트렸다. 살았다. 전하가 자신을 구하러 와준 것이다. 연금의 심장은 순결한 사랑에 대한 서약과 굳은 믿음으로 빠르게 고동쳤다. 그러나…….

'내전이 많이 소란스럽군. 이게 다 무슨 일이오?'

임금은 어지럽게 모여 선 궁녀들 사이를 지나쳐 곧장 중전의 앞으로 다가갔다. 분명 그에 앞서 연금의 앞을 스쳐지나갔건만. 무감한 눈빛은 마치 그녀를 처음 보는 사람 같았다.

그럴 리가 없는데. 분명 내 볼이 복숭아처럼 어여쁘다 하셨는데. 전하를 목 놓아 부르려던 연금의 입술은 그러나 우악스런 방자의 손아귀에 막혀 도로 다물어졌다.

'별일 아니옵니다. 내명부의 기강을 흐트러트리는 자가 있

494

어 신첩 법도를 가르치고 있었나이다.'

중전의 말에 임금은 별다른 추궁 없이 '그렇소?' 하고 심상히 대꾸했다.

단지 그 한 마디뿐이었다. 임금은 중전과 함께 교태전 안으로 사라졌다. 붉은 용포자락이 환영처럼 연금의 눈앞에서 아른거렸다. 그 불꽃처럼 화려하고 찬란했던 기억은 짧은 찰나 황홀하게 타올랐다 허무하게 사라져버렸다.

궁인들에게 끌려가며 연금은 고개를 저었다. 그럴 리가 없다. 전하께서 날 잊으셨을 리가 없어. 뭔가 잘못된 것이다. 그래, 밤이라 주변이 너무 어두웠어. 너무 어두워서…….

"전하께서 날 못 보신 게야."

중얼거린 장고상궁은 자리에서 일어났다. 그리고 여전히 연기가 뿜어져 나오는 박 상궁의 방 안으로 들어갔다. 지독한 연기에 목구멍이 턱턱 막힐 지경이었지만 그녀는 개의치 않았다. 터덜터덜 화로 앞까지 걸어간 그녀는 품 안에서 낡은 비단자락을 꺼냈다. 소중하게 품고 있던 그것을 펼치자 붓으로 휘갈겨 쓴 짧은 싯귀가 드러났다.

봄 달빛 아래 소담한 꽃 한 송이
물에 비친 달그림자인가 하였더니
이르게 열린 초여름 복숭아였구나

연금이 성은을 입던 밤 임금이 그녀의 속치마에 손수 내려
준 글귀였다. 그 흔적이 아직도 이리 선연하건만. 전하께선 또
어디로 가버리신 것일까.

그녀는 손에 닿을 듯 눈앞에 어른거리는 환영을 쫓아 팔을
뻗었다. 그러다 화로의 열기에 그만 쥐고 있던 비단자락을 놓
치고 말았다. 목숨처럼 지켜온 사랑의 맹세가 허무하게 타올
랐다. 그녀는 그 광경을 망연히 바라보았다.

"불……."

제 마음이 붉게 타오르고 있었다. 몸까지 활활 타오르면 전
하께서 보아주실까. 그녀는 밖으로 비어져 나온 비단자락이
심지가 되어 제 옷에 불이 옮겨 붙는데도 그저 멍하니 바라만
보았다. 그녀의 치맛자락은 조금 전 튄 등잔기름이 묻어 있어
불꽃에겐 더없이 좋은 먹잇감이었다. 화륵, 꽃이 피듯 그녀의
몸에 불길이 번져 올랐다. 그녀는 춤을 추듯 자리에서 빙글빙
글 돌았다.

"전하, 소녀이옵니다. 연금이가 여기 있사옵니다."

그때마다 방 여기저기 불씨가 옮겨 붙었다. 그녀가 바라던
대로 사방에 불이 환했다. 어두운 밤을 살라먹고도 남을 만큼.
그녀는 뜨겁지도 않은지 입가에 환한 미소를 머금었다. 그 순
간 불이 붙은 병풍이 와르르 무너지며 가녀린 몸피를 집어삼
켰다.

여리는 헐레벌떡 대비전을 향해 뛰었다. 태어나 이렇게 숨

이 턱에 닿도록 달려본 적이 있었던가. 여리의 귓전엔 박 상궁
이 숨을 거두기 직전 남긴 말이 메아리처럼 반복되고 있었다.

'마마께선 안면실인증이시다.'

안면실인증. 대비가 사람의 얼굴을 알아보지 못한다는 것
이었다. 여리는 얼마 전 강생이가 지나가는 말처럼 떠들던 말
을 떠올렸다.

'마마께서 눈이 침침하신가?'

자신을 박 상궁과 헷갈렸다는 것이었다. 늙은 박 상궁과 자
신이 어딜 봐서 구분이 안 될 정도냐며 강생이는 은근 기분
나쁜 티를 냈었다. 한데 그날 두 사람 사이에 공통점이 하나
있었다.

방하 냄새.

강생이의 몸에서 싸한 방하향기가 났던 것이다. 그래서 여
리가 강생이에게 박 상궁의 처소에 다녀왔느냐고 물었던 것
이고. 이제 보니 특이한 박 상궁의 체취는 그저 본인의 취향
만은 아니었던 모양이었다. 수많은 궁녀들 틈에서 박 상궁을
구분해내기 위한 대비 나름의 고육지책이었던 것이다. 한데
냄새가 같다는 것만으로 강생이와 박 상궁을 구분해내지 못
할 정도라면. 처소 안에 낯선 이가 숨어들어도 전혀 구분해낼
수 없다는 뜻이었다. 대비 혼자서는 상대가 누구인지조차 알
아볼 수 없을 것이니.

여리는 걸음을 더욱 재촉했다. 숨을 쉴 때마다 심장이 입
밖으로 튀어나올 듯하고 목구멍에서 비릿한 혈향이 나는 것

같았지만 지체할 틈이 없었다. 마음이 급했다. 천구가 대비를
노리고 있었다.

"헉!"

누군가 목을 짓누르는 것 같은 느낌에 대비는 잠에서 깼다.
자리에서 벌떡 일어나 앉으니 익숙한 이부자리 위였다. 사방
은 고요하고 아직 어둠이 짙은 걸 보니 한밤중인 듯했다. 또
악몽을 꾸었는가.

대비는 제 목 주변을 훑었다. 숨이 가빴다. 누군가에게 쫓
기다 깬 듯 이마엔 식은땀이 흥건했다. 기력이 많이 쇠한 탓
일 것이다. 천구 소동의 주범은 이미 잡혔지만, 마음이 아직
불안한 탓일까.

대비는 갈증을 느끼고 머리맡을 더듬었다. 항상 그쯤에 자
리끼가 준비되어 있었다. 하지만 어쩐 일인지 오늘따라 아무
것도 손에 잡히지 않았다. 자다가 몸부림 쳐 엎어질까 다른
곳으로 옮겨둔 것일까. 좀 더 멀리까지 손을 뻗어보던 대비는
울컥 짜증이 치솟았다.

자신의 물건은 늘 정해진 위치에 있어야 했다. 그건 사람도
마찬가지였다. 그렇지 않으면 홀로 낯선 세상에 뚝 떨어진 듯
불안하고 초조했다. 제 것임에도 제 것 같지가 않았다. 꼭 남
의 옷을 몰래 훔쳐 입은 것처럼. 그게 언제부터였을까.

한때는 그녀에게도 매일매일이 새롭고 신기하던 시절이
있었다. 맨 처음 후궁 첩지를 받아 궁에 들어왔던 날, 모든 것

이 어찌나 화려하고 아름답던지. 그때만 해도 세상의 부귀영화가 다 제 발아래 고개를 숙일 것만 같았다. 철없고 순진하던 시절이었다. 태어나 단 한 번도 부족함이란 걸 몰랐고, 그저 귀하게만 자라왔으니. 하지만 곧 그 모든 게 자신의 것이 아님을 알게 되었다.

윤숙의, 지금은 뭇사람들이 폐비 윤씨라 부르는 그녀가 회임을 하면서부터였다. 대비와 그녀는 성씨도 같고 심지어 직첩도 같았다. 하지만 윤숙의는 궁녀로서 오래 전부터 전하를 모셔왔고, 전하는 그녀를 유독 총애했다. 본래 남녀 간의 정에도 시간이 필요한 법이라. 궐의 웃어른들은 너에게도 곧 기회가 올 것이니 마음을 편히 하고 기다려보라 하였다. 하지만…….

대비는 보름달처럼 부른 배를 쓰다듬으며 나른하게 자신을 바라보던 윤숙의의 표정을 아직도 잊을 수가 없었다. 그때의 윤숙의는 마치 세상을 다 가진 듯 득의양양해 보였다. 그에 비하면 자신은 아직 풋내기 어린 아이에 지나지 않았다. 태어나 처음으로 지독한 열패감을 맛보았다. 하지만 시간만큼은 자신의 편일 것이라 믿어 의심치 않았다. 그녀는 윤숙의보다 집안도 좋았고 나이도 어렸다.

그러나 중전이 너무 일찍 세상을 떠버렸다. 후사도 남기지 못한 채였다. 그러자 차기 왕후감이라며 그녀를 어여삐 여기던 궐의 웃어른들은 말할 것도 없고 사가의 부모님마저 하루아침에 얼굴을 바꿨다. 아직 전하와 합방조차 제대로 치르지 못한 그녀보다 전하의 아이를 가진 윤숙의의 손을 들어준 것이다.

윤숙의는 중궁전을 차지했다. 모든 것이 배 속의 용종 때문이었다. 윤숙의는 갖고, 자신은 갖지 못한 것. 그 사실이 아직 덜 여문 소녀의 가슴을 무겁게 짓눌렀다. 아침에 눈을 뜨는 것조차 버거웠다. 주변 모든 이의 관심과 사랑을 독차지하며 자라온 소녀에게 무관심은 가장 견디기 힘든 형벌이었다. 마치 자신이 세상에서 가장 쓸모없는 인간이 되어버린 기분이었다. 더구나 미천한 궁녀 출신의 여자에게 고개를 조아려야만 하다니. 자존심이 상해 견딜 수가 없었다. 그러나 그녀에게도 기회는 찾아왔다. 전하와 중전의 사이에 틈이 벌어지기 시작한 것이다.

중전이 몸을 푸는 사이 전하는 새로운 여인들을 가까이 했다. 그 때문에 중전에게 점점 소홀하게 되었고, 중전은 그것을 견디지 못하고 투기를 부렸다. 부끄러움을 모르는 것이 과연 천한 출신다웠다. 투기는 칠거지악 중 하나이건만. 심지어 말다툼 끝에 전하의 용안에 손톱자국까지 남겼으니, 전하도 중전의 패악에 학을 떼었다.

사실을 안 모후는 노발대발했다. 당장 중전을 폐위하고자 하였으나 신하들이 극구 만류했다. 중전은 누가 뭐래도 원자의 모친이었다. 폐서인이 되는 것만 겨우 면한 중전은 빈으로 강등되어 별궁으로 쫓겨났다.

사필귀정이라고 생각했다. 처음부터 중전의 자리는 그 여자의 것이 아니었다. 그저 조금 일찍 전하의 눈에 띄어 운 좋게 용종을 품는 바람에 그나마 발이라도 걸쳐볼 수 있었던 것뿐. 마침 때맞춰 그녀도 회임을 했다. 모든 것이 드디어 제자리를 찾아가는 듯 보였다. 교태전이 목전이었다.

그녀의 삶은 그 어느 때보다 충만했다. 나날이 부풀어 오르는 배를 보며 그녀는 윤숙의에게 느꼈던 열패감을 깨끗이 잊었다. 저절로 마음에 여유가 솟았다. 그녀는 웃전을 깍듯이 섬기고 아랫사람들을 너그럽게 대했다. 그러자 아부하기 좋아하는 이들이 앞다투어 차기 중전의 자리는 그녀의 것이라 속살거렸다. 역시 폐비와는 태생부터가 다르다고, 현숙하고 행동거지 하나하나가 우아하니 다른 누가 중전이 될 수 있겠느냐며 그녀를 치켜세우느라 바빴다.

겉으론 겸양을 가장했으나 그녀 역시 중전의 자리에 어울리는 것은 자신뿐이라고 내심 생각했다. 확실히 그녀는 자신이 폐비와는 다르다고 믿었다. 수정궁에 갇힌 폐비가 또다시 전하의 아이를 낳기 전까지는.

폐비가 중궁전에서 쫓겨난 지 어언 일 년 가까이 지났을 무렵이었다. 여전히 폐비의 존재를 껄끄러워하면서도 모두들 서서히 그 여자에 관해 잊어가고 있을 무렵, 별안간 폐비가 왕자를 출산했다는 소식이 전해져온 것이다. 청천벽력이었다. 전하는 전혀 아무런 내색도 비춘 적이 없었다. 불과 며칠 전 그녀를 찾아와 산처럼 부른 배를 보곤 고생이 많다며 손등을 두드려주었던 것이다. 헌데…….

한참 전에 멈추었던 헛구역질이 다시 시작됐다. 그녀는 치밀어 오르는 욕지기를 참지 못했다. 이제는 제 앞에서 영영 치워버린 줄 알았던 폐비가 기어코 짐승처럼 또다시 새끼를 깠다. 며칠 동안 미음조차 제대로 삼키지 못한 그녀는 결국 예정보다 이르게 첫 아이를 출산했다. 하지만 심장이 쪼개질 듯한 격통 끝에 그녀가 낳은 것은 딸이었다.

　순간 그녀의 안에서 지독한 절망과 분노가 지옥불처럼 타올랐다. 자신의 안에 그런 감정이 있을 거라고는 상상조차 해보지 못했을 정도로 격렬한 감정이었다. 온몸이 부들부들 떨렸다. 그녀는 힘을 쓰느라 실핏줄이 모조리 터져나간 눈을 부릅뜬 채 두 손으로 이불깃만 꽉 움켜쥐었다. 산파가 깨끗하게 씻긴 아이를 안겨주려 했지만 고집스레 외면했다.

　모두들 그녀의 눈치를 살폈다. 고개를 외로 돌리고 있어도 자신을 향한 동정과 연민의 시선이 느껴졌다. 그것이 벼려진 단도처럼 날카롭게 그녀의 인내심을 갈갈이 헤집어놓았다. 출산을 도우러 들어왔던 궁인과 의녀들이 모두 물러나고서야 그녀는 산통으로 흉하게 부풀어 오른 얼굴을 일그러뜨리며 짐승처럼 꺽꺽 울었다. 하초에선 아직도 붉은 피가 흘러나오고 있었다. 그런 그녀의 곁에서 말없이 그녀를 지킨 것은 사가에서부터 따라온 몸종 단이, 지금의 박 상궁뿐이었다.

　품위 따윈 지킬 여력도 없었다. 갓 태어난 딸을 윗목으로 밀쳐내며 그녀는 스스로를 한없이 비웃었다. 또다시 그 여자에게 졌다. 집안이며 배경까지 무엇 하나 모자랄 게 없고, 이젠 중궁전마저 빼앗아왔건만. 여인으로서의 원초적 패배감이 그녀를 무너트렸다. 양갓집 규수, 중전의 허울 따윈 아무런 위로가 되지 못했다. 그 순간 그녀 역시 한낱 계집이었을 뿐.

그녀는 폐비가 너무나 징글징글하고 한편으론 두려웠다. 행여 왕자까지 낳은 폐비가 또다시 궐로, 중궁전으로 돌아오는 것은 아닐까. 하여 또다시 그녀의 앞에 고개를 조아려야 한다면…… . 차라리 교태전 대들보에 목을 매고 죽는 편이 나을 것 같았다.

허나 염려와 달리 폐비는 핏덩어리나 다름없는 아들을 남겨둔 채 영영 대궐 밖으로 쫓겨났다. 하지만 폐비가 사약을 받고 사사될 때까지도 그녀는 시시때때로 불안감에 휩싸이고는 했다. 불쑥불쑥 짜증이 솟구치기도 했다. 둘째인 신숙공주를 낳았을 때도 마찬가지였다. 그녀는 쫓기는 사람처럼 늘 갈급했다.

아들! 아들이 필요했다.

폐비가 죽고 난 후에도 불안은 완전히 사그라지지 않아 그녀는 잦은 악몽에 시달렸다. 꿈속에서 폐비는 붉게 충혈된 눈으로 너야말로 천박한 짐승이라며 그녀의 목을 졸랐다. 꿈에서 깨어도 악몽은 끝나지 않았다. 폐비가 남긴 혈육, 원자가 그녀의 눈앞에서 아장아장 걸어 다녔다. 철모르는 아이는 그녀를 어마마마라 불렀다.

겉으론 태연한 척했지만 그때마다 아이의 입을 틀어막고 싶었다. 그녀의 마음속에 미움과 죄책감이 드글드글 들끓었다. 그녀의 정신은 끊어지기 직전의 활시위처럼 위태로웠다.

그러다 마침내 그리도 염원하던 아들을 낳던 순간, 팽팽하게 당겨져 있던 무언가가 그녀의 안에서 툭 끊어져버렸다. 꼬박 하루 동안 이어진 지독한 산통 끝에 혼절했다 깨어보니 그녀의 세상이 기괴하게 일그러져 있었던 것이다.

사람들의 얼굴이 보이지 않았다. 하나하나 찬찬히 뜯어보면 그 안에 눈, 코, 입이 있다는 건 알겠는데 뭉쳐놓으면 누군가 발로 밟아 짓이긴 것처럼 뭉뚱그려져 보였다. 허물어지는 모래성처럼, 흩어지는 연기처럼. 그러니 사람을 구분할 수가 없었다. 심지어 자신이 낳은 아들조차 알아볼 수가 없었다.

출산 후유증이라고 했다. 극심한 진통 때문에 머리에 문제가 생긴 것이라고, 시간이 지나면 차츰 나아질 것이라 했지만, 시간이 지나도 괜찮아지기는커녕 기억마저 점차 흐릿해져갔다. 그다지 중요치 않다 여긴 상궁, 나인들의 얼굴부터 희미해지기 시작하더니, 나중엔 부군은 물론이고 부모 형제의 얼굴마저 기억나지 않았다. 거울을 봐도 자신의 얼굴이 떠오르지 않았다. 허나 그 와중에도 딱 하나, 잊히지 않는 얼굴이 있었다. 부른 배를 만지며 오만하게 자신을 내려다보던 윤숙의의 얼굴. 그 얼굴만큼은 아무리 시간이 흘러도 문신처럼 박혀 뇌리에서 지워지지 않았다. 마치 불도장으로 찍어 누른 듯.

그것은 저주임에 틀림없었다. 하필 세상에 남은 단 하나의 얼굴이 폐비의 얼굴이라니. 때로는 밋밋한 타인의 얼굴 위에 폐비의 얼굴이 겹쳐 보이기도 했다. 특히 비슷한 옷차림을 한 중전을 볼 때면 그 증세는 더 심해졌다. 그럴 때면 불안과 불쾌감으로 가슴이 두근거렸다. 대비는 단이의 뒤로 몸을 감췄다. 궐 안에서 그녀의 병증을 아는 사람은 오로지 박 상궁뿐이었다.

다행히 궐에는 법도와 질서가 있었다. 신분에 따라 입을 수 있는 옷과 장식에 한계가 있어 대략이나마 상대를 구분해낼 수 있었다. 게다가 박 상궁은 충직하고 눈치가 빨랐다. 그녀는 항상 대비의 곁에 붙어서 그녀가 곤란하지 않도록 미리 귀띔해주었다. 그리고 스스로는 독특한 냄새가 나는 향낭을 몸에 지니고 다녔다. 여러 궁녀들 사이에서도 그녀를 구분해낼 수 있도록 하기 위함이었다. 다른 궁녀들은 알아보지 못해도 그만이었다. 어차피 길가의 개미처럼 대비의 인생에서 하등 의미가 없는 존재들이었으니.

대비는 마른기침을 했다. 목이 말랐다. 평소라면 이 정도 기척에도 반응이 돌아왔을 텐데. 대비의 곁에는 늘 그녀의 명을 기다리는 자들이 있었다. 하지만 오늘따라 이상하리만치 적막했다. 심지어 풀벌레 소리조차 들리지 않는 것 같았다. 박 상궁은 대체 어딜 간 걸까.

그녀가 크게 앓은 후로 박 상궁은 한시도 그녀의 곁을 비우지 않았었다. 괜스레 서운한 마음에 왈칵 노기가 치솟으려던 때였다. 스르륵, 방문이 열렸다. 감히 자신의 침소에, 먼저 허락도 구하지 않고 어떤 무례한 자인가 싶었다. 소리가 들린 쪽을 노려보는데 벌어진 문틈 사이로 허연 얼굴 하나가 불쑥 고개를 디밀었다. 눈이 마주쳤으면 얼른 고개를 조아리지 않고.

눈, 코, 입이 또다시 엉겨들었다. 깐 달걀처럼 민둥한 낯짝이 이쪽을 빤히 쳐다보고 있는 것 같았다. 불편함을 느낀 대비는 괜히 목소리를 높였다.

"게 누구냐?"

하지만 상대는 대답이 없었다. 갑자기 불길한 기운이 엄습했다. 아무래도 뭔가 이상했다. 대비는 눈매를 좁혔다. 이쪽을 바라보고 있는 게 누군지 확인하고 싶었지만 실금처럼 그어진 입매만이 겨우 보일 뿐이었다. 그 입매가 슬그머니 한쪽으로 기울었다.

∿ 삼경에 상궁 박씨의 방에서 실화하여 내시 등이 구제하다

밤, 삼경(三更)에 상궁 박씨의 방에서 실화(失火)하여 소리가 밖에까지 들렸는데 내시 등이 구제하여 불을 껐다.

– 1527년 중종22년 10월 11일 조선왕조실록 기사 중

여리가 대비전 앞에 당도했을 때, 어디선가 '불이야!' 외치는 소리가 들렸다. 고개를 돌려보니 박 상궁의 처소 쪽에서 불길이 솟아오르고 있었다. 여리는 우뚝 걸음을 멈췄다. 분명 등잔을 모조리 엎어놓고 왔는데. 뒤늦게 방 안에 있던 화로가 떠올랐다. 아무래도 장고상궁이 기어이 일을 벌인 듯했다. 박 상궁의 처소 안에는 마음만 먹으면 불쏘시개로 쓸 만한 것들이 얼마든지 있었으니.

대체 장고상궁이 무슨 억하심정으로 그런 짓을 한 것인지 여리는 당최 이해할 수가 없었다. 천구소동을 벌인 자와 한 패인 것일까. 대비에 대해 그다지 좋은 감정을 가진 것 같지는 않았다. 어쩌면 개인적인 원한이 얽혀 있는지도 모른다. 그래서 여리의 앞을 가로막고 일부러 시간을 끈 것일지도. 하지만 박 상궁의 처소를 나오기 직전 본 그녀의 모습은 어딘지 제정신 같지가 않았다. 이상한 구석이 한두 군데가 아니었다. 하지만 일단은 대비가 무사한지 확인하는 것이 급선무였다.

장고상궁에 대한 처분은 그 후에 생각해도 늦지 않을 터.

여리는 마당을 가로질러 대비의 침전으로 향했다. 멀찍이 사람들이 불을 끄러 달려가는 소리가 들렸다. 하지만 보경당 내부는 기이할 정도로 조용했다. 누군가 소란을 확인하러 밖으로 나와볼 만도 하건만. 마당은 텅 비어 있고 인기척조차 없었다.

여리는 불길한 예감에 사로잡혔다. 조심스레 문을 열자 툭, 장지문 밖으로 창백한 손 하나가 힘없이 비어져 나왔다. 여리는 자칫 비명을 지를 뻔했다. 겨우 멈춘 것은, 뒤이어 보인 얼굴이 그녀도 익히 아는 얼굴이었기 때문이다. 오늘 번을 서기로 한 지밀나인이었다. 한데 대비의 곁에 있어야 할 그녀가 왜 이곳에 쓰러져 있단 말인가.

여리는 얼른 나인의 코밑에 손가락을 가져다 대보았다. 다행히 숨은 쉬고 있었다. 하지만 입가에 흰 거품이 묻은 걸로 보아 중독된 듯했다. 코를 쿵쿵거려 보니 시큼한 냄새가 났다. 수면초 같은 것일까. 여리는 문틈으로 내부를 살펴보았다. 섣불리 안으로 들어갈 수가 없었다. 아무래도 침입자가 있는 듯했다. 어둠에 휩싸인 복도가 사위스러웠다. 박 상궁의 말처럼 정말 천구가 나타난 걸까. 하지만 귀신이 약을 쓸 리가 없었다. 이건 분명 사람의 짓이었다.

여리는 조심스레 뒷걸음질 쳤다. 아무래도 밖으로 나가서 사람들을 불러와야 할 듯했다. 마침 불을 끄기 위해 박 상궁의 처소로 무리 지어 몰려가고 있으니. 옥계를 내려온 여리가 막 전각의 모퉁이를 돌아서려 할 때였다. 후원에 면한 장지문이 슬그머니 열리더니 그 안에서 검은 그림자가 스르륵 빠져나왔다.

놀란 여리는 얼른 벽 뒤로 몸을 감췄다. 정말이지 간발의 차였다. 전각 밖으로 나온 괴한은 고개를 돌려 주위를 살폈다. 아슬아슬하게 눈길을 피한 여리는 행여 들킬세라 숨소리마저 삼켰다. 조심스레 고개를 내밀어 확인하는데, 얼핏 초록빛 비단 옷자락이 보였다.

분명 내관의 복색이었다. 그러나 여리가 있는 위치에서는 상대의 얼굴을 확인할 수가 없었다. 뒷모습만 겨우 보일 뿐. 그 자의 등에 대비가 업혀 있었다. 정신을 잃었는지 하얀 야장의 차림의 대비는 축 늘어져서 움직이질 않았다. 여리는 마른 침을 삼켰다.

대비를 구하러 온 모양새는 절대 아니었다. 그랬다면 저리 은밀하게 움직일 리가 없었다. 그 전에 이 시각에 내관 홀로 대비전을 찾을 까닭이 없었다. 이건 납치였다. 판단을 마친 여리는 고함이라도 질러 시선을 끌어야 하는 게 아닐까 고민했다. 하지만 과연 늦기 전에 사람들이 달려와 줄지가 문제였다.

불이 난 박 상궁의 처소로 시선이 몽땅 쏠려 있는 상황이었다. 여리가 고함을 친다 해도 불을 끄러 달려가는 사람들의 소음에 묻힐 것이었다. 도리어 침입자에게 들킬 가능성만 높았다. 여기서 여리마저 잡히게 된다면 대비가 납치된 사실을 외부에 알릴 방도가 없었다. 최악의 경우 날이 밝아 번을 교대할 때까지 아무도 눈치채지 못할 수도 있었다. 그리 되면 침입자에게 시간만 벌어주는 셈이었다.

여리는 일단 마음을 가라앉히고 침입자가 어찌 움직이는지 지켜보기로 했다. 이곳은 제법 높은 담장으로 둘러싸인 전각이었다. 밖에서 안을 들여다볼 수 없어 그만큼 사생활이 보호되지만 반대로 안에서 밖으로 빠져나가는 것도 쉽지 않았다. 더구나 밖에는 화재로 평소와 달리 사람들이 많았다. 누군가를 업고 돌아다닌다면 금방 눈에 띌 터였다.

여리는 침입자가 어디로 가는지 확인하기만 하면 되었다. 지켜보다가 상대가 움직이면 뒤를 쫓으며 사람들을 불러 모을 수 있을 터였다. 다만 최악의 경우가 문제였다. 범인이 만약 납치를 포기하고 대비를 해하려 든다면…….

여리는 납치범의 움직임을 주시하며 한편으론 무기가 될 만한 것이 없는지 주변을 살펴보았다. 그사이 대비를 들쳐 업은 사내는 담장 너머로 붉게 치솟아 오르는 불길을 응시하고 있었다. 그 자의 시선이 못 박힌 듯 그곳을 보고 있는 사이에 여리는 누군가 기둥 한편에 세워둔 빗자루를 얼른 움켜쥐었다.

아무래도 침입자 역시 밖으로 나가긴 어렵겠다 판단한 모양이었다. 돌아선 침입자가 성큼성큼 다시 전각 쪽으로 걸어왔다. 여리는 손에 쥔 빗자루를 더 꽉 움켜쥐었다. 각도 때문에 더는 납치범과 대비의 모습이 보이지 않게 되었을 때, 숨을 깊게 들이쉰 여리는 숨어 있던 모퉁이에서 나와 괴한이 사라진 쪽으로 다가갔다. 만약의 사태에 대비해 온몸을 바짝 긴

장시켰다. 그러나…….

납치범과 대비가 눈 깜짝할 새에 사라지고 없었다. 혹 다시 대비의 침전으로 들어간 게 아닐까 싶어 들여다보았지만, 열린 침전문 안쪽엔 정신을 잃고 쓰러진 궁인들뿐이었다. 대비는 어디에도 없었다.

여리는 당황했다. 분명 조금 전까지만 해도 눈앞에 있었는데. 자신이 헛것을 본 게 아니라면 대체 덩치 큰 성인 두 명이 삽시간에 어디로 사라진단 말인가. 하늘로 솟았나, 땅으로 꺼졌나. 정녕 귀신이 아니고서야…….

그때 우왕좌왕하던 여리의 발밑에서 무언가 부스럭대며 부서졌다. 여리는 걸음을 멈추고 발밑을 확인했다. 그러자 누런 흙바닥 위에 유독 불그스름한 알갱이들이 점점이 흩어져 있는 것이 보였다. 여리는 허리를 숙여 알갱이를 집었다. 손가락 사이에 넣고 비비자 푸스스 가루로 변했다.

여리는 손가락에 묻은 가루를 자세히 들여다보았다. 그것은 진흙을 뭉쳐 만든 흙반죽이었다. 몇 달 전 쥐가 창궐하였을 때 틈새마다 발라두었던 바로 그. 그때 아궁이 안에서 귀신을 보았다며 경기를 일으켰던 복이나인의 얼굴이 문득 뇌리를 스치고 지나갔다. 고양이가 구들장 밑으로 기어들어가 한바탕 소동을 일으킨 후로는 더 꼼꼼히 막아두었는데.

여리는 조심스레 아궁이 앞으로 다가갔다. 그리고 가려둔 나무판자를 밀었다. 그러자 잠겨 있어야 할 나무판자가 삐걱 소리를 내며 손쉽게 열렸다. 그 안으로 사람 하나쯤은 거뜬히

삼킬 수 있을 정도의 구멍이 드러났다.

휘이잉, 안쪽에서 바람이 불어왔다. 여리는 캄캄한 어둠 속을 응시했다. 끝을 알 수 없는 어둠이 검게 아가리를 벌리고 있었다. 순간 어떤 확신 같은 것이 들었다. 이곳이었다.

지금껏 천구가 드나들었던 통로.

폐서고에서 찾지 못했던 것이 바로 이 비밀통로라면, 전각 안을 아무리 뒤져봐야 소용이 없었던 게 당연했다. 통로는 폐서고 바깥의 아궁이를 통해 지하로 연결되어 있을 테니.

당장 사람들에게 알려야 한다 생각한 여리는 밖으로 달려 나가려다 이내 걸음을 멈췄다. 사실을 말한다 한들, 과연 사람들이 믿어줄까. 더구나 지금 그녀의 행색은 엉망이었다. 박 상궁을 처소에서 끌고 나오느라 얼굴은 시커멓고 연기에 그슬려 몸에선 탄내가 진동했다. 게다가 손에는 박 상궁의 피가 묻어 있었다.

여리는 지그시 입술을 깨물었다. 이런 꼴로 사람들 앞에 나섰다가는 되레 방화범으로 몰릴지도 모른다. 더구나 대비전 나인들이 모두 기절한 마당에 혼자 멀쩡히 깨어 있다는 것도…….

뭐라 설명을 해야 좋을지 알 수 없었다. 대비가 천구에게 납치당했다고? 심지어 아궁이 안으로 끌려들어간 것 같다고 말하면, 당장 미친 여자 취급을 당하게 될지도 몰랐다. 이럴 때 세자가 궁 안에 있었더라면 좋았을 것을. 여리는 고개를 돌려 남서쪽 방향을 바라보았다. 제안대군의 저택이 있는 수

512

진방 쪽이었다. 지금쯤 김 주서를 만났을까.

세자는 세자대로 사건을 뒤쫓고 있을 터였다. 그렇다면 자신 또한 자신이 할 수 있는 일을 할 수밖에.

'저하께선 자네가 다치지 않기를 바라시네. 그러니 부디 몸조심하게.'

출합 직전 상호가 했던 말이 떠올랐다. 하지만 시간을 지체할수록 대비는 더욱 위험해질 터였다. 세자가 그토록 지키고자 했던 그의 할머니가 아닌가.

여리는 결심을 굳혔다. 매고 있던 댕기를 풀어 내린 여리는 그것을 아궁이 입구에 묶었다. 행여 누군가 발견한다면 미심쩍은 흔적을 쫓을 것이다. 여리는 일부러 신발을 끌어 통로 안에 발자국을 남겼다. 그리고 대비전 안에서 가져온 등롱에 불을 붙여 아궁이 안으로 걸어 들어갔다.

그 시각, 세자는 세자대로 선택의 기로에 놓여 있었다. 늦은 밤, 광준의 방을 찾아온 부부인이 인모가 궁으로 간 것 같다 털어놓은 것이다.

"잠이 오지 않아 잠깐 바람을 쐴까 하였더니 방문 앞에 이게 있었습니다. 대체 언제 다녀간 것인지."

그것은 인모가 남기고 간 서신이었다. 그동안 돌봐주셔서 감사하다는 인사와 함께 의미심장한 말들이 적혀 있었다.

처음부터 저로 인해 비롯된 일들이니, 제 손으로 정리할까 합니다.

문제가 될 만한 물건들 역시 오늘 밤 모두 사라질 것입니다.

허니 이 서신도 읽고 태워주시길.

본래부터 소인은 산 자가 아니었으니 귀신으로 살다, 흩어지는 것뿐이옵니다.

허니 소인을 찾지 마십시오. 염려하실 필요도 없습니다.

혹여 일이 어긋나 목적을 이루지 못한다 할지라도 이 모든 업보는 소인이 지고 갈 것이니.

부디 강녕하십시오.

부부인은 세자의 앞인 것도 잊고 하염없이 눈물을 쏟았다. 그때 서신이 담긴 봉투 안에서 딸랑, 작은 방울 하나가 굴러 떨어졌다. 끝부분이 불룩하다 싶어 뒤집어 흔들어 보았더니 나온 것이었다.

"이건……?"

세자가 방울을 주워들었다. 그러자 부부인의 안색이 대번에 희게 질렸다.

"역시 그 자가 천구소동의 진범이었던 겁니까?"

부부인은 아무런 대답도 하지 못했다. 그저 창백한 얼굴로 입술만 질끈 깨물 뿐. 그녀는 눈동자를 이리저리 굴렸다. 겁을 잔뜩 집어먹은 듯했다. 얼굴에 감정이 너무 빤히 드러나 거짓말을 하려야 할 수 없는 성격이었다.

세자는 깊은 한숨을 내쉬었다. 사적으로는 종조모뻘 되는 어르신인지라 곤란해하는 그녀를 몰아세우고 싶진 않았지만 그래도 묻지 않을 수가 없었다.

"대체 인모 그 자는 누구입니까? 그 자의 정체가 무엇이기에 이리 눈물을 보이시는 겁니까? 혹, 그가 부부인의 친아들입니까?"

그 말에 듣고 있던 부부인은 물론이고 광준까지 당혹감을 감추지 못했다.

"친, 친자라니요? 설마 저하께서도 세간에 떠도는 헛소문을 믿고 계신 건 아니시겠지요?"

광준이 먼저 나서서 항변했다. 부부인이 고 내관과 사통했다는 소문 따윈 말도 안 되는 음해이자, 헛소문이라며 부부인을 두둔했다. 그는 부부인의 친정조카였다. 그리고 이는 집안의 위신과도 직결된 문제였다. 허나 이어진 세자의 추궁엔 광준마저 할 말을 잃고 말았다.

"인모, 그 자가 오얏 성을 가졌느냐 묻고 있는 것입니다."

차마 제안대군의 자식이냐고 대놓고 묻지는 못했다. 하지만 여기 있는 사람들이라면 그 속에 감춰진 의미를 충분히 알아듣고도 남았을 터였다. 부부인도 분명 이해했을 텐데, 그녀는 석상처럼 굳어서 아무 말도 하지 못했다. 보다 못한 광준이 대신 끼어들었다.

"인모 그 자가 대군의 핏줄이라니요?"

그럴 리 없다며 광준은 고개를 저었다. 그도 그럴 것이……

"저하는 모르실 테지만 그 자는 부부인은 물론이고 돌아가신 대군과도 닮은 구석이라곤 하나도 없는 자입니다. 안 그렇습니까, 숙모님? 말씀 좀 해보십시오."

그제서야 부부인도 정신을 차린 듯 고개를 끄덕였다.

"예, 저하. 그 아인 저희 부부의 자식이 아니옵니다."

"그 말, 책임질 수 있으시겠습니까?"

세자와 눈이 마주치자 부부인은 긴장한 듯 파르르 눈가를 떨었다. 그러나 이내 단호하게 고개를 끄덕였다. 부부인의 태도도 그렇고 여전히 미심쩍은 부분이 있었지만 세자는 일단 그쯤에서 추궁을 멈추었다. 당장은 그보다 화급을 다투는 일이 있었기 때문이다.

"이 서신을 받은 게 언제쯤입니까?"

부부인도 정확한 시점은 모르겠다고 했다.

"침모가 잠자리를 봐주고 돌아갈 때까지만 해도 없었으니, 해시 말 이후일 것입니다."

"헌데 왜 그 자가 궁으로 갔을 거라 생각하시는 것입니까?"

서신 안에는 전혀 그런 언급이 없었다. 세자가 집요한 눈길로 부부인을 채근하자 이리저리 눈을 굴리던 부부인이 더는 감추지 못하고 말했다.

"그게……, 방에 있던 상자 하나가 없어졌습니다. 대비전에서 보낸 물건인데……."

"그게 무엇입니까?"

"가, 가체입니다."

"그걸 그 자가 왜 가져갔단 말입니까?"

부부인은 또다시 입술만 꾹 물었다. 그러자 상황을 지켜보던 광준이 대신 말을 받았다.

"가체라면, 지난번 숙모님께서 발작을 일으키셨던……."

"그날은 그저 몸이 좋지 않아서 그랬을 뿐이다."

말을 막은 부부인은 고개를 내저었다.

"별일 아니었습니다."

뭔가 말 못할 사정이 있는 것 같았다. 세자가 좀 더 자세히 캐물으려던 찰나, 광준이 문득 물었다.

"헌데 환혼전의 원본 말이옵니다. 저하께서 가지고 계시지 않사옵니까? 출합에 가지고 나오셨을 리는 없고, 허면 지금 동궁전에 있는 것이옵니까?"

"그 책이라면 저하의 서재에……."

대답하던 상호와 세자의 눈이 마주쳤다. 그 책은 이 사건의 중요한 증거였다. 궐 안엔 지키는 이가 많으니 설마 누가 건드리랴 싶어 두고 왔지만 만약 비밀통로를 아는 자라면. 세자가 동궁전을 비운 지금만큼 절호의 기회는 없을 터였다.

세자는 자리에서 벌떡 일어났다. 당장 동궁전으로 가야 했다. 하지만 그는 지금 세자빈과 함께 있는 것으로 되어 있었다. 선택을 해야 했다. 모르는 척 세자빈의 친정으로 돌아갈 것인지, 아니면 궁으로 갈 것인지. 세자는 마루로 나와 궁이 있는 동북쪽을 바라보았다. 하늘이 붉었다.

"저게 무엇이냐?"

문자 가까이 다가온 상호가 눈살을 찌푸렸다. 얼핏 연기가 피어오르는 게 보였다.

"불이 난 모양입니다."

순간 불길한 생각이 스쳤다. 세자는 마루를 내려와 성큼성큼 마당을 가로지르기 시작했다. 상호가 급히 따라오며 말렸다.

"저하, 이쪽은 대문입니다."

그들이 넘어온 담장과는 반대편이었다. 밖엔 금부의 나졸들이 지키고 있을 텐데.

"궁으로 가야겠다."

세자의 말에 상호는 기겁했다.

"아니되옵니다. 전하께서 아시면 어찌 수습하시려 이러시옵니까? 더구나 어디서 난 불인지도 모르는데."

그들이 있는 곳에서는 불이 난 곳을 정확히 추정할 수가 없었다. 궁이 아닐 수도 있다. 하지만 세자는 단호했다.

"민가에서 난 불이라면 멸화군이 벌써 종을 쳤겠지."

말을 마친 세자는 상호가 말릴 틈도 없이 닫힌 대문을 안에서 밀어젖혔다. 그러자 밖에 서 있던 군졸들이 어리둥절한 얼굴로 그들을 바라보았다. 검은 야행복을 입은 사내들은 분명 대군 저에선 본 적이 없던 자들이었다. 정체를 추궁하려던 찰나, 그중 그나마 직위가 높은 자가 세자를 알아보았다.

"저, 저하?"

그는 갑자기 문을 열고 나타난 세자에게 인사를 올려야 할지, 아니면 왕명에 따라 침입자를 잡아들여야 할지 갈피를 잡

518

지 못했다. 그런 사내를 향해 성큼성큼 다가온 세자는 그의 손에서 말고삐를 낚아챘다. 그대로 말 등에 올라탄 세자는 그 길로 궐을 향해 달리기 시작했다.

"어서 말을 한 필 더 내주시오!"

요청한 상호 역시 금군이 가져온 말을 강탈하다시피 빼앗아 타고 급히 세자의 뒤를 따랐다. 남은 이들은 모두 아연하여 말발굽 소리가 멀어지는 것을 지켜볼 뿐이었다.

야삼경, 고요한 도성 안에 말발굽 소리가 요란했다. 창덕궁이 가까워질수록 말을 재촉하는 세자의 목소리에도 초조함이 깃들었다. 머릿속에는 조금 전 보았던 인모의 편지 구절이 계속해서 맴돌았다.

'처음부터 저로 인해 비롯된 일들이니, 제 손으로 정리할까합니다. 문제가 될 만한 물건들 역시 오늘 밤 모두 사라질 것입니다.'

저 불이 그 결과인 것만 같았다. 그저 증거만 없애려는 거라면 차라리 다행일 테지만.

성문 앞에 도착하자 수문장이 앞을 막아섰다.

"멈추어라!"

아직 해가 뜨기 전이었다. 성문이 닫히면 임금의 명이 있기 전엔 절대 문을 열지 못한다. 더구나 세자는 지금 야행복 차림이었다. 상대가 누구인지 모르니 갑작스런 쇄도에 놀란 군사들이 일제히 창을 겨눴다. 말을 멈춘 세자는 고개를 들어

성문 위의 수문장과 곧바로 시선을 맞췄다.

"문을 열라!"

곧이어 달려온 상호가 숨을 헐떡이며 외쳤다.

"세자저하시다. 어서 창을 거두어라!"

그제야 군사들이 주춤주춤 뒤로 물러났다. 망루 위에 있던 수문장도 허겁지겁 아래로 달려 내려왔다.

"저하! 낮에 출합하셨다 들었사온데 어찌 이리 늦은 밤중에……."

말하던 수문장은 흘끔 성문 안쪽을 돌아보았다. 그곳엔 여전히 잡히지 않은 불길과 연기가 자욱하게 솟아오르고 있었다.

"화재 소식을 듣고 오신 것이옵니까?"

궐에 불이 났다는 소식에 놀라 달려온 모양이라고 생각하는 듯했다. 평소에도 효심이 지극하기로 소문난 세자였으니.

"대비전 근처에서 불이 나긴 했으나 전날 내린 비 덕분에 그리 크게 번지진 않았다 하옵니다. 더구나 내관들이 일찍 발견하여 궁인 처소 하나만 태우고 잡혀가는 모양이오니 크게 염려하실 필요는……."

수문장의 말에 세자가 버럭 외쳤다.

"대비전 궁인 누구!"

"그, 그게……. 그것까지는 아직 소신도……."

그는 성문을 지키는 자이지, 액정을 관리하는 자가 아니었으니 자세한 사정까진 알지 못했다.

"당장 문을 열라. 내 직접 가보아야겠으니."

세자의 불호령에 수문장은 난감한 표정을 지었다. 파루 전에 문을 여는 것은 그의 권한 밖이었다. 허나 상대는 세자였다. 더구나 화재라는 특수한 상황까지 겹치고 보니. 수문장은 슬그머니 사령들이 드나드는 쪽문을 열어주었다.

말에서 내린 세자는 열린 문을 통해 뛰다시피 궐 안으로 들어갔다. 불길한 예감이 스쳤다. 하필 불이 난 곳이 대비전 궁인의 처소라니. 돈화문에서 보경당까지의 거리가 까마득히 멀게만 느껴졌다.

후웅, 후우웅…….

굴뚝을 거슬러 올라오는 바람이 경고하듯 낮게 으르렁댔다. 고래 배 속 같은 구들 속에서 여리는 작은 불빛 하나에 의지해 천천히 앞으로 나아가고 있었다. 몸을 잔뜩 움츠리면 그럭저럭 통과할 만은 했지만 덩치 큰 사내가 등에 사람까지 업고 지나갈 만한 너비는 아니었다.

아무래도 잘못 생각한 것일까. 여리는 검댕이 묻은 돌벽을 짚으며 생각했다. 더구나 앞으로 갈수록 통로는 더욱 좁아지고 있었다. 이러다간 오도 가도 못하고 중간에 낄 지경이라. 포기하고 다시 돌아가야 하나 고민하고 있을 때였다.

퉁, 멀리서 빈 나무상자를 두드리는 것 같은 소리가 났다. 잘못 들었나 생각할 즈음에 다시 퉁……. 흡사 누군가 머리 위로 마룻바닥을 밟고 지나가는 소리 같았다. 그러나 지금 보경당엔 깨어 있는 사람이 없었다. 게다가 소리는 땅속 깊은 곳에서 들리고 있었다.

여리는 팔을 쭉 뻗어 들고 있던 등불을 앞으로 내밀었다. 어둠 속을 확인해보려 했지만 불빛이 닿는 곳은 기껏해야 서너 발짝 앞이 전부였다. 구들 안은 좁고 구불구불했다. 더구나 몸을 제대로 펼 수조차 없는 구조인지라.

여리는 반대편 손으로 무릎을 짚었다. 굽힌 허리가 뻐근하고 허벅지가 뻣뻣해져왔다. 흡사 벌이라도 서는 것처럼 좁은 통로가 사지를 불편하게 옥죄었다. 지친 여리는 무게를 분산할 요량으로 벽에 등을 기댔다. 잠시라도 숨을 고를 작정이었다. 한데 그 순간 단단할 줄 알았던 벽이 쑥 뒤로 밀렸다. 당황한 여리는 비틀비틀 뒷걸음질 쳤다. 다시 중심을 잡으려고 했을 때 이번엔 발밑이 휑해졌다. 허공을 짚은 것이다. 여리는 발 디딜 곳을 잃고 그대로 떨어져 내렸다.

우당탕, 쿵. 요란한 소리와 함께 순간 발목에 엄청난 충격이 일었다. 여리는 비명도 지르지 못하고 바닥을 나뒹굴었다. 눈앞이 깜깜했다. 통증 때문이 아니라 진짜 눈앞이 시커멓게 어두워진 것이었다. 떨어지면서 들고 있던 등롱을 놓친 것이다. 망가진 건지 아니면 어디로 날아가 버린 건지.

여리는 정신을 차릴 수가 없었다. 떨어지며 여기저기 쓸리고 부딪힌 탓에 안 아픈 곳이 없었다. 특히 발목은 조금만 움직여도 절로 신음이 새어 나왔다. 어딘가 찢어져 피가 났을지도 모르지만 지금으로선 확인할 방도도 없었다.

여리는 누에고치처럼 몸을 말며 끙끙댔다. 비명이 터져 나

522

올 것 같았다. 하지만 섣불리 큰 소리를 낼 수도 없었다. 당장은 몸의 고통보다 어둠이 더 두려웠기 때문이다. 이 어둠속 어딘가에 그녀가 예상하지 못한 위험이 도사리고 있을지도 몰랐다. 어쩌면 그녀의 고통과 두려움을 고스란히 지켜보고 있을지도 모를 일.

여리는 엎드린 채로 한동안 미동 없이 숨만 헐떡였다. 날카롭던 통증이 점차 누그러지고 거칠었던 호흡이 조금씩 가라앉고 나서야 여리는 비로소 자신이 처한 상황을 파악할 수 있었다. 어디 높은 곳에서 떨어진 듯했다. 아궁이 속 구들 밑으로 들어왔으니, 여기는 그보다 더 아래일 것이다. 함정이 아니라면 이곳이야말로 여리가 찾던 비밀통로일 터.

이를 악문 여리는 겨우겨우 상체를 세웠다. 손끝으로 벽과 바닥을 더듬어보니 매끈하면서도 축축했다. 손바닥에 닿는 물기를 느끼며 여리는 조심스레 몸을 일으켜보았다. 다행히 발목이 부러진 것은 아닌 듯했다. 바닥을 디딜 때마다 시큰했지만 아예 못 걸을 정도는 아니었다. 여리는 몸을 일으킨 김에 통로의 크기를 가늠해보았다. 폭은 대략 한 팔을 펼친 너비 정도였고 천장은 손을 뻗으면 닿을 정도이니 성인 남자도 너끈히 지나다닐 수 있을 만한 크기였다.

예상은 했지만 새삼 놀라웠다. 궐 안에 정말 이런 비밀통로가 있을 줄이야. 더구나 대비전 지하에. 다른 전각에도 이런 비밀공간이 있는 것일까. 생각하며 여리는 손을 앞으로 뻗었다. 쉽사리 걸음이 떼어지지 않았다. 조금 전 별 생각 없이 벽에 등을 기댔다가 호되게 구르고 나니 모든 게 조심스럽고 신중해졌다.

여리는 일단 움직임을 멈춘 채 모든 신경을 청각에 모았다. 자신 말고 다른 인기척이 있는지 집중해봤지만 들려오는 것이라곤 간간이 물 떨어지는 소리뿐. 그 물들이 모여 어딘가로 졸졸 흘러가고 있었다.

여리는 그 소리를 따라 천천히 발을 옮기기 시작했다. 아무것도 보이질 않으니 어둠의 밀도만큼 두려움도 커졌지만, 그렇다고 마냥 주저앉아 있을 수는 없었다. 앞으로 나아가지 않으면 지금의 상황은 조금도 나아지지 않는다. 비록 다리를 다쳐 속도는 느렸지만 여리는 발끝으로 땅을 더듬어가며 신중하게 한 발, 한 발 앞으로 나아갔다.

대비가 어슴푸레 눈을 뜬 것은 멀리서 자신을 부르는 해맑은 목소리 때문이었다.

'어마마마! 어마마마!'

기껏해야 대여섯 살이나 되었을까. 어린 소년이 자신을 불렀다. 아무래도 꿈을 꾼 듯. 자신을 어마마마라 부를 이는 이미 장성한 금상뿐이었다. 아니, 한 사람 더 있었지. 지금은 죽고 없는 폐비의 아들. 어렸을 땐 뭣도 모르고 대비를 친어머니처럼 따랐었다. 그땐 제법 귀염성이 있었는데. 그 눈빛이 싸늘하게 변하기 시작한 게 언제부터였더라.

멍하던 대비의 정신이 딸랑, 어디선가 들려온 방울소리에 번쩍 깨어났다. 눈을 크게 뜬 대비는 눈동자만 굴려 주변을 살폈다.

모든 것이 낯설었다. 분명 조금 전까지만 해도 익숙한 자신의 침전 안이었는데. 낯선 침입자에 의해 입이 틀어 막혔던 것이 생각났다. 그 자가 쥔 손수건에서 뭔가 톡 쏘는 냄새 같은 걸 맡았던 것이 마지막 기억이었다.

납치된 것인가. 대비는 누운 채로 자신의 몸을 슬슬 더듬어 보았다. 다행히 묶여 있지는 않았다. 어딜 크게 다친 것 같지도 않았다. 다만 머리가 핑 도는 것이 어지러웠다. 대비는 조심스레 몸을 일으켰다. 사방이 고요했다. 괴한은 자리를 비운 모양이었다.

흔한 등잔불 하나 켜져 있지 않았다. 빛이라고는 장지문 사이로 희미하게 새어 들어오는 달빛뿐. 그나마도 구름에 가려 어두컴컴했다. 눈이 침침한 대비는 희미한 윤곽만 겨우 구분했다. 차가운 마룻바닥에서 냉기가 올라오고 오래된 종이 냄새 같은 것이 희미하게 풍겼다. 대비는 마른침을 꿀꺽 삼켰다.

여기가 어딜까. 대체 누가 자신을 이곳까지 끌고 온 것일까. 버릇처럼 시중 들 누군가를 부르고 싶었다. 다만 그러지 않은 것은 본능이 보내는 경고 때문이었다. 마치 악몽을 꾸고 있는 것 같았다. 그렇지 않고서야 다른 곳도 아니고 자신의 침전 안에서 괴한에게 납치를 당하다니.

대비전은 그녀에게 있어 견고한 요새나 마찬가지였다. 지키는 이가 한둘이 아니었다. 그녀의 허락 없이는, 설혹 주상이라 할지라도 함부로 침범할 수 없는 자신만의 영역이었다. 한동안은 삿된 농간질에 시달리기도 하였지만.

지금쯤 그녀가 사라진 것을 사람들이 눈치챘을 것이다. 곧 자신을 구하러 올 터. 애써 희망적인 생각들을 긁어모으고 있을 때였다. 딸랑…….

헛된 소망을 깨듯 다시금 그 소리가 들려왔다. 대비는 소스라치게 놀랐다. 아직도 악몽을 꾸고 있는 것일까. 들릴 리 없는 소리가 들려왔다. 분명 모두 해결되었다고 박 상궁이 말했었는데…….

대비는 벌벌 떨며 돌아가지 않는 눈동자를 애써 돌렸다. 소리가 난 방향을 바라보자 달빛과 어둠의 경계 속에 가지런히 놓인 한 쌍의 검은 목화(木靴)가 보였다. 누가 벗어놓고 간 것일까. 위쪽은 그림자에 가려 잘 보이지 않았고 보이는 것이라곤 바닥에 가까운 신발의 등과 목 정도가 다였다. 헌데 당연히 멈춰 있어야 할 그것이 돌연 빙글 돌았다. 이제 신발 코는 정확히 대비를 겨누고 있었다. 당장이라도 그녀를 덮쳐올 듯.

대비의 눈이 커졌다. 신발이 미끄러지듯 대비를 향해 다가오기 시작한 것이다. 그것은 금세 창문 틈으로 비쳐 들어오는 달빛의 경계선을 넘었다. 그러자 서서히 음영이 옅어지며 신발 위로 하얀 발목이 드러나고 이어서 길쭉한 인영이 나타났다. 이윽고 그림자가 대비의 머리 위로 짙게 드리워졌다.

소름이 끼쳤다. 혼자인 줄 알았는데……. 누군가 이 방에서 그녀를 쭉 지켜보고 있었던 것이다. 딸랑딸랑 방울소리가 점점 가까워졌다. 대비는 더는 참지 못하고 비명을 내질렀다.

"으아, 으아아악!"

대비는 귀를 틀어막았다. 잘못 들은 거라 부정하고 싶었지만 도무지 잊으려야 잊을 수 없는 소리였다. 어찌 잊을 수 있겠는가. 링링링링, 무당의 요령소리처럼 귓전을 때리던 광란의 선율과 손끝을 타고 전해지던 죽음의 전율을.

"아니야, 아니야, 아니야!"

대비는 질끈 눈을 감은 채로 같은 말만 반복했다. 도리질을 치다가 이번엔 제 두 손으로 목 주변을 쥐어뜯었다. 흡사 누군가 제 목을 조르기라도 하는 것처럼.

또다시 폐비의 환영이 눈앞에서 어른거렸다. 마치 나약한 자신을 비웃기라도 하듯. 폐비가 보름달처럼 부른 배를 쓰다듬으며 웃었다. 그녀의 손에서 금빛 방울이 딸랑, 하고 구슬 부서지는 소리를 냈다. 그 구슬이 제 머리통이라도 되는 것처럼 대비는 깨질 것 같은 두통에 신음했다.

자그마한 사내아이. 그 아이의 발목에 매달려 있던 방울. 작은 다리가 움직일 때마다 요란스럽게 울려대던 방울소리.

숨이 막혔다. 대비는 학질에 걸린 사람처럼 벌벌 떨며 중얼거렸다.

"귀신이냐? 사람이냐?"

그게 누구든 자신을 잡으러 온 게 분명했다. 대비는 겁에 질린 개가 요란스레 짖듯 공포에 휩싸여 버럭 소리를 질렀다.

"귀신이면 썩 물러가고, 사람이면 정체를 밝혀라!"

순간 크륵, 크르륵. 마치 짐승이 그르렁대는 듯한 괴이한 소리가 들렸다. 대비의 앞까지 다가온 검은 목화는 그녀의 머리 위에 새카만 그림자를 드리우며 되레 물었다.

"내가 누구인가?"

쇠를 긁듯 신경을 거스르는 목소리였다. 동시에 달빛 아래 길쭉한 얼굴이 드러났다. 마치 잘 보란 듯이. 그것이 코앞까지 제 얼굴을 들이밀었다. 대비는 두 눈을 부릅뜨고 정체불명의 존재를 마주보았다. 하지만 그녀의 눈엔 끌로 밀어놓은 듯 그저 맨들맨들 기괴하게 비칠 뿐이었다. 대비는 흐읍, 거친 숨을 삼켰다. 당장이라도 괴물이 자신을 덮칠 것만 같았다.

"날 죽일 셈이냐?"

두려움에 찬 대비가 꽉 잠긴 목소리로 벌벌 떨며 물었다. 정체불명의 존재는 공포에 잠식된 대비의 눈을 들여다보며 피식, 비웃음을 흘렸다. 그녀의 눈동자 속엔 정제되지 못한 혼돈이 가득했다. 자신이 처한 상황을 전혀 이해하지 못하는 게 분명했다.

"날 알아보지 못하는군. 아니면 모르는 척하는 것인가?"

이목구비가 없는 얼굴이 추궁하듯 더 바짝 다가왔다. 대비는 진저리를 쳤다. 차라리 눈을 감아버리면 좋으련만, 저주에 사로잡힌 사람처럼 눈조차 깜빡일 수가 없었다. 대비의 눈에 실핏줄이 터졌다. 분명 사람의 얼굴을 알아보지 못하건만……

괴이한 존재가 던진 의미심장한 질문 때문일까. 코앞까지

다가온 괴한의 얼굴에서 기묘한 기시감이 느껴졌다. 상대가 내뿜는 경멸과 악의에 숨이 막혔다. 부릅뜬 대비의 눈꼬리를 타고 아슬아슬하게 고여 있던 눈물이 마침내 툭 떨어지려는 순간이었다.

풍덩.

밖에서 요란한 소리가 울렸다. 뭔가 물에 빠진 듯, 물보라가 이는 소리에 괴한의 얼굴이 소리가 난 방향으로 돌아갔다. 집요한 시선에서 놓여난 대비는 그 틈을 타 엉금엉금 기어 도망쳤다. 하지만 겁먹고 노쇠한 몸뚱이는 마음처럼 수월하게 움직여주질 않았다. 몇 걸음 채 벗어나기도 전에 그녀는 성큼성큼 다가온 괴한에게 뒷덜미를 잡혔다.

까악! 날카롭게 솟아오른 대비의 비명소리가 짙은 어둠을 갈랐다.

⌒ 간원이 후원에 장막 두른 일로 아뢰다

간원이 아뢰기를,

"신 등이 후원에 장막 두른 것을 보았는데 무엇 때문인지를 모르겠습니다. 송나라 태조는 말하기를, '궁전 문을 활짝 열기를 내 마음과 같이 하여, 조그마한 사곡(私曲)이 있더라도 사람들이 모두 보게 하라.' 하였습니다. 만일 임금이 하시는 일이 선하다면 외간 사람들에게 보더라도 해로울 것이 없는데, 장막을 치고 가리우니, 신 등은 전하께서는 유희를 하시는 것이 아닌가 하옵니다. 옛 사람이 이르기를 '공을 쌓는 것은 백 년을 쌓아도 부족하고, 허는 것은 하루에도 남음이 있다.' 하였으니, 원컨대 전하께서는 '나의 정치가 이미 넉넉하다.'고 하시지 말고, 다시 수성(修省)을 더하소서."

하니, 전교하기를,

"보경당을 수리하므로 하여 군인들이 대궐 안을 환히 보기 때문에 장막을 쳐서 가리운 것이다. 나의 잘못하는 일이 행사에 나타나는 것은 말하여도 가하지만 억측으로 말하는 것은 옳지 않다. 누가 먼저 이 말을 내었는지 알아보라."

하였다.

- 1497년 연산3년 3월 22일 조선왕조실록 기사 중

철썩, 쏴아. 물을 쏟아부을 때마다 흰 수증기가 피어올랐다. 다행히 불씨가 잡혀가는 와중, 세자는 주먹을 꽉 쥔 채 못 박힌 듯 한 곳만 응시하고 있었다. 막 한 무리의 내관들이 불 탄 방 안에서 시신 한 구를 수습해 나오는 중이었다. 대충 이불로 감쌌지만 코를 찌르는 탄내는 도저히 감출 수가 없었다. 모두들 인상을 찌푸리며 고개를 돌리는데.

"저하, 보기 흉하옵니다. 그만 자리를 피하시지요."

내관의 만류에도 세자는 이불 사이로 비어져 나온 검게 그을린 시신의 팔에서 시선을 거두지 못했다. 동궁전에 남겨두었던 익위사로부터 방금 전 여리가 보이지 않는다는 보고를 받은 것이다.

설마……, 설마…….

위험한 일에 휘말리게 될까 봐 일부러 거리를 두었건만. 화살을 맞고 곤두박질치던 송백의 잔상이 어른거렸다. 그냥 자유롭게 두었어야 했다. 책임지지 못할 거라면 애초에 손을 뻗지 말았어야 했는데 그리 교훈을 얻고도 또다시 욕심을 부려서…….

자책하던 세자는 고개를 내저었다. 정신을 놓고 있을 때가 아니었다. 아직 확인된 것은 아무것도 없었다. 일단은 냉정해질 필요가 있었다. 정신을 다잡기 위해 입술을 아득 무는데 세자의 앞으로 별감이 까맣게 불에 그을린 화로를 들고 지나가는 게 보였다. 그 안엔 타다 만 실뭉치 같은 것이 들어 있었다.

"잠깐."

화로를 든 별감을 멈춰 세운 세자는 다른 별감이 쥐고 있던 부지깽이로 화로 안을 뒤적였다. 그러자 그나마 모양을 잡고 있던 실타래가 누린내와 함께 후드득 흩어졌다.

"머리카락 같사옵니다."

옆에서 지켜보던 상호가 속삭였다.

"가체……."

세자가 씹어 뱉듯 말하고는 이를 악물었다. 인모가 다녀간 후, 부부인의 방에서 가체를 담아둔 상자가 없어졌다고 했다. 지난 중추절에 대비전에서 하사한 물건이라고 했는데……. 그게 보란 듯이 화재 현장에 놓여 있었다. 마치 일부러 태운 것처럼. 박 상궁은 뒤통수에 큰 상처를 입고 방문 앞에 쓰러져 있었다. 화재 전에 이미 숨을 거둔 듯했다. 대체 무슨 작정인 걸까.

살벌한 표정을 짓고 서 있는 세자를 지나가던 내관과 궁인들이 흘끔거렸다. 지금쯤 세자빈의 친정에 있어야 할 세자가 이곳에 있는 것이 아무래도 의아한 듯했다. 더구나 변복 중이라. 곁에 있던 상호가 곤룡포를 내밀었다. 동궁전으로 내관을 보내 급히 가져오게 한 것이었다. 그것을 대충 꿰입고 있는데 대비전으로 보냈던 익위사 하나가 다급하게 뛰어왔다.

"저하!"

세자의 앞에 당도한 익위사 군관은 숨도 제대로 고르지 못하고 외쳤다.

"대비마마께서 사라지셨습니다!"

군관의 말에 세자의 얼굴이 험악하게 일그러졌다. 놀라고 당황하기는 따르던 내관들도 마찬가지였다. 그들은 누가 먼저랄 것도 없이 앞다투어 보경당으로 달려갔다.

이미 열려 있던 대문 안으로 들어서자 텅 빈 마당이 보였다. 한발 먼저 당도해 전각 안을 뒤지기 시작한 익위사 군관들 사이로 이리저리 정신을 잃고 쓰러져 있는 궁녀들의 모습이 눈에 들어왔다. 세자는 순간 비틀, 어지러움을 참았다.

설마 대비전까지 범할 줄은 몰랐다. 지키는 사람도 많은 데다 화재가 일어나 주변이 온통 몰려나온 사람들로 소란스러우니 감히 대비전까진 손을 뻗치지 못할 거라 생각했던 것이다. 헌데 그것이 오히려 시선을 분산시키기 위한 계략이었다니.

세자는 신발도 벗지 않고 성큼성큼 대비의 침전 안으로 들어갔다. 그리고 쓰러진 사람들 사이에서 혹시 모를 흔적을 찾는데.

"저하."

다가온 상호가 조용히 세자의 귀에 대고 속삭였다. 동궁전 서재에 보관해두었던 환혼전의 원본이 사라졌다. 그가 궁을 비운 사이 인모가 궐 안을 휘젓고 다닌 것이다.

그 자가……! 세자는 얼굴도 모르는 사내를 생각하며 이를 사리물었다. 제대로 농락당한 기분이었다. 이제는 대비마저 인질로 붙잡혔으니. 그 자가 원하는 게 무엇인지 알아야 했다.

"사람을 보내 부부인의 신변을 확보하라. 가능하다면 동궁 전으로 모셔오고."

그에 상호가 곤란한 표정을 지었다.

"저하, 저하께서는 지금 출합한 것으로 되어 있사옵니다. 게다가 대군 저는……."

임금의 명으로 출입이 엄금된 상태였다. 외부인이 안으로 들어가는 것도 불가했지만 내부에 있는 사람들도 철저한 감시를 받고 있었다. 임금의 명 없이는 밖으로 데리고 나올 수도 없었다.

"차라리 지금이라도 전하께 모든 걸 아뢰시지요. 꺼려지신 다면 소인이 대신 아뢰어 올리겠사옵니다."

상호는 제 주인에게 화가 미칠까 걱정이었다. 지금도 위태 위태하기만 한데 세자는 전혀 뜻을 굽힐 기세가 아니었다.

"할마마마께서 납치되셨다. 군사들이 가득한 궐 안에서. 대 군 저라고 상황이 달랐느냐? 의금부 군관들이 담장 밖을 지키 고 있었어도 아무런 소용이 없지 않았느냐?"

심지어 그들조차 몰래 숨어들었을 정도였다.

"신출귀몰한 자다. 더구나 비밀지도까지 가지고 있어."

혹여 누가 들을까 그 와중에도 한껏 목소릴 낮출 때였다.

"저하, 여기 뭔가 이상한 흔적이 있사옵니다."

밖에서 한 군관이 외쳤다. 전각 주변을 살피던 익위사 군관이 열린 아궁이문을 발견한 것이다. 그 위에 여인의 것으로 보이는 댕기가 묶여 있었다.

전각을 내려와 곧장 다가온 세자는 입구에 묶인 붉은 댕기를 잡아챘다. 그리고 입구 안으로 길게 이어진 발자국을 확인했다. 아무런 장식도 없는 흔한 댕기였지만 세자는 남겨진 흔적들을 보고 댕기의 주인을 금세 알아챘다. 세자의 눈에 짧은 안도가 스침과 동시에 초조함이 더해졌다.

"정 나인이다. 할마마마를 납치한 범인이 어디로 사라졌는지 단서를 남긴 것이야."

"예? 하지만 여긴 아궁이가 아니옵니까?"

광준으로부터 비밀통로의 존재에 대해 듣지 못했다면 세자도 쉽사리 눈치채지 못했을 것이다. 그러나 세자와 여리는 이미 폐서고의 비밀통로에 대해 비슷한 의심을 품은 적이 있었다. 그녀가 기어이 천구의 꼬리를 잡은 것이다.

서슴없이 안으로 들어가려는 세자를 상호가 붙잡았다.

"아니 되십니다. 전하께서 아시면……."

게다가 저 안에 무엇이 있을지 누가 안단 말인가. 너무 위험했다. 하지만 세자의 결심은 굳었다.

"기다리고 있을 것이다."

비밀통로의 존재를 아는 사람은 거의 없었다. 더구나 그들이 가진 것은 경복궁의 지도뿐. 이곳은 동궐이었다. 이 끝이 어디로 이어지는지 알 수 없었다. 그가 가지 않는다면 대비는 물론이고 여리의 목숨마저 위태로워질지 모른다. 게다가 그 자 또한…….

"대군께서 아무 이유 없이 그 자에게 유지를 남기셨을 리 없다. 난 그 자를 만나 직접 얘길 들어야겠다."

그가 원하는 게 무엇인지. 그의 진짜 정체가 무엇인지.

"아바마마께서 먼저 그 자를 잡으신다면 영영 기회는 없을 것이다. 그 자에게도, 나에게도."

세자의 마지막 말에 상호는 붙잡고 있던 세자의 소매를 놓았다. 주인의 뜻을 이해하는 자로서 더는 만류할 수가 없었다.

"허면 소인이 앞장서겠습니다."

차라리 함께 할 수밖에. 앞으로 나선 상호는 내관에게서 횃불을 받아 아궁이 안으로 들어갔다. 그 뒤를 세자와 익위사 군관들이 차례로 뒤따랐다.

졸졸졸졸. 작게 들리던 물소리가 갈수록 커지고 있었다. 오로지 소리 하나에 의지해 걸음을 옮기던 여리는 통로 전체를 울리는 진폭에 걸음을 멈췄다. 쏴아아아. 모여든 물이 어딘가로 떨어지고 있었다. 앞에 절벽이라도 있는 것일까.

하지만 여전히 사방이 어두워서 아무것도 알 수가 없었다.

여리는 보다 신중하게 걸음을 옮기다 자세를 바꾸어 몸을 낮추었다. 엎드린 여리는 손으로 바닥을 짚어가며 무릎걸음으로 조금씩 앞으로 나아갔다. 그렇게 얼마나 갔을까.

툭, 손끝에 뭔가가 닿았다. 앞이 가로막혀 있었다. 역시나 축축했지만 차갑고 매끄럽던 돌벽과 달리 좀 더 무르고 거칠거칠한 느낌이었다. 손으로 더듬자 통, 통, 울림이 일었다. 나무판자였다. 통로의 끝에 나무로 만든 문이 있었던 것이다.

하지만 아무리 밀고 두드려봐도 문은 열리지 않았다. 무슨 특수한 장치라도 있는 것일까. 여리는 혹시 손잡이 같은 것이 있지 않을까 하여 상하좌우를 끝에서 끝까지 샅샅이 더듬었다. 하지만 손에 잡히는 것은 없었다. 대체 이 문은 어찌 여는 것인지.

처음엔 의욕적이었던 여리도 한참 동안 아무런 소득이 없자 점점 지쳐갔다. 혹시 여기는 막다른 곳이고, 오는 도중에 길을 잘못 든 게 아닐까. 생각이 들자 슬슬 위기감마저 일었다. 이러다 침입자를 놓쳐버리면…… 대비에게 돌이킬 수 없는 일이 생길지도 모른다.

여리는 답답한 마음에 문을 마구 밀었다. 그러다 한 가지 사실을 깨달았다. 어두워서 미처 눈치채지 못하고 있었는데, 그녀의 옷자락이 물에 쓸려 자꾸만 문에 달라붙고 있었다. 몇 번 떼어내어 추스르던 것도 잠시. 여리는 흘러든 물이 어딘가로 빠지고 있다는 사실을 알아차렸다.

다시 손으로 천천히 더듬어보니 문 아래쪽에 틈이 있었다.

원래부터 만들어둔 것이 아니라 통로로 새어든 지하수가 계속해서 흐르다보니 자연스레 생겨난 틈인 듯했다. 그 주변의 나무가 물에 부풀어 있었다. 여리는 손가락으로 틈새를 비집어보았다. 그러자 썩은 나뭇조각이 푸슬푸슬 떨어져 나왔다. 어쩌면…… 빠져 나갈 수 있을지도 모른다.

희망을 발견한 여리는 몸을 뒤집었다. 엉덩이를 바닥에 댄 여리는 두 발을 들어 썩은 곳에 가져다댔다. 그리고 있는 힘껏 발로 차기 시작했다. 문이 없다면 만들면 그만.

쿵, 쿵. 문이 요동치며 요란한 소리를 냈다. 처음엔 누군가 밖에서 들을까봐 겁이 나기도 했지만. 이곳에 갇혀 오도 가도 못하느니 차라리 그 편이 나았다. 여리는 점점 더 다리에 힘을 주었다. 양손을 엉덩이 옆 바닥에 대고 힘껏 버텼다. 그러자 처음엔 여리의 발길질을 튕겨내기만 하던 나무문이 점점 물러나기 시작했다. 그러다 어느 순간.

첨벙!

여리를 가로막고 있던 문의 아랫부분이 부서져 움푹 패였다. 그중 일부분이 버티지 못하고 떨어져 나갔다. 그 틈으로 흐릿하지만 분명한 달빛이 새어 들어왔다. 여리는 잠시 멍하니 눈앞의 광경을 바라보았다. 자신의 오른쪽 발이 구멍을 뚫고 나가 흰 달빛을 받고 있었다. 어둠에 익숙해져 있던 눈동자가 빛을 받아 시큰해졌다. 진짜 바깥이었다. 끝나지 않을 것만 같던 어둡고 긴 통로를 빠져나온 것이다. 비록 아직은 한쪽 발뿐이었지만.

눈을 깜빡이던 여리는 퍼뜩 정신을 차렸다. 아직 빠져나가기엔 공간이 좁았다. 여리는 다시 다리에 힘을 주고 나머지 패인 부분을 발로 차 부쉈다. 구멍이 어느 정도 몸이 빠져나갈 수 있을 정도의 크기가 되자 여리는 밖으로 고개를 내밀었다. 서늘한 바람이 불었다. 물에 빠져 죽어가던 사람처럼 여리는 신선한 공기를 폐부 깊숙이 빨아들였다. 그제야 정신이 좀 드는 것 같았다. 하지만 긴장을 늦추기엔 아직 일렀다.

여리가 고개를 내민 곳은 우물의 한 중간이었다. 돌을 쌓아 만든 원통형의 벽에 비밀통로로 이어지는 입구가 숨겨져 있었던 것이다. 아래로는 물이 고여 있었고 위로는 돌벽이 이어졌다. 그 끝에 둥근 하늘이 열려 있었다. 까마득하게 높다. 여리는 우물 속의 개구리가 된 기분으로 점점이 별이 박힌 검은 하늘을 올려다보았다. 그 중앙에 달이 걸려 있었다. 결코 닿지 못할 존재처럼.

동생도 이런 기분으로 하늘을 보았을까.

퍼뜩 든 생각에 감정이 미묘해졌다. 그때 자신은 동생을 위험에 빠트렸었다. 결코 의도한 바는 아니었으나 어쩌면 동생을 그 우물 속으로 밀어 넣은 것은 자신이나 다름없었다. 한데 지금은 다른 사람을 구하겠다고 자신이 이 깊은 우물 속에서 하늘을 올려다보고 있으니. 이 또한 운명인 걸까.

몸을 돌린 여리는 주변을 유심히 살폈다. 겉보기엔 도저히 빠져나갈 수 없을 것 같았지만, 통로가 있다는 것은 어딘가 탈출할 방법도 있다는 뜻이었다. 이곳저곳을 훑어보던 여리의 눈에 순간 이채가 어렸다.

역시나 여리가 고개를 내민 구멍 옆쪽으로 벽이 움푹 들어가 있었다. 발 하나를 겨우 디딜 수 있을 정도의 홈이 우물 벽을 따라 일정한 간격으로 입구까지 이어져 있었다. 그것을 발판 삼아 기어 올라가면 될 것 같았다.

여리는 조심스럽게 구멍에서 몸을 빼냈다. 그리고 발길에 차여 밖으로 구부러진 나무판을 지지대 삼아 한쪽 발을 구멍에 끼워 넣는 데 성공했다. 있는 힘껏 발을 구른 여리는 반대쪽 손으로 머리 위쪽의 홈을 잡았다. 이제 번갈아 팔다리를 옮기며 올라가기만 하면 되었다. 하지만 문제는 온전치 못한 반대쪽 발이었다. 아궁이에서 떨어지며 접질린 발이 여전히 시큰거렸던 것이다. 힘이 잘 들어가지 않았다. 그럼에도 포기하지 않고 한 발, 한 발 위로 올라가는데.

꺄아악! 어디선가 날카로운 여인의 비명소리가 들려왔다. 대비 같았다. 여리는 마음이 급해졌다. 발목의 통증도 무시한 채 서둘러 몸을 움직였다. 그렇게 한 번만 더 손을 뻗으면 끄트머리에 닿을 수 있을 것 같던 순간, 우물 입구에 누군가 나타났다. 놀란 여리는 그만 손이 미끄러졌다. 중심을 잃고 뒤로 넘어가려는 찰나. 턱, 우물 밖의 사내가 여리의 손목을 붙잡았다.

"당신은……."

사방이 어둑했지만 여리는 한눈에 상대를 알아보았다. 그는 여리가 그토록 찾던 인모였다.

"당신이……."

그가 바로 대비를 납치한 범인이라는 사실을 깨달은 여리는 입을 다물었다. 그는 내관 복장을 하고 있었다. 여리는 붙잡힌 팔을 바라보았다. 그가 손을 놓아버린다면 이미 중심이 기운 여리는 우물로 떨어져 내릴 터였다. 아주 간단한 일이었다. 여리는 피를 흘리며 죽어가던 박 상궁과 정신을 잃고 쓰러져 있던 대비전 궁인들을 떠올렸다.

하지만 무슨 이유인지 인모는 여리의 손목을 꽉 쥐고 있었다. 결코 놓치지 않을 거란 듯이 절박하게. 마주친 그의 눈동자 속에 알 수 없는 회한 같은 것이 스쳐지나갔다. 저것은 슬픔인가. 혹은 후회?

그는 여리를 지나 더 먼 아득한 곳을 보고 있는 것 같았다. 마치 우물바닥 너머 그 위에 비친 달을 쫓듯이.

어리둥절한 사이 인모는 있는 힘껏 여리를 잡아당겼다. 무시무시한 악력에 여리는 우물 밖으로 끌려나왔다. 목숨을 건져 다행이기는 했으나 여리는 결국 인모에게 붙잡히고 말았다. 팔이 꺾인 여리는 그대로 어딘가로 끌려갔다.

여리는 가쁜 숨을 내쉬었다. 방금 전까지 어두운 통로를 기어 온 데다, 벽에 매달려 있기까지 한 터라 몹시 지쳐 있었다. 하지만 그 와중에도 여리는 눈을 굴려 주변을 살폈다. 기회를 봐 이곳에서 도망치려면 일단 여기가 어디인지 알아야 했다.

여리가 빠져나온 우물 주위에는 담장이 둘러쳐져 있었다. 그 너머로 두세 채의 건물이 보였다. 규모는 크지 않았으나 지붕을 덮은 검은 기와에서는 은은한 광택이 흘렀고, 대들보를 떠받친 나무기둥은 기운 데 없이 곧았다. 저자에서 흔히 볼 수 있는 건물은 아니었다. 기세등등한 대신들의 집에나 쓰일 법한 귀한 자재들인데, 이상하게도 생활감이 없었다. 오가는 사람조차 없어 버려진 집인가 했으나 그렇다 하기엔 먼지 한 톨 없이 정갈하게 관리되어 있었다. 무엇보다…… 주변에 인가가 전혀 없었다.

사방 수십 간이 허허벌판이었다. 드문드문 나무만 서 있을 뿐. 여리는 도성 안에서 이런 곳을 본 적이 없었다. 아무리 비밀통로가 멀리까지 이어져 있다 해도 성을 벗어날 정도의 거리는 아니었는데. 여리는 고개를 들어 달의 위치를 살폈다. 기운 정도를 보니 아직 시각은 자정을 조금 지났을 뿐이었다. 여리가 통로 안에서 지체한 시간까지 고려한다면 그리 멀리 온 것은 아닐 터였다. 하면 여기가 어디란 말인가.

궁금해하는 사이 인모는 여리를 한 건물 안으로 끌고 들어갔다. 안으로 들어서자 여리의 눈에 바닥에 쓰러져 있는 대비가 보였다.

"마마!"

여리의 부름에 버려진 헝겊뭉치처럼 엎어져 있던 대비가 겨우 고개를 들었다.

"마마, 괜찮으시옵니까? 마마!"

여리는 곧바로 대비에게 향하려 했다. 하지만 대비는 도리어 주춤주춤 뒤로 물러섰다.

"너, 너는 누구냐?"

겁에 잔뜩 질린 얼굴이었다. 여리는 속으로 혀를 찼다. 대비는 안면실인증이었다. 곁에서 일 년 넘게 수발을 들었지만, 대비는 여리를 전혀 알아보지 못했다. 심지어 목소리조차 기억하지 못하는 듯했다. 곁에서 그렇게 많은 서책을 낭독했건만. 지금 대비에겐 여리 역시 낯선 이였다. 괴한과 크게 다를 바가 없었다. 여리의 얼굴에 낭패한 기색이 어렸다.

그걸 본 인모의 입가에 비릿한 비웃음이 걸렸다. 여리를 제압한 인모는 그녀를 반대편 기둥에 결박했다. 그리고 다시 대비에게로 다가갔다. 대비는 비명을 지르며 바르작댔다. 그러나 그녀의 양손과 두 다리는 이미 꽁꽁 묶인 채였다. 인모는 대비를 벌레 보듯 하찮게 내려다보았다. 그 얼굴이 차갑다 못해 무심했다. 당장이라도 큰 사달이 벌어질 것만 같은 기색에 여리는 일단 입에서 나오는 대로 지껄여댔다.

"왜? 왜, 대비마마를 납치한 것입니까? 체포령을 내린 것은 전하이신데, 차마 대전까지 침범할 용기는 없었습니까? 그래서 연약한 부녀자를 납치한 겁니까?"

여리는 일부러 인모를 도발했다. 그가 대비에게 다가가는 것을 막아야 했다. 그러자면 자신에게 관심을 붙들어두는 수밖에 없었다. 어떻게든 시간을 끌어야만 했다. 그사이 제발 누군가 그녀가 남긴 흔적을 발견해주길 바랐다.

다행히 인모는 여리의 의도대로 고개를 돌려 여리를 바라보았다. 천천히 그녀에게 다가온 인모는 귀찮은 듯 잠시 여리를 응시했다. 여리는 부러 더 눈을 부릅떴다. 약해 보이고 싶지 않았다. 하지만 인모는 아무런 감흥이 없어 보였다. 여리는 그런 인모에게 더 독한 말을 쏟아부었다.

"아! 대답을 못하지요? 오늘은 수첩을 안 챙겨온 모양입니다. 필요하다면 제 것이라도 빌려드릴까요?"

신경을 긁는 소리에 인모의 눈썹이 꿈틀거렸다. 성큼 다가온 그가 손을 들어 올렸다. 여리는 다가올 충격에 대비하며 눈을 질끈 감았다. 손찌검을 당할 것이라 생각했다. 그러나 아무런 통증도 느껴지지 않았다. 눈을 뜨자 손을 들어 올린 인모가 천천히 제 목에 감긴 수건을 풀어 내리고 있는 게 보였다. 항상 제 몸의 일부처럼 두르고 다니던 것이었다. 그저 옷차림이려니 했는데…….

드러난 그의 목을 본 여리의 눈이 커졌다. 마치 뭔가에 세게 졸린 듯 목젖 부근이 움푹 함몰되어 있었던 것이다. 저래서 밥이나 제대로 삼킬 수 있을까 의문이 들 정도였다. 아니, 저 정도의 부상을 입고도 어찌 살았을까 싶었다. 여리는 충격에 말을 잃었다. 대체 어쩌다…….

그사이 천천히 다가온 인모가 여리의 귀에 대고 속삭였다.

"너무 애쓰지 말게. 그래봤자 시간을 끌진 못할 테니."

쇠를 긁듯 거슬리는 소리였다.

"말을……, 할 수 있었군요?"

분명 소리보다 공기가 더 많이 섞여 있었지만 알아듣기엔 충분했다. 여리의 동공이 흔들렸다. 애써 태연한 척하고 있었으나 묶인 그녀의 팔이 사시나무 떨듯 떨리고 있었다. 그 모양새를 본 인모가 안쓰럽다는 듯 고개를 저었다.

"그러게 왜 이런 일에 끼어들었나? 어차피 대비는 자네가 누구인지도 모르는 듯한데."

말한 인모는 들고 있던 수건을 뭉쳐 여리의 입에 쑤셔 넣으려 했다. 더는 말을 하지 못하도록 재갈을 물릴 모양이었다. 더 이상의 참견은 허락하지 않겠다는 듯. 여리는 이리저리 고개를 흔들었다. 하지만 그럴수록 손길만 거칠어질 뿐이었다.

"그만둬. 쓸데없는 짓이야."

턱을 붙잡는 인모의 손을 여리는 안간힘을 써가며 뿌리쳤다.

"이러지 마십시오. 여기서 멈춰야 합니다. 더 나갔다간……."

후회하게 될 것이다. 돌이킬 수 없게 된다. 설혹 그가 숨겨진 왕가의 자손이라 할지라도. 여리는 세게 도리질을 쳤다. 그리고 간곡히 외쳤다.

"억울한 상황인 거 압니다! 당신과 당신의 양부가 누명을 썼다는 것도 알고 있습니다. 환혼전을 쓴 사람도, 그걸 저자에 퍼트린 사람도 따로 있지요. 여러 가지 혼선이 있었지만 우리에겐 증좌도 있고, 증인도 깨어났으니 이제 곧 오해를 풀 수 있을 겁니다. 세자저하께서 궐로 돌아오시기만 하면……."

헉헉대며 이어지는 여리의 말에 인모는 피식, 헛웃음을 흘렸다.

"지금 진심으로 하는 말인가?"

마주친 눈동자가 공허했다. 만약 진심으로 하는 말이라면 참으로 가소롭다는 듯. 미간을 일그러뜨린 그가 물었다.

"그들이 정말 모를 거라고 생각하나? 하찮은 오해 때문에 내게 체포령을 내린 거라고?"

똑바로 마주쳐오는 눈빛에 여리의 눈동자가 흔들렸다. 사실 그녀도 의구심을 품고 있었다. 세자는 분명 환혼전을 쓴 사람이 누구인지, 그리고 그것을 퍼트린 자가 누구인지 알고 있었다. 한데 왜 고 내관 부자에게만 체포령이 내려진 것일까.

세자에게 그들을 변호할 기회는 얼마든지 있었다. 왕과 세자가 자주 독대한다는 사실은 궐 안 사람이라면 누구나 알고 있었다. 더구나 고 내관은 지독한 고신으로 목숨이 경각에 달려 있었다. 한데도…….

대답을 망설이는 여리의 앞에 인모가 책 한 권을 흔들어 보였다.

"이것이 동궁전 서재에 있더군."

인모가 품에서 꺼낸 것은 환혼전의 원본이었다. 여리의 손을 거쳐 세자에게 넘어갔던.

"원칙대로라면 의금부에 있어야 할 물건이 아닌가? 한창 심문이 진행 중인데 어찌하여 증거가 동궁전에 있는가? 애초에 은폐하려 한 것이 아닌가?"

인모의 추궁에 여리가 세자를 대신해 반박했다.

"저하께선 진실을 밝히려고 노력하셨습니다. 누구보다 이일을 바로잡고 싶어 하시는 분이란 말입니다! 저하께선 누구도 다치길 원치 않으십니다."

"하여 김 주서는 죄를 짓고도 여전히 방 안에 편히 누워 의원의 수발을 받고 있는 것인가? 죄 없는 내 양부가 만신창이가 되어갈 동안?"

여리는 할 말을 잃었다. 따지고 보면 여리 자신도 그들 부자의 일에서는 한발 물러나 관망만 하고 있었다. 목숨에 경중이 있는 것이 아닐진대.

"언제나 가장 먼저 버려지는 것은 힘없는 이들이지. 옥사에 갇힌 것이 왕족이었더라도 그리 하였을까? 사대부만 되었어도 그리 무심하지는 못했을 터."

차곡차곡 쌓인 그의 분노가 여리에게도 고스란히 느껴졌다. 여리의 턱을 쥔 손에 점점 더 힘이 실렸다. 어느새 여리의 얼굴은 피가 몰려 붉게 달아올라 있었다. 여리는 숨이 막히는 걸 느끼며 힘겹게 내뱉었다.

"그래도 대비마마를 납치한 것은 옳지 않습니다. 책임을 져야 할 사람들은 따로 있는데, 힘없는 부녀자에게 그 화를 돌린다면 당신이 비난하는 자들과 당신이 다를 게 무엇입니까?"

어떻게든 최악의 상황만은 막고 싶었다. 그러나 여리의 말이 도리어 애써 억누르고 있던 그의 분노를 일깨운 모양이었다. 그의 눈동자 속에 차가운 불길이 소리 없이 치솟았다.

"힘이 없다?"

뇌까린 그는 벌어진 여리의 입에 묵묵히 재갈을 물렸다. 기껍진 않지만 해야 할 일을 덤덤히 해치우는 사람처럼. 돌아선 그는 쓰러진 대비를 향해 물었다.

"당신도 그리 생각하시오? 이 궁녀는 당신이 무고하다 믿고 있는 모양인데."

대비는 여전히 벌레처럼 바르작거리고 있었다. 도망치려고 버둥대다가 여의치 않자 대비는 공벌레처럼 한껏 몸을 웅크렸다. 애써 현실을 외면하려 했지만. 잠시의 평화도 용납할 수 없다는 듯 사내는 대비에게 다가갔다. 그리고 그녀의 멱살을 잡아 바닥에서 강제로 일으키다시피 하며 재차 물었다.

"말해 보시오. 당신이 왜 그렇게 천구를 두려워하는지. 방울소리라면 질색을 하는 이유를 말이오."

입안을 가득 채운 헝겊을 뱉어내려 버둥대면서도 여리는 인모의 말에 귀를 곤두세웠다. 여리도 쭉 의아하게 여기던 부분이었다. 처음엔 환혼전의 원본 때문인 줄 알았다. 그것 때문에 대비의 앞에 천구가 나타난다 생각했다. 하나 그게 아님을 안 후에는 개인적인 사정이 있으려니 짐작했을 뿐이다. 장고 상궁으로부터 방울과 폐주의 관계에 대해 들은 후에서야 그것이 대비의 죄책감 혹은 불안과 관련되어 있을 거란 사실을 유추할 수 있었다. 하지만 자세한 내막까진 알지 못했다. 그래서 인모의 입에서 나올 이야기가 두려우면서도 궁금했다.

하지만 입술을 꾹 깨문 인모는 더 이상의 말을 삼켰다. 터져 나오려는 분노를 애써 억누르는 게 느껴졌다. 비록 뒤를 돌아보진 않았으나 그의 경직된 어깨와 목덜미로 말미암아 그가 등 뒤에 있는 여리를 의식하고 있음을 알 수 있었다. 그녀가 듣기를 원치 않는 것이리라. 대신 그는 대비를 제 코앞까지 끌고 왔다. 거의 얼굴이 맞닿을 것 같은 거리에서 흡사 죄를 추궁하는 염라대왕처럼 그는 형형한 눈을 빛내며 물었다.

"천비를 죽이라 명한 것이 당신인가?"

"난, 난 아니야. 난 아무것도 몰라."

대비는 여전히 입에서 나오는 대로 주절거렸다. 넋 나간 표정을 보아하니 인모가 지금 뭐라 하는지도 제대로 알아듣지 못하는 듯했다. 하지만 여리의 눈썹은 삽시간에 치솟아 올랐다.

천비.

낯설고도 익숙한 이름이었다. 듣자마자 누군지 떠올랐지만 그 이름이 이 순간 튀어나올 줄은 몰랐다. 더구나…… 잊고 있었다. 그 사실에 스스로에게 소름이 돋았다.

"무수리 업종의 비자. 당신이 박 상궁을 시켜 책을 빼앗아 오라 시킨 그 아이."

누군가 그 아이의 초라한 무덤가에 꽃묶음을 두고 갔었다. 그래도 쓸쓸한 죽음을 기려줄 이라도 남아 있어 다행이라 여겼는데. 어느덧 기억 저편으로 묻어두었다. 그녀의 목숨을 빼앗은 게 누구인지 뻔히 알면서도 들출 생각조차 하지 않았다. 억울해할 사람도, 분하다 여길 사람도 없다고 여긴 것일까. 적어도 그 사람이 자신은 아니니 외면해도 된다고 비겁하게 모른 척한 것은 아닌지.

순간 스스로가 추하고 부끄럽게 여겨져 얼굴이 붉어지고 귓바퀴가 달아올랐다. 아무도 비난하지 않았는데 스스로 오물을 뒤집어쓴 기분이었다. 그러나 그것은 여리 혼자만의 감상일 뿐이었다. 대비는 전혀 기억하지 못하는 눈빛이었다. 하기야 그녀에게 심부름꾼 계집아이의 생사 따위야 무슨 관심이겠는가.

인모는 혀를 찼다. 그의 눈동자에 지독한 혐오와 함께 비통한 슬픔이 차올랐다.

"이름조차 기억하지 못할 테지. 하물며 제 전각의 시녀조차 알아보지 못하는 자가 길거리의 풀꽃 같은 이름을 기억할 리가."

중얼거리는 목소리가 침통했다. 쥐고 있던 멱살을 내팽개친 그는 질끈 눈을 감았다.

'아재!'

부르던 목소리가 아직도 귓가에 쟁쟁했다. 목소리가 유난히 맑고 또랑또랑한 아이였다. 그 아이를 처음 만난 것은 대군 저의 연못 앞이었다. 물고기들에게 밥을 주고 있는데 웬 자그마한 아이가 다가와 안채가 어디냐고 물었다. 궐에서 심부름을 왔는데 집이 커서 길을 잃었다고. 묻는 아이에게 평소처럼 무심히 종이와 목탄을 꺼내 대답했다. 대충 그려 내민 약도를 본 아이는 화들짝 놀란 표정을 지었다.

'아재 혹 말을 못해요?'

그의 입가에 고소가 떠올랐다. 벙어리를 향한 모멸과 멸시는 살아오며 지겹게 겪었다. 대부분 처음엔 아이처럼 깜짝 놀랐다가 이내 불편한 표정을 짓기 마련이었다. 어떤 이는 동정하기도 하고 어떤 이는 무시하는 쪽을 택하기도 했다. 하지만 아이의 놀람은 다른 종류의 것이었다.

'와! 근데도 대화를 할 수가 있구나. 이렇게 말을 주고받을 수도 있는 거였어.'

아이의 모친은 벙어리였다고 했다. 선천적으로 귀가 들리지 않았던 아이의 모친은 안 그래도 팍팍한 노비 팔자에 귀까지 멀어 사람이라기보단 개돼지 취급을 당했다고 한다. 툭하면 말귀를 못 알아듣는다고 손찌검을 당하기 일쑤였고, 팔아도 밥값조차 나오지 않는다며 멸시의 눈초리를 받아야 했다고. 그래도 새끼는 칠 수 있으니, 겨우 열셋에 그녀의 모친은 그녀를 낳았다. 그녀는 아비가 누구인지도 몰랐다. 모친은 그 뒤로도 몇 번 임신을 했지만 적게 먹고 집 안에서 가장 더럽고 힘든 온갖 허드렛일에 시달리다보니 그녀의 동생들은 세상 빛도 보지 못하고 줄줄이 사산되었다. 결국 새끼조차 제대로 치지 못한다며 그녀의 어미는 어느 날 가축처럼 먼 곳으로 팔려갔다는 것이다.

'그래서 전 이름도 없었어요. 한 번도 엄마가 내 이름을 불러준 적이 없으니. 당연히 벙어린 말도 못하는가보다 했죠. 진즉에 아재를 만났으면……'

엄마도 내게 하고 싶은 말이 많았을 텐데. 많이 답답했을까요? 물으며 아이는 서글프게 웃었다. 그 아이의 이름이 천비였다. 궁에 들어가 일하게 되면서 명부를 담당하는 서리가 아무렇게나 적어 넣은 이름이라고 했다.

'천한 노비라는 뜻이래요.'

궁적에 차마 그리 적어 넣을 수는 없어 천 천(千)자에 아닐 비(非)자를 썼지만 의미는 거기서 거기라며 아이는 또 웃었다.

'우리 엄마가 말만 할 줄 알았어도 이보단 훨씬 그럴 듯한 이름을 지어주었을 텐데.'

들녘에 핀 흔하디 흔한 꽃 이름이라도 좋고, 처마 밑에 지저귀는 새 이름이라도 좋을 것 같았다. 엄마가 지어준 이름이라면.

서글픈 가족사를 털어놓으면서도 아이는 울지 않았다. 그저 풀꽃처럼 자꾸 웃었다. 그리고 그날 이후 자주 인모를 찾아와 종알거렸다. 귀찮다는 기색을 보여도 아이는 아랑곳하지 않았다. 그렇다고 대단한 얘길 하는 것도 아니었다.

'아저씬 글을 어떻게 배웠어요?'

'자기 목소린 들어본 적이 없어요?'

그날 하루 자신에게 무슨 일이 있었는지, 동무들과는 무슨 대화를 주고받았는지 그런 시시콜콜한 얘기 끝에 슬쩍슬쩍 인모에 관한 것을 물어오는 것이었다. 아이는 그의 일상을 궁금해하고 때로는 걱정했다. 겨울엔 자신이 일을 해주는 궁녀에게서 얻은 천 조각으로 만든 것이라며 목도리를 가져다주기도 했다.

[너나 하거라.]

무뚝뚝한 대꾸에도 아이는 볼을 붉히기만 했다.

'지난번에 아재가 도와준 덕분에 잃어버린 쌀가마니도 찾았는걸요. 근데 그게 거기 있는 걸 어찌 아셨대요?'

아이는 천진하게 웃으며 물었다. 얼마 전, 일을 봐주는 궁녀의 처소에서 급료로 받은 쌀이 사라져 그곳을 드나드는 천비가 의심을 산 일이 있었다. 감찰상궁에게 당장 이르겠다, 다시는 궁에 발도 들이지 못하게 해주마, 악다구니를 쓰는 궁녀 때문에 눈이 퉁퉁 부어온 아이에게 궐 안 어디어디에 가보면 잃어버린 쌀가마니가 있을 거라 말해주었던 것이다.

물론 그것은 그가 몰래 가져다놓은 것이었다. 누가 훔쳐간지도 모르는 쌀가마니를 그리고 무슨 용빼는 재주가 있어 찾아낼 수가 있었겠는가. 그저 징징대는 소리가 듣기 싫어 잠시 귀찮음을 무릅쓴 것뿐인데. 그날 이후로 아이는 인모를 은인 대하듯 했다. 자신이 누구인지, 어떤 일을 하고 있는지도 모르고.

한 치의 의심 없이 그저 순수한 호의로 빛나는 아이의 눈동자를 바라보던 인모의 시선이 목도리를 내밀고 있는 아이의 손을 지나쳐 자연스레 흠뻑 젖어 있는 신발로 향했다. 아이의 발은 항상 젖어 있었다. 궁녀들을 대신해 물을 긷고 빨래를 하다 보니 한겨울에도 발이 마를 날이 없었다. 더구나 다 낡아 해진 신발을 신고 다니다 보니.

그의 시선이 제 초라한 발에 닿은 걸 눈치챈 아이는 헤헤거리며 은근슬쩍 제 발을 감추려 했다. 하지만 깡똥한 치맛자락에 발이 감춰질 리 없었다. 인모는 한숨을 내쉬었다. 그런 인모의 눈치를 살핀 아이는 되레 씩씩하게 말했다.

'전 이골이 나서 아무렇지 않아요. 겨울에 태어나서 그런

553

가? 한겨울에도 별로 추운지도 모르겠는걸요?'

하지만 벌써부터 발갛게 튼 손과 볼은 아이의 호언장담을 우습게 만들었다. 보나마나 발은 더 꽝꽝 얼어붙었을 터.

'천하게 태어난 년이니 천하게 사는 게 당연하죠.'

아이는 아무렇지도 않게 평이한 목소리로 제 팔자를 논했다. 그게 당연한 제 운명이라는 듯이. 인모는 이맛살을 찌푸렸다. 태어나 들은 말 중에 가장 어이없고 또 화가 나는 말이었다.

그날 그는 갓바치를 찾아갔다. 가장 질 좋은 가죽을 고른 그는 그걸로 계집아이가 신을 신발을 지어달라고 했다. 여러 번 무두질한 가죽은 보드라워 오래 신어도 발에 물집이 잡히지 않고, 기름을 잘 먹여 눈길을 걸어도 물이 새지 않을 거라고 했다. 인모는 만족했다. 하지만 여전히 어딘가 성에 차지 않았다.

드디어 신발이 완성된 날, 그는 갓바치 노인이 신발 주인의 이름이 무엇이냐 묻는 말에 그제야 그 불편함의 정체를 깨달았다. 최고급으로 만든 신발이니, 주인의 이름을 각인해주겠다는 노인의 말에 부끄러워하던 아이의 얼굴이 떠오른 것이다. 인모는 한참을 고심하다가 종이에 아이의 이름을 적었다.

天飛.

하늘 천에 날 비. 창공을 나는 제비처럼 자유로웠으면 하는 마음에 적은 이름이었다. 차마 고운 신발에 서리가 아무렇게나 지어놓은 이름을 새겨 넣을 수는 없었다. 선물을 받고 아이는 눈물을 글썽이며 기뻐했다.

'좋은 날에만 아껴 신을게요.'

싸구려니 막 신으라는 그의 핀잔에도 아이는 그저 배시 시 웃기만 했다. 그 웃음이 봄날의 새순 같았다. 그랬던 아이 를…….

아이의 시신을 처음 발견한 것이 바로 그였다. 일을 끝내고 들르겠다던 아이가 영 소식이 없기에 날이 밝자마자 밖으로 나갔다가 평시서 샘 근처에서 낯익은 물건을 발견한 것이다. 우물가에 아무렇게나 나뒹굴고 있던 가죽신.

설마 하고 다가갔던 그는 신발에 인두로 새겨진 '天飛'라 는 두 글자를 확인했다. 그리고 돌아본 우물에는……, 가녀린 아이가 하늘하늘한 꽃처럼 떠 있었다. 한쪽 발엔 여전히 그가 사준 신발을 신은 채로, 부릅뜬 두 눈이 처연하게 하늘을 올 려다보고 있었다. 우물이 모조리 그 아이의 눈물로 채워진 것 만 같았다.

인모는 태어나 처음으로 비명을 질렀다. 쉰 목소리는 그저 꺽꺽거리는 소리만 겨우 내뱉을 뿐이라서 입만 크게 벌어졌 다. 어째서, 대체 어째서? 하늘을 보며 삿대질을 했던 것도 같 다. 잡을 수만 있었다면 하늘의 멱살이라도 움켜쥐었을 것이 다. 대신 그가 움켜쥔 것은…….

인모가 소매 안쪽에서 작은 주머니를 꺼내어 던졌다. 비단 으로 만들었으나 얼룩이 지고 형편없이 구겨진 향낭이었다.

"천비가 죽은 샘 옆에 떨어져 있던 것이지. 물에 젖어 냄새 는 날아갔지만 내용물을 확인해보니 금세 알겠더군."

바닥에 떨어지며 흩어져 나온 것은 말린 방하잎이었다.

"궐 안에 이런 향낭을 지니고 다니는 자는 딱 한 사람뿐이지."

여리도 그게 누군지 알고 있었다. 박 상궁.

그날 이후로 인모는 복수를 다짐했다. 구중궁궐 담장 안에 몸을 웅크린 대비를 끌어내기 위해 일부러 궐 안을 들쑤시고 사람들을 공포로 몰아넣어 결국 자신의 손이 닿는 곳까지 대비가 스스로 걸어 들어오게 만들었다. 결국 인내심 있게 때를 기다린 끝에 단번에 대비의 숨통을 틀어쥔 것이다.

"당신이 통명전으로 가지 않을 줄 알았지."

통명전은 본래 경복궁의 자미당처럼 대비의 전각이었다. 성종임금 때, 당대 최고의 권력자였던 인수대비를 위해 지어진 전각이었으나, 지금은 사람이 살지 않아 폐허나 다름없었다. 오래 전 그곳에서 벌어진 살육 때문이었다.

"당신도 직접 보았을 테니. 엄숙의와 정소용이 통명전 앞마당에서 연산군의 칼에 도륙되던 광경을."

그때 대비는 자신의 침전 안에 숨어 있었다. 밖에서 광기에 젖은 폐주가 고래고래 고함을 질러대는 것을 들었지만 꿈쩍도 할 수 없었다. 그 밤, 결국 폐주는 선왕의 두 후궁을 직접 끌어내어 통명전 앞마당에서 목을 잘랐다. 자신의 할머니에게 보란 듯 벌인 시위였다.

당시 통명전은 대왕대비였던 인수대비가 침전으로 사용하던 중이었다. 결국 인수대비는 충격을 이기지 못하고 쓰러져 세상을 뜨고 말았다. 그로부터 폐주가 축출되던 날까지 대비는 숨조차 제대로 쉬지 못했다. 폐주가 쫓겨난 후에도 통명전으로는 발길조차 돌리지 않았다. 결국 통명전은 버려진 전각이나 다름없어졌다. 끔찍한 참사였고, 모두가 쉬쉬하는 이야기였다.

여리는 그제서야 사람들이 왜 그토록 통명전을 꺼렸는지 알게 되었다. 대비가 왜 그 큰 전각을 내버려두고 굳이 좁은 보경당에 자리를 잡았는지도. 인모는 그것까지도 모두 계산에 넣은 것이었다.

"하지만 보경당이 누구의 것이었는지는 잊고 있었나 보군. 자신이 쫓아내고도 아무렇지 않게 거기로 들어간 걸 보면."

보경당은 본래 폐주의 애첩이었던 장녹수가 사용하던 전각이었다. 그러나 본 주인은 연산이나 다름없었다. 온갖 패악과 광기의 끝에 피폐해진 정신으로 그가 몸을 누이던 곳이 바로 보경당이었다.

참극의 날에도 연산군은 온몸에 피 칠갑을 한 채 보경당으로 스며들었다. 상처 입은 짐승이 굴속으로 파고들듯, 몸을 감춘 연산은 벽 한쪽을 장식한 거대한 늑대 가죽을 내려 머리 위로 뒤집어썼다. 지독한 한기에 시달리는 사람처럼 흥분으로 떨리던 손이 가죽에 감싸이자 서서히 잠잠해졌다. 그는 마치 어미의 품에 안긴 듯 안정을 찾아갔다.

여기저기 구멍이 숭숭 뚫리고, 또 그것을 아무렇게나 기운 볼품없는 가죽이었다. 빈말로도 상품(上品)이라 할 수 없는 물건이었으나 연산은 그 가죽을 몹시 아꼈다. 이것을 진상한 자로부터 전해 들은 사연 때문이었다.

가죽에 뚫린 구멍은 어미늑대가 제 새끼를 지키려고 수십 발의 화살을 몸으로 막아 생긴 흔적이었다. 새끼를 두고 도망칠 수 있었음에도 끝까지 보듬어 안고 피를 흘리며 죽어갔다는 것이다. 그 어미 늑대의 가죽이었다.

연산은 사연을 듣고 눈물을 흘렸다. 그 가죽을 가져온 자에게 큰 상을 내리고 가죽을 보경당에 고이 걸어두었다. 때때로 그는 그 가죽을 뒤집어쓰고 잠을 청했다. 그럴 때면 얼굴조차 기억나지 않는 어미의 품에 안긴 듯 안온함을 느꼈다.

연산은 보경당을 피난처 삼았다. 세상으로부터 도피한 그는 어느 날부턴가 보경당 주변에 천막을 세우고 큰 공사를 시작했다. 신하들은 천막 안에서 임금이 무얼 하는지 전혀 알지 못했다. 그저 자주 그러하듯이 괴벽이 도졌다고만 생각했다. 천막이 거둬지고도 보경당의 겉모습은 크게 달라진 게 없었다. 다만 침전 안쪽에 걸려 있던 늑대 가죽이 사라졌다.

"그 안에 무엇이 있는지도 모르고 말이야."

눈에 보이는 것이 다가 아니었다. 연산은 만일의 사태를 대비해 비밀통로를 만들었던 것이다. 그리고 그 안에 자신이 아끼는 몇 가지 물건과 함께 충분한 양의 금은보화를 감췄다. 혹여 비상사태가 발생하더라도 능히 버틸 수 있도록. 하지만 막상 일이 벌어졌을 땐 미처 그곳까지 이르지도 못했다. 왕을 지킬 군사들은 고사하고, 명을 받들 승지들마저 모두 그를 버리고 도망쳤던 것이다. 가장 가까이에서 모시던 측근들마저

등을 돌릴 정도로 그는 이미 인심을 잃은 상태였다. 모두들 그의 광기를 꺼리고 두려워했다.

"덕분에 내 일이 쉬워졌지."

인모는 무감하게 읊조렸다. 그에게 보경당의 비밀통로를 알려준 것은 제안대군이었다. 제안대군은 연산군의 밤 나들이 동무였다. 조카와 숙부 사이였지만 왕실의 지진아라는 공통점 때문이었을까. 둘은 제법 막역했다. 연산은 제안대군 앞에서만큼은 허물없이 굴었다. 제안대군이 부추긴 면도 없지 않았다. 그는 조카가 왕실을 조각내고 망쳐주기를 바라 마지 않았다.

그렇다고 연산이 대군에게 비밀통로의 존재를 순순히 발설한 것은 아니었다. 왕이란 자들은 대개 의심과 불신을 등껍질처럼 두르고 사는 족속들이었으니. 진실을 폭로한 건 장녹수였다. 그녀는 원래 제안대군의 사람이었다. 제안대군은 일찍이 그녀의 욕망을 알아보았고, 연산의 결핍 또한 간파했다. 그저 두 사람을 연결해주는 것으로 제안대군은 불씨를 던졌다. 그뿐이었다. 그 불씨를 이고 파멸로 굴러든 건 순전히 그들 자신이었다.

본질이 들통 나는 것은 그렇게나 위험한 일이었다. 쉽사리 제 밑바닥을 드러낸 자들은 결국 모두 죽었고, 끝끝내 제 본질을 감춘 자들만이 살아남았다. 그리고 종국엔 비밀만이 남겨졌다.

"피곤하지 않소? 제 얼굴을 감추고 사는 것이."

그는 너무 지쳐 있었다. 인모는 지나치게 오랜 시간을 무거운 자물쇠처럼 허공에 매달려 비밀을 지켜왔다. 제 본모습을 감추고 죽은 듯이 살다보니 이젠 정말 자신이 산 사람처럼 느껴지지가 않았다. 그저 구천을 떠도는 원귀처럼 느껴질 뿐.

이제는 비밀을 아는 사람도 거의 남지 않았다. 그들만 조용히 사라진다면 진실은 영원히 묻힐 터였다. 본래는 시간이 자연스레 망각을 가져다주길 바랐지만 그마저도 마음대로 흘러가지 않았다.

"당신은 들쑤시지 말았어야 했소. 우릴 그냥 놔두었어야 했어."

그랬다면 원대로 조용히 살다 흔적 없이 스러져줄 작정이었다. 하지만 불가능하게 되었다. 너무 위험해졌다. 더구나 그의 분노는 한계를 넘었다. 천비는 임계점에 달해 찰랑이던 그의 잔에 더해진 마지막 한 방울이었다.

"이제 그만 끝을 냅시다."

인모가 싸늘하게 선언했다. 그는 한쪽 벽에 기대 세워놓았던 통을 들고 왔다. 그리고 그 안에 든 것을 건물 곳곳에 뿌리기 시작했다. 얼핏 물처럼 보이지만 그보단 점도가 높고 미끈한 것이 여리의 치맛자락에도 튀었다. 엎어져 있는 대비의 옷에도 스며들었다. 코를 쿵쿵거리던 여리의 얼굴이 창백해졌다. 그것은 다름 아닌 기름이었다.

안양군과 봉안군을 곤장 때리다

전교하기를,

"안양군(安陽君) 이항(李㤚)과 봉안군(鳳安君) 이봉(李㦀)을 목에 칼을 씌워 옥에 가두라."

하고, 또 전교하기를,

"숙직 승지 두 사람이 당직청에 가서 항과 봉을 장 80대씩 때려 외방에 부처(付處)하라. 또 의금부 낭청(郎廳) 1명은 옥졸 10인을 거느리고 금호문(金虎門) 밖에 대령하라."

하고, 또 전교하기를,

"항·봉을 창경궁(昌慶宮)으로 잡아오라."

하고, 항과 봉이 궁으로 들어온 지 얼마 뒤에 전교하기를,

"모두 다 내보내라."

하였다. 항과 봉이 나오니 밤이 벌써 3경이었다.

항과 봉은 정씨(鄭氏)의 소생이다. 왕이, 모비(母妃) 윤씨(尹氏)가 폐위되고 죽은 것이 엄씨(嚴氏)·정씨(鄭氏)의 참소 때문이라 하여, 밤에 엄씨·정씨를 대궐 뜰에 결박하여 놓고, 손수 마구 치고 짓밟다가, 항과 봉을 불러 엄씨와 정씨를 가리키며 '이 죄인을 치라.' 하니 항은 어두워서 누군지 모르고 치고, 봉은 마음속에 어머니임을 알고 차마 장을 대지 못하니, 왕이 불쾌하게 여겨 사람을 시켜 마구 치되 갖은 참혹한 짓을 하여 마침내 죽였다. 왕이 손에 장검을 들고 자순왕대비(慈順王大妃) 침전 밖에 서서 큰 소리로 연달아 외치되 '빨리 뜰 아래로 나오라.' 하기를 매우 급박하게 하니, 시녀들이 모두 흩어져 달아났고, 대비는 나오지 않았다. 그런데, 왕비 신씨(愼氏)가 뒤쫓아 가 힘껏 구원하여 위태롭지 않게 되었다.

왕이 항과 봉의 머리털을 움켜잡고 인수대비(仁粹大妃) 침전으로 가 방문을 열고 욕하기를 '이것은 대비의 사랑하는 손자가 드리는 술잔이니 한 번 맛보시오.' 하며, 항을 독촉하여 잔을 드리게 하니, 대비가 부득이하여 허락하였다. 왕이 또 말하기를, '사랑하는 손자에게 하사하는 것이 없습니까?' 하니, 대비가 놀라

창졸간에 베 2필을 가져다주었다. 왕이 말하기를 '대비는 어찌하여 우리 어머니를 죽였습니까?' 하며, 불손한 말이 많았다. 뒤에 내수사(內需司)를 시켜 엄씨·정씨의 시신을 가져다 찢어 젓 담가 산과 들에 흩어버렸다.

- 1504년 연산10년 3월 20일 조선왕조실록 기사 중

어두운 굴은 짐승의 창자 속 같았다. 길게 이어지는 듯하다가도 이리저리 꺾이고, 좁아졌다 넓어지기를 반복했다. 그때마다 칼을 든 군관들이 앞서 어둠 속을 확인했다. 횃불로 길을 밝히고 있었지만 구석구석 시야를 가린 곳이 많은 탓이었다. 이 어둠 속을 불빛도 없이 홀로 걸어갔을 생각을 하니…….

세자는 초조하고 안타까운 마음에 입술을 깨물었다. 통로 초입에서 망가진 등롱을 발견했다. 대비전 안에 있던 것과 같은 물건인 것으로 미루어 여리가 가지고 들어온 것 같았다. 통로로 굴러 떨어지며 놓친 듯. 덕분에 세자 일행은 한결 쉽게 비밀통로를 찾을 수 있었다.

"평소엔 판자로 막아놓는 모양입니다."

뒤따르던 군관이 말했다.

"안 그러면 아궁이의 연기가 새어 들어올 테니."

연기는 위로 뜨는 성질을 가지고 있다. 그래서 통로를 구들보다 아래 판 것일 터. 그래도 스며들어 오는 연기를 막기 위해 판자 테두리엔 아교를 여러 겹 겹쳐 바른 흔적이 있었다. 평소엔 틈 없이 꼭 닫아두었을 것이 정리되지 않고 열려 있었다.

그만큼 다급했던 상황을 보여주는 것 같아 세자는 초조한 마음에 걸음을 서둘렀다. 대비가 납치되고 그 뒤를 여리가 따라갔다. 시간이 얼마나 지체된 것인지 알 수가 없었다. 세자 일행이 보경당에 도착했을 땐 이미 모두 사라지고 난 뒤라. 더구나 목격자도 없었다. 어쩌면 너무 늦었는지도 모른다. 지금쯤 통로 반대편에서 무슨 일이 벌어지고 있을지.

불안한 마음에 일행을 재촉하고 있을 때였다. 길을 확인하기 위해 앞서갔던 익위사 군관 하나가 뛰어왔다.

"저하, 저 앞에 이상한 것이 있습니다."

그 말에 시선을 주고받은 세자 일행이 군관을 쫓아갔다. 서둘러 그가 가리킨 곳으로 가보니, 통로 중간에 또 다른 문이 있었다. 등롱을 놓친 탓에 여리가 미처 발견하지 못하고 지나친 곳이었다. 그 안에 커다란 짐승의 가죽이 걸려 있었다. 주변엔 빈 상자들이 아무렇게나 굴러다니고 있었다.

세자는 상호가 비추는 불빛을 쫓아 안으로 들어갔다. 그리고 손을 뻗어 벽에 걸린 털가죽을 쓰다듬었다. 그러자 딸랑……, 어두운 동굴 안에 차가운 금속성이 섬뜩하게 퍼져나갔다. 방울소리였다. 짐승의 가죽 끝에 방울이 매달려 있었다.

"이건……."

"늑대가죽 같사옵니다."

옆에 있던 군관이 아뢰었다. 세자도 알고 있었다. 하지만 그보다 더 그를 섬뜩하게 만든 것은.

"피가 아닌가?"

가죽에서 쇠 냄새가 났다. 본래는 회색빛이었을 가죽에 얼룩덜룩한 검은 얼룩이 묻어 있었다. 거기서 지독한 피 냄새가 풍겼다. 횃불을 가까이 대고 자세히 살펴보니 군데군데 기운 흔적도 있었다. 순간 일행들 사이에서 무거운 침음이 흘러나왔다. 그게 무엇인지 깨달은 것이다.

"천구가 드나든 흔적을 찾은 것 같사옵니다."

상호가 말했다. 지금이라도 세자가 돌아갔으면 하는 마음이 굴뚝같았지만, 확증을 찾은 세자의 표정은 더욱 굳어졌다. 통로 반대편에 이 모든 일을 벌인 자가 있을 터였다.

인모.

살고 죽는 것은 하늘의 뜻이라 했다. 그렇다면 자신의 삶에도 어떤 의미가 있는 것일까. 인모는 고개를 저었다. 적어도 그것은 자신의 뜻이 아니었다. 태어난 것도 스스로 바라서 태어난 것이 아니었듯이, 모진 목숨을 이어온 것도 결코 제 뜻대로 이루어진 바는 아니었다. 그러니 죽음만큼은 스스로 결론을 지어야겠다고 막연히 생각해왔었다. 그게 바로 오늘이었다.

적어도 자신이 입은 은혜는 갚고 갈 수 있게 되었으니 영 의미 없는 죽음은 아니려나. 인모는 이곳에 오기 직전, 먼발치에서 마지막으로 보았던 부부인의 얼굴을 떠올렸다. 다정하지만 항상 겁에 질려 있던 연약한 사람이었다. 인모에게 있어선 생을 통틀어 유일하게 따스한 모성을 느끼게 해준 사람이기도 했다. 그래서 한때는 그녀가 자신의 친어머니였으면 하고 간절히 바랐던 적도 있었다.

그에 비해 제안대군은 냉랭한 사람이었다. 세상 모든 이들에게 허허실실로 웃어 보이면서도 인모의 앞에서만큼은 가벼운 미소 한 자락 내비치지 않았다. 그는 인모에게 항상 거리를 두었으며 감정적인 유대도 허락하지 않았다. 그럴 바엔 차라리 무관심했으면 좋았으련만.

대군은 인모가 온전한 판단력을 갖추기 전부터 그를 엄히 훈육하고 단련시켰다. 그때는 그게 무엇 때문인지도 몰랐다. 그러면서도 그저 막연히 따랐다. 대군이 자신을 특별히 여긴다고 믿었기 때문이다. 그렇지 않고서야 수족이나 다름없는 고 내관조차 따르지 못하게 하는 암행길에 동행하게 할 리 없었다.

대군은 인모를 데리고 비밀통로를 드나들었다. 왕궁과 이어진 산길을 걷게 했고, 때로는 입궐할 때 인모를 대동하여 궐의 지리를 익히게 했다. 그 모든 것이 애정을 기반으로 한 가르침이라 믿어 의심치 않았다. 이상하다는 생각은 전혀 하지 못했다. 그런 의심이 들 때마다 부부인의 지극한 관심과 보살핌이 그의 불안을 희석시켜주었기 때문이다.

왕실의 종친이라면 으레 궐을 드나드는 비밀통로 한두 개쯤 다 알고 있는 줄 알았다. 그게 아님을 눈치챘을 때도 대군은 왕실과 워낙 막역한 사이니 예외일 수도 있겠다 여겼다. 그가 무슨 생각으로 자신을 이런 길로 이끌었는지 깨달은 것은 그로부터 한참의 세월이 흐른 뒤였다.

종묘 인근에서 화재가 일어나기 며칠 전. 인모는 비밀통로를 드나들다가 실수로 어느 멸화군의 눈에 띄었다. 인모가 통로에서 나온 직후 담을 넘다 마주친 것이었으므로 그 자는 정확히 인모가 무슨 일을 하고 있었는지까지는 알지 못했다. 헌데도 대군은 간단히 그의 목숨을 거두었다. 그의 가족들마저 죽이고 흔적을 남기지 않기 위해 집에 불까지 질렀다. 만에 하나 있을지도 모를 위협을 제거한다는 이유에서였다.

'대체 뭘 위해서 그렇게까지 하셨습니까? 더구나 죄 없는 어린아이까지!'

죄책감에 울부짖는 인모를 대군은 물끄러미 응시했다. 태어나 처음으로 대군에게 대들어본 것이었다. 그런 인모에게 대군은 싸늘하게 일갈했다.

'우리는 귀신이다. 이름도 본모습도 빼앗긴 자들이란 말이다. 살아 있되 살아 있지 않은 자. 그런 자들이 이승에 남아 할 일이라는 것이 무엇일 거라 생각한 게냐?'

세상을 혼란스럽게 하는 일이었다. 자신들을 부정하고 비참하게 만든 자들을 괴롭히고 두려움에 떨게 하는 것. 함께 지옥으로 끌고 들어가는 것. 대군은 반정 따윈 꿈꾸지 않았다. 그건 살아 있는 자들의 몫이었기 때문이다.

그날 인모는 처음으로 자신의 출생에 의심을 품었다. 부부인에게 달려간 그는 자신이 누구냐고 물었다. 제발 말해달라 애원했지만 부부인은 아무런 얘기도 해주지 않았다. 반닫이에서 뭔가를 꺼내 그의 손에 꼭 쥐어주었을 뿐.

그것은 방울이었다. 부부인은 그저 하염없이 눈물만 흘렸다. 인모는 부부인의 방을 뛰쳐나왔다. 차마 더는 그녀를 괴롭힐 수가 없었다. 다만 한 가지 사실을 깨달았다. 그는 더 이상 대군을 따를 수가 없었다.

그 길로 그는 또 다른 비밀통로로 향했다. 그곳은 숙정문에서 경복궁의 선원전 근처로 이어지는 비밀통로였다. 모습을 감추기 위해 연산군이 남긴 늑대가죽을 뒤집어쓴 그는 대군의 말대로 귀신이 되어 소동을 일으켰다. 세상에 혼란을 가져오기 위해서는 아니었다. 더는 비밀통로를 이용할 수 없도록 병사들의 경계를 강화시키기 위함이었다. 종묘 쪽의 통로는 화재사건으로 이미 접근이 어려워졌으니.

그 뒤로 인모의 의도대로 오랫동안 통로를 드나들지 못하게 되었다. 그 일에 대해 대군은 일언반구도 하지 않았다. 야단을 치지도 않았으며 인모를 비난하지도 않았다. 그들은 한 집에 머물면서도 마치 서로를 보이지 않는 유령 취급했다. 인모가 화재 사건으로 집을 잃은 이주민들을 돕고 다닌다는 것을 알면서도 대군은 그 또한 모른 척했다.

대군은 대체 자신에게 무얼 바랐던 것일까. 뻔히 엇나가고 있음을 알면서도 그는 왜 자신을 내버려두었을까. 인모는 여전히 알지 못했다. 다만…….

시간이 흘러 대군이 죽은 후에야 대군이 쓴 책의 존재를 알게 되었다. 그리고 그제서야 자신이 누구인지도 알 수 있었다.

인모는 건물 곳곳에 기름을 뿌린 뒤, 마지막으로 들고 있던 책을 물끄러미 응시했다. 동궁전에서 빼돌린 환혼전이었다. 대군이 직접 쓴 원본. 그것을 펼쳐든 인모의 귀에 호르르, 호르르르, 멀지 않은 곳의 밤새 소리가 들렸다.

때가 됐음을 깨달은 인모는 들고 있던 환혼전을 툭, 바닥에 떨구었다. 그러곤 남은 기름을 모두 쏟아부었다. 그에겐 돌아갈 곳이 없었다. 그의 눈빛이 차갑게 가라앉았다.

돌아선 인모는 여리를 향해 다가왔다. 여리는 숨을 크게 들이쉬었다. 여리 역시 때가 됐음을 직감했다. 곧 자신에게 닥쳐올 재앙을 각오하며 두 눈을 부릅뜨는데, 기둥에 묶인 줄이 풀렸다. 여리를 풀어준 인모는 그녀를 어깨에 번쩍 둘러맸다. 그대로 몸을 일으킨 인모는 여리를 건물 밖으로 데리고 나갔다.

여리를 문 밖에 내려놓자 어디선가 또다시 밤새가 울었다. 그러자 인모가 화답하듯 짧게 두 번 휘파람을 불었다. 다시 밤새가 울었다. 이번엔 좀 더 다급한 곡조였다. 그에 잠시 음울한 표정을 짓고 있던 인모가 길게 휘파람을 불었다.

여리는 어리둥절했다. 뭐가 어찌 돌아가는지 알 수가 없었다. 거기에 그가 남긴 마지막 말이 여리를 더욱 혼란스럽게 했다.

"미안하게 됐네. 가능하면 오늘 일은 모두 잊게."

여리가 아는 그는 살인자였지만, 살인자의 얼굴을 하고 있지 않았다. 괴물도, 귀신도 아니었다. 저렇게 슬프고 괴로운 얼굴의 살인자라니. 그는 미뤄둔 숙제를 하러 가는 사람처럼 꾸역꾸역 발길을 돌렸다. 그리고 다시 건물 안으로 들어가 문을 잠갔다.

여리는 몸을 일으키려 발버둥 쳤다. 하지만 여전히 팔과 다리가 묶인 상태라 몸을 자유롭게 움직일 수가 없었다. 애벌레처럼 꿈틀거리며 닫힌 문 쪽을 향해 기어가는데 급히 다가오는 발소리가 들렸다. 여리는 고개를 돌렸다. 그러자 저만치서 달려오는 인영이 보였다. 혹 대비를 구하러 온 군사들인가 했지만.

혼자였다. 위아래로 검은 옷을 입은 복면인이 여리를 향해 다가왔다. 그는 한눈에 봐도 왕실에서 보낸 사람은 아니었다. 조금 전 인모와 신호를 주고받은 자인 듯. 근처에서 들려오던 새소리가 보통의 새소리가 아니라는 것은 여리도 이미 알아챈 상태였다. 다만 인모에게 공범이 있을 줄은 미처 예상치 못했기에 당황한 것이었다. 그는 늘 혼자였기 때문이다. 그는 대군 저에서도, 궐에 몰래 숨어들어왔을 때조차도 줄곧 혼자였다.

괴한은 여리를 어깨에 둘러맸다. 건물에서 멀어지려는 그의 움직임에 여리는 발버둥을 쳤다. 대비를 홀로 두고 갈 수는 없었다. 인모는 건물 안에 기름까지 들이부은 상태였다. 저리 두면 큰일이 날 텐데. 누구에게라도 알려야 했다. 하다못해 이 사내에게라도. 여리는 막힌 입으로 마구 소리를 질렀다. 그리고 몸을 비틀었다. 그러자 여리를 둘러맨 사내에게서 목이 막힌 듯 짓눌린 음성이 새어 나왔다.

"가만히 좀 있으시오. 나도 지금 미쳐버리겠으니까."

생각보다 앳된 목소리였다. 사내, 반수는 제 입술을 짓씹었다. 그는 금부의 나졸이었다. 왕족이 납치된 현장에서 이러고 있어서는 안 될 입장이었지만 상관없었다. 자신이 받은 은혜를 생각하면…….

하나뿐인 여동생 금영이. 중궁전 무수리였던 그 아이가 어느 날 깨진 물동이만 남기고 궐 안에서 감쪽같이 사라졌다. 사람들은 인왕산 호랑이에게 물려간 거라고 수군댔지만 반수는 믿지 않았다. 말도 안 되는 소리였다. 대낮에 궐 안에서 호환이라니. 더구나 얼마 전 동생으로부터 스치듯 묘한 얘기를 들었던 것이다.

'오늘 중궁전의 높은 상궁마마님께서 다리 밑 무당집에서 나오는 걸 봤어. 얼굴이 마주쳐서 인사를 했는데 화들짝 놀라서는 서둘러 가버리시지 뭐야?'

무슨 고민거리라도 있는 모양이라며 금영은 제 밥의 절반을 폭 퍼서 반수의 밥그릇에 얹어주었다. 억척스럽지만 제 오라비에게만큼은 한정 없이 너그럽고 다정하던 여동생이었다.

그런 아이가 실종되고 반수는 한동안 눈이 돌아갈 만큼 제정신을 차리지 못했다. 일도 내팽개친 채 여기저기 들쑤시고 돌아다니기를 얼마. 이러다간 줄초상을 치르겠다 싶었던지 평소 형님아우 하고 지내던 별감 하나가 은밀히 반수를 찾아 왔다. 그는 절대 다른 이에게 발설해선 안 된다며 한 가지 비밀스런 정보를 주고 갔다. 연화방 인근에 종종 나타나는 벙어리 사내가 있는데 그가 궐 안에서 사라진 사람들을 찾아준다는 것이었다.

그가 바로 인모였다. 반수는 그날부터 무작정 연화방 골목에 죽치고 앉아 인모를 기다렸다. 그리고 마침내 인모를 마주친 날, 반수는 인모의 바짓가랑이를 부여잡고 울었다. 제발 제 여동생을 찾아달라고. 여러 날을 굶어 시체나 다름없는 몰골이었다.

인모는 말없이 돌아섰다. 반수에게는 그를 붙잡을 힘조차 남아 있지 않았다. 서로 간에 어떤 약속이 오간 것도 아니었다. 그러나 사흘 뒤 새벽, 인모는 반수의 집 앞에 홀연히 나타났다. 묵직한 지게를 진 채였다. 그 위에 멍석으로 만 시신 한 구가 놓여 있었다. 금영이었다. 흙에 묻힌 것을 파내왔는지 온몸이 흙투성이였다.

반수는 겨울이라 꽁꽁 얼어 나무토막 같아진 동생의 시신을 안고 울었다. 누가 들을까 소리조차 내지 못하고 가슴을 쥐어뜯으며 속으로만 절규했다. 대체 왜. 누가 금영이를?

대답해 줄 이는 없었지만 반수는 본능적으로 알았다. 금영이는 북악산과 이어지는 궐 후원 깊숙한 곳에 묻혀 있었다고 했다. 궐은 허술한 듯해도 결코 비밀이 없는 곳이었다. 그건 의금부 나졸인 반수가 더 잘 알았다. 그런 궁 안에서 사람을 죽여 매장하고도 아무렇지 않게 은폐할 수 있는 이는 많지 않았다.

금영이는 보지 말아야 할 것을 본 것이었다. 그래서 죽임을 당했다. 그래놓고 호랑이 따위의 핑계를 대는 것이 가증스럽기 그지없었다. 반수는 그날 이후 복수를 다짐했다. 딱히 무슨 계획이 있었던 것은 아니었다. 그저 무작정 인모를 따랐다. 그와 함께하다 보면 방법이 생길 거라고 막연히 생각했다. 그러다보니 자연스레 알게 되었다. 자신과 같은 이들이 생각보다 많다는 사실을.

인모는 그런 이들을 묵묵히 도왔다. 반수와 같은 자들이 자연스레 인모의 곁으로 모여들었다. 모두가 가슴 속에 불을 품은 자들이었다. 천비의 일은 그저 하나의 계기에 지나지 않았다. 그들은 언제고 터질 때를 기다리고 있었던 것이다. 하지만 이런 식을 바란 것은 아니었다.

대비를 상대로 끝을 보겠다니.

맨 처음 경복궁에서 천구소동을 벌일 때만 해도 일이 이렇게 흐를 줄은 생각도 하지 못했다. 함께 움직이는 이들에게조차 인모는 모든 걸 속 시원히 말해주지 않았다. 홀로 모든 일을 짊어져온 인모는 항상 그래왔던 것처럼 결정적인 순간에 그들이 끼어드는 것을 허락하지 않았다. 인근에서 대기하고 있던 이들이 인모가 궁녀를 건물 밖으로 끌어내는 걸 보고 자신들도 그쪽으로 가겠다고 신호를 보냈지만. 인모는 단칼에 거부했던 것이다.

진입금지. 한 번의 긴 휘파람은 더 이상 다가오지 말고 대기하라는 뜻이었다. 그는 궁녀만을 대피시키라고 명령했다. 웬만해선 주변사람들에게 부탁을 하는 일이 없고, 심지어 곁조차 잘 내어주지 않는 그였기에 반수는 그의 명을 거부할 수가 없었다. 하지만 돌아서는 발걸음이 찝찝했다. 마지막으로 본 그의 표정이 심상치 않았기 때문이다. 마치 끝을 예감한 사람처럼.

지금이라도 당장 건물 안으로 쳐들어가고 싶은 마음이 굴뚝같았다. 하지만 그렇게 하지 못한 것은 이곳으로 오기 전 그가 남긴 당부 때문이었다.

[애꿎은 사람들이 휩쓸리지 않도록 살펴주게.]

궐에 변고가 생기면 가장 먼저 피해를 입는 것은 늘 힘없는 아랫사람들이니.

[그게 어떤 건지는 자네들이 제일 잘 알지 않나.]

그 말에 더는 말리지 못하고 반수는 입술만 깨물었다. 그가 왜 하필 이곳을 결행장소로 삼았는지도 알 것 같았다.

[이곳은 귀신들의 집이니, 내 최후로 이보다 더 잘 어울리는 곳이 어디 있겠는가?]

말은 그렇게 했지만 사실 그는 그가 갈 수 있는 곳 중에 가장 인적이 드문 곳을 선택한 것이었다. 사람이 많은 궐 안에서 일을 도모했다가는 자칫 무고한 사람들까지 말려들 수도 있으니.

끝까지 고지식한 양반 같으니. 반수는 눈을 질끈 감았다 떴다. 발걸음이 무거웠지만 그래도 반수는 인모를 믿었다. 그는 어떤 무리한 상황 속에서도 목표한 바를 이뤄내지 못했던 적이 없었다. 모습을 감추고 기척을 숨기는 데 그만큼 신출귀몰한 이는 없었으니까. 반수는 애써 불안한 마음을 다독였다.

허나 반수의 바람과 달리 인모는 애초에 이곳을 빠져나갈 생각이 없었다. 그는 오늘밤 위협이 될 만한 것들을 모조리 불태울 예정이었다. 그리고 그 속엔 자기 자신도 포함되어 있었다. 여러 증인과 물증, 그중에서 가장 위험한 것이 바로 자신의 존재였기 때문이다.

여리를 밖으로 내보내고, 본래 서 있던 자리로 돌아온 인모는 여전히 벌벌 떨고 있는 대비를 무감한 얼굴로 내려다보았다. 이 순간이 오면 모든 짐을 내려놓은 듯 속이 후련할 줄 알았는데 벌레처럼 무력한 대비의 모습을 보니 허탈한 기분이 들었다. 그의 영혼에 깃든 좌절의 그림자가 너무 짙은 탓에 상상 속 그의 원수는 항상 두억시니처럼 덩치 큰 괴물의 모습을 하고 있었던 것이다.

헌데 막상 마주한 대비는 너무도 초라했다. 인모는 꽁꽁 묶인 대비의 두 손을 물끄러미 응시했다. 바싹 마른 나뭇가지처럼 여위고 작은 손이었다. 주름 진 거죽만 남은 갈퀴 같은 손은 조금만 힘을 쥐도 또각또각 부서질 것 같았다. 저 손이……

오심이 일어 인모는 고개를 돌렸다. 그런 그의 눈에 기름에 젖어 번들거리는 환혼전의 원본이 들어왔다. 그가 던져놓은 대로 아무렇게나 바닥에 나뒹굴던 책은 책장이 모두 넘어가 마지막 빈 여백을 드러내고 있었다. 남들의 눈에는 미완성으로 보일 책.

대군은 어찌하여 이런 것을 남긴 것일까. 울분을 참지 못해서? 왕실의 치부를 드러내려고? 아니면 경계로 삼기 위해서?

인모는 턱을 아득 물었다. 제안대군은 세상 허술한 자의 가면을 쓰고 있었지만 누구보다 치밀한 사람이었다. 그런 사람이 겨우 순간의 충동만으로 이런 위험스러운 흔적을 남겼을 리가 없었다. 대군이 죽기 전 몇 년 동안 두 사람은 전혀 대화를 나누지 않았다. 하지만 그들은 누구보다도 서로를 잘 알았다. 그것이 문제였다.

대군은 인모로 하여금 그의 본바탕을 잊지 않도록 하기 위해서 이 책을 남긴 것이었다. 차라리 미리 말해주었더라면 좋았을 것을. 대군이 죽고 난 뒤에야 인모는 진실과 마주하게 되었다.

계비살아(嬖妃殺兒).

기름에 젖어든 종이가 반투명하게 변해갈수록 빈 여백이었던 종이 위에 희미한 글씨가 나타났다. 반대편 종이의 글씨가 좌우가 반전되어 비치는 것이었다. 마치 거울에 비친 세상처럼. 본래는 다른 모습이었던 글자들이 해체되고 재구성되어 기어코 감춰져 있던 비밀을 드러냈다.

嬖妃殺兒. 새로 들인 왕비가 아이를 죽였다.

인모는 촛불을 들었다. 그리고 대비의 곁으로 다가갔다. 방 안은 온통 기름 범벅이라 작은 불씨 하나로도 모든 것을 태울 수 있었다. 그리 되면 추악한 비밀도 함께 묻힐 테지. 대비를 내려다보는 인모의 눈빛이 광기 어린 불빛에 비쳐 흉흉했다.

닥쳐올 위험을 감지한 대비는 비명을 질렀다. 당장이라도 인모의 손에 들린 촛불이 제 몸 위로 떨어져 내릴 것 같았다. 대비는 온몸을 꿈틀거리며 몸부림쳤다. 인모에게서 멀어지려 애썼지만 밧줄에 묶인 늙은 육신은 마음처럼 움직여주지 않았다.

"제발, 제발 살려줘!"

대비가 그를 향해 애원했다. 들어줄 리 없는 바람이었다. 그녀는 이 지경이 되어서도 자신이 무엇 때문에 죽는지조차 모르는 듯했다. 그게 그녀의 가장 큰 죄였다. 타인의 삶을 빼앗고도 너무 쉽게 망각해버린 죄.

사과를 받을 생각은 없었다. 그만한 가치도 없거니와 사과를 들어야 할 사람은 이미 이 세상에 없었다. 그리고 자신은…… 이미 너무 지극한 사과를 받았다.

'미안하다. 내가 미안하다. 내가 정말……, 너에게 미안하다.'

인모가 출생의 비밀을 알게 된 날, 부부인은 그의 소맷자락을 부여잡고 하염없이 눈물을 흘렸다. 말로는 거듭 사과를 되뇌면서도 행여 놓치면 그가 영영 사라져버릴까 그녀는 염려 끝에 차마 인모의 옷자락을 놓지 못했다. 지금 와 생각해보면 그때가 기회였는데. 그는 차마 세상을 등지지 못했다. 그랬다면 지금과는 결과가 달라졌을까.

지나간 과거에 대한 가정은 의미 없지만 어쩐지 자신의 운명은 여전히 한 방향을 향해 흘렀을 거란 생각이 들었다. 지금 바로 이 순간을 향해. 대군이 말했듯 산 것도, 그렇다고 죽은 것도 아닌 귀신 같은 존재들이 이승에 남아 할 일이란 건 뻔했으니까.

복정(復正).

대군이 붙여준 그의 호처럼 그는 처음부터 왕실을 뒤엎기 위해 태어난 존재였다.

"너무 억울해하진 마시오. 나 또한 당신과 함께 지옥으로 떨어질 테니."

인모가 읊조렸다. 그녀가 그다지도 거두고 싶어 했던 목숨이 아니었던가.

모든 미련과 함께 손에 쥔 촛불을 놓으려던 찰나였다. 와아, 하는 고함소리와 함께 문 밖에서 병장기 부딪히는 소리가 들렸다. 그러더니 우지끈 육중한 소음과 함께 한쪽 창문이 부서졌다. 그 틈으로 무언가 날아 들어와 바닥에 나뒹굴었다. 검게 변복한 사내였다. 복면으로 얼굴을 가리고 있었지만 인모는 한눈에 알아볼 수 있었다.

반수. 그가 통증을 참으려 이를 질끈 깨물며 신음을 흘리고 있었다. 분명 여리와 함께 밖으로 내보냈건만. 어찌 된 일인지 알기 위해 그는 고개를 돌렸다. 그러자 부서진 창호문 밖으로 우뚝 선 인영이 보였다. 칼을 뽑아 들고서 마찬가지로 이쪽을 응시하고 있는 것은 세자였다.

세자는 보경당에서부터 이어진 비밀통로를 따라 막 이곳에 도착한 참이었다. 오는 와중에 예상치 못한 변수로 시간이 조금 지체되긴 했으나, 우물 밖으로 나오자마자 그는 이곳이 어디인지 한눈에 알아보았다. 모를 수가 없었다. 불과 얼마 전에도 다녀갔던 곳이었으니.

종묘. 그중에서도 외대문과 멀지 않은 망묘루 앞이었다. 선대왕들의 현액과 어제시 그리고 어진 등이 보관되어 있는 곳이었다. 뜻밖의 장소에 도달한 세자는 얼떨떨한 기분에 주변을 둘러보았다. 그러다 마침 여리를 둘러매고 나오던 반수와 마주쳤던 것이다.

그 즉시 교전이 시작됐다. 이쪽은 여럿이고 상대는 하나뿐이라 괴한을 발견한 익위사 군관은 망설임 없이 그쪽으로 달려들었다. 반수는 얼른 여리를 내려놓고 반격에 나섰다. 칼을 뽑아 들었지만 중과부적이었다. 세자의 곁을 지키던 또 다른 군관 하나가 싸움에 가세했다. 반수는 점차 뒤로 밀렸다. 그사이 여리에게 다가간 세자는 서둘러 그녀를 묶은 포박을 끊어 냈다.

"괜찮으냐? 다친 곳은?"

여리는 고개를 저었다. 그제서야 세자는 초조하게 뛰던 가슴을 쓸어내렸다. 반가움과 안도도 잠시, 입을 막고 있던 재갈을 뱉어낸 여리는 전각 쪽으로 고개를 돌렸다. 기름으로 범벅이 된 건물 안에 대비와 인모가 있었다. 위험하다고 소리치려던 찰나, 우지끈 소리와 함께 복면인이 군관의 발길질에 채어 날아갔다. 창문에 부딪힌 복면인은 그대로 문살을 부수며 안으로 떨어졌다.

여리는 드러난 광경에 헉 하고 헛숨을 들이켰다. 촛대를 켠 인모가 당장이라도 불을 지를 것처럼 아슬아슬하게 서 있었다. 그리고 그 앞에선 대비가 몸부림을 치고 있었다. 갑자기 불어든 바람에 불꽃이 위태롭게 일렁이고 인모의 옷자락이 펄럭였다. 자리에서 일어난 세자는 칼집에서 칼을 뽑아 들었다.

"복정."

드디어 그 자의 실체를 확인하는 순간이었다. 그러나 검을 겨누던 세자는 인모와 눈이 마주친 순간 그 자리에 얼어붙고 말았다. 그럴 리가 없는데, 그의 얼굴이 몹시 낯익었다. 붉은 불빛이 그의 얼굴 위에서 멀미하듯 어지럽게 일렁이고 있었다. 수염을 깎아 익히 알던 모습과는 조금 차이가 있었지만.

"당신은……."

세자의 얼굴이 일그러졌다. 절대 잊을 수가 없는 얼굴이었다. 어찌 잊을 수가 있을까. 어린 날 폐병으로 열에 들떠 사경을 헤매던 밤, 그의 눈앞에 나타났던 그 차가웠던 얼굴을. 분노와 회한 그리고 슬픔으로 일렁이던 눈빛이 지금 다시 세자의 앞에 놓여 있었다.

세자는 부서진 창문을 통해 인모에게 다가가려고 했다. 보다 가까이에서 그 얼굴을 확인하고 싶었다. 위험을 무릅쓰고 성큼성큼 걸음을 떼는데, 휙, 어디선가 날아든 화살이 발밑에 꽂혔다. 정확히 세자가 발을 디디려던 자리였다. 더는 가까이 다가서는 것을 용납하지 않겠다는 듯. 위협을 감지한 상호가 외쳤다.

"저하를 보호하라!"

상호가 고개를 돌려 화살이 날아온 방향을 살피자 건너편 지붕 위에 웅크린 또 다른 복면인이 보였다. 활을 들고 있었다. 새로운 화살을 메기는 것을 본 익위사들은 금세 세자의 주위를 에워쌌다. 동시에 '막아라!' 하는 외침이 들려왔고 한 무리의 복면인들이 전각 뒤에서 우르르 달려 나왔다. 어떤 자는 창을 들고 있었고, 어떤 자는 짧은 비수를 쥐었다. 심지어 맨손으로 덤벼드는 자도 있었다.

그 수가 세자의 일행보다 배는 많아 보였다. 급하게 움직이느라 세자 일행은 세자를 비롯해 기껏해야 열 명 남짓밖에 되지 않았다. 긴장했던 것도 잠시. 막상 부딪힌 복면인들은 정식으로 훈련을 받은 자들 같지 않았다. 개중 제법 무기를 다루는 자들도 있었으나 고도로 훈련된 익위사 군관들에 비할 바는 아니었다. 처음엔 머릿수에 밀렸던 익위사 군관들은 싸움이 이어질수록 차츰 안정을 되찾아가며 반대로 상대를 몰아붙이기 시작했다. 하나둘 자잘한 부상자들이 늘어감에 따라 전력이 비등해지다가 어느 순간 세자의 쪽으로 승기가 기울어가던 그때. 창을 든 복면인이 쓰러지고, 은밀히 건물을 우회한 익위사 하나가 활을 든 지붕 위의 자객에게 막 칼을 휘두르려던 순간이었다.

"멈춰라!"

그 소리에 모두들 싸움을 멈추고 소리가 들린 곳을 바라보았다. 소리친 사람은 세자였다. 그의 시선이 향한 곳에 대비가 있었다. 그녀는 인질로 붙잡혀 있었다. 대비를 일으켜 세운 인모가 그녀의 목에 시퍼렇게 날이 선 비수를 들이댄 것이다.

"무기를 놓고 물러서라."

인모가 쇠를 긁는 듯한 목소리로 나직이 경고했다. 익위사들은 세자의 눈치를 살폈다. 당장 대비의 목숨이 위태로운 것은 사실이었지만 그들에게는 제 주인의 안위 또한 대비 못지않게 중요했다. 여기서 칼을 놓는다면 세자를 지킬 수가 없었다.

세자는 어금니를 사리물었다. 인모를 노려보는 눈에 핏발이 섰다. 하지만 인모가 비수를 쥔 손에 조금 더 힘을 가하자 세자의 눈동자가 흔들렸다. 대비의 목덜미를 타고 핏방울이 주르륵 흘러내렸다. 결국 세자는 들고 있던 칼을 내려놓았다. 그러자 익위사 군관들도 어쩔 수 없이 하나둘 칼을 내려놓았다.

"물러서라."

세자가 명했다. 군관들은 그들이 서 있던 자리에서 주춤주춤 뒤로 물러섰다. 그러나 세자는 여전히 그 자리에 우뚝 선 채였다. 인모와 가장 가까운 위치였다. 그들의 직선거리는 기껏해야 열 걸음 안팎. 상호는 그 명만큼은 받들 수 없다며 버텼다.

"저하, 위험합니다. 뒤로 피하십시오."

무장을 해제한 그들과 달리 인모는 여전히 칼을 들고 있었다. 던진다면 세자를 충분히 맞힐 수 있는 거리였다. 상호가 세자의 앞을 가로막으려 했지만 세자는 상호를 밀쳐냈다. 오히려 앞으로 두어 걸음 나선 세자는 인모를 마주하고 섰다.

"죽이려 했다면 그 밤……, 이미 나는 이 세상 사람이 아니었겠지."

세자와 인모 사이에 팽팽한 긴장감이 감돌았다. 둘 다 싸늘한 표정을 짓고 있었지만 눈빛이 복잡했다. 분명 인질을 사이에 두고 적으로 맞서고 있는데, 모순되게도 세자는 그에게 적의보다 의문이 더 크게 들었다. 묻고 싶은 것이 많았다. 하지만 그럴 수 없었다. 그들이 쥐고 있는 비밀은 너무 어두운 것이었고 이곳에는 듣는 귀가 많았다. 세자는 애써 마음을 가다듬으며 일단 직시한 문제부터 해결하고자 했다.

"대비마마를 풀어주시게."

이미 대비는 기진하여 제 발로 서 있는 것조차 버거워 보였다. 노구에 닥친 충격을 감당하지 못하고 당장이라도 기절할 것 같은데 인모는 무감하게 대꾸했다.

"그건 어려울 것 같은데."

그는 제 주위로 몰려 선 복면인들을 바라봤다. 다행히 죽은 사람은 없었으나 모두 숨이 거칠었고, 개중엔 크게 다친 사람도 있었다. 칼에 베여 절뚝거리는 모습을 확인한 인모의 얼굴이 무겁게 가라앉았다. 모두들 나서지 말라고 했건만. 전각이 군사들로 둘러싸인 데다 반수까지 발이 묶이니 차마 두고 볼 수 없었던 것일 터였다.

인모는 시간을 벌어야 했다. 이들이 모두 무사히 이곳을 빠져나갈 수 있도록. 물론 거기에 자신은 포함되어 있지 않았다. 인모는 몸을 추스르고 일어선 반수에게 말했다.

"모두를 데리고 나가. 계획은 무산되었으니 각자 흩어져 숨는다."

목숨을 보전하는 게 우선이었다. 당장은 몇 명 안 되는 적이었지만 세자가 여기까지 온 것을 보면 곧 군사들이 몰려올 수도 있었다. 하지만 반수는 이 위급한 상황에서도 인모의 말이 귀에 들어오지 않는 듯 얼이 빠진 얼굴이었다.

"아재……, 말을…….."

반수조차도 인모가 말을 할 수 있다는 사실을 모르고 있었다. 원체 비밀이 많은 사람이기는 했지만, 이제껏 그가 묵묵히 보여온 행동만으로도 그를 믿고 따르는 데는 아무런 문제가 되지 않았다. 하지만 오늘의 작전은…….

처음부터 꺼림칙한 부분이 많았다. 큰일을 앞두고 예민해지는 것은 그렇다 쳐도, 자신들과 거리를 두는 모습이나 퇴로를 감안하지 않고 덤벼드는 듯한 태도가 쭉 마음에 걸렸던 것이다. 게다가 평생 벙어리인줄만 알았던 사람의 목소리까지 듣고 나니. 불길한 예감이 차가운 물줄기처럼 반수의 등허리를 타고 흘렀다.

하지만 인모는 더 이상의 질문을 용납하지 않았다.

"누구도 죽지 않게 해라. 그게 네가 내게 진 빚을 갚는 길이다."

언제고 빚을 갚겠다고 반수는 입버릇처럼 말해왔다. 허나 인모는 그에게 은혜에 대한 대가를 요구하기는커녕 작은 부탁 한 번 한 적이 없었다. 인모의 눈빛이 지금이 바로 그때라고 말하고 있었다. 반수는 치미는 불안감을 씹어 삼켰다.

"젠장!"

그의 말을 따를 수밖에 없었다. 다른 복면인들에게 눈짓한 반수는 부상당한 이들을 부축하며 뒤로 물러났다. 그들이 모두 망묘루 밖으로 사라지자 전각 안에는 인모와 대비만이 남왔다.

"원하는 게 무엇인가?"

세자가 물었다. 당장 대비의 목숨을 살릴 수만 있다면 자객들은 물론 인모 역시 이 자리에서 놓아줄 수도 있었다. 하지만 인모는 쓰게 말했다.

"침묵?"

순간 세자와 인모 사이에 복잡한 시선이 오고 갔다. 확실히 그는 여기서 모든 걸 끝내려는 듯했다. 긴 여정의 끝에 선 그는 몹시 지치고 피곤해 보였다. 세자는 그가 부부인에게 남긴 서신을 떠올렸다.

'본래부터 소인은 산 자가 아니었으니 귀신으로 살다, 흩어지는 것뿐이옵니다.'

행여 계획이 틀어진다 해도 자신이 모두 짊어지고 갈 것이라고 했다. 죽음보다 확실한 침묵은 없으니.

"여기서 목숨을 버린다 하여 정녕 모든 게 끝날 것 같은가? 허면 부부인은?"

세자는 일부러 인모의 연약한 부분을 건드렸다.

"여기서 대비마마를 놓아준다면 그대의 비밀은 덮어주겠다. 허나 계속 저항한다면 부부인의 안위 또한 보장할 수 없을 것이다."

적어도 연좌는 막아주겠다는 말이었다. 부부인은 인모의 유일한 약점이었으니. 하지만 인모는 전혀 동요하지 않았다.

"부부인은 나와 아무런 관련이 없다. 너와 나보다도 멀지.

엮어 넣으려 한다면 도리어 그쪽이 곤란해질 것이다."

의미심장한 대답에 세자는 주먹을 꽉 움켜쥐었다.

"대체 당신은……."

튀어나오려던 말을 겨우 삼킨 세자는 비장하게 내뱉었다.

"차라리 나를 인질로 잡고 할마마마를 놔주게."

그러자 옆에서 듣고 있던 이들이 화들짝 놀랐다.

"아니 되옵니다, 저하!"

세자는 말리는 상호를 뿌리쳤다. 인모에게 더 다가가려 했
으나 인모는 손을 들어 세자를 멈춰 세웠다. 더는 가까이 오
지 말라는 듯.

"이는 개인적인 은원이다."

낮은 목소리는 경고의 빛을 띠고 있었다. 하지만 세자는 멈
추지 않았다.

"허나 내 목을 조르지 않았나!"

그 말에 대부분의 사람들이 의아한 표정을 지었다. 하지만
당사자인 인모와 세자 그리고 몇몇만은 세자가 하려는 말을
알아들었다. 어린 시절, 제안대군 저에 피접 나가 있던 세자의
방에 찾아와 그의 목을 졸랐던 선묘의 귀신. 그게 바로 인모
였던 것이다. 하지만 어떻게…….

세자는 인모가 대군부부의 친자일 거라 생각했다. 부부인
은 극구 부인했지만 여전히 의심을 거두지 못했었다. 헌데 인
모와 마주친 순간 모든 전제가 뒤흔들렸다. 아무리 대군과 선
묘가 사촌지간이라고는 하지만 자식이 부모보다 숙부를 더

닭기란 어려운 일이었기 때문이다. 더구나 헛갈릴 정도로 똑 닮은 용모라니. 대체 눈앞의 남자는 누구인가.

혼란스러웠던 것도 잠시, 세자의 머릿속에 떠오른 짐작은 점차 확신이 되어갔다.

"왕실에 원한이 있는 게 아니오? 허면 차라리 날 죽이시오. 당신의 말처럼 당신이 혐오하는 그 피와 더 가까운 것은 나이 니."

아무런 무기도 없이 인모를 향해 성큼성큼 다가가는 세자 의 거동에는 거칠 것이 없었다. 평생 스스로의 자리를 의심케 한 존재가 눈앞에 있었다. 그 밤, 그를 만난 뒤 세자는 단 한 순간도 자기 확신을 가져본 적이 없었다. 눈을 감으면 슬픔과 원망이 가득한 눈동자가 자꾸만 떠올라서 이유를 알 수 없는 죄책감에 시달려야만 했던 것이다. 그래서 꼭 한 번 다시 만 나고 싶었다. 만나서 묻고 싶었다.

"내가 미처 알지 못한 나의 죄가 무엇입니까? 당신에게 내 가 어찌 사죄해야 하겠습니까?"

무감하던 인모의 눈이 크게 출렁였다. 정작 죄를 지은 당사 자는 하얗게 잊어버렸는데. 그 혈육이 뼈아픈 얼굴로 어찌하 면 좋을지를 묻고 있었다. 인모의 기억이 세자를 처음 마주쳤 던 순간으로 빠르게 돌아갔다.

다분히 충동적인 일이었다. 그때 인모는 심적으로 불안하 던 시기였고, 왕실에 대한 분노가 극에 달해 있었다. 부부인이 자신의 친어머니가 아니라는 사실을 알게 된 데다 자신의 출생에 대해 어렴풋하게나마 짐작하게 되었던 것이다.

그 와중에 세자가 대군 저로 피접을 나왔다. 소년은 병약했지만 세상 모든 존귀한 것들에 둘러싸여 있었다. 그리고 그가 오면서 인모는 숨어 지내야만 했다. 안 그래도 환영 받지 못했던 그는 쥐새끼처럼 어둠 속으로만 피해 다녀야 했다.

신물이 났다. 마음 속 악의가 꿈틀거렸다. 그래서 어리석게도 분풀이를 하고 말았다. 하지만 의문이 가득한 소년의 눈과 마주한 순간. 그는 퍼뜩 깨달았다. 자신이 그토록 증오하던 분노와 혐오감에 자신 역시 고스란히 집어삼켜지고 있었다는 사실을.

정신을 차린 그는 황급히 자리를 벗어났다. 그 후로 다시는 세자의 근처에 얼씬도 하지 않았다. 그렇게 짧게 스친 만남이었다. 어린아이에게는 하룻밤의 악몽으로 치부될 법한. 헌데 그게 그의 마음에 그리 깊은 흔적을 남겼을 줄은 몰랐다.

무엇으로도 흔들리지 않던 인모의 마음에 처음으로 동요가 일었다. 그 때문이었을까. 잠시 방심한 사이 비수를 쥔 손아귀에 슬쩍 힘이 빠졌다. 그 순간 인모에게 잡혀 있던 대비가 어깨를 비틀며 몸부림을 쳤다. 인모의 손에서 벗어난 대비는 쓰러질 듯 세자를 향해 묶인 양팔을 뻗었다. 겨우 한두 걸음을 앞에 둔 상황에서 벌어진 일이었다. 세자는 본능적으로 팔을 벌려 쓰러지려는 대비를 받아 안았다. 인모도 한 발 늦게 대비를 붙잡기 위해 손을 뻗었다. 당연히 도주하려는 것인 줄 알았다. 그런데⋯⋯.

내뻗은 대비의 두 손이 별안간 세자의 목을 졸랐다. 인모와 세자의 거리가 점점 좁아들수록 가파르게 상승하는 긴장감에 모두들 다른 것엔 신경 쓸 여력조차 없을 때, 대비만이 자신에게 가까워지는 방울소리를 듣고 있었던 것이다.

세자의 소매 안에 방울이 있었다. 조금 전, 비밀통로 안에서 발견하곤 챙겨둔 것이었다. 더구나 그는 지금 왕세자임을 상징하는 붉은 곤룡포를 입고 있었다.

"네 놈이로구나! 네 놈이 살아 돌아왔어. 날 죽이려고!"

세자의 눈이 커졌다. 두 손이 결박되어 힘은 세지 않았지만 세자가 받은 심적인 충격은 거셌다.

"할마마마."

세자는 그녀가 갑자기 이러는 까닭을 알 수 없었다. 대비를 안은 손을 놓지도 못하고 그저 망연히 바라보는데 대비가 겁에 질린 듯 속삭였다.

"분명 죽였는데. 내 손으로 분명 목을 졸라……. 단이가 숨이 끊긴 걸 확인했다고 했는데."

작지만 그녀의 목소리는 또렷했다. 뜻하지 않은 상황에 놀란 사람들은 얼어붙어 있었고, 그 순간만큼은 인모마저 움직임을 멈추었다. 적막이 감돌았다. 세자는 심상치 않은 예감에 꿀꺽 마른침을 삼켰다. 그렇게 모두의 시선이 대비에게 모여든 순간.

"꺄아아악!"

대비가 제 두 손을 내려다보며 비명을 내질렀다. 마치 그곳에 보이지 않는 피가 흥건히 묻어 있기라도 한 것처럼. 세자의 목에서 손을 뗀 그녀는 진저리를 쳤다. 지금도 두 손에 감각이 선연했다. 파들거리던 생명이 제 손안에서 점차 스러져가던 그 느낌이. 귓가를 울리던 미칠 듯한 방울소리가.

그녀가 버려진 전각을 찾은 것은 반쯤은 타의에 의한 일이었다. 별궁에 유폐되어 있던 윤씨가 결국 폐서인되어 궐 밖으로 쫓겨나고, 아직 죄인이 낳은 자식에 대한 처우가 명확히 결정되기 전. 아침 일찍 대비전에 문안을 들었던 그녀에게 시어머니인 인수대비는 못마땅한 표정을 지었다.

"해산을 한 지 벌써 수개월이 지났건만 아직도 저리 몸을 추스르지 못해서야."

제대로 보살피지 못한 아랫것들을 나무라는 듯했지만 실제로는 그녀를 비난하는 말이었다. 그녀는 첫째인 순숙공주를 낳으면서 난산을 겪은 탓에 몸은 붓고 살결이 푸석해져 있었다. 누가 보아도 아직 산고에서 헤어나지 못한 모양새였다. 무거운 가체로 가리고 있었으나 아침마다 베개 주위에는 빠진 머리카락이 수북했다. 몸을 꾸밀 열의도 들지 않았으며 세상만사가 무기력하기만 했다. 그러니 새삼 부부 사이야…….

"이래서야 어디 주상이 마음 둘 곳이나 있겠습니까?"

대비가 아픈 곳을 찔러왔다. 폐비가 사라지면 모든 것이 다 순조롭게 해결될 줄 알았는데. 전혀 그렇지 않았다. 중전이 된 후, 대비가 요구하는 기준은 날로 높아져만 갔고 사람들의 기대는 그녀의 숨을 막히게 했다. 게다가 그녀의 지아비는…….

"간밤에 주상이 또 궐 밖으로 미행을 나갔다지요?"

그가 무엇을 하고 다니는지 부인인 그녀는 전혀 알지 못했다. 차일피일 합방을 미룬 지도 오래. 아직 산후의 여파로 몸을 완전히 추스르지 못한 까닭도 있었지만 그게 다는 아니었다. 게다가 그녀도 내심 이 모든 일들에 신물이 나 있는 상태였다. 헌데 대비는 그런 그녀의 사정 따윈 아랑곳없이 그저 채근하고 나무랄 뿐이었다.

"역시 아들이 있어야 합니다. 사내는 제 핏줄에 약한 법이니. 중전은 아직 한창 때가 아닙니까?"

어서 빨리 아들을 낳아 후사를 이으라는 재촉이었다. 그녀가 낳은 공주 따윈 안중에도 없다는 듯. 거기까지만 했다면 그래도 참을 수 있었을 텐데. 하지만 대비는 기어이 한 소리를 더했다.

"어떤 이는 냉궁에 갇혀서도 잘만 갖는 아이를……."

혼잣말처럼 쯧쯧 혀를 내차는 소리에 그녀는 눈앞에 불길이 이는 것을 느꼈다. 버럭 고함이라도 지르고 싶었지만 꾹꾹 눌러 참은 그녀는 허둥지둥 통명전을 나왔다. 중궁전으로 돌아가려는데, 뒤따라 나온 대비전의 지밀상궁이 은밀히 아뢰었다.

"마마, 별궁의 아기씨가 며칠째 미음도 드시지 않고 울고 있다 합니다."

폐비가 낳은 왕자의 상태가 좋지 않다는 귀띔이었다. 그걸 왜 자신에게 말하는 거냐고 울컥 따지고 싶었지만. 쫓겨나며 아이들과도 생이별한 폐비였다. 좋으나 싫으나 이대로라면 폐비의 아이들은 호적상 그녀의 아이로 키워질 터였다. 정작 자신은 낳지도 못한 아들을 둘씩이나 책임지게 생긴 것이다. 원치도 않은 일이었건만, 그 또한 그녀에게 주어진 의무였다. 어쩔 수 없이 그녀는 별궁으로 향했다.

주위가 썰렁했다. 죄인이 난 자리엔 풀 한 포기조차 온전한 것이 없었다. 모두들 눈치를 보느라 접근조차 꺼리는 까닭이었다. 아무리 주상의 혈육이라지만 죄인의 자식이기도 한 터라 왕자를 돌보는 궁인도 보모상궁 하나뿐이었다. 그마저도 최근에 바뀌었다고 했다. 보살피던 이들이 모두 사라지고, 낯을 가리는 아이는 밤낮을 가리지 않고 운다고 했다. 하지만 막상 그녀가 도착했을 때 아기는 기진해 잠들어 있었다.

그녀는 보모상궁마저 자리를 비운 방 안에 우두커니 앉아 잠든 아기를 물끄러미 내려다보았다. 사내아기였다. 자신은 갖지 못한. 어쩌면 온갖 부귀와 사랑을 누리며 자랐을지도 모를 아이는 잘못된 태에 깃든 죄로 이리 괄시를 받고 있었다. 이럴 양이면 차라리 자신에게나 내려주실 것이지. 불공평한 하늘이 원망스러웠다. 아기에게선 달콤한 젖내음이 났다. 그녀는 서글퍼졌다.

아이는 사랑스러웠고, 타인의 마음을 빼앗기에 충분했다. 지금은 저리 연약하지만 갈수록 강건하니 사내다워지고 언젠가는 부왕의 눈길을 사로잡겠지. 대비의 말처럼 사내들이란 대저 대를 이을 아들에 집착하기 마련이었다. 그녀는 불안해졌다. 아기가 너무나 어여뻐서. 그게 자신의 것이 아니라서.

자신도 모르게 떨어진 눈물이 아기의 볼을 타고 흘러내릴 때였다. 반짝 눈을 뜬 아기가 그녀를 바라보았다. 잠시 투명한 눈으로 그녀를 말끄러미 응시하던 아기는 으앙, 갑자기 울음을 터트렸다. 그녀의 눈물에 동화되어서였는지 아니면 그저 낯선 이의 모습에 겁을 먹어서였는지는 알 수 없었다. 당황한 그녀는 자신도 모르게 아이의 입을 막았다.

곧 보모상궁이 돌아올 텐데. 좀 전까지 조용히 자던 아기였다. 자신이 왕자를 울린 것처럼 보일 것이 두려웠다. 대비전 지밀상궁의 언질로 온 길이 아니었던가. 대내의 그 어떤 작은 소문도 대비의 귀를 벗어나진 못했다. 대비는 분명 그녀를 힐난할 터였다. 말로는 하지 않을지라도 바늘 섞인 눈빛이, 서그럭대는 태도가 그녀를 숨 막히게 할 것이었다.

그녀는 울음소리가 새어나가지 않도록 아기의 입을 꽉 막았다. 그러자 딸랑딸랑 방울소리가 울리기 시작했다. 답답해진 아기가 버둥대기 시작한 것이다. 아기의 발목에 방울이 매달려 있었다. 그녀는 그게 무엇인지 곧 깨달았다. 폐비가 제 자식들에게 달아놓은 표식.

소름이 돋았다. 매의 꽁지깃에 시치미를 묶듯, 폐비는 궐을 나가면서까지도 제 흔적을 남겨놓았던 것이다. 진저리가 났다. 그 모습이 마치 이 아이는 절대 네 아이가 될 수 없다고 선언하는 것 같았다. 그랬다. 이 아기는 폐비가 떼어놓고 간 그녀의 일부였다. 깜찍한 겉모습을 하고 있지만 언제고 다시 돌아와 제 숨통을 잡아 누를.

순식간에 살의가 치솟았다. 미쳐버릴 것만 같았다. 그녀는 밤마다 우는 자신의 딸 때문에 며칠째 잠을 제대로 이루지 못한 상태였다. 정신이 멍해졌다. 눈앞의 아기가 그녀를 향한 세상의 악의처럼 느껴졌다. 그녀는 입술을 꾹 깨물었다. 그리고 아기를 누르고 있던 손에 꽉 힘을 주었다. 잠시만. 아주 잠시만 눈을 감으면······.

무엇을 어찌했는지 기억이 희미했다. 그녀는 그저 울음소리가 새어나가지 않길, 아기의 버둥거림이 멈추길, 그래서 저 방울소리가 더는 들리지 않길 바랐을 뿐이었다. 퉁퉁 부은 자신의 손이 어느새 아기의 가느다란 목을 파고들고 있다는 사실은 자각하지 못했다. 그저 손바닥 아래서 느껴지던 파드닥거림이 점차 옅어지고 있다는 것만을 어렴풋이 자각했다. 어느 순간 미친 듯 울려대던 방울소리도 뚝 멈췄다.

그녀는 넋을 놓았다. 세상이 섬뜩한 침묵 속으로 가라앉았다. 자신이 무슨 짓을 저질렀는지 차츰 깨달아가고 있을 때 밖에서 기다리고 있던 단이가 안으로 들어왔다. 한참이 지나도 나오지 않는 주인을 확인하러 온 것이었다.

눈앞의 광경을 목도한 단이는 제 입을 손으로 틀어막았다. 경악한 모습이었다. 그러나 그도 잠시, 넋이 나간 제 주인과 눈이 마주친 단이는 빠르게 제 감정을 수습했다. 서둘러 다가온 단이는 여전히 왕자의 목에 감겨 있는 그녀의 손을 떼어냈다. 그리고 품에서 영견을 꺼내어 아직도 갈퀴처럼 굽어 있는 그녀의 손에 쥐어주었다. 그제서야 그녀는 자신의 얼굴이 눈물범벅임을 알아차렸다.

"닦으셔요, 아씨. 이 방 안에선 아무 일도 없었던 거여요. 아씨는 아무것도 모르는 거여요."

단이는 왕자의 옷깃을 추슬러 손자국이 남은 목덜미를 감추며 말했다. 궁에 들어온 후 깍듯이 자신을 마마라고만 부르던 단이었다. 허나 그 순간만큼은 사가에서 그랬던 것처럼 그녀를 아씨라 불렀다. 그녀는 멍하니 고개를 끄덕였다. 습관처럼 몸에 밴 움직임이었다. 모든 것을 단이의 손에 맡겼다.

이틀 뒤, 왕자의 상여가 궐을 나갔다. 폐비가 궐에서 쫓겨난 지 겨우 십여 일 만의 일이었다.

🖋 폐비 윤씨의 소생인 왕자가 죽다

왕자가 졸(卒)하였는데, 폐비 윤씨의 소생이었다.

- 1479년 성종10년 6월 12일 조선왕조실록 기사 중

왕자는 죽어서 애오개에 묻혔다. 따라갔다 온 단이가 그리 말했으니 틀림없을 터였다. 분명 그 아이는 그때 죽어 묻혔는데.

그녀는 그날 이후 며칠을 크게 앓았고 모든 일은 박 상궁이 도맡아 처리했다. 하여 그녀는 박 상궁이 정확히 어떤 방법을 써서 일을 무마시켰는지는 알지 못했다. 아무리 버려진 왕자라지만 분명 갑작스런 죽음에 의문을 품을 만한 자들이 있었을 텐데. 왕자를 돌보던 보모상궁은 물론 심지어 대비전마저도 침묵했다.

박 상궁의 수완이 너무 좋아 눈치를 채지 못한 것일까. 아니면 알고도 모른 척 넘긴 것일까. 왕자는 모두에게 처치 곤란의 골칫덩이였으니. 속으론 누군가 처리해주길 바랐는지도 모를 일이었다. 결국 제 손을 더럽히기가 싫었을 뿐. 모두가 공범이었다. 뒤처리는 완벽했다. 수십 년이 지나도록 그 일은 단 한 번도 수면 위로 떠오른 적이 없었다. 헌데 어디서부터 잘못된 것일까.

환혼전이 처음 나타났을 때만 해도 대비는 그것이 그저 세자를 음해하고자 만들어낸 괴서라고만 생각했다. 이미 과거에도 그와 비슷한 일이 있었으니. 단지 방울소리, 그 한 구절이 손톱 밑의 가시처럼 거슬렸다. 그래서 더 신경을 곤두세웠던 것일지도 모른다. 하지만 이번에도 문제는 없을 거라고 여겼다. 천구가 그녀의 주변을 맴돌기 전까지는.

귀신일까. 정녕 그들 모자가 귀신이 되어 그녀의 숨통을 끊으러 온 것일까. 언제고 폐비가 궁으로 다시 돌아올지도 모른다고 생각했었다. 하지만 그녀는 이미 사약을 받고 죽었는데. 그녀의 아들들도.

"어떻게 돌아온 거지? 모두 없앴는데. 어떻게……?"

주저앉은 대비는 엄마를 찾는 아이처럼 무기력하게 외쳤다.

"박 상궁! 박 상궁 어디 있느냐? 단아! 단아!"

눅눅한 바람이 불어왔다. 비라도 한바탕 내리려는지. 대청마루에 주저앉은 부부인 김씨는 짤랑, 흔들리는 풍경소리에 움칫, 흰 치맛자락을 움켜쥐었다.

그날도 이런 날씨였다. 아침부터 하늘이 잔뜩 찌푸린 얼굴이더니 쏴아, 비가 쏟아지기 시작했다. 갑작스런 소낙비에 하인들이 이리저리 바쁘게 뛰어다니며 집 안을 단속하고 있을 때, 누군가 급하게 대문을 두드렸다. 문지기가 나가보니 한 무리의 궁인들이 비를 쫄딱 맞고 서 있었다. 죽은 왕자의 관을 싣고 나오던 이들이 비를 만나 곤란해진 것이었다.

"소인들이 비를 맞는 것은 문제가 아니오나 아기씨의 관이
젖어……."

무리를 이끄는 상궁은 난감한 표정으로 잠시만 비를 긋다
가기를 청했다. 한번 궐문을 나선 관은 다시 돌아갈 수 없었
다. 그렇다고 앞이 보이지 않을 정도로 쏟아붓는 빗줄기를 뚫
고 가기란 무리라.

부부인은 궐에서 나온 일행들을 기꺼이 맞아들였다. 수행
길에 나선 이들도 딱했지만 비에 젖은 자그마한 관이 측은해
보였던 것이다. 마침 대군은 출타 중이었다. 기실 대군이 있었
다 한들 딱히 그녀의 결정을 문제 삼진 않았을 터였다. 대군
은 왕실의 일에 관해서만큼은 한없이 관대한 편이었다. 실수
로라도 얼굴 한 번 찌푸린 적이 없었으니.

관을 바깥채에 내리게 한 뒤, 부부인은 하인들을 시켜 궁인
들에게 마른 수건을 가져다주게 했다. 그들에게 따뜻한 차와
쉴 곳을 마련해준 후, 부부인은 관이 놓인 방으로 건너갔다.
따뜻한 감주와 아이가 좋아할 만한 당과도 챙겼다.

부부인은 살아생전 왕자와 접점이 없었다. 그녀도 좀처럼
대군 저를 벗어나지 않았지만, 왕자는 아직 돌도 지나지 않았
던 데다 기구한 출생으로 인해 태어나 한 번도 별궁 밖을 나
선 적이 없었다. 마찬가지로 외부인이 별궁 안으로 들어가는
것도 허락되지 않았다. 그러니 종친들도 말만 전해 들었을 뿐,
왕자를 본 적은 없었다. 한데 무슨 운명인지 오늘 이리 연이
닿았으니.

부부인은 이승을 떠나기 전, 잠시나마 자신의 집에 들른 왕자에게 인사를 건네고 싶었다. 시중드는 이들까지 물리고, 홀로 방 안에 들어간 부부인은 동그마니 외롭게 놓여 있는 관을 내려다보았다. 관 위엔 미처 닦지 못한 물방울들이 맺혀 있었다.

저 작은 것이 얼마나 추울꼬? 안쓰러운 마음에 쪼그리고 앉은 부부인은 관 위를 조심스레 쓸었다. 손바닥에 닿는 물기가 눈물인 것만 같아 품 안에서 영견을 꺼낸 부부인은 관 뚜껑에 고인 빗물을 닦아냈다.

쫓겨난 왕비는 제 아들의 주검조차 보지 못했다고 들었다. 살아서 궐 밖으로 내쳐진 것만도 서러울 텐데 헤어진 지 열흘 만에 두고 온 자식마저 숨이 끊겼다는 소식에 얼마나 애간장이 녹았을지. 이 아기는 홀로 또 얼마나 무서웠을까.

"아가, 춥지?"

물기라도 말려주고 싶었다. 가만가만 말을 거는데, 딸랑…… . 어디선가 맑은 금속성이 울렸다. 처음엔 처마 밑에 달아둔 풍경소리인 줄 알았다. 하지만 다시 딸랑…… . 소리는 작은 아이의 관 안에서 들려오고 있었다.

부부인은 흠칫 놀랐다. 엉덩이를 밀며 뒤로 물러났지만 다음 순간 다시 들린 딸랑, 애처로운 소리에 부부인은 홀린 듯이 관 뚜껑 위에 귀를 가져다댔다. 그러자 작지만 분명한 인기척이 났다. 부부인은 당장 사람을 부르려 했다. 관 안에서 이상한 소리가 난다고, 아무래도 확인해보는 게 좋겠다고. 그러나 소리치려던 부부인은 반쯤 일으켜 세우던 무릎을 도로 주저앉혔다.

제 지아비는 조선 땅에서 가장 고귀한 반편이었다. 그리고
자신은 절름발이였다. 본래대로라면 제 지아비는 저보단 나
은 여자를 아내로 맞았어야 했다. 한데 그가 그리하지 못한
까닭이 무엇이던가. 왕좌에 앉을 단 한 사람을 제외하면, 왕실
에선 태생이 고귀할수록 환영 받지 못하는 법이었다. 하물며
쫓겨난 왕후의 자식이야.

본능적으로 소란을 일으켜서는 안 되겠다는 생각이 들었
다. 게다가 그녀가 착각한 것일 수도 있지 않은가. 그날따라
무슨 용기가 솟았는지, 아니면 그 또한 운명이었는지, 부부인
은 겁도 없이 관 뚜껑을 열었다. 당과가 담겨 있던 유기접시
를 틈 사이에 밀어 넣고 지렛대 삼아 누르자 쉽게 나무못이
뽑혔다. 큰 성인의 관이었으면 엄두도 못 냈을 텐데, 옷상자보
다 조금 큰 나무함이다 보니 여인의 힘으로도 충분했다. 부부
인은 조심스레 관 뚜껑을 들췄다.

또다시 딸랑, 방울소리가 울렸다. 흰 강보에 싸인 아기는
팔다리가 자유롭지 못했다. 한데 강보 한쪽이 풀려 다리 한
짝이 빠져나와 있었다. 그 다리에 방울이 묶여 있었다. 아기는
죽은 듯이 누워 있다가도 한 번씩 안간힘을 쓰듯 다리를 버둥
거렸다. 소리는 거기서 나고 있었다. 대체 이 안에서 얼마나
몸부림을 쳤기에.

찬물을 뒤집어쓴 듯 부부인의 온몸에 소름이 돋았다. 아기
는 놀랍게도 살아 있었다. 한데 몸부림치느라 드러난 아기의

목주변이 시커멨다. 심지어 중심부가 움푹 들어가 있었다. 마치 졸리기라도 한 것처럼.

덩달아 부부인의 입에서 목 졸린 듯한 신음소리가 새어 나왔다. 아기는 전혀 울지 않았다. 울지 않는 것인지 울지 못하는 것인지 구분이 가지 않았다. 힘없이 발만 겨우 버둥거리던 아기는 부부인이 떨리는 손을 뻗자 뭔가를 느낀 듯 반짝 눈을 떴다. 그러고는 부부인을 빤히 바라보았다. 투명한 눈동자에 부부인의 상이 맺혔다.

순간 부부인은 사로잡혔다. 사로잡혔다고밖에는 설명할 수 없는 감각이었다. 귀신에 홀린다면 이런 느낌일까. 정신을 차렸을 때, 부부인은 이미 아기를 관 속에서 꺼내 안고 있었다. 그 무게가 어찌나 가볍던지, 육신을 가진 생명의 무게 같지가 않았다. 영혼만 겨우 건져 올린 듯.

부부인은 어느새 머릿속으로 아기를 빼돌릴 계획을 세우고 있었다. 방 밖은 궐에서 나온 궁인들이 지키고 있었다. 그들이 아는 순간 이 아기는 죽는다. 그 사실을 그녀도 심지어 그녀의 품에 안긴 아기조차도 알고 있었다. 검푸른빛을 띠는 아기의 눈동자가 절실하게 그녀의 영혼을 붙들고 있었다.

결심을 굳힌 부부인은 품속에서 비수를 꺼냈다. 보통의 아녀자들이 들고 다니는 은장도에 비하면 크기도 컸고, 칼날도 날카롭게 벼려져 있었다. 이것은 그녀가 대군에게 시집 올 때, 그녀의 어머니가 건네준 것이었다.

'넌 남들과 다르다. 네가 시집가는 그 집도 세간에서 말하

는 것과는 다를 것이다.'

그녀의 장애 때문에 평생을 품에 끼고 살기를 바랐던 모친은 왕실의 명으로 딸을 시집보내게 되자 그녀를 불러 말했다. 예측할 수 없는 삶이 네 앞에 있다고. 그러니 선택을 내려야 하는 순간이 오거든 망설이지 말라고.

위급한 순간에 칼날이 그녀 자신에게로 향하길 바랐는지, 아니면 밖으로 향하길 바랐는지, 모친의 의도는 분명히 알 수 없었다. 그러나 이 순간, 칼끝은 확실히 그녀 쪽을 겨누고 있었다. 비수를 뽑아 든 부부인은 한 손엔 칼을 쥐고 다른 한 손으론 제 머리채를 움켜잡았다. 그리고 망설임 없이 내리쳤다. 비녀가 풀리며 굵게 땋아 내린 머리타래가 스걱, 묵직한 소리와 함께 싹둑 잘려나갔다.

평생을 길러온 머리카락이었다. 얼핏 보면 커다란 구렁이처럼 보일 정도였다. 부부인은 그것을 둘둘 말아 아기의 강보에 쌌다. 그리고 아기 대신 관 속에 넣었다. 그녀가 아기를 빼돌리게 되면 시종들이 가벼워진 관을 눈치채지 못할 리 없었다. 뭔가 무게를 채울 만한 것이 필요했다. 하지만 방 안엔 덩그러니 놓인 관과 그녀가 들고 온 다과상뿐, 마땅한 물건이 없었다. 그렇다고 안에서 소리가 날 법한 물건은 곤란했다. 유기는 조금만 부딪혀도 쟁강거릴 테고, 다관은 절그럭댈 터.

위험한 도박이나 마찬가지였다. 그녀는 그녀가 가진 것 중 가장 무게를 지닌 것을 걸었다. 그것은 시간의 무게이자 동시에 세상이 그녀에게 요구하는 온갖 관습과 의무의 무게였다.

그녀는 그것을 망설임 없이 끊어냈다. 잘린 부분을 머리끈으로 대충 감싸 가리고, 치렁치렁한 속치마를 벗어 아기를 감쌌다. 그것을 다시 복대처럼 허리에 두른 부부인은 심호흡을 했다.

관 뚜껑을 마지막으로 모든 걸 그녀가 들어오기 전으로 되돌린 부부인은 다시 한 번 방 안을 확인하고 태연한 척 방을 나섰다. 들어오던 길과 다르게 좀 더 다리를 절뚝거리긴 했으나 아랫사람들은 늘 그래왔던 것처럼 크게 신경 쓰지 않았다. 온전치 못한 그녀의 발목을 가리기 위해 남들보다 풍성하게 지은 치맛자락이 그녀가 감춘 비밀을 감쪽같이 가려주었다. 아무도 몰랐다. 외출에서 돌아온 대군이 무릎 꿇은 그녀를 마주할 때까지.

평소 소심하던 그녀는 대군의 앞에서도 전혀 기죽지 않았다. 대군은 기가 막힌 듯 그녀와 그녀가 품어 안은 아기를 번갈아 바라보았다. 불같이 화를 낼 줄 알았던 대군은 의외로 침묵했다. 왕실에 알리지도 않았다. 오히려 그는 요란하게 이혼하는 쪽을 택했다. 그렇게 이혼을 핑계로 부부인과 아기는 왕실의 눈이 닿지 않는 곳으로 보내졌다.

부부인은 그때의 일을 떠올리면 아직도 의문스러웠다. 대군은 그때 왜 그 일을 묵인했을까. 그는 자신을 비난하기는커녕 기꺼이 방패막이 되어주었다. 심지어 사람들의 관심이 멀어지기를 기다렸다가 그녀와 아기를 다시 제 영역 안으로 들여놓았다. 궐에서 쫓겨난 자의 동병상련인가 싶기도 했지만.

부부인은 자신의 지아비가 그리 즉흥적인 사람이 아니라

는 사실을 알고 있었다. 그래서 늘 불안했다. 대군이 그 아이를 데리고 밤 외출을 나갈 때마다 뭔가를 예비하고 있는 것만 같아 잠을 이루지 못했다. 대군은 혹 저 아이를 장가 여인처럼 쓰려는 게 아닌가.

부부인은 대군이 사람을 어찌 쓰는지 알고 있었다. 폐주에게 붙인 가노 계집은 결국 연못에 던져진 돌멩이처럼 제가 무슨 목적으로 쓰였는지조차 모른 채 주변인들을 끌어안고 함께 침몰했다.

하지만 인모 그 아이만큼은 그리 되어선 안 되었다. 그녀에게 인모는 아들이나 다름없는 존재였다. 자신이 직접 먹이고 입혀 키웠다. 비록 친혈육은 아닐지라도 아이가 걷고 말하는 모든 처음을 곁에서 함께했다. 그래서 대군이 끝내 어떤 결정도 실행하지 않고 세상을 등졌을 때, 부부인은 비로소 평온이 찾아올 줄 알았다.

눈을 감기 전 몇 해간 대군은 인모에게 무심했고, 달리 바라는 바가 있어 보이지도 않았던 것이다. 은혜를 갚으라 한다면, 인모는 성격상 섶을 지고 불로 뛰어들라고 해도 거부하지 못했을 터였다. 그래서 더 그 아이의 출생을 감추려 했건만.

어쩌다 이리 되어버린 것일까. 부부인은 손에 쥔 인모의 편지를 다시금 펼쳐보았다. 대청마루에서 보이던 대궐의 불길은 잡혔는지 이제 보이지 않았고, 세자는 문 밖으로 달려나간 지 한참이었다. 눈물을 쏟으며 무력하게 앉아 있던 노부인은 서신을 가슴에 그러안았다.

만약 벌을 받아야 할 사람이 있다면 그건 바로 자신이었다. 자리에서 일어난 그녀는 절뚝이는 걸음으로, 그러나 운명에 홀렸던 그날 아침처럼 망설임 없이 대청마루를 걸어 내려갔다.

제압을 하려면 얼마든지 할 수 있었다. 본래 의도가 무엇이었든 대비는 인모의 손아귀에서 벗어났고, 무기를 들고 있지만 인원수는 이쪽이 훨씬 많았다. 당장 인모를 잡아들이라 명을 내려야 마땅했지만 세자는 아무런 말도 꺼내지 못했다. 그것은 거기에 있는 사람 모두가 마찬가지였다. 일부는 여전히 영문을 알지 못했지만, 누군가는 벼락같이 진실을 깨달았고, 또 다른 누군가는 막연히 짐작하던 바를 확인했다. 그 충격이 모든 움직임을 앗아갔다. 심지어 인모조차도 얼어붙어 있었다. 그 기이한 정적을 깬 것은 요란한 발소리였다.

한 무리의 군사들이 절그럭거리는 군장소리와 함께 열린 외대문 안으로 쏟아져 들어왔다. 그것이 끝이 아니었다. 망묘루를 둘러싸고 수십의 군사들이 사방에서 몰려들었다. 그들은 모두 무기를 들고 심지어 갑옷까지 갖춰 입고 있었다. 대체 어디서 나타난 군사들인지 전각을 겹겹이 에워싼 병사들 사이에서 우두머리로 보이는 장수가 나타났다. 겸사복장이었다. 세자는 속으로 탄식했다. 결국엔 부왕도 알게 된 것인가. 하기야 대비가 사라진 마당에 궁이 잠잠할 리 없었다.

"무기를 버려라!"

외치는 소리에도 인모의 표정에는 큰 변화가 없었다. 그는 마음만 먹는다면 궁궐 한복판에서도 소리 소문 없이 사라질 수 있는 신출귀몰한 자였다. 하지만 이어진 광경에 그의 얼굴이 굳어졌다. 겸사복장의 턱짓에 뒤에 서 있던 병졸들이 포승줄에 묶인 죄인들을 줄줄이 끌고 나온 것이다. 조금 전 이곳에서 도망친 복면인들이었다. 무사히 빠져나간 줄 알았더니.

복면이 벗겨진 그들의 입에는 자결을 막기 위한 재갈이 물려져 있었다. 몸부림치며 욱욱대는 소리는 인모에게 지금이라도 도망가라고 외치고 있었으나, 정작 인모는 꼼짝도 할 수가 없었다. 그들을 두고 빠져나갈 수는 없었다. 애초에 도망갈 생각도 없었지만. 초연했던 그의 얼굴에 번민이 스쳤다.

본래 그는 이곳에 불을 지르고 그도 함께 산화할 예정이었다. 그렇기 때문에 어떤 상황이 온대도, 심지어 수백의 군사가 그를 향해 창칼을 들이댄다 할지라도 겁이 나지 않았다. 이미 모든 준비는 끝이 났고, 작은 불씨 하나면 그가 목표했던 바를 이룰 수 있었기 때문이다. 하지만 그로 인해 죄 없는 사람들이 죽게 된다면.

인모는 두어 걸음 떨어진 곳에 놓인 촛대를 곁눈질했다. 그리고 서너 발짝 앞에 주저앉은 대비와 그 앞에 서 있는 세자까지.

세자는 복잡한 표정으로 인모를 바라보고 있었다. 인모는 분명 궁을 혼란케 하고 대비를 납치한 죄인이었지만 궁지에 몰린 그를 보니 통쾌하기보다는 도리어 당혹감이 들었다. 만약 그가 지금 잡혀간다면……. 과연 이 모든 혼란들이 종식될까. 모두의 눈을 멀게 한 혼돈과 공포가 사라지고, 창끝처럼 서로를 겨누었던 의심과 갈등이 무뎌질까.

세자는 제 부왕의 단호한 말들을 떠올렸다. 싸늘한 모후의 눈빛과 넋이 나간 대비의 모습을 되짚고, 울분이 어린 광준의 얼굴과 회한에 잠긴 부부인의 표정을 곱씹었다. 이 모든 게 과연 저 사내 하나로 인해 비롯된 일일까.

그는 그저 모두의 민낯을 드러나게 만든 것뿐이었다. 그가 지은 죄보다 그에게 갚아야 할 것이 더 많았다. 하지만 여기에 모인 병사들은 그 사실을 알지 못했다. 세자는 자신이 직접 인모를 데리고 부왕을 만나러 가야 한다고 생각했다. 그러기 위해 막 인모를 향해 설득의 말을 뱉으려던 그때, 건너편 지붕 위에서 활을 겨눈 병사가 보였다. 조금 전까지 복면인이 자리를 잡고 앉아 세자를 경계하던 위치였다. 그곳에 선 병사가 정확히 인모를 노리고 활시위를 당겼다.

화살이 쏘아진 순간 세자는 자신도 모르게 몸을 던져 인모를 밀쳤다. 화살은 빗겨갔지만 당황한 인모가 칼을 움켜쥔 손아귀에 힘을 주었다. 그 바람에 칼날이 세자의 팔을 스쳤다.

순간 확 피가 튀었다. 쓰러진 세자는 신음을 삼켰다. 급히 팔뚝을 움켜쥐었지만 그곳에 있는 모두가 세자가 피를 흘리는 것을 보았다.

삽시간에 분위기가 험악해졌다. 화살을 맞을 뻔한 인모는 물론이고 둘러싼 병사들의 눈에도 살기가 어렸다. 상체를 일으켜 세운 세자는 당장이라도 달려들려는 병사들을 제지했다.

"모두 멈추어라! 이 자는 중요한 증인이다. 전하의 앞으로 나아갈 때까지는 상하게 해서는 안 되느니!"

고개를 돌린 세자는 인모를 향해서도 말했다.

"칼을 버리시오. 더 버텼다간 정말 위험해질 것이오. 당신도, 저들도."

세자가 잡힌 이들을 눈짓하며 말했다. 그것이 세자가 낼 수 있는 최대한의 타협안이었다.

"원치 않는다면 아무 말도 하지 않아도 좋소. 전하를 설득하는 것은 내가 할 테니. 제발."

인모는 순간 세자의 눈빛에 흔들렸다. 세자, 이 아이는 처음 마주쳤던 그날 밤부터 지금까지, 심지어 목이 졸리던 그 순간조차 단 한 번도 자신을 원망의 눈으로 바라보지 않고 있었다. 다만 무엇이 잘못된 것인지를 끊임없이 스스로에게 묻고 있을 뿐. 어쩌면. 이 소년이라면…….

인모에게도 아주 약간이나마 희망을 바라는 마음이 있었다. 하지만…….

"윽!"

동요하던 인모의 얼굴이 돌연 일그러졌다. 화끈한 감각에 아래를 내려다보자 자신의 옆구리에 꽂힌 화살이 보였다. 그리고 엉거주춤 무릎걸음으로 선 채 화살대를 쥐고 있는 대비의 얼굴도. 정신을 잃고 쓰러져 있는 줄 알았던 대비가 혼란을 틈타 땅에 박혀 있던 화살을 뽑아 자신을 찌른 것이었다. 조금 전, 지붕 위에 있던 복면인이 세자를 견제하기 위해 쏜 화살이었다. 그게 대비의 코앞에 떨어져 있었던 것을 간과했다. 인모는 이를 악물었다. 시선이 마주치자 대비는 음산하게 중얼거렸다.

"너로구나."

그 목소리를 인모는 물론, 가까이 있던 세자도 들었다. 대비의 시선은 불빛에 드러난 인모의 목덜미에 못 박혀 있었다. 기억이 났다. 깨질 듯한 두통 속에서 대비는 애써 묻어두었던 그날의 일들을 모조리 기억해냈다. 그리고 드디어 찾아낸 것이다. 비록 얼굴은 구분해낼 수 없을지언정 움푹 패인 흉터만큼은 선명히 보였다.

히죽 웃은 대비는 화살을 쥔 손에 힘을 더했다. 그러자 화살이 인모의 살을 뚫고 좀 더 깊숙이 파고들었다. 대비의 얼굴에 기이한 열기가 어렸다. 그녀의 눈동자에서는 감추지 못한 악의가 지글지글 끓어넘쳤다.

인모의 한쪽 눈이 고통과 분노로 일그러졌다. 크윽, 억누른 신음과 함께 인모가 손에 쥔 칼을 높이 치켜들었다. 당장이라도 대비를 내려칠 듯한 살기에 병사들이 급히 칼을 쥔 손에 힘을 주었다. 지붕 위에서 대기 중이던 궁수도 다시금 활시위를 당겼다. 이번엔 세자도 말릴 겨를이 없었다. 눈앞에서 대비가 죽든 혹은 둘 다 죽든, 일촉즉발의 상황이었다. 세자는 숨을 멈췄다.

그때 키이익, 날카로운 소리와 함께 어디선가 커다란 새 한마리가 날아들었다. 날개를 활짝 펼친 새는 엉켜 선 대비와 인모의 사이로 끼어들었다. 그 바람에 궁수가 날린 화살이 빗나갔다. 어리둥절한 채로 서 있던 대비가 갑자기 비명을 지르며 주저앉았다. 그녀의 눈가에 세 줄의 날카로운 발톱 자국이 선명했다. 그 위에서 붉은 핏방울이 뚝뚝 떨어졌다.

올빼미였다. 대비의 얼굴을 할퀸 올빼미는 꽥, 비명 같은 소리로 크게 울부짖더니 아슬아슬하게 사람들을 스치고 지나 부서진 문을 통해 전각 안으로 날아들었다. 방향을 잃고 마구잡이로 휘두르는 날갯짓에 방 안의 기물들이 와장창 소리를 내며 쓰러졌다.

여리는 어안이 벙벙하여 갑작스레 등장한 침입자를 바라보았다. 무엇 때문에 저리 흥분한 것인지 알 수 없었다. 그러다 문득 저 새가 낯설지 않다는 생각이 들었다.

늦은 밤, 세자의 명으로 찾았던 통명전. 버려진 전각에서 마주친 한 쌍의 타오르던 눈동자가 자연스레 연상됐다. 설마.

하지만 그렇다고 해도 여전히 이해할 수 없는 상황이었다. 본래 야생의 새는 사람을 경계하기 마련이었다. 하지만 이 올빼미는 마치 성이 난 것처럼 보였다. 작정한 듯 사람들을 당황시키고, 전각 안을 쑥대밭으로 뒤엎더니, 긴 활공 끝에 정확히 탁자 위에 놓인 촛대를 쳐 쓰러트렸다. 넘어진 초는 인모가 바닥에 던져 놓은 환혼전 위로 굴러 떨어졌다.

순간 불길이 확 치솟았다. 기름을 잔뜩 먹은 종이는 화마에게 더 없이 좋은 먹잇감이었다. 한입에 날름 삼킨 붉은 혓바닥이 그것만으론 부족했는지 바닥에 흩뿌려진 기름을 따라 사방으로 번져나가기 시작했다. 전각이 불길에 휩싸인 것은 순식간이었다.

"불, 불이!"

병사들이 주춤거렸다. 뒤늦게 정신을 차린 겸사복장이 소리쳤다.

"불을 꺼라! 화재를 막아라!"

이곳은 역대 임금의 위패가 모셔진 종묘였다. 더구나 망묘루에는 선왕의 글씨와 수집품들이 보관되어 있었다. 게다가 이곳에는······.

세자가 벌떡 일어나 당장이라도 불붙은 전각 안으로 뛰어들려던 찰나였다. 타닥타닥, 타오른 불꽃이 벽에 걸린 비단 장막 위로 옮겨 붙었다. 연기를 내며 녹아내린 얇은 명주천이 곧 꽃잎처럼 하르르 떨어져 내렸다. 그러자 드러난 것은······.

선왕의 어진이었다. 말년의 얼굴이 담긴 임금의 초상.

불을 끄기 위해 달려들던 병사들은 그 얼굴이 어딘지 낯익다 느끼고는 고개를 돌려 한 곳을 바라보았다. 세자는 눈을 질끈 감아버렸다. 보지 않아도 짐작할 수 있었다. 병사들의 시선이 닿은 곳에 인모가 서 있었다. 그림 속 얼굴과 꼭 닮은 얼굴을 하고서.

다시 눈을 떴을 때, 세자는 인모와 눈이 마주쳤다. 인모는 드러난 초상화를 한 번 보더니 고개를 돌려 다가오는 병사들을 확인했다. 그리고 다시 세자와 눈을 마주쳤다. 그의 눈은 모든 비밀이 탄로 난 사람처럼 허탈하면서도 어딘지 서글퍼

보였다. 그를 붙잡으려 세자가 손을 내밀었지만, 처연하게 미소 지은 인모는 등을 돌려 불길 속으로 몸을 던졌다.

병사들은 어쩔 줄 모르고 허둥댔다. 그사이 가까이 다가온 세자익위사들이 세자를 부축했다. 여리도 달려와 세자의 옆에 섰다. 이미 전각 안은 불길이 거셌다. 그들이 서 있는 곳까지 열기가 훅 끼쳐올 정도였다. 가늘게 눈을 뜬 세자는 소매로 얼굴을 가렸다.

"복정……. 그가 저 안에……."

다가가려고 했지만 주위에서 다급히 만류했다.

"저하, 위험하옵니다."

다른 이들도 우왕좌왕하기는 마찬가지였다. 그들은 안으로 진입하지도 못하고 밖에서 지켜보기만 했다. 죄인을 잡자고 불 속으로 뛰어들 수는 없는 노릇이었다. 병사들은 급한 대로 전각을 에워쌌다. 그사이 우물에서 물을 길어온 자들이 서둘러 불을 끄기 시작했다. 허나 역부족이었다. 한번 불길에 휩싸인 목조건물은 안에서부터 허물어져 내렸다. 사람들로서는 그저 그 불이 다른 곳으로 번져나가지 않도록 안간힘을 쓰는 것이 고작이었다.

세자는 그 자리에 서서 전각이 불타는 광경을 지켜보았다. 곁에서 익위사들이 위험하니 물러서 주십사 수차례 고했음에도 세자는 꼼짝도 하지 않았다. 마침내 흉포한 불길이 모든 것을 태우고 와르르 무너져 내릴 때까지도. 순간 세자의 안에서 애써 버티고 있던 무언가 역시 허물어져 내렸다. 마지막까지도 혹시나 하고 기대했지만 그 밤, 전각 안에서 나온 사람은 없었다.

죄인은 공식적으로 사망했다. 허나 그를 두고 뒤에서는 의견이 분분했다. 현장을 조사한 자들에 따르면 죄인의 시체가 발견되지 않았다는 것이다. 불에 타 흔적도 없이 사라졌다는 것이 중론이었으나 일각에선 그들이 모르는 경로를 통해 빠져나간 것일 수도 있다는 의혹이 불거졌다. 하지만 정작 당시 현장에 있었던 병사들 사이에서는 오랫동안 이상한 소문이 떠돌았다.

그는 본래부터 귀신이었다는 것이다.

귀신이니 시신이 있을 리 만무했다. 그렇지 않고서야 어찌 그리 신출귀몰할 수 있었겠느냐며 병사들은 말을 흐렸지만 애초에 웃전의 심기를 거스르지 않고는 그들이 느낀 괴이를 마땅히 설명할 길이 없었다. 갑작스레 날아든 올빼미도 그렇고, 불에 탄 선왕의 초상 역시. 모든 게 의문투성이였다. 하지만 그들은 차마 그 사실을 입 밖에 내지 못했다. 은밀한 입단속이 있었으리라는 것은 궐의 생리를 아는 사람이라면 굳이 듣지 않아도 능히 짐작할 수 있는 일이었다.

비밀통로의 존재는 개중에서도 극소수만이 알고 있는 사실이었다. 보경당에서 종묘로 이어진 땅굴은 곧 폐쇄되었고, 그를 아는 자들에겐 함구령이 내려졌다. 일부는 보직이 변경되거나 영영 궐 안에서 볼 수 없게 되었다. 대비는 거처를 옮겼다.

얼굴에 흉이 생겼지만 무사히 구조된 대비는 박 상궁이 죽었다는 소식에 말을 잃었다. 침전에 칩거한 그녀는 아주 가끔 망묘루의 화재 사건이 어찌 처리되고 있는지 물었지만 그 외에는 굳게 입을 다물었다. 적어도 광증은 사라졌다. 허나 다시 온전히 밤잠을 이루게 되었는지는 아무도 알 수 없었다.

종묘에서 잡아들인 복면인들을 조사하던 와중에 감춰진 사건의 정황이 드러났다. 붙잡힌 이들 중에 금군 나졸들이 있었던 것이다. 천구가 처음 궁을 침범했던 날, 경회루 인근을 순찰하던 자들이었다. 목격자인 줄 알았던 그들은 기실 공범이었다. 세 사람이 모이면 없는 호랑이도 만들어낼 수 있다는 말을 증명한 셈이었다.

복면인들은 모두 가족 혹은 가까운 이를 궁에서 잃은 자들이었다. 궁에서 일하는 시종들은 여러 가지 이유로 한 해에도 기십 명씩 소리 소문 없이 사라져왔고, 남겨진 자들은 차마 그 까닭을 납득하지 못해 인모를 찾아들었다. 그렇게 사람들이 모였다. 그리고 어느 날 복수를 모의한 것이다.

천비의 죽음이 촉발제가 되었다. 꼭 본인들의 복수가 아니라도 상관없었다. 어차피 그들은 모두 엇비슷한 분노와 슬픔을 공유하고 있었고, 복수에 가담하는 것만으로도 피가 들끓었다. 하여 그들은 기꺼이 천구를 만들어냈고, 왕실을 공포에 떨게 만들었다.

통로 안에서 발견된 늑대의 가죽은 조잡하기 그지없었다. 여러 군데를 기워 누덕누덕하고, 햇빛 아래서 보면 이미 죽은 짐승의 가죽인 것이 티가 났다. 천구는 거짓이었다. 귀신소동도 모두 조작된 것이었다. 하지만 누구도 쉽사리 이 모든 것이 허구였노라 단언하지 못했다.

진실이 어느 정도 밝혀진 후에도 일부 사람들은 여전히 귀신이 진짜라고 믿었다. 몇 개월 동안 궁 안을 떠들썩하게 만들었던 기이한 현상들도, 그로 인해 겪은 심리적 증상들도, 이성적으로는 설명할 수 없는 부분들이 존재했기 때문이다. 그 상흔은 너무나 직접적이고 또한 또렷해서 그 일을 겪은 이들은 도무지 이 모든 게 거짓이었다고 쉽게 납득하지 못했다. 더구나 사라진 인모의 시신은 사건을 영원한 미결(未決)로 만들었다.

그러고 보면 사람들의 직관이란 참으로 매서운 데가 있다고 여리는 생각했다. 진실을 모르고도 때로는 더할 나위 없이 진실에 가까워질 수도 있으니. 어떤 면에서 인모는 진정 귀신과 다르지 않았다. 그는 태어나자마자 죽은 자였으며, 살아 있되 살아 있지 않은 자였다. 저승의 부름을 받았으나 이승을 떠도는 자였으며, 스스로 귀신이 되기로 작정한 자였다. 그러니 그가 어딘가에 살아 있다 해도 전혀 이상할 것 같지 않았다. 물론 누군가에겐 그 사실이 더 없는 악몽이 될 테지만.

임금은 망묘루가 불 탄 밤사이의 일을 모조리 부정했다. 마치 하룻밤 꿈처럼, 벌어진 적 없는 일처럼 깨끗이 묻었다. 이른 새벽 알현을 요청한 부부인과 무슨 대화를 나눴는지는 알 수 없으나, 예상과 달리 임금은 부부인을 온전히 집으로

돌려보냈다. 심지어 금부 옥사에 갇혀 있던 고 내관마저 방면
하였다.

당연히 내수사로 끌려가 갖은 고초를 겪으리라 각오했던
여리도 당장은 무사했다. 그렇다고 자유로운 몸은 아니었다.
대비와 함께 동궐로 돌아온 여리는 그 즉시 소속을 알 수 없
는 궁녀들에게 이끌려 낯선 곳에 갇혔다.

감옥은 아니었다. 처우가 그리 박한 편도 아니었다. 밖으로
나갈 수는 없었으나 최소한의 집기가 갖춰진 곳에서 하루 종
일 감시를 받으며 지냈다. 필요한 만큼의 식사와 의복이 제공
되었다. 밖으로 소식을 전할 수는 없었으나 때때로 뜻하지 않
은 소식들을 전해 들었다. 박 상궁의 죽음과 관련해 조사를
받던 중, 그녀가 사람을 부려 은밀히 애오개에 있는 왕자의
무덤을 파헤친 사실을 알게 된 것이 그중 하나였다.

비석도 멀쩡하고 널도 상하지 않아 들짐승의 짓인 줄로만
알았는데, 가담한 자들의 자백을 받고 다시 열어보니 관 속에
시신이 없었다고 한다. 작은 아기의 무덤인 데다 묻힌 지 오
래되어 뼈까지 모두 삭은 게 아닐까 추측하고 있다지만, 조사
관도 그다지 개운치 않은 표정이었다.

조사관은 여리에게 박 상궁이 그 무덤을 파헤친 까닭을 혹
시 아느냐고 물었다. 여리는 모르겠다고 대답했다. 하지만 그
파헤쳐진 무덤의 주인이 누구인지는 어렴풋이 짐작이 갔다.

그 다음 전해 들은 소식은 뜻밖에도 강생이가 자진을 했다
는 것이었다. 그녀는 박 상궁의 명으로 궐 밖에서 비상을 몰래

들여왔다고 한다. 헌데 박 상궁이 죽고 조사가 시작되자 자신의
죄가 드러날까 두려워 스스로 비상을 먹고 죽었다는 것이다.
그녀의 시신 옆에 죄를 고백하는 유서가 놓여 있었다고 했다.

그 말을 들은 여리는 한동안 입을 열지 못했다. 이야기를
전해준 상궁의 눈빛이 집요하게 여리의 안색을 살피고 있는
것이 느껴졌다. 차분하면서도 침묵을 강요하는 눈빛이었다.
여리는 강생이가 자진을 했을 거라 믿지 않았다. 그녀는 그럴
성격이 못되었다. 하지만 광준의 물잔에 들었던 독을 생각하
자면……. 애초에 여리가 그녀에 대해 제대로 안다고 단언할
수 있을지 회의가 들었다.

여리는 갈수록 말을 잃어갔다. 비록 지금은 나쁘지 않은 대
우를 받고 있지만, 그래서 더욱 자신을 가둔 자의 의도를 알
수가 없었다. 이러다 어느 아침 싸늘한 시신으로 발견된대도
이상하지 않을 것 같았다. 궁이란 그런 곳이니.

대강의 조사가 끝나고 그녀가 알고 있는 사실들을 확인할
만큼 확인했는지 그 후부터 더는 그녀를 찾아오는 사람도 없
었다. 정해진 시간에 맞춰 식사를 들여오는 일꾼뿐이었다. 그
마저도 그녀와는 말 한마디 섞지 않았다. 마치 유령을 대하
듯. 여리는 자연스레 스스로에게 침잠하는 시간이 길어졌다.
의도하지 않아도 그녀의 의식은 시시때때로 그날의 현장으로
돌아갔다.

그날, 장고상궁은 왜 박 상궁의 처소를 찾아온 것일까. 박
상궁을 공격한 것은 인모였다. 화로 안에 남아 있던 가체로

미루어 짐작할 수 있었다. 그것은 박 상궁의 심부름으로 여리가 직접 부부인게 전했던 물건이니, 장고상궁과는 별다른 연관이 없을 터였다. 불을 내려고 한 것은 사실이었지만 딱히 박 상궁에게 감정이 있어 보이지도 않았다. 한데 어째서…… 어쩌다 끼어들게 된 것일까.

그 때문에 사건이 여러모로 복잡해졌다. 살인과 방화사건이 겹쳐져 진실을 걸러낼 수 없게 뒤죽박죽 되어버린 것이다. 현장도 훼손되었다. 여리는 장고상궁이 한때 선원전에서 일했음을 떠올렸다. 그리고 종묘 화재 직후, 연화방의 연못가에서 인천군이 만났다던 정체불명의 괴한에 관한 이야기도. 만약 그때 마주친 사람이 여리의 추측대로 인모가 맞는다면……

여리는 인모가 불타는 전각 안으로 뛰어들기 직전 보았던 선왕의 어진을 떠올렸다. 죽은 이가 살아 돌아온 것이 아닐까 싶을 정도로 닮은 얼굴이었다. 그렇다면 인천군도, 장고상궁도 본 것이 아니었을까. 그의 얼굴을……

멍하니 생각에 잠겨 있을 때였다. 밖에서 저벅저벅 발걸음 소리가 들렸다. 평소와 다를 바 없이 식사를 가져온 사람이겠거니 하고 있는데 앞선 이의 뒤를 따라 또 다른 발자국 소리가 이어졌다. 어딘지 모르게 은밀한 기척이었다. 어쩌면 때가 온 것이라고 여리는 짐작했다.

아니나 다를까 잠겨 있던 방문이 열리더니 한 무리의 내관들이 들이닥쳤다. 모두 그동안 보지 못했던 낯선 얼굴들이었다. 그들은 여리의 입을 틀어막더니 머리 위에 자루를 뒤집어

씌웠다. 앞이 전혀 보이지 않는 채로 번쩍 들려 여리는 어딘
가로 끌려갔다.

발이 다시 땅에 닿았을 때, 여리는 얼굴을 가린 천 너머로
불꽃이 일렁이는 것을 느꼈다. 주변이 어두워 그런지 성긴 직
물 사이로 비치는 화기와 불빛이 더욱 또렷했다. 마치 쥐부리
글려를 당하는 생각시가 된 기분이었다. 두려움 속에서도 여
리는 각오로 굳어진 입술을 꾹 다물었다. 해서 머리 위의 자
루가 벗겨졌을 때, 여리는 눈앞의 사람을 보고도 큰 소리를
내지 않을 수 있었다.

여리의 앞에 선 것은 뜻밖에도 주상이었다. 뒷짐을 진 그는
꿇어앉은 여리를 가만히 내려다보았다. 무심히 응시하는 눈
빛이 차가웠다. 마치 물건의 가치를 가늠하듯. 침묵하던 그의
입에서 의미를 알 수 없는 말이 흘러나왔다.

"의금부 지하에 있는 것은 용의 비늘이 맞다."

의문을 제기하는 것은 용납하지 않겠다는 듯, 그가 준엄하
게 경고했다.

"과인은 분란을 야기하는 자를 살려두지 않는다."

혹 그게 자신의 혈육일지라도. 그것을 너무나 잘 알고 있는
여리는 가슴이 철렁했다. 임금이 자신과 세자의 내기를 알고
있었다. 그 말은 그동안 세자가 해온 일들도 모두 알고 있다
는 뜻이었다. 그것이 왕세자의 자리를 흔들 만큼 크나큰 오점
인 걸까. 목숨을 위태롭게 할 정도로? 여리는 확신할 수 없었

다. 일개 나인이 어찌 어심을 추측할까. 하지만 길지 않은 궐 생활 동안에도 권력의 비정함만은 물리게 보아왔다. 여리는 깊이 생각할 겨를도 없이 엎드려 탄원했다.

"소인은 이미 한 번 죽은 목숨이옵니다. 그것을 아직 이어둔 것은 단지 쓰임이 있어서였을 뿐, 저하의 손 위에 있사오니."

여리는 정말로 그렇게 생각했다. 대비의 화각장을 뒤지다 박 상궁에게 발각된 날 여리의 목숨은 이미 한 번 끊긴 것이나 다름없었다. 그날, 세자의 앞에서 제 안의 어둠을 모조리 토해내며 여리는 제 손으로 제 명줄을 기꺼이 세자의 손에 올려두었다. 사람의 목숨을 좌지우지할 만큼 큰 힘을 쥐게 되면 오히려 그 힘을 휘두르기가 두려워진다던 세자를 보며, 이 사람이라면 제 해묵은 죄책감을 이해하리라 여겼다. 감히 동질감을 느꼈다.

그들의 내기가 끝나던 날, 동궁전의 별전에서 죽은 모후의 흔적을 더듬던 그의 쓸쓸한 뒷모습이 오래도록 여리의 뇌리에 잔상처럼 남아, 그녀는 차마 세자를 외면할 수가 없었다. 비록 그는 그녀를 밀어내려 했지만, 그렇기에 더욱……

"전하께서 놓으라 하시면 저하께선 기꺼이 놓으실 것이옵니다. 부디 저하의 충심을 의심하지 마옵소서."

홀로 그가 모든 것을 감당하게 내버려둘 수는 없었다. 그가 더는 외롭지 않기를 바랐다. 그 대가가 설혹 자신의 죽음일지라도. 어차피 한 번도 제 뜻대로 흘러간 적 없는 인생이었다. 그러니 죽음만이라도 제 뜻대로 결말짓고 싶었다. 임금이 원하는 게 비밀을 지키는 것이라면 죽음만큼 확실한 침묵은 없을 테니.

하지만 임금은 여리가 각오하고 내뱉은 말들 중에서 그다지 중요치 않아 보이는 한 단어에 유독 집중했다.

"'기꺼이'라……."

읊조린 임금은 언젠가의 기억을 더듬었다. 세자와 세자빈의 합궁날짜가 얼마 남지 않은 날이었다. 갑작스런 소나기에 옷도 기분도 흠뻑 젖은 그에게 훌쩍 웃자란 아들이 물었다. 마음이 뜻과 다르면 어쩌냐고. 그때의 눈빛이 떠올랐다. 아들은 푸르렀다. 그 푸르름은 연약했고 그래서 불안하고 안쓰러웠다. 약한 것은 필시 공격받게 마련이었다. 그렇게 작은 흠집들이 쌓이다보면 언제고 분란을 일으키기 십상이건만…….

'그 아이는 제가 거둔 제 권속입니다.'

망묘루에서 돌아온 아들이 제게 선언했다. 칼에 베인 상처를 어의에게 보이지도 않고. 대충 동여맨 천 자락 사이로 붉은 선혈이 뚝뚝 떨어져 번졌다. 그 선연한 빛깔이 시야를 어지럽혔다. 현기증이 일 만도 한데, 도리어 꼿꼿이 버티고 선 아들은 제 눈을 똑바로 응시하며 말했다.

'아바마마께서 송백이를 쏘라 명하신 걸 압니다.'

아들은 해묵은 얘기를 끄집어냈다. 이미 한참이나 지난 과거의 일이었다. 그런데도 임금이 금세 당시의 일을 떠올릴 수 있었던 건 처음부터 모든 것을 알고 있었기 때문이었다. 그건 그저 그런 불운한 사고가 아니었다. 사실 임금은 세자가 그 매를 얼마나 아끼는지 알고 있었다. 그 매가 실상 세자의 소유나 다름없으며, 세자가 직접 이름을 붙여주었다는 사실까지.

그럼에도 불구하고 새를 쏘라 명했던 것은 선하기만 하고 욕심이라고는 부릴 줄 모르는 세자에게 강단을 심어주고 싶어서였다. 장차 임금이 되자면 독한 구석이 필요했다. 때에 따라선 아끼는 것이라도 과감히 버릴 줄 알아야 했다.

하지만 아끼는 새의 죽음을 목도한 세자는 그저 슬피 울기만 했다. 아직 어린 아이이니 그러려니 했다. 그러곤 잊어버렸을 줄 알았다. 아니, 애초에 모를 것이라 생각했다. 자신이 그 매를 일부러 쏘게 했다는 사실을. 하지만 어느새 어른이 된 아들은 이제 와 자신에게 그때의 일을 상기시키고 있었다.

'아바마마께서 그러셨지요. 제 것이라면 남들이 건들지 못하도록 제 것이란 표시를 해야 한다고.'

그러니 건들지 말라는 당부이자 경고였다. 언제나 자신에게 순종하기만 했던 아들이, 사내의 얼굴을 한 채, 눈앞의 이 아이 때문에.

임금은 복잡한 표정을 지었다. 무엇이 득이 되고 실이 될지, 계산은 이미 명확했다. 왕좌를 위태롭게 할 만한 위험요인이라면 애초에 싹을 도려내는 편이 나았다. 그러나…… 결정을 내린 임금의 얼굴이 다시 냉정을 되찾았다. 세자를 위해 기꺼이 죽겠다는 아이였다. 그렇다면…….

표정을 굳힌 임금은 지키고 있던 자들에게 눈짓했다. 그러자 임금의 뒤편에서 대기하고 있던 이들이 우르르 몰려들었다. 여리를 구속한 한 무리의 궁인들이 그녀를 방 밖으로 끌어냈다. 여리의 눈에 겹겹이 닫히는 방문 사이로 석상처럼 선 임금의 뒷모습이 보였다. 그 모습을 끝으로 쿵, 세상을 향한 마지막 문이 닫혔다. 그날 궁녀 정가 여리는 죽었다.

~~~ 정승 등에게 제안대군의 부인을 폐하라고 전교하다

정승 등에게 전교하기를,

"제안대군의 부인이 지난해 6월에 처음으로 풍병을 얻어서 때로는 혹시 현기증이 나기도 하고, 두 다리가 연약해져서 반 걸음 걸어가는 중에도 간혹 저절로 넘어지게 되었다. 그런 까닭으로 사제에 물러가서 병을 치료하도록 했는데도 오히려 황홀하여 깨어나지 못하고 입에서 거품이 나올 때도 있었다. 그 집에서 말하기를, '조금 나았다'고 하므로, 대궐 안으로 도로 들어왔는데, 지난번에 대비를 따라서 후원에 나가서 섬돌을 올라가다가 저절로 넘어진 것이 전일과 같았다. 약을 먹고 침질과 뜸질을 하기를 남은 힘이 없도록 했는데도 지금까지 오히려 낫지 않았으니, 이것은 곧 다시는 나을 수 없는 병이다. 전일에 덕원군이 내 앞에 있다가 갑자기 중풍증을 만나게 되어서 곧 부축하여 나갔는데, 두 다리가 땅에 드리워져 끌렸지마는 침질을 하고 뜸질을 해서 곧 낫게 되었다. 대저 침질과 뜸질은 병을 치료하기가 쉬운데도 부인의 병은 유독 낫지 않으니, 다시 나을 수 없는 것이 명백하다. 또 왕대비께서는 보통 때에도 병환이 많아서 음식을 능히 소화하지 못하여 혹은 위로 토하는 때가 있기도 하였다. 이러한 까닭으로 손자가 있기를 바삐 기다리고 있는데, 다만 왕대비만 이와 같을 뿐 아니라 대비의 뜻도 이와 같으니, 이를 폐하는 것이 어떻겠는가?"

하나, 정창손, 심회, 윤사흔, 홍응, 노사신, 이극배 등이 아뢰기를,

"이를 폐하는 것이 적당하겠습니다."

하였다.

– 1479년 성종10년 12월 20일 조선왕조실록 기사 중

나는 그날 죽었다. 나의 흔적은 모두 지워졌으며, 공식적으로 나는 궐에 존재했던 적도 없는 사람이 되었다. 나를 기억하던 모든 사람들, 그들의 기억 속에서조차 나의 존재가 서서히 잊혀갈 즈음. 나는 살아 있되, 살아 있지 않은 사람이 되어 궐로 돌아왔다. 나인 정가가 아닌 세자저하의 후궁 양제 정씨로서였다.

저하는 나를 보고 그저 옅게 미소 지으셨다. 무사해서 다행이라는 듯, 안심한 표정이었지만 반기는 말은 없었다. 저하께선 적어도 겉으로는 나를 낯선 이처럼 대하셨다. 그사이 수척해진 저하는 메마른 표정에 과묵한 청년이 되어 계셨다.

지금도 가끔 그날의 일을 곱씹어본다. 전하의 앞에 끌려 나갔던 날, 전하께선 왜 나를 죽이지 않으셨을까.

죽일 의도는 충분했다고 생각한다. 전하께서는 왕실의 앞날을 위해서라도 비밀을 철저히 파묻어야만 했고, 나는 당시 세자저하의 대숲 같은 존재였다. 그랬다. 나는 저하의 가장 연약하고 위태로운 비밀을 품고 있는 자였다. 어쩌면 그랬기에 전하께선 차마 나를 베어내지 못하신 걸지도 모른다. 저하의 유일한 숨구멍이었기에.

인모 그 자가 불 속에서 사라지고, 그 후 궐은 다행히 안정을 되찾아갔다. 일 년이 갓 넘었을 때 뒤를 쫓듯 부부인께서도 성급히 세상을 떠나셨고, 다시 한 해가 지난 후 왕실은 마침내 동궐에서 법궁인 경복궁으로 돌아왔다. 모든 것이 제자리를 찾는 듯 보였다. 그러나 세자저하의 자리는 여전히 위태로웠다.

양제를 들인다 함은 후사를 튼튼히 하기 위함이다. 하나 내가 입궐한 그 해까지도 저하께는 후손이 없었다. 그리고 다음 해, 중전마마께서 왕자아기씨를 출산하셨다. 저하는 동생이 생겨 든든하다 하셨지만 눈동자는 까무룩 죽어갔다. 세자빈께서는 까닭도 없이 자주 병을 앓았다.

가정 22년(1543년) 정월엔 동궁전에 큰 화재가 나 저하의 침전이 불탔다. 원인을 알 수 없는 불이었다. 대내의 사람들이 모두 달려들어 당장 불을 꺼야 마땅했지만 그리 큰 불이 났음에도 불구하고 입직한 군사들은 보이지 않았고, 내관들도 소란만 피울 뿐, 누구 하나 나서려 들지 않았다. 저하께선 여전히 침전 안에 계셨다.

소식을 들은 나는 헐레벌떡 달려갔다가 그 꼴을 보고선 앞뒤 없이 자선당으로 뛰어들었다. 그때 이미 전각엔 불이 옮겨 붙고 있었다. 하나 저하께선 그저 조용히 침전 중앙에 앉아 계실 뿐. 나와 눈이 마주치자 저하는 처연히 웃으셨다. 나는 저하의 손을 잡아끌고 전각 밖으로 당겼다. 속이 터지고 눈물이 번졌다. 그 꼴을 본 저하는 난감한 듯 미간을 찌푸리셨다.

"역시 그때 시치미를 뗐어야 했는데."

영문 모를 탄식과 함께 저하는 어쩔 수 없다는 듯 내게 딸려 밖으로 나오셨다. 그때 지었던 서글픈 미소가 아직도 머릿속에 남아 지워지질 않는다. 참으로 슬프고도 해괴한 밤이었다.

화려하고 영화로운 궁궐 안에서 우리는 많은 외로운 밤을 견디어 보냈다. 그러다 결국 그날이 오고야 말았다. 세자저하께서 보위에 오르시고 그해 6월, 원인 모를 이질과 열병으로 쓰러지신 것이다.

전하께선 위중하신 와중에도 자신의 병증을 감추려 하셨다. 이를 악물고 대간들을 만나고 대신들의 문안을 받았다. 등줄기를 꼿꼿하게 세우고 앉아계셨지만 신하들이 나가고 나면 속적삼이 식은땀으로 흥건히 젖어 있었다. 병은 급속도로 악화되었다. 나는 미처 따져 묻지 못한 말들로 체한 사람처럼 속이 갑갑했다.

"전하, 어찌하여 모른 척하시옵니까?"

전하의 병은 창경궁에 다녀온 직후 돌연 시작된 것이었다. 선왕의 상을 치르시느라 쇠약해져 계시긴 했지만 타고나길 강골인 까닭에 별다른 병치레는 없었다. 한데 주다례(晝茶禮 임금의 장례 후 삼년상 안에 혼전이나 산릉에서 낮에 지내던 차례)를 치르고, 홀로 계신 대비마마께 들러 차 대접을 받고 돌아오신 후 급작스레 이상한 증상들이 나타나기 시작한 것이다. 중독증세 같았다. 하지만 전하께선 그 누구도 추궁하지 않으셨다. 심지어 제 몸에 나타난 이상을 궁금히 여기지도 않으셨다.

"조금이라도 괴이한 일이라면 그냥 지나치지 못하시던 분께서……."

나의 울분 섞인 핀잔에도 전하께서는 그저 담담히 대꾸하셨다.

"이는 사람의 일이지 않더냐?"

호기심 가득하던 소년의 눈은 오랜 번민으로 지쳐 피로해 보였다. 그럼에도 전하께서는 애써 장난스럽게 웃으시며 비밀스레 속삭였다.

"아무래도 나는 눈에 보이는 것보다 보이지 않는 것들에 더 마음이 끌리는 모양이다. 내 그리운 이들도 모두 더는 볼 수 없는 곳에 있지 않더냐?"

지금도 전하께선 종종 불타버린 자선당 터에 가곤 하셨다. 그곳 별궁엔 전하의 모후께서 남기신 물건들이 있었다. 그리고 꿈에서 깨어 직접 적어넣었다던 전하의 아명도. 모든 게 지상에서 사라졌다. 불탔던 망묘루는 이미 말끔히 복원되었다. 그러나 떠난 사람은 결코 돌아오는 법이 없었다.

열이 오르는 와중에도 전하께서는 기대된다는 듯 눈을 빛내며 말씀하셨다.

"이제 곧 내 직접 만나러 간다고 생각하니 설레는구나. 저승에 가서 반가운 이들을 만나거든 내 그동안 궁금했던 것들

을 죄다 물어볼 작정이다. 허니 여리야…….'

후궁이 되어 입궁한 이래로 전하께선 단 한 번도 나를 그
리 부르신 적이 없었다. 아니, 나인일 적에도 그리 다정하게
내 이름을 불러주신 적은 없었다. 그저 그 시절엔 정 나인, 지
금은 정 귀인이라고 불리고 있을 뿐이었다. 입 밖으로 내선
안 되는 이름이었다. 한데 전하께서는 태연히 내 이름을 부르
시곤 어르듯 당부하셨다.

"내 언젠가 너에게도 그 얘기들을 모두 들려주마. 그러니
끝까지 잘 지켜보렴. 급할 것 없지 않으냐? 내가 떠난 후 놓친
이야기들은 네가 잘 기억해두었다가 나에게 전해주어야지."

속삭이는 음성이 애틋하여 나는 귀를 기울였다. 병석에 누
운 전하께선 살이 내려 마른 장작 같았다. 하지만 눈빛만은
형형하여 마지막 불꽃처럼 선명하게 타올랐다.

"몹시 궁금할 것이다."

전하의 부탁이 내게는 너무 버거워 나는 차마 눈물조차 흘
리지 못하고 불경하게도 되레 전하께 눈을 흘기고 말았다.

"어찌 제게는 끝내 과제만 주시옵니까?"

뒤따름 자유조차 허락하지 않으셨다. 하여 지금도 나는 이
렇게 붓을 쥐고 있다.

전하께선 홍서하시기 직전, 정승들을 불러 조광조를 사면
하고 복권시키라 유언하셨다. 중전마마께는 자신이 죽고 난
후 사흘간 염을 하지 말라 당부하셨지만……. 권신들은 날씨
를 핑계로 하루 만에 전하의 용안을 가리고 염할 것을 거듭

고집스레 주청하였다. 결국 모든 것이 그들의 뜻대로 흘러갔다.

창경궁에 머무시던 대비마마께서 돌아오시고, 궐 밖 사가에 계시던 대군께서 서둘러 입궁하셨다. 하늘의 뜻이 자신들에게 닿아 있다 자신하고 있을 테지만 나는 알고 있다. 기실 그들이 붙잡은 권력은 누군가 스스로 놓아버린 것이었다.

권력은 칼집이 없는 칼날과 같아서 꽉 움켜쥐면 쥘수록 스스로를 상하게 만든다. 그리고 전하께선 스스로 바란 적 없음에도 단지 그 자리에서 버티는 것만으로도 오래도록 깊이 베이셨다. 만약 사람의 영혼을 눈으로 볼 수 있다면 전하의 영혼은 차마 보기 안타까울 만큼 처참하리라.

보위에 올라 채 일 년도 채우지 못한 젊디젊은 왕이었다. 사정을 모르는 백성들은 안타까움에 통곡하였으나, 누군가는 남몰래 안도의 한숨을 내쉬었을 것이다. 그리고 이 밤, 벌써 삼 일째 도성에 괴물이 나타나고 있다. 소식을 전해온 상궁에 따르면 괴물은 말만 한 덩치에 개의 형상을 하고 있다 했다.

문득 인모의 시신을 찾지 못했다는 데 생각이 미쳤다. 천구는 분명 그날 사라졌는데. 엄밀히 말하면 처음부터 존재한 적조차 없었다. 하지만 사람들은 어둠에 숨어 속살거렸다.

'천구는 억울한 죽음이 있는 곳에 나타난다'고.

하늘의 천구성(天狗星)이 재해를 알리듯이, 아무리 숨기려고 애를 써도, 때론 망각하고 외면하려 해도 시신이 묻힌 곳에서는 결국 썩은 내가 나기 마련이다. 그들은 무시하고 싶겠지만 지금 이 순간에도 죽지 못한 원혼들이 안식을 찾지 못하고 이승을 떠돌고 있다.

귀신은 어디에도 있다. 쉽사리 지나치는 이승의 어둠 속에도, 버려진 손때 묻은 물건 속에도, 그리고 내 안에도.

나는 가늘게 떨리는 손을 바라보다 결국 문장의 마침표를 찍지 못하고 붓을 놓쳤다. 내게 남은 시간이 얼마 없음을 다시 한 번 절감한다. 어디선가 '복(復)! 복!' 하고 떠나간 영혼을 부르는 소리가 들려오는 것 같다. 떠난 혼을 붙잡는 것은 결국 살아남은 자들의 이기심이다. 하니 나는 그들이 오는 길에 한발 앞서 나가 흰 손수건을 흔들 생각이다. 그들이 돌아올 길을 마중하며.

나는 어둠을 응시했다. 귀신의 시간이었다.

 終

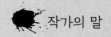 작가의 말

시대극을 좋아합니다. 사극을 특히 좋아해서 TV나 매체에서 관련 콘텐츠가 나오면 저도 모르게 마음이 끌립니다. 추리소설도 몹시 좋아해서 서점이나 도서관에 가면 추리 섹션부터 서성거리곤 합니다.

환혼전은 '역사'와 '추리'라는 제가 좋아하는 두 친구와 어울려 논다는 생각으로 쓴 소설입니다. 시작은 그러했으나 과정까지 마냥 즐겁지는 않았습니다. 제 작가로서의 부족함을 여실히 느낀 시간이기도 했습니다.

역사를 기반으로 한 소설인 만큼 사실과 근거가 중요한데, 그렇다고 상상력이 결여된 흥미롭지 않은 얘기를 만들고 싶지는 않았습니다. 결국 성실한 자료조사만이 당시엔 당장에 제가 할 수 있는 최선이었습니다. 그러다 문득 깨닫게 되었습니다. 때로는 현실이 소설보다 더 비현실적일 때가 있다는 사실을요.

옛 문헌 속에는 '귀신'이나 '괴물' 혹은 기이한 현상에 대한 기록들이 생각보다 자주 등장합니다. 신화나 전설까지 갈 것도 없이 이성을 강조했던 조선의 유학자들조차도 지금의 우리와 다를 것 없이 귀신 얘기에 열광하여 그것을 기록하거나 문집으로 엮어 후세에 전하기도 했습니다. 심지어 근엄하기만 할 것 같은 조선왕조실록에도 귀신이나 기이에 대한 기록이 존재합니다.

사료가 아니라 영화나 드라마에서 봤다면 억지스럽다 여길 만한 얘기들입니다. 하지만 엄연히 존재했던 사실입니다. 그리고 여전히 존재할 수도 있는 현실이기도 합니다. 각 장의 말미에 사료를 덧붙인 것은 그 때문입니다. 중간에 이질적인 요소가 끼어들어 소설에 집중하는 데 방해가 될 수도 있겠지만, 오히려 이 짤막한 기사들이 각성제가 되어, 소설 속에서 벌어지는 사건들이 얼토당토않은 상상력이나 망상 혹은 착각의 산물이 아니라 지금 이 순간에도 '충분히 있을 수 있는 일'로 느껴지길 바랐습니다.

환혼전은 중종 22년(1527년) 6월, 궐 안에 기이한 괴물이 나타난 사건을 모티브로 창작된 소설입니다. 조선 왕실엔 건국 초부터 왕조가 문을 닫기까지 기이한 사건들이 많았지만 그 즈음엔 특히 재변이 잦았습니다. 그만큼 많은 비극들이 있었기 때문일까요?

사람들은 종종 어둠을 삿된 것에 비유하곤 합니다. 불길하고 꺼림칙한 것, 그래서 피하거나 내쫓아야 할 것으로 여깁니다. 어둠은 사실 빛과 마찬가지로 그 자체로 존재할 뿐인데도 그걸 보는 사람이 거부감과 두려움을 느낀다면, 먼저 어둠을 보는 사람의 내면부터 응시해야 하는 게 아닐까 하는 의문에서부터 이 소설은 시작되었습니다.

우리가 '무섭다' 혹은 '싫다'라고 느끼는 것들은 우리의 기억, 경험 혹은 다른 누군가로부터 전달받은 인상에서 기인하는 경우가 많기 때문입니다. 그래서 어떤 사람은 귀신이란 사회로부터 밀려난 이방인, 즉 타자(他者)에 대한 공포가 형상화된 것이라 말하기도 했습니다. 내가 받아들이지 못한 혹은 받아들이고 싶지 않은 어떤 것이 어느 날 나를 공격하는 두려움의 대상이 될 수도 있다는 공포겠지요.

그러나 반대로 말하면 우리에게서 밀려난, 그래서 그림자가 되어버린 그들은 슬프지 않을까요? 그래서인지 저는 가장 무서운 이야기는 가장 슬픈 이야기일 수도 있겠다는 생각을 합니다. 가장 껄끄러운 얘기가 될 수도 있겠지요. 내 안의 어둠을 응시하는 일이기도 하니까요. 이 책은 그런 사유의 과정 속에서 탄생했습니다.

하지만 복잡한 과정은 미뤄두고, 이 책을 읽으시는 분들은 다만 즐거우셨으면 좋겠습니다. 저부터가 재미없는 책은 싫어하니까요. 겨울밤 이불 속에서 까먹는 한 소쿠리의 귤처럼, 부디 이 책이 당신의 곁에 머무는 짧은 시간 동안 쏠쏠한 재미이기를 바랍니다.

마침 바람이 차가워지기 시작한 계절에
김영미